Barbara Vine

König Salomons Teppich

Roman

Aus dem Englischen von Renate Orth-Guttmann

Diogenes

Titel der 1991 bei Viking, London,
erschienenen Originalausgabe: ›King Solomon's Carpet‹

Der Mann, der Donnerstag war von Gilbert K. Chesterton
in der Übersetzung von Heinrich Lautensack,
Hyperion-Verlag, 1910.
Umschlagillustration von Heinz Ita

*Den Frauen und Männern gewidmet,
die für die Londoner U-Bahn arbeiten,
und all jenen,
die in ihren Tunnels musizieren.*

300/93/24/1
ISBN 3 257 01956 4

»Ich sage Ihnen, ich sage Ihnen«, fuhr Syme mit Eifer fort, »daß ich allemal, sowie ein Zug ankommt, fühle, fühle: daß er Breschen schlug in die Belagerer – fühle, fühle, der Mensch erfocht einen Sieg über das Chaos. Sie schätzen es gering. Sie halten es für mehr als selbstverständlich, daß einer, wenn einer Sloane Square verlassen hat, nach Viktoria kommen muß. Ich aber sage Ihnen: daß einer statt dessen tausend andere Dinge tun könnte ... und daß ich allemal, wenn ich wirklich dahin gelange, das Gefühl habe: Ich bin mit knapper Not davongekommen. Und wenn ich den Schaffner sodann ›Viktoria‹ schreien höre, so klingt das absolut nicht so mir nichts, dir nichts. Da schreit für mich, da schreit für mein Gefühl ein Herold: Sieg. Das klingt für mich in der Tat: ›Viktoria, Viktoria‹. Da siegt Adam, Adam!«

G. K. Chesterton,
›Der Mann, der Donnerstag war.
Ein Nachtmahr‹

Es gibt zwar senkrechte Schächte, die von der Straße her in die Londoner U-Bahn führen, und auch einige, die von weiter oben kommen; an der Station Holborn aber, hinter dem Sloane Museum oder in der näheren Umgebung von Lincoln's Inn Fields, gibt es solche Schächte nicht.

Von High Street Kensington nach Notting Hill Gate auf dem Dach eines U-Bahn-Wagens zu fahren ist unmöglich, oder jedenfalls wäre es zu gefährlich, als daß ein normaler Mensch – gleich welchen Alters – es in Betracht ziehen würde.

Die übrigen Sachangaben über London Transport Underground entsprechen den Tatsachen.

I

Sehr vieles von dem, was andere Leute jeden Tag taten, hatte sie nie getan. Es waren ganz gewöhnliche Dinge, die Geld und eine schwache Gesundheit ihr erspart hatten: Sie hatte nie ein Bügeleisen benutzt oder eine Nadel eingefädelt, hatte nie mit dem Bus fahren oder für andere kochen müssen, hatte nie eigenes Geld verdient, war nie gezwungenermaßen früh aufgestanden, hatte nie beim Arzt gewartet oder in einer Schlange gestanden.

Ihre Urgroßmutter hatte sich niemals ohne den Beistand einer Zofe angekleidet, aber die Zeiten hatten sich geändert.

Häuser und Orte hatten sich weit weniger verändert, und die Familie lebte noch immer auf Temple Stephen in Derbyshire. Man feierte Weihnachten nach wie vor still und besinnlich, aber den Jahreswechsel als großes Fest mit Hausgästen. Man spielte die traditionellen Gesellschaftsspiele: Schreibspiele und das Kim-Spiel und eins, das ihr Bruder erfunden und »Wir schließen das Pfeffertor« genannt hatte. Manchmal wurde auch gewettet: wie hoch oder wie tief dies oder jenes war, wo es lag oder wieviel es davon gab.

Ein Gast schlug eine Wette über die Zahl der weltweit vorhandenen Metrosysteme vor. Ob er denn die Antwort wisse, fragten die anderen, denn wie sollte man so was sonst herausbekommen? Natürlich, sagte er, sonst hätte er doch den Vorschlag gar nicht erst gemacht.

»Was ist ein Metrosystem?« fragte sie.

»Eine Bahn unter der Erde. Eine Untergrundbahn.«

»Und wie viele gibt es davon?«

»Das will ich ja gerade von euch wissen. Jeder nennt eine Zahl und gibt zehn Pfund in die Spielkasse.«

»Auf der Welt?« fragte sie.

Sie hatte keine Ahnung. Zwanzig, sagte sie, und dachte, das sei bestimmt viel zu hoch gegriffen. Jemand sagte sechzig, jemand zwölf. Der Mann, der die Wette vorgeschlagen hatte, lächelte, und angesichts dieses Lächelns sagte ihre Schwester hundert und ihr Schwager neunzig.

Damit hatte er gewonnen und kassierte den Einsatz. Die richtige Lösung lautete 89. »Eins für jedes Jahr des Säkulums«, sagte jemand sehr tiefsinnig.

»Ich bin noch nie U-Bahn gefahren«, sagte sie.

Zuerst mochte das niemand glauben. Fünfundzwanzig Jahre – und noch nie U-Bahn gefahren. Doch es stimmte. Sie lebte hauptsächlich auf dem Land, und sie war reich. Und nicht sehr kräftig. Eine Kleinigkeit war mit ihrem Herzen nicht ganz in Ordnung, ein leichtes Geräusch, eine Klappe funktionierte nicht so, wie sie sollte. Die Älteren nannten sie »zart«. Man hatte ihr gesagt, es könne Probleme geben, falls sie Kinder haben wolle, aber das würde man schon in den Griff bekommen. Später wollte sie vielleicht Kinder, aber jetzt noch nicht.

Sie war dadurch bequem geworden und ziemlich selbstbezogen. So hatte sie nie ein schlechtes Gewissen, wenn sie sich nach dem Mittagessen hinlegte, und sah gern Menschen um sich, die sich um sie kümmerten. Sie war nie auf die Idee gekommen, sich eine Arbeit zu suchen.

Seit ihrem siebzehnten Lebensjahr besaß sie einen eigenen Wagen, und wenn sie nach London kam, stand ihr eine Flotte privater Leihwagen zur Verfügung, gar nicht zu reden von den Taxis, die in Mayfair herumkurvten. Sie war verheiratet gewesen und wieder geschieden, hatte – in etwa – fünfzehn Liebhaber gehabt, war siebzehnmal in den USA und zweimal in Afrika gewesen, hatte mit dem Wagen oder gemächlich zu Fuß die Hauptstädte Europas erkundet, war zweimal rund um die Welt geflogen, hatte all das getan, was »man« so tat, aber viele ganz gewöhnliche Dinge nicht. Und sie war nie mit der Londoner U-Bahn gefahren.

Sie legte auch gar keinen Wert darauf. Was man da so alles hörte! Vergewaltigungen, Überfälle, Banden, Feuer, durch Selbstmörder aufgehaltene Züge, die Rush-hour.

Ihr Bruder – ihr Zwillingsbruder – sagte, als sie wieder in London waren: »Mach dir nichts draus. Wer fragt danach? Ich war noch nie in der St. Paul's Cathedral. Ich hasse sie. Ich würde sie am liebsten kaputtschlagen.«

»Was – St. Paul's?«

»Die U-Bahn. Am liebsten würde ich sie dem Erdboden gleichmachen und unterpflügen, wie die Römer es mit Karthago gemacht haben.«

Sie lachte. »Du kannst nicht etwas dem Erdboden gleichmachen, was schon unter der Erde ist.«

»Sie fährt unter meiner Wohnung durch. Es ist unerträglich. Ich höre sie schon in aller Herrgottsfrühe.«

»Dann zieh doch um«, sagte sie gleichmütig. »Warum ziehst du nicht um?«

Nach dem Essen hielt sie ihre Mittagsruhe, danach

nahm sie sich ein Taxi nach Hampstead, zu einer Boutique in der Back Lane, die exklusive Folklorekleider führte. Sie kaufte ein peruanisches Brautkleid mit Stehkragen, hoher Taille, weiten Ärmeln und weitem bodenlangen Rock. Es war strahlend weiß wie eine weiße Rose, mit weißen Satinbändern und weißer Spitze. Man bot ihr an, es ihr nach Hause zu schicken, sogar ihre Adresse war schon notiert, aber sie überlegte es sich anders, sie wollte das Kleid abends gleich anziehen.

Es gab Taxis genug auf der Heath Street und der Fitzjohn's Avenue. Sie ließ alle vorbeifahren, und als sie zur Station Hampstead kam, dachte sie, was es doch für ein Abenteuer wäre, für den Heimweg die U-Bahn zu nehmen. Der Kauf des Kleides hatte sie in eine Art Hochgefühl versetzt. Sie fühlte sich mutig und aufgeregt.

Dabei waren, sie wußte es wohl, auch niedrige Beweggründe im Spiel. Was würden all die Leute dazu sagen, die genötigt waren, sich tagaus, tagein dieses Verkehrsmittels zu bedienen? Der Gedanke an deren Nasenrümpfen, Abscheu und Mißgunst spornte sie an.

Es dauerte eine Weile, bis sie ihre Fahrkarte erstanden hatte. Weil sie nicht wußte, was sie am Fahrkartenschalter verlangen sollte, versuchte sie sich am Automaten. Es war ein kleiner Triumph, als das gelbe Kärtchen zusammen mit dem Wechselgeld hinter dem Sichtfenster erschien. Sie beobachtete die anderen Leute, die dem Mann im Häuschen ihren Fahrausweis zeigten, und tat es ihnen nach.

Da war eine Treppe. Und ein Schild: Man befinde sich hier in der tiefstgelegenen Untergrundstation Londons, dreihundert Stufen bis zu den Bahnsteigen. Den Fahrgästen wurde anempfohlen, den Aufzug zu benutzen. Die Türen des Aufzugs schlossen sich in dem Moment, als sie hinkam. Sie würde warten, irgendwann würde der nächste kommen. Und dann überlegte sie, was für ein komplizierter Vorgang so eine U-Bahn-Fahrt doch war. Sie hielt sich selbst für intelligent, man sagte ihr nach, daß sie es sei. Wie konnte es dann aber angehen, daß all diese *gewöhnlichen* Leute sich hier offenbar mühelos zurechtfanden?

Der Aufzug kam, unsicher stieg sie ein. Sie war allein. Würde sie ihn selbst bedienen müssen, und wenn ja, wie? Sie atmete auf, als weitere Fahrgäste zustiegen, die keine Notiz von ihr nahmen, die wohl – falls sie sich überhaupt mit ihr befaßten – in ihr auch eine erfahrene Verkehrsteilnehmerin sahen. Eine Leuchtschrift wies sie an, zurückzutreten, die Tür schloß sich, und der Aufzug fuhr ohne fremdes Zutun nach unten.

In der Tiefe – und sie spürte sehr stark, wie tief unten sie waren – wies ein Schild ZU DEN ZÜGEN geradeaus und nach links. Ein paar Leute gingen nicht geradeaus, sondern schwenkten gleich links ab, um darzutun, wie weltläufig und erfahren sie waren und daß sie nicht gedachten, sich von der Obrigkeit einen Abkürzungsweg verbieten zu lassen. Auf dem Bahnsteig befielen sie starke Zweifel, ob sie hier richtig war. Womöglich brachte der Zug sie gar nicht nach London, am Ende landete sie unversehens in fernen, unbekannten Vororten wie Hendon oder Colindale.

Der einfahrende Zug machte einen unbändigen Lärm, es klang geradezu bedrohlich. Ihre ganze Kraft war darauf gerichtet, auf andere möglichst lässig zu wirken, während sie ihrerseits diese anderen beobachtete, um festzustellen, was sie machten. Offenbar konnte man sitzen, wo man wollte, es gab keine festen Regeln. In anderen Lebensbereichen war sie nie besonders fügsam gewesen. In der U-Bahn aber war sie wieder ein Kind, das noch viel zu lernen hat, ängstlich und unsicher, ohne das ausgeprägte Selbstbewußtsein, das sie schon als kleines Mädchen an den Tag gelegt hatte.

Sie setzte sich in die Nähe der Tür. An der Tür zu sitzen schien ihr am sichersten. Sie hatte vergessen, daß diese Fahrt ja eigentlich ein Abenteuer hatte sein sollen, eine Erfahrung, die ihr im Leben noch gefehlt hatte. Statt dessen erlebte sie einen Härtetest. Der Zug fuhr an, und sie atmetet tief ein und aus, die Hände im Schoß gefaltet, in künstlich entspannter Haltung, atmete in langen, tiefen Zügen. Sie hatte Angst, der Zug könne im Tunnel stehenbleiben, und begriff, daß sie eine Abneigung gegen Tunnels hatte, obwohl ihr das bisher nicht bewußt geworden war. In kleinen Räumen oder in Aufzügen litt sie unter Platzangst. Vielleicht war sie auch noch nie in einem Tunnel gewesen und wenn, dann allenfalls in einem Auto, das rasch durch irgendeine Unterführung gefahren war.

Aber sie hielt durch. Es war zu ertragen. Der Zug fuhr in Belsize Park ein, und sie sah neugierig auf den Bahnsteig hinaus. Diese und die nächste Station, Chalk Farm, waren mit weißen und braunen Kacheln ausgekleidet und erinnerten sie an die Dienstbotenbäder von Temple Stephens. Um sich zu beschäftigen, studierte sie die Karte an der gegenüberliegenden Wand, denn irgendwann würde sie umsteigen müssen, in Tottenham Court Road wahrscheinlich, wo die schwarze und die rote Linie sich kreuzten. Dieser Zug würde sie hinbringen, sie mußten gleich da sein, und auf dem Bahnhof würde sie den Hinweisschildern – es mußte ja Hinweisschilder geben – zur Central Line Richtung Westen folgen.

Sie hielten in Camden Town. Blaue und beigefarbene Kacheln, wieder eins dieser Armeleutebadezimmer.

Dann passierte etwas Unangenehmes. In bösen Träumen passierte einem dergleichen, in jenen immer wiederkehrenden Träumen, aus denen man mit wild klopfendem Herzen und voller Angst erwacht. So etwas allerdings hatte sie noch nie geträumt. Wie denn auch, da sie ja noch nie U-Bahn gefahren war?

Die nächste Station hätte Mornington Crescent sein müssen, war es aber nicht. Sie hielten in Euston. Es dauerte geraume Zeit, bis sie begriffen hatte, was geschehen war und was sie falsch gemacht hatte. Sie begriff es anhand der Karte, nachdem sie dahintergekommen war, wie man sie lesen mußte. Inzwischen zitterte sie.

Ihr Zug fuhr, wie alle anderen vielleicht auch, ins südliche London, aber nicht über Tottenham Court Road, sondern über Bank, wobei er eine lange Schleife durch die City beschrieb. Sie war falsch eingestiegen.

Bisher hatte sie kaum bemerkt, daß noch andere Leute im Wagen waren. Jetzt erst nahm sie Notiz von ihnen. Sie sahen anders aus als die Menschen, mit denen sie sonst Umgang hatte, wirkten feindselig, gewöhnlich, ja, primitiv, hatten aggressive, verdrießliche Gesichter. Nur nicht die Nerven verlieren, sagte sie sich, es ist nichts Unabänderliches geschehen, du steigst einfach in Bank in die Central Line um, in die rote Linie.

Auf King's Cross wurde es voll. Hier hatte es damals gebrannt, sie hatte darüber gelesen und die Berichte im Fernsehen verfolgt. Ihr Mann – damals war sie noch verheiratet gewesen – hatte gesagt, sie solle nicht hinschauen. »Reg dich nicht auf. Es ist bestimmt niemand dabei, den du kennst.«

Sie sah durchs Fenster nichts, was auf einen Brand hindeutete. Dann fuhr der Zug an, und sie sah durchs Fenster überhaupt nichts mehr, ja, sie konnte kaum mehr das Fenster selbst sehen, so viele Menschen standen davor. Sie saß sehr still und machte sich klein – die Tüte mit dem Kleid hatte sie hinter ihre Beine gestellt – und dachte sich, daß sie von Glück sagen konnte, einen Sitzplatz zu haben. Tausende, wenn nicht Millionen von Menschen machten das tagtäglich mit.

Nur gut, dachte sie, daß jetzt wirklich niemand mehr hineinpaßt. Auf der Station Angel mußte sie diese Ansicht revidieren und bei Old Street erneut. Vielleicht kam es nie so weit, daß niemand mehr hineinpaßte, vielleicht schoben und preßten sie sich zusammen, bis sie tot waren oder bis unter dem Druck der Menschenleiber der Wagen barst. Ein abgegriffener, oft gehörter Vergleich fiel ihr ein – der Vergleich eines überfüllten Zuges mit einer Sardinenbüchse. Wenn eine Konservendose verdorben ist, bilden sich Gase, der Inhalt quillt auf, und es gibt eine Explosion...

Nach Moorgate mußte sie sich überlegen, wie sie beim nächsten Halt herauskommen sollte.

Sie beobachtete, was die anderen machten. Nicht einmal aufstehen konnte man, ohne zu drängeln, zu schieben, die

Ellbogen zu gebrauchen. Die Türen waren aufgegangen, eine Lautsprecherstimme rief irgend etwas. Wenn sie es nicht schaffte, würde der Zug sie bis zur nächsten Station, bis London Bridge, mitnehmen, mit ihr den Fluß unterqueren. Das war jenes Band dort auf der Karte, jener blaue Bereich mit einem Knick nach oben und einem nach links wie ein Abflußrohr, das war die Themse.

Sie wurde mitgerissen, als andere ausstiegen. Es wäre in diesem Moment schwer gewesen, sich von dem Zug nicht ausspeien zu lassen. Ihr war, als würde sie ausgekippt, sie wurde herumgestoßen, hin- und hergezerrt. Die säuerlich abgestandene Luft auf dem Bahnsteig schien frisch im Vergleich zu dem Mief im Wagen. Sie atmete tief. Jetzt galt es, die rote Linie, die Central Line, zu finden.

Seltsamerweise kam sie nicht auf den Gedanken, den Hinweisschildern zum Ausgang zu folgen, das U-Bahn-Gelände zu verlassen und auf der Straße ein Taxi anzuhalten. Der Gedanke kam ihr später, als sie in dem Zug der Central Line saß, aber nicht in diesem Moment, da ging es ihr nur darum, den Umsteigevorgang zu bewältigen. Ihre ganze Kraft, all ihr Denken war darauf gerichtet, sich zurechtzufinden, es richtig zu machen. Die Einkaufstüte mit dem Kleid war zerknittert, ihre hellen Schuhe hatten schwarze Schrammen. Sie kam sich besudelt vor.

Ein Fehler unterlief ihr dann doch. Sie wartete ein paar Minuten auf einem Bahnsteig, ein Zug lief ein, und sie wäre eingestiegen, wenn sich das irgendwie hätte machen lassen. Doch sie brachte es einfach nicht über sich, wie die anderen ihren Körper an die dichte Masse aus Menschenleibern zu drücken, die schon aus den geöffneten Türen quoll. Ächzend gingen die Türen zu. Sie blickte zu der Leuchttafel hoch und war froh, daß sie nicht versucht hatte, sich hineinzuzwängen. Der Zug fuhr in östliche Richtung, nach Hainault, sie hatte den Namen noch nie gehört.

Sie ging auf den richtigen Bahnsteig hinüber, auf dem viele Menschen warteten. Ein Zug lief ein, der auch wieder einen ihr unbekannten Bestimmungsort hatte. Hanger Lane. Die Richtung aber stimmte, er hielt in Bond Street, und dorthin wollte sie. Wenn ich das noch ein paarmal mache, dachte sie, komme ich allmählich dahinter. Aber nein, dieses eine Mal reicht mir vollauf.

Das Hineinkommen war nicht so schwierig wie bei dem Zug in östlicher Richtung. Man konnte einsteigen, ohne zu schieben oder geschoben zu werden, aber einen Sitzplatz bekam sie natürlich nicht. Wenn andere standen, würde sie es wohl auch können, und es war ja nur eine kurze Strecke. Sie hätte der Stimme folgen sollen, die sie aufforderte, zur Wagenmitte durchzugehen. Statt dessen blieb sie in der Nähe der Tür und hielt sich mehr schlecht als recht an einer Haltestange fest, während sie mit der anderen Hand die Einkaufstüte mit dem Kleid an sich drückte.

Ein noch recht junger Mann saß direkt an der Tür. Natürlich würde er aufstehen und ihr seinen Platz anbieten, sie rechnete fest damit. Ein Leben lang hatten Männer ihr zuliebe auf die eigenen Plätze verzichtet, beim Jagdrennen und beim Tennisturnier, auf den Fensterplatz im Flugzeug, auf den Mittelplatz des Balkons, unter dem die königliche Prozession vorbeizog. Der junge Mann blieb sitzen und las den *Star*. Sie hielt die Stange und ihre Einkaufstüte fest.

Auf dem Bahnhof St. Paul's wogte eine gewaltige Menschenmenge. Sie blickte in ein Meer von Gesichtern, die allesamt geprägt waren von einer Art drängender, gieriger Zielstrebigkeit, einer wilden Entschlossenheit, in diesem Zug Platz zu finden.

Wie schon vorhin auf der Northern Line dachte sie, es müsse doch eine Vorschrift geben, eine Betriebsanweisung, die verhinderte, daß mehr als eine begrenzte, überschaubare Zahl an Fahrgästen zustieg. Die Obrigkeit würde einschreiten und dem Spuk ein Ende machen.

Doch die Obrigkeit schritt nicht ein, nicht einmal in Form einer körperlosen Stimme, und immer mehr Menschen schoben sich hinein, mehr und mehr, eine Armee auf dem Vormarsch, ein unaufhaltsam vorwärtsdrängender Rammbock aus Menschenleibern. Sie konnte nicht sehen, ob der Bahnsteig leerer wurde, denn sie konnte den Bahnsteig nicht sehen. Ein vorbeidrängender Mann riß ihr die Einkaufstüte aus der Hand und zog sie in seinem kraftvollen Vorstoß mit. Noch konnte sie die Tüte erkennen, sie haschte vergeblich danach, bekam statt dessen einen Frauenrock zu fassen, ließ ihn, erschrocken nach Luft schnappend, wieder los, und sah das Gesicht der Frau vor dem ihren aufragen, hilflos verstört und damit gewiß dem ihren gleich.

Die Einkaufstüte wurde zwischen den Beinen der stolpernden Menge gebauscht und gequetscht, auseinandergezogen und zusammengedrückt, es gelang ihr nicht mehr, sie zu erreichen, sie traute sich nicht loszulassen, klammerte sich an die Stange, um die sich schon viele andere Hände krampften, als ginge es ums liebe Leben. Noch nie, außer beim Liebesakt, hatte sie Gesichter so dicht vor sich gesehen. Ein Hinterkopf drängte eins beiseite und kam ihr so nah, daß Haare in ihren Mund gerieten, sie roch das unsaubere Haar, sah die Schuppenplättchen. Sie wandte das Gesicht ab, verdrehte den Kopf, sah in ein Paar Männeraugen, ganz nah waren sie, weit geöffnet wie vor einem Kuß, Augen ohne Leben, glanzlos, jeden Kontakt verweigernd.

Und dann, als die Türen sich stöhnend schlossen und der Zug anfuhr, hörte das Zappeln, das Zurechtrücken, das Umgreifen der Hände plötzlich auf, jede Regung hörte auf. Die Menschen verfielen in völlige Bewegungslosigkeit – wie beim Figurenwerfen, wenn die Musik verstummt. Sie wußte, warum: Hätte das Gewoge sich fortgesetzt, die bewegte Unruhe angehalten, wäre das Zusammensein in diesem Zug unmöglich geworden, irgend jemand hätte angefangen zu schreien, die Leute hätten aufeinander eingeschlagen vor lauter Verzweiflung, weil ihnen so Unerträgliches auferlegt worden war.

Sie regte sich nicht. Einige Fahrgäste reckten das Kinn hoch und machten den Hals lang, mit gequältem Gesicht, wie Märtyrer auf alten Bildern, andere wieder standen demütig-ergeben da, mit gesenktem Kopf. Schlimm war es für die besonders Kleinen, wie jenes dicke Mädchen, das sie zwischen zwei Gesichtern und einem Hinterkopf sah, das sich nirgends festhalten konnte und nur an den Umstehenden Halt fand, wobei der Kopf an den Ellbogen eines Mannes stieß und der Hals schmerzhafte Bekanntschaft mit der harten Kante einer Unterarmtasche machte.

Inzwischen hatte sie die Einkaufstüte aus den Augen verloren. Um das zu erwerben, was in der Tüte war, hatte sie sich auf den Weg gemacht. Doch der Inhalt der Tüte war ihr nicht mehr wichtig. Wichtig war ihr das Überleben, wichtig war ihr, still und ergeben auszuharren, durchzuhalten, bis der Zug auf Chancery Lane hielt. Dort würde sie den Zug verlassen, würde die U-Bahn verlassen. Sie hätte schon auf Bank aussteigen sollen, das war ihr inzwischen klargeworden. Ihre Rettung war mit dem Verlust des Kleides, des weißen peruanischen Hochzeitskleides, nicht zu hoch bezahlt.

Als der Zug hielt, glaubte sie sich am Ziel. Warum gehen denn die Türen nicht auf, dachte sie. Vor dem Fenster herrschte undurchdringliche Finsternis, und sie begriff, daß der Zug in einem Tunnel hielt. Ob das je ohne gefährlichen Anlaß vorkam, ob es oft vorkam, was der Halt zu bedeuten hatte – das alles wußte sie nicht. Sie hätte gern gefragt, hätte gern in das Gesicht jenes Mannes hineingesprochen, dessen knoblauchgesättigter Atem ihre Nase umfächelte. Ihre Kehle war ausgedörrt, die Stimme war ihr abhanden gekommen. Immer intensiver spürte sie die vielen Menschenleiber, die sich an sie drängten, spürte Ellbogen und Brüste, Bäuche und Hinterbacken und Schultern und die harte Glasscheibe, gegen die sie selbst gedrückt wurde.

Die Temperatur stieg. Sie hatte die Wärme kaum bewußt wahrgenommen – bis jetzt, da sich Schweißtröpfchen auf ihrer Stirn und ihrer Oberlippe bildeten, da ein einziger langgezogener Schweißtropfen gemessen und sehr kalt zwischen ihren Brüsten herabrann. Diese Eiseskälte nahm sie sehr bewußt wahr, doch nicht so sehr als Wohltat denn als Schmerz, ja als Schock.

Es wurde immer heißer. Der Zug ruckte an, es war wie ein Rülpser, und sie klammerte sich fest und wartete mit angehaltenem Atem auf die Weiterfahrt. Der Zug seufzte und verfiel erneut in Reglosigkeit. Der Mann neben ihr grunzte. Sein Gesicht war dunkelrot angelaufen und sah aus wie naßgesprüht. Ein Schweißtropfen lief ihr über die Stirn ins Auge. Dort brannte er. Merkwürdig, dachte sie, wie kommt es, daß eine salzige Träne nicht brennt, wohl aber salziger Schweiß?

Während sie darüber nachdachte, mit feucht-glitschiger Hand die Stange umklammernd, indes die Hitze aufstieg und sich verdichtete, rülpste der Zug erneut, und diese Bewegung, die viel heftiger war als die erste, brachte die Leiber um sie her in wogende Bewegung, so daß sie in eine Art menschlicher Flutwelle geriet. Das Gesicht an einen Tweedrücken gepreßt, rang sie nach Luft, versuchte sich zappelnd freizukämpfen, und dann stöhnte sie auf, als wieder ein eisiger Tropfen an ihrem Körper herunterrann und den Schmerz auslöste.

Er *schien* ihn auszulösen, *schien* ihn zu bewirken, denn als der Tropfen, einer Eisperle gleich, über ihre Haut rollte, durchfuhr ein rasender Schmerz ihren linken Arm, als habe eine eherne Pranke ihn gepackt. Sie wölbte den Rücken, versuchte den Hals hochzurecken, über Fleisch und Haare und Gerüche hinweg. Der Zug fuhr an, setzte sich mühelos gleitend in Bewegung, und die ehernen Pranken umfaßten sie wie die Gliedmaßen eines Monsters.

Umfaßten sie und zogen sie zu Boden, vorbei an Schultern und Armen und Hüften und Beinen, zogen sie herunter zu einer Ansammlung schmutzig-abgetretener Schuhe. Die U-Bahn rollte zügig in Richtung Chancery Lane. Als letztes, ehe das Herz stillstand, mit dem eine Kleinigkeit nicht ganz in Ordnung war, sah sie zwischen zwei Hosenbeinen die Einkaufstüte mit dem Kleid.

Es war kein Platz im Zug. Kein einziger Fahrgast hätte sich mehr hineinzwängen können. Und doch wichen die anderen zurück, als sie zu Boden sank und starb, sie rückten von ihr ab und schafften ihr den Raum, den sie zum Leben gebraucht hätte.

Auf Chancery Lane wurde der Zug geräumt und die Leiche weggeschafft. Im U-Bahn-Wagen verblieb eine große Kleidertüte aus dickem, reißfestem Papier mit dunkelblauer Lackbeschichtung und dem Bild einer Frau in einer nicht näher bestimmbaren Nationaltracht. Weil das Personal Bedenken hatte, die Tüte aufzumachen, schickten sie nach dem Sprengstofftrupp.

Viel später dann fand sich in der Tüte ein Hochzeitskleid und auf einer quittierten Rechnung die Anschrift der Kundin. Man schickte das Kleid an die angegebene Adresse, wo es endlich in die Hände ihrer Angehörigen gelangte.

2

Der Tod dieser jungen Frau blieb unerwähnt in dem Buch, das Jarvis Stringer schrieb.

Es enthielt nur besonders spektakuläre Unfälle, den ersten »U-Bahn-Rodler« etwa, der zu Schaden gekommen war, die übereifrigen U-Bahn-Bediensteten, die bei dem Versuch, Türen zu schließen, an Tunneleinfahrten enthauptet worden waren, oder die Opfer eines Feuers. Jarvis las den Bericht über die gerichtliche Untersuchung und über den später gescheiterten Versuch der Familie, die London Transport Underground zu verklagen. Hätte die Klage Erfolg gehabt, hätte er den Vorfall vielleicht in einem seiner Katastrophenkapitel untergebracht.

Später sollte der Bruder der jungen Frau sich als ein Bekannter von ihm ausgeben, aber da war Jarvis schon in Rußland und sein Buch halb fertig. Angefangen hatte er es, als er noch bei seiner Mutter in Wimbledon wohnte, vor seinem Umzug in die Schule.

Es sollte eine vollständige Geschichte der Londoner Untergrundbahn werden.

London (so begann er) *hat das älteste Metrosystem der Welt. Es stammt aus dem Jahr 1863, aus dem viktorianischen London mit Elendsquartieren und Gaslicht, einer Stadt der Armen und Ohnmächtigen. Täglich kam eine Dreiviertelmillion Menschen nach London zur Arbeit. Sie kamen zu Fuß, mit Flußdampfern, in Pferdeomnibussen und Rollwagen. So mancher aber kam nicht, weil der Weg zu weit war.*

Ein Mann entwarf den vorausschauenden Plan einer Eisenbahn als Verbindung zwischen allen großen Kopfbahnhöfen der Stadt. Er hieß Charles Pearson und wurde, obwohl er nur der Sohn eines Polsterers war, oberster Justizbeamter der City of London.

»Der Arme«, schrieb Pearson, »lebt wie in Ketten. Zum Gehen fehlt ihm die Zeit, und für längere Fahrten zu seiner Arbeitsstelle fehlt ihm das Geld.«

Vorher hatte es bereits Pläne für unterirdische, mit Gas beleuchtete Straßen für Pferdefuhrwerke gegeben. Sie waren verworfen worden mit der Begründung, daß solche finsteren Tunnels zu Tummelplätzen für Diebsgesindel werden würden. Zwanzig Jahre ehe der Bau seiner Eisenbahn Wirklichkeit wurde, hatte Pearson eine Bahnlinie vor Augen, die durch einen gut beleuchteten und gut belüfteten »geräumigen Bogengang« führen sollte.

Er war der Erfinder des »Zugs in der Röhre«.

3

Das Haus an der Bahn hieß seit eh und je die Schule. Jarvis Stringer nannte es so, seit er ein kleiner Bub war. Er war zu jung, um sich an die Zeit zu erinnern, in der es tatsächlich eine Schule gewesen war, aber seine Mutter hatte dort noch Unterricht gehabt. Jarvis war fünf gewesen, da war die Schule geschlossen und aufgegeben worden, und sein Großvater hatte sich umgebracht.

Es war ein viktorianischer Backsteinbau in West Hampstead, an jener Straße, die parallel zur Metropolitan Line und zur Jubilee Line der London Underground verläuft. Das große Haus – neugotisch bis auf seinen Belvedere im italienischen Stil – stand auf dem ersten Drittel des U-Bahn-Abschnitts zwischen West Hampstead und Finchley Road, wo die Gleise hinter Tunnelbögen im Untergrund verschwinden. Das Grundstück war klein für ein so großes Haus, nur zwei Buschreihen trennten es von den Nachbarn, hinten zog sich ein Stück baumbestandener Rasen bis zu einem Zaun. Hinter dem Zaun sah man die Züge vorbeifahren, nach Norden bis Amersham und Harrow und Stanmore, nach Süden in die Innenstadt. Auch hören konnte man sie, ein ständiges – wenn auch sporadisches – singendes Rattern. Still wurde es nur in den späten Nachtstunden.

Als Ernest Jarvis in den zwanziger Jahren das Haus gekauft hatte, gab es diese Strecke schon lange, denn die

Metropolitan Railway war bereits 1879 von Swiss Cottage bis West Hampstead verlängert worden. Ernest war durch seinen Anteil am Vermögen der Familie Jarvis ein wohlhabender Mann, es war nicht recht einzusehen, warum er nicht seine Schule in einem ansprechenden Viertel von London NW 6, Fortune Green etwa, eröffnet hatte. Nicht einmal seine Tochter hätte sagen können, warum er sich für ein Haus mit Blick auf die Bahn entschieden hatte oder warum es ausgerechnet eine Schule hatte sein müssen. Für Kinder hatte er nicht viel übrig, aber er war ein Eisenbahnnarr. Zum Führen einer Schule fühlten sich Jarvis Stringers Großeltern dadurch befähigt, daß er in Oxford alte Sprachen studiert und sie eine Lehrerausbildung am Goldsmith College angefangen und auf halber Strecke abgebrochen hatte.

Rätselhafterweise war die Schule über dreißig Jahre lang sehr erfolgreich. Es war eben üblich, daß man seine Töchter mit der von Elizabeth Jarvis ausgewählten Schuluniform in Hellbraun und Himmelblau ausstaffierte und auf die Cambridge School schickte. Vielleicht lag es ja an Ernest Jarvis' geschickter Namensgebung und Elizabeths psychologisch gut überlegter Entscheidung für die cambridgeblauen Schulblazer-Paspeln und Hutbänder. Daß es Verbindungen zwischen dieser privaten Mädchenschule an der Bahn und der berühmten Universität geben könnte, wurde natürlich nie auch nur andeutungsweise ausgesprochen, wohl aber impliziert. Ihres Namens und der hellblauen Paspeln wegen erfreute sich die Cambridge School einer merkwürdig nebulösen Distinktion. Trotz des eher bescheidenen Schulgeldes war es dem Ansehen durchaus förderlich, sie zu besuchen. Der Lehrplan war nicht anspruchsvoll, und auf das Ablegen von Prüfungen wurde wenig Wert gelegt. Jarvis' Mutter pflegte zu sagen, daß nachweislich keine Absolventin der Cambridge School je studiert hatte, und in Cambridge schon mal gar nicht.

Als 1939 die neue Doppelröhrenkonstruktion entstand, die von der Bakerloo Line abzweigte, ließ Ernest häufig die Schule im Stich und sah zu, wie unter den Häusern von Finchley Road die neue Metropolitan Line ausgeschachtet wurde. Er verfolgte, wie das North Star Hotel unterfangen und die Station Finchley Road neu gebaut wurde. Wenige Jahre später, im Zweiten Weltkrieg, fielen Bomben in der Straße, denen mehrere Nachbarhäuser zum Opfer fielen, aber die Cambridge School blieb unversehrt. Wie die St. Paul's Cathedral, sagte Elizabeth Jarvis, auf wunderbare Weise bewahrt, indes rings umher alles in Schutt und Asche sank.

Elsie Stringer fand den Vergleich unglücklich gewählt, aber typisch für die Einstellung ihrer Eltern zu der Schule.

Jarvis machte in Cambridge einen Abschluß in Maschinenbau. Es war kein sehr guter Abschluß, weil er nichts dafür getan hatte. Von seinem Großvater hatte er die Liebe zur Bahn und zu der Schule geerbt. Das heißt, die Schule erbte zunächst seine Mutter, und die fuhr nie mit der Bahn, wenn es sich irgendwie vermeiden ließ. Jarvis zog es wie alle jungen Leute in die weite Welt hinaus, aber statt im Kleinbus nach Indien zu fahren, die politischen Wirren in Mittelamerika zu beobachten oder sich in Afrika Probleme einzuhandeln, besichtigte er Metrosysteme. Er gehörte zu den ersten Fahrgästen von MARTA, der 1979 eingeweihten U-Bahn von Atlanta, zwei Jahre später fuhr er mit der neuen Untergrundbahn von Fukuoka und verfolgte im Jahr darauf den Bau der MMTA in Baltimore und der Metro in Caracas.

Während er mit seiner ersten Eisenbahn spielte, einem Geschenk zu seinem fünften Geburtstag, erreichte seine Mutter die Nachricht vom Selbstmord ihres Vaters. Jarvis war in seinem Zimmer und Elsie nebenan, wo sie den Anruf entgegennahm. Er hatte das Telefon läuten hören, aber nicht darauf geachtet, was seine Mutter sagte. Er spielte Eisenbahn. Wenn er an jenen Tag dachte, was hin und wieder der Fall war, überlegte er oft, daß ihm damals zum erstenmal die Bahn Trost in dieser leidvollen Welt gewesen war. Und das war sie geblieben.

Seine Mutter kam herein, fiel vor ihm auf die Knie und zog ihn an sich. Sie schluchzte und zitterte, sie hielt ihn ganz fest und sagte halblaut: »Mein Liebling, komm, umarme die Mami, halt die arme Mami fest, die arme Mami hat sich ganz furchtbar erschrocken.«

Jarvis ließ sich das ein, zwei Minuten gefallen, dann zappelte er und wollte weg. Er sah seine Mutter an. Sie war sehr blaß.

»Was ist denn?« fragte er.

»Mein armer Kleiner, das kann ich dir nicht sagen, es wäre nicht recht.«

Sie setzte sich zitternd aufs Bett und legte die Arme fest um ihren Körper. Jarvis fuhr seinen Zug von London nach Penzance – an der Riviera von Cornwall.

In seiner Phantasie war er Lokomotivführer und Fahrgast zugleich. In Plymouth würde er außerdem noch Stationsvorsteher sein. Schon damals galt seine besondere Liebe den unterirdischen Strecken, und als der Zug zum Wellington-Tunnel kam (im Sommer war er mit seinen Eltern auf Urlaub in Cornwall gewesen), stieß er eine Reihe langgezogener Tutlaute aus.

Seine Mutter fing an zu weinen. Jarvis tutete noch einmal. Doch er war ein liebevoller, zärtlicher kleiner Junge und begriff, daß in dieser Situation mehr von ihm verlangt wurde. Er stand auf, stellte sich neben seine Mutter und legte seine Hand auf die ihre. Als vor ein paar Monaten seine Großmutter gestorben war, hatte sie sich ähnlich benommen. Er fragte: »Ist Großvater tot?«

Sie war so betroffen, daß sie aufhörte zu weinen und ihn fragte, woher er das wisse. Er habe es sich gedacht, sagte Jarvis. Er hatte auch gemerkt, daß sie diesmal nicht nur traurig war, daß da noch etwas anderes sein mußte. Er setzte sich auf ihren Schoß und ließ sich von ihr umarmen. Fünf Minuten, sagte er sich, müßten dafür eigentlich reichen, fünf Minuten sind eine halbe Ewigkeit für einen Fünfjährigen, und weil er gerade gelernt hatte, die Uhrzeit zu lesen, behielt er die Wanduhr über ihrer Schulter im Auge. Sie saß noch immer da und sah ihn mit leerem Blick an, als er schon längst wieder auf dem Fußboden hockte. Bis sein Zug in Exeter St. David's, dem ersten Halt, eingetroffen war, hatten sie das Haus voller Leute, sein Vater war sogar mit dem Taxi gekommen.

Ernest Jarvis hatte sich erhängt. In den vierziger und fünfziger Jahren war es mit der Schule bergab gegangen, die Zahl der Schülerinnen war auf fünfzehn, auf zehn, auf drei gesunken. Längst vorbei waren die Zeiten, als man vier Lehrerinnen beschäftigt hatte. Die letzten Schülerinnen, drei Siebzehnjährige, hatte seine Frau selbst unterrichtet, und als habe sie den Tod nur so lange hinausgeschoben, bis sie ihre Pflicht erfüllt hatte, starb sie Ende Juli, einen Tag nach dem Abgang der drei, an einem Herzschlag. Ernest hatte nun keine Frau mehr, keine Beschäftigung, sehr wenig Geld und ein riesengroßes Haus als Klotz am Bein, in das er zehntausend Pfund hätte stecken müssen.

Die Cambridge School hatte eine Glocke, die nie geläutet wurde, die nie geläutet worden war. Sie hing im Belvedere, dem »Glockenturm«, wie Ernest auch dann noch hartnäckig sagte, als seine Schwester Cecilia ihm bedeutet hatte, Belvedere hieße wörtlich übersetzt »schöne Aussicht« oder »schön anzusehen«. Er hatte die Glocke in einem Laden in der Camden Passage gekauft und sie aufgehängt in der Absicht, damit säumige Kinder zur Schule zu rufen. Dann aber hatte seine Schwester ihm behutsam klargemacht, daß in Schulen dieser Art Glocken fehl am Platz waren, daß seine Schule durch eine Glocke an Niveau verlieren und die Eltern angehender Schülerinnen abschrecken würde. Die Glocke blieb hängen, wo sie war, das Glockenseil führte durch Luken in den Decken von Obergeschoß, erstem Stock und Erdgeschoß in ein enges Gelaß, das als Garderobe und gleichzeitig als Glöcknerstube hatte dienen sollen. Nach einem Jahr war das Seil aus den unteren Räumen eingeholt und im Obergeschoß um eine Klampe gewickelt worden.

Ernest Jarvis ging bei seinem Vorhaben sehr gewissenhaft zu Werke und muß lange dazu gebraucht haben. Die dreißig Jahre lang geschlossenen Luken öffnete er mit Hilfe eines Werkzeugs – die Spuren ließen auf einen Schraubenzieher schließen –, das er wieder ordentlich in einer Werkzeugkiste im Gartenschuppen verstaute, obgleich man ihn sonst nicht als besonders ordnungsliebend gekannt hatte.

Als er das Seil von der Klampe abwickelte, schlug die Glocke einmal an. Vielleicht hatte er vergessen, daß er sie damit zum Läuten bringen würde, oder vielleicht kümmerte es ihn nicht. Cecilia Darne, die um die Ecke wohnte, sagte, sie habe gegen acht Uhr morgens die Glocke einmal anschlagen hören. Etwa eine Viertelstunde später hatte dann die Glocke erneut angeschlagen, und gleich darauf hatte Cecilia ein gebrochenes Läuten, ein grausiges, stotterndes Scheppern gehört. Das hatten viele Leute gehört, aber diesen einzelnen ersten Ton, als ihr Bruder Ernest kurz an dem Seil ruckte, während er es von seiner Befestigung befreite, so daß die Glocke nach oben schwang und wieder herabfiel, hatte offenbar nur Cecilia vernommen.

Er hatte das Seil durch die nun geöffneten Luken in den kleinen Raum geführt, in dem einst die hellbraunen Mäntel gehangen hatten und darüber die braunen Filzhüte mit den cambridgeblauen Bändern. Jetzt, im November 1958, war die Garderobe leer. An einer Wand war eine Reihe von Garderobenhaken angebracht, in drei Metern Entfernung an der Wand gegenüber eine zweite. Das einzige, ziemlich hoch in die Wand eingelassene Fenster gegenüber der Tür hatte Milchglasscheiben, nur eine einzige Scheibe war aus dunkelrotem Glas. Der Estrich hatte einen Belag aus hellbraunem Linoleum mit einem Muster aus schwarzen Bourbonenlilien. Ernest hatte sich aus einem der Klassenzimmer einen Schemel geholt, einen Lehrerschemel, der früher hinter einem hohen Pult gestanden hatte, ihn aber dann doch nicht benutzt. Er war fast siebzig und hatte Arthritis. Vielleicht traute er es sich nicht zu, diesen Schemel zu besteigen und das zu tun, was er sich vorgenommen hatte.

Der Schemel war da, als man ihn fand, ebenso der Wohnzimmerstuhl, den er dann für zweckmäßiger gehalten und im Fallen umgestoßen hatte. Als Jarvis das Haus übernahm, waren, obgleich inzwischen viele Leute in der Schule ein und aus gegangen waren und darin gewohnt hatten, Stuhl und Schemel noch immer in der Glöcknerstube. Der Schemel stand in der Ecke links vom Fenster, der Stuhl schräg gegenüber. Es sah aus, als habe eine fremde Putzfrau, die nicht wußte, daß sich in diesem Raum Ernest Jarvis erhängt hatte, sie so hingestellt. Das Seil aber ging nicht mehr durch die Luke in der Decke. Als Jarvis dreißig Jahre später das Haus in Besitz nahm, war an der Glocke ein Glockenstrang, dessen freies Ende um die Klampe gewickelt war. Er überlegte, ob es wohl dasselbe Seil war, mochte aber seine Mutter nicht danach fragen.

Es sprach viel dafür, denn in der Schule hatte sich so gut wie nichts geändert. Tante Evelina, die Schwester von Ernest Jarvis und Cecilia Darne, hatte die Wohnung von Ernest und Elizabeth übernommen und bis zu ihrem Ende darin gelebt. Dann hatte Tina Darne – Cecilias Tochter, die aber nur ein, zwei Jahre älter als Jarvis war – dessen Mutter die Erlaubnis abgebettelt, in die Schule zu ziehen und dort eine Wohngemeinschaft zu gründen. Tina hielt nur ein halbes Jahr durch, aber ein paar anständige, fleißige

Idealisten, Typen, die für WGs geschaffen sind und ohne die es keine Wohngemeinschaften gäbe, blieben dort wohnen, reparierten die Fensterrahmen und bauten im Garten Gemüse an. Doch auch sie änderten nichts Grundlegendes an der Schule, das hätte ihre Mittel bei weitem überstiegen. Inzwischen hätte man in das Haus nicht zehntausend, sondern eher vierzigtausend Pfund stecken müssen.

Ernest hatte nach dem Tod seiner Frau ein Testament gemacht, in dem er alles seinem einzigen Kind hinterließ. »Alles« waren die Schule und 98 Pfund auf der Bank. Wenn man bedenkt, daß er aus dem gewissenhaft angelegten Familienvermögen jährlich zehntausend Pfund bezog – was 1925 ein sehr gutes Einkommen aus Kapitalvermögen war –, hatte er es nicht gerade weit gebracht. Vielleicht dachte er unter anderem auch daran, als er auf den Stuhl stieg und das Ende des Seils zu einer Schlinge legte, zu einer sehr ordentlichen Schlinge, bei der das Seil zehnmal in gleichmäßigen Windungen um die Schlaufe gewickelt war.

Es gelang wie geplant. Als Ernest im Fallen den Stuhl umstieß, schlug die Glocke einmal an. Der arme Ernest muß gestrampelt und gezappelt haben, denn sie läutete noch einmal, mit einem zitternden, stotternden Hall, und war dann still. Eine Nachbarin, die zum erstenmal in fünfzehn Jahren die Glocke hatte läuten hören, rätselte eine halbe Stunde daran herum, dann ging sie zur Schule hinüber.

Von seiner Mutter hörte Jarvis, sein Großvater sei zum Herrn Jesus gegangen. Wie er diese Reise bewerkstelligt hatte, erfuhr er von ihr nicht, hörte aber wenig später zufällig ein Gespräch mit an, bei dem es um Selbstmord ging und in dem seine Mutter von ihrem »armen Vater« sprach, und reimte sich einiges zusammen. Als er fünfzehn war, erzählte seine Mutter ihm von dem Tod am Glockenseil. Warum ziehen wir nicht in die Schule, hatte er immer wieder gefragt, statt all diese fremden Leute dort wohnen zu lassen, und endlich hatte sie sich dazu durchgerungen, es ihm zu sagen.

»Ich könnte nie in dieses Haus ziehen«, sagte sie und fügte typischerweise noch hinzu: »Außerdem müßte man Tausende von Pfund investieren, ehe anständige Leute dort wohnen könnten.«

Ihre Tante Evelina, Cousine Tina oder die idealistischen Gemüsegärtner zählten aus ihrer Sicht nicht zu den anständigen Leuten. Sie, Jarvis' Vater und Jarvis wohnten in einer Doppelhaushälfte in Wimbledon. Jarvis mochte das Vorstadtleben nicht, aber vorläufig konnte er dagegen nicht viel machen. Manchmal fuhr er nach West Hampstead und besuchte die Schule und die Wohngemeinschaft. Das gefiel ihm immer sehr, und er hätte am liebsten auch dort gewohnt. Wenn er, was gelegentlich vorkam, in der Schule übernachtete, in dem Zimmer im Erdgeschoß, das kurioserweise »die Übergangsklasse« hieß, hörte er am Ende des Gartens die Züge vorbeifahren, ein hochromantisches Geräusch, wie er fand. Wenn er dann am nächsten Tag wieder heimfuhr und auf den Zug nach Baker Street wartete, hörte er, schon lange ehe der Zug in West Hampstead einfuhr, das Singen des Schienenstrangs und sah das Beben der silbernen Gleise, wenn der Zug sich näherte.

In den siebziger Jahren kam es zu einem Immobilienboom. Im Vergleich zu der Entwicklung zehn Jahre danach war er nicht riesig, aber die Preise gerieten in Bewegung, die Makler rieben sich die Hände, gürteten ihre Lenden und ließen ihre Blicke schweifen. Einer schrieb an Jarvis' Mutter, er könne für die Cambridge School einen guten Preis erzielen. In den achtziger Jahren suchten Makler Jarvis in der Schule heim und flehten ihn praktisch auf den Knien an, ihnen das Haus zu überlassen. Sie bombardierten ihn mit Briefen und riefen ihn mindestens einmal in der Woche an. Es habe gar keinen Zweck, sagte er ihnen immer wieder, die Schule sei einsturzgefährdet, sie habe sich gesenkt, eines Tages würde sie in sich zusammenfallen, die Bahn habe das Haus kaputtgemacht. Das hatte der Architekt dem ersten Interessenten gesagt, dem Jarvis' Mutter 1976 die Schule angeboten hatte. Er hatte Etagenwohnungen einbauen wollen, hatte sich aber aus dem Geschäft fast ebenso schnell zurückgezogen wie der zweite Interessent, der selbst Architekt war.

Die Wohngemeinschaft zog nach Devon und hinterließ eine Rhabarberpflanzung, die bei Jarvis' Einzug noch da war. Inzwischen hatte die Stadtverwaltung schon mit einer Abrißklage gedroht, um Jarvis' Mutter zu zwingen, das Haus instandsetzen zu lassen. Sein Vater starb, zwei Jahre später heiratete seine Mutter zum zweiten Mal und zog nach Frankreich. Sie war sich mittlerweile darüber klargeworden – es war ja nicht zu übersehen! –, daß Jarvis ein Sonderling war, kein Typ, der sich zielstrebig einen Job sucht und danach einen besseren Job, den Blick unverdrossen auf die nächste Sprosse der Karriereleiter gerichtet, der sich eine Frau nimmt, zwei Kinder in die Welt setzt, Junge und Mädchen, ein Haus kauft und danach ein besseres Haus, ein Auto und und und. Sobald er ein bißchen Geld hatte, reiste er so preiswert wie möglich nach Mittelamerika oder Thailand, um irgendwelche neuen Untergrundbahnen zu besichtigen. Er sammelte Material für ein Buch über die Metrosysteme der Welt, ein Projekt, mit dem er sich schon seit Jahren beschäftigte. Wenn er zu Hause war, wohnte er neuerdings immer öfter in der Schule, er nagelte Bretter vor die kaputten Scheiben und ließ die Kamine kehren.

»Es wird das Gescheiteste sein, wenn du sie nimmst«, sagte Elsie vor ihrer Abreise nach Bordeaux. »Wär schade drum, wenn das liebe alte Gemäuer ganz und gar verkommen würde. Du könntest einen Teil vermieten und von den Einnahmen leben.«

Sehr überzeugt klang das nicht, denn sie hatte – genau wie Jarvis – die Schule gerade erst gesehen und hielt es für wenig wahrscheinlich, daß »anständige Leute« sich dort einmieten würden. Doch sie machte sich Sorgen, weil Jarvis ihrer Meinung nach praktisch keine Einkünfte hatte – was aber Jarvis nicht besonders bedrückte.

Er hatte etwas Geld von seinem Vater geerbt, dafür hatte seine Mutter das Haus in Wimbledon bekommen. Aus diesem Kapital bezog Jarvis ein winziges Einkommen, das knapp zum Leben reichte, wenn er konsequent zu Fuß ging, auf jeden Kinobesuch verzichtete, nie etwas Nettes aß, nicht rauchte oder trank, sich keine neuen Sachen kaufte und nicht telefonierte. All diese Dinge reizten Jarvis auch gar nicht, hingegen reizte es ihn sehr, in den Norden hinaufzufahren, um die alte PTE in Glasgow zu bewundern, gar nicht zu reden von einer zweiten Reise zur BART nach San Francisco, deren Tunnelröhre unter der Bucht durch den Fels getrieben ist. Er besserte sein Einkommen auf, indem er Eisenbahnbroschüren schrieb, Abendkurse für Autoreparaturen gab – ein Fach, von dem er nicht viel verstand, für das er sich aber am Vorabend vorher rasch aus einem Lehrbuch schlau machte – und, wenn es wirklich eng wurde, als Anstreicher jobbte.

Als seine Mutter abgereist war, stieg Jarvis in Wimbledon Park in die District Line, wechselte in Victoria in die Victoria Line über und stieg in Green Park nochmals um, diesmal in die Jubilee Line, die ihn nach West Hampstead brachte. Es war eine lange, umständliche Fahrt, aber Jarvis störte das nicht. Von der U-Bahn konnte er nie genug bekommen.

Eine halbe Stunde später ging er über die Fußgängerbrücke, die Nord- und Südseite der Bahntrasse verbindet. Die stählern blinkenden Schienen unter ihm bildeten einen breiten silbernen Strom. Die Brücke war in neuerer Zeit mit dicken Stahlträgern verstärkt worden, die einem viel von der Sicht nahmen, aber auf dem Mittelteil lagen alte, bemooste Schwellen, und auch die Stufen waren aus Holz. Zwischen den Trägern hindurch konnte man die Hinterfront der Schule sehen, das ziemlich düstere Dunkelrot der Mauern und die gotischen Fenster, die eher zu einer Kirche gepaßt hätten. Rechts und links waren in Jarvis' Kinderzeit anstelle der zerbombten Häuser langweilige Wohnblocks hochgezogen worden.

Ein Zug der Metropolitan Line donnerte ohne Halt weiter nach Wembley Park, ein langsamerer Zug der Jubilee Line begegnete ihm und hielt unten am Bahnsteig. Es muß schön sein, diese Züge zu hören, dachte er, wenn ich meine Geschichte der Londoner U-Bahn schreibe. Er ging die Treppe hinunter und über die schmale, durch eine kleine Backsteinmauer begrenzte Gasse zur Schule.

In der Cambridge School schlug ihm Kälte entgegen. Und schlechter Geruch. Jarvis ging durchs Vestibül, einen großen Raum mit hoher Decke und pseudo-mittelalterlichen Stichbalken. An den Wänden hingen gelbe Holztafeln mit den Namen von Schülerinnen, die irgendeine bescheidene Auszeichnung errungen hatten. Ein großer, vielflammiger elektrischer Kronleuchter hing von der hohen Decke. Die Treppenaufgänge führten zu Galerien mit hölzernem Geländer, das schwere, stümperhaft geschnitzte Holz- und Balkenwerk war ganz aus Kiefer und verbreitete eine leicht sakrale Atmosphäre. Alle paar Stufen wiesen die Treppengeländer Wülste und Auswüchse wie die Armlehnen einer Kirchenbank auf. Jarvis klappte im Vestibül den mitgebrachten Koffer auf, stellte die Schreibmaschine in der Übergangsklasse auf eins der Pulte und ging mit seinen Sachen nach oben.

Eine Sexta hatte es in der Cambridge School nie gegeben. Neue Schülerinnen traten gleich in die Tertia ein, gekennzeichnet durch eine III in verblaßter schwarzer Farbe an der Tür, vor der er stehenblieb. An der Tür rechts stand eine IV, um die Ecke links war der Werkraum, ganz rechts neben der Toilette und gegenüber vom Lehrerzimmer das Büro des Schulleiters, das sogenannte Direktorzimmer. Das Holz- und Balkenwerk in der ganzen Schule war aus amerikanischer Pechkiefer, die sich im Alter zu einem grellen Safrangelb oder aber zu einem dunklen, fast rußschwarzen Braun verfärbt hatte. Die Fußböden waren aus dem gleichen Holz und teils kahl, teils mit Linoleum ausgelegt. Das ganze Haus wirkte verwahrlost. Jarvis meinte irgendwo gelesen oder gehört zu haben, der Holzwurm sei im Mai am aktivsten, aber die überall herumliegenden ingwerfarbenen Sägemehlhäufchen sahen frisch aus, und als er die Tür der Tertia aufmachte, rieselte es ihm von oben ingwergelb auf den Kopf.

Er hatte sich die Tertia als Schlafzimmer ausgesucht, weil man dort den besten, von Bäumen unverstellten Blick auf die Jubilee Line hatte, und als er eintrat und sich ans Fenster stellte, sah er jenseits des Gartens, der Bäume und der Rhabarberpflanzen einen silbernen Zug gen Süden eilen. Außerdem hatte dieser Raum – ebenso wie die Übergangsklasse, die ebenfalls im ersten Stock gelegene Unter- und Oberprima und das Lehrerzimmer – einen Kamin. Noch war es warm, aber sobald es kühler wurde, brauchte er Heizung. Und Licht. Der Strom war schon seit über zwei Jahren abgestellt.

Jarvis war ein Sonderling, ja, er war nach Meinung vieler Leute, die ihn kannten, ein sehr komischer Kauz, aber auf seine ruhig-beharrliche Art erreichte er immer, was er wollte. Er war kein Zauderer. Niemand hätte ihn guten Gewissens einen Faulenzer nennen können. Nach dem Mittagessen, das er sich im Koffer mitgebracht hatte und das aus zwei Salamibroten, einem Croissant mit Marmeladenfüllung und einem Schokoriegel bestand, machte er sich auf den Weg in die West End Lane, wo er bei den Stadtwerken wegen seiner Strom- und Gasversorgung vorsprechen, sich nach einem Kaminkehrer erkundigen und in einem Zeitungsgeschäft eine Anzeige ins Fenster hängen wollte, in der er Mieter für sein Haus suchte.

Noch vor dem Besuch beim Zeitungshändler aber traf er an der Ecke Fawley Road Tina Darne, Cousine ersten Grades und ehemalige Hausbewohnerin – mit einem kleinen Jungen und einem noch kleineren Mädchen an der Hand.

4

Den ganzen Tag fuhren die Züge stadteinwärts nach Finchley Road und stadtauswärts nach West Hampstead oder ratterten ohne Halt weiter nach Buckinghamshire. Das Zuggeräusch, das silbrige Aufblitzen der Wagen zwischen den Bäumen gehörte zum Leben in der Schule. Die Lichterfülle am Abend gehörte dazu und das Singen und Schwingen der Gleise. Nur nachts, spät in der Nacht, zwischen ein Uhr und Morgengrauen, herrschten Ruhe und Halbdunkel.

Man gewöhnte sich daran. Jarvis hatte es gern so, und Tina störte es nicht. Es gab nicht viel, was Tina gestört hätte. Die beiden Bäder und die Küche benutzten sie gemeinsam, aber Tina hatte eine eigene Toilette und Küche. Im Zeichensaal, im Labor, im Werkraum, im Lehrerzimmer und im Direktorzimmer wohnte zunächst noch niemand. Auch die Garderobe, in der Jarvis' Großvater sich erhängt hatte, wurde nicht genutzt, und Erwachsene sollten auch später keinen Gebrauch von diesem Raum machen.

Auf einem Teil der Holzböden lag noch immer das braune Linoleum mit dem schwarzen Lilienmuster. Noch immer schwebte der große gußeiserne Kronleuchter mit seinen vielen Armen und Klauen hoch über dem Vestibül. Er hatte etwas von einem mittelalterlichen Foltergerät an sich, ähnelte einer Streckbank oder einem Rad. Die Leuchten waren künstliche Kerzen in Halterungen, die wie hochgereckte Löwenpranken aussahen. Alle Fenster hatten Springrollos aus einem unerhört haltbaren dunkelgrünen Material, die all die Jahre unzerstört überdauert hatten. Sie funktionierten immer noch bestens, so daß man auf Vorhänge verzichten konnte. Das Haus hatte keine Zentralheizung, sondern nur ein Sammelsurium von Elektro-, Öl- und Gasheizgeräten, die irgendwelche Mieter mitgebracht oder die sich mehr oder weniger gut funktionierend im Werkraum angesammelt hatten, wo derlei Dinge gelagert wurden.

Tina hatte vom Aushang der Anzeige beim Zeitungshändler abgeraten. Es wäre unklug, fand sie. Sie fuhr mit Jasper und Bienvida in einem geliehenen klapprigen Ford-Kleinbus vor, Wäschesäcke mit Kleidung auf dem Wagendach und ihre Sperrmüllmöbel im Laderaum. Eine Anzeige würde nur Lumpenpack anlocken, erklärte Tina. Jarvis grinste, gestand der Bemerkung aber durchaus eine gewisse Berechtigung zu. Lumpenpack konnte so oder so sein, und die eigene Familie war natürlich immer ein Kapitel für sich.

Es wäre viel gescheiter, sagte Tina, sich »einfach mal umzuhören«, und sie würde gleich damit anfangen, sobald sie sich eingerichtet hatte. Jarvis beschloß, die Sache lieber selbst in die Hand zu nehmen. Von Tina beigebrachte Interessenten würden mit hoher Wahrscheinlichkeit die Miete schuldig bleiben. Bei Tina selbst war das nicht zu befürchten, denn der Mann, mit dem sie länger als mit allen anderen Partnern zusammengelebt hatte, zahlte ihr für den Unterhalt der Kinder fünfzig Pfund in der Woche.

Viel Miete wollte Jarvis ja gar nicht haben – ein Wohnungsmakler hätte seinen Ohren nicht getraut, wenn er gehört hätte, was Jarvis verlangte –, aber Sinn der Sache war doch, daß er von den Mieteinnahmen leben und eine Reise nach Kairo finanzieren konnte, um mit der ENR zu fahren, die 42,5 km lang ist und 33 Stationen hat.

Er sah sich unter den Bettlern um, die dicht an dicht in den U-Bahn-Eingängen auf den Stufen hockten. Allen konnte man kein Dach über dem Kopf bieten, wie hätte er es da verantworten können, einen oder zwei zu bevorzugen? Dort, wo die Rolltreppe der Piccadilly Line am Leicester Square endet, kauerte ein Betrunkener und sang Kirchenlieder. Jarvis versuchte, ein Gespräch mit ihm anzufangen, aber gegen so viel Argwohn war nicht anzukommen. Der Mann vermutete in Jarvis zuerst einen Sozialarbeiter, dann einen Reporter, er fluchte und spuckte ihn so zielsicher an, daß ein Speichelklümpchen auf Jarvis' Jackenaufschlag landete.

Es war spät, aber auf den Bahnsteigen wimmelte es von Menschen. Als der Zug einfuhr, bekam Jarvis nur einen Stehplatz. In Charing Cross stieg er in die Jubilee Line um, und in Bond Street kamen vier Männer in seinen Wagen, die so selbstbewußt auftraten, daß Jarvis aufmerksam wurde. Sie sahen sofort nach rechts und nach links und wechselten leise ein paar Worte, dann teilte sich die Gruppe, zwei gingen an das eine Wagenende, zwei an das andere.

Jarvis hatte schon ein paarmal Gewalt in der U-Bahn erlebt, meist – aber nicht immer – am späten Abend. Einmal hatte er mit angesehen, wie eine junge Frau von einer Mädchenbande auf einer abwärts rollenden Fahrtreppe überfallen worden war. Er stand auf der Treppe, die in die Gegenrichtung rollte. Die junge Frau stand allein auf der Rolltreppe, und die Mädchen rannten an ihr vorbei, rissen ihr die Tasche von der Schulter, eine Kette vom Hals, die letzte zerrte ihr die Ohrringe von den Ohren. Jarvis wechselte, als er oben angekommen war, sofort auf die andere Rolltreppe über, aber da war die Gang schon mit einem gerade rechtzeitig einfahrenden Zug auf und davon. Das Opfer blieb weinend zurück und hielt sich die blutenden Ohrläppchen.

Ein andermal hatte er gesehen, wie ein Tourist, der kein Englisch sprach, den Verlust seiner Brieftasche entdeckt hatte – samt Paß und allem, was er besaß. Das war in einem Zug der Jubilee Line gewesen, und Jarvis erinnerte sich deutlich der Verzweiflung des Mannes, seiner Wehklagen und Proteste in einer Sprache, die niemand verstand. Wenn aber diese vier, die sich in zwei Gruppen aufgeteilt hatten, einen Überfall, eine Gaunerei planten, ließen sie sich Zeit damit, denn sie verhielten sich still und unauffällig. Einer saß direkt neben Jarvis, ein verstaubt wirkender, sehr durchschnittlicher Mann mittleren Alters im beigefarbenen Regenmantel des Spanners.

An Baker Street stiegen alle vier aus – aber nur, um einen Wagen weiter zu ziehen. Jarvis sah sie in den nächsten Wagen einsteigen, sprang spontan auf und folgte ihnen. In St. John's Wood wiederholte sich das Spiel, und jetzt ahnte er schon, wer und was sie waren, hatte es vielleicht an der Aufmerksamkeit gemerkt, die sie dem grölend durch den Wagen torkelnden Betrunkenen schenkten. Die meisten Leute tun in solchen Fällen nichts dergleichen, sie verstecken sich hinter ihrer Zeitung oder heucheln ein durch nichts gerechtfertigtes Interesse an den Werbeflächen. Diese vier aber beobachteten den Betrunkenen ganz offen, schienen jeden seiner Schritte zu verfolgen. Als er in Swiss Cottage aus dem Zug stolperte, ging der Jüngste und Größte des Quartetts zur Tür, um sich zu vergewissern, daß der Saufbold nicht wieder einstieg.

»Sind Sie von den *Guardian Angels?*« Jarvis hatte nie Hemmungen, seine Mitmenschen anzusprechen. Wenn ihn etwas interessierte, fragte er danach. Die »Schutzengel«-Organisation, die sich um größere Sicherheit in der Öffentlichkeit bemüht, war ihm durchaus ein Begriff.

Der Mann im Regenmantel sah sich um und zögerte. »So was Ähnliches. Wir sind die *Safeguards*.«

»Bekommen Sie oft Ärger?«

»Heute abend ist es ruhig. Überhaupt eine ruhige Woche bis jetzt. Kleine Entschädigung für die davor, schätze ich.« Und dann fragte der Mann im Regenmantel hoffnungsvoll: »Wollen Sie nicht bei uns mitmachen? Es ist eine ehrenamtliche Tätigkeit, aber persönlich sehr befriedigend, wenn ich das so sagen darf.«

Jarvis, der an der nächsten Station aussteigen mußte, fragte, wo die Gruppe denn morgen abend sei. Auf der Metropolitan Line, Abzweig Hammersmith, sagte der Mann, der sich als Jed Lowrie vorgestellt hatte. Auf der trostlos-verkommenen Station an der Latimer Road traf er sie beim routinemäßigen Wagenwechsel, aber statt seiner Mitarbeit bei den Safeguards bot er Jed und seinem Wüstenfalken Abälard eine Unterkunft in der Schule an.

Jed hatte eine Teilzeitstelle im Job Centre, der staatlichen Stelle für Arbeitsvermittlung, und wurde ganz blaß, als er hörte, welch lächerlich geringe Summe Jarvis als Miete verlangte. Jed brachte den Falken in dem alten Fahrradschuppen unter und zog in die Oberprima. Peter Bleech-Palmer, der Sohn der besten Freundin von Tinas Mutter, der zusammen mit einem Freund eine Wohnung in Kilburn in Aussicht hatte, nahm, bis er dort einziehen konnte, die Quinta.

Die Recherchen für sein Buch führten Jarvis in die untere Ebene von Bond Street Station. Er war dabei, Versuche mit den Windböen anzustellen, die dort über die Bahnsteige fegen, und blieb stehen, um drei Musikanten zuzuhören, die schottische Volkstänze spielten. Einer drückte den Dudelsack, ein zweiter spielte Geige und der dritte Flöte.

Nach der Instrumentalfassung eines Burns-Liedes legte der Flötist sein Instrument aus der Hand und stimmte mit angenehmer Baritonstimme ein Lied an. Er sang *Scotland the Brave* und *So far from Islay*, er sang von Exil und Verlust, von Heimatliebe und Heimweh. Der Gegenstand seiner Lieder war weltenweit entfernt von dem Lärm, der Hitze und dem Gewimmel hier im Untergrund. Jarvis war hingerissen. Er mochte nur Vokalmusik, die aber in jeder nur denkbaren Form – Oper, Lied, Folk- und Countrymusik, Rock, Jazz, Soul, Blues.

»Großartig«, sagte er zu dem Sänger. »Ich habe das noch nie so gut singen hören. Habt ihr auch ein Wunschprogramm drauf?«

»Wie meinen Sie das?«

»Wie in einem Restaurant zum Beispiel, wo einem gesungen wird, was man sich wünscht.«

»Kommt drauf an, was es ist.«

Der Sänger, ein gutaussehender Junge von höchstens dreiundzwanzig oder vierundzwanzig Jahren, sah vielsagend auf den Hut, der jetzt auf dem gekachelten Boden stand. Jarvis kramte in der Tasche, bis er unter dem Kleingeld eine Pfund-Münze gefunden hatte.

»Dafür singt er dir die ganze Titelpartie aus dem Don Giovanni«, sagte der mit dem Dudelsack.

Jarvis lachte. Er wünschte sich ein irisches Lied von Liebe und Leid. Der junge Mann sang ohne Begleitung. Der Dudelsack war wohl auch schlecht dafür zu gebrauchen. Als er zu der Stelle kam, wo es heißt, daß es nicht mehr lange währt, mein Lieb, bis zum Hochzeitstag, spürte Jarvis, wie sich die alte, unbestimmte Sehnsucht in ihm regte und wie Tränen unter seinen Lidern brannten, obgleich ihm zur Zeit weder Hochzeit noch Ehefrau oder auch nur eine dauerhafte Beziehung ins Konzept gepaßt hätten. Er bedankte sich bei dem Sänger und gab ihm noch einmal 50 Pence, was er sich eigentlich nicht leisten konnte.

Ein kleiner Menschenauflauf blockierte jetzt den Durchgang. Die Zuhörer hatten inzwischen mitbekommen, daß sich hier etwas Besonderes tat, und meldeten mit hochgerecktem Arm ihre Wünsche an. Ein paar klatschten, als der Sänger das nächste Lied anstimmte und der Dudelsack zu quäken begann.

Jarvis löste sich aus der Menge, um sich dem Wind zu stellen, der über den Bahnsteig fegt, ehe der Zug aus dem

Tunnel kommt. Beim Bau der Jubilee Line hatte man hier einen großen Ventilationsschacht vorsehen müssen, um die Luft abziehen zu lassen, sonst wären am Ende die Fahrgäste vom Bahnsteig auf die Gleise geweht worden.

Es war unheimlich zugig. Der Wind fuhr den Frauen in die Frisur. Einmal hatte Jarvis gesehen, wie einer bedauernswerten jungen Frau bei einem heftigen Windstoß der Rock über dem Kopf zusammengeschlagen war, und er hatte sich für sie geniert. Der Zug nahm die wartenden Fahrgäste auf, und schon drängte der nächste Schub nach. Jarvis machte kehrt. Die Musik kam ihm entgegen, es war eine Weise aus dem Norden Englands. Die Menschenmenge war noch da, jetzt aber drängte sich ein Mann in Uniform zu den Musikanten durch und schimpfte mit dem Sänger.

Jarvis, der größer war als alle anderen, sagte über die Köpfe der Menge hinweg: »Wem tun die drei denn was? Sie machen uns Freude mit ihrer Musik.«

»Es ist gegen die Vorschrift, Sir«, erwiderte der Uniformierte.

Vor der Anrede »Sir« (die ihm selten genug zuteil wurde) überkam Jarvis stets eine erschreckende Hilflosigkeit. Unwillkürlich sagte er sich dann, wie freundlich es doch sei, wenn ein Mitmensch ihm so viel Ehrerbietung bezeigte, daß dieser Mitmensch ein besonders mildes, großherziges Wesen haben, ihn lieben und achten müsse. Er zwang sich, gegen solche Überlegungen anzukämpfen, wehrte sich dagegen, schlappschwänzig zu allem, was diesem »Sir« voranging, ja und amen zu sagen. Diesmal gelang es ihm mit knapper Not.

»Dann müssen die Vorschriften geändert werden. Das ist doch ausgesprochen ungerecht!«

Der Mann drängte sich wieder zu Jarvis zurück. »Das habe nicht ich zu entscheiden, Sir«, sagte er und setzte weniger liebenswürdig hinzu: »Und Sie auch nicht.«

Als die Menge merkte, daß die Vorstellung aus war, verlief sie sich, und die Musikanten packten ihre Instrumente ein.

»Wohin geht ihr denn jetzt?« fragte Jarvis.

Der Mann mit dem Dudelsack näselte gewollt vornehm: »Ich denke, wir dinieren noch im Gavroche, ehe wir uns auf unsere Suite im Grosvenor House zurückziehen.«

»Kommt mit und gebt bei mir zu Hause ein Konzert«, sagte Jarvis. »Ich zahle auch was. Nicht viel, aber immerhin eine Kleinigkeit. Ich brauche das für mein Buch. Für das Kapitel über Unterhaltung im Untergrund.«

Sie sahen sich an, schienen stumm miteinander zu beraten. »Okay«, sagte der Sänger. »Was kann uns schon passieren? Ich bin Tom, das ist Ollie, und das ist Mac.«

»Jarvis Stringer.«

Sie spielten für ihn und Tina und die Kinder, bis sie nicht mehr konnten. Für die Heimfahrt war es indessen zu spät geworden, sie übernachteten in der Schule. Zwei blieben gleich da. Mac hatte mit Freundin und Baby ein Hotelzimmer in Bayswater, das die Stadt bezahlte. Ollie bezog das Direktorzimmer, und Tom nahm die Quarta.

»Hoffentlich zahlen sie«, sagte Tina.

»Tom hat noch einen Job«, sagte Jarvis. »Er gibt Flötenstunden.«

Tina hob die Schultern. »Flötenstunden? Ausgerechnet ... Stell dir das mal vor, wenn ich gerade die Kinder ins Bett bringen will!«

Da Jasper und Bienvida nie vor Tina zu Bett gingen und sofort einschliefen, wo sie auch gerade waren, nahm Jarvis diesen Protest nicht allzu ernst. Tina sagte manchmal solche Sachen, weil sie glaubte, daß man das von einer normalen Mutter erwartete. Ab und zu wies sie auch – ohne sich darüber zu beschweren – auf das unablässige Gekreisch hin, das Jeds Falke Abälard auf seinem Bock im Fahrradschuppen von sich gab. Jarvis dachte sich, daß sie jetzt wohl genug Mieter hätten.

Für Kairo reichte inzwischen sein Geld, und in der folgenden Woche reiste er ab. Vielleicht ließ es sich sogar so einrichten, daß er, nachdem er eins der weltweit jüngsten Metrosysteme besichtigt hatte, über Budapest heimfahren und sich eine der ältesten Untergrundbahnen der Welt ansehen konnte.

Auf Pearsons Plan, Menschen »wie Päckchen per Rohrpost« zu verschicken, reagierte der Journalist und Soziologe Henry Mayhew mit Hohn und Spott. Mayhew war der Verfasser des vierbändigen Werkes London Labour and the London Poor, *das die soziale Situation jener Tage und die Probleme der Arbeiterschaft beleuchtet, und hat Dickens nicht unwesentlich beeinflußt. Außerdem war er der Begründer der Zeitschrift* Punch.

»Wir haben häufig«, so schrieb er, »den Ernst belächelt, mit dem er seinen Plan verteidigte, London mit einem langen, abflußrohrähnlichen Tunnel zu umgürten ...«

Punch *gefiel sich in noch deutlicherer Ironie. »Wie wir*

hören, haben sich aufgrund einer Umfrage bereits zahlreiche Anwohner der Trasse bereit erklärt, der Eisenbahnkompanie ihre Kohlenkeller zur Verfügung zu stellen. Es heißt, daß sich viel Geld sparen läßt, wenn man die Züge durch bereits bestehende Gelasse, Küchen und Kohlenkeller führt, was sich ohne große Belästigung der Besitzer bewerkstelligen ließe.«

Zum Bau der Trasse wurden drei Flüsse umgeleitet und viele tausend arme Leute entwurzelt, die im Fleet Valley gewohnt hatten. Vollbracht wurde dieses Werk von Männern, die keinerlei Erfahrung auf diesem Gebiet hatten. Niemand hatte sich bisher an so einem Bau versucht. Immerhin blieb ihnen erspart, was viele Jahre später die Erbauer der Moskauer Untergrundbahn erlebten, die auf der projektierten Trasse unvermutet Treibsand entdeckten.

Die Strecke von Farringdon nach Paddington wurde am 9. Januar 1863 eröffnet. Im ersten Zug fuhren zahlreiche Honoratioren der viktorianischen Gesellschaft mit, unter anderem Mr. und Mrs. Gladstone. Am Ziel spielte eine Blaskapelle. Abends gab es ein Bankett für 700 Gäste, aber Pearson war nicht dabei. Er war ein halbes Jahr vorher gestorben.

Die Metropolitan Company hatte ihm als Dank für seine große Leistung eine Belohnung angeboten. Er hatte sie abgelehnt mit der Bemerkung: »Ich bin ein Bediensteter der Stadt London. Sie ist mein Arbeitgeber, und meine Zeit und Arbeitskraft stehen uneingeschränkt ihr zur Verfügung. Wollen Sie sich erkenntlich zeigen, so müssen Sie das der Stadt gegenüber tun.«

Solche Erklärungen gibt heute kein Mensch mehr ab.

Pearson war ein mutiger Mann, ein Liberaler und ein früher Kämpfer gegen rassische Diskriminierung. Er setzte sich für die Abschaffung der Gesetze ein, die Juden die Ehrenbürgerrechte und eine Betätigung als vereidigte Makler versagten. Auf sein Betreiben wurden auf dem Monument, *der Säule, die an das große Feuer von London im Jahre 1666 erinnert, jene Zeilen getilgt, mit denen den Katholiken die Schuld an der Katastrophe angelastet worden war.*

Tom Murray wünschte sich nicht viele Freundinnen, sondern eine einzige Frau fürs ganze Leben, eine ernstzunehmende Partnerin. Ihm ging es um Liebe und nicht um Affären. Schockiert hatte er während des Studiums festgestellt, daß mindestens die Hälfte aller Männer seines Studienjahrs keinerlei Erfahrungen in der Liebe oder im Gefühlsbereich hatten. Sinnlichkeit und Leidenschaft bedeuteten für sie, halb betrunkene Mädchen in Pubs aufzureißen, mit denen sie die Nacht verbrachten und die sie danach allenfalls ein- oder zweimal oder überhaupt nicht wiedersahen.

Er sehnte sich nach der großen Liebe und glaubte sie endgültig gefunden zu haben, als er achtzehn war. Diana studierte Musik wie er, sie war schön, warmherzig, liebevoll, ein ernsthafter Mensch. Doch dann waren ihre Eltern in die USA gezogen, sie setzte ihr Studium an einer amerikanischen Hochschule fort und antwortete nach einiger Zeit nicht mehr auf seine Briefe. Danach hatte er lange Zeit keine Freundin mehr gehabt, weil er nicht gewillt war, sich auf Kompromisse einzulassen. Kurz vor dem Unfall begegnete er dann einem Mädchen, das ihn äußerlich an Diana erinnerte. Sie war Pianistin, er hatte sie bei einem Wettbewerb für junge Künstler kennengelernt. Die Beziehung zerbrach, als er im Krankenhaus lag. Dort hatte sie ihn einmal besucht, war schüchtern gewesen, ausweichend und unverbindlich. Später hatte sie ihm geschrieben, es sei am besten, wenn sie sich nicht wiedersahen.

In den Monaten der Rekonvaleszenz, als er allmählich erkennen mußte, daß er ein anderer Mensch geworden war, ein jähzorniger, reizbarer Typ, nervös und hypochondrisch, waren Sex und Liebe für Tom Begriffe, die ihm unendlich fern lagen, die ihn unerreichbar, ja, geradezu lachhaft dünkten. Als ob er nicht so schon Sorgen genug hätte ... Doch als er dann in der Cambridge School wohnte, sein eigenes Zimmer und regelmäßige Beschäftigung hatte, fing er wieder an, sich in Gedanken mit seiner Traumfrau zu befassen, und zu der früheren, von Diana personifizierten Idealvorstellung kam jetzt noch der Gedanke, daß diese Frau seine Retterin sein, ihn erlösen und wieder heil und ganz machen müsse.

Es war ihm nicht gegeben, wie Jarvis ein Leben auf Distanz zu führen, mit nur flüchtigen menschlichen Kontakten. Und es war eine fürchterliche Vorstellung für ihn, so wie Tina zu leben, die einen Liebhaber nach dem anderen verbrauchte und dabei offenbar nicht einmal wählerisch war, oder wie Jed, der sich, schon lange von Frau und Kind getrennt, mit einem Vogel als Gefährten tröstete. Tom strebte eine Ehe an, lebenslange Bindung und stetig wachsenden Wohlstand. Das Gesicht, das dabei vor ihm auftauchte, war Dianas Gesicht: weiche Züge, runde Wangen, Grübchen in den Mundwinkeln, kastanienbraun-seidige Haarfülle. Sie mußte Musikerin sein oder Musik lieben. Sie mußte jenen Wesenszug besitzen, ohne den keine Frau seinen hohen Ansprüchen gerecht werden konnte – ein Talent zur Hege und Pflege, eine zärtlich-mütterliche Milde. Er ertappte sich dabei, daß er auf der Straße und in den Zügen, in denen er zum Musizieren fuhr, nach ihr Ausschau hielt. Er war einsam und sehnte sich nach einem Menschen, den es vielleicht gar nicht gab.

Wie bei den meisten musikalischen Kindern war Toms erstes Instrument die Blockflöte, die er in ein, zwei Stunden beherrschte. Danach versuchte er sich an der Gitarre seiner Mutter, die in ihrer Jugend, in den sechziger Jahren, Gitarre gespielt hatte. Seine Eltern besaßen kein Klavier, aber seine Großmutter hatte einen Stutzflügel, auf dem er sich das Klavierspielen beibrachte. Wenig später bekam er Flötenunterricht.

Er gehörte zu den Menschen, die beliebig viele Instrumente spielen können und von denen man sagt, daß sie keins richtig beherrschen, aber auf Tom traf das nicht zu. Es sah ganz danach aus, als könne ein flötendes Wunderkind aus ihm werden. Niemand wußte so recht, warum das nicht klappte, warum er nach wie vor gut war, aber mehr nicht, und warum er die Aufnahmeprüfung für das Jugendorchester der Grafschaft nicht bestand. Tom selbst erklärte es damit, daß er sich in der Schule mit Fächern plagen mußte, die nichts mit Musik zu tun hatten, daß er sich nicht voll und ganz der Flöte hatte widmen können.

Seine Großmutter erklärte es Toms Eltern gegenüber damit, daß er sich verzettelte. Als er merkte, daß er eine schöne Stimme hatte, nahm er Gesangsunterricht, und wenn er nicht Flöte übte, flirtete er weiter mit dem Klavier. Auch eine Trompete hatte er sich gekauft.

Toms Großmutter hatte nur dieses eine Enkelkind, und als er fünfzehn war und sie wieder einmal in Rickmansworth besuchte, weil er bei ihr Klavier spielen wollte, eröffnete sie ihm, daß sie ihn zu ihrem Erben einsetzen würde.

»Ich habe ein Testament gemacht, in dem ich dir alles hinterlasse, Tom.«

Er wußte nicht, was er sagen sollte. »Schönen Dank auch«, sagte er.

»Ich stelle keine Bedingungen. Ich habe mein Testament schon geändert, aber ich möchte, daß du mir einen Gefallen tust. Zwei eigentlich. Ich möchte, daß du Musik studierst, aber das würdest du wohl sowieso tun, und ich möchte, daß du keine anderen Instrumente mehr spielst. Daß du das Klavier aufgibst, meine ich, und diese Trompete, die du dir da zugelegt hast.«

»Das schadet mir doch nicht.«

»Mir zuliebe, Tom. Weil ich dich darum bitte.«

Es war einigermaßen albern, fand Tom, etwas zu tun (oder zu lassen), weil jemand, der nichts von der Sache verstand, einen darum bat. Doch er versprach es mit der innerlichen Einschränkung, daß er bei ihr nicht mehr Klavier spielen würde. Er gab weder das Trompetespielen noch die Gesangstunden auf. Da er nun nicht mehr bei seiner Großmutter Klavier spielte, hätte er eigentlich nicht mehr nach Rickmansworth zu fahren brauchen, aber er tat es. Und zwar häufiger als früher. Daß man nett zu Leuten war, weil man später mal was von ihnen erben würde, fand Tom eigentlich ziemlich mies, trotzdem besuchte er seine Großmutter aus eben diesem Grund.

Er schwindelte sie auch an. Er sagte ihr nicht nur, er habe das Singen und das Trompetespielen aufgegeben, sondern erzählte ihr Sachen, die schlicht aus der Luft gegriffen waren, beispielsweise, daß seine Schule ihm nahegelegt habe, sich für den Wettbewerb *Junger Musiker des Jahres* anzumelden.

Daß die renommierte Guildhall School of Music and Drama ihn angenommen hatte, war nicht aus der Luft gegriffen, sondern entsprach den Tatsachen. Vielleicht würde er ja nun überhaupt nie mehr zu schwindeln brauchen, weil er sich jetzt auf dem schnellstmöglichen Weg in Richtung Erfolg, Ruhm und Reichtum bewegte. Tom kam an der Hochschule sehr gut voran, niemand hatte ihm dort das Singen verboten, was er triumphierend seiner Großmutter berichtete. An einem Sonntag, den er bei ihr verbracht hatte, kam es dann zu dem Unfall.

Der Unfall veränderte Toms Leben.

Wenn er nach Ealing wollte, wo er bei seinen Eltern wohnte, oder ins Barbican Centre, fuhr seine Großmutter ihn die eineinhalb Meilen zum Bahnhof Rickmansworth, dem nördlichen Endpunkt der Metropolitan Line. Manchmal, bei schönem Wetter, ging er auch zu Fuß. Der Abend, an dem sich der Unfall ereignete, war schön und mild, er hätte zu Fuß gehen können, seine Großmutter wäre auch gern bereit gewesen, ihn zu fahren. Doch nachmittags im Garten kamen sie mit dem Nachbarn ins Gespräch, der ein Motorrad hatte und um sieben damit in die City fahren wollte. Tom war noch nie als Sozius auf einem Motorrad mitgefahren, aber Andy, der Nachbar, hatte einen zweiten Sturzhelm. Aus irgendwelchen verwickelten Gründen fuhr er diese Strecke jeden Sonntagabend. Tom fand die Bahnfahrt durch Harrow und Northwood und Wembley bis zur Baker Street, das Umsteigen und die Warterei reichlich langweilig, und als Andy sich erbot, ihn mitzunehmen, willigte er ein.

Sie waren auf einer schmalen, kurvenreichen Straße am Rande der Batchworth Heath, als es passierte, knapp eine Meile hinter dem Haus seiner Großmutter. Andy überholte einen Container-Lastwagen, der auf so einer Straße überhaupt nichts zu suchen hatte, und stieß frontal mit einem aus der Gegenrichtung kommenden Volvo-Kombi zusammen. Alles ging viel zu schnell, nur Andy war nicht schnell genug gewesen.

Tom wurde abgeworfen. Er flog in hohem Bogen durch die Luft und prallte mit dem Kopf an einen Baum. Der Sturzhelm rettete ihm das Leben. Andy fand einen raschen Tod unter den Rädern des Volvo.

Tom verbrachte ein halbes Jahr im Krankenhaus und konnte nicht zurück an die Hochschule. Er hatte ein gebrochenes Bein, mehrere gebrochene Rippen, ein gebrochenes Schlüsselbein und einen komplizierten Bruch der linken Hand.

»Kannst von Glück sagen, daß du kein Pianist bist«, sagte der Chirurg. Der Mann meinte wohl, daß man Flöte nur mit dem Mund spielte.

Doch nicht die Verletzung der Hand oder die übrigen sichtbaren körperlichen Beeinträchtigungen machten Toms Tragödie aus, sondern das, was in seinem Kopf geschehen war. Oder das, was seiner Ansicht nach in seinem Kopf geschehen war, denn im Krankenhaus, wo sie es ja eigentlich wissen mußten, hatten sie ihm gesagt, die Hirnuntersuchungen hätten keinen Befund ergeben. Keinen Schädelbruch. Keinen Gehirnschaden. Wie sollte er ihnen klarmachen, daß er verändert war? Dieser plötzlich aufflammende Zorn über nichts und wieder nichts – das war etwas Neues. Diese Reizbarkeit. Die Kopfschmerzen. Vor allem dieser Verlust an Ehrgeiz und Antrieb und – was weit schlimmer war – der Verlust seiner Musik, die er plötzlich nicht mehr liebte, plötzlich nicht mehr brauchte.

Endlich durfte Tom wieder heim nach Ealing. Der kleine Finger seiner linken Hand würde auf Dauer steif bleiben, die Hand selbst konnte er zwar benutzen, aber sie sah nicht mehr aus wie vorher. Es war die Rede von einer weiteren Operation. Tom wußte nicht, ob er sich noch einmal operieren lassen sollte. Er wußte nicht, ob er wieder würde Flöte spielen können, und traute sich nicht, es zu probieren.

Sein Vater sagte, er müsse sich wieder immatrikulieren.

»Dann lassen die mich das ganze zweite Studienjahr wiederholen«, sagte Tom. »Das machen sie immer so.«

»Woher willst du das wissen? Versuch's doch erst mal.«

»Für ein zusätzliches Jahr kriege ich kein Stipendium, und du kommst doch mit dem Geld bestimmt nicht rüber.«

Er verbitte sich diese Ausdrucksweise, sagte sein Vater,

woraufhin Tom seine Siebensachen packte und zu seiner Großmutter nach Rickmansworth zog. Wenn er wirklich kein Stipendium bekäme, sagte seine Großmutter, würde sie ihn finanzieren, aber er solle sich erst mal erkundigen, durch einen Brief oder einen Anruf ließe sich das doch bestimmt in Erfahrung bringen. Tom willigte ein, aber als er versuchte, den Brief aufzusetzen, bekam er wieder seine Kopfschmerzen.

Heimlich begann er, Flöte zu spielen. Er spielte nur, wenn seine Großmutter nicht im Haus war. Es war ein großer Tag für ihn, als er merkte, daß er nicht nur spielen konnte, sondern auch Lust zum Spielen hatte. Doch er war noch sehr unbeholfen, und das machte ihn rasend. Er hätte am liebsten die Flöte zerbrochen, aber dazu fehlte es ihm an Kraft in der linken Hand. Weil er Geld brauchte, jobbte er in einer Imbißstube an der Baker Street. Bekannte seiner Großmutter hatten eine kleine Tochter, die gern Flöte spielen wollte, und Tom gab ihr Unterricht. Daß er keinen Eignungsnachweis besaß und sein Studium nicht abgeschlossen hatte, schien die Eltern nicht zu stören.

Nachmittags, nach Ende seiner Schicht, fuhr er meist mit der Metropolitan Line von der Baker Street nach Rickmansworth zurück. Manchmal aber, besonders wenn es warm war, fuhr er in die Stadt und lief dort herum. Er hörte gern den Straßenmusikanten zu, die in Covent Garden spielten.

Einmal ging er zu einem Promenadenkonzert in der Albert Hall. Damals gab es im Bahnhof Baker Street noch keine Musikanten, wohl aber in Leicester Square und

Green Park. Sie spielten Rock, für Tom eine sinnlose Kakophonie. Bei Vivaldimusik im Regent's Park kam er mit einem Typ ins Gespräch, und sie verabredeten, in einer der U-Bahn-Passagen der Baker Street zusammen Musik zu machen.

Mac hatte von seiner Vorliebe für Blasinstrumente gesprochen, ohne das Instrument zu nennen, das er spielte. Als Tom den Dudelsack sah, verschlug es ihm erst mal die Sprache. Mac hatte Ollie mitgebracht, der mehr recht als schlecht auf der Geige herumkratzte. Geschenktem Gaul sieht man nicht ins Maul, sagte sich Tom, wenn ich zu dieser Begleitung nichts Gescheites auf der Flöte zustande bringe, kann ich immer noch singen. Es freute ihn, als er merkte, daß seine Lieder ankamen.

Er und Mac und Ollie waren ein gutes Team, sie spielten den ganzen Herbst und Winter auf verschiedenen U-Bahnhöfen, dann schied Mac aus, weil er eine Unterkunft im Norden gefunden hatte, dafür nahmen sie Peter auf. Peter hatten sie in der Cambridge School kennengelernt, wo sie alle wohnten. Er hatte seine Arbeitsstelle verloren, weil der Klub, in dem er Klavier spielte, geschlossen wurde. Er hatte zwar einen neuen Job in Aussicht, bei einem Hospiz in der Telefonzentrale, aber im Augenblick wußte er nicht recht, wohin. Peter spielte viele Instrumente, aber keins richtig gut.

Als Tom seiner Großmutter sagte, er würde ausziehen, und ihr gestand – denn seit dem Unfall hatte er auch das Schwindeln aufgegeben, Tricks und Winkelzüge waren ihm einfach zu lästig geworden –, daß er auf U-Bahnhöfen

Musik machte, war sie entsetzt und sagte, er habe sie sehr enttäuscht.

»Ich bin noch krank«, sagte er. »Ist dir klar, daß ich nie mehr so sein werde wie früher?«

»Wir sind alle nicht mehr wie früher«, gab sie zurück. »Der Mensch ändert sich ständig, manch einer sogar zum Besseren. Du bist nicht krank, das bildest du dir alles nur ein.«

»Ich werde es nie zum Soloflötisten bringen. Meine linke Hand wird nie mehr richtig funktionieren. Ich brauche schließlich Geld.«

»Heutzutage braucht man einen Abschluß, ehe man Geld verlangen kann. Ich bitte dich, Tom, ich flehe dich an – noch ist es nicht zu spät! Heute abend setzen wir uns hin, du und ich, und schreiben an die Guildhall School, ja? Wenn sie dir kein Stipendium geben, zahle ich dir das Studium.«

»Die nehmen mich nicht wieder.«

»Dann bewerben wir uns anderswo, an den Hochschulen und Fachschulen für Musik in ganz England.«

»Irgendwann fange ich wieder an, bestimmt. Ich bin jung, ich kann jederzeit wieder anfangen. Ich weiß, daß ich wieder anfangen muß. Ich weiß, daß ich einen Abschluß brauche. Aber erst mal brauche ich Geld.«

Am nächsten Tag zog er aus. Sie war sehr abweisend. Am Bahnhof – sie hatte ihn hingefahren, obgleich er in der letzten Zeit immer zu Fuß gegangen war – gab sie ihm keinen Kuß.

»Du brauchst nicht zu warten, bis der Zug kommt«, sagte er. »Ich melde mich.«

Seine Hand war fast wieder in Ordnung. Irgendwann, dachte er, würde er sich noch mal operieren lassen, und dann würde er sich an einer Uni bewerben, die einen Studiengang für Musik hatte. Aber er war noch so jung, nicht mal dreiundzwanzig. Er hatte so viel Zeit, daß er davon ein Jahr zum Geldverdienen leicht abzweigen konnte.

Sie gingen, wohin sie wollten, spielten, wo sie Lust hatten. Tottenham Court Road, so hieß es, sei der günstigste Standplatz, und zwar die Passage im Bereich der Central Line. Tom wußte nicht, daß man dort seinen Platz im voraus buchen mußte, man mußte seinen Namen oder den Namen der Band auf die Liste unter dem RAUCHEN VERBOTEN-Schild setzen. Viele Schotten kamen mit der Northern Line von King's Cross dort vorbei, und sie spielten gerade ihr schottisches Programm, als eine Heavy-Metal-Band auftauchte und sie rüde aufforderte, ganz schnell abzuhauen.

Von der Bahnpolizei und vom U-Bahn-Personal waren sie diese Sprüche gewohnt, aber bei Kollegen hatten sie so etwas bisher noch nie erlebt. Der Drummer holte aus und streifte mit seinem Hieb Toms Kinn, und Ollie mußte Tom festhalten, weil der am liebsten zurückgeschlagen hätte. Und dann begriffen sie alle, daß sie damit den Bürohengsten geradezu einen Gefallen taten, die nur auf so eine Rangelei warteten, um ihre kleinlichen Vorschriften mit Gewalt durchzusetzen.

Und noch etwas begriff Tom in diesem Moment: daß das Musizieren in der U-Bahn keineswegs, wie seine Großmutter und viele andere Leute zu denken schienen, eine Art von Bettelei war, sondern eine künstlerische Tätigkeit, mit der man sein Brot verdienen konnte, die Reservierungen und Vorbereitungen erforderte wie ein Konzert in einem richtigen Saal. Und im Gegensatz zu dem Gewimmer, das manche Typen unter dem Namen Pop oder Country mit ihren Gitarren veranstalteten, machte er richtige, ernsthafte Musik.

An jenem Tag entschied er sich dafür, Straßenkünstler zu werden, ein professioneller Musiker, der die Gänge und Aufenthaltsflächen der Untergrundbahn als Konzertsaal nutzte.

5

Zum zweitenmal würde heute Mikes Mutter Catherine hüten. Sie wohnte am anderen Ende von Chelmsford, und Alice packte Catherine in die Tragetasche und fuhr mit dem Bus hin.

Es war ein warmer, sonniger Hochsommertag. Während der Fahrt war die Kleine wach gewesen, aber bis sie ins Haus kamen, war sie eingeschlafen. Mikes Mutter glaubte, Alice wolle einen Einkaufsbummel machen, das machte sie selber gern, und sie bildete sich ein, Alice könne es gar nicht erwarten, mal wieder allein durch die Stadt zu schlendern. Ihr selbst hatte, solange sie ans Haus gefesselt war, am meisten das Bummeln durch die Geschäfte gefehlt.

Alice gab ihr die Tasche mit Catherines Wegwerfwindeln und eine Garnitur Wäsche zum Wechseln und stellte zwei Flaschen Babynahrung in den Kühlschrank. Diese Frau, dachte sie, werde ich nun vielleicht nie wiedersehen. Und dieses Haus und diese makellose Küche auch nicht.

»Warum denn so viel?« sagte Mikes Mutter mit einem Blick auf die Babynahrung. »Wie lange willst du denn bleiben?«

Ein Leben lang. Für immer. »Nicht lange. Mike hat ab morgen vierzehn Tage Urlaub.«

»Ja, ich weiß. Vierzehn Tage wirst du hoffentlich nicht wegbleiben. Allerdings hätte ich ehrlich gesagt gar nichts dagegen, diesen süßen kleinen Schatz ein paar Wochen zu behalten.«

Das kannst du haben, vielleicht früher, als dir lieb ist. »Mike kommt um sechs nach Hause.«

Ich muß aufhören, ständig diese scheinbar zusammenhanglosen Bemerkungen zu machen, dachte Alice. Sie verrieten ihre geheimen Ängste und Hoffnungen. Mikes Mutter wertete sie zum Glück nur als ein weiteres Zeichen dafür, daß Alice zur Zeit ein bißchen durcheinander war.

Die Kleine schlief. Ich kann doch nicht mein einziges Kind verlassen, dachte Alice, meine kleine Tochter, die ich vielleicht nie wiedersehen werde, ohne sie noch einmal in die Arme zu nehmen, ohne sie wenigstens ein letztes Mal zu küssen. So etwas tut man nicht. Auch wenn das bedeutete, daß sie das Kind stören und aufwecken müßte, so daß es weinen würde, wenn man es wieder hinlegte; es mußte in Alices Arme gehoben, umarmt und zum Abschied geküßt werden.

Alice beugte sich über die Tragetasche, legte den Zeigefinger an Catherines Wange und wandte sich rasch ab.

»Ja, dann gehe ich jetzt.«

»Mach dir keine Sorgen, Kind. Viel Spaß.«

Auf der Rückfahrt kam sie mit dem Bus am Haus ihrer Mutter vorbei. Alice sah absichtlich nicht aus dem Fenster. Sie und Mike hatten eine winzige Wohnung in einem gesichtslosen Häuserblock beim Bahnhof. Dort wohnten sie seit einem halben Jahr, solange sie verheiratet waren. Alice fuhr mit dem Aufzug in den zweiten Stock, schloß die Wohnungstür auf und las zum neunten oder zehnten Mal das, was sie Mike geschrieben hatte. Es war kein kurzer Zettel, sondern ein langer Brief, in dem sie ihm alles erklärte, er war genauso ausführlich geraten, war genauso zeitraubend gewesen wie ihre letzte schriftliche Arbeit, ein Aufsatz über Parallelen und Gegensätze in den Opern Verdis und Wagners.

Alice zerknüllte den Brief und steckte ihn in den Küchenmülleimer. Sie mußte in Kauf nehmen, daß Mike ihn dort fand, sehr wahrscheinlich war es allerdings nicht. Dann nahm sie sich einen Supermarkt-Kassenzettel und schrieb auf die Rückseite:

Ich bin gegangen. Ich habe es Dir immer gesagt, aber Du wolltest es mir ja nicht glauben. Catherine ist bei Deiner Mutter. Alice.

Während sie Catherines Namen niederschrieb, fing sie an zu weinen, aber als sie sich vorstellte, wie albern, wie kitschig es wäre, wenn eine Träne auf den Zettel fallen und die Kugelschreiberschrift verwischen würde, hörte sie wieder auf. Sie brauchte es nicht zu tun. Noch war nichts Unabänderliches geschehen. Sie konnte in der Stadtmitte einen Schaufensterbummel machen, irgendwo eine Tasse Kaffee trinken und sich um vier wieder bei ihrer Schwiegermutter einstellen, sie würde Catherine wiedersehen und mit ihr heimfahren.

Der gepackte Koffer stand im Schlafzimmerschrank. Wertvoller und sehr viel notwendiger für sie war die Geige, die in ihrem Kasten im Wohnzimmer lag, zwischen Fernseher und Bücherregal. Zum letztenmal hatte sie zwei Monate vor Catherines Geburt gespielt. Spontan klappte sie den Kasten auf, nahm die Geige heraus, klemmte sie unters Kinn und griff nach dem Bogen, ohne ihn an die

Saiten zu legen. Ihr war klar, daß sie nach so langer Zeit Angst vor dem Spielen hatte und daß sie, wenn sie hierblieb, nie wieder spielen würde. Doch schon der Anblick des Instruments auf ihrer Schulter beruhigte sie, gab ihr Mut. Sie legte die Geige in den Kasten zurück.

Das Geld, das sie von ihrem Konto abgehoben hatte – ihr ganzes Guthaben, nicht ganz hundert Pfund, aber besser als nichts –, steckte schon in ihrer Tasche. Für einen Mantel war es viel zu warm, aber es wäre unbedacht gewesen, den Wintermantel dazulassen, und nachts wurde es immer kühl. Alice legte das Baumwollkleid ab, das man als junge Mutter in Chelmsford für den Einkaufsbummel zu tragen hatte, und zog Jeans und ein schwarzes T-Shirt an. Solche Sachen würde sie nun in Zukunft immer tragen. In einer Zukunft, die sich in unendlichen Weiten verlor. Der schwere dunkelblaue Wollmantel paßte nicht mehr in den Koffer. Sie hängte ihn über die Schultern. Den Koffer in der einen, den Geigenkasten in der anderen Hand, ging sie die zweihundert Meter zum Bahnhof Chelmsford und nahm den Zug um 15.53 nach London. Sie hatten sich für diese Wohnung entschieden, weil sie so günstig für Mike lag, der als Pendler auf die Bahn angewiesen war.

Später sollte ihre Mutter sagen: »Es ist nicht zu glauben, du hast das Baby dagelassen und deine Geige mitgenommen!«

Alice war schon geraume Zeit nicht mehr in London gewesen. Während ihres Studiums an der Royal Academy of Music hatte sie dort gewohnt, aber obwohl das nur knapp ein Jahr her war, schien ihr diese Zeit unendlich fern. Ein ganzes Leben lag dazwischen: Catherines Zeugung und ihr kurzes Dasein. Liverpool Street Station wurde gerade umgebaut, der Bahnhof war laut und schmutzig und sehr groß. Während Alice nach Hinweisschildern zur U-Bahn suchte, dachte sie: Ich habe Angst. Angst vor dem, was ich getan habe, und vor dem, was mich erwartet. Damit meinte sie die ungewisse, unberechenbare Zukunft, die vor ihr lag, nicht das Hotel in Bloomsbury, das ihr als Sprungbrett dienen sollte.

Früher hatte Alice, wie viele Londoner, eine Karte mit den wichtigsten U-Bahn-Linien zumindest des Innenstadtbereichs im Kopf gehabt, aber von dieser Erinnerung war ihr nichts geblieben. Aus dem Streckenplan an der Wand ersah sie, daß Holborn ohne Umsteigen mit der Central Line zu erreichen war. Ich darf nicht in die falsche Richtung fahren, dachte sie, als sie zum Bahnsteig ging, ich muß daran denken, einen Zug nach Westen zu nehmen, sonst bin ich plötzlich wieder in Essex.

Die Rush-hour war auf ihrem Höhepunkt, und natürlich bekam sie keinen Sitzplatz. Sie stellte sich an die Glastrennwand neben der Doppeltür, stellte Geige und Koffer hinter sich und hielt beides mit den Schenkeln fest. Inzwischen würde die Schwiegermutter sich fragen, wo Alice wohl abgeblieben war. Sie hatte sich nicht festgelegt, aber zwischen halb fünf und fünf hätte sie eigentlich wieder zu Hause sein müssen. Sie warf einen Blick auf die Bahnhofsuhr von Bond Street Station: Viertel nach fünf. Auch ihre Schwiegermutter sah vermutlich jetzt auf die Uhr, vielleicht ging sie dabei hin und her und hatte Catherine auf dem Arm.

Der Zug wurde immer voller, und in St. Paul's, als Alice dachte, nun ginge wirklich niemand mehr herein, zwängten sich noch fünf Fahrgäste in den Wagen. Jemand schob von hinten nach, legte den Fahrgästen eine flache Hand auf den Rücken und schob; die Türen schlossen sich. Die Kante des Geigenkastens drückte gegen ihr Bein. Der Mantel war unerträglich warm, sie hatte den Eindruck, daß belustigte Blicke den Mantel streiften, aber da war vorläufig nichts zu machen, sie konnte ihn nirgends ablegen. Catherine würde jetzt wach sein und das unvertraute Gesicht von Mikes Mutter sehen. Wenn sie nun weinte, weil Alice nicht da war? Daran hatte Alice bisher noch nicht gedacht. Was habe ich getan? Ein leiser Laut entfuhr ihr, den sie rasch unterdrückte.

Mikes Büro war in der Nähe von Chancery Lane, dort stieg er immer aus, er benutzte demnach diese Linie. Auch daran hatte sie bisher noch nie gedacht. Inzwischen saß er in dem Zug, der um 17.20 Uhr in London losfuhr und zehn nach sechs in Chelmsford war. Diesen Zug nahm er immer, er war die Zuverlässigkeit in Person, ein gesetzter Mann, obgleich er nicht älter war als sie, und brachte alle Voraussetzungen mit, ein guter Ehemann und Vater zu werden. Ja, das vor allem: ein guter Vater. Wäre Catherine ihm gleichgültig gewesen, hätte er die kleine Tochter nicht ebenso geliebt, wie Alice sie liebte, ja, mehr als Alice sie liebte, hätte sie den Schritt nicht gewagt.

Eigentlich hätte sie aufatmen müssen, als sie in Holborn endlich aussteigen konnte, aber als sie über den Bahnsteig und die Treppe hinaufging, überkam sie ein Gefühl der Verwirrung, der Orientierungslosigkeit. Oben blieb sie stehen und lehnte sich an die Wand, sie hatte plötzlich Probleme mit dem Atmen. Ihr war, als müßte sie, wenn sie jetzt den Atem anhielt, sofort anfangen, hysterisch zu lachen und zu weinen. Sie schluckte und zwang sich zu einem tiefen Atemzug. In dem warmen Mantel schwitzte sie heftig, Schweiß lief ihr übers Gesicht wie ein Tränenstrom.

Was mir jetzt geschieht, wird mein Schicksal besiegeln: die Unterkunft, die ich finde, die Briefe, die ich schreibe, selbst die Menschen, denen ich begegne und die mich in diese oder jene Richtung weisen. Alice stellte Koffer und Geigenkasten hin und wischte sich das Gesicht am Ärmel, an dem rauhen, wollenen Ärmel ihres Wintermantels ab. Jetzt fängt mein wahres Leben an, das man mir bisher versagt hat – nein, das ich mir selbst versagt habe durch meine Dummheit, meine unglaubliche Narretei. Alles, was mir jetzt geschieht, wird neu sein, ein Fortschritt, ein Abenteuer. Mein Leben, das zum Stillstand gekommen war, hat neu begonnen.

Musik kam ihr entgegen, als sie sich den Aufzügen näherte. Sie ging weiter, ging auf die Musik zu.

Schon während ihrer Studienzeit an der Royal Academy hatte es Musikanten in der U-Bahn gegeben. Damals hatten sie Rock gespielt und manchmal Jazz. Die Klänge, denen sie entgegenging, waren zwar abgedroschen und durch ihre Popularität fast ganz ihres Wertes beraubt, aber es war doch das, was die Welt Klassik nennt: Mozarts *Kleine Nachtmusik*.

Am Ende des Ganges konnte Alice die Musikanten erkennen.

Es waren zwei Männer, der eine spielte Flöte, der andere Gitarre. Die Gitarre paßte nicht zu diesem Musikstück, Alice sah, daß er nur der Form halber ein paar Griffe zur Begleitung zupfte. Der Gitarrenkasten lag aufgeklappt vor ihm, und in diesem Moment kam eine Frau die Treppe herunter und warf eine Münze hinein.

Der Mann mit der Gitarre hatte ein schmales, glattrasiertes Gesicht, ziemlich lange Haare und einen sensiblen Mund. Er mochte um die vierzig sein. Der andere war viel jünger, vielleicht nicht älter als sie. Er war blond und sehr hübsch, hatte blaue Augen und ein offenes Gesicht, aus dem Sanftmut und Freundlichkeit sprachen. Alice war stehengeblieben, weil der Mann mit dem freundlichen Gesicht recht passabel spielte.

Sie stellte Koffer und Geigenkasten an die Wand. Die *Kleine Nachtmusik* war zu Ende, und sie klatschte. Einer mußte immer anfangen, und als sie klatschte, taten es ihr einige der Umstehenden nach. Ein Mann warf ein 50-Pence-Stück in den Gitarrenkasten, und Alice gab ein 10-Pence-Stück dazu. Der Blonde bedankte sich, dann spielten sie etwas von Tschaikowski. Allmählich kam ihr das Stück bekannt vor, es war für Violine geschrieben, war das berühmte Violinkonzert, und hörte sich mit Flöte und Gitarre so fremd an, daß sie eine Weile gebraucht hatte, um es zu erkennen. Immerhin – die Melodie, die große Linie war da.

Instinktiv versuchte sie, den Blick des Blonden, einen hoffnungsvoll-einladenden Blick, zu ignorieren. Eigentlich war sie fest entschlossen gewesen, ihr Gepäck zu nehmen und das zu tun, was sie sich vorgenommen hatte, zur Straße hinaufzugehen und die Streatham Street und ihr Hotel zu suchen. Die Gewißheit, daß dieses Stück sich nur an sie wandte, nur für sie gespielt wurde, daß der Mann ihren Geigenkasten gesehen hatte und vielleicht einen sehnsüchtigen Ausdruck in ihren Augen – der Blonde, wohlgemerkt, der Gitarrist war ganz offensichtlich nur Unterstützung und Begleitung –, gab den Ausschlag bei ihrer Entscheidung, die keine bewußte Entscheidung war, sondern eher eine spontane Reaktion.

Alice hockte sich hin, klappte den Geigenkasten auf, nahm Geige und Bogen heraus, zögerte noch einen winzigen Moment und stellte sich dann zu den beiden Männern. Die Flöte kam ins Stocken, der Flötist trat beiseite und deutete auf den Platz neben dem hohlwangigen Gitarristen, der ihr einen aufmunternden Blick zuwarf.

Sie fing an zu spielen.

Als die Mutter einmal über die sechzehnjährige Alice in Wut geraten war, hatte sie der Tochter zornbebend entgegengeschleudert: »Bilde dir nur ja nicht ein, daß es ein Vorteil im Leben ist, wenn man gut aussieht. Im Gegenteil – es ist eine Last.«

Schon damals hatte Alice gewußt, daß ihre Mutter zwar »gut aussieht« gesagt, aber »schön« gemeint hatte, so wie sie »gern haben« sagte, wenn sie »lieben« meinte. Und sie hatte auch gewußt, daß sie selbst schön war, und freute sich daran, während ihre Mutter sich mit der Erkenntnis quälte, daß ihre eigene Schönheit dahinschwand.

»Du wirst nie wissen, ob jemand dich wegen deines Aussehens oder um deiner selbst willen haben will. Wenn du es jemals bis zur Konzertgeigerin schaffst – was ich persönlich bezweifle –, wirst du immer überlegen, ob die Zuhörer dich wegen deines Aussehens auf dem Podium sehen wollen oder wegen deines Könnens.«

»So läuft das nicht«, hatte Alice ziemlich von oben herab gesagt. »Was vestehst du schon davon . . .«

»Du stellst es dir wundervoll vor, wenn die Männer um dich herumschwirren, aber lange hält das nicht an, und was bleibt dir, wenn es damit vorbei ist?«

»Meine Musik.«

Als Alice im Bahnhof Holborn zur Geige griff, ging sie ganz selbstverständlich davon aus, daß der Mann mit der Flöte sie zum Spielen aufgefordert hatte, weil sie schön war. Und daß er sie bat zu bleiben, um mit ihm Vivaldi und Märsche von Händel zu spielen, weil sie gut war. Sie fand sich nicht gut, sie spielte zum erstenmal seit Monaten wieder, und die Klänge, die sie hervorbrachte, beängstigten sie, aber für Straßenmusik reichte es vielleicht. Es war nicht zu übersehen, daß in den Gitarrenkasten mehr Münzen fielen als vor ihrem Kommen.

Sie hatte ihren Mantel zusammengerollt und auf den Koffer gelegt. Während sie spielte, fühlte sie sich wie befreit. Sie begriff jetzt die Bedeutung einer Redensart, die sie oft gehört, sich aber nie genau überlegt hatte: »Sie ist in ihrem Element.« So unpassend, so lächerlich es schien: Hier in der U-Bahn-Station, in Gesellschaft von Musikanten, die ihr fremd waren, vor einem unbekannten, selten fachkundigen und ständig wechselnden Publikum, war sie in ihrem Element.

Der Blonde flüsterte ihr zu: »Noch ein Stück, dann

machen wir Schluß für heute. Kannst du den *Einzug der Königin von Saba*? Das kommt immer gut an.«

»Ich versuch's mal.«

»Toll, du!«

Sie lächelte ihm zu.

Die Gitarre hatte hier nichts zu suchen, der Gitarrist setzte sich mit dem Rücken zu dem geöffneten Gitarrenkasten bequem zurecht und ließ sie spielen. Sie waren ein ideales Duo, sie spielten in schönem Gleichklang und in dem schnellen Tempo, das dieses Stück erforderte, ausgelassen und voller Dramatik. Alice endete mit einem schwungvollen Bogenstrich und merkte, daß sie lachte wie nach einem Sieg. Diesmal gab es echten Applaus, wie bei einem richtigen Konzert. Lächelnd wandte sie sich dem Flötisten zu. Einen Augenblick dachte sie, er würde ihr um den Hals fallen, am liebsten hätte er es wohl getan, aber dann zauderte er und wandte sich ab.

»Das spielst du nicht zum erstenmal«, sagte der Gitarrist, während er die Münzen aus dem Kasten in einen großen braunen Umschlag schaufelte.

»In der U-Bahn schon.« Lachend deutete sie auf ein Schild an der Wand. »Schaut mal! SINGEN ODER MUSIZIEREN IN DER UNTERGRUNDBAHN STELLT EINE BELÄSTIGUNG DER FAHRGÄSTE DAR UND IST UNTERSAGT ... Es kostet 50 Pfund Strafe, steht da.«

»Die zahlt doch niemand. Ich heiße Peter, und das ist Tom.«

»Alice.«

»Deswegen wird keiner einen Kopf kürzer gemacht«, sagte der Mann, der Peter hieß.

»Die anderen Fahrgäste fühlen sich nämlich überhaupt nicht belästigt, sie finden es schön«, sagte Tom. »Ein bißchen Glanz im U-Bahn-Grau. Hier, davon steht dir auch was zu.« Er nahm Peter den Umschlag aus der Hand. »Mindestens ein Drittel, vielleicht sogar mehr. Du warst ein richtiger Magnet.«

»Und sie ist hübscher als wir.«

Alice schüttelte den Kopf. »Ich will nichts davon, behaltet es nur. Ich muß jetzt gehen.«

Sie blickte zu den Rolltreppen hinüber. Dort war das Tor zum Leben, und plötzlich hatte sie nicht die geringste Lust, ja, sie hatte würgende Angst davor, dieses Tor zu durchschreiten. Doch in Zukunft würde jeder Tag seine Ängste, eine Kette von Schrecknissen bringen, mit denen sie sich auseinandersetzen mußte. Am besten fing sie gleich damit an. Sie legte die Geige in den Kasten zurück, klemmte sich den zusammengerollten Mantel unter den Arm und nahm den Koffer in die Hand.

»Ja, dann auf Wiedersehen. War nett mit euch.«

»Komm doch morgen nach Green Park.«

»Ich kann morgen nicht«, sagte Peter. »Muß arbeiten.«

»Ist das hier keine Arbeit?«

»Du weißt schon, wie ich's meine.«

»Mußt du auch arbeiten?« fragte Tom und sah Alice an.

»Nein.« Sie hätte ihm am liebsten erzählt, wer sie war und was sie angestellt hatte, aber das interessierte ihn bestimmt nicht, es wäre ihm nur peinlich. »Ich habe nichts zu tun, das heißt, eigentlich habe ich jede Menge zu tun, und morgen fange ich damit an.« Er nickte, als sei ihm das alles völlig klar. »Ich muß los«, sagte sie.

»Wohin?«

»In ein Hotel. Eine Art Hotel. Die Mutter von einem Mädchen, mit dem ich zur Schule gegangen bin, betreibt es. Aber was soll ich viel reden, das ist doch langweilig. Dort kann ich wohnen, bis ich eine richtige Bleibe gefunden habe.«

»Bitte komm morgen nach Green Park«, sagte Tom. »Versprich es. Bitte.«

Seine Vehemenz amüsierte sie. »Warum?«

»Du bist bildschön – nicht, Peter? Und du bist eine phantastische Geigerin. Suchst du wirklich ein Zimmer?«

Alice zuckte die Schultern und tat gleichgültig. »Wer sucht keins?«

»Vielleicht hab ich was für dich. Komm morgen nach Green Park.«

Sie benutzte einen von Mikes abgegriffenen Sprüchen, was sie sofort bereute: »Wer könnte da widerstehen...«

Sie fuhren mit ihr nach oben, Tom trug ihren Mantel, Peter den Koffer. Alice winkte, bis sie nicht mehr zu sehen waren. Die Rolltreppe hatte sie wieder in den Untergrund gebracht, sie würden in einen Zug nach Bond Street steigen und dann mit der Jubilee nach West Hampstead fahren.

Eine Stunde hatte sie nicht mehr an Catherine gedacht, an Catherine und Mike und das, was sich zu Hause abspielen mochte. Jetzt war plötzlich alles wieder da, und ihr schien, als sei die Begegnung mit Tom und Peter ein Traum gewesen, aus dem sie aufgewacht war, der sie wieder in die Wirklichkeit entlassen hatte. Draußen war es sehr hell. Das grelle Licht war wie ein Schock. London fühlte sich heiß und staubig an, die Luft war anders als in Chelmsford, war ein Gemisch aus Diesel- und Benzinabgasen, exotischen Tabaksorten, orientalischer Küche und gelegentlichen Schwaden von Uringeruch.

Sie fand das Hotel. Von Mrs. Archer erfuhr sie, daß alle Zimmer, bis auf drei »für Touristen«, von der Stadt für die Unterbringung von Obdachlosen, vor allem von Somalis und Sudanesen, angemietet worden waren. Mrs. Archer rümpfte die Nase und zuckte die Schultern, mußte aber zugeben, daß es kein schlechtes Geschäft für sie war.

Es war nicht das, was sich Alice unter einem Bloomsbury-Hotel vorgestellt hatte. Mit einem gewissen schäbigen Charme hatte sie gerechnet, nicht aber mit Schmutz und dieser nicht recht greifbaren Atmosphäre des Fragwürdig-Anrüchigen. Sie ließ sich sagen, wo ihr Zimmer war, und auf der Treppe – einen Fahrstuhl gab es nicht – begegnete ihr eine schwarz verschleierte Frau mit einem hübschen Gesichtchen, das zwischen wallenden Stoffbahnen hervorlugte. Vier kleine Kinder zockelten hinter ihr her. Alices Zimmer war winzig, es enthielt ein schmales Bett und außer dem Wandschrank nur noch ein Möbelstück, einen kleinen Sessel. Das Fenster war klein und ließ sich nicht öffnen. Später, nachdem sie in einem kleinen billigen Lokal in der New Oxford Street gegessen hatte, legte sie sich hin und warf sich unruhig zwischen Bezügen und Bettüchern aus purpurrotem Nylonjersey herum, einem Material, das sie hier zum erstenmal kennenlernte. Sie hatte den Eindruck, daß sie mit jedem Körperhaar, mit jeder Unebenheit der Haut und der Zehennägel an den klebrig-schimmernden Fasern hängenblieb. Sie drehte sich mal auf die eine, mal auf die andere Seite und stellte sich Catherine in ihrem Kinderbettchen vor, neben dem Doppelbett, in dem Mike allein schlief.

Früh um fünf war sie entschlossen, zu den beiden zurückzugehen, sich die Musik aus dem Kopf zu schlagen und ihre Flucht mit einer vorübergehenden postnatalen Depression zu erklären. Dann schlief sie ein, und als sie um neun aufwachte, stellte sie fest, daß sie sich schon wieder einen Fehler geleistet hatte. Durchaus nicht alle Hotels servieren ihren Gästen ein Frühstück. Das Lokal, in dem sie abends gewesen war, hatte Kaffee und Plunderstücke zu bieten. Während sie den dünnen, bitteren Kaffee trank, kam sie wieder auf das zurück, was sie sich in der Nacht überlegt hatte, und noch ehe sie mit dem Frühstück fertig war, hatte sie sich fest vorgenommen, ihre Sachen zu packen, zum U-Bahnhof Holborn zu gehen und von dort zur Liverpool Street zu fahren.

Der Streckenplan der London Underground, der in allen Zügen und auf allen Bahnhöfen aushängt, der auf der Rückseite des Stadtplans London A – Z *abgedruckt und auf Geschirrtüchern im London Transport Museum, auf Plakaten, Kalendern und diversen anderen Veröffentlichungen zu sehen ist, gilt als vorbildlich, ja, geradezu als Kunstwerk.*

Der Entwurf stammt von Henry Beck, sein Streckenplan tauchte zuerst 1933 auf Plakaten der London Transport auf, die ihm 5 Guineas oder £ 5,25 Pfund dafür zahlte. Er wurde millionenfach reproduziert und diente als Vorbild für Metropläne in aller Welt.

Der letzte Plan mit der Signatur Henry C. Beck in der linken unteren Ecke erschien 1959. Die heutige Ausführung heißt bei der London Transport Underground (LTU) irreführenderweise »Fahrtenplaner«.

Er stellt das U-Bahn-Netz als geometrisches Raster dar. Angeblich könnte man ihn, hochkant aufs Dach gestellt, für eine Fernsehantenne halten.

Natürlich liegen die U-Bahn-Strecken nicht rechtwinklig zueinander wie die Straßen von Manhattan, sie verzweigen sich auch nicht spitzwinklig und bilden kein perfektes Rechteck. Auf einer exakten Karte der Londoner Untergrundbahn erinnern die Umrisse des zentralen Liniennetzes an einen schwimmenden Delphin: Die Schnauze ist Aldgate, die Stirn Old Street, der Scheitel King's Cross, das Rückgrat besteht aus Paddington, White City und Acton, der Schwanz ist Ealing Broadway; den Bauch bilden die Stationen von Kensington. Die äußeren Strecken verzweigen sich zu graziösen Fangarmen. Aus dem Fisch ist eine Medusa, eine Qualle geworden, deren Gliedmaßen bis nach Middlesex und Herfortshire, Essex und Surrey hineinreichen. Ein Tentakel geht durch Heathrow hindurch.

Die 1863 begonnene Metropolitan Line wurde in den sechziger und siebziger Jahren des vorigen Jahrhunderts und nochmals 1882 und 1884 ausgebaut. Die District Line, 1865 begonnen, wuchs bis 1902. Die 1900 eröffnete Central Line wurde 1908, 1912, 1920 und von 1946 bis 1949 erweitert. Zwischen 1860 und 1884 entstand die Circle Line, die lange Inner Circle hieß.

Der erste Spatenstich für die Northern Line erfolgte

1890, bis 1941 wurde sie stetig ausgebaut. Die Piccadilly Line, die aus den Jahren 1903 bis 1907 stammt, bekam 1933 und 1971 neue Endhaltepunkte und zusätzliche Bahnhöfe. Londons einzige völlig neue Untergrundstrecke aus jüngerer Zeit, die Victoria Line, wurde 1971 eingeweiht, und die Jubilee Line, die nur zu einem kleinen Teil ein Neubau, ansonsten aber ein Ausbau der 1905 bis 1915 entstandenen Bakerloo Line war, wurde 1979 fertiggestellt.

Neuerdings zweigt vom Netz der London Transport Underground die Docklands Light Railway ab, mit der die Sanierungsgebiete des östlichen Themsebereichs verkehrstechnisch angebunden werden.

Um elf war sie mit ihrer Geige im Bahnhof Green Park und hielt Ausschau nach Tom, dessen Flötenklänge ihr schon lockend entgegenkamen, als sie auf der Fahrtreppe stand.

»Ich hab schon gedacht, du kommst nicht.«

»Wäre ich auch fast nicht«, sagte sie. »Beinahe wäre ich dahin zurückgegangen, woher ich gekommen bin.«

Er sah sie fragend an und wartete, und als sie nichts weiter sagte, stellte er ihr seinen Partner vor, einen Gitarristen, der Ollie hieß. Ollie, sagte er, sei heute zum letztenmal dabei, er wolle nach Frankreich.

»Alle ziehen sie weg«, sagte Tom.

»Ich wahrscheinlich auch. Es wird mir gar nichts anderes übrigbleiben. Lange kann ich mir diese Absteige nicht leisten, in der ich jetzt wohne.«

Er fing an zu singen, und die anderen beiden begleiteten

ihn. Alice sagte, er solle es mit der Serenade aus *Don Giovanni* versuchen. In Ermangelung einer Mandoline mußte es eben Ollies Gitarre tun. Während er sein Feinsliebchen beschwor, ans Fenster zu kommen, nicht so grausam zu sein und sich ihm wenigstens zu zeigen, wandte er sich von den Zuhörern weg, die sich um sie geschart hatten, und sah Alice tief in die Augen.

Ihr war das ziemlich peinlich, aber es kam gut an. Viele Geldstücke, auch Pfund-Münzen, landeten klimpernd in dem Gitarrenkasten. Alice hatte keine hohe Meinung von ihrer Stimme, einem unsicheren Sopran, aber als Tom ihr das Duett Don Giovanni – Zerline vorschlug, willigte sie ein. »Reich mir die Hand, mein Leben«, sang Tom und streckte beziehungsreich die Hand nach ihr aus, aber Alice tat, als habe sie die Anspielung nicht verstanden. Es gab Beifall. Ollie holte das Geld aus dem Kasten, es waren fast 15 Pfund.

»Meist bringen wir uns für mittags was zu essen mit und setzen uns damit in den Park«, sagte Tom. »Aber heute, wo du dabei bist, essen wir mal richtig in einem Lokal.«

»Aber ihr hattet doch gar nicht mit mir gerechnet.«

»So halb und halb schon. Ich hatte gehofft, daß du kommst.«

Es war ein Schnellrestaurant wie das, in dem er gearbeitet hatte. Mit ihrer Musik verdienten sie gerade so viel, daß er nicht mehr zu jobben brauchte. Ein Leben von der Hand in den Mund, dachte Alice. Daß sie selbst nie gearbeitet hatte, daß sie sich von einem Ehemann hatte ernähren lassen, dem sie weggelaufen war, behielt sie für sich. Während sie ihren Kaffee trank, sagte Tom, sie könne, wenn sie wolle, ein Zimmer in der Cambridge School haben.

»In einer Schule?«

»Früher war es mal eine. Jetzt ist es einfach ein Haus, in dem man Zimmer mieten kann, es ist sehr billig. Wenn Ollie weggeht, wird was frei. Ich habe den Mann gefragt, dem es gehört, du kannst das Direktorzimmer haben.«

Sie lachte. »Eine gute Adresse!«

»Du willst doch? Sag, daß du willst.«

»Drängel doch nicht so«, sagte Ollie. »Das muß sie selbst entscheiden. Erst mal muß sie es doch sehen.«

»Das soll sie auch. Wir fahren gleich hin.«

Das Direktorzimmer war im ersten Stock, neben der Quarta. Alice, der auf der Fahrt Toms bewundernde Blicke nicht entgangen waren und die nicht vergessen hatte, wie er ihr bei dem Duett die Hand hingestreckt hatte, überlegte, ob es eine gute Idee war, Tür an Tür mit ihm zu wohnen. Aber ein anderes Zimmer war nicht frei, denn die Räume im zweiten Stock wollte Jarvis nicht vermieten. Bei dem Lärm von der Bahn würde sie nachts bestimmt kein Auge zutun. Dann aber griff sie doch zu. Die lächerlich geringe Miete verlockte sie, ihre hundert Pfund nahmen sich hier weniger kärglich aus als in Mrs. Archers Hotel.

Tom bestand darauf, sie in die Streatham Street zu begleiten, wo sie ihren Koffer und ihren Wintermantel holen wollte. Auf der Rückfahrt erzählte er ihr seine Lebensgeschichte und hielt ihr seine linke Hand hin, die nicht anders aussah als die rechte, fand sie, nur daß der

Knöchel des kleinen Fingers ein bißchen dicker und der Finger selbst ein wenig steif wirkte.

»Ich finde, deine Großmutter hatte recht. Du solltest wieder anfangen zu studieren.«

»Du darfst so was sagen ...«

»Deshalb bin ich ja in London. Weil ich an mir arbeiten will. Ich möchte nach Brüssel, das ist am günstigsten. Zu schade, daß wir in England kein staatliches Konservatorium haben.«

»Irgendwann fange ich wieder an. Ich denke mir, daß ich es merken werde, wenn es soweit ist. Auch wenn ich mein Studium dann selber zahlen muß. Man darf das nicht überstürzen.«

Sie nickte, aber sie nahm nicht viel von dem auf, was er sagte. Die Vorstellung, sehr bald allein zu sein, hing bedrohlich über ihr. Sie wollte nicht plötzlich allein in diesem Direktorzimmer sitzen, denn dann würde sie nachdenken müssen. Zum erstenmal seit ihrer Flucht wurde ihr deutlich bewußt, daß sie erst vor einem Monat entbunden hatte, sie meinte sogar ein leichtes Ziehen an der Stelle zu spüren, wo man sie genäht hatte. Sie fühlte sich wund und unwohl, vielleicht hatte sie zu lange gestanden, war zu viel herumgelaufen. Sie hatte Angst, weinen zu müssen, wenn sie allein war.

Auf gar keinen Fall wollte sie, daß Tom sie unter seine Fittiche nahm, sie als seine Entdeckung, sein Eigentum betrachtete, und doch bahnte sich so etwas schon an. Nachher müßten sie sich zusammensetzen, sagte er, sie müsse in sein Zimmer kommen und mit ihm essen, er würde eine Flasche Wein besorgen. Dann ging er.

Um nicht ins Grübeln zu kommen, konzentrierte sie sich auf ihre Umgebung. Nichts deutete mehr darauf hin, daß hier der Direktor seine tägliche Arbeit getan, vielleicht Gespräche mit unbotmäßigen Zöglingen geführt, gute Schüler belobigt hatte. Es gab keinen Schreibtisch, nur ein breites Bett, mit dieser merkwürdigen Bettwäsche bezogen, die sie gestern abend zum erstenmal gesehen hatte, einen Sessel und einen Tisch, einen Schrank, ein Fenster, durch das man die vorbeifahrenden Züge sah, Züge der Tube und der Metropolitan Line und Züge, die in die Chilterns fuhren. Unten in der Halle – dem Vestibül, wie Tom es nannte – hatte sie ein Telefon stehen sehen.

Ihr Kopf wurde ganz leer. Sie setzte sich aufs Bett, und die Wirklichkeit brach über sie herein und füllte das Vakuum. Sie dachte an Mike, der heute seinen ersten Urlaubstag hatte. Er würde bei seiner Mutter sein, sie würden Catherine bei sich haben und über Alice reden, über nichts anderes würden sie reden. Sie ist übergeschnappt, würden sie sagen und sich über ihr unbegreifliches Verhalten ereifern. Sie ist übergeschnappt und gewissenlos, würde Mikes Mutter sagen. Inzwischen hatten sie längst Alices Eltern angerufen und alles mit ihnen besprochen.

Alice beschloß, niemandem etwas davon zu erzählen, sie würde das alles für sich behalten. Es war sinnlos, mit jemandem darüber zu sprechen, der die Menschen nicht kannte, um die es ging, und der die Situation nicht richtig beurteilen konnte. Das hatte sie sich fest vorgenommen, aber drei Stunden später, nachdem sie Toms Essen vom Inder aufgegessen und die Hälfte von Toms Wein getrunken hatte, erzählte sie ihm die ganze Geschichte.

»Warum hast du überhaupt geheiratet?« fragte Tom. »Warum hast du nicht abtreiben lassen?«

Er konnte es nicht wissen, aber es klang nach kaltblütigem Mord, wenn er jetzt davon redete, Catherine, ein lebendes Kind, einen lebendigen Menschen, abzutreiben. Damals hatte das anders ausgesehen, damals war der Gedanke für sie durchaus nicht so abwegig gewesen.

»Alle haben auf mich eingeredet«, sagte sie. »Es ist schwer zu erklären, weil du denkst, daß ich stark bin.«

Das hatte er gesagt. Daß sie eine starke Persönlichkeit sein müsse, weil sie so einfach habe weggehen, weil sie die Flucht habe planen und dann auch ausführen können.

»Ich war gerade mit dem Studium fertig und hatte die Ergebnisse meiner Abschlußprüfung bekommen. Mike hat sich ehrlich gefreut, daß ich schwanger war. Er wollte eine Frau und eine Familie haben, und nun müßte ich ihn einfach heiraten, sagte er.«

»Hat er es absichtlich gemacht?«

»Nein, es war meine Schuld. Ein Versehen. Ich wäre nie auf die Idee gekommen, ihn zu heiraten, wir waren befreundet, mehr nicht, und als ich schwanger war, fand ich ihn nicht mal mehr besonders toll. Dann fingen meine Eltern und seine Eltern an, auf mir rumzuhacken. Das wird ja immer schöner, hat meine Mutter gesagt, jetzt muß man schon die Mädchen zum Traualtar schleppen, in meiner Jugend waren es immer die Jungen, die sich mit Händen und Füßen gegen die Ehe gesträubt haben.«

Alice dachte, er würde wieder von Abtreibung anfangen, aber er sagte nur: »Du hättest es nicht zu machen brauchen.«

»Ich habe klein beigegeben. Es war schwach, ich weiß. Ich war eine von denen, die während der Schwangerschaft ständig unter Übelkeit leiden, nicht nur morgens. Mir war andauernd schlecht, stundenlang. Ich konnte nicht aus dem Haus gehen, ich konnte überhaupt nichts tun. Mike kam jeden Tag und war nett und lieb und sagte, ich sollte mir keine Sorgen machen. Er hatte eine Wohnung gefunden, seine Mutter kümmerte sich um die Einrichtung, die Hochzeitsvorbereitungen liefen auch schon. Ich habe einfach klein beigegeben, ich hatte nicht die Kraft, mich zu wehren. Eine Woche vor der Hochzeit hörte die Übelkeit auf, und meine Mutter sagte, es wäre was Psychologisches gewesen, ›tief in mir drin‹ – ihre Worte – hätte ich mich nach der Ehe gesehnt, und nachdem ich nun die Gewißheit hatte, daß ich wirklich heiraten würde, war damit auch meine Angst vorbei.«

»Was hättest du gemacht, wenn du nicht schwanger geworden wärst?«

»Ich wollte Konzertgeigerin werden.« Sie sah ihn an. »Das will ich immer noch. Deshalb bin ich weggelaufen. Deshalb habe ich mein Baby im Stich gelassen.«

Tränen traten ihr in die Augen, und sie fing an zu weinen. Tom stand auf und setzte sich neben sie. Er nahm ihre Hand, und als sie sich dagegen nicht sträubte, legte er die Arme um sie. Sie schluchzte, und er zog sie an sich.

6

Ein dunkles Purpur- oder Bordeauxrot ist die Kennfarbe der Metropolitan Line. Die District Line ist grün, die Circle Line gelb, die Central Line scharlachfarben, die Bakerloo braun, die Piccadilly dunkelblau und die Northern schwarz. In diesen Farben sind die Strecken auf Becks Karte und manchmal auch die Bahnhofswände und die neuen Schalensitze angelegt.

Die Victoria Line bekam Hellblau als Kennfarbe. Kurz vor der Fertigstellung der Jubilee Line gab es lebhafte Spekulationen über die Streckenfarbe. Die verbleibenden Möglichkeiten waren Rosa, Zitronengelb, Grün, Orange und Lila.

London Transport Underground entschied sich für Grau.

Die Farbe Rosa wurde – überraschend und gegen jede bisherige Übung – an den Hammersmith-Abzweig der Metropolitan Line vergeben.

Tage vergingen, ohne daß Alice ihre Mutter angerufen hätte. Täglich ging sie mit Tom und Peter oder auch nur mit Tom in den Untergrund und spielte Geige. Dabei hatte sie sich immer wieder vorgenommen, daß sie es nicht wieder machen, daß sie nicht unter ihr Niveau gehen würde, denn das tat sie in ihren Augen, wenn sie, umgeben von Zuggeräuschen und lärmenden Schritten und Stimmen, von Rufen und Pfeifen und dem Spektakel konkurrierender Gruppen, verpoppte Klassik spielte.

Wenn sie dort stand, die Geige unter dem Kinn, den Bogen in der Hand, verflüchtigten sich vorübergehend ihre Ängste und die Gedanken an Catherine. Es war wie eine Droge. Sie kam sich vor wie abgehoben. Die Passanten, die hin und wieder stehenblieben, um ihnen Geld zu geben, waren die große Masse. Sie und Tom und Peter waren anders, waren eine Elite, verbündet durch ihre Musik.

Das Musizieren hielt die Sorgen auf Distanz, und es hielt auch Alice davon ab, sich hinzusetzen und die Bewerbungen zu schreiben, die ihre Karriere voranbringen sollten. Es ist noch zu früh für Bewerbungen, sagte sie sich. Sie hatte nicht nur unter den Nachwirkungen der Geburt zu leiden, sondern stand auch unter Schock – einem selbstverursachten Schock, der deshalb aber nicht weniger belastend war. Ganz schlimm war für sie das Alleinsein. Am besten ging es ihr, wenn sie mit jemandem zusammen war, der sie bewunderte und der gut zu ihr war.

Wenn Tom Flöte spielte oder sang, begleitete sie ihn auf der Geige und war nicht sehr stolz auf die Töne, die sie hervorbrachte. Manchmal war sie sogar froh über die vielen Hintergrundgeräusche und ihr von keinerlei Sachkenntnis getrübtes Publikum. Immerhin hatte sie jetzt wieder ihre Musik, damit tröstete sie sich. Auf einem völlig unerwarteten Weg hatte sie in jenes Leben zurückgefunden, das Mike, seine Familie und die Ehe ihr beinah für immer verschlossen hätten.

Als sie sich Tom an jenem ersten Abend anvertraut und

zu weinen angefangen hatte, hatte er sie getröstet, umarmt und geküßt. Wenn er nicht gewußt hätte, daß sie erst vor einem Monat ein Kind bekommen hatte, hätte er bestimmt versucht, mit ihr zu schlafen. Sie wußte nicht, ob sie jemals Lust haben würde, mit Tom zu schlafen, vielleicht würde sie nie mehr Lust haben, mit einem Mann zu schlafen. Ihr Körper fühlte sich kalt an, taub und wie zugesperrt, bis auf die eine wunde und verletzliche Stelle und bis auf ihre Seele, die war eine einzige schmerzende Wunde.

Sie schlief schlecht. Als sich am dritten Tag weder Mike noch ihre oder seine Eltern gemeldet hatten, bekam sie es mit der Angst zu tun. Dabei hätte sie sich darüber nicht zu wundern brauchen, die wußten ja nicht, wo sie steckte. Sie überlegte, wen sie anrufen sollte, und merkte, daß sie anfing zu zittern, sobald sie an das Telefongespräch dachte. Seine Eltern kamen nicht in Frage, ihre Schwiegermutter würde einfach auflegen.

Als sie im Vestibül stand, vor den in die Paneele geschnitzten Namen der Schülerinnen, die irgendeine bescheidene Auszeichnung errungen hatten, den Dorothys und Joans und Ediths und Hildas, öffnete sich die verglaste Eingangstür, und eine alte Frau betrat das Haus. Sie wünschte Alice guten Morgen, was Alice mit einem Hallo beantwortete. Die Frau war dünn und ziemlich groß, sie hatte ein sanftes Gesicht mit vielen Falten und weißes Haar, aber Alice ahnte, daß es früher einmal blond gewesen war. Sie wußte auch, daß dies Tinas Mutter sein mußte, noch ehe Mrs. Darne in dem Gang verschwand, der zur Direktorswohnung führte. Wenn man sich so benommen hat wie ich, dachte sie, wäre es wohl leichter, eine solche

Frau anzurufen als meine Mutter, aber vielleicht irre ich mich. Nach dem Aussehen konnte man nicht gehen, auch ihre Mutter war eine gutaussehende gepflegte Frau und hatte das, was man ein liebes Gesicht nennt.

Es half nichts, sie würde ihre Mutter anrufen müssen, sie war der einzig mögliche Ansprechpartner. Von anderen Erwägungen, von vielen anderen fast unüberwindlichen Hindernissen einmal abgesehen, würde sie, um Mike oder ihren Vater zu erreichen, über eine Telefonzentrale und im Falle ihres Vaters über eine Sekretärin gehen müssen. Sie wählte die Nummer ihrer Mutter und hätte am liebsten wieder aufgelegt, als sie das Rufzeichen in der Leitung hörte.

Als sie ihre Mutter am Apparat hatte, meldete sich Alice wie immer bei sogenannten Nahestehenden mit diesem dummen: »Ich bin's.«

Schweigen. Alice hörte ihre Mutter nach Luft schnappen. Wieder Schweigen. Kein Laut. Gleich wird sie auflegen, dachte Alice.

»Ich bin's, Alice.«

»Das war mir schon beim erstenmal klar«, sagte ihre Mutter.

Alice wartete. Immerhin hatte sie schon was gesagt.

»Du bist wohl ganz und gar übergeschnappt...«

»Nein, aber es kann schon sein, daß es auf manche Leute so wirkt«, sagte Alice. »Weißt du, ich mußte einfach weg. Hätte ich noch länger gewartet, wäre ich vielleicht nie weggegangen.«

»Dann finde ich es sehr schade, daß du nicht länger gewartet hast. Wer soll sich um dein Baby kümmern, hast du dir das überhaupt überlegt? Darf man fragen, wann du gedenkst zurückzukommen?«

»Überhaupt nicht.«

»Du wirst zurückkommen, Alice. Du hast eine Art Nervenzusammenbruch. Am besten sagst du mir, wo du bist, und Daddy oder Mike holen dich ab. Nein, Daddy wird dich abholen, Mike ist so wütend und durcheinander, daß mit ihm nichts anzufangen ist. Du mußt zum Arzt, wahrscheinlich mußt du ins Krankenhaus.«

Alice hatte ihre Mutter immer Mummy genannt. Das ging jetzt nicht mehr. »Mutter«, sagte sie, »ich bin weggegangen, weil ich Musikerin werden will. Mutter und Ehefrau zu sein, das ist mir nicht genug. Ich liebe Mike nicht, ich habe ihn nicht mal mehr gern.« Sie wußte, wenn sie Catherines Namen aussprach, würde ihre Stimme versagen. »Vorerst erfährst du noch nicht, wo ich bin. Aber eins kann ich dir sagen: Ich bin jetzt Geigerin, diese Freiheit habe ich mir genommen. Ich erwarte nicht, daß du mich verstehst.«

Marcia Anderson lachte auf diese unfrohe Art, die Alice immer durch und durch ging. »Mike hat gesehen, daß du deine Geige mitgenommen hast. Du hast dein Baby dagelassen und deine Geige mitgenommen.«

»Leb wohl, Mutter«, sagte Alice. »Schönen Gruß an meinen Vater.«

»Die Mühe kann ich mir sparen. Er wird nie wieder ein Wort mit dir sprechen«, sagte Marcia.

Alice sah zu dem Kronleuchter hoch, er kam ihr vor wie eine eherne Tarantel im Netz. Wenn sie den Kopf zurücklegte, konnten ihr die Tränen nicht aus den Augen rinnen.

Ich will nicht mehr weinen, dachte sie, es ist schlimm und dumm, wegen jeder Kleinigkeit loszuheulen. Sie stand da, an den Telefontisch gelehnt, und las die Namen, die in das Holz geschnitzt waren, zwang sich zum Lesen, um nicht weinen zu müssen: Hilda Bevans, zweimal Sehr Gut, dreimal Gut im Oxford School Certificate 1944; Marjorie Grace Pickthorne, eine Auszeichnung, zweimal Sehr Gut, viermal Gut, Oxford School Certificate 1945. Hinter der Tür der Übergangsklasse klapperte gedämpft und regelmäßig Jarvis' Schreibmaschine.

Die ersten Triebwagen waren Dampflokomotiven. Rauch und Dampf mußten eine Möglichkeit haben zu entweichen, und die Fahrgäste mußten atmen können. Ein Kolonialbeamter auf Heimaturlaub aus Ägypten fand, daß es in den Tunnels roch wie aus dem Rachen eines Krokodils. Man entschied sich schließlich für eine Lokomotive, die über eine Rohrleitung den Dampf in Kästen hinter dem Tender leitete. Wenn der Zug aus dem Tunnel kam, wurden die Kästen geöffnet, und der Dampf konnte abziehen.

Die hinter Paddington für den Abzug der Dampfmengen aus dem Untergrund gewählte Stelle war in Bayswater, zwischen den neuen fünfstöckigen Häuserzeilen, die dort gerade errichtet wurden. Um das Aussehen von Leinster Gardens nicht zu beeinträchtigen, wurden dort, wo Nummer 23 und Nummer 24 hätten stehen müssen, Fassaden hochgezogen, die bei flüchtigem Hinsehen von ihren Nachbarn nicht zu unterscheiden, von einem aufmerksamen Betrachter aber leicht auszumachen waren.

Ich war neun, als mir mein Vater zum erstenmal diese

»Häuser« zeigte. Seither habe ich mich oft gefragt, warum sie nie zu einer Touristenattraktion geworden sind. Wenn man die zwischen zwei Hotels, dem Blakemore *und dem* Henry VIII, *eingezwängten Fassaden von der gegenüberliegenden Seite der Leinster Gardens betrachtet, sehen sie aus, als seien sie schon sehr bald nach dem Bau heruntergekommen. Man merkt, daß hier nie jemand gewohnt hat, daß hier nie jemand hätte wohnen können, obwohl Haustür und Säulenportal und die Fensterreihen vorhanden sind. Die Stellen, wo eigentlich Scheiben hätten sein müssen, sind in einem stumpfen Blauton gestrichen. Bei diesem ersten Besuch ging Vater mit mir durch Craven Hill Gardens zur Porchester Terrace, zeigte mir die rohen, unverputzten Backsteine an der Rückseite und hob mich hoch, damit ich in den Schacht sehen konnte. Was denn die Leute in den Nachbarhäusern gemacht hätten, fragte ich meinen Vater, die wären doch ständig eingenebelt gewesen, und ich weiß noch, daß er sagte, vielleicht hätten sie für ihre Häuser eine Mietermäßigung bekommen.*

Mrs. Darne kam aus Tinas Wohnung zurück ins Vestibül. Sie hatte eine Einkaufsliste in der Hand, die sie in die Handtasche steckte, als sie Alice sah. Begrüßt hatten sie sich schon, deshalb lächelte Mrs. Darne jetzt nur, und auch Alice rang sich ein mattes Lächeln ab. Die Worte ihrer Mutter gellten ihr noch in den Ohren. Sie bemühte sich ziemlich erfolglos, ihr Zittern zu unterdrücken. Mrs. Darne würde vermutlich zu höflich, zu damenhaft sein, um davon Notiz zu nehmen. Die alte Dame stand schon in der Haustür, als sie eine offenbar ziemlich weit entfernte, aber sehr laute Explosion hörten.

»Himmel, was war das?« fragte Mrs. Darne.

Sie hatte fast die gleiche Stimme und Sprechweise wie die Geschichtslehrerin in Alices Schule, eine ältere Dame, von der es hieß, sie sei die Schwester eines Baronets.

Alice trat mit Mrs. Darne vors Haus. Das Geräusch war verstummt, es herrschte wieder Stille oder das, was sich hier als Stille ausgab. Ein Zug fuhr vorbei. Der Vorgarten der Cambridge School war wie ein Stück Wiese mit langem Gras, Purpurweiderich, Gänseblümchen und Goldrute. Mittendrin stand ein blühender Goldregen.

»Ich glaube, das war eine Bombe.«

»Das glaube ich auch«, sagte Alice.

»Früher stand hier ein Haus am anderen«, sagte Mrs. Darne, »aber sie sind im Krieg ausgebombt worden. Das war die Nacht, in der unsere Scheiben kaputtgegangen sind. Wir hatten einen dieser Morrison-Unterstände im Zimmer, in dem saßen wir, mein Mann und ich und seine Mutter. Damals war natürlich an Tina noch gar nicht zu denken.«

»Vielleicht war es nur eine Fehlzündung«, sagte Alice. »Oder Donner.«

»Nein, es war eine Bombe«, sagte Mrs. Darne sachkundig.

Alice ging wieder ins Haus und ins Direktorzimmer hinauf. Sie hatte sich von Jarvis einen kleinen Kassettenrekorder geliehen, weil sie ihr Spiel aufnehmen wollte – ein heikles Unternehmen, das sie seit Tagen vor sich herschob. Zitternd und zagend nahm sie die Geige aus dem Kasten.

Platz gab es genug in Cecilia Darnes Haus, in dem vor so vielen Jahren eine Bombe die Scheiben eingedrückt hatte. Es war ein schönes, stattliches Haus, im letzten Jahrzehnt des 19. Jahrhunderts aus Backstein erbaut und mit roten Ziegeln gedeckt.

Nach Tinas Maßstäben und denen ihrer Bekannten war es riesig. Als Halbwüchsige hatte sie sich sogar geniert, wenn sie gestehen mußte, daß es nicht in Wohnungen aufgeteilt war, sondern daß sie und ihre Mutter ganz allein darin lebten. Doch als Cecilia 1940 geheiratet hatte und in dieses Haus gezogen war, galt so eine schlichte Doppelhaushälfte in einer nicht sehr guten Gegend als recht dürftige Behausung. Bedachte man, wieviel Geld der Großvater, ein Fabrikant von Badezimmerarmaturen, in viktorianischer Zeit für die Familie Jarvis verdient hatte, war es mit seinen Nachkommen schwer bergab gegangen: Ernest plagte sich mit einer Schule, die von galoppierender Schwindsucht bedroht war, Evelina war nicht ganz richtig im Kopf und hatte den ersten Aufenthalt in einer Nervenklinik schon hinter sich, und Cecilia hatte einen Zollbeamten geheiratet.

Das Haus hieß Villa Flieder, aber niemand benutzte diesen Namen, obgleich im Vorgarten tatsächlich mehrere uralte knorrige Fliederbüsche standen. In allen drei Geschossen waren die Räume groß und hoch. Die Schlafzimmer im Obergeschoß hatten romantische schräge Wände und Dachfenster, die unter den Giebeln hervorsahen wie unter halbgeschlossenen Lidern. Vorn gingen die Fenster auf eine Reihe typischer West-Hampstead-Studios hinaus: roter Backstein, Balkone, gotische Fenster nach einem Entwurf von Burne-Jones. Dort oben hatte Tina mit ihren Kindern gewohnt, nachdem Brian sie vor die Tür gesetzt hatte, aber gegessen hatte sie unten, weil Cecilia gut kochte und der Fernseher im Wohnzimmer stand.

Tina hatte nie ein schlechtes Gewissen, Cecilia hingegen plagten ständig Schuldgefühle. Sie gab sich die Schuld an Tinas Entwicklung, auch wenn sie nicht wußte, was sie falsch gemacht hatte, und sie warf sich vor, daß sie sich nicht mehr Mühe gegeben hatte, Tina in ihrem Haus zu halten, als der Umzug zu Jarvis Stringer zur Diskussion gestanden hatte. Cecilia war zu jedem Opfer bereit, um Tina für die als Kind erlittenen Entbehrungen zu entschädigen, auch wenn sie so recht nicht hätte sagen können, was eigentlich Tina in ihrer Kindheit entbehrt hatte. Da mußten einfach Deprivationen gewesen sein, denn so wie Tina verhält man sich nur, wenn man eine schwere Kindheit gehabt hat. Vielleicht war sie als Mutter zu alt gewesen, außerdem ist es sehr traurig, wenn eine Tochter als Halbwüchsige den Vater verliert. Vielleicht, dachte Cecilia, hätte ich einen Bruder oder eine Schwester für Tina anschaffen sollen. Da sie aber indessen schon über vierzig war und zwölf Jahre auf Tina gewartet hatte, kam das nicht mehr in Frage.

Wenn Cecilia an Tinas Kindheit zurückdachte, erinnerte sie sich immer an jenen Tag, als Ernest Jarvis sich erhängt hatte. Tina war sieben gewesen, ein bildhübsches, liebes Kind mit langem blonden Haar. Bereits damals war ihr das frühe Aufstehen schwergefallen, sie hatte gebeten und gebettelt, noch ein kleines bißchen liegenbleiben zu dürfen, und war oft genug wieder eingeschlafen. Damit, überlegte Cecilia, hatte sich wohl schon Tinas jetzige Gewohnheit angekündigt, häufig bis zum Mittag im Bett zu bleiben. Während Cecilia zum dritten Mal nach oben lief, um Tina zu sagen, sie müsse jetzt wirklich aufstehen, sonst käme sie zu spät zur Schule, hörte sie die Glocke der Cambridge School einmal anschlagen.

Sonderbarerweise wußte sie sofort, daß es Ernests Glocke war, die für seine Schule so unpassende Glocke, wie sie ihm seinerzeit taktvoll bedeutet hatte. Sie blieb auf der Treppe, am offenen Fenster, stehen und wartete auf den nächsten Glockenschlag, wartete auf diesen Beweis, daß Ernest verrückt geworden war. Es war wohl nicht übertrieben, einen Schuldirektor ohne Schüler, der eine seit Menschengedenken schweigende Glocke in einer leeren Schule läutet, als verrückt zu bezeichnen. Außerdem hatte Cecilia die arme Evelina vor Augen und erinnerte sich an ein Gerücht, das in der Familie die Runde gemacht hatte, ein Bruder jenes Fabrikantengroßvaters sei in einem Irrenhaus gestorben.

Der nächste Glockenschlag blieb aus. Eine Viertelstunde sollte vergehen, ehe die Glocke zum zweiten Mal schlug, gefolgt von jenem beängstigenden stotternden Geschepper. Cecilia hatte das Fenster geschlossen und war nach oben gegangen, wo die kleine Tina schon auf war, sich angezogen hatte und versuchte, sich die Fitzen aus dem goldenen Haar zu bürsten. Sie war ein sehr zärtliches Kind gewesen, das sich zum Schmusen auf Cecilias Schoß gesetzt, das ihren Arm um ihren Vater und den Kopf an seine Schulter gelegt hatte. Cecilia überlegte manchmal, ob das vielleicht der Vorläufer all dieser Sexgeschichten gewesen war, auf die sie später so versessen war. Sie, Cecilia, eine liebevolle, gütige und bescheidene Frau, vermied es tunlichst, andere Menschen zu berühren, und dachte sich, diese Zurückhaltung könnte etwas damit zu tun haben, daß sie für Sex nie viel übrig gehabt hatte. Ihre Tochter Tina hatte sie natürlich geküßt und geliebkost. Zu viel oder zu wenig?

Mit siebzehn, zwei Jahre nach dem Tod ihres Vaters, hatte Tina etwas Schlimmes zu ihr gesagt. Das war gegen Ende der sechziger Jahre, in Cecilias Augen eine besonders unerfreuliche Zeit. Sitte und Anstand waren zu sinnentleerten Begriffen geworden, jeder sagte, was ihm gerade einfiel, Worte, die in Büchern früher nur als Sternchen vorgekommen waren oder vor Gericht auf Zetteln, die man dem Richter reichte.

»Wenn du heute jung wärst und Daphne auch«, hatte Tina gesagt, »wäre euch inzwischen bestimmt klar, daß ihr euch liebt, und ihr hättet euch einfach zusammengetan.«

Cecilia war sprachlos. Sie wurde dunkelrot. Tina legte ihr fröhlich lachend eine Hand auf den Arm.

»Wie kannst du so etwas nur sagen, Tina«, sagte Cecilia, »wie kannst du nur etwas so Schlimmes sagen!«

»Jetzt flipp nicht gleich aus«, sagte Tina betont salopp. Sie hielt die heiße, zuckende Hand ihrer Mutter fest und streichelte sie liebevoll. »Wenn man so ist, dann ist man eben so. Vielleicht ist es ja noch nicht zu spät. Du siehst ziemlich jung aus für dein Alter.«

Cecilia versuchte, die Reste ihrer Würde zusammenzuraffen. Sie war den Tränen nahe. »Daphne ist meine beste Freundin, Tina. Seit unserem ersten Schultag. Da waren wir fünf. Ich habe sie sehr gern und achte sie, so wie sie mich achtet.«

Tina schüttelte nur lachend den Kopf. Doch bei Cecilias nächster Begegnung mit Daphne Bleech-Palmer kamen ihr Tinas Worte wieder in den Sinn, und sie war eine Weile gehemmt und befangen. Hätten sie sich nicht so oft gesehen, mindestens einmal in der Woche und manchmal öfter, wäre da nicht der tägliche Telefonkontakt gewesen, hätte diese ungeheuerliche Behauptung einen Keil zwischen sie treiben und letztlich sogar ihre Freundschaft zerstören können. Daphnes geliebte Vertrautheit aber, die Freude an dem Zusammensein mit ihr, die tröstliche Gewißheit, ziemlich genau voraussagen zu können, was sie auf eine Bemerkung von Cecilia erwidern würde, diese herzliche, ungezwungene, altgewohnte Nähe, die mehr als ein halbes Jahrhundert überdauert hatte, siegte über Cecilias tiefe Befangenheit. Am schlimmsten war der Moment, als sie im Hause Bleech-Palmer über die Schwelle getreten war und Daphne wie gewohnt ihre rundlichen Hände auf Cecilias Schultern und ihre Lippen an Cecilias Wange gelegt hatte. Cecilia war das Blut ins Gesicht geschossen, und sie hatte das Gefühl gehabt, die Hitze unter ihrer Haut müsse Daphnes Mund versengen.

Doch Daphne hatte nur gelächelt und sich – auch das war eine liebe alte Gewohnheit – nach Tina erkundigt. Da sie beide verwitwet waren, erübrigte es sich, nach dem Befinden des Partners zu fragen. Cecilia zwang sich, Interesse für Daphnes Sohn und Daphnes Garten an den Tag zu legen, und allmählich wurde ihr wieder leichter ums Herz. Über ihren häufigen Begegnungen geriet Tinas Bemerkung in Vergessenheit. Es war nicht so, daß sie Cecilia ganz aus dem Gedächtnis geschwunden wäre, aber sie kam nur dann wieder hoch, wenn durch irgendeinen Hinweis diese dunklen Tiefen aufgerührt wurden. Wenn das Fernsehen etwas über Homosexuelle brachte beispielsweise, was nur zu oft der Fall war, oder wenn Daphne erzählte, Peter habe wieder mal dieses oder jenes angestellt.

Sie telefonierten jeden Abend miteinander. Daphne, die finanziell vielleicht nicht ganz so gut gestellt war wie Cecilia – sie sprachen nie darüber –, rief jeden zweiten Abend kurz nach sechs an, und am nächsten Abend meldete sich dann Cecilia bei Daphne. Sie warteten immer bis nach sechs, weil dann das Telefonieren billiger war.

Cecilia wartete sogar immer bis halb sieben. Sie sah gern die ersten Abendnachrichten auf BBC 1 bis zum Ende, einschließlich Wetterbericht. Daphne meldete sich meist kurz nach sechs, und das bedeutete, daß Cecilia fünfzehn bis zwanzig Minuten von den Nachrichten entgingen, aber davon sagte sie nie etwas, denn sie verzichtete tausendmal lieber auf die Nachrichten, als Daphne das Herz schwerzumachen. Sie konnte immer noch die Neunuhrnachrichten sehen, obwohl das nicht dasselbe war. Um neun hatte sie, so unvernünftig das sein mochte, das Gefühl, daß die Meldungen abgestanden waren und sie drei leere Stunden in Unkenntnis einer Katastrophe oder – selten genug – von etwas Wunderschönem verbracht hatte.

Heute abend war Cecilia dran. Sie saß in ihrem behaglichen Wohnzimmer auf der Schlafcouch, die immer nur als Couch und nie zum Schlafen benutzt wurde – »Du hast schließlich fünf Schlafzimmer, Ma«, sagte Tina, die ein Auge auf die Couch geworfen hatte –, und schaltete zwanzig Sekunden vor sechs den Fernseher an. Mittlerweile konnte sie das so genau abpassen, daß sie den Schluß der nervtötenden Titelmusik zu *Neighbours* nicht mehr mitbekam, einer Melodie, die leicht zum Ohrwurm werden konnte, auch wenn man sie noch so grauenvoll fand.

Aufmacher der Sechsuhrnachrichten war die Bombe. Es war wirklich eine Bombe gewesen, die in einem Hotel am Leinster Place explodiert war und in die Geschichte als die »Bayswater-Bombe« eingehen sollte. Sie hatte zwei Todesopfer gefordert, eine Serviererin und einen Hotelgast, und fünf Verletzte. Hätte der Zeitzünder sie eine Stunde später platzen lassen – vermutlich hatte sie eine Stunde später platzen sollen und irgendwas war schiefgegangen –, wäre der Speisesaal des Hotels voll gewesen, und die Explosion hätte noch viel schlimmere Folgen gehabt. Ein schwacher Trost für die Angehörigen und Freunde der Serviererin und des Gastes, dachte Cecilia bei sich. Die Serviererin war erst neunzehn gewesen.

Es folgte eine Aufzählung von Bombenanschlägen in London aus jüngster Zeit und früheren Jahren. Bisher hatte noch keine Terroristengruppe die Verantwortung übernommen. Cecilia dachte, daß es eine gewaltige Explosion gewesen sein mußte, wenn sie und die schöne junge Frau sie hier in West Hampstead gehört hatten. Aus irgendeinem Grund – vielleicht, weil sie die Explosion gemeinsam gehört hatten – stellte sie in Gedanken eine Verbindung zwischen jener jungen Frau und der Toten her. Wenn ein Attentäter die Menschen sehen könnte, die seinem Anschlag zum Opfer fallen, dachte Cecilia, wenn er sehen könnte, daß sie jung und schön und voller Hoffnung sind, würde er vielleicht so etwas Schreckliches nicht tun.

Das sagte sie auch zu Daphne, als sie nach dem Wetterbericht bei ihr anrief.

»So läuft es aber nicht«, sagte Daphne. »Denk nur an die Nazis und die Gaskammern.« Sie schien sich nicht besonders für die Bombe zu interessieren. Peter machte mal wieder Dummheiten. Er war mit einem Jungen bei ihr gewesen, einem gewissen Jay, den er ihr in aller Form vorgestellt hatte, genauso, wie Arthur sie vor langen Jahren seiner Mutter vorgestellt hatte. Später hatte er angerufen, eben erst war das gewesen, und sie gefragt, was sie von Jay hielt.

»Ich habe gesagt, daß er mal wieder Dummheiten macht und daß sich das bestimmt noch verwächst.«

»Ja, das glaube ich auch.«

»Wenn er erst mal die richtige Frau gefunden hat, sieht das alles ganz anders aus.«

Und plötzlich kam Cecilia wieder das Gespräch mit Tina in den Sinn, die Erinnerung an diese schlimme Sache, die Tina gesagt hatte, und dann stieg noch ein Gedanke aus unbewußten Tiefen an die Oberfläche: daß sie, Cecilia Darne, vor langer Zeit die richtige Frau gefunden hatte, und daß diese Frau jetzt am Telefon war und ihr von Dingen erzählte, die dem, was Tina gemeint hatte, sehr, sehr ähnlich waren …

Alice war in Panikstimmung, als sie nach mehreren Anläufen den Versuch aufgegeben hatte, mit dem Beethoven zu Rande zu kommen. Sie warf den Bogen hin. Am liebsten hätte sie ihn an die Wand gepfeffert, sie konnte sich gerade noch bremsen. Was sollte sie nur machen? Hatte sie denn nicht gewußt, wie hoffnungslos ihr Fall war? Daß sie in den Monaten der Schwangerschaft alles verlernt hatte?

Sie lief im Zimmer hin und her. War das wirklich sie gewesen, die da gespielt hatte? Nicht eine Sekunde lang hatte sie sich darüber hinwegtäuschen können, daß sie schlecht gewesen war, ausgesprochen miserabel. Die Leerkassette war umsonst gekauft, sie würde nie den Mut aufbringen, sich die Aufnahme anzuhören.

Sie legte die Stirn an die kalte Fensterscheibe. Die Panik schwand, und sie zwang sich, kühl und nüchtern zu planen. Es hatte keinen Sinn, voller Wehmut den Zeiten nachzutrauern, als sie bei Prüfungen die Beste und ihr Geigenlehrer stolz auf sie gewesen war und gesagt hatte, es würde ihn nicht wundern, wenn sie gut genug für Brüssel oder Prag wäre. Ein Jahr intensiver musikalischer Schulung an einem Konservatorium – und sie wäre fit für ein Spitzenorchester oder sogar für eine Solistenlaufbahn. Jetzt würde er das nicht mehr sagen, in Grund und Boden würde er sich schämen.

Sie brauchte einen Lehrer. Ehe sie irgendwo vorspielen konnte, brauchte sie Geigenstunden. Und Geigenstunden kosteten Geld. Als ein Zug vorüberratterte, hob sie den Kopf und sah aus dem Fenster. Von ihrem Zimmer aus konnte man die Bahnsteige sehen, den Bahnhof selbst und die Brücke. Tom, Peter und Peters neuer Freund Jay standen auf dem Bahnsteig und warteten auf den Zug der Jubilee Line. Sie hatte zu Tom gesagt, daß sie heute nicht mitfahren würde, was sie jetzt bedauerte. Alleinsein war das Schlimmste. Wenn sie allein war, kamen die Gedanken, und fast alle waren unerfreulich.

Wenn Tom wollte, würde sie zu ihm gehen, nur um nicht allein zu sein, nur um einen Menschen zu haben, der sie in der Nacht festhielt.

Sie winkte ihm zu, aber er sah nicht in ihre Richtung. Vielleicht konnte man von dort aus die Fenster der Schule gar nicht sehen. Als der silberne Zug in den Bahnhof einfuhr, nahm er ihr erst den Blick auf Tom, dann nahm er Tom mit und trug ihn davon. Sie sah dem Zug nach, wie er in Richtung Finchley Road ratterte.

Peter sagte, Jay sei Spitze auf dem Tenorsaxophon, aber Jay war nervös und zappelig, weil er etwas Verbotenes machte. Sie mußten alle lachen, als Peter meinte, bei Licht besehen sei das, was er mit Jay machte, auch verboten, weil Jay noch nicht einundzwanzig war.

»Ich hab mal gehört«, sagte Tom, »daß sie dich nicht mitnehmen, daß sie dich nur weiterschicken. Sie verhaften dich nur, wenn du einen falschen Namen angibst oder einfach nur bettelst. Ich meine, es gibt ja Leute, die blasen ein paar Takte auf der Mundharmonika, und dann strekken sie die Hand aus. Wir sind richtige Musiker.«

Sie wollten zur Abwechslung zum Oxford Circus und hatten einen Standplatz gebucht. Am Eingang Argyll Street wimmelte es von richtigen Bettlern. Bettlern, die nicht mal eine Mundharmonika hatten. Sie streckten den Passanten alte Mützen hin, und Tom nahm sich vor, nie eine Mütze zu nehmen. Ein Hut war in Ordnung, oder ein

Instrumentenkasten, allenfalls ein Tuch mit geknoteten Zipfeln. Sie stellten sich am Fuß der ersten Fahrtreppe auf. Es war laut und voll, auf den Bahnsteigen und in den Durchgängen wuselten Touristen, Hunderte von Schulkindern und rucksackschleppende Studenten herum.

Tom sagte, er würde nicht spielen, später würde er singen. Zu Gitarre und Saxophon paßte die Flöte nicht so recht. Die Musik, die Peter und Jay spielten, ging ihm noch mehr gegen den Strich als Rock, sie war wie das Gedudel, mit dem man in Restaurants und Supermärkten berieselt wird, *La Vie en Rose* und *Never on Sunday* und *Un Homme et une Femme.* Eigentlich kein Wunder, dachte er, wenn die Leute keine Lust haben, für so was gutes Geld zu zahlen.

Plötzlich hatte er ungeheure Sehnsucht nach Alice. Sie fehlte ihm. Er sah ihr schönes Gesicht vor sich und dachte daran, wie wunderbar sie gespielt hatte, als sie mit ihm hier unten gewesen war. Eigentlich müßten sie beide jetzt hier unten stehen und spielen und diesen Pendlern richtige Musik bieten, etwas, woran sie echte Freude hätten. Alice war ihm geschickt worden, in all seinen Jammer und Frust und sein Versagen war ihm diese schöne begabte Geigerin geschickt worden, um ihn zu retten. Sie war nicht Diana und auch nicht Dianas Nachfolgerin, sie war die Vollendung, die er in beiden gesucht und zu einem Teil gefunden hatte. Die Vorstellung von der Frau, die ihn retten würde, war nicht neu, aber jetzt war sie kein Wunschdenken mehr, sie war Wirklichkeit geworden.

Er war drauf und dran, sich in sie zu verlieben. Nein, das stimmte schon nicht mehr. Ich habe mich auf den ersten

Blick in sie verliebt, dachte er. Es war Dianas Gesicht, aber von größerem Liebreiz, als hätten Leid und Lebenserfahrung Dianas Schönheit noch vertieft. Heiße Erregung hatte ihn durchströmt, als sie ihren Geigenkasten aufgeklappt, das Instrument herausgenommen und angefangen hatte zu spielen. Wie ihre Augen geleuchtet hatten, als sie gehört hatte, wie jemand die Musik, die sie liebte, gut spielte.

Peter und Jay waren mit *Some Enchanted Evening* fertig, und Tom sagte ihnen, was er singen würde. Jay wurde wieder nervös, aber Peter versicherte ihm, das würden sie schon schaffen, es sei kinderleicht, ein Klacks. Tom sang ein Lied von Burns und dann, weil es so gut zur Gitarre paßte, wenn auch nicht zum Saxophon, Don Giovannis hinreißende Serenade. Die Münzen klimperten jetzt ganz lustig in den Kasten.

Als ein Bahnpolizist sie wegschickte, ein unangenehmer, aufgeblasener Typ, fand Tom, fuhren sie mit der Central Line zwei Stationen weiter, nach Holborn. Ab halb vier war dort der beste Standplatz frei. Peter meinte, sie sollten noch eine halbe Stunde in die Rush-hour hinein spielen, aber nicht länger, es schien heute besonders voll zu sein. Ein Passant hatte nicht nur 20 Pence in den Gitarrenkasten getan, sondern ihnen auch seinen *Evening Standard* dagelassen, vielleicht als zusätzliche Sachspende oder auch nur, um das Blatt loszuwerden.

Auf der Titelseite stand in fetten Lettern die Meldung von einem Bombenanschlag in Westlondon. Tom las nur so viel, um sich zu vergewissern, daß es weit weg von West Hampstead passiert war und keine Bekannten unter den

Opfern waren. Vielleicht war es die IRA gewesen oder irgendeine Gruppe aus Nahost, davon gab es ja genug. Er sah sich in dem Getriebe um, sah den unablässigen Strom von Menschen auf der Fahrtreppe, die Massen, die von dort auf die Bahnsteige drängten, so daß es zu einem hoffnungslosen Durcheinander kommen mußte, wenn mal ein Zug im Bahnhof stehenblieb, und überlegte, warum bisher noch nie eine Terroristengruppe auf die Idee gekommen war, eine Bombe in der U-Bahn zu legen.

Vielleicht hatten sie es ja versucht, und es war vertuscht worden. Tom legte die Zeitung aus der Hand und stimmte die Champagnerarie aus *Don Giovanni* an, ein schnelles, wildes Stück, und Peter und Jay lachten und gaben jeden Versuch auf, mit der Begleitung nachzukommen.

In einem anderen Bereich des Bahnhofs Oxford Circus, auf dem drei Linien zusammenlaufen, der vierzehn Fahrtreppen, viereinhalb Meilen Bahnsteige und Gänge und ein tägliches Fahrgastaufkommen von fast 200 000 Personen hat, stand ein Mann und photographierte.

Niemand läßt sich gern auf dem Weg zur Arbeit oder nach Feierabend photographieren. Schließlich ist man ja nicht auf Urlaub, nicht am Strand. Die meisten Passanten unternahmen nichts, sondern gingen schnell weiter, andere blickten grimmig, ein Kind schnitt der Kamera eine Grimasse, hielt die Hände hoch wie große Ohren und wackelte mit den Fingern.

Der Photograph war ein dunkelhaariger junger Mann

mit Bart und sehr blauen Augen. Er war ganz in Schwarz – schwarze Jeans und schwarzer Pullover. Ein paar Leuten, die gegen die Aufnahme nicht protestiert hatten, drückte er eine Karte in die Hand, auf der nur scheinbar sinnlose Hieroglyphen standen. Die Karte flatterte zu Boden und vermehrte die Müllmassen, die London Transport so viel Kopfschmerzen bereiten.

Er richtete sein Objektiv auf einen Mann, der mit langen Schritten über den Bahnsteig kam, den Kragen hochgeschlagen, den Hut tief in die Stirn gezogen. Doch auch Hut und Kragen konnten das auffallend häßliche Gesicht nicht ganz verstecken, das neben anderen abstoßenden Zügen auch eine Sattelnase und eine schlecht operierte Hasenscharte aufwies.

Der Mann ging auf den Photographen zu.

»Den Film her!«

Der Photograph lächelte. Man hatte den Eindruck, daß er sich freute, daß er zufrieden, ja, geradezu erleichtert war.

»Den Film her, hab ich gesagt!«

»Sie möchten nicht, daß Ihr reizvolles Gesicht aktenkundig wird?«

»Genau. Jetzt geben Sie mir bitte den Film.«

Passanten wurden aufmerksam. Das war ja viel interessanter, als selbst photographiert und mit einer Karte abgespeist zu werden.

»Ich bin mindestens so stark wie Sie«, sagte der Photograph und setzte nachdenklich hinzu: »Wenn nicht stärker. Aber ich gebe Ihnen den Film gern – unter einer Bedingung. Daß Sie mitkommen. Ich gebe einen aus.«

Er öffnete die Kamera, nahm den Film heraus und drückte ihn, erneut lächelnd, dem Mann mit der Sattelnase in die Hand.

7

Wer die Väter ihrer Kinder waren, hätte Tina Darne nicht sagen können. Sie wußte, daß die beiden verschiedene Väter hatten, und sie wußte, daß jeweils nur einige wenige Kandidaten in Frage kamen, alles andere aber lag im dunkeln. Es war ihr großes Geheimnis. Moralisch machte ihr diese Ungewißheit keine Probleme, Tina war nicht etwa der Meinung, daß ein Kind wissen sollte, wer sein Vater war, oder daß es eigentlich von dem Mann gezeugt werden müßte, mit dem die Mutter gerade zusammenlebte oder verheiratet war. Das, fand sie, war alles Quatsch. Mit der Geheimhaltung nahm sie es deshalb so genau, weil Brian ihr, wenn er wüßte, daß es im Fall von Jasper und Bienvida gewisse Zweifel an seiner Vaterschaft gab, womöglich den Unterhalt von fünfzig Pfund pro Woche für die Kinder streichen würde.

Vor allem aber Tinas Mutter durfte von all dem nie etwas erfahren. Tina betrachtete ihre Mutter als eine Art Versicherung und deren Haus als Zufluchtsstätte. Wenn Cecilia die Wahrheit über Jasper und Bienvida erfuhr, mochte ihre Überzeugung ins Wanken kommen, daß ein Kind bei den Eltern stets ein Zuhause finden sollte. Tina hatte bei ihrem einen Elternteil – ihr Vater war gestorben, als sie fünfzehn war – stets ein Zuhause gefunden, wenn unter anderen Dächern kein Platz für sie gewesen war, das letztemal in dem Vierteljahr, ehe sie in der Fawley Road

Jarvis in die Arme gelaufen war. Brian hatte sie wegen Ehebruchs, wie er es unzutreffenderweise nannte, vor die Tür gesetzt.

Tina war nie verheiratet gewesen, obgleich ihre Mutter die Hoffnung noch nicht aufgegeben hatte, daß eines Tages doch die Hochzeitsglocken läuten würden. Cecilia Darne mochte Brian. Er war der erste verantwortungsbewußte Mann, den ihre Tochter kennengelernt hatte. Es grenzte an ein Wunder, fand sie, daß dieser gute Mensch, dieser unverheiratete Mann mit fester Stellung, der im Wohnungsamt von Lambeth auf der Warteliste für eine Sozialwohnung stand, Tina gebeten hatte, zu ihm zu ziehen. In ihren Augen war das der erste Schritt in Richtung Ehe, denn Mrs. Darne war – was blieb ihr übrig bei einer Tochter wie Tina? – mit der Zeit gegangen. Sie hatte umlernen müssen seit den zwanziger Jahren, in denen man ihr als jungem Mädchen beigebracht hatte, daß Männer eine Frau, die sich ihnen »hingegeben« hat, nie lieben oder achten könnten, geschweige denn heiraten würden. Daß diese Lehren keine Gültigkeit mehr hatten, erlebte sie ja ständig in ihrer Umgebung. Sie las darüber und sah es im Fernsehen.

Die Entwicklung schien vielmehr jetzt zunehmend dahin zu gehen, daß Männer eine Frau nur dann heirateten, wenn sie vorher mit ihr Geschlechtsverkehr gehabt hatten. Brian würde Tina heiraten, es war nur eine Frage der Zeit. Vielleicht wollte er warten, bis ein Baby unterwegs war, denn Mrs. Darne konnte nicht übersehen, daß heutzutage ein uneheliches Kind, einst eine schreckliche Schmach, jetzt häufig der laut ausposaunte Anlaß für eine Hochzeit war, wobei die Braut durchaus nicht beschämt zum Traualtar ging, sondern voller Stolz vor sich hertrug, was sie hatte.

Brian Elphick stand im Wohnungsamt von Lambeth seit zwölf Jahren auf der Warteliste für eine Sozialwohnung. Er hatte sich hineingeschmuggelt, als er mit einer Frau verlobt gewesen war, die er dann nicht geheiratet hatte. Jetzt schwindelte er den Leuten vom Wohnungsamt vor, er habe die ganze Zeit bei einer alten Tante gewohnt, die inzwischen gestorben war, und ließ einen Freund, der in der Straße der Verstorbenen eine Tankstelle hatte, Stein und Bein schwören, er habe Brian dort täglich gesehen. Die Wohnung, die man ihm anbot, war in einer unerfreulichen Gegend und in einem Hochhausblock, aber das störte weder ihn noch Tina. Cecilia Darne freute sich sehr für ihre Tochter.

Sie hatte nie von Peggy Guggenheim gehört, die sich damit zu brüsten pflegte, sie habe mit jedem Mann geschlafen, der ihr über den Weg gelaufen sei. Hätte man Cecilia gesagt, daß Tina so ziemlich dasselbe von sich hätte behaupten können, hätte sie das sehr getroffen. Tina hätte es ihrer Mutter sagen können, irgendwann an einem Abend, wenn sie gemütlich beisammensaßen, aber es wäre ihr nie in den Sinn gekommen, denn für sie war das keine Sache, auf die man besonders stolz war, aber auch keine, deren man sich schämte.

Jaspers Vater hätte der Anstreicher sein können, der im Auftrag der Hausverwaltungen die Wohnungen renovierte und auf eine Tasse Tee hereingekommen war, oder der frühere Lover, den sie zufällig in Denmark Hill getroffen hatte, oder der Nachbar aus Nummer 16, der sich vor dem Auszug noch schnell verabschieden wollte, während seine Freundin die Möbel in den gemieteten Lieferwagen verfrachtete. Fest stand nur, daß es nicht Brian war, denn der war in jener kritischen Woche von Tinas Zyklus auf Montage in Aberdeen gewesen.

Brian – oder auch jeder andere Mann – hätte, um sicherzugehen, daß er der Vater eines Kindes von Tina war, etliche Monate lang mit ihr allein auf einer unbewohnten Insel zubringen müssen. Als Bienvida gezeugt wurde, war Brian nicht einmal verreist, aber er hatte sich mit Grippe ins Bett gelegt und war lustvollen Betätigungen abgeneigt. Sie solle sich doch seinetwegen nicht die Party entgehen lassen, zu der sie eingeladen waren. Also machte sie ihm noch etwas Warmes zu trinken und stellte den Fernseher an. Ja, dann bis morgen früh, sagte sie kurz und schlicht.

Auf der Party trank Tina mehr als ein paar Gläser zuviel, so daß sie an das, was nach Mitternacht geschehen war, kaum eine Erinnerung hatte. Als sie aufwachte, lag sie mit einem rotbärtigen Mann im Bett, aber gewissen giftigen Bemerkungen und den schiefen Blicken der morgens noch anwesenden Gäste entnahm sie, daß er in jener Nacht nicht ihr einziger Gespiele gewesen war. Bienvida hatte bei der Geburt rotes Haar, das aber später nachdunkelte, so daß Tina so schlau war wie zuvor. Brian schien es nie aufzufallen, daß die Kinder als Sohn und Tochter zweier blonder, blauäugiger Ektomorphen recht sonderbar ausgefallen waren. Auch als er Tina wiederholt mit fremden Männern im Bett erwischte, zog er nicht die naheliegenden Schlüsse. Nach dem dritten Mal sagte er, nach acht Jahren liebe sie ihn wohl nicht mehr, und dann kam die bewußte Bemerkung über den Ehebruch.

Tina ging zurück zu ihrer Mutter. Sie hätte sonst nicht gewußt, wohin.

Die einzige Frau, mit der Peter Bleech-Palmer je geschlafen hatte, war Tina Darne. Korrekterweise müßte man wohl sagen, daß Tina mit ihm geschlafen hatte. Sie waren gute Freunde, was weder Daphne noch Cecilia so recht verstanden, obgleich beide Mütter sich eine Weile, besonders vor Brian, Hoffnungen gemacht hatten, die beiden könnten sich »zusammentun«. Peter war Pianist, er hatte auch eine Stellung als Pianist und offenbar immer Geld, was ihn in Cecilias Augen zu einem attraktiven Ehekandidaten machte. Daß er in einer Bar »für Schwule und/oder andere« in der Frith Street spielte, ahnte sie nicht.

Als Tina und die Kinder in die Cambridge School zogen, empfand Cecilia gleichzeitig Kummer und schuldbewußte Erleichterung. Hatte sie die arme Tina vertrieben, weil sie sich nicht dazu hatte durchringen können, den Einbau eines Badezimmers zu bezahlen? Was würde sich bei Jarvis abspielen? Cecilia hatte nichts gegen Jarvis, sie hatte gegen keinen Menschen etwas, aber sie mißtraute ihm, weil er ein Junggeselle ohne feste Stellung und nennenswertes Einkommen war und ein Haus besaß, das bestimmt früher oder später den Grundstückshaien in die Hände fallen würde.

Allen Erfahrungen, aller eigenen Anschauung zum Trotz war sie insgeheim davon überzeugt, daß ein Mann und eine Frau, die unter einem Dach wohnten – auch wenn unter diesem Dach sehr viel Raum war –, sehr bald einander auch in anderem Sinne beiwohnen würden. Sie erfuhr nie, daß Tina, ihren Grundsätzen getreu, schon längst mit ihrem Vetter Jarvis geschlafen hatte. Nur einmal. Beide wünschten keine Wiederholung. Cecilia erinnerte sich außerdem lebhaft an Tinas erste Erfahrungen mit der Cambridge School, an die Gründung der Wohngemeinschaft und an den Ruf, den das Haus, das schließlich und endlich nur einen Steinwurf – einen Glockenschlag – von ihrem eigenen Heim entfernt war, dadurch erhielt.

Damals waren noch keine Kinder dagewesen. Cecilia machte sich Sorgen um die Kinder. Zählebig, ja, nicht totzukriegen war auch Cecilias Überzeugung, daß kein Mann ohne weiteres bereit ist, die Kinder eines anderen Mannes zu übernehmen.

»Ich mache mir Sorgen um die Kinder«, sagte sie zu Daphne.

»Weißt du, wie man sie in Amerika nennt?« fragte Daphne. »Grandbabies – Großbabys.«

»Ja, die Kids eben, meinetwegen auch Großbabys. Ich mache mir Sorgen um sie. Sie sind wild und sehr laut, Kinder sind nun mal so, und ich habe Angst, Jarvis könnte das irgendwann mal zuviel werden. Es ist ja nicht so, daß ihm das Haus gehört, aber es gehört ihm immerhin mehr als anderen Leuten ... Du weißt schon, wie ich es meine.«

»Mit Ausnahme seiner Mutter«, sagte Daphne nüchtern. »Jarvis Stringer ist nicht so. Wahrscheinlich achtet er gar nicht darauf. Er hat ständig den Kopf in den Wolken. Oder in einem Tunnel.«

»Ich habe dieses Haus, die Schule, wie man es auch

nennen will, nie gemocht. Man hätte es abreißen sollen. Glaubst du, daß ein Energieschub zurückbleibt, wenn jemand eines gewaltsamen Todes stirbt, und daß der dann eigentlich das ist, was wir unter Gespenstern verstehen?«

»Nein«, sagte Daphne.

»Vielleicht hast du recht, aber ... Ich habe dort immer ein ungutes Gefühl. Ständig rechne ich damit, daß plötzlich jemand hinter einer Tür vorkommt und über mich herfällt.«

Daphne lachte. »Das können dann höchstens Jasper oder Bienvida sein.«

»Ich gehe nicht gern hin«, sagte Cecilia. »Auch wegen der Glocke natürlich. Meine Nichte Elsie hätte sie wenigstens abnehmen lassen können ... Jarvis interessiert sich ja nur für seine Bahnen, aber daß Elsie da nichts unternommen hat, verstehe ich nicht. Und noch etwas. Bei mir zu Hause hört man die Bahn schon laut genug, aber da drüben schwankt das ganze Haus, wenn die Züge vorbeifahren. Wie bei einem Erdbeben. So, wie ich mir ein Erdbeben vorstelle.«

Trotzdem ging sie regelmäßig hin, etwas öfter, als sie nach Willesden, zu Daphne, fuhr. Einer ihrer Einkaufswege in die West End Lane führte an der Cambridge School vorbei und über die Eisenbahnbrücke. Cecilia war ein paar tausend Mal an der Schule vorbeigegangen und hatte sie ein paar hundert Mal betreten, aber ihren Widerwillen hatte sie nie überwunden. Sie redete sich ein, daß Vorübergehende die Glocke dort oben in der düsteren Glockenkammer nicht sahen, denn sie war fast ganz durch die kleinen Säulen verdeckt, die das Dach des Campanile stützten, war nur eine dunkler schimmernde Stelle in der Schwärze. Wenn ich nicht hinschaue, sagte sie sich, brauche ich die Glocke gar nicht zu sehen, und nach und nach wird mir dieses Nichthinschauen zur Gewohnheit werden, aber wenn es dann soweit war, konnte sie doch nicht verhindern, daß sich ihr Blick zum Campanile hob.

Als sie an den Häuserblocks vorbeikam, den »neuen Wohnungen«, wie sie immer noch sagte, sah sie ihren Enkel Jasper mit drei etwa gleichaltrigen Jungen in dem schmalen Durchgang verschwinden, der zur Eisenbahnbrücke führte. Der neunjährige Jasper war ein kräftiger, breitschultriger, sehr hübscher Junge mit dunklem Haar, festen, regelmäßigen Zügen und eigenartig bräunlich-violetten Augen.

Es war schon erstaunlich, fand Cecilia, ein Beispiel für das unerforschliche Walten der Natur, daß ein Kind seinen Eltern so wenig ähnlich sehen konnte, aber weiter dachte sie nicht. Während sie noch in ihrer etwas verschwommenen und gutmütigen Art überlegte, wie nett es doch für Jasper war, zum Spielen in den Ferien gleichaltrige Kameraden zu haben, wieviel schöner er es doch hier hatte als in der Hochhaussiedlung in Walworth, trat sie durch das torlose Gartentor und sah zwangsläufig zu der Glocke hoch. Und diese Glocke, eine Schulglocke, erinnerte sie daran, daß ja das Trimester noch nicht zu Ende, daß keine Ferienzeit war. Warum war Jasper nicht in der Schule?

Cecilia wollte gerade aufschließen, als Alice, die junge Frau, mit der zusammen sie die Explosion der Bombe gehört hatte, die Haustür aufmachte. Alice, fand Cecilia, war das hübscheste Mädchen, das sie je gesehen hatte. Bei ihrem Anblick mußte sie immer an das Lieblingsbild ihres Vaters denken, ein Porträt der Mary Zambaco von Burne-Jones, das in der Halle des elterlichen Hauses in Hendon gehangen hatte. Zu einer Zeit, als ein Burne-Jones keinen roten Heller wert gewesen war, hatte Evelina das Bild geerbt, der Himmel mochte wissen, was sie damit angestellt hatte. Alice hatte den gleichen Schwanenhals, die gleichen zarten Züge, den gleichen weichen, vollen Mund, nur das Haar war nicht rot, sondern schimmerte in dunklem Kastanienbraun.

»Ich klopfe nur mal eben bei Tina«, sagte sie zu Alice.

Das Haus war viel sauberer als in den Tagen der Wohngemeinschaft, es sah durchaus passabel aus. Der Gestank war weg. Aus den hinteren Räumen hörte Cecilia das Geräusch, das sie nie hatte identifizieren können und dem sie nicht hatte nachgehen wollen, ein stetiges Kreischen, wie von einem Vogel im Zoo. Seit den Tagen der Wohngemeinschaft war ihr das Haus nicht geheuer. Sie ging leise, fragte nicht viel, mischte sich nicht ein. Sie wußte, daß sie dort – gelinde gesagt – nicht recht hineinpaßte. Natürlich lag das zu einem Teil an ihrem Alter – schließlich war sie, man mochte es drehen und wenden, wie man wollte, eine alte Frau –, aber auch an ihrer Einstellung und ihrer Kleidung, dem grauen Tweedrock, der grünen Wollmousselinebluse und der grüngrau karierten Strickjacke, den Strümpfen und Pumps, an der gepuderten Nase, dem Lippenstiftrot auf den welken alten Lippen, dem dauergewellten Haar.

Auf dem Gang begegnete sie dem Mann, der immer wie verdorbenes Fleisch roch. Cecilia erinnerte sich noch deutlich an eine Zeit, als Kühlschränke keine Selbstverständlichkeit gewesen waren – sie selbst hatte erst 1952 einen angeschafft –, und wie am Sonntagmittag der Braten roch, wenn man ihn unvorsichtigerweise schon am Freitag gekauft hatte. Dieser Mann roch noch viel schlimmer. Cecilia antwortete auf sein »Hi!« mit einem »Guten Morgen!« und überlegte, ob er vielleicht mit irgendeiner bösen Krankheit behaftet war.

Sie klopfte bei Tina. Es war zehn nach zwölf. Cecilia besuchte Tina nie vor zwölf, denn sie wollte vermeiden, ihre Tochter im Bett anzutreffen. Wäre ihr das irgendwann einmal passiert, hätte sie kein Wort darüber verloren, hätte nicht dergleichen getan, sondern sich einfach ans Bett gesetzt und sich dort zehn Minuten mit Tina unterhalten, statt ihr in einem Sessel gegenüberzusitzen. Wenn aber Tina bei ihrer Ankunft nicht mehr im Bett lag, konnte sie sich einreden, daß ihre Tochter schon seit Stunden auf, daß sie ein normaler Mensch, eine richtige Mutter war.

Das, wobei sie Tina heute antraf, fand sie sehr erfreulich. In der unmöglichen alten Küche von Ernest und Elizabeth mit der Einrichtung von 1926, in der Cecilia nicht mal eine Kartoffel geschält hätte, was sie selbstverständlich nie laut sagte, war Tina damit beschäftigt, einen Geburtstagskuchen für Bienvida zu backen. Es hätte Cecilia sehr befremdet, wenn ihre Tochter etwas anderes angehabt hätte als Jeans und Pulli oder T-Shirt, und das war auch nicht der Fall, aber zu ihrer großen Freude trug Tina über diesen Sachen eine der Patchwork-Schürzen, die Cecilia ihr vor Jahren genäht hatte, ohne viel Hoffnung, sie je in Gebrauch zu sehen.

Das Radio lief, es krakeelte in voller Lautstärke, von oben kamen Töne, die sich nach einer Geige anhörten, im Keller wurde gehämmert. Als Cecilia sich setzte, spürte sie das erdstoßartige Rütteln eines vorbeifahrenden Zuges.

»Na, was hast du heute Schönes vor?« fragte Tina und legte Cecilia eine mehlige Hand auf den Ärmel.

Cecilia hatte es sich fast abgewöhnt, in Verlegenheit zu geraten, wenn sie von Daphne sprach. »Ich treffe mich mit Daphne zum Mittagessen bei D. H. Evans.«

»Kann man das immer noch machen? Nicht zu fassen! Ich weiß noch, wie du mit mir zum Mittagessen hingegangen bist, als ich klein war, und wie ich im Aufzug gespuckt habe.«

Auch Cecilia wußte das noch. »Klein« war ein Stichwort, das sie an ihren Enkel erinnerte. In diesem Haus bemühte sie sich stets, ihre Fragen in die Form von Feststellungen zu kleiden, und sie sagte, ihre Worte sorgfältig wählend: »Jasper hat sich wohl heute nicht recht wohl gefühlt. Es war vernünftig, daß du ihn nicht zur Schule geschickt hast. Wie schön, daß es ihm gut genug geht, um mit seinen Freunden draußen zu sein.« Es hörte sich trotzdem bissig an, fand sie, lauernd, ja ironisch, aber so hatte sie es gar nicht gemeint. Sie hatte nur etwas wissen, keine Kritik üben wollen.

Zum Glück nahm Tina die Bemerkung so auf, wie sie gemeint war. Sie lachte laut auf und sagte, Jasper sei wohl während der Mittagspause abgehauen.

»Dürfen sie das denn dort?«

Cecilia hatte es kaum ausgesprochen, als ihr einfiel, daß sie Jasper fünf vor zwölf gesehen hatte, reichlich früh für die Mittagspause. Genau genommen hätte dann die Pause sogar noch früher anfangen müssen, denn die Schule ihrer Enkelkinder war zu Fuß eine gute Viertelstunde entfernt, am anderen Ende der West End Lane – doch das behielt sie für sich. Sie sah zu, wie Tina ihren Kuchen in den dreckigsten, schwärzesten, schmierigsten Backofen stellte, den Cecilia je gesehen hatte, und wartete die Antwort auf eine ihrer seltenen Fragen ab. Als die Antwort dann kam, hatte sie schon fast vergessen, was sie gefragt hatte.

»Die dürfen dort alles. Es ist eine miserable Schule, sie haben die Kinder nicht im Griff, und die gehen auch nicht gern hin, aber was soll ich machen? Die Lehrer streiken ständig, die Ärmsten, ich kann's ihnen nicht verdenken.« Diese Feststellung gab Tina mit der größten Gemütsruhe von sich, während sie für Cecilias Ohren wie eine Schrekkensnachricht klang.

Die Besorgnis war ihr offenbar anzusehen. Tina lachte fröhlich, legte Cecilia die Arme um die Schultern, drückte sie an sich und sagte, den Kosenamen verwendend, den Cecilia so sehr liebte, auf den sie insgeheim immer sehnsüchtig wartete: »Mach dir keine Sorgen, kleine Mama, meine Kinder kommen immer durch, die schlagen mir nach. Jetzt geh schön mit Tante Daphne essen, und sag ihr einen lieben Gruß von mir.«

Cecilia war gerührt. »Du weißt, daß du immer zu mir zurückkommen kannst, Tina. Das weißt du doch, nicht? Bei mir wirst du immer ein Zuhause haben.«

»Freu dich nicht zu früh«, sagte Tina. »Vielleicht steh ich eines Tages vor der Tür.«

Nachdem sie Tina noch versprochen hatte, ihr allerlei teures Zeug aus der Lebensmittelabteilung von Selfridges mitzubringen, ging Cecilia zum Bahnhof und überlegte, wie gern sie doch allein lebte und daß sie mit sechsundsiebzig zu alt war, ihre lebhaften Enkelkinder ständig um sich zu haben, so sehr sie auch an den beiden hing, ganz zu schweigen von Tinas Freunden, Tinas unkonventionellem Tagesablauf und ihrer Gewohnheit, bis mittags um zwölf im Bett zu liegen. Es war ihr peinlich, wenn irgendwelche Männer – »wildfremde Männer«, wie sie bei sich sagte – im Lauf des Vormittags plötzlich die Treppe herunterkamen, den Kopf durch die Tür steckten und »Hi!« sagten. Aber das alles würde sie auf sich nehmen, um Tina glücklich zu machen und den Kindern eine schöne Jugend zu schenken. Sie würde lächeln und fröhlich sein und sie alle mit offenen Armen aufnehmen und im Obergeschoß ein Badezimmer einbauen lassen.

Nur einen Menschen hätte sie mit tausend Freuden in ihr Haus aufgenommen, nämlich Daphne Bleech-Palmer. Doch Daphne würde ihr Heim in Willesden bestimmt nicht aufgeben, obgleich das Reihenhäuschen in einer häßlichen Häuserzeile aus weißem Backstein lange nicht so nett war wie das von Cecilia. Es sprach für Cecilias Charakter, daß sie nicht wie die meisten Menschen Schadenfreude empfand, keine klammheimliche Genugtuung verspürte, weil sie bessergestellt war als die Freundin, sondern ehrlich bekümmert darüber war, daß Daphne nicht so schön wohnte und ein geringeres Einkommen bezog.

Cecilia ging die Treppe zum Bahnhof West Hampstead hinunter und stellte sich auf den linken Bahnsteig, wo sie auf den Zug aus Kilburn wartete. Das für Jarvis so faszinierende Phänomen der bebenden Bahnsteige und der singenden Schienenstränge auf West Hampstead beim Herannahen eines Zuges war ihr nicht neu, sie war so daran gewöhnt, daß es ihr gar nicht mehr auffiel. Was ihr auffiel, waren die notdürftig beseitigten Graffiti an den silbernen U-Bahn-Wagen, doch wäre sie nie auf die Idee gekommen, daß hier Menschenhände im Spiel gewesen waren. Cecilia führte die seltsamen Spuren vielmehr auf Materialmüdigkeit oder Rost zurück.

In den Zügen der Tube findet sich folgender Hinweis: »Im Notfall kann schnellere Hilfe geleistet werden, wenn der rote Knopf bei Halt auf einer Station betätigt wird. Auf freier Strecke ist der rote Knopf nur dann zu betätigen, wenn es unbedingt erforderlich ist, den Zug zum Stehen zu bringen.«

Der Hinweis zeugt nicht gerade von profunder Menschenkenntnis, denn nur auf freier Strecke wird man überhaupt den Wunsch verspüren, den roten Knopf zu betätigen. Stünde der Zug auf einer Station, wenn ein Notfall eintritt, würde man doch sicher aussteigen und so schnell wie möglich das Weite suchen.

An Wochentagen sind die Züge der Jubilee Line mittags – mit Ausnahme der Innenstadt – selten stark frequentiert. Außer Cecilia saßen nur noch drei Personen im Wagen, eine ganz rechts, eine ganz links, die dritte in der Mitte, direkt an der Tür, mit Blick auf den Bahnsteig. Tina hätte sich auf den nächstbesten Sitzplatz, notfalls auch neben einem anderen Fahrgast, fallen lassen, Cecilia aber setzte sich gewohnheitsmäßig dahin, wo es am leersten war, auf die Bahnsteigseite, mit dem Rücken zum Fenster. Da sie sich kein Buch und keine Zeitschrift mitgenommen hatte, las sie, bis der Zug in Finchley Road einfuhr, die Reklamen an der gegenüberliegenden Wand, Plakate, die den günstigen zollfreien Einkauf in Heathrow und billige Reisen nach Holland anpriesen, sowie eine Anzeige für Büro-Teilzeitkräfte, die in einer Art Code abgefaßt war.

Nur zwei Fahrgäste stiegen zu, ein Mann und ein Bär. Cecilia sah den Bären und hielt ihn etwa fünf Sekunden lang für echt. Dann erkannte sie, daß hinter dem offenen Maul ein Menschengesicht war, und drehte den Kopf weg, als habe sie vor dem Fenster etwas überaus Fesselndes entdeckt. Kostümierte Leute, offensichtlich verkleidete Leute und dergleichen waren ihr immer sehr peinlich.

Der Zug fuhr an und tauchte gleich darauf in den Tunnel ein. Sie konnte nicht mehr so tun, als ob sie aus dem Fenster sähe. Cecilia drehte sich etwas bänglich um. Mann und Bär waren ans andere Ende des Wagens gegangen, wo eine Frau saß, die nicht viel jünger war als sie. Der Bär hatte sich vor der Frau hingehockt und hob die Tatzen wie ein Hund, der schön macht.

Cecilia sah, daß der Mann den Bären an einer Kette führte. Der Mann war jung, er hatte dunkle Haare und einen kurzen dunklen Bart. Er trug – und das sah ganz eigenartig aus – einen schwarzen Mantel, der ihm fast bis zu den Fesseln reichte. So einen Mantel hatte ihr Vater immer angezogen, wenn er ins Geschäft ging. Sie beschloß, auf der nächsten Station – Swiss Cottage – auszusteigen, selbst wenn dann Daphne warten mußte, mit der sie sich um eins verabredet hatte.

Die Frau, die von dem Mann und dem Bären gequält wurde – denn so sah es Cecilia, als Quälerei –, hatte zum Glück wenigstens eine Zeitschrift bei sich, so daß sie so tun konnte, als ob sie lese, während der Bär vor ihr seine Faxen machte. Cecilia wußte, daß die Frau nur so tat, niemand hätte sich bei so einer Vorstellung einer an dumpfe Furcht grenzenden Verlegenheit entziehen können. Das heißt, niemand war vielleicht zuviel gesagt, denn Tina hätte sich weder geniert noch gefürchtet. Tina hätte wahrscheinlich gelacht und geklatscht oder vielleicht sogar den Bären gestreichelt.

Eben dies schien der Bärenführer von dem Fahrgast zu verlangen, an den er jetzt herantrat, von dem Mann an der Tür, der in mittleren Jahren war und einen Anzug trug. Der Mann gehorchte ängstlich lächelnd. Er streckte die Hand aus und glättete das zottige Bärenfell, tätschelte es verlegen und sah dabei zu dem Bärenführer hoch, als wollte er sagen: Gut so? Genug? Läßt du mich jetzt in Ruhe?

Der Bär sprang ihn knurrend an, wie ein schlecht erzogener Hund, wenn er von einem Menschen gestreichelt wird, der Angst vor ihm hat. Mit einem erschrockenen Aufschrei wich der Mann zurück. Cecilia hörte sich nach Luft schnappen und legte rasch die Hand an den Mund. Der Bärenführer ruckte an der Kette, bis der Bär fast hintenüberfiel.

»Bärige Stimmung hier«, sagte er zu den Fahrgästen und ließ seinen Blick der Länge und Breite nach durch den Wagen wandern.

Zu Cecilias größter Erleichterung fuhr der Zug jetzt in Swiss Cottage ein. Sie wollte aufstehen, aber inzwischen hatten Mann und Bär sich in Richtung Tür bewegt, sie standen direkt davor, es war eine dieser Türen, die sich nur auf Knopfdruck von innen oder außen öffnen lassen. Auf dem Bahnsteig – jedenfalls vor dieser Tür – stand niemand. Um die Tür zu öffnen, hätte sie an dem Bären vorbeigehen, hätte »Entschuldigung!« sagen oder sich an ihm vorbeidrängen müssen. Sie ließ sich auf ihren Sitz zurückfallen, und der Zug setzte sich wieder in Bewegung.

An die Stelle der Verlegenheit war jetzt Angst getreten. Verlegenheit, dachte sie, *ist* Angst oder zumindest eine reduzierte Form von Angst, so wie man von einem Juckreiz sagt, er sei eine leichte Form von Schmerz. Dieses neue Gefühl war echte Angst, nicht so sehr Angst vor körperlicher Verletzung als vor einer Demütigung, wie sie Menschen ihres Alters und ihres Geschlechts besonders häufig widerfährt. Es war Cecilia nicht entgangen, daß viele Leute alte Frauen auch heute noch zur Zielscheibe ihres Spottes machen.

Ihr Herz begann schwer und heftig zu schlagen. Sie hörte es schlagen, als sei es nicht in ihrer Brust, sondern irgendwo außerhalb ihres Körpers.

In diesem Augenblick drehten sich Mann und Bär zu ihr um, und der Bär bewegte sich täppisch auf sie zu. Cecilia, der das Herz bis zum Hals schlug, öffnete die Handtasche, verzweifelt bemüht, etwas zu finden, worauf sie zumindest der Form halber ihren Blick richten konnte. Sie fand nur ihr Scheckbuch und das ledergebundene Adreßbüchlein, das Jasper ihr zu Weihnachten geschenkt hatte und in dem sie dem Enkel zuliebe gewissenhaft alles an Anschriften und Telefonnummern von Freunden und Bekannten eingetragen hatte, was im Laufe eines langen Lebens zusammengekommen war. Jetzt war ihr, als habe Jasper ihr mit seinem Geschenk das Leben gerettet. Umständlich setzte sie die Brille auf. Der Bär hatte sich jetzt in dieser Hock- oder Bettelstellung, mit der er die andere Frau geplagt hatte, vor ihr aufgebaut. Cecilia schlug das rote Büchlein auf. Bleech-Palmer war der erste Name, auf den ihr Blick fiel. Die handgeschriebenen Worte verschwammen ihr vor den Augen, ihr Herz schlug dumpf.

Der Bär knurrte und brummte. Cecilia blätterte in ihrem Adreßbuch, sie blätterte langsam die Seiten um und starrte scheinbar gefesselt auf die Einträge. Sie hatte sich fest vorgenommen, nicht aufzublicken, den Bären nicht anzusehen. Die anderen Fahrgäste schenkten ihr keine Beachtung. Cecilia konnte es ihnen nicht einmal verdenken. Sie hatte ja bei der Verfolgung der anderen auch weggesehen, hatte nicht eingegriffen. Wahrscheinlich würden sie nicht einmal dann eingreifen, wenn der Bär tätlich werden sollte. Ihre Hände fingen an zu zittern, und dann griff das Zittern auf ihren ganzen Körper über. Der Bär legte ihr eine Tatze aufs Knie.

Cecilia schrie nicht. Später staunte sie darüber, daß sie keinen Laut von sich gegeben, daß sie nur mit angehaltenem Atem dem Trommelschlag ihres Herzens gelauscht hatte. Sie spürte das haarige Ding durch den Tweedstoff ihres Rockes, den spitzenbesetzten reinseidenen Unterrock und ihre Nylonstrümpfe hindurch, heiß, lastend und widerwärtig. Sie konnte sich nicht rühren, sie konnte nicht mehr blättern, aber noch immer hatte sie die Augen niedergeschlagen. Ihr Fleisch wich vor der Berührung der Tatze zurück, zog sich zusammen, legte sich enger um die Knochen.

Hinterher dachte sie sich, daß der Bärenführer schließlich wohl doch Erbarmen mit ihr gehabt hatte oder des Spiels müde geworden war. Diesmal ruckte er nicht an der Leine, sondern stieß mit der Hand heftig gegen den Bärenkopf. Der Mann in dem Bärenfell fiel hintenüber und streckte Vorder- und Hinterpfoten in die Luft, so daß man die schmutzigen Lederflecken unter den Plattfüßen sah. Cecilia merkte, daß sie die Fäuste geballt und die Nägel in die Handflächen gekrallt hatte. Der Bär rappelte sich mühsam wieder auf, und in diesem Moment fuhr der Zug in St. John's Wood ein.

Inzwischen hatte Cecilia völlig vergessen, daß sie sich um keinen Preis an dem Bären hätte vorbeidrängen wollen, um den Türknopf zu drücken, inzwischen hätte sie sich auch an einer Schlange vorbeigedrängt, einem Rottweiler, einem Säbelzahntiger. Tatsächlich mußte sie dann über eine der Bärentatzen hinwegsteigen. Der Bärenführer lachte mit kehligem Kichern. Cecilia hielt krampfhaft ihre Einkaufstasche und ihre Handtasche fest. Als sie an der Tür war, öffnete sie sich von außen, zwei Fahrgäste hatten auf den Knopf gedrückt, und Cecilia stieg aus. Sie sah nur wie durch wäßrigen Nebel und begriff nach einer Schrecksekunde, daß sie noch ihre Lesebrille trug.

Der Zug fuhr an und trug Bär und Bärenführer davon.

Cecilia zitterte am ganzen Körper. Sie setzte sich auf einen der grauen Schalensitze, um ruhiger zu werden und wieder zu Atem zu kommen, aber statt dessen brach sie in Tränen aus.

8

Die Geburtstagsfeier hätte Cecilia, wäre sie eingeladen gewesen, sehr sonderbar berührt. Zuerst waren noch ein paar Schulfreundinnen von Bienvida dagewesen, aber um sieben war eine Erwachsenenfete daraus geworden. Bienvida und Jasper waren natürlich noch dabei. Niemand hatte gemerkt, daß Bienvida, die mehr die Enkelin ihrer Großmutter als die Tochter ihrer Mutter war, zwischendurch in die Direktorswohnung gegangen und sich lange Hosen angezogen hatte, um ihr Nylon-Organza-Kleid aus dem Dritte-Welt-Laden zu schonen. Sie war ein großes, sehr mageres Kind mit dem dunklen Kraushaar, den scharfen Zügen und den wildromantischen Augen einer Irin. Jasper, ihr älterer Bruder, hatte es von vornherein abgelehnt, sich für die Party feinzumachen, und trug seine üblichen Schulsachen, Jeans und ein Westernhemd, obgleich er die Schule an diesem Tag nicht von innen gesehen hatte.

Kurz nach sieben kamen die Weinflaschen auf den Tisch. Einige hatte Jed spendiert, Peter hatte den Beaujolais Nouveau mitgebracht, den Rest verdankten sie Tinas derzeitigem Freund, der in der *Schnapsnase,* einer großen Getränkeshop-Kette, arbeitete. Weil die Kinder den Geburtstagskuchen abgelehnt hatten – Tina hatte aus Versehen Rosinen und Nüsse hineingetan –, aßen ihn die Erwachsenen zum Nachtisch.

Es war ein schöner warmer Abend. Streifen eines zinnoberfarbenen Abendrots erreichten sogar diesen östlichen Horizont. Jarvis hatte einen Klapptisch auf die Terrasse gestellt, wo die Schülerinnen sich einst zum jährlichen Schulphoto versammelt hatten, und um diesen Tisch herum saßen Peter Bleech-Palmer, Jay Rossini, Tom, Alice, Billy (der Mann von der *Schnapsnase*), Tina und er selbst.

Unter ihnen lag die struppige Grasfläche, ein verwilderter Rasen voller Unkraut, Hahnenfuß, Löwenzahn und blühendem Wiesenschaumkraut. Die Bäume, die jetzt so hoch waren, daß sie den Garten umschlossen und die Sicht auf andere Häuser versperrten, so daß man, wäre das Gewirr der Gleise nicht gewesen, hätte meinen können, auf dem Land zu sein, standen in spätem Sommerlaub. Die leisen, zwitschernden Hintergrundgeräusche kamen von Vögeln, die sich ihren Schlafplatz suchten. In diesem Refugium mitten in London gab es mehr Vögel als in den meisten Gärten auf dem Lande, noch hatte das Kreischen des Falken sie nicht vertrieben. Die Züge von und nach London und Stanmore sah man durch das Laubwerk nur als eine Folge silbriger Blitze, aber ihr singendes Rattern bildete eine stetige Begleitmusik.

Es war so windstill, daß man Kerzen aufstellen konnte. In dem schwindenden Licht zündete Tina – in grünlichblaue indische Baumwolle gekleidet, Silberketten mit Kabultürkisen und Korallen um den Hals – gelbe Wachskerzen an, die sie auf Untertassen gestellt hatte. Der starke Sandelholzduft, den sie verströmten, genügte nicht, um die Mücken abzuhalten, die es zu den Flammen zog. Peter hatte seine Gitarre mitgebracht, und er und Tom fingen an zu spielen. Als Tina und Billy tanzten, forderte Jarvis Alice auf, aber sie schüttelte lächelnd den Kopf. Sie fühlte sich zunehmend Tom verbunden und wollte nur mit ihm tanzen.

Die Plätze der Kinder waren längst leer. Jarvis' Modelleisenbahn, die ihn vom Kummer seiner Mutter abgelenkt hatte an jenem fernen Tag, als ihr Vater sich erhängt hatte, war auf dem Fußboden der Unterprima im Obergeschoß aufgebaut, und Jarvis hatte zu Jasper gesagt, er könne damit spielen, wann er wolle. Jarvis selbst spielte noch hin und wieder damit. Jasper begriff zwar dunkel, daß dies ein sehr hochherziges Angebot war, fand aber eigentlich, daß Spielzeugeisenbahnen unter seinem Niveau waren. Trotzdem ging er jetzt, Bienvida im Schlepptau, nach oben, denn er hatte irgendwie das Gefühl, er müsse Jarvis zeigen, daß er seine Einladung zu schätzen wußte. Außerdem langweilte er sich. Jasper wußte, daß ihm bei allem, was er tat, sehr viel Freiheit gelassen wurde, wobei aber – und auch das wußte er – eher eine gewisse Gleichgültigkeit im Spiel war. Niemand kümmerte sich um ihn. Manchmal freute ihn das, und manchmal ängstigte es ihn, obgleich er nicht hätte sagen können, warum.

Er hätte ungehindert durch ganz Nordlondon streifen können, aber weil es ja angeblich Bienvidas Party war, mußten sie dabei sein. Natürlich war auch diese Party, wie alle anderen, an die er sich erinnern konnte, letztlich zu einer Veranstaltung für die Erwachsenen geworden, zu einem Vorwand zum Trinken, Reden und Tanzen und zu all diesem Geschmuse und Geknutsche, bei dem ihm zwangsläufig immer seine Mutter einfiel.

Er und Bienvida gingen in die Unterprima und schauten sich wortlos die Eisenbahn an, eine ganz gewöhnliche Eisenbahn, die etwas undefinierbar Altmodisches an sich hatte. Dann traten sie ans Fenster und sahen auf die Feiernden hinunter. Peter hatte Tom die Flöte abgenommen, Tom tanzte mit Alice, und Jarvis hopste mit Jay herum, während Tina und Billy halb unter dem Tisch lagen, so eng ineinander verschlungen, daß sie von weitem aussahen wie eine einzige Person.

»Mist«, sagte Jasper. »Geht das schon wieder los mit ihr.«

Die zwei Jahre jüngere Bienvida fragte in leicht wehmütigem Ton, ob sie wohl irgendwann mal zu Brian zurückgehen würde. Im Gespräch mit einer Schulfreundin hätte sie Brian Daddy genannt, doch das war für Jasper unannehmbar. Schon in sehr jungen Jahren hatte er alles Kindliche abgelegt.

»Glaub ich kaum. Red ihr bloß nichts ein, Bee. Mir gefällt's hier. Manche Sachen gefallen mir hier ganz besonders, frag nicht, welche, aber es gibt hier Sachen, die ich mag. Erzähl ihr also bloß nicht, daß sie wieder in diesen Betonsilo ziehen soll.«

Bienvida sagte nichts, aber ihr wilder, wachsamer Blick wurde noch wilder.

»Die Mücken werden sie ganz schön zurichten«, sagte Jasper.

Nachdem er seine Pflicht getan hatte – daß Jarvis so oder so nichts davon erfahren würde, spielte für ihn keine Rolle –, ging er hinaus auf den dunklen Gang. Das bißchen Licht, das in blassen, unscharfen Bahnen durch die offenstehenden Türen von Quinta, Unter- und Oberprima fiel, reichte aus, um sich einigermaßen zurechtzufinden. Bienvida knipste am Lichtschalter, aber es blieb dunkel, die Birne war längst ausgebrannt, und niemand hatte eine neue eingeschraubt. Das Dachfenster sah aus wie mit einem Purpurtuch bespannt. Bienvida hatte einmal gesehen, wie der Vollmond in diesem purpurnen Geviert aufgegangen war und eine spitzige Wolke ein Stück herausgeschnitten hatte wie eine Mondfinsternis. Seither hatte sie manchmal in diesem dunklen, meist leeren Raum nach dem Mond gesucht, ihn aber nie wieder gesehen.

Jasper war stehengeblieben und betrachtete das Glokkenseil, das aus einer kleinen quadratischen Luke am Boden des Glockenturms hing. Das Ende des Seils war um eine Klampe gewickelt, die hoch an der Wand über der Tür zu dem früheren Chemiesaal angebracht war, unerreichbar für Erwachsene, geschweige denn für Kinder, wenn sie nicht gerade Jasper hießen, der ganz selbstverständlich davon ausging, daß es nichts gab, was für ihn unerreichbar war.

»Hier unten muß ein Loch im Boden sein«, sagte er zu seiner Schwester und schurrte mit den Schuhspitzen über den abgetretenen grauroten Läufer, den einer aus der Wohngemeinschaft auf dem Gang ausgelegt hatte. »Und auf dem Boden vor dem Werkraum muß auch ein Loch sein.«

»Wieso?«

Jasper hatte sich hingehockt und die Hand unter den Läufer geschoben. Seine Finger ertasteten die Fuge zwischen den alten Dielenbrettern und dem quer verlaufenden Einschnitt, der die Kante einer Falltür markierte. Er kratzte mit dem Daumennagel über das metallene Scharnier. »Weil das Seil hier runtergehangen hat, damit sie in der Garderobe die Glocke läuten konnten. Sie hat nie geläutet, aber so war es gedacht. Soll ich dir sagen, warum sie nie geläutet hat?«

»Ich weiß gar nicht, wo die Garderobe ist«, sagte Bienvida.

»Dieser Raum, in den nie jemand reingeht. Ganz hinten, zwischen dem Ausgang zur Veranda und den Klos. Soll ich dir sagen, warum niemand reingeht?«

»Nicht, wenn es sehr gruselig ist.«

Jasper war aufgestanden und sah das Glockenseil an. »Weißt du, worauf ich Lust habe?« fragte er. »Auf eine Zigarette.«

»Du wirst Lungenkrebs kriegen.«

»Hast du schon mal gehört, daß einer mit neun Lungenkrebs gekriegt hat?«

Jasper machte die Tür zur Oberprima auf. Licht anzuknipsen war zu gefährlich, aber die Vorhänge waren zurückgezogen, und inzwischen hatten sich die Augen an eine Dunkelheit gewöhnt, in der man die Umrisse von Möbeln und kleineren Gegenständen erkennen konnte, eine Dunkelheit voll monochromer und schwarzer Flächen und matt schimmernder Kanten. In Jeds Zimmer roch es faulig, heiß und wild. Wie in der Höhle eines großen Raubtiers, dachte Jasper, wo der Boden klebrig von angetrocknetem Blut und mit abgenagten Knochen übersät ist.

Er tastete auf dem Tisch herum, steckte die Hand in die

Taschen der übelriechenden Falknerjacke, die hinter der Tür hing, und sagte seiner Schwester, sie solle es im Schrank versuchen. Etwas bedenklich machte sie die Tür auf, aber sie kicherte dabei. Das Kichern kippte um zu einem Schrei, einem kurzen durchdringenden Laut, der sich anhörte wie das Kreischen des Falken.

»So sei doch still«, sagte Jasper. »Was ist denn los mit dir? Sollen die da unten dich hören?«

Doch die Musik hatte Bienvidas Schrei wohl überdeckt. Jasper sah aus dem Fenster ins Kerzenlicht hinunter. Niemand blickte zu ihnen hoch. Seine Schwester umklammerte Jaspers Arm.

»Ich hab meine Hand in was Ekliges gesteckt«, sagte sie mit hohler Stimme. Er sah das Weiße in ihren Augen, sah die großen dunklen Pupillen rollen. Beide Kinder fragten sich ständig gegenseitig: Soll ich es dir sagen? Soll ich? Soll ich dir sagen, was passiert ist, was ich gesehen, gemacht habe, soll ich? – »Soll ich dir sagen, in was ich meine Hand gesteckt hab, Jas?«

»Okay, in was denn?«

»In den Bauch von 'ner Leiche. Als wenn einer gestorben ist und sie ihm den Bauch aufgeschnitten haben, und ich hab meine Hände da reingesteckt.«

»Komm, red keinen Quatsch«, sagte Jasper. Er hatte die Zigaretten und auch Streichhölzer am Ende des Fensterbretts gefunden, zwischen einem Bücherstapel und einer Topfpflanze. Er schob sich eine Zigarette zwischen die Lippen, riß ein Streichholz an, zündete die Zigarette an und leuchtete mit dem brennenden Streichholz in den Schrank.

»Das ist kein Bauch von ’ner Leiche, das sind die Eintagsküken, mit denen er Abälard füttert. Die liegen da in einer Schüssel, ein einziger Brei.«

»Igitt«, sagte Bienvida. »Aber die sind doch tot, nicht?«

»Klar sind die tot. Soll ich dir sagen, was in der Garderobe passiert ist, Bee?«

»Okay, was denn?«

Sie gingen hinaus und setzten sich auf die Treppe. »Irgendwann läute ich mal die Glocke«, sagte Jasper und paffte.

»Was ist in der Garderobe passiert?«

»Ein alter Mann, er war nicht unser Großvater, aber so was Ähnliches, hat sich erhängt. In der Garderobe. Ich hab gehört, wie Tina es Tom erzählt hat. An dem Glokkenseil. Damals hing es bis da runter.« Jasper reckte den dünnen braunen Hals, in dem noch kein Adamsapfel zu sehen war, legte sich in der tiefen Dämmerung die Hände um den Hals, gab ein würgendes Geräusch von sich und rollte wild mit den Augen. Dabei fiel ihm die Zigarette aus dem Mund und halb die Treppe hinunter.

Es dauerte eine Weile, bis sie die Zigarette fanden, die in der Zwischenzeit das Linoleum mit dem Lilienmuster angesengt hatte, es roch brenzlig. Bienvida klammerte sich, zwischen Angst und Spannung hin- und hergerissen, kichernd an Jasper. Sie graulte sich vor den Leichen und Gespenstern, die er ihr andauernd vorsetzte, gierte aber ständig nach mehr. Hand in Hand gingen sie die Treppe hinunter, den Tanz der Erwachsenen nachäffend, die schmalen Hüften schwenkend und mit den Händen fuchtelnd. Das glühende Ende von Jaspers Zigarette schrieb leuchtende Parabeln in die Dunkelheit.

Im Vestibül verbreitete der elektrische Kronleuchter, in dem nur zwei Kerzen brannten, ein trübes Licht. Einer der Erwachsenen mußte ins Haus gekommen sein, um Licht zu machen. Jasper legte einen Finger an die Lippen und probierte die Tür zur Garderobe, die zu seiner freudigen Überraschung nicht abgeschlossen war. Er nahm Bienvida bei der Hand und zog sie hinein. Tiefes Dunkel empfing sie und ein neuer Geruch, nicht nach faulendem Fleisch oder glimmendem Linoleum, sondern nach etwas Saurem und Kaltem. Könnten nasse Steine riechen, dann röchen sie so.

Sie waren noch nicht mal eine halbe Minute drin und Bienvida zitterte wie Espenlaub vor Grauen und Aufregung, als sie die Stimmen von Peter, Tom und Alice hörten, die durchs Vestibül und dann die Treppen hochgingen. Jasper ließ seine Kippe zu Boden fallen und trat sie aus.

»Wir können hier schlafen«, sagte er. »Wir nehmen unsere Schlafsäcke und eine Taschenlampe mit und so Sachen, und dann schlafen wir hier.«

»Nicht heute.« Bienvidas Stimme war fadendünn vor Entsetzen. »Nicht *jetzt.*«

»Natürlich nicht jetzt«, sagte Jasper ungeduldig. »Ich geh doch jetzt noch nicht schlafen.«

Weiteren Abenteuern, Wagnissen und Entdeckungen entgegenfiebernd, verließ er die Garderobe mit seiner Schwester, die ihn nicht losließ, und marschierte durch den Gang zu dem längst nicht mehr benutzten Küchenbereich und zur Kellertreppe.

Beim Tanzen mit Tom hätte Alice ihm fast erzählt, was heute geschehen war. Er war ein guter Mensch und so verständnisvoll. Sie solle ihm doch anvertrauen, was sie bedrückte, hatte er gesagt, aber das brachte sie denn doch nicht fertig. Die Stimmung war gelöst, Tom lachte, sie mochte kein Spielverderber sein. Es war nicht der geeignete Zeitpunkt, um ihm zu erzählen, wie sie versucht hatte, ihre Mutter anzurufen, und wie sich unter der Nummer ihr Vater gemeldet hatte. Tapfer hatte Alice ihren Namen genannt, und ihr Vater hatte aufgelegt. Das hatte sie verunsichert. Später, als sie sicher sein konnte, daß ihr Vater nicht im Haus war, hatte sie es noch einmal versucht. Sie mußte wissen, was mit Mike und Catherine war.

»Mikes Schwester kümmert sich um sie, diese ... wie heißt sie noch ... diese Julia.«

»Mike wird Catherine doch nicht etwa von Julia adoptieren lassen?«

»Was kümmert's dich?« sagte Marcia Anderson. »Du hast uns ja deutlich genug gezeigt, wie gleichgültig dir das ist.«

»Soll ich dir meine Adresse geben, Mutter?«

»Mach, was du willst. Ich wüßte nicht, wer dir schreiben sollte.«

Alice sagte sich, daß sie Strafe verdient hatte, aber das machte die Sache nicht besser. Sie schmiegte sich an Tom und legte ihre Wange an die seine. Nach einer Weile löste sie sich wieder von ihm, er sollte sie nicht für aufdringlich halten, und sie tanzten schweigend. Sie würden gute Freunde bleiben, kein Liebespaar werden, das hatte sie sich fest vorgenommen.

Die Mücken, die in einem singenden Schwarm anrückten, machten der Party ein Ende. Peter war der erste, der sagte, er würde ins Haus gehen, er nahm eine Flasche Wein mit, und Alice und Tom folgten ihm. Er begleitete sie in die Quarta, in Toms Zimmer. Das ärgerte Alice. Angesichts von Toms glutvoller Verehrung und ihrer Anschmiegsamkeit hätte Peter sich eigentlich sagen müssen, daß sie ein Liebespaar waren und daß es nicht nur taktvoll, sondern einfach das Gebot der Stunde war, sie miteinander allein zu lassen. Wären wir zwei Männer, Tom und ich, dachte sie, wäre er die Diskretion in Person gewesen. Manchmal benahm er sich, als sei heterosexuelle Liebe etwas Ungehöriges, ja Amoralisches, und als habe er es geradezu darauf angelegt, sie dabei zu stören.

Doch sie waren kein Liebespaar, würden es nie sein. Sie hatte sehr wenig getrunken, ein kleines Glas Wein zum Essen und zehn Minuten ehe sie ins Haus gegangen waren noch eins. Mike hatte mal gesagt, sie sei die geborene Nichttrinkerin, weil sie weder den Geschmack noch die Wirkung alkoholischer Getränke zu schätzen wußte. In Toms Zimmer goß Peter Wein in zwei Becher und schenkte einen Fingerbreit für sie in ein Glas. Nachdem sie gekostet hatte, fand sie plötzlich Gefallen an diesem Wein, der so schmeckte, wie Holunderblüten riechen, und ließ sich das Glas füllen. Es war ein Riesling aus Jugoslawien, der ihr keine unwillkommene Bewußtseinsveränderung bescherte und sie auch nicht benommen machte. Sie unterhielten sich. Peter saß auf dem Sessel, sie und Tom saßen auf dem Bett. Ein maisfarbener Mond stieg vor dem geschlossenen Fenster am Himmel auf, und Tom knipste das

Licht aus, damit das weiche Mondlicht keine Konkurrenz mehr hatte.

Peter griff nach der Weinflasche und sah Alice fragend an, und diesmal legte sie die Hand nicht über das Glas. Er habe genug, sagte Tom, und so tranken sie und Peter den Rest. Peter sah immer wieder auf die Uhr, er hatte um Mitternacht Dienst. Nachdem er die Stelle als Klavierspieler in der Soho-Bar verloren hatte, arbeitete er in einem Hospiz in Kilburn am Empfang und in der Telefonzentrale. Wenn er ein paar Gläser getrunken hatte – und nur dann –, sagte Peter, er müsse nun endlich feststellen lassen, ob er HIV-negativ sei, was er hoffe, was er von Herzen hoffe, aber bisher hatte er den Test noch nicht machen lassen.

Um Viertel vor zwölf ging er. Alice war betrunken und schlug sich mit widerstreitenden Überlegungen herum. Einerseits, sagte sie sich, ist es abscheulich, mit Tom zu schlafen, nur weil ich betrunken bin, und ich werde es mein Lebtag bereuen. Andererseits habe ich jetzt die Chance, es hinter mich zu bringen, einen neuen Anfang zu machen, den Bann zu brechen. Jawohl, ich bin betrunken, und deshalb macht es mir nichts. Ich habe Lust dazu, ja, durchaus, warum denn nicht...

Tom erwartete so etwas nicht. Sie beobachtete ihn. Er sah so gut aus. Er war wahrscheinlich der schönste Mann, den sie je gesehen oder gar kennengelernt hatte: blond, braungebrannt, schlank, ein Gesicht wie der Held in einem Westernfilm. Er hatte die Hoffnung aufgegeben, daß sie sich ihm zuwenden, ihn an sich ziehen, sich neben ihn legen würde. Manchmal sagte er, eines Tages würde es geschehen, das wisse er genau. Er könne warten. Liebe bewirkt die wunderbarsten Dinge, sagte er, eines Tages wird die Liebe auch das bewirken.

Jetzt erwartete er wohl, daß sie aufstand, ihm einen Kuß auf die Wange gab, mit dem üblichen »Gute Nacht, bis morgen dann...« das Zimmer verließ und die Tür hinter sich schloß. Sie stand auf. Sie war nicht sehr sicher auf den Beinen und kam immer wieder darauf zurück, daß sie sich doch vorgenommen hatte, es nicht zu tun, aber ihre Denkvorgänge waren nebelhaft und verschwommen.

Sie fing an, sich auszuziehen. Sie hörte einen Laut hinter sich, ein Luftschnappen. Dann war es still. Sie hatte sich ausgezogen und wandte sich im Mondlicht um. Tom saß regungslos da und sah sie an. Die Art, wie er sie ansah, mit geöffneten Lippen, staunenden Augen, weckte Begehren in ihr, ein Aufflackern der Lust, die erste Regung dieser Art seit Monaten, es war, als zupfe jemand eine Saite da, wo ihr Schoß sein mußte.

Das Schlimme war, daß sie sich beim Aufwachen am nächsten Morgen an nichts erinnern konnte. Einmal war sie in der Nacht aufgewacht, das wußte sie noch, und hatte zuerst nicht begriffen, wo sie war. Sie lag am Bettrand, weit von Tom entfernt, und hatte nicht gewußt, daß es Toms Bett war und Toms Zimmer und daß sie nicht allein war. Sofort war sie in die nun schon vertraute, kopflos-panische Angst verfallen, sofort hatten die verzweifelten Fragen eingesetzt: Wie konnte ich Mike weglaufen? Wie konnte ich Catherine im Stich lassen? Das kann ich nicht getan haben, unmöglich – wie konnte ich nur... Und dann hatte Tom sich geregt, hatte nach ihr getastet und erleichtert aufgeseufzt, als er sie gefunden hatte, und sie hatte sich an ihn geschmiegt und sich von seinen Armen umfassen lassen. Die panische Angst war von der Wärme seines muskulösen Körpers aufgesogen worden und hatte sich verloren.

Am nächsten Morgen aber war nichts mehr da. Nur leichtes Kopfweh und Benommenheit, aber keine Erinnerung. Es widerte sie an, daß sie mit Tom geschlafen hatte und sich nicht darauf besinnen konnte. Nur an der klebrigen Nässe zwischen ihren Beinen und auf dem Laken erkannte sie, daß es überhaupt geschehen war.

Vögel sangen in den Bäumen im Garten. Was sie im Birnbaum hörte, mußte eine Amsel sein. Sie hatte das Zimmer neben Tom, auf derselben Seite des Hauses, aber sie konnte sich nicht erinnern, in ihrem Zimmer schon einmal Vögel gehört zu haben. »Den Chor der Frühe« hatte es ihre Mutter genannt, aber gar so früh war es nicht mehr, es war fast acht.

Tom war wach und sah sie an. Sie wandte ihm das Gesicht zu und lächelte, obwohl ihr Kopf bei jeder Bewegung weh tat. Das volle Haar, das sie nachts meist zu einem Zopf flocht oder zumindest zusammenband, lag auf dem Kopfkissen und über ihn und sie hingebreitet, bedeckte nicht nur ihre, sondern auch seine Schultern. Schon wieder hatte sie ein schlechtes Gewissen. Es war ihr so peinlich, daß keine Erinnerung an die vergangene Nacht geblieben war, daß sie meinte, ihn irgendwie entschädigen zu müssen. Sie küßte ihn auf den Mund und streichelte seine Wange.

Ein leichter Luftzug wehte durchs Zimmer. Irgendwann mußte er aufgestanden sein und das Fenster aufgemacht haben. Deshalb also hörte sie draußen die Drossel, die Amsel, den Kuckuck.

»Ich liebe dich so sehr«, sagte er leise. »Du hast mich sehr glücklich gemacht.«

»Wie schön«, sagte sie. Wenn sie sich nur erinnern könnte...

»Weißt du noch, was ich dir mal gesagt habe? Daß du mich retten könntest, du allein. Es fängt schon an, ich merke es. Ich fühle mich schon wieder ein bißchen so wie früher.«

»Ich könnte niemanden retten, Tom. Ich kann ja nicht mal mich selber retten.«

»Vielleicht tut man sich mit der Rettung eines anderen Menschen leichter.«

Sie streckte die Arme nach ihm aus, und er begann, sie zu lieben, sehr langsam und zärtlich. Sie dachte an Mike. Es war unrecht, in diesem Moment an Mike zu denken, falsch und widerwärtig, aber sie konnte nicht anders. Sie dachte daran, wie rauhbeinig, ja grob sie miteinander umgegangen waren, wie eilig sie es manchmal gehabt hatten fertig zu werden, nur um noch mal von vorn anfangen zu können. Tom machte Liebe, wie er Flöte spielte, bedächtig und feierlich-gemessen. Er übte sich in Geduld und Beherrschung. Sie schüttelte den schnöden Gedanken ab, daß er liebte wie einstudiert, so wie er – das hatte er ihr mal erzählt – auch Fingersatz und Bachs Inventionen einstudiert hatte. Merkwürdig, daß ein impulsiver, warmherziger Mann ein so vernunftbetonter Liebhaber sein konnte.

Seine Rücksichtnahme war an sie verschwendet und

machte sie nervös. Sie schaute ihn an, während er die Augen geschlossen hielt. Wie gut er aussah. Ein bildhübscher Junge, so jung und so lieb, und das hätte ihr eigentlich genügen müssen, aber es genügte ihr nicht. Sie lächelte ihm zu, als es vorbei war, etwas anderes konnte sie nicht tun.

Die Vögel sangen weiter. Er sprach mit ihr über Vogelgesang, über Vogelmusik eigentlich. Dann machte er Tee und brachte ihn ans Bett, und sie sprachen, was sie mit Mike oder einem anderen Freund nie hätte tun können, über das Buch, das Garstang über das Lied der Vögel geschrieben hatte, und über Haydns Vogelkonzert und Wagners Waldvogelmotiv im *Siegfried*. Tom hatte das absolute Gehör und ein phantastisches Gedächtnis, und er konnte ganze Passagen aus Boccherinis *L'Ucelliera* auswendig singen.

So ist es also, wenn man gemeinsame Interessen mit dem Liebsten hat, überlegte sie und dachte daran, wie es mit Mike gewesen war, der sich nur für Bankangelegenheiten und Golf interessiert hatte und das, was er den Nestbau für die Familie nannte. Ihr war, als könne sie eine ferne Zukunft erkennen, sie und Tom im eigenen Heim, einem Haus, in dem Musik gemacht wurde, vielleicht mit gemeinsamen Kindern. Doch diese Vorstellung tötete den Traum, und sie konnte nur wieder die Arme um ihn legen und ihr Gesicht an seiner Brust bergen.

Auch Jed wäre zu der Party gekommen, hätte er nicht an dem Abend Dienst bei den Safeguards gehabt. In einer Gruppe von drei Männern und einer Frau fuhren sie von

Oxford Circus aus die Central Line Richtung Westen ab. Bis der Zug in Ealing Broadway hielt, hatten sie einmal alle Wagen durch, auf der Rückfahrt machten sie es dann genauso.

Die Frau hatte ihr Auto in Ealing stehen und wollte sie nach dem letzten Zug alle nach Hause fahren. Sie begleiteten fünf Züge Richtung Westen und vier Richtung Osten und sahen, wie die Menge, besonders in den Zügen, die in die Innenstadt zurückfuhren, stetig abnahm. Es gab keinen Ärger, abgesehen von ein paar drängelnden und schubsenden Teenagern und einem Raucher im dritten Wagen, der widerspruchslos seine Zigarette ausmachte, als einer aus der Safeguard-Gruppe ihn darum bat. Der Raucher war schwarz. Außer ihm war nur noch ein Schwarzer im Wagen, der ihnen Rassismus vorwarf, was einen der Männer ärgerte, so daß es zu einem Wortwechsel kam.

Der letzte Zug in westlicher Richtung setzte die meisten Fahrgäste in Queensway und Notting Hill ab, in Shepherd's Bush waren es nur noch fünf, und in White City stieg nur ein einziger aus.

»Ich glaube, wir sind der schäbige Rest«, sagte Jed, als sie in East Acton hielten, einem ziemlich dunklen, fast ländlichen kleinen Bahnhof.

In Ealing Broadway stellte sich heraus, daß sie tatsächlich die letzten waren. Als sie über den leeren Bahnsteig gingen und den leeren Zug hinter sich ließen, hatten sie das Gefühl, die letzten vier Menschen auf dieser Welt zu sein.

9

Die Elektrifizierung der Londoner U-Bahn ist einem Amerikaner zu verdanken, einem Monopolkapitalisten aus Chicago namens Charles Tyson Yerkes (gesprochen Jörkies). Im Jahre 1900 übernahm er die District Underground Railway, doch sein Interesse galt weniger den Zügen oder den Gleisen, auf denen sie liefen, als dem Geld, das sie brachten.

Yerkes hatte in Amerika Unterschlagungen begangen und dafür eine Gefängnisstrafe verbüßt. Aus Chicago verjagt, suchte er Zuflucht in New York, wo er sich einen Palast baute und alte Meister sammelte. In London übernahm er nach und nach das ganze Untergrundbahnsystem, bis er alle Strecken mit Ausnahme der Metropolitan Line kontrollierte.

Zunächst aber hatte er ein eigenes Elektrizitätswerk an der Lots Road in Chelsea und ein zweites in Neasden gebaut und die District Line elektrifiziert.

London Transport Underground bezieht bis heute den Strom von dem gewaltigen eleganten Kraftwerk an der Lots Road, das den Chelsea Harbour überragt.

Es gibt kein anderes Eisenbahnnetz in Großbritannien, bei dem die Wagen der Reisezüge »cars« heißen; normalerweise werden sie als »coaches«, »carriages« oder »compartments« bezeichnet, nur in der Londoner U-Bahn sind es »cars« wie in allen amerikanischen Bahnen. War es Yerkes, der trickreiche Tycoon aus Chicago, der diese Bezeichnung bei uns eingeführt hat?

Nachdem Yerkes im Waldorf-Astoria Hotel gestorben war, wurde sein Imperium vom Sohn eines Wagenschmiedes aus Derbyshire, Albert Henry Stanley, übernommen. Er war im Ersten Weltkrieg Handelsminister gewesen und wurde später als Lord Ashfield geadelt. Für ein kleines Mädchen, das in einem Zug der Bakerloo-Linie zur Welt kam, übernahm er die Patenschaft und schenkte der Kleinen einen silbernen Becher zur Taufe, bei der sie den Namen Thelma Ursula Beatrice Eleanor – T. U. B. E. – bekam.

»Hoffentlich machen sich das die Leute nicht zur Gewohnheit«, sagte Lord Ashfield, »ich bin nämlich ein vielbeschäftigter Mann.«

Als Jarvis in San Francisco zum erstenmal mit der Bay Area Rapid Transit, der BART, fuhr, waren die Wagen mit Teppichen ausgelegt und mit Fernsehmonitoren ausgestattet. Er hatte so etwas Erstaunliches noch nie gesehen. Das war Anfang der siebziger Jahre, damals war er noch sehr jung.

Der wuchtige Wagen, in dem er saß, war 25 Meter lang. Das System galt als erdbebensicher. Am faszinierendsten aber fand er, daß diese Strecke, an der Bauarbeiter wegen des hohen Grundwasserspiegels in der Innenstadt von San Francisco unter Druckluft hatten arbeiten müssen, unter der tiefsten Bucht der Welt durch den Fels getrieben war.

Damals hatte er noch geraucht. Bei der Abfahrt von Powell Station hatte er sich eine Zigarette angezündet, und

Sekunden später hatte eine dröhnende Geisterstimme ihn aufgefordert, sie auszumachen und an der nächsten Station von der Tür aus auf die Gleise zu werfen, was Jarvis schleunigst getan hatte. Er stand so sehr im Bann all dieser Technik, daß er förmlich darauf wartete, die Geisterstimme würde sich bei ihm bedanken.

Jasper rauchte aus Angabe. Er hatte nicht viel Spaß daran, aber um Genuß ging es ja dabei nicht. Es war etwas, was man in seinem Alter nicht machte, und das genügte ihm. Auch tätowieren ließ man sich in seinem Alter nicht. Er hatte sich im vergangenen Winter bei einem Chinesen in Harlesden tätowieren lassen, einem Spezialisten für lichtechte Leuchtfarben und phantasievolle Airbrush-Motive.

Niemand sah Jasper je unbekleidet, da er sich vor dem Schulschwimmen drückte und Tina nie dabei war, wenn er badete, aber er hatte sich vorgenommen, Bienvida irgendwann – zur Belohnung oder wenn er ihr eine besondere Freude machen wollte – die Tätowierung zu zeigen. Er trug sie auf dem Rücken, zwischen den Schulterblättern. Der Chinese wollte ihm einen keltischen Halsring in schlichtem Schwarz machen, was damals gerade sehr aktuell war, aber ganz so schmucklos hatte Jasper es eigentlich nicht haben wollen. Er entschied sich für einen rötlichgelben Löwen, der zwischen türkisfarbenen Palmen und blauen und purpurnen Blumen nach Beute Ausschau hält. Er selbst konnte das Kunstwerk nur sehen, wenn er sich mit dem Rücken zu einem Spiegel stellte und in einen zweiten Spiegel sah. Er war sehr gespannt, ob die Tätowierung mitwachsen würde, und meinte schon eine gewisse

Ausdehnung feststellen zu können. Das Tätowieren hatte weh getan und war ziemlich teuer gewesen. Wenn er einen eigenen Paß bekam, wollte er – sofern es dann noch Pässe von der Sorte gab, wie Jarvis einen hatte – unter »Besondere Kennzeichen« angeben: »Löwentätowierung auf dem Rücken«.

Jasper ging ziemlich häufig zur Schule, fast ebenso häufig aber auch nicht. Seine Schule war ein großer roter viktorianischer Backsteinbau im östlichen Kilburn. Es waren nicht genug Lehrer da. Die wenigen Lehrkräfte, die zur Verfügung standen, waren unerträglich überlastet und gehetzt, keiner dort schien zu wissen, wer Jasper war, geschweige denn, wie er hieß. Die Schüler sprachen viele obskure Sprachen, und manche Kinder taten nie den Mund auf, weil niemand da war, der ihre Sprache verstand.

Schon bald hatte Jasper Kontakte zu dem Jungen geknüpft, der die Entschuldigungszettel schrieb. Damon konnte jede Handschrift nachmachen, und seine Klassenlehrerin hatte in ihrer Wut mal zu ihm gesagt, er würde es noch weit bringen, vielleicht bis nach Wormwood Scrubs wegen Urkundenfälschung. Doch den Zusammenhang zwischen dieser Begabung und den vorgeblich von den Eltern geschriebenen Entschuldigungszetteln, die ihre Schüler nach einer Abwesenheit von zwei oder drei Wochen mitbrachten, schien sie nicht zu durchschauen. Sie war überarbeitet, abgespannt, unterbezahlt und hatte, wie ihre Schüler es ausgedrückt hätten, restlos die Schnauze voll.

Damon hatte Jasper seit Ostern bereits die Masern, Drüsenfieber, zweimal die Grippe und zwei fiebrige Erkältungen bescheinigt. Er, Jasper und noch ein paar Typen aus der Schule oder von der Straße verbrachten ihre Tage auf der Straße oder in der U-Bahn. Die Untergrundbahn reizte sie zunächst, weil es dort warm war, später aus anderen Gründen. Jasper kam auf die Masche, im Zug zu rauchen.

Sie hielten sich aneinander fest und stolperten durch die Gegend, weil sie so lachen mußten. Jasper lachte, bis ihm schlecht war und er fast gespuckt hätte. Vorsichtshalber, um nicht in West Hampstead womöglich Bekannte zu treffen, waren sie in Finchley Road in die Jubilee Line gestiegen.

In einem Wagen, in dem außer ihnen nur noch zwei Fahrgäste waren, hielt Jasper seine Zigarette an die Stelle, wo die Türen beim Schließen zusammentrafen. Jetzt war die Zigarette fest zwischen den Türblättern eingeklemmt, die Spitze an der frischen Luft, der Filter ihm zugewandt. Als der Zug anfuhr, legte Jasper seinen Mund um den Filter, und dann fiel ihm ein, daß er die Zigarette nicht anzünden konnte, weil das Ende draußen war. Und darüber mußten sie natürlich unheimlich lachen.

Sie waren zu fünft. Sie lachten und boxten und knufften sich gegenseitig. Ein Junge, der Lee hieß, ließ sich auf den Rücken fallen, rollte sich herum und streckte alle viere von sich wie ein Hund. Damon rubbelte Lee mit dem Fuß den Bauch, wie man es bei Hunden macht, und Lee quiekte, weil es kitzelte. Indessen steckte die Zigarette in der Tür und fuhr mit nach Swiss Cottage.

Auf dem Bahnhof hatte Jasper zunächst vergessen, daß die Türen sich nur auf Knopfdruck öffneten, und wunderte sich, daß sie nicht aufgingen. Er hielt die Zigarette krampfhaft zwischen den Lippen fest, damit sie nicht auf den Boden oder, schlimmer noch, auf die Gleise fiel. Damon drückte auf den Knopf, die Türen gingen auf, Jasper vergewisserte sich durch einen schnellen Blick, daß niemand hersah, und zündete die Zigarette an. Er hielt sie zwischen den Fingern hoch, bis die Türen sich schlossen. Damit sie nicht gleich wieder ausging, nahm er tiefe Züge und pustete die Rauchwolken in den Wagen.

Sie waren außer Rand und Band und kriegten den Schluckauf vor lauter Lachen. Eine der Frauen in ihrem Wagen hatte sich umgedreht und warf ihnen böse Blicke zu, die andere tat völlig unbeteiligt. Jasper wußte, daß sie nur so tat, hätte allerdings nicht sagen können, wieso er das wußte. Damon und Lee zündeten sich in St. John's Wood auch Zigaretten an und klemmten sie in die Tür, und Chris und Kevin wollten ab Baker Street rauchen. Dort aber merkte ein beherzter Erwachsener, der sich beim Einsteigen an ihnen vorbeidrängen mußte, was los war, und scheuchte sie aus dem Zug.

Alle fünf hatten gültige Fahrkarten. In West Hampstead kam man unter Umständen noch umsonst am Kontrolleur vorbei, aber in Finchley Road bildeten automatische Fahrgastsperren ein fast unüberwindliches Hindernis. Jasper und seine Freunde waren noch so klein, daß sie unter der Sperre durchkriechen konnten, und hatten das auch getan, bis man sie mal erwischt hatte. Sie gingen über den Bahnsteig zur Metropolitan Line, ohne zu wissen, daß sie damit den ältesten Teil des Systems betraten.

Die Londoner U-Bahn ist das zweitgrößte Metrosystem der Welt mit einer Länge von 422 Kilometern, die nur knapp von der des New Yorker U-Bahn-Netzes übertroffen wird. In den sechziger und siebziger Jahren des vorigen Jahrhunderts wuchs die Metropolitan Line schnell und verzweigte sich ins nordwestliche Umland. Damals wurde sie immer noch mit Dampflokomotiven betrieben, und dabei blieb es bis nach der Jahrhundertwende.

Die Strecke war in offener Tunnelbauweise (nach der »cut and cover«-Methode, bis heute ein Standardbegriff des Tunnelbaus) entstanden. Ab 1890 gab es ein neuartiges unterirdisches Verkehrsmittel, die Röhrenbahn, die in geschlossener Tunnelbauweise durch die grüne und gelbe Tonerde Londons vorgetrieben worden war (wobei Material für Millionen von Backsteinen abfiel). Diese erste Strecke unterquerte die Themse von der King William Street nach Stockwell. Man bezeichnete sie zunächst als »subway« – ein möglicherweise amerikanischer Begriff für ein Untergrundbahnsystem –, später erhielt sie den Namen City and South London Railway und wurde die erste Röhrenbahn der Welt.

Bemerkenswert in diesem Zusammenhang ist außerdem, daß in der Röhrenbahn die Beiwagen von elektrischen Triebwagen gezogen wurden. Zwar saßen die Fahrgäste in den »Sardinendosen« einander auf langen Querbänken gegenüber, und die Beleuchtung war so dürftig, daß sie aufs Zeitunglesen verzichten mußten, dafür aber konnten sie atmen. Die Zeiten, in denen man Angst haben mußte, unter der Erde zu ersticken, waren zumindest für die Bewohner des südlichen London endgültig vorbei.

Die Musikanten standen am Leicester Square, tief unten auf der Ebene der Piccadilly Line. Peter hatte sich von einem sterbenden Patienten ein Xylophon geliehen, Alice spielte Geige, und Tom hatte seine Trompete mitgebracht. Sie versuchten sich an dem Foxtrott aus einer Jazzband Suite von Schostakowitsch.

Alice wußte inzwischen, wie man aus einem Tuch ein Behältnis macht, und hatte ein billiges Stück Seidenstoff zu einer Haube gefaltet, die sich während der allseits beliebten *Kleinen Nachtmusik* stetig gefüllt hatte. Mit dem eigenartigen russischen Jazz auf Instrumenten, die eigentlich gar nicht dafür gedacht waren, hatten sie fast ebenso großen Erfolg. Sie konnte nicht erkennen, wieviel in dem Tuch war, aber sie sah, daß zwischen den kleinen Münzen auch viele Pfundstücke lagen.

Tom frohlockte und betonte ständig, wie sich ihr Glück gewendet habe, seit Alice in der Gruppe spielte.

»Es liegt an dir, du kannst zaubern. Du bist unser Talisman.«

Sie lächelte, aber als er versuchte, sie zu küssen, machte sie sich los. Küsse, Umarmungen, auch Händchenhalten in der Öffentlichkeit hatte sie sich strikt verbeten. Sie dachte gerade, daß das Musizieren im Untergrund gar keine so schlechte Möglichkeit war, sich sein Brot zu verdienen, und vielleicht sogar gewissen Kompromissen vorzuziehen sei, als etwas Unangenehmes passierte.

Zuerst hatten die Passanten nur im Vorübergehen Münzen in das Tuch geworfen, aber als Tom mit seinen Mozartarien anfing, blieb eine kleine Gruppe stehen und hörte zu. Unter ihnen war ein etwa fünfzehnjähriger

Junge, der sich plötzlich bückte, nach dem Tuch griff und damit weglief.

Alice konnte nicht weiterspielen. Die Hand mit dem Bogen sank herab, sie merkte, daß ihr ein Schrei entfuhr. Tom nahm die Verfolgung auf. Er lief hinter dem Jungen her, drängte sich rempelnd und hakenschlagend durch die Menschenmenge im Tunnel, und nach kurzem Zaudern lief Peter ihm nach. Sie kehrten mit leeren Händen zurück. Es war gekommen wie meist, wenn es Zoff im Untergrund gab. Ein Zug, auf den gesetzestreue Bürger, wie Peter sagte, manchmal zehn Minuten warten mußten, war wie bestellt eingefahren und hatte den Dieb mitgenommen.

Alice brach unvermittelt in Tränen aus. Dabei wußte sie – und Tom wußte es vielleicht auch –, daß ihre Tränen nicht nur diesem Diebstahl, nicht nur diesem unglückseligen Einzelfall galten.

»Wir brauchen Geld«, sagte sie zu Tom, als sie mit der Jubilee Line heimfuhren. »Wir brauchen Geld für unsere Ausbildung.« Sie war selbst erstaunt über das, was sie da gesagt hatte, sie hatte es sich nicht zurechtgelegt, hatte in diesem Moment gar nicht an das Thema gedacht, doch als die Worte heraus waren, wußte sie, daß sie recht hatte. Das war die einzig mögliche Lösung.

»Ausbildung?«

»Wir wollen doch beide weiterkommen. Du hast gesagt, daß ich dich retten würde, und das geht am besten, wenn ich dafür sorge, daß du weiterstudieren kannst. Und ich muß Geigenstunden haben. Ich brauche einen Lehrer, weil ich einfach nicht gut genug bin. Ich bin total außer Übung, allein komme ich nicht weiter. Du mußt deinen

Abschluß machen, und du hast selbst gesagt, daß du das ohne Geld nicht schaffst.«

»Das Musikmachen in der U-Bahn bringt doch Geld.«

»Eben haben wir alles verloren, was es uns gebracht hat.«

»Das ist bisher noch nie passiert.«

»Viel bringt es ja sowieso nicht, Tom.«

Er nahm es sehr persönlich. Sie sah, daß er rot geworden war, so hätte wohl auch Mike reagiert, hätte ihm jemand gesagt, sein Gehalt bei der Bank sei unzureichend. Gereizt und ablehnend, auch darin Mike nicht unähnlich, sagte er: »Es wird besser, bestimmt. Ich habe da so einiges vor ...«

»Wir brauchen ein richtiges Einkommen«, sagte sie. »Ich werde mir wohl einen Job suchen müssen. Das heißt«, verbesserte sie sich, »wir werden uns beide Jobs suchen müssen. Ich muß tun, was ich mir vorgenommen habe, Tom. Ich habe zuviel aufgegeben, um jetzt einfach alles hinzuwerfen.«

»Und du schaffst es auch«, sagte er. »Du schaffst alles, was du willst. Ich wünschte, ich hätte unermeßliche Reichtümer, die ich dir schenken könnte. Ich liebe dich.«

Sie wußte nie, was sie antworten sollte, wenn er so etwas sagte, es war ihr peinlich, und sie sah weg.

Die Metropolitan und die District Line wurden trotz ihrer gewaltigen Expansion noch 1895, als Conan Doyle seine Geschichte Die Bruce-Partington-Pläne *schrieb, mit Dampf betrieben. Die Spannung und einen Großteil der Handlung für diese Geschichte liefert die District Line.*

Heute könnte man nicht mehr, wie es Oberstein und

Oberst Walter taten, von einem Fenster in Westlondon aus einen Toten auf einem Zugdach ablegen. Der Zug, der die Leiche von Cadogan West mitnahm, machte einen Ruck, als er kurz vor Aldgate Station über die Weichen fuhr und sich in die Kurve legte. Der Tote fiel auf die Gleise, und die Ermittler – mit Ausnahme von Sherlock Holmes – kamen zu der irrigen Auffassung, er sei aus einem der Wagen gestürzt. Heute wäre das nicht mehr möglich. Das war an oder in der Nähe der Gloucester Road; die hohen Häuser stehen hier zwar sehr dicht an der Bahnstrecke, aber nicht so nah, daß jemand von dort aus einen vorbeifahrenden Zug erreichen oder auch nur berühren könnte.

Auf den Bahnsteigen von Baker Street Station kann man Illustrationen aus Sherlock-Holmes-Erzählungen bewundern, aber Die Bruce-Partington-Pläne *sucht man vergebens.*

Befürchtete London Transport etwa, die Fahrgäste könnten auf dumme Gedanken kommen?

Die Wagen der U-Bahn-Züge verfügen nicht nur über die zwei- und einflügeligen Fahrgasttüren, sondern haben auch eine Tür an jedem Ende. Die mit verglasten Schiebefenstern versehenen Endtüren sind nicht für Fahrgäste gedacht, worauf ein Schild ausdrücklich hinweist. Besonders streng verboten ist ihre Benutzung während der Fahrt.

An den Endtüren sind die Wagen zusammengekoppelt, und zwar sehr eng, so daß zwischen den Endtüren der einzelnen Wagen ein Abstand von nur wenigen Zentimetern ist. Außen ist an der Unterseite jeder Endtür eine ebenfalls nur wenige Zentimeter breite Stufe, eine Art Trittbrett, angebracht. Rechts und links der Tür, gewissermaßen am Architrav, befinden sich zwei Griffe. Die Wagendächer sind nach einer elliptischen Kurve gewölbt, deren Krümmung etwas flacher ist als in den Tagen von Charles Tyson Yerkes oder auch zur Zeit von Sherlock Holmes.

Auf dem Bahnhof Ladbroke Grove machte Dean Miller, ein Junge, den die anderen flüchtig kannten und mit dem sie sich in Royal Oak zusammengetan hatten, die Tür am Wagenende auf und kletterte aufs Dach.

Es lag kein Sinn und Zweck darin. Falls Dean ein Motiv dafür hatte, behielt er es für sich. Sie brauchten keinen Sinn und Zweck, kein Motiv. Sie machten es einfach, und damit Schluß.

Die sogenannte Hammersmith Line der Metropolitan ist fast 130 Jahre alt und verläuft oberirdisch über Latimer Road, Shepherd's Bush und Goldhawk Road nach Hammersmith. Der Zug durchquert bis Latimer Road keine Tunnels und niedrigen Brücken. Hinter Ladbroke Grove kann man den Schornstein der alten Ziegelei an den jetzt abgerissenen Ruston Mews sehen, dem früheren Rillington Place, wo der Massenmörder Christie wohnte, Frauen mordete und sie in seinem Garten und den Schränken seines Hauses verschwinden ließ.

Davon wußte Dean Miller allerdings nichts, die Sache war schließlich schon siebenundzwanzig Jahre vor seiner Geburt passiert. Wie eine Schere oder ein Andreaskreuz auf dem Wagendach liegend, war er nur darauf bedacht, sich festzuhalten und nicht das Gleichgewicht zu verlieren, während der Zug im Schatten der Westway-Schnellstraße beschleunigte und an den trostlosen Reihenhäusern von Kensington vorbeiratterte. Dean machte das nicht zum erstenmal, aber hier hatte er es noch nie gemacht. Erste Erfahrungen hatte er auf der westlichen Strecke der Central Line, von North Acton nach Ealing Broadway, gesammelt, und jene Fahrt war wesentlich haariger gewesen, vor allem auch deshalb, weil es, kaum daß er sich aufs Wagendach gelegt hatte, angefangen hatte zu regnen. Westlich von West Acton hatte der Zug volle fünf Minuten auf freier Strecke gehalten, und die ganze Zeit hatte Dean da oben gelegen. Später hatte er gehört, daß sie den Aufenthalt einem Selbstmörder verdankten, der sich auf die Gleise geworfen hatte.

Diesmal regnete es nicht, und der Zug fuhr ohne Halt bis Latimer Road durch. Dean kam herunter und betrat – wieder durch die Endtür – den Wagen. Die anderen scharten sich um ihn und schirmten ihn vor den Blicken der übrigen Fahrgäste ab, während er seine Sachen ausklopfte.

»Wie war's?« fragte Jasper.

»Okay«, sagte Dean.

»Würdest du dich trauen, es auf einer der Tunnelstrekken zu machen?«

»Würdest *du* dich trauen?«

Dean hatte den auffälligsten Schmutz beseitigt und setzte sich. Kevin streckte ihm in Anerkennung seiner Heldentat einen Mint-Crisp-Riegel hin, den er auf dem Bahnhof aus einem Süßwarenautomaten gezogen hatte, und Dean brach ein Stück ab und aß es.

»In der richtigen Tube ginge es nicht. Da müßte man

dünner als 18 Zentimeter sein. Sonst reißt es einem den Kopf ab.«

Chris versuchte daraufhin, bei den anderen die Brusttiefe und Kopfgröße zu messen. Weil er kein Maßband hatte, konnte er lediglich schätzen, daß nur Lee in Frage käme, weil er der dünnste war. Lee gab ihm einen Schubs, es wurde gerangelt und gerauft, Kevin fiel Dean in den Schoß, und eine Frau am anderen Wagenende rief, wenn sie sich nicht anständig benehmen könnten, würde sie dafür sorgen, daß ihnen auf Goldhawk Road jemand deutlich die Meinung sagte.

Da verzogen sie sich dann doch lieber. Sie verließen den Wagen durch die Endtür und gingen noch immer im Gänsemarsch durch den Zug, als er in Hammersmith einfuhr.

Die Station der Metropolitan Line ist hier von der District und der Piccadilly Line getrennt. Sie stiegen um und fuhren mit einem aus Richmond kommenden Zug der District Line nach London zurück. In West Kensington verkündete Lee, er wolle bis Gloucester Road auf dem Dach fahren – rodeln sagte er, der neue Sport hieß unter Kennern U-Bahn-Rodeln –, aber Dean als selbsternannter Experte meinte, er wisse nicht genau, wie es dort mit den Tunnels sei. Man müsse ganz dicht an eine Seite des Dachs rücken, um nicht von den Kämpfern der Tunnelbogen gestreift zu werden, wenn der Zug in Gloucester Road einfuhr.

Aber an welche Seite? Er wußte nicht mehr genau, ob man rechts oder links liegen mußte. Auf Gloucester Road stiegen alle aus, um nachzusehen. Es sei doch sonnenklar, sagte Chris, daß man sich rechts halten müsse. Nicht auf der Circle Line, wandte Kevin ein, da mußt du links liegen.

Keiner hatte Lust, auf der Strecke von Gloucester Road nach South Kensington sein Glück zu versuchen. Sie stiegen in die Circle Line um, und weil Dean meinte, die Strecke sei ungefährlich, kletterten in Gloucester Road Chris und Damon aufs Dach. Aus unerfindlichen Gründen blieb der Zug in diesem Bahnhof lange stehen. Überall traten Fahrgäste an die offenen Türen und sahen den Bahnsteig entlang, weil sie wissen wollten, warum sie hier warten mußten, aber zum Wagendach sah niemand hoch, in diese Richtung schaut nie jemand.

Noch ehe der Zug anfuhr, kam Damon herunter. Er sagte nichts, schüttelte nur den Kopf.

»Du hast Schiß«, sagte Dean.

»Hab ich nicht.«

»Hast du doch.«

»Hab ich nicht. Mir war kalt. Saukalt da oben.«

Jasper überlegte, ob er an Damons Stelle aufs Dach gehen sollte. Erregung erfaßte ihn und dann ein Gefühl der Übelkeit. Der Gedanke war da – nun mußte er es auch tun. Wenn nicht heute, dann morgen. Wenn nicht morgen, dann nächste Woche. Irgendwann, soviel stand fest. Aber er dachte nicht daran, jetzt da raufzukrabbeln, wo er dann vielleicht unvermutete Hindernisse vor sich sah, einen Tunnelbogen etwa, der ihm zu niedrig vorkam, so daß er, wie Damon, einen Rückzieher machen müßte. Nein, er dachte nicht daran, sich von Experten als Hosenscheißer anmotzen zu lassen.

Warum fahren wir denn nicht, dachte er. Wenn wir erst

fahren, kann ich nicht mehr aufs Dach. Er war wie tot, dieser Zug, ausgesetzt, verlassen, als würde er sich nie wieder in Bewegung setzen. Als die Motoren mit einem jähen Ruck anfingen zu tuckern, fiel Jasper ein Stein vom Herzen – ganz so, als wäre er ein vierzigjähriger Verkehrsteilnehmer, der einem dringenden Termin entgegenfieberte. Jasper kniete sich mit den anderen auf die Sitzbank, um durchs Fenster die Fahrt zur High Street Kensington zu verfolgen.

Viel zu sehen gab es nicht. Der Zug tauchte gleich in den Tunnel ab. Es war nicht die tiefe Röhre, sondern einer der knapp unter Straßenniveau verlaufenden Tunnel. Der Abstand zwischen Wagen- und Tunneldach betrug fast einen halben Meter. Es war dunkel im Tunnel, aber nicht völlig finster. Man sah die schmutzig-braunen Kabel, die sich an den Wänden entlangzogen. Dort, wo die Circle Line durch den in offener Bauweise vorgetriebenen Tunnel fährt, sind – auf den meisten Strecken jedenfalls – offene Ventilationsschächte eingebaut. Auf der Strecke zwischen Gloucester Road und High Street Kensington gibt es zwei, und als der Zug unter dem ersten durchfuhr, gab es ein großes Hallo. Unvermittelt brach Tageslicht und Sonnenschein über sie herein, einen Moment sah man oben blauen Himmel und weiße Wolken und ein hohes weißliches Gebäude.

Wegen der Dunkelheit war die Strecke gefährlicher als die, auf der vorhin Dean Miller gerodelt war, das heißt, vielleicht nicht gefährlicher, aber beängstigender. Ganz schön gruselig, wie Kevin es ausdrückte, und sie sagten ja, ehrlich, richtig gruselig. Man weiß doch nie genau, dachte Jasper, ob nicht da oben im Tunneldach eine dicke Eisenstange oder ein Pfosten bis knapp über das Wagendach ragt. Sehen konnte man nichts, und hätte man was gesehen, hätte man doch nicht ausweichen können.

Es gab wieder ein Hallo, als der Zug unter dem nächsten, viel größeren Ventilationsschacht hindurchfuhr. Wieder flutete Sonnenlicht herein, wieder sah man den Himmel, sah Mauerwerk, ja, sogar Bäume. Ein, zwei Sekunden herrschte wieder Dunkelheit, dann fuhr der Zug in High Street Kensington ein. Chris kam schmutzstarrend wieder in den Wagen, ohne sich den Stolz über seine Leistung anmerken zu lassen, warf aber Damon einen verächtlichen Blick zu.

»Was ist denn los mit dir? Hast du Schiß gehabt?«

»Hab ich nicht.«

»Klar hast du Schiß gehabt«, sagte Chris. »Gar kein Grund. Es war okay. Es war toll.«

»Ich hab keinen Schiß gehabt.«

»Hosenscheißer, Hosenscheißer, Hosenscheißer«, sagte Dean.

Da schlug Damon zu. Sie kugelten auf dem Boden herum. Unerhört, so was, sagte jemand am Ende des Wagens, die Schulferien sind einfach zu lang. Die armen Lehrer, sagte jemand anders. Als sie in Notting Hill Gate aussteigen wollten, stellte sich ihnen ein uniformierter Typ von London Transport Underground in den Weg. Die Frau, die gesagt hatte, die Ferien seien zu lang, hatte sich bei ihm beschwert.

»Moment mal«, sagte der Uniformierte. »Nicht so schnell, Herrschaften!« Er legte den Arm über die Türöffnung. Jasper duckte sich und rannte los. Sie wußten alle, daß es hier keine Fernsehkameras gab. In Oxford Circus beispielsweise wäre das was anderes gewesen. Damon und Chris folgten ihm. Ohne zurückzusehen, rasten sie zur Central Line. Der Weg dorthin führte über eine lange Fahrtreppe. Sie polterten die Stufen hinunter. Jasper überlegte, ob der Typ in der Uniform vielleicht Chris auf dem Dach gesehen hatte, ob er von High Street Kensington aus verständigt worden war, daß jemand auf dem Dach war, oder ob er nur das wußte, was diese Frau ihm vorgelabert hatte. Am Fuß der Fahrtreppe standen Musikanten, nicht Alice und Tom, sondern zwei Männer mit Saxophon und Elektrogitarre, und spielten Rock. Jasper sah die lange Fahrtreppe hinauf, die noch in Bewegung, aber völlig leer war.

Auf dem Bahnsteig in Richtung Osten warteten schon Dean und Lee. Sie hatten einfach im Wagen kehrtgemacht und waren an der nächsten, der schmalen Tür, ausgestiegen. Jetzt fehlte nur noch Kevin. Er kam angehetzt, als gerade ein Zug nach Debden einfuhr. Es war weiter nichts passiert, er hatte nur eine Verwarnung gekriegt. Sie stiegen ein. Dean hatte eigentlich nach Epping fahren wollen, aber man konnte ja nie wissen...

Sie waren kaum drin – der Zug war ziemlich voll, sie mußten stehen –, als für Jasper feststand, was er zu tun hatte. Jetzt war es soweit. Wenn der Zug sich zwischen Stratford und Leyton aus dem letzten Tunnel der Central Line herausgequetscht hatte wie Zahnpasta, die ja auch aus einer engen Röhre, einer Tube kommt, irgendwo dahinter – er wußte noch nicht genau, wo – würde er aufs Wagendach klettern.

Er stand zwischen Kevin und Damon, die Hand an der Haltestange, und sagte nichts. Er würde keinem was sagen, er würde es einfach tun. Bis Holborn blieb es voll, dann leerten sich die Wagen allmählich, und Jasper bekam einen Platz. In seinem Alter pflegt man sich nicht aus Höflichkeit für seine Freunde aufzuopfern, da gibt es keine Situation, in der man sich selbst eine Bequemlichkeit versagt, um sie seinem Nächsten zukommen zu lassen, so etwas wäre weder ihm noch den anderen auch nur in den Sinn gekommen. Der Platz wurde frei, und er setzte sich.

In der Gesäßtasche seiner Jeans spürte er die zerknautschte Zigarettenpackung. Nach dem Rodeln, wenn Triumph das flaue Gefühl in der Magengegend verdrängt hatte, würde er sich eine Zigarette gönnen. Die Wagentür würde sie für ihn festhalten, und er würde genüßlich daran ziehen, wie auf der Hinfahrt von Finchley Road.

Sie kamen auf der Northern Line zurück, ein hochgewachsener, gutaussehender Mann in langem Mantel und sein Begleiter, dessen Gesicht fast ganz von einem hochgeschlagenen Kragen und einem tief in die Stirn gezogenen Hut verdeckt war. Der Zug fuhr nach Mill Hill East, sie mußten in Euston umsteigen, blieben aber nicht auf dem Bahnsteig stehen, um auf einen Zug nach Edgware zu warten, sondern gingen zum Kopfbahnhof von British Rail hinauf, und in der Herrentoilette zog der Bär sein Bärenfell an. Draußen in der Bahnhofshalle legte der Bärenführer ihm die Kette um den Hals, knüpfte sie zur Schlinge und führte den Bären zurück zur U-Bahn.

Geld war für den Bärenführer kein Thema. Es ging ihm

nicht um Geld, wenn er den Bären zur Belustigung der Pendler tanzen ließ. Er machte keinen Versuch, ohne nochmalige Bezahlung wieder in den U-Bahn-Bereich zu kommen, sondern zog zwei Fahrkarten aus dem Automaten, während der Bär mit ergeben gesenktem Kopf dastand und wartete. Als sie im Fahrstuhl nach unten fuhren, standen sie wieder im Mittelpunkt des Interesses. Kein Mensch interessierte sich für die Anzeigen, für die anderen Fahrgäste oder den Streckenplan, alle schauten nur auf den Mann und den Bären.

Im Durchgang zum Bahnsteig der Northern Line Richtung Norden stellten sie sich in eine Ecke, der Mann holte seine Mundharmonika hervor, und der Bär fing an zu tanzen. Wenn es um Geld geht, um Geldverdienen und Geldbehalten, um die *Achtung* vor dem Geld, übersehen reiche Leute die einfachsten Dinge, und der Bärenführer hatte vergessen, einen Geldbehälter bereitzustellen. Er hatte keinen Hut und auch kein Schnupftuch, aber er hätte die Tasche nehmen können, in der das Semtex war, oder das Vierecktuch, das der Bär unter dem braunen Zottelpelz um den Hals trug.

Im Grunde war es nicht weiter wichtig, denn nur einer der Passanten gab ihnen etwas, ein Mann, der vielleicht allen U-Bahn-Musikanten etwas gab, ohne Ansehen der Person, ohne ihnen auch nur einen Blick zu gönnen. Im Vorübergehen warf er ein Fünf-Pence-Stück auf den Boden. Die Münze sprang hoch, drehte sich um die eigene Achse und rollte in die Ecke.

Der Bär sagte: »Stell die Tasche zwischen uns, und mach sie auf.«

»Du weißt doch, was drin ist!«

»Spielt keine Rolle. Da kannst du ruhig 'ne Kippe reinwerfen oder 'n brennendes Streichholz. Das Zeug braucht die Erschütterung, um hochzugehen. Bei Schwarzpulver wär's was anderes.«

»Man lernt doch nie aus«, sagte der Mann mit der Mundharmonika.

Sie fuhren nach Epping, weil Dean dort wohnte. Als selbsternannter Anführer bestimmte er die Spielregeln, ohne sie ausdrücklich als solche zu bezeichnen oder auch nur verlauten zu lassen, daß das Spiel Regeln hatte. Er wollte nach Hause, und deshalb mußten die anderen mit. Was aus ihnen werden sollte, wenn er sie auf dem noch ländlichen Bahnhof von Epping, am äußersten Ende der Central Line, stehenließ, war ihre Sache oder ihr Pech. Jasper spürte etwas davon und nahm sich vor, nicht das geduldige Schaf zu spielen und mitzutrotten wie die anderen.

Die Züge der Londoner U-Bahn sind selten ganz leer. Selbst in den Stunden zwischen den Stoßzeiten sitzen in jedem Wagen meist mehrere Leute, selbst auf diesen weit entfernten Ausläufern des Streckennetzes. Nach Snaresbrook waren in ihrem Wagen nur sie sechs übriggeblieben. Jasper bekam allmählich Hunger, es war Essenszeit, nein, die Essenszeit war eigentlich schon vorbei. Er hatte nur Kleingeld bei sich, etwa ein Pfund, dafür bekam er allenfalls einen Schokoriegel und zwei Tüten Chips, aber Kevin klaute hemmungslos, Kevin hatte immer Geld. Der Gedanke, daß Kevin ihm für seine Heldentat irgendwo ein richtiges Essen spendieren würde, spornte Jasper an, obwohl er eigentlich gar keinen Ansporn mehr brauchte. Er war bereit, entschlossen, startklar.

Eine Frau, die so alt war wie sie alle zusammen, stieg in Woodford ein und gleich wieder aus, als sie sah, wie Lee an den Haltegriffen schaukelte, Damon und Kevin auf dem Boden rangelten und Chris sich mit einem roten Filzschreiber an einer Anzeige für Fährverbindungen auf den Kontinent zu schaffen machte.

Vor den Fenstern erschien mehr Grün, man war noch nicht direkt auf dem Land, aber zwischen den Häusern sah man eine Menge Bäume und Blätter und grünes Gras. In Debden mußten sie umsteigen, wenn sie mit Dean Miller weiterfahren wollten, aber Jasper war entschlossen, das nicht mitzumachen. In Loughton könnte man aussteigen und irgendwas essen, dachte er. Plötzlich merkte er, daß die Sonne schien, strahlend hell schien sie in den Wagen herein.

Der Bahnsteig von Buckhurst Hill war leer, jedenfalls an ihrem Ende. Verlassen lag er in der Sonne. Wie im Film, dachte Jasper, in diesem Fernsehwestern, wo zwei Revolverhelden aus der Prärie kommen, um den Postzug nach Santa Fe zu überfallen. Inzwischen hatte er schon die Tür am Wagenende aufgemacht. Hinter sich hörte er Dean sagen: »Der will rodeln«, aber Jasper sah nicht zurück.

Er stieg an der Tür des nächsten Wagens hoch, die Griffe und Fensterrahmen als Kletterhilfen nutzend. Das Hinaufkommen war einfach. Womit er nicht gerechnet hatte, war die Glätte. Die Wölbung war keine Überraschung, er wußte, daß er da oben keine ebene Fläche vorfinden würde, aber etwas zum Festhalten hatte er schon erwartet, eine erhöhte Kante vielleicht, Rohre oder Kabel, nicht nur die flachen Flansche oberhalb der Doppeltüren. Aber kneifen wie Damon? Kam nicht in Frage! Er verharrte einen Augenblick in der Hocke, dann legte er sich hin, rückte sich zurecht und hatte die Finger in die flachen Vertiefungen gelegt, als der Zug anfuhr.

Er ruckte beim Anfahren, und Jasper schlug das Herz bis zum Hals, als er merkte, wie sein Körper mitruckte und ins Rutschen kam. Er hielt sich fest, krallte die Finger in das Metall wie in etwas Weiches, Nachgiebiges. Der Zug verließ den Bahnhof, rollte durch das grüne Tal des Roding in Richtung Loughton. Das Dach unter seinem langgestreckten Körper fühlte sich heiß an. Seit Leyton hatte es die Septembersonne beschienen. Jetzt streichelte die Sonne Jasper über den Rücken, legte ihm eine glühende Hand in den Nacken. Er machte die Beine breit und spannte die Finger. Mittlerweile hatte er alles im Griff, kannte sich aus mit dem Wagendach und dem Zug, hatte den Trick mit dem Festhalten raus.

Er begriff, obwohl es heute so heiß war, warum sie es Rodeln nannten. So mußte es sein, wenn man auf einem Rodelschlitten über einen verschneiten Berghang zu Tal rast. Eine wilde Lust hatte ihn erfaßt. Der Zug fuhr jetzt schnell, er flog dahin, das Rattern war Musik in Jaspers Ohren. Er wippte ein bißchen, es war angenehm, nicht beängstigend. Warum hatte ihm niemand verraten, wie es wirklich war? Warum hatte ihm niemand gesagt, wie wundervoll es war?

Jasper hätte am liebsten geschrien und gesungen und

gekreischt – wenn er sich getraut hätte, den Kopf zu heben. Er hätte sich am liebsten auf das Wagendach gestellt und wäre von Wagen zu Wagen gesprungen wie einer dieser Westernbanditen. Doch er wagte keine Bewegung. Diesmal nicht. Noch nicht. Er hielt sich fest und spürte intensiver als je zuvor, wie lebendig, wie erregend wach und lebendig sein Körper war.

Ein großes Glück erfüllte ihn, als der Zug ihn davontrug, weiter und weiter durch die Sonne, über den funkelnden Schienenstrang nach Loughton.

10

Jelena Donskoy wohnte nicht weit weg, drüben auf der anderen Seite der Finchley Road, in Netherhall Way. Alice kam mit ihrer Geige gut zu Fuß hin. Was sie von ihren hundert Pfund noch übrig hatte, reichte nicht mal für die erste Stunde.

»Ich gebe dir das Geld«, sagte Tom. »Das weißt du doch. Was mein ist, ist auch dein.«

Sie saßen im Garten, auf Jarvis' Decke. Tom klimperte kleine Melodienfetzen auf einem Spielzeugxylophon, das Bienvida irgendwann geschenkt bekommen hatte. Alice legte flüchtig ihre Hand auf die seine.

»Ja, ich weiß. Du bist so lieb zu mir. Aber ich muß mir wirklich einen Job suchen.«

Er hatte nur Musik im Kopf. Für ihn war es unvorstellbar, daß sie, daß jemand mit ihrer Ausbildung, mit ihren Ambitionen sich eine Arbeit außerhalb dieser Sphäre suchen könnte. Allenfalls etwas ganz Untergeordnetes. Es war in Ordnung, in einer Imbißstube zu jobben, das taten auch Schauspieler »zwischen zwei Engagements«.

»Meinst du als Lehrerin?« Er selbst hatte seine Schülerin verloren, die Kleine hatte die Flötenprüfung nicht bestanden, und die Eltern gaben ihm die Schuld.

»Ich hatte an eine Sekretärinnenstelle gedacht.«

Er spielte eine lange Tonfolge auf den regenbogenfarbigen Metallplättchen. »Das gibt's doch nicht!«

»Ich denke, das würde ich packen. Ich habe einen Abschluß, und es heißt ja immer, daß es keine Rolle spielt, in welchem Fach man den gemacht hat, Hauptsache, man hat einen. In den Ferien habe ich bei meinem Vater gejobbt und kam mit dem Computer schon ganz gut klar.«

Die häufigen Hinweise auf ihren Abschluß gingen ihm allmählich auf die Nerven, weil ihm dadurch seine eigene Unzulänglichkeit um so stärker zu Bewußtsein kam. Inzwischen war ihr seine Reaktion darauf schon vertraut – der ironisch-gereizte Gesichtsausdruck, die hochgezogenen Augenbrauen, der schiefgelegte Kopf.

»Aber *warum*?«

Ein Zug näherte sich von Finchley Road. Sie wartete, bis er vorbei war. »Mein Geld reicht nicht mal für eine Stunde bei Madame Donskoy, Tom. Ich weiß, diesmal bekomme ich das Geld von dir, aber du kannst es mir nicht immer geben, so viel hast du gar nicht. Ich könnte mir ganz schön was verdienen, und es wäre nicht für lange, ein Jahr vielleicht. Und wir wohnen so praktisch hier an der U-Bahn.«

»Ich weiß nicht, was du willst! Unsere Musik bringt was ein, und sie bringt uns Spaß. Wir spielen richtige Musik, vor einem richtigen Publikum. Gestern haben wir 21 Pfund eingenommen.«

Zu dritt, für einen ganzen Tag, dachte sie, aber das sagte sie nicht laut. Tom schlug auf dem Xylophon immer wieder denselben Ton an. Wenn er, wie jetzt, die Lippen vorschob, sah er aus wie ein kleiner Junge.

»Ich denke, du spielst gern Geige.« So hätte es auch Jasper sagen können.

»So gern, daß ich das Beste aus meinem Spiel herausholen möchte.« Sie bemühte sich um einen sachlichen Ton. »Ich war nicht ganz aufrichtig. Das mit dem Job ist nicht nur so eine Idee, ich habe mich beworben. Am Freitag nachmittag stelle ich mich vor.«

Er setzte sich auf. Sie sah, daß er wütend war. Mit einer raschen, heftigen Bewegung schleuderte er das Hämmerchen quer durch den Garten.

Alice tat, als habe sie nichts bemerkt, und sprach ruhig weiter. Sie hatte über ihren Vater dessen Teilhaber um eine Empfehlung bitten wollen, aber ihr Vater lehnte es nach wie vor ab, mit ihr zu sprechen, und als ihre Mutter versuchte zu vermitteln, hatte er gesagt, wenn es nach ihm ginge, würde sie nie wieder irgendwo eingestellt werden. Daraufhin hatte sie direkt an den Teilhaber geschrieben. Die zweite Empfehlung wollte Jarvis ihr geben, der zwar nichts darüber aussagen konnte, wie es um ihre Leistungen im Büro bestellt war, der aber, wie Tina meinte, in seiner Gutmütigkeit jedem jede gewünschte Empfehlung gegeben hätte.

Tom sah sie nicht an, er schien gar nicht zuzuhören. Als sie nach seiner Hand griff, zog er sie weg. Sie stand auf und suchte in den Büschen nach Bienvidas Xylophonhammer.

Was dann geschah, beunruhigte sie sehr. Sie hatte den Hammer am Zaun gefunden, der den Garten vom Bahngelände trennte, ging zu Tom zurück und setzte sich vorsichtig wieder hin. Er lag auf den Knien. Sie dachte, er wollte aufstehen, aber dann umschlang er sie plötzlich und drückte sie so fest an sich, daß ihr die Luft wegblieb. Hier draußen konnte man sie sehen, es war ihr peinlich, wenn fremde Leute sie so sahen, aber sie wehrte sich nicht gegen seine Umarmung.

»Ich liebe dich so sehr, mein Engel. Zank nicht mit mir, wir dürfen uns nie zanken.«

Keins der Kinder in Bienvidas Klasse bekam Nachmittagstee. Sie bekamen Schokoriegel oder Schokoladenkekse und Limo in Dosen, wenn sie aus der Schule kamen, aber keinen Tee, wie Bienvida ihn bei ihrer Großmutter bekam. Daß es gute englische Tradition war, nachmittags um vier Butterbrot und Sandwiches, Kekse und Kuchen und eine Kanne Tee aufzutragen, wußte Bienvida nicht. Sie war so jung, daß sie noch nichts darüber gelesen hatte, und erzählt hatte ihr niemand davon, aber wenn sie in der Villa Flieder zum Tee war, spürte sie, daß dies eigentlich das Normale war, daß man es früher mal so gemacht hatte, und sie fand, daß ein Nachmittagstee etwas Gutes und Richtiges für Kinder in ihrem Alter war, wenn sie um vier nach Hause kamen.

Auch anderes schätzte Bienvida bei Cecilia sehr. Sie wusch sich gern vor dem Essen die Hände, vielleicht weil man es ihr nie eingebleut hatte. Sie saß gern in einem sauberen Zimmer, an einem Tisch mit Tischtuch, oder auf dem Chintz-Sofa, wo sie sich am Fernseher ihrer Großmutter *Neighbours* ansah. Sie unterhielt sich gern mit Cecilia, auch wenn sie ihre Großmutter oft belog.

Bienvida log weniger aus Selbstschutz, sondern um ihre Mutter zu schützen. Und in der Hoffnung, Cecilia eine Freude zu machen, sie davon zu überzeugen, daß in der Cambridge School alles seinen ordentlichen und reibungslosen und – wie Cecilia sagen würde – anständigen Gang nahm. Als ihre Großmutter sie fragte – in optimistischem

Ton wie jemand, der eine bejahende Antwort erwartet –, ob Jasper regelmäßig zur Schule ging, hatte Bienvida deshalb keine Hemmungen, das zu bestätigen.

»Er geht doch zur Schule, nicht wahr, Bienvida?«

»Ja, natürlich«, sagte Bienvida und machte ein ernstes Gesicht.

»Er ist nämlich ein gescheiter Junge, er muß etwas lernen.« Cecilia zögerte und fuhr dann etwas vage fort: »Er müßte es um so mehr, wenn er nicht gescheit wäre, aber du weißt schon, wie ich es meine.«

Ja, sagte Bienvida, die ein Stück selbstgebackenen Biskuitkuchen mit Zuckerguß und Schokoladenstreuseln vor sich hatte, ja, das wisse sie. Sie saß sehr gerade am Tisch und freute sich an dem seifigen Geruch ihrer sauberen Hände.

»Ihr geht wahrscheinlich zur gleichen Zeit schlafen, auch wenn er zwei Jahre älter ist als du?«

Diesmal brauchte sie die Wahrheit nicht zu verbiegen. Ja, sagte Bienvida, sie gingen zur gleichen Zeit schlafen, hütete sich aber hinzuzufügen, daß dies selten vor elf und auch schon mal um Mitternacht geschah. Und dann wechselte sie recht geschickt das Thema, indem sie fragte, ob sie noch ein Stück Kuchen haben dürfe, noch ein Stück von diesem *köstlichen* Kuchen, und dieses Adjektiv aus der Erwachsenensprache entlockte ihrer Großmutter ein Lächeln, obwohl ihr eigentlich zum Heulen war.

Cecilia schämte sich. Sie hatte immer die Ansicht vertreten, daß man unschuldige Kinder nicht hinter dem Rücken ihrer Eltern ausfragen soll. Hätte sie andere Leute dabei ertappt, hätte sie sich darüber empört. Doch sie konnte nicht anders, obwohl sie sich von Bienvidas Lügen nicht ganz – oder nicht einmal halb – täuschen ließ. Sie wußte sogar, weshalb ihre Enkelin log. Weil Bienvida sie und Tina schonen, den beiden ihr Glück und die Liebe zueinander erhalten wollte.

Die Lügengeschichten ihrer Enkelin hätten sie eigentlich von weiteren Fragen abhalten müssen, sie hemmten Cecilia zwar, konnten sie aber nicht ganz bremsen. Sie schlich um die brennende Frage herum, auf die sie womöglich eine vernichtende Antwort bekommen würde, während sie Bienvida dünnen zuckrigen Tee nachschenkte und sie mit Schokoladenkeksen fütterte. Ob Jed noch bei ihnen wohnte, wollte sie wissen, und ob das Geräusch, das sie hörte, wenn sie in der Cambridge School war, wirklich von einem Vogel kam, einem Raubvogel, den Jed sich hielt.

»Er hat eine Elster gefangen«, sagte Bienvida. »Er hat sie totgemacht.«

Zu Cecilias Bestürzung stiegen Tränen in die Augen mit dem oft so traurigen Blick. Wie sollte man da trösten? Was sollte man sagen? Gar nichts konnte man sagen, es gab keinen Trost. Cecilias laut geäußerte Überlegung aber, sie habe vielleicht noch Eis, das Eis mit dem schönen Namen *Dracula*, im Gefrierschrank, ließ die Tränen versiegen. Und als Cecilia mit der blutigroten, kalten Köstlichkeit in einem Glasschälchen zu Bienvida zurückkam, die so still und traurig mit gefalteten Händen dasaß, konnte sie die Frage, die sie am meisten beschäftigte und bedrängte, nicht stellen. Sie brachte es nicht übers Herz. Es war ihr nicht möglich, dieses kleine Lämmchen mit den altklugen, traurigen Augen zu fragen, ob Billy, der Freund ihrer Mutter, bei ihr wohnte und in ihrem Bett schlief. Wie immer sie es formulieren, wie immer sie es umschreiben mochte – sie hätte die Frage nicht stellen können, ohne ihre Selbstachtung einzubüßen. Schon jetzt schmeckte sie den galligen Geschmack des Ekels auf der Zunge.

Bis zur Cambridge School waren es knapp zweihundert Meter, aber Cecilia brachte die Enkelin nach Hause. Es war heller Tag, es war eine einigermaßen »anständige« Gegend, und Cecilia hielt Bienvida für ein braves Mädchen, das die Mahnung, sich nicht auf Gespräche mit Fremden einzulassen, im Sinn behalten würde, aber trotzdem brachte sie Bienvida zurück zur Schule. Das machte sie immer. Sie hatte schon genug Berichte über entführte und ermordete Kinder in der Zeitung gelesen, hatte schon oft genug im Fernsehen gesehen, welchen Gefahren Kinder ausgesetzt sind.

Am Schultor trennte sie sich von Bienvida und sah ihr nach, bis sie ums Haus herum verschwunden war. Sie hätte mit hineingehen können, die Kleine hatte sie sogar gefragt, ob sie nicht mitkommen wolle, aber abends setzte Cecilia keinen Fuß in die Schule. Sie war nie gern dort, und abends hatte sie Angst vor dem, was sie womöglich sehen würde. Das stellst du dir wahrscheinlich viel schlimmer vor, als es ist, hatte Daphne zu ihr gesagt, Saufgelage, vielleicht sogar Drogen, ein wildes Durcheinander, und Tina mit einem Mann zusammen, vielleicht mit einem Mann im Bett. Unsinn, hatte Cecilia gesagt, so stelle ich mir das ganz und gar nicht vor, aber es stimmte natürlich.

Als sie wieder zu Hause war, ging Cecilia ins Obergeschoß und sah sich um. Es gab ihr einen Stich, als sie daran dachte, wie sie Tina gezwungen hatte, unten zu wohnen und oben zu schlafen. Der eigentliche Grund war gewesen, daß sie soviel wie möglich von ihren Enkelkindern hatte haben wollen, aber das machte die Sache nicht besser. Sie hatte aus selbstsüchtigen Motiven gehandelt. Die Räume hier oben waren hübsch, von den hinteren Fenstern hatte man einen herrlichen Blick bis zur Hampstead Heath. Ein Zimmer für jedes Kind, ein gemeinsames Wohnzimmer, aus dem vierten Raum könnten Küche und Bad werden, sie hätte das schon längst in Angriff nehmen sollen. Tina konnte das große Zimmer unten als Schlafzimmer haben – wobei Cecilia prompt einfiel, daß Tina wahrscheinlich nicht allein schlafen, daß sie wahrscheinlich nie allein schlafen würde. Tinas Freund, wie immer er auch heißen mochte, als Hausgenossen zu haben – das war etwas, was sie nur schwer verkraften würde.

Es war immer wieder dasselbe Lied: Sie liebte Tina und die Kinder und konnte es doch kaum ertragen, mit Tina unter einem Dach zu wohnen. Warum ist der Mensch so beschaffen, daß er das Zusammenleben – zumindest das ständige Zusammenleben – mit Nahestehenden nicht erträgt? Außer wenn er verliebt ist, natürlich.

Cecilia räumte das Teegeschirr ab und schloß das Fenster – abends wurde es jetzt schon kühl –, und dabei überkam sie eine ferne Erinnerung daran, wie es gewesen war, verliebt zu sein. Sie tanzte mit Frank Darne und trug ein Kleid mit tiefem Rückenausschnitt, gegen das ihre Mutter Einwände gehabt und das sie mit einem seidenen Einsatz versehen hatte. Das war lange vor ihrer Ehe mit

Frank, sie hatten eine sehr lange Verlobungszeit gehabt, und als sie dann heirateten, war sie schon sehr an ihn gewöhnt, sie mochte ihn gern und fühlte sich bei ihm geborgen. Was sich im Bett abspielte, schätzte sie weniger, aber solange es nicht weh tat, war es erträglich. Bei jenem Tanz damals aber, als sie seine Hand auf ihrer nackten Schulter gespürt, den sonderbar zärtlichen Ausdruck in seinen Augen bemerkt hatte, war ein ganz seltsames Gefühl über sie gekommen. Sei mein, hatte sie gedacht, komm zu mir, ich will du sein, sei du ich, laß uns ineinander aufgehen.

Nach all den Jahren erinnerte sie sich noch daran. Häufig sogar. Doch es hatte nicht lange angehalten und war nicht wiedergekommen. Und natürlich hatte sie diesen Gedanken nicht laut ausgesprochen. Es war wohl keine leidenschaftliche Beziehung gewesen, so sah sie es jedenfalls, aber Vergleichsmöglichkeiten hatte sie natürlich nicht gehabt. Frank war gut zu ihr gewesen, ein guter Ehemann und Vater.

Cecilia sah auf die Standuhr, die Franks Mutter gehört hatte. Viertel vor sechs. Heute erwartete sie Daphnes Anruf. Sie stellte den Fernseher an, um wenigstens die Schlagzeilen mitzubekommen, und tatsächlich – zuverlässig zwei Minuten nach sechs läutete das Telefon. In der Zwischenzeit hatte sie sich überlegt, was die Leute wohl sagen würden, wenn sie ihnen mit der verrückten Idee käme, hier auszuziehen, das Haus Tina zu überlassen und sich in Willesden mit Daphne zusammenzutun.

Weil oben in der Galerie Licht brannte, während es unten dunkel war, zeichnete sich der Spinnenschatten des Kronleuchters auf dem Boden des Vestibüls ab. Irgendwo stand ein Fenster offen, die Kette vibrierte leicht, so daß die Spinne unermüdlich im Krebsgang über die Dielenbretter krabbelte.

Bienvida war das nicht sehr sympathisch, es war gar nicht schön gewesen, wie die Spinnenbeine über ihre Füße gelaufen waren, als sie durchs Vestibül ging. Da war sie in der Garderobe doch noch besser aufgehoben, auch wenn sie dort allein war und ein Gespenst erwartete.

Sein Aussehen hatte sie sich schon bis in alle Einzelheiten ausgemalt: Ein alter Mann würde es sein, mit weißem Bart, in dunkle Schleiergewänder gehüllt, eine Art Weihnachtsmann in Trauer gewissermaßen. Möglicherweise trug das Gespenst eine Schlinge locker um den Hals und hatte eine Sichel in der Hand. Wie sie auf die Sichel kam, wußte sie selber nicht so recht. Sie saß in ihrem Schlafsack, eine Decke um die Schultern gelegt, wartete auf Jasper und bibberte in wohliger Angst.

Vor dem kleinen Fenster hoch oben in der Wand, dem Fenster mit der einen roten Scheibe, stand Dunkelheit, und in der Garderobe konnte man kein Licht machen. Von der Decke hing nur ein ausgefranstes Kabel ohne Fassung. Bienvida hatte Kopf- und Sofakissen, zwei Kerzen und Streichhölzer mitgebracht, zwei Schokoriegel, die Twirl hießen, und eine Puppe, die Caroline hieß. Solange Bienvida denken konnte, hatte sie sich den Namen Caroline gewünscht, und weil sie niemanden dazu bewegen konnte, sie so zu nennen, hatte sie die Puppe so getauft.

Es war spät, fast Viertel vor elf, und Jasper hatte versprochen, um halb elf bei ihr zu sein. Sie wollten heute zum erstenmal in der Garderobe übernachten. Vorsichtshalber hatten sie sich einen Abend ausgesucht, an dem Tina nicht zu Hause war. Tina kam immer sehr spät heim, betrat möglichst geräuschlos die Wohnung und mied die Kinderzimmer, um Jasper und Bienvida nicht zu wecken. Zu ihrer Großmutter hatte Bienvida gesagt, daß Tina immer noch mal bei ihnen hereinsah, ehe sie zu Bett ging, was Cecilia rührend, aber nicht ganz glaubhaft fand.

Ihren Bruder hatte Bienvida schon seit Stunden nicht mehr gesehen. Es war noch hell gewesen, als er zur West End Lane gegangen war, zu dem Laden des Inders an der Brücke, um zwei Dosen Cola und ein Comic-Heft zu kaufen. Zigaretten würde der Inder vermutlich – hoffentlich, dachte Bienvida – nicht rausrücken. Sie hatte nicht gern Zigarettenrauch im Schlafzimmer. Es war jetzt ganz dunkel, nur durch das kleine Fenster fiel ein mondhelles Rechteck auf den Boden. Bienvida zündete eine Kerze an und stellte sie in eine Milchflasche. Mit Licht war der Raum womöglich noch gruseliger. Die Dunkelheit war gleichsam sichtbar geworden, sie konnte die dunklen Stellen erkennen, die aussahen wie schwarze, geduckte, pelzige Wesen, an die das Licht nicht heranreichte.

Jasper kam, ehe es allzu schlimm wurde. Er hatte eine Taschenlampe mit, die er aus Toms Zimmer »geliehen« hatte, das zur Zeit leer war, und eine Kamera, die Jarvis gehörte. Beide Kinder hatten angefangen zu klauen, im Haus und auch draußen. Meist wurden sie nicht erwischt, und dann ging es beim nächsten Mal noch leichter. Die

Cola hatte Jasper in dem Laden an der Brücke bezahlt, die Smarties aber hatte er vom Ladentisch mitgehen lassen, als der Inder kurz der Kasse den Rücken zugedreht hatte.

Die Gelegenheit war eigentlich günstig, Bienvida die Tätowierung zu zeigen, leider aber war es zu dunkel. Außerdem war es auch zu kalt, um sich auszuziehen. Jasper schlüpfte in den Schlafsack und gab seiner Schwester eine Cola, nachdem er von beiden Dosen die Laschen abgezogen hatte.

»Wenn wir was sehen«, sagte er, »dann wahrscheinlich um Mitternacht, es wird so eine Art Bündel sein, das da in der Mitte an einem Seil hängt.«

»Ich will das nicht sehen«, sagte Bienvida.

»Und ob du das sehen willst. Klar willst du es sehen. Ich mach eine Aufnahme. Mit Blitz müßte sie was werden. Soll ich dir sagen, wo ich heute gerodelt bin?«

»Okay. Wo denn?«

»Von West Hampstead nach Finchley Road.«

Bienvida sagte nichts. Die Vorstellung, auf dem Dach eines U-Bahn-Wagens zu fahren, reizte sie nicht, und sie wußte auch nicht recht, ob sie alles, was Jasper erzählte, für bare Münze nehmen durfte. Sie griff nach den Smarties, das heißt, sie suchte sich vier orangefarbene Smarties aus, denn nur die aß sie gern. Die orangefarbenen waren mit Milchschokolade gefüllt und schmeckten auch nach Orange, während die anderen zwar schön bunt waren, rot, grün, lila, gelb und braun, aber alle gleich schmeckten, nämlich nach der bitteren Schokolade unter der bunten Hülle. Für Bienvida war dies eines der großen Rätsel des Lebens, und es beschäftigte sie sehr.

»Ich trainiere für die Tunnelstrecke«, sagte Jasper.

»Du kannst totgehen dabei. Der Kopf kann dir abrasiert werden.«

»Deswegen trainiere ich ja. Man muß einfach lernen, den Kopf nicht zu verlieren.«

Jasper lachte unmäßig über seinen Witz und wiederholte ihn, weil er den Verdacht hatte, Bienvida könnte die Pointe nicht verstanden haben. Dieser Verdacht war durchaus berechtigt, aber Bienvida ließ sich nichts anmerken und lächelte höflich. Sie aßen die Schokoriegel und tranken die Cola aus. Zwei Minuten vor zwölf, sagte Jasper, Zeit, die Kerzen auszublasen, bei Kerzenlicht sieht man nichts. Er hatte seine Kamera griffbereit, aber um Mitternacht passierte nichts weiter, als daß Jarvis, Tina und ein alter Freund von ihr das Haus betraten.

Bis Jarvis in die Übergangsklasse gegangen war, um sich mit dem elektrischen Kessel, der dort stand, eine Tasse Tee zu brühen, und Tina und ihr Freund sich verabschiedet hatten und in die Direktorswohnung verschwunden waren, hatte beide Kinder der Schlaf übermannt. Tina bemühte sich, leise zu sein, aber in die Kinderzimmer warf sie keinen Blick.

Die Kirche St. Mary Woolnoth in der King William Street stammt aus dem Jahr 1727. Früher stand an dieser Stelle ein römischer Friedenstempel. Der Name hat nichts mit Wolle zu tun, sondern ist eine Verballhornung von Wulfnoth, so hieß der sächsische Fürst, der hier eine Holzkirche errichtet und der Heiligen Mutter Gottes geweiht hatte.

Ein späteres Gotteshaus wurde in dem Großen Feuer

von 1666 schwer beschädigt. Die jetzige Kirche hat Nicholas Hawksmoor gebaut. Die Decke ist blau gestrichen und mit Sternen verziert zur Erinnerung an den Nachthimmel, den die Römer sahen, wenn sie von einem Atrium aus den Blick nach oben richteten.

Der erste Tunnel der Tube, die damals noch The City and South London Railway *hieß, wurde in geschlossener Bauweise unter diesem Gelände vorgetrieben. Die Kompanie hatte mit Zustimmung des Parlaments St. Mary Woolnoth abreißen wollen und war nur durch die lautstarke Empörung der Öffentlichkeit daran gehindert worden. Wohl oder übel beugte man sich dem Druck, unterfing die Fundamente der Kirche und errichtete darüber die Station Bank.*

Ein Engelskopf über dem Bahnhofseingang erinnert an die Rettung des Gotteshauses.

Wenn die Züge der Central Line in den Bahnhof Bank einfahren, verkündet eine Lautsprecherstimme: »Vorsicht an der Bahnsteigkante, Vorsicht an der Bahnsteigkante, bitte die Türen freimachen.« Zwischen Bahnsteig- und Wagenkante, zu Füßen der Fahrgäste, klafft ein breiter Spalt, aber es ist nicht der einzige im U-Bahn-Netz. Auch in Holborn, auf der Piccadilly Line in Richtung Norden, ist der Abstand zwischen Bahn und Bahnsteig beträchtlich, aber hier ertönt keine warnende Stimme.

Es ist richtig, daß der übergroße Abstand durch die Kurve entsteht, die der Schienenstrang hier beschreibt, nicht richtig dagegen ist, daß man mit dieser Linienführung vermeiden wollte, die Tresorräume der Bank von England zu unterqueren.

Drei Stunden zuvor waren Tina und Jarvis zusammen in ein Pub in St. John's Wood gegangen. Jarvis war dort mit einem Intourist-Mitarbeiter verabredet, der ihm schon halb und halb eine Studienreise in die Sowjetunion versprochen hatte, wo angeblich ein wahrer U-Bahn-Boom ausgebrochen war und acht neue Metrosysteme sich im Bau oder in der Planung befanden. Tina wollte sich in dem Pub amüsieren.

Der Russe hatte sich verspätet, und noch ehe er dann endlich kam, hatte Tina an der Bar einen Bekannten aufgegabelt, einen adretten, dunkelhaarigen Mann, mittelgroß und um die vierzig. Das ist Daniel, sagte sie zu Jarvis, wir kennen uns seit zehn Jahren. Damals sei sie ihm zufällig in Denmark Hill in die Arme gelaufen. Jarvis fielen besonders Daniels Augen auf, sehr dunkle Augen, violett-braun wie das Herz eines Stiefmütterchens. Er meinte solche Augen schon mal irgendwo gesehen zu haben, wußte aber nicht, bei wem.

Der Mann von Intourist trank zwei Wodka, mäkelte an der Marke herum, und machte Jarvis mit einer Beschreibung der neuen kleinen Metro in Kuibischew und der Möglichkeit einer Besichtigung der erdbebensicheren Untergrundbahn von Taschkent den Mund wäßrig.

»In der Sowjetunion haben wir die besten Metros der Welt. Alle entsprechen den hohen technischen Anforderungen des Moskauer Netzes.«

Jarvis fand das nicht recht glaubhaft und wußte auch nicht, ob die technischen Anforderungen in Moskau wirklich so hoch waren, das wollte er sich erst mal selber ansehen.

»In Erewan zum Beispiel«, sagte der Intourist-Mann, »sind die Tunnel so konstruiert, daß sie Erdbeben der Stärke Zehn auf der Richterskala standhalten.«

Das gilt aber auch für die BART in San Francisco, dachte Jarvis, und als er ein bißchen später wieder zu Tina hinübersah, war sie intensiv mit einer Art Paarungsritual beschäftigt, bei dem er sie schon das eine oder andere Mal beobachtet hatte. Sie und Daniel saßen sich an einem kleinen runden Tisch gegenüber und hielten sich bei der rechten Hand wie in dem Griff, der beim Armdrücken Kobra heißt, aber nicht in angespannter Kraftanstrengung, sondern locker und ganz ineinander versunken, mit starrem Blick und leicht geöffneten Lippen. Während er noch hinsah, begegneten sich die beiden Münder in einem Kuß und lösten sich wieder voneinander.

Als das Pub schloß und der Russe sich verabschiedet hatte, fuhren sie mit einem der letzten Züge heim. Der Weg zum Bahnhof zog sich hin, weil Daniel immer wieder unter einer Straßenlaterne stehenblieb, um Tina zu küssen.

Als sie dann auf dem Bahnsteig standen und auf ihren Zug warteten, erzählte Jarvis ihnen von König Salomons Teppich. Dieser Zauberteppich war aus grüner Seide und so groß, daß beliebig viele Menschen darauf Platz fanden. Wenn König Salomon bereit war, nannte er dem Teppich das Reiseziel, und der erhob sich in die Lüfte und setzte alle an der gewünschten Stelle ab. Die U-Bahn käme ihm vor wie dieser Teppich, sagte Jarvis und führte sein Thema noch weiter aus, aber die beiden hörten nicht hin.

Sie saßen auf einer Zweierbank und hielten sich von St. John's Wood über Swiss Cottage und Finchley Road bis West Hampstead im Clinch. Eng umschlungen gingen sie zur Cambridge School. Jarvis, der relativ selten unter Anwandlungen von Sinnenlust litt, der monate- oder jahrelang zölibatär leben konnte, betrachtete sie nachsichtig und mit dem gleichen Maß an Interesse, das er Photos von leistungsfähigen, aber vergleichsweise unspektakulären Metrosystemen, wie etwa dem in Brasilien, entgegenzubringen pflegte.

Im Haus bot er ihnen Tee an, aber sie waren so verzückt, daß sie nicht einmal antworteten. Er machte Licht in der Übergangsklasse, knipste es aber gleich wieder aus, ließ bei Mondlicht Wasser in den Kessel laufen und beobachtete durch die geöffnete Tür, wie der Schatten des Kronleuchters zuckend über den Boden schwankte und dann plötzlich reglos verharrte. Offenbar hatte jemand das offenstehende Fenster zugemacht.

Der letzte Zug hinunter nach Finchley Road und der letzte Zug hinauf nach Kilburn hatten das Haus passiert, und es war still geworden. Mit einigem Glück, dachte Jarvis, bin ich bald in Leningrad, wo man die Tunnels fast so tief wie unter der Hampstead Heath durch den Tonboden getrieben hat.

11

Im Zweiten Weltkrieg wurde die Londoner Tube zum Luftschutzkeller.

Als am 7. September 1940 die schweren Luftangriffe begannen, lösten viele Leute billige Fahrkarten und weigerten sich, vor der Entwarnung die U-Bahn zu verlassen. Im Oktober jenes Jahres suchten etwa 138 000 Menschen Schutz im U-Bahn-Netz, und schließlich wurden alle 79 tiefgelegenen U-Bahnhöfe als Schutzräume zugelassen.

Die jetzige Station Archway hieß früher Highgate. Die Eröffnung einer neuen, sehr tief gelegenen Station Highway am oberen Ende der Archway Road hatte sich durch den Kriegsbeginn verzögert, so daß sie nunmehr ausschließlich als Schutzraum genutzt werden konnte. Es ist einer der tiefstgelegenen Bahnhöfe des U-Bahn-Systems. Wer in den Zügen der Northern Line von Archway nach East Finchley fuhr, konnte dort ganze Familien auf den Bahnsteigen kampieren sehen.

Schutzsuchende, die auf dem Bahnsteig von Russell Square an der Piccadilly Line schliefen, hörten nachts ein leises, gleichmäßiges Brausen, das aus dem Tunnel kam – das Schnarchen der Schläfer auf dem Bahnsteig von Holborn, der nächsten Station auf dieser Strecke.

Das British Museum brachte seine Schätze in dem Tunnel zwischen Holborn und Aldwych in Sicherheit.

Das schwerste Unglück während des Krieges ereignete

sich am 14. Oktober 1940 abends um acht im Bahnhof Balham an der Northern Line. Eine Bombe durchschlug den Tunnel der Nordstrecke am nördlichen Ende und zerstörte Wasser- und Abflußleitungen. Wasser- und Kiesmassen überschwemmten den Bahnhof, der inzwischen im Dunkeln lag.

Die Überlebenden wurden durch Notausstiege evakuiert. 64 Schutzraumbenutzer und vier Bahnarbeiter fanden den Tod. Später wurden aus dem Bombenkrater 30 Millionen Liter Wasser abgepumpt.

Am Tag vor der Katastrophe von Balham forderte eine Bombe in Bounds Green an der Piccadilly Line 19 Todesopfer und 52 Verletzte. Am Vortag hatte eine Bombe im Bahnhof Trafalgar Square an der Bakerloo Line sieben Personen getötet, und am Tag danach gab es einen Toten, als eine Bombe den Bahnhof Camden Town an der Northern Line traf.

Auf der Station Bank waren am Abend des 11. Januar 1941 56 Tote und 69 Verletzte zu beklagen, als eine Bombe in den Bereich unmittelbar unter der Straße einschlug. Der Bahnhof stürzte ein und blieb ein Vierteljahr geschlossen. Eine in weiten Kreisen für glaubhaft gehaltene Geschichte, hundert Eingeschlossene seien nie geborgen, sondern in einem unterirdischen Raum eingemauert worden, ist mit ziemlicher Sicherheit nicht wahr.

Die Anwaltsfirma residierte in den beiden obersten Stockwerken eines Hauses nördlich von Lincoln's Inn Fields. Auf dem Messingschild an der Hausfassade stand ANGELL, SCHERRER UND CHRISTIANSON, RECHTSANWÄLTE

UND NOTARE, und ein gravierter Pfeil deutete in die Richtung eines schmalen Durchgangs, in dem sich der Eingang befand.

Die nächste Station war Holborn, ein paar Gehminuten entfernt. Alice nahm die Jubilee Line bis Bond Street und fuhr mit der Central weiter nach Holborn. Sie war als Sekretärin für James Christianson eingestellt worden, der sein Büro in der obersten Etage hatte.

Tom war außer sich, als sie ihm erzählte, daß sie die Stellung bekommen hatte.

»Wer denkt denn auch, daß es dir damit ernst ist.«

»Natürlich ist es mir ernst. Ich brauche das Geld. Und du brauchst auch welches. Wir haben gesagt, daß wir uns gegenseitig mit Geld aushelfen würden, und ich bin dir sehr dankbar, daß du mir etwas für meine Geigenstunden dazugegeben hast. Jetzt möchte ich dir helfen. Ich möchte mich irgendwie revanchieren.«

Sie saßen in ihrem Zimmer, dem Direktorzimmer, und waren fast mit dem Abendessen fertig. Tom hatte eine Flasche Wein besorgt, obwohl sie sich das, wie Alice fand, eigentlich nicht leisten konnten. Es war traurig, aber wahr, daß sie sich keinerlei Luxus leisten konnten, trotzdem brachte Tom fast jeden Abend Wein mit. Er hatte gerade das dritte Glas geleert, und jetzt schleuderte er mit einer jähen, heftigen Bewegung das Glas an die Wand. Alice schnappte betroffen nach Luft. Zum erstenmal erlebte sie seinen Jähzorn.

»Laß mich in Ruhe mit deiner Scheißdankbarkeit!« schrie er sie an.

»Entschuldige, Tom. Ich meine ja auch nur, daß wir uns

zusammentun wollten, daß wir gemeinsam etwas erreichen wollten.«

»Und dann gehst du einfach los und suchst dir einen Job. Kannst du mir mal sagen, wo da das Gemeinsame ist? Uns zusammentun – das bedeutet, daß wir miteinander musizieren, es bedeutet, das zu machen, was wir die ganze Zeit gemacht haben, das, wobei wir uns gefunden haben. Weißt du noch, wie wir uns gefunden haben?«

Die Formulierung war ihr peinlich. »Natürlich, Tom.«

»In Holborn. Auf dem Bahnhof. Das vergesse ich nie, mein Lebtag nicht. Und jetzt gehst du da täglich durch, auf dem Weg zu diesem Job, und denkst überhaupt nicht mehr daran.«

Sie hob die Scherben auf und holte Wasser aus dem Bad, um die Weinspuren von der alten Tapete zu wischen. Als sie zurückkam, fiel er zu ihrer Bestürzung vor ihr auf die Knie und flehte sie an, ihm zu verzeihen.

»Ich liebe dich so sehr.«

»Ich weiß.«

»Ich möchte alles für dich tun. Es macht mich rasend, daß ich so wenig tun kann. Ich komme mir so frustriert vor, so impotent.«

»Das wohl kaum.«

Sie bereute die Bemerkung sofort, es war ein billiger Witz von der Sorte, wie Mike sie liebte. Daraufhin nahm er sie natürlich in die Arme, wollte unbedingt mit ihr schlafen. Mit Mike war Alice häufig um des lieben Friedens willen ins Bett gegangen, auch wenn ihr nicht danach war und sie wußte, daß es ihr nichts bringen würde. Als sie Mike verließ, hatte sie sich geschworen, so etwas nicht noch einmal zu tun – und hier stand sie und zog sich aus und stieg mit Tom ins Bett, erwiderte seine Küsse, strich über seinen Körper und simulierte sogar Laute der Lust, der Erregung.

Wenn sie sich verweigerte, würde sie nachts allein bleiben, da war dann kein Tom mehr, der sie festhielt. In der Nacht aufzuwachen war immer noch schlimm. Dann dachte sie an Catherine und an ihre musikalischen Mißerfolge, sie überlegte, was aus ihr werden sollte, falls sie nicht weiterkam, falls sich schließlich doch herausstellte, daß sie nur zur Lehrerin für Kinder taugte, die ihre erste Geige in die Hand bekamen.

Die Stunden, die sie bei Madame Donskoy nahm, machten ihr weder Freude noch Mut. Sie machten ihr angst. Alice ertappte sich dabei, daß sie ständig auf eine Anerkennung der Russin wartete. Sie suchte in dem breiten, bösartigen Gesicht mit den Hängebacken nach irgendeiner Spur von – nein, nicht von Würdigung ihrer Leistung, von Beifall oder auch nur Befriedigung, sondern einfach irgendeiner Regung, die nicht Ekel ausdrückte. Vielleicht war ja Jelena Donskoy gar nicht angeekelt, vielleicht war ihr das, was sie zu hören bekam, gar nicht zuwider, vielleicht hatte das alte Gesicht sich ja von selbst in diese grimmigen Falten gelegt, weil unter der Last der Jahre die Wangen schlaff geworden waren und die Mundwinkel sich gesenkt hatten.

Nie hörte Alice ein lobendes Wort von Madame Donskoy. Meist knurrte sie nur und korrigierte Alices Fingerstellung. Manchmal fand Alice das Getue, das sie um die Haltung der Geige machte, geradezu lächerlich, so etwas hatte sie, seit sie mit zwölf zum erstenmal einen Bogen gehalten hatte, noch bei keinem Lehrer erlebt.

Einmal sagte Madame Donskoy etwas, was Alice das Blut in den Adern stocken ließ.

»Es ist sehr amüsant, wie sich hierzulande erwachsene Männer und Frauen mit technischen Dingen herumschlagen, die in Osteuropa schon Zehnjährige beherrschen.«

»Meinen Sie Geiger?«

Alice bereute die Frage sofort. Madame Donskoy lächelte grimmig und sah weg, so daß Alice zu der Überzeugung kam, daß die Lehrerin weder sie noch die anderen Schülerinnen und Schüler, die dieses düster-muffige Haus betraten, mit dieser Berufsbezeichnung zu ehren gedachte.

Manchmal gab es Tee. Ob er wirklich aus einem Samowar kam, konnte Alice nicht feststellen. Er war kalt und abgestanden und wurde ohne Milch in einem Krug aufgetragen. In dem Zimmer, in dem sie Tee tranken, waren alle Stühle und Tische mit Decken und Tüchern aus Plüsch behängt, und überall stand grün-blaues und rotes venezianisches Glas herum. Jelena Donskoy verbreitete sich endlos und voller Begeisterung über die deutsche Geigerin Anne-Sophie Mutter und über »ihren Freund« Jehudi Menuhin.

Tom wollte Alice nach dem Unterricht unbedingt abholen – unter dem Vorwand, es sei gefährlich, nach Einbruch der Dunkelheit durch die Frognal und Canfield Gardens zu gehen. Alice fügte sich. Es war nur einmal in der Woche, und wenn sie ihm in diesem Punkt nachgab, konnte sie sich um so energischer verbitten, daß er sie nach Feierabend bei Angell, Scherrer und Christianson abfing.

Brian Elphick ging jeden Samstag mit den Kindern aus und fragte sie immer, was sie sich ansehen wollten.

»Das Verkehrsmuseum in Covent Garden«, sagte Jasper wie aus der Pistole geschossen.

Brian war hocherfreut. Er hatte sich schon damit abgefunden, mit den beiden auf einen Rummelplatz zu gehen, und nahm diesen Wunsch als Zeichen dafür, daß Jasper sich nun allmählich auch für andere Dinge zu interessieren begann als für Gespenster, Comic-Hefte und Junk Food. Im Zug nach Baker Street einigten sie sich auf einen Besuch im Verkehrsmuseum und eine Bootsfahrt, danach wollten sie in irgendeinem McDonald's essen und in ein Kino gehen, wo es in einer Doppelvorstellung zwei von Bienvidas Lieblingsfilmen gab, *Dumbo* und *The Belstone Fox*.

Im Museum sah Brian zu, wie Jasper alte U-Bahn-Wagen inspizierte – unter besonderer Berücksichtigung der Dachkonstruktion –, ernst und gesammelt wie ein ausländischer Eisenbahningenieur auf einer Studienreise.

Eingedenk ihrer selbstgestellten Aufgabe, aus allem das Beste zu machen oder den Eindruck zu vermitteln, daß dies die beste aller Welten sei, sagte Bienvida: »Daniel ist Koch in einem Restaurant. Er kocht richtig gute Sachen für uns. Hast du das gewußt?«

»Ist er verheiratet?«

»Ach wo«, sagte Bienvida, die keinen Schimmer hatte. »Er heiratet Tina bestimmt, und dann zieht er mit uns allen in eins von den neuen Häusern in Mill Hill.«

Ohne Alice war das Musizieren in der U-Bahn lange nicht mehr so reizvoll und brachte fast gar nichts mehr. Tom wußte – auch wenn Alice das nicht gern hörte –, daß viele Passanten in den Tunnels und am Fuß der Fahrtreppen nur deshalb eine Münze in den Hut warfen, weil Alice so hübsch anzusehen war.

Peter kam noch immer mit, aber nicht täglich. Nach der Nachtschicht im Hospiz hatte er nicht immer Lust, vormittags im Untergrund zu spielen. Außerdem fühlte er sich nicht recht wohl, er hatte Ausschlag im Gesicht und am Hals und war stark abgemagert. Jay war so schüchtern, daß mit ihm nicht viel anzufangen war, und er war nicht gern mit Tom allein. Mac war, wie früher oder später alle anderen, spurlos verschwunden.

Als Tom zum erstenmal allein mit seiner Flöte in den Untergrund ging, war er ziemlich befangen. Er fühlte sich verletzlich und wie ein Fisch auf dem Trockenen. Es war später Nachmittag, kurz vor der Rush-hour. Er stellte sich in einem der Gänge von Oxford Street auf, in einer Kurve, und legte seine Jacke hinter sich auf den Boden, als stecke er einen Claim ab, der ihm das Recht auf dieses winzige Stückchen U-Bahn sicherte. Anstelle eines Hutes, anstelle des geknoteten Tuchs, das sich als riskant und enttäuschend erwiesen hatte, stellte er das aufgeklappte Flötenetui vor sich hin. Hab dich nicht so, sagte er sich, schließlich hast du das oft genug in der Gruppe gemacht. Er setzte die Flöte an die Lippen und begann zu spielen.

Erst spielte er die hübsche kleine Weise aus der *Zauberflöte,* mit der Tamino die wilden Tiere aus dem Wald herbeilockt. Auch er versuchte ja, Bestien aus einem

Dschungel anzulocken, die Massen hier in dieser Unterwelt, auf deren Gesichtern häufig etwas Bestialisches lag, ein Zug von Irrsinn oder tiefem Elend. Andere wieder wirkten fröhlich und ausgeglichen. Er versuchte sie anzulocken, damit sie wenigstens eine winzige Kleinigkeit für seine Musik gaben.

Jemand warf ihm eine Zwei-Pence-Münze hin, ein anderer eine fünf-Pence-Münze. Tom spielte die Solopassagen aus einem Flötenkonzert von Mozart, aber bald verdarb ihm die Konkurrenz das Geschäft, eine Drei-Mann-Band mit elektronisch verstärkten Instrumenten, unter anderem einem heiseren Saxophon, die sich offenbar nur fünfzig Meter weiter aufgestellt hatte.

Dort, wo der Gang im rechten Winkel abknickte, wenige Meter von Tom entfernt, war eine Doppeltür in die Mauer eingelassen. Überall im Tunnel hingen bunte Plakate, aber diese Tür war in einem langweilig stumpfen Grau gestrichen. Als Tom eine Auswahl englischer Volkslieder zu spielen begann, ein Arrangement von Alice, öffnete sich die Tür. Sie öffnete sich nach innen, und Toms Blick erfaßte eine dunkle Höhle, eine schwarze Gruft, deren Boden sich nach unten zu senken schien, und dann kam ein Uniformierter heraus und schloß rasch hinter sich ab.

Tom hatte sich noch nie überlegt, daß das, was er von der U-Bahn zu sehen bekam, vielleicht gar nicht alles war, daß es da geheime, verborgene Verzweigungen geben mochte. Es war eine aufregende Vorstellung, die kindliche Phantasien weckte. Der Uniformierte, der aus dem geheimen Gewölbe gekommen war, sah Tom, warf ihm einen bösen Blick zu und ging rasch weg.

Nicht mehr als fünf Minuten waren vergangen, in denen er noch einmal die kleine Melodie spielte, die Mozart für Tamino geschrieben hat, und dann Alices Arrangement von Papagenos Vogelfängerlied, als zwei Bahnpolizisten auftauchten. Zuerst waren sie ganz freundlich, sie fragten ihn nur, was er hier mache und ob er nicht wüßte, daß das Musizieren in der U-Bahn gegen die Bestimmungen von London Transport verstieße. Tom merkte erschrocken, wie schnell er die Fassung verlor. Die Polizei hatte sein Publikum vertrieben, die Passanten, die endlich, angetan von den leichten, melodischen Weisen, großzügigere Spenden in das Flötenetui geworfen hatten. Das Schlimmste aber war, daß die Rockband um die Ecke ungehindert weiterspielen durfte.

Einer der Polizisten bat Tom um seinen Namen und seine Adresse.

»Geht Sie gar nichts an.«

»Es ist doch nichts dabei, wenn Sie mir Ihren Namen nennen, Sir.«

Für die Anrede *Sir* war Tom lange nicht so empfänglich wie Jarvis. »Wolfgang Amadeus Mozart, Salzburg«, sagte er.

Er hatte sie unterschätzt. Sie nahmen ihn mit, durchsuchten ihn und ließen ihn nach einer Verwarnung wieder laufen.

Er hatte nicht mal ein Pfund eingenommen. Er steckte das Geld in die Tasche, verfluchte die Polizei und bedauerte nur, daß er sich nicht irgendwie rächen konnte. Er merkte, wie er Kopfschmerzen bekam. Sie hatten ihn gezwungen, mit ihnen den U-Bahn-Bereich zu verlassen.

Wenn er wieder nach unten wollte, mußte er eine neue Fahrkarte lösen. Er beschloß, mit dem Bus heimzufahren, und trat hinaus in die Sonne. Wie die meisten Leute, die am Oxford Circus durch die Schalterhalle gingen, schenkte auch Tom dem Beobachtungsraum mit den sechs Fernsehmonitoren keine Beachtung, obgleich er rundum verglast war, so daß jeder hineinsehen konnte.

Der Betriebsüberwachungsbeamte saß vor den Monitoren. Zwei waren auf die Central Line gerichtet – einer für den westlichen und einer für den östlichen Bahnsteig –, zwei auf die Bakerloo und zwei auf die Victoria Line. Dort fuhr gerade ein Zug nach Norden ab, auf den anderen Monitoren waren nur leere Schienenstränge zu sehen. Während sein Blick dem abfahrenden Zug folgte, bemerkte er gleichzeitig einen einfahrenden Zug der Central Line aus Tottenham Court Road. Er wandte sich dem Monitor für die Central Line Richtung Westen zu und sah, wie aus einem der Wagen ein Mann und ein Bär stiegen.

Er sah sie nicht zum erstenmal. Sie waren schon ein paarmal auf seinen Fernsehschirmen aufgetaucht, und einmal hatte er sie im Zugang zu einem der Bahnsteige der Victoria Line stehen und musizieren sehen. Der Bär hatte getanzt, und der Mann hatte ihn auf einer Mundharmonika begleitet. Der Überwachungsbeamte zeigte die beiden auf dem Fernsehschirm einem Mitarbeiter, der gerade den Beobachtungsraum betreten hatte.

»Im Urlaub in Griechenland hab ich mal einen Tanzbären gesehen. Das heißt, richtig getanzt hat er nicht, es war mehr so ein Gehopse.«

»Das da ist kein richtiger Bär«, sagte der Überwachungsbeamte.

»Die stellen ihnen dort heiße Bleche unter, damit sie richtig springen. So werden sie abgerichtet. Echte Tierquälerei. Wir würden das hier nicht machen.«

»Es ist ein Mann und kein Bär. Sehen Sie mal nach, ob die beiden auch keine Dummheiten machen.«

Der Mitarbeiter zog ab. Mann und Bär hatten sich nicht zum Mundharmonikaspielen und Tanzen aufgestellt, sondern gingen, wie der Monitor zeigte, zur Bakerloo hinüber. Der Überwachungsbeamte nahm an, daß sein Kollege sie vertrieben hatte, und sah zu, wie sie in einen Zug stiegen. Als ihm der Mann und der Bär zum erstenmal aufgefallen waren, waren ihr Benehmen und ihr Aussehen ihm bedrohlich vorgekommen. Aber sie waren wohl nur Musikanten, Bettelmusikanten. In seiner Jugend hatte man solche Leute Hippies genannt.

Drei Tage später, in der ruhigsten Zeit, am frühen Nachmittag, fuhr Jasper mit Damon und Kevin auf der Jubilee Line nach London. In Baker Street stiegen sie in die Bakerloo und in Embankment in die Circle Line um. In West Hampstead gab es keine automatischen Fahrgastsperren, sondern einen mit einem Bahnsteigschaffner besetzten Durchgang, und wenn der Mann dort gerade anderweitig beschäftigt oder mal kurz nicht da war, konnte man sich manchmal durchschummeln. Heute aber war er dagewesen und hatte sie mit Argusaugen beobachtet, hatte ihnen genau auf die Finger gesehen, als sie die Schalterhalle betraten, widerwillig ihr Geld in den Automaten steckten und die billigsten Karten zogen. Jasper war knapp bei Kasse. Mit Mühe und Not hatte er noch die Münzen für die 50-Pence-Fahrkarte zusammengekratzt, und jetzt war er so gut wie pleite. Brians Taschengeld vom Sonntag war ausgegeben, und von den fünf Pfund, die Daniel Korn ihm am Montag abend in die Hand gedrückt hatte, damit er ihm und Tina nicht in die Quere kam, war gerade noch genug für diese Fahrt übriggeblieben. Wenn man sich, statt zur Schule zu gehen, den ganzen Tag in London herumtreibt, reicht das Geld nicht weit.

Bisher hatte er noch nie Geld, sondern immer nur Sachen geklaut, aber so ganz abwegig fand er den Gedanken nicht. Die Frau ihm gegenüber, die in Regent Street eingestiegen war, hatte ihre Handtasche auf den Sitz neben sich gelegt. Jasper warf begehrliche Blicke auf die Tasche und merkte, daß es Kevin genauso ging. Aber sie waren mit der Frau nicht allein, am anderen Ende saßen noch zwei Männer. Wenn sie zugriffen, würde sofort jemand den orangefarbenen Alarmknopf drücken.

In der Central Line wurde Jasper unruhig. Neulich hatte er seine Großmutter zu Tina sagen hören – mit Bezug auf irgendeine gefährliche Unternehmung, mit der sie ihn (irrigerweise) befaßt glaubte: »In diesem Alter kennen sie keine Angst.«

Jasper hatte nichts gesagt, aber insgeheim war er anderer Meinung. Er hatte oft Angst, manchmal mehr, als ihm lieb war. Um wieviel größer diese Angst sein mochte, wenn er mal erwachsen war, wußte er natürlich nicht. Auch jetzt hatte er Angst. Aber das half nun alles nichts, er hatte sich festgelegt, jetzt mußte er durch.

Chris hatte die Strecke zwischen Gloucester Road und High Street Kensington gemacht. Jasper hatte sich vorgenommen, den nächsten Abschnitt zu machen, von High Street Kensington nach Notting Hill und weiter nach Bayswater. Keiner – vielleicht mit Ausnahme von Dean Miller – hatte bisher mehr als eine Station gemacht.

Durch emsiges Üben hatte Jasper seinen Halt auf dem Wagendach verbessert, aber das Festhalten war aus seiner Sicht nach wie vor das Hauptproblem. Es war schlimm, wie glatt sie die Wagendächer gemacht hatten, glatt und rutschig. Wie mit Absicht. Bestimmt sogar mit Absicht, dachte Jasper. Er trauerte dem früheren Wagentyp nach, den er im Verkehrsmuseum gesehen hatte und der jetzt auf die Isle of Wight verbannt war und dort für British Rail lief. Die alten Wagen hatten auf dem Dach alle möglichen Handgriffe und Fußstützen, Kanten und Flansche und überstehende Sachen zum Festhalten gehabt.

In South Kensington stiegen viele Leute aus, der Zug hielt dort eine Weile, aber niemand stieg zu. Damon wollte sich auf dem Bahnsteig gern einen Schokoriegel ziehen, hatte aber Angst, der Zug könne ohne ihn abfahren. Natürlich hätte er, bis sich der Zug dann endlich in Bewegung setzte, Schokolade für die ganze Runde kaufen, einmal zur Straße hochgehen und wieder zurückkommen können.

Jasper gab es einen regelrechten Ruck, als ein Bahnbeamter, vielleicht ein Zugführer, durch die Endtür den Wagen betrat. Er betrachtete diese Türen schon fast als ihren Privatbesitz. Der Mann sah sie scharf an und machte ein böses Gesicht, als er an ihnen vorbeikam. Jasper hatte schon gemerkt, daß Erwachsene, vornehmlich männliche

Erwachsene, Jungen in seinem Alter – besonders in der Gruppe – immer mit diesem speziellen Blick bedachten. Abwertend, böse, drohend. Wie alt muß man wohl werden, bis einem das nicht mehr passiert? Bestimmt ganz schön alt. Wenn man über zehn wäre, würde es wahrscheinlich noch schlimmer.

Als der Mann weg war, sagte Kevin: »Wenn man sich vorstellt, daß du grad aufs Dach gestiegen wärst, als er gekommen ist...«

»Bin ich aber nicht, deshalb kannst du's dir auch nicht vorstellen.«

»Kann ich wohl.«

»Kannst du nicht.«

»Wohl.«

»Jetzt halt endlich die Klappe«, sagte Jasper. »Auf der nächsten Station geh ich aufs Dach. Kommt jemand mit?«

Damon wollte nicht. Es war Damon gewesen, der beim letzten Mal Schiß gekriegt hatte und wieder nach unten gekommen war. Jasper sah ihn an und erkannte die Angst in seinem Blick. Er würde nichts sagen, das Motzen würde er Kevin überlassen, aber komisch war es schon, daß ein unerschrockener Fälscher wie Damon keine Hemmungen hatte, mit dem Namen seiner Tante einen Scheck zu unterschreiben, sich aber nicht traute, auf dem Dach eines U-Bahn-Wagens zu fahren.

Jasper wiederholte seine Frage, aber eigentlich nur aus Höflichkeit. Er legte keinen Wert auf Gesellschaft dort oben und war froh, als Kevin sagte, nein, diesmal nicht, sie würden ihm das Feld überlassen. Der Zug fuhr in

High Street Kensington ein, Jasper machte die Endtür auf und kletterte aufs Dach.

Er blickte auf die Köpfe der einsteigenden Fahrgäste hinunter. Keiner schaute hoch. Er legte sich lang, rückte sich zurecht und streckte sich aus, klammerte sich mit den Fingern an die Kanten der flachen Einbuchtungen über den Doppeltüren. Über dem Bahnhof spannte sich ein weißlich-wolkiger Himmel, nebenan erhob sich ein großer roter Backsteinbau. Vor Jasper lag die Tunneleinfahrt, sie schien ziemlich hoch zu sein, er hatte den Eindruck, daß zwischen ihm und der Tunneldecke mindestens ein Meter Platz war.

Trotzdem wartete er ungeduldig auf die Abfahrt des Zuges. Immer mehr Leute strömten auf den Doppelbahnsteig der ziemlich großen, verzweigten Station, aber in ihren Zug stieg keiner mehr ein. Alle warteten auf die District Line nach Wimbledon und auf die Circle Line in Richtung Osten. Jasper hatte ein trockenes Gefühl in der Kehle, ein leichtes Ziehen im Bauch wie beginnende Übelkeit. Das würde sich legen, wenn er erst im Tunnel war. Als die Türen sich schlossen, spürte er die Schwingungen als eine Art Kribbeln im ganzen Körper. Der Zug fuhr sanft an und rollte durch die Tunnelöffnung, der Dunkelheit entgegen.

Es wurde sehr schnell dunkel, als der Wagen, auf dem er lag, im Tunnel verschwunden war. Ein scharfer Geruch nach Öl und nach Gas stieg ihm in die Nase. Er drehte den Kopf erst nach rechts, dann nach links, konnte aber nichts erkennen. Die Wagenbeleuchtung reichte nicht bis in diese Höhe, Mauerwerk und Kabel, die man durch die Wagenfenster erkennen konnte, waren hier draußen in der Dunkelheit unsichtbar. Es war eine gerade Strecke und das Festhalten deshalb nicht allzu problematisch.

Scheußlich, diese Dunkelheit. Mit einer so tiefen, konzentrierten, *pelzigen* Schwärze hatte Jasper nicht gerechnet. Sie schien ihm weniger eine Abwesenheit von Licht zu sein (wie er mal einen Lehrer hatte sagen hören) als etwas Kompaktes, eine Stoffbahn etwa, die auf ihm lag und ihn einhüllte. Eine schmutzige, stinkende Decke aus Dunkelheit wickelte ihn in ihre dicken Falten. Er hätte am liebsten den Kopf gehoben, um nachzusehen, ob irgendwo Licht war, aber er fürchtete die Tunneldecke, die hier vielleicht nicht so hoch war, vielleicht tiefer herunterreichte. An Überhänge mochte er gar nicht denken, an Sachen, wie man sie in Höhlen hat, diese Stalagmiten oder Stalaktiten, Stangen oder eiserne Speichen. Nein ... denk nicht dran ...

Dann schimmerte Licht vor ihm auf, brach in wundervoller, unfaßbarer Helle über ihn herein: Der Zug fuhr unter einem Lüftungsschacht durch. Doch diese kurze, strahlende Unterbrechung dauerte nicht lange, dann verschluckte wieder ein dunkles Maul die aneinandergekoppelten Wagen. Von Dean wußte Jasper, daß auf dieser Strecke noch ein zweiter, viel größerer Schacht war. Von ferne sah man schon den matten Lichtschimmer. Der Zug raste ins Licht hinein, in einen langen, wie ein Garten bepflanzten Schacht, in den von hoch oben der grellweiße Himmel leuchtete. Noch ein Stück Tunnel, nur kurz, dann bremste der Zug rüttelnd, Jasper spürte am Zittern in den Beinen, wie die Geschwindigkeit zurückgenommen wurde.

Notting Hill Gate.

Gelbe Backsteinbögen rechts und links, wie Brückenpfeiler. Treppen, die von den Bahnsteigen nach oben führten. Für Rolltreppen war der Bahnhof zu nah an der Erdoberfläche. Während sie auf dem Bahnhof standen, wandte Jasper den Kopf und sah zurück. Im Tunnel hatte er zwar manchmal das Gefühl gehabt, daß die Decke stellenweise erschreckend nah war, aber die Tunnelausfahrt, ein roter Backsteinbogen, sah von dort, wo er lag, ziemlich hoch aus. Eine Welle des Triumphs überlief ihn. Es war kinderleicht gewesen. Toll war es gewesen. Er würde weiterfahren, bis Bayswater oder sogar bis Paddington. Danach würde er sich überlegen, ob er die lange Strecke von Baker Street nach Finchley machen sollte, wo die Züge der Metropolitan Line durch die Geisterbahnhöfe donnern.

Die Türen schlossen sich, bebend setzte sich der Zug in Bewegung. Jasper krallte die Fingerspitzen in die flachen, gerundeten Flansche über der Tür. Er spürte, wie der Wagen beim Beschleunigen leicht ins Schaukeln geriet, und hob den Kopf, um einen kurzen Blick auf die Tunneleinfahrt zu werfen.

Es war kein Backsteinbogen wie der, den sie vorhin durchfahren hatten, sondern ein Stahlträger. Kein gerundetes Tor, kein Bogen, sondern ein metallener Überhang, der an den Dächern der ersten Wagen entlangzuschrammen schien, die darunter verschwanden. Da hing er, ein Vorhang aus grün gestrichenem Stahl, eine halb gesenkte Guillotine, eine mörderische Schranke, bereit, alles abzustreifen, was über das Wagendach hinausragte – auch einen Kopf. Und es war nicht nur der eine. Alles in allem lauerten da hinten fünf oder sechs grüne Metallfallen.

Jaspers Augen wurden starr. Der erste Überhang war noch weit weg, aber er kam näher, immer schneller, je mehr Tempo der Zug vorlegte. Er reißt mir den Kopf ab, dachte Jasper. Er war wie gelähmt, am Wagendach festgeklebt, starr und steif, den Rücken gewölbt, den Kopf erhoben, keine Hände, taube Hände. Die grüne Metallwand wartete, sie würde sich nicht plötzlich heben, würde nicht nachgeben und Platz machen oder zur Seite gleiten wie die Türen im Supermarkt. Sie war nicht aus dem schwammig-grünen Zeug, in das seine Großmutter Blumen steckte, sondern aus steinhartem Eisen und würde ihn vom Dach fegen und gegen die Backsteinwände schleudern, ihn an den Plakattafeln plattdrücken, in der Luft zerreißen. Zuerst aber würde ein Schlag wie mit dem Hammer kommen, einem Hammer mit einem sechs Meter langem Kopf.

Die Angst elektrisierte ihn, er zog die Beine an, er kauerte auf allen vieren, zitternd wie ein Läufer am Start. Er stieß einen Schrei aus und setzte zum Sprung an, rutschte, und dann sprang er in ein Gewimmel erhobener Gesichter, kreisrund geöffneter Münder hinein.

Und fiel, ohne sich den Schädel zu zerschmettern oder die Beine zu brechen, ohne auf andere Fahrgäste oder auf den Bahnsteig zu stürzen, direkt in die zottigen Arme eines Bären. Der Wagen, auf dem er gerodelt war, verschwand unter der grünen Guillotine.

12

Später sagte Jasper zu Bienvida, daß er geglaubt hatte, er sei gestorben und der Bär sei eins dieser Wesen, die dort herumliefen, wo man hinkam, wenn man tot war. Er hatte ihr manchmal Geschichten vom Leben nach dem Tod erzählt und von einem Jenseits, das von Bären und Wölfen und Flugsauriern bevölkert war.

In diesem Moment aber dachte er eigentlich gar nichts. Er war ganz Gefühl: Angst, Erleichterung und wieder Angst. Seine erste Empfindung in den Armen des Bären war Angst gewesen, die auch nicht verflog, als er das grinsende Menschengesicht unter dem Bärenkopf gesehen hatte. Der Bär setzte ihn ab, und instinktiv versuchte Jasper die Treppe hochzurennen, die nach Notting Hill Gate führte. Er fürchtete das Einschreiten der Obrigkeit in Gestalt irgendeines Menschen in Uniform, der ihn aufgreifen würde. Ein Laufbursche aus viktorianischer Zeit, bei dem Versuch ertappt, sich in das falsche Haus in Leinster Gardens einzuschleichen, hätte gefürchtet, an den Ohren gepackt zu werden. Jasper sah sich bereits bei den Schultern gefaßt und im Laufschritt vorangetrieben – in irgendein Büro, auf eine Polizeiwache, vor ein Gericht.

Doch es war kein Uniformierter, der nach ihm griff, sondern ein ganz gewöhnlicher Mann aus dem Volk. So schien es jedenfalls. Der Mann, der neben dem Bär gestanden und in dem Moment, als der Bär Jasper auffing, etwas zu ihm gesagt hatte, packte ihn fest am Arm. Jasper zappelte. Der Mann ließ ihn nicht los. »Ich habe mit dir zu reden«, sagte er.

Diese Worte kamen Jasper vertraut vor. Eine bestimmte Sorte von Erwachsenen sagte so was. Es war ihm nicht entgangen, daß Erwachsene, wenn sie etwas falsch gemacht haben, bei ihren Vorwürfen untereinander wohl eine gewisse Zurückhaltung üben, bei Verfehlungen von Kindern aber in dieser Hinsicht keinerlei Hemmungen haben. Nicht nur Eltern oder Lehrer fühlen sich aufgerufen, der fehlgeleiteten Jugend gründlich die Meinung zu sagen. Etwas in der Art erwartete er auch von diesem hochgewachsenen Mann mit dem scharfen Blick und dem Bart und dem im Nacken zusammengebundenen Haar. Er würde Jasper fragen, ob er sich denn habe umbringen wollen, ob ihm nicht klar sei, wie gefährlich diese U-Bahn-Rodelei war, und dann würde er ihn einem Bahnhofsbediensteten übergeben oder einem dieser besonderen Polizisten, die sie für die U-Bahn hatten. Jasper fing wieder an zu zappeln und versuchte, sich mit einer raschen Drehung zu befreien.

»Lassen Sie mich los!«

Eine Frau aus der Menge der Fahrgäste, die rasch das Interesse verloren, nachdem er weder tot noch verletzt noch einem fürchterlichen Strafgericht zugeführt worden war, sagte: »Dem gehört mal richtig die Jacke voll.«

Hinter ihr erhob sich beistimmendes Gemurmel, und eine andere Stimme meinte, man frage sich wirklich, wohin das noch führen solle. Der Mann sagte zu Jasper: »Du könntest dich wenigstens bei Meister Petz bedanken.«

Irgendwo wurde gelacht. »Okay. Danke. Kann ich jetzt gehen, bitte?«

Der Mann ließ ihn nicht los. An einem Finger hatte er einen Ring, der in Jaspers Oberarm schnitt. Sie standen alle drei da, als warteten sie auf den nächsten Zug. Die Menge strömte zum Ausgang, und ein neuer Schub kam auf den Bahnsteig.

»Ich will mit dir reden, habe ich gesagt.«

»Sie tun mir weh!«

»Kann sein. Aber wenn ich dich loslasse, läufst du weg, und ich möchte mich mit dir unterhalten. Ich will nicht wegen dieser Sache, die du angestellt hast, mit dir schimpfen – falls du davor Angst hast.«

»Ich hab keine Angst«, wehrte sich Jasper. »Ich will bloß nicht, daß die Polizei kommt.«

»Ich auch nicht«, sagte der große Mann und lächelte plötzlich. »Daran habe ich nicht das mindeste Interesse. Offenbar haben wir die gleichen Ansichten, haben die gleiche Weltanschauung.«

»Drei vom gleichen Schlag«, sagte der Bär.

Ein Zug fuhr ein, leerte sich, füllte sich wieder. Der große Mann forderte Jasper auf, genau hinzusehen, wenn der Zug unter dem grünen Träger durchfuhr.

»Du hättest es geschafft«, sagte er. »Dir wäre nichts passiert. Es sieht nur so niedrig aus. Du hättest über einen halben Meter Platz gehabt.«

Jaspers Selbstbewußtsein kehrte zurück. Er sah dem abfahrenden Zug nach, war aber nicht ganz überzeugt. »Sie waren ja nicht drauf. Woher wollen Sie das wissen?«

Jetzt lachte der Große. »Komm schon«, sagte er.

Der harte Griff lockerte sich, als sie auf der Rolltreppe standen. Oben ließ die Hand ganz los. Jasper hatte plötzlich gar keine Lust mehr wegzulaufen. Als Kind einer Welt, die Kinder mißbraucht, war ihm durchaus klar, was andere Leute denken, wenn sie sehen, wie ein Mann Hand an einen Jungen seines Alters legt. Auch dem Mann war das natürlich klar, und deshalb hatte er ihn losgelassen. Schon war Jasper wieder obenauf. Ziemlich breitspurig betrat er mit den anderen beiden die Schalterhalle. In dem Durchgang, wo die Treppe zur Nordseite der Notting Hill Gate führt, da, wo immer die Bettler sitzen, ging der Bär aufs Klo und kam als Mann wieder heraus, mit einem Schal, der ihm bis zum Kinn reichte, einem tief ins Gesicht gezogenen Hut und einer Plastiktüte voller Bärenfell.

Sie gingen mit Jasper ins Pizza-Haus. An Essen hatte er überhaupt nicht mehr gedacht, aber jetzt merkte er, daß er einen Mordshunger hatte. Der Bär, der kein Bär mehr war, stellte sich in die Schlange an der Selbstbedienungstheke, und Jasper und der Große setzten sich an einen Ecktisch. Jasper fand es im Vergleich zu draußen hier sehr warm. Er zog seine Jacke aus und legte sie auf den Sitz neben sich. Der große Mann hatte einen schwarzen Bart und ein schwarzes Schnurrbärtchen und dazwischen schmale rote Lippen. Der Ring an seinem Finger war aus zweierlei gelbem Metall. Er trug schwarze Jeans und ein T-Shirt mit schwarzgelben Wespenstreifen und darüber einen offenen Mantel, der fast bis zum Boden reichte.

Sie warteten auf ihr Essen, und der Mann sagte: »Ich heiße Axel Jonas. Und du?«

»Jasper.« Er machte eine kleine Pause, ehe er seinen

Nachnamen nannte, weil er nie so recht wußte, welchen er nehmen sollte. Eigentlich hieß er ja Elphick, aber neuerdings nannten die Leute ihn auch Darne, weil das der Name war, den seine Mutter benutzte. Jasper mußte plötzlich an Brian im Verkehrsmuseum denken, an das Taschengeld und wie nett er immer war, und sagte: »Jasper Elphick.«

»Du kannst Axel zu mir sagen. Der Bär heißt Ivan. Er hat auch einen Nachnamen, aber aus bestimmten Gründen behält er den für sich.«

»Warum verkleidet er sich als Bär?«

»Weil es ihm Spaß macht«, sagte Axel. »Und mir auch.«

Jasper fand, daß seine Stimme sehr frostig klang, als er das sagte. Wie bei einem Verhör in einem Spionagefilm. Aber er hatte kein bißchen Angst. Das Pizza-Haus war halb voll, überall waren Leute, und es war heller Tag, ein sonniger, kalter, frischer Herbsttag. Wovor sollte er Angst haben?

Ivan kam schwer beladen zurück. Er trug noch immer Hut und Schal. Jasper sah einigermaßen überrascht, daß er für alle genau die gleichen Sachen gebracht hatte. Er konnte sich nicht erinnern, daß ihm so was schon mal passiert war, wenn er mit Erwachsenen gegessen hatte. Die wollten immer Bier oder Wein und Salate und Kaffee und ähnlich ungenießbares Zeug. Er und Ivan und Axel aßen Schinken-Champignon-Pizza und tranken eine Dose Pepsi-Cola dazu, und die Pizzen waren alle gleich groß.

Bisher hatte Ivan außer der Bemerkung, daß sie drei von einem Schlag waren, kein Wort gesagt. Zum Essen wikkelte er den Schal ab und schob den Hut zurück. Er war der häßlichste Mensch mit dem merkwürdigsten Aussehen, dem Jasper je begegnet war. Sein Gesicht war eigentlich gar kein richtiges Menschengesicht, es hatte nicht die normalen menschlichen Züge und Proportionen. Die kleinen Augen lagen sehr tief und standen weit auseinander. Die seltsame Nase war ganz gerade und verbreiterte sich an der Spitze unvermittelt zu einer Art Plattform. Das Stück zwischen Nase und Mund war ungefähr doppelt so lang wie bei anderen Leuten und hatte in der Mitte eine schmale, weiße, senkrechte Narbe, als ob zwischen Nase und Lippe ein Spalt gewesen war, den jemand sauber zusammengenäht hatte. Jasper hatte so was noch nie gesehen. Ein Gummiband hielt Axels schwarzes Haar im Nakken zusammen, aber Ivans Haar, das unter der Hutkrempe hervorsah, hing offen herunter, es war gelockt, braun und zottig und sah ein bißchen so aus wie das Bärenfell.

All diese Einzelheiten merkte Jasper sich genau, um die ganze Szene später Bienvida schildern zu können. Er war zu dem Schluß gekommen, daß die beiden ihm einen Vorschlag machen würden. Wenn sie nicht mit ihm schimpfen wollten, hatten sie bestimmt etwas mit ihm vor, und Jasper, ein Kind der Straße, wohlinformiert und ahnungslos zugleich, der schon so manchen Blick in sexuelle Abenteuer, Gewalttätigkeiten und aufregende Geschehnisse getan hatte, wußte alles und wußte nichts. Er nahm an, Axel und Ivan wollten ihn mit zu sich nach Hause nehmen, um irgendwas mit ihm zu machen. Etwas in der Art, wie er es Daniel Korn mit Tina hatte machen sehen. Oder um ihn ohne Sachen zu photographieren. Auch davon hatte Jasper schon gehört. Doch das Pizza-Haus war voller Leute, und er konnte gut rennen. Nur wollte er erst seine Pizza aufessen.

Axel ließ ihm Zeit. Er wartete, bis er die Hälfte von seiner Pizza gegessen hatte, und er und Ivan aßen jeder auch eine halbe Pizza, und dann fragte er: »Machst du das oft? Daß du auf dem Wagendach fährst?«

»Manchmal«, sagte Jasper vorsichtig.

»Und wo?«

»Was heißt wo?«

Axel antwortete nicht direkt. »Es gibt viele alte Bahnhöfe in der U-Bahn, nicht?« fragte er. »Bahnhöfe, die nicht mehr benutzt werden.«

»Geisterstationen«, sagte Jasper und machte sich über die zweite Hälfte seiner Pizza her.

»Nennt man sie so? Hast du sie gesehen?«

»Auf dem langen Stück zwischen Baker Street und Finchley Road sieht man welche. Auf der Metropolitan. Früher hatten sie mal Namen, aber die kenne ich nicht.«

»Aber du hast sie gesehen? Vom Wagendach aus?«

Das stimmte natürlich nicht. Man konnte diese düsteren, verlassenen Bahnsteige gut durchs Wagenfenster erkennen, aber das brauchte er ja Axel nicht auf die Nase zu binden.

»Ja«, sagte er knapp.

»So, und jetzt erzählst du mir mal, ob es möglich ist, irgendwie auf diese Bahnhöfe zu gelangen und von dort aus wieder auf die Straße zu kommen.«

Er redete wie ein Lehrer. Das war neu. Bisher hatte er geredet wie ein ganz gewöhnlicher Mensch, wie einer von Tinas Freunden, aber jetzt redete er wie Jaspers Klassenlehrer, dessen barsche, ablehnende Art mit daran schuld war, daß er so oft die Schule schwänzte.

»Weiß ich nicht«, sagte er.

»Okay. Bremst der Zug ab, wenn er an diesen Bahnhöfen vorbeifährt?«

»Er fährt ganz schnell bis Finchley Road durch, er rast nur so.« Jasper hatte keine Lust, sich seine erschwindelte Großtat madig machen zu lassen. »Wozu wollen Sie denn das wissen?«

Jasper begriff sogleich, daß er darauf keine Antwort bekommen würde. Axels Gesicht verschloß sich, wurde wie tot. Jasper fand diese Ausdruckslosigkeit, diesen starren Blick sehr unerfreulich und sah Ivan an, und Ivan sagte mit seiner komisch pfeifenden Stimme, sehr angestrengt, sehr scharf: »Er meint, wäre es möglich, von da aus auf die Straße zu klettern, durch einen Kanalschacht oder so?«

»Weiß ich nicht«, wiederholte Jasper.

»Oder könnte man auf einer dieser – wie hast du gesagt – auf einer dieser Geisterstationen aussteigen und mit einem anderen Zug weiterfahren?«

»Ich hab doch gesagt, daß sie nicht halten«, sagte Jasper.

Ihm wurde allmählich mulmig. Die Fernsehsendungen und Comics, aus denen er seine geistigen Anregungen bezog, boten gewisse Anhaltspunkte für sein weiteres Verhalten. Er konnte die Aussage verweigern, bis er eine zweite Pizza bekommen hatte. Oder sich auf andere Art bezahlen lassen. Bei diesem Gedanken wurde ihm die Kehle trocken, es verschlug ihm den Appetit, der Mut verließ ihn, und dann hatte er plötzlich eine Idee. Ja, so kam er vielleicht aus der Sache heraus.

Er brauchte nur einen Satz zu sagen. Er sagte ihn und beobachtete die beiden.

»Jarvis weiß es vielleicht.«

»Wer ist Jarvis?« fragte Axel scharf.

»Ein Mann«, sagte Jasper vorsichtig. Er wollte keine Pizza mehr, sein Hunger war weg. »Kann ich jetzt gehen?«

»Moment noch.«

Es war irgendwie beunruhigend, wie Axel plötzlich aus seiner Erstarrung erwachte. Sein Gesicht wurde wieder lebendig, und er lächelte. Seine Zähne waren weiß und sauber und ebenmäßig. Ich werde Bienvida von ihm erzählen, dachte Jasper, von dem schwarzen Bart und dem roten Mund und den weißen Zähnen und dem Haar, das mit einem Gummiband zum Pferdeschwanz gebunden ist. Gewiß, viele Männer hatten einen Pferdeschwanz, aber bei den meisten war er dürftig, oder sie hatten dafür eine Glatze. Axels Haare waren wie bei diesem Mann im Kostüm von 1700, den er mit Brian bei Madame Tussaud gesehen hatte, sie waren dicht, kohlrabenschwarz und glänzend. Jasper hätte es nicht überrascht, wenn die beiden Eckzähne von Axel spitz zugelaufen wären wie bei Dracula. Vielleicht würde er es Bienvida so erzählen.

»Wer ist Jarvis, Jasper?«

Jasper holte tief Luft. »Ich hab kein Geld für die Rückfahrt.«

»Kannst du nicht zu Fuß gehen?«

»Nicht nach West Hampstead.«

»Du wohnst also in West Hampstead«, sagte Axel. »Wohnt dieser Jarvis auch da?«

Jasper schwieg. Die Szene im Pizza-Haus war plötzlich zum Fernsehfilm geworden. Er begriff, wie dumm es von ihm gewesen war zu glauben, diese Männer hätten mit ihm das vor, was er so halb und halb Männer und Frauen miteinander hatte treiben sehen. Naiv war er gewesen, so hätte er es formuliert, wenn er dieses Wort gekannt hätte. Was hier lief, war eine kriminelle Sache, war etwas Großes und Schlimmes.

»Wer ist Jarvis? Wohnt er bei euch?«

»Kann sein«, sagte Jasper. Auch das hatte er aus dem Fernsehen.

»Der Freund deiner Mutter«, sagte Ivan ihm auf den Kopf zu. Jasper war empört über dieses eklatante Mißverständnis.

»Gar nicht wahr!«

»Schon gut. Warum glaubst du, daß Jarvis es weiß?«

»Weil er sich mit der U-Bahn auskennt. Er hat Bücher geschrieben.« Fieberhaft überlegend, fieberhaft taktierend, gab Jasper eine Information preis, die er für wertlos hielt, mit der er nur Zeit gewinnen wollte. »Er ist unser Vetter.«

»Ich möchte mit ihm reden. Wo wohnst du in West Hampstead?«

Aus Jaspers Plan, Auskünfte nur gegen Geld rauszurücken, war nichts geworden, er war ihm einfach zu gefährlich, obwohl er hier im Pizza-Haus von so vielen Menschen umgeben war. Er griff nach seiner Jacke, die hingefallen war und an der noch reichlich Schmutz vom Wagendach hing. Er zog sie an. Ihm sei kalt, sagte er. Axel Jonas beobachtete ihn scharf.

»Komische Art, dich erkenntlich zu zeigen«, sagte Ivan.

»Sie haben gesagt, daß ich nicht in Gefahr war«, trumpfte Jasper auf. »Sie haben gesagt, daß ich eine Menge Platz hatte, Sie haben mich gar nicht gerettet.«

Er setzte sich noch einmal hin, sah rasch von einem zum anderen, dann sprang er auf und rannte los. Wie der Blitz war er draußen auf der Straße, wand sich zwischen den Fußgängern auf dem Gehsteig hindurch, duckte sich unter Armen hinweg, raste, Ampeln und Verkehr mißachtend, über die Fahrbahn, die Treppe hinunter, vorbei an den schäbigen Bettlern und hinein in die Unterführung.

Sie würden ihm folgen. Aus irgendeinem Grund waren sie hinter Jarvis her, sie waren hinter dem her, was Jarvis wußte. Aber Jasper hatte einen guten Vorsprung und war ein geübter U-Bahn-Fahrer. Daß er kein Geld hatte, war zwar Pech, aber für einen wie ihn keine Tragödie. Er lief einfach unter der automatischen Fahrgastsperre durch, duckte sich an der Stelle, wo gesetzestreue Bürger ihre Fahrkarte einschieben, und quetschte sich durch die geschlossenen lederbezogenen Klappen.

Links oder rechts? Rechts war die Circle Line, mit der er gekommen war. Sie würden damit rechnen, daß er die wieder nahm. Zeitlich spielte es keine Rolle, ob er mit der Circle bis Baker Street und dann mit der Jubilee nach West Hampstead oder mit der Central nach Bond Street und dann mit der Jubilee fuhr, aber die beiden dachten bestimmt, daß er die Circle Line nahm. Er rannte die beiden Fahrtreppen hinunter, die in die Tiefen der Tube, zur Central Line, führten. Hier kam man schneller weg, die Zugfolge war dichter.

Wenn sie auf dem Bahnsteig auftauchten, war er geliefert. Er ging möglichst weit nach hinten, so daß eine Menge Leute, fünfzig vielleicht, zwischen ihm und dem Eingang waren. Er war kaum am Ende des Bahnsteigs angekommen, als ein Zug nach Liverpool Street einfuhr. Wenn sie vorn einstiegen und durch den Zug nach hinten gingen, konnte er nichts machen. Sollte er in Queensway aussteigen, sie auf eine falsche Fährte locken? Nein, wenn sie dort auch ausstiegen, war das ungünstig, im Bahnhof Queensway gab es keine Rolltreppen, nur Aufzüge. Und dann saß er mit den beiden im Aufzug fest.

Falls sie mitgefahren waren. Soweit er wußte, waren sie nicht mitgefahren. Er stieg mit aller gebotenen Vorsicht auf Bond Street aus und kam sich wie gebrandmarkt vor. Ein Kind ist gebrandmarkt, ein Kind ist nicht zu übersehen, ist unverkennbar, kann seine Jugend, seine Geschmeidigkeit, seine geringe Größe nicht verbergen. Jasper spürte sehr stark, wie klein er war, er kam sich vor wie ein Tier. Sein Herz klopfte schnell. Er konnte nicht normal gehen, er mußte rennen. Von der Rolltreppe her wehten ihm die starken Winde von Bond Street ins Gesicht.

Sie waren nicht hinter ihm her. Er wartete auf den von Green Park kommenden Zug der Jubilee Line. Vielleicht waren sie vor mir in Green Park, dachte er, vielleicht sitzen sie in dem Zug da und warten… Aber nein, das war unmöglich, war nicht machbar. Mit dem Taxi vielleicht, am Sonntagmorgen, aber nie und nimmer mit der Londoner U-Bahn, nicht, wenn man die Circle nach Gloucester Road und die Piccadilly nach Green Park nahm, und nur so ging es überhaupt.

Er betrat den Wagen mit der Umsicht eines altgedienten Spions, der einen Treff an einem Berliner Grenzübergang verabredet hat. In seiner Phantasie lief, gemischt aus realen und surrealen Elementen, ein Film ab, in dem der Flüchtling, endlich in Sicherheit, tief aufatmend in die wartende Limousine steigt, wo bereits seine beiden Widersacher sitzen und ihm breit lächelnd entgegensehen. Nur zwei Leute waren in seinem Wagen, ein schwarzer Mann und eine weiße Frau, beide wirkten müde und kaputt. Hinter Jasper drängte ein Menschenschwall herein. Okay, dachte Jasper, jetzt kann mir nichts mehr passieren. Was hätten sie mir auch tun können? Nichts. Gar nichts hätten sie mir tun können.

In West Hampstead überlegte er, ob er für den Nachhauseweg eine andere Strecke wählen sollte. Überhaupt war es reichlich früh zum Nachhausegehen, noch nicht mal drei. Er konnte durch die West Hampstead Mews gehen statt durch die Straße, in der die Cambridge School war, oder über die Brücke. Jasper fand es sehr wichtig, sie nicht zu Jarvis' Haus, zur Cambridge School, zu führen.

Aber sie waren ihm nicht auf den Fersen. Er stieg aus, auf diesem so gut einsehbaren Bahnsteig, und versteckte sich hinter einer freistehenden Anschlagtafel, an der ein Streckenplan und Kinoplakate hingen. Eine Menge Leute stiegen aus, nicht aber Axel Jonas und der nachnamenlose Ivan.

Vielleicht kamen sie ja mit dem nächsten Zug. Jasper ging die Treppe hinauf. Er hatte keine Fahrkarte und kein Geld, und die Sperre war besetzt. Vor der Sperre aber stand eine Schlange. Jasper reihte sich ein, zu seiner Erleichterung stellten sich noch eine ganze Menge Leute hinter ihn. Vielleicht, dachte er hoffnungsvoll, kriegt einer vor mir Streit mit dem Fahrkartenschaffner und lenkt ihn ab. Er hatte Glück – die Frau zwei Plätze vor ihm hatte eine abgelaufene Monatskarte vorgezeigt. Während der Mann an der Sperre die Karte umständlich prüfte, schob Jasper sich neben seinen Vordermann, duckte sich unter dem Arm der Frau hindurch und rannte los. »Du kommst sofort zurück!« tönte es lautstark hinter ihm.

Er tauchte im Laden des Inders unter. Der Wirbel würde im Umsehen vorbei sein, der Mann an der Sperre konnte seinen Posten nicht verlassen. Jasper besah sich ausführlich ein Regal mit Frühstücksflocken und ein Regal mit Katzenfutter. Er roch die Schokolade, die auf dem Ladentisch neben der Kasse lag, und das Wasser lief ihm im Mund zusammen. Der Inder beobachtete haßerfüllt und rachelüstern einen seiner übelsten Ladendiebe, den er noch nie hatte festnageln können.

Gemächlich verließ Jasper das Geschäft. Wieder kamen Leute aus dem Bahnhof, vielleicht war der nächste Zug aus Stanmore oder von Embankment gekommen. Axel Jonas und Ivan Ohnenamen waren nicht darunter. Wenn er sie nun verfehlt hatte? Wenn sie unbemerkt mit einem anderen Zug gekommen waren, während er sich im Laden des Inders herumgedrückt hatte? Jasper war so gut wie sicher, daß zwischendurch kein Zug in West Hampstead gehalten hatte. Doch vielleicht zum ersten Mal in seinem Leben hatte er dieses unbehagliche Gefühl, das uns ruhelos macht, obwohl wir zu neunundneunzig Prozent sicher sind, daß etwas unmöglich, gegen alle Vernunft, gegen die

Natur und jede Wahrscheinlichkeit ist: Wir finden keine Ruhe, weil das eine letzte Prozent ungeklärt ist.

Jasper bog in die Blackburn Road ein und ging über die Brücke. Von dort oben konnte er beide Bahnsteige sehr gut übersehen. Ein Zug aus Kilburn fuhr ein und fast gleichzeitig einer aus Finchley Road. Unter den aussteigenden Fahrgästen waren die beiden nicht, aber Jasper traute dem Frieden noch immer nicht ganz. Er ging über die Brücke und durch die Gasse mit der Backsteinmauer und näherte sich auf einem großen Umweg über die Priory Road und Compayne Gardens der Cambridge School.

Es war ihm weder bewußt noch unterbewußt klar, daß das Haus seiner Großmutter ihm eine Zuflucht war, und doch verhielt es sich so. Sein Körper wußte es, seine Instinkte wußten es, das Animalische in ihm wußte es, das uns in den Bau, ins Nest zieht. Bewußt sagte sich Jasper nur, daß er dort in Sicherheit wäre und was Schönes zu essen bekommen würde.

Bei dem Falknerkurs in Kent hatten sie ihm nicht gesagt, daß der Falke den ganzen Tag kreischen würde. Das Kreischen hörte auf, wenn Jed ihn fütterte. Nachts, wenn er mit den Safeguards unterwegs war, schwieg der Falke. Er schwieg auch, wenn er im Geschirr auf Jeds Faust saß und sie zur Heath gingen oder mit dem Zug aufs Land fuhren, bis hinter Barnet. Sobald er wieder auf dem Bock saß, ungeatzt, weil ein Falke flugunlustig und jagdfaul wird, wenn er zu gut im Futter steht, fing sofort das Lahnen, dieses durchdringende Bettelgeschrei der Greifvögel, wieder an.

Daß der Falke damit seine Mitbewohner stören könnte, befürchtete Jed nicht. Insgeheim war er der festen Überzeugung, daß sie Abälards Lahnen nicht so hörten wie er. Vor fünfzehn Jahren war er ein achtbarer Familienvater mit einer Frau und einem kleinen Kind gewesen. Es war ihm schrecklich, wenn die Kleine nachts schrie. Er hatte es nie fertiggebracht, sie schreien zu lassen, er hatte sie aufgenommen und herumgetragen und gefüttert, auch wenn er sich damit den Zorn seiner Frau zuzog. Das Schreien schnitt ihm ins Herz. Doch er wußte, daß es andere Leute, daß es alle anderen Leute – außer ihm und seiner Frau – überhaupt nicht rührte. In einer dieser unruhigen Nächte war seine Mutter bei ihnen gewesen. Sie hatte fest geschlafen und nichts gehört. Am nächsten Morgen war sie bester Laune und sehr überrascht gewesen, daß ihre Enkelin nicht friedlich durchgeschlafen hatte.

So war es bestimmt auch jetzt mit dem Falken. Die anderen hörten ihn nicht. Nur er. Wenn er um fünf von der Arbeit kam, wappnete er sich, sobald er sich dem Haus näherte, er betete darum, daß es still blieb, daß der Falke endlich begriffen, sich gefügt, resigniert hatte. Doch es blieb nie still. Schon von weitem hörte er das dünne Kreischen, wie das Pfeifen des Windes in der Luft. Und er dachte an seine Worte von damals, die in dieser Situation absurd waren, melodramatisch, ja eigentlich bedeutungslos: Es schneidet mir ins Herz.

Wie gierig Abälard kröpfte. Jed hatte immer den Eindruck, daß er den Falken Hungerqualen leiden ließ, daß er ihm das einzige nahm, was dem Vogel das Leben lebenswert machte. Kaum war er dann wieder im Haus, setzte das Kreischen erneut ein. Jed saß in seinem Zimmer, der Oberprima, in seiner übelriechenden Jacke, deren Taschen und Futter über und über mit Fleischsaft und Blut befleckt waren, in dem übelriechenden Zimmer ohne Kühlschrank, in dem die gelbschleimigen Eintagsküken in ihrer Schüssel faulten, und dachte, wie sehr er den Falken Abälard liebte. Er liebte sonst niemanden – nur noch Abälard. Und er ließ das Geschöpf, das er liebte, Hunger leiden und unterwarf es einer langsamen Folter.

Im Gartenschuppen lahnte der Falke durchdringend und ununterbrochen.

In der Übergangsklasse tippte Jarvis die letzte Zeile der ersten Hälfte seiner Geschichte der Londoner U-Bahn. Jetzt konnte er den Text liegenlassen und in einem Vierteljahr die Arbeit daran wieder aufnehmen. In zwei Wochen fuhr er nach Rußland – nicht gerade eine günstige Zeit für eine Rußlandreise, denn inzwischen war es Winter geworden. Doch Jarvis war zur Besichtigung von Metrosystemen im August in Washington und im Januar in Helsinki gewesen, und Schnee und niedrige Temperaturen konnten ihn nicht schrecken.

Besonders gespannt war er auf die Station Puschkinskaja in Moskau, wo tief unter der Erde Kronleuchter von der Decke hängen. Nur eins beunruhigte ihn etwas, und während er an seiner Schreibmaschine saß und ein vorbeifahrender Zug den Boden sacht erbeben ließ, zerbrach er sich den Kopf darüber, was er machen sollte, wenn er keine Genehmigung zur Besichtigung der neuen Untergrundbahn in Omsk bekam, denn die *mußte* er einfach sehen. Zur Zeit hatte er keinerlei Beweise dafür, daß in Omsk überhaupt eine Untergrundbahn gebaut wurde. Vielleicht war es ja nur ein Gerücht, sein Freund von Intourist hatte es weder abstreiten noch bestätigen können. Auf jeden Fall mußte er hin, alles andere würde sich dann schon finden.

Bienvida kam von der Schule und betrat durch die Hintertür das Haus. Abälard kreischte. Jed mußte da sein, sie roch den Rauch seiner Zigarette, und Jarvis hatte sie durchs Fenster am Schreibtisch sitzen sehen. Trotzdem fühlte sie sich allein, sie spürte, wie leer das Haus war, und wie wenig es dieses leere Haus kümmerte, ob sie da war oder nicht.

Bienvida zog ein Kleid an. In der Schule trugen alle Kinder Jeans oder Jogginganzüge. Im Rock bist du die Außenseiterin, hatte Tina gesagt, also trug auch Bienvida Jeans. Aber sie mochte Kleider, sie fühlte sich wohler darin. Das Grün-blau-karierte mit dem weißen Kragen, das sie jetzt anzog, war von Marks & Spencer, sie hatte es bei einem Einkaufsbummel mit ihrer Großmutter und Tante Daphne auf der Oxford Street geschenkt bekommen. Über das Kleid zog sie ihren Schulmantel, dann nahm sie eine rosa Schultertasche aus Kunststoff, die ihr Jasper zum Geburtstag geschenkt hatte – er hatte sie in einem Warenhaus im Einkaufszentrum Brent Cross mitgehen lassen –, und machte sich auf den Weg zu ihrer Großmutter.

Als sie dort ankam, sagte sie gleich nach der Begrüßung, Tina sei zu Hause beim Bügeln. Es war ein Märchen, das ihr auf dem Weg zur Villa Flieder eingefallen war, nachdem sie die Fassung »trinkt mit zwei Damen Tee« verworfen hatte, weil die für jedermann, der ihre Mutter kannte, denn doch zu unglaubhaft gewesen wäre. Sie freute sich, daß Jasper auch da war. Während Cecilia ihnen Sandwiches machte, fragte Jasper: »Soll ich dir erzählen, was mir heut passiert ist?«

»Okay, wenn du willst.«

»Es ist sehr gruselig.«

»Manchmal hab ich's ganz gern, wenn's gruselig ist.«

»Ich hab gedacht, daß ich sterbe«, sagte Jasper.

»Bist du aber nicht.«

Er erzählte ihr vom U-Bahn-Rodeln und von dem Bären, der sich als Mann entpuppt hatte, als Ivan-ohne-Nachnamen, und von Axel Jonas. Sie hatten beide die Verfilmung von *Das Phantom der Oper* gesehen, und Jasper sagte, so müsse das Gesicht des Phantoms ausgesehen haben, als es vor dem Mädchen die Maske abgenommen hatte: Wie das Gesicht von Ivan. Axel Jonas beschrieb er als einen Vampir mit diesen komischen Zähnen.

»Was ist ein Vampir?«

»So was wie Dracula.«

»Ist das der, der den Leuten seine Zähne in den Hals schlägt und ihr Blut ißt?«

»Genau«, sagte Jasper, »nur daß man Blut nicht ißt. Man trinkt es oder saugt es.«

Bienvida kreischte wie Abälard. Jasper, der sich von seinem Abenteuer völlig erholt hatte und ganz in seinem Element war, lachte laut los. Cecilia hörte die beiden bis in die Küche. Wie fröhlich sie sind, dachte sie, wie unbeschwert, eigentlich hat sich doch alles sehr schön gefügt, es ist gut so, wie es gekommen ist. Tina findet allmählich ihren Weg, sie ist eine brave Frau geworden und ist jetzt auch eine gute Mutter, alles wird sich zum Besten wenden.

Nach halb sieben, wenn die Sechsuhrnachrichten vorbei waren, würde sie Daphne anrufen und ihr von dem Besuch der Enkelkinder erzählen. Sie würde ihr – wenn sie es einflechten konnte, ohne daß es wie lächerliche Kleinkrämerei klang – von Tinas pflichtbewußter Bügelei erzählen. Und dann würde sie sich von der armen Daphne Bericht über Peters neueste Taten, seine neuesten »Dummheiten« erstatten lassen.

Die beiden Kinder waren in der Garderobe, als es an der Haustür klingelte. Tina war noch nicht zurück. Jasper und Bienvida hatten sich die Garderobe als ihr Reich eingerichtet, mit Bettzeug, Jaspers Radio – einem Mini-Ghettoblaster, den Brian ihm geschenkt hatte –, Tüten mit japanischen Reiscrackers, die sie beide nicht sehr gern aßen, die aber nun mal da waren, weil Jasper sie beim Inder geklaut hatte, mit Kerzen, Streichhölzern, Jaspers Zigaretten und einer halbvollen Flasche Lucozade, die Jed zum Müll gestellt hatte. Bienvida hatte die Flasche gerettet und Jasper zum Geschenk gemacht, weil ihr jemand in der Schule erzählt hatte, es sei Kokain drin.

»Nicht Kokain. *Koffein*«, sagte Jasper. »Sag das deiner Freundin, damit sie nicht noch mal denselben Fehler macht. Aber ich trinke es, ich hab den Geschmack ganz gern.«

Bienvida konnte fließend lesen, aber sie fand es schön, wenn Jasper ihr vorlas. Im Augenblick las er ein Buch, das er unter dem Bett seiner Mutter gefunden hatte, auf Daniel Korns Seite, *Graf Oxtiern* von Donatien Alphonse François, Marquis de Sade, weil er – im Hinblick auf das Titelbild verständlicherweise – von der falschen Annahme ausgegangen war, es handele sich um eine Abhandlung über Vampirismus.

Sie hörten die Türglocke und hörten, wie jemand öffnen ging, es mußte Alice sein. Was an der Tür oder im vorderen Teil des Vestibüls gesprochen wurde, konnte man in der Garderobe nicht hören. Jasper trank einen Schluck Lucozade und las weiter.

Der Besuch war ins Haus gekommen. Jasper hörte, wie Alice etwas sagte, wie sie von seiner Mutter sprach – der Name Tina fiel –, dann eine Männerstimme. Es war die Stimme von Axel Jonas. Jasper verstummte und machte schon wieder eine neue, sehr eigenartige Erfahrung. Er hatte den Eindruck, als seien seine Knochen zu Wasser geworden und seine Beine weggeschmolzen.

13

In der Schalterhalle des Bahnhofs Hammersmith wartete Tom auf sie. Er schlug ihr vor, eine Stunde zusammen zu spielen. Ihre Geige hatte er gleich mitgebracht und gab sie ihr, als sei das alles so verabredet. Daß Tom ihre Geige mitgebracht hatte, ärgerte Alice. Es war ein unerlaubter Übergriff, fand sie und stellte sich vor, wie er in ihr Zimmer gegangen, nach ihrer Geige gesucht, den Schrank aufgemacht, sie herausgenommen hatte. Wie er auf der Suche nach dem Geigenkasten ihre Sachen angefaßt und durcheinandergebracht hatte, wie er dann die Geige mitgenommen und auf den schmutzigen Boden der U-Bahn gestellt hatte, zu seiner und Peters Jacke und dem Flötenetui. Es ärgerte sie, wie selbstverständlich es für ihn war, daß sie bereitwillig wieder Straßenmusik machen würde.

»Warum willst du das denn unbedingt?« fragte sie. »Viel bringt es ja doch nicht. Wenn wir Glück haben, kommt gerade mal dein Fahrgeld für die Rückfahrt dabei heraus.«

»Früher hat es dir Spaß gemacht.«

»So möchte ich es nicht sagen. Ich hatte bloß nichts anderes zu tun.«

Sie gingen eine Weile auf und ab und stritten miteinander. Alice fand, daß Tom einen richtigen Job brauchte, aber das sagte sie nicht laut. Es wäre ihr nicht sehr angenehm, wenn jemand aus dem Büro sie hier unten Geige spielen sähe, sagte sie. Darüber mußte Tom lachen.

»Mein Gott, was bist du plötzlich bürgerlich geworden, mein Schatz.«

Alice haßte dieses »mein Schatz«, das ihr Vater gelegentlich benützte, wenn er mit ihrer Mutter sprach. Ein Wort, das Besitz anzeigt, Eigentumsrechte anmeldet, dachte sie, ausschließlich auf Ehefrauen oder designierte Ehefrauen gemünzt. Und altmodisch obendrein. Aber auch das sagte sie nicht laut. Und sie begriff, daß es viele Dinge gab, immer mehr Dinge, die sie nicht laut sagte, wenn sie mit Tom zusammen war. Zuerst hatte sie ihm alles gesagt. Sie gab dann doch nach und folgte ihm in die Unterführung. Ihren Geigenkasten als Sammelbehälter zu nehmen, empfand sie als Besudelung, als Entweihung, aber er nickte und lächelte ihr ermutigend zu, als sie ihn vor sich hinstellte, und deshalb ließ sie ihn dort stehen. Die Unterführung war dunkel und schmutzig, auf dem Boden waren Flecken und schmierige Stellen, die sie sich lieber nicht genauer ansah. Schon von weitem hörte man hier den dumpfen Hall von Schritten.

»Es ist ein guter Standplatz«, erklärte Tom. »Und ich sag dir auch, warum. Die Frauen haben Angst, hier durchzugehen. Wenn sie uns sehen, fühlen sie sich sicherer und haben mehr Selbstvertrauen, dann sind sie dankbar, und Dankbarkeit macht großzügig.«

Doch es kamen keine Frauen. Lange waren alle Passanten nur junge Männer, für die Alice und Tom Luft waren, nicht beachtenswerter als die Betonpfeiler, die bröckelnden Wände dieses dunklen Stollens. Nach langer Zeit fiel eine Münze in den Geigenkasten. Alice sah, daß es ein ausländisches Geldstück war, ein holländischer Gulden.

Sie hätte es nicht für möglich gehalten, daß man eine Hand erkennen kann, eine Männerhand ist schließlich so ziemlich wie die andere. Doch als zum zweitenmal an diesem Abend eine Hand Geld in den Kasten warf, meinte sie die Hand zu erkennen, die linke Hand eines Mannes mit einem Trauring.

Tom sang Lieder über die Liebe, eine Arie aus *Falstaff* und dann »Ein Mädchen oder Weibchen« aus der *Zauberflöte*. Sie sah auf, und der Bogen stockte mitten im Strich. Der Mann, der ihnen das Geld hineingeworfen hatte, entfernte sich. Er wandte ihr den Rücken, über den die Gurte eines Babytragegestells liefen. Es war Mike.

Alice war es, als habe ihr Herz aufgehört zu schlagen. Als es wieder begann, hatte sie in der Brust ein Gefühl wie Übelkeit. Er hatte sie nicht gesehen. Vielleicht hatte er das Geld in den Kasten geworfen, weil er immer etwas gab, wenn er an Musikanten vorbeikam. Was wußte sie denn schon von ihm? Sie hatte ihn nie gut gekannt, und das meiste, was sie von ihm wußte, hatte sie inzwischen vergessen.

Wo wollte er hin? Was machte er in Hammersmith? Verlangend sah sie ihm nach, während er weiterging und in der Unterführung verschwand. Noch nachträglich fiel ihr ein Stein vom Herzen, weil sie Catherine nicht gesehen hatte, doch der Erleichterung folgte sogleich die Sehnsucht nach ihrem Kind, der Drang, Mike nachzulaufen.

Tom hörte auf zu singen. »Was ist mit meiner Begleiterin?«

Ich muß es ihm sagen ... »Nichts.«

Mike war die Treppe hinaufgegangen und nicht mehr zu

sehen. Vielleicht hatte er Urlaub, besuchte Freunde, die er kennengelernt hatte, nachdem sie von ihm weggegangen war. »Ich möchte gehen«, sagte sie zu Tom.

»Wir sind doch erst zwanzig Minuten hier.«

»Es ist scheußlich hier. Niemand gibt uns was. Ich will nach Hause.«

Im Zug nahm er ihre Hand. »Irgendwas hat dich durcheinandergebracht. Was ist los, mein Schatz?«

»Ich will nicht mehr da unten spielen«, sagte sie. »Überhaupt nicht mehr in der U-Bahn. Es ist nicht gut für mich. Hinterher spiele ich immer schlechter.«

»Früher hast du mal gesagt, daß du dort in deinem Element bist.«

Er war beleidigt, und als sie heimkamen, trennten sie sich und gingen auf ihre Zimmer. Alice versuchte, den Gedanken an Mike zu verdrängen, indem sie an Brüssel dachte, an das Studium, das sie dort aufnehmen würde, sobald sie genug Geld hatte. Und dann dachte sie an Tom. Mit ihrem Geld würde er wieder an die Hochschule gehen, sein letztes Studienjahr machen können. Er würde hier sein und sie in Brüssel. Sie sah das Geld, das sie verdiente, als eine Möglichkeit, sich von Tom loszukaufen, ihn auszuzahlen. Es war wie eine Abfindung, ein goldener Händedruck der Liebe.

Als es an der Haustür läutete, wollte sie zuerst nicht hingehen. Sicher waren doch noch andere Leute im Haus, Jarvis vielleicht, natürlich Tom, und Tina und die Kinder. Allerdings hörte man in der Direktorswohnung die Haustürglocke nicht immer. Es läutete wieder, und Alice dachte, wie schon ein paarmal, wenn es geklingelt hatte: Es könnte Mike sein. Mike, der mich holen will. Ein flüchtiges Trugbild gaukelte ihr vor, er habe sie erkannt, als er an ihr vorbeigegangen war, und sei ihr hierher gefolgt.

Wünschte sie sich, daß er kam? Es kränkt mich, dachte sie, so unsinnig das sein mag, daß er mich nicht mehr haben will, auch wenn mir nichts mehr an ihm liegt. Nie war ein Brief von ihm gekommen, nie ein Anruf, nie eine Nachricht. Es war bitter, daß sie ihm offenbar ebenso gleichgültig war wie er ihr. Am meisten aber traf sie, daß er heute abend an ihr vorbeigegangen war und sie nicht erkannt hatte, weder ihr Spiel noch ihre Hände, ihren Körper oder ihren gesenkten Kopf.

Es läutete wieder.

Alice ging die Treppe hinunter. In der Haustür waren bunte Glasscheiben, durch die man Größe und Figur eines Besuchers erkennen konnte. Es war nicht Mike, soviel sah sie auf den ersten Blick. Ihre Enttäuschung war so heftig, daß sie das Gefühl hatte, ihr Herz sei aus seiner Verankerung gerutscht und abgestürzt. Wie konnte sie enttäuscht sein, weil nicht jener Mann vor ihr stand, den sie so leichten Herzens verlassen hatte?

Sie machte auf. Der Mann auf der Schwelle war groß und dünn und dunkelhaarig. Sein Gesicht war wie das der Mönche auf den Bildern von El Greco. Alice, die nichts von Malerei verstand, hatte einmal zu einer Kunststudentin gesagt, mit der sie befreundet war, alle jungen Männer auf El Grecos Bildern hätten das gleiche Gesicht. Die Freundin hatte dies wütend als Unsinn bezeichnet, als pure Ignoranz, aber für Alice sahen sie trotzdem alle gleich aus, schmal und blaß, mit dunklen Augen, dunklem Spitzbart, dunklem Haar und einem Ausdruck beherrschter Begehrlichkeit. So ein Gesicht und diesen Gesichtsausdruck hatte auch der Mann unter der Tür. Er sah sie einen Augenblick schweigend an, und sie erwiderte seinen Blick und hatte das Gefühl, als könne er jeden Augenblick etwas Schlimmes, Gewaltsames tun.

Statt dessen fragte er: »Ist Tina zu Hause?«

»Ich weiß nicht«, sagte Alice. »Ich schau mal nach.«

Sie ließ ihn stehen und lief durch den Gang zur Direktorswohnung. An der Wohnungstür waren weder Klingel noch Klopfer. Sie schlug mit der Faust an die Tür und wartete. Vielleicht, dachte sie, hat er das nur gesagt, um ins Haus zu kommen und etwas zu stehlen, und als sie zurückkam, weil Tina sich nicht meldete, stand er im Vestibül. Er hatte ihr den Rücken zugewandt und las die Liste der in die Holztafel geschnitzten Namen, die Liste der Ediths und Dorothys mit ihren jämmerlichen Abschlüssen.

Er wandte sich zu ihr um und fragte: »Sind Sie Lehrerin hier?«

Sie schüttelte den Kopf. »Es ist keine Schule mehr.« Eine leichte Unruhe ergriff sie jetzt, da er im Haus war. Er hatte die Haustür hinter sich zugezogen. »Tina ist nicht da. Kann ich ihr etwas ausrichten?«

Aus unerfindlichen Gründen mußte er darüber lächeln. »Sie können ihr das hier geben.«

Es schien ein Brief zu sein. Der Umschlag war nicht zugeklebt.

»Jarvis ist wohl auch nicht da?« fragte er und fügte hinzu: »Mein Name ist Axel Jonas.«

Sie atmete auf. Er war kein Eindringling, führte nichts

Böses im Schilde, er war ein Freund von Jarvis. Er kannte Tina. Daß die Cambridge School keine Schule mehr war, wußte er merkwürdigerweise nicht. Zu ihrer Verblüffung schien er ihre Gedanken gelesen zu haben. »Ich war noch nie hier.«

Alice nickte. »Sie können auf ihn warten, wenn Sie wollen, aber es kann spät werden.«

»Wo ist er?« Seine Stimme klang plötzlich lauter, schroffer.

»Da fragen Sie mich zuviel.«

»Sind Sie seine Freundin? Seine Frau?«

»Ich wohne nur hier im Haus«, sagte sie. »Ich habe ein Zimmer hier. Zwei oder drei Zimmer sind vermietet, und Tina und die Kinder haben die Wohnung.«

Wieder überraschte sie seine Intuition. Er sah auf die Tür mit der Aufschrift ÜBERGANGSKLASSE. »Kann ich dort auf Jarvis warten?«

»Ja, es ist sein Zimmer...« Warum sagte sie das? Er wußte es ja schon, Jarvis mußte es ihm gesagt haben. »Zu wem wollen Sie denn, zu Jarvis oder zu Tina?«

Er antwortete nicht. Er machte die Tür auf und trat ein. Alice ging zu Tinas Wohnung und schob den Umschlag unter der Tür durch. Sie war ein bißchen hilflos. Natürlich konnte sie Tom holen, konnte Tom fragen, was sie mit diesem Axel Jonas machen sollte, der so einfach hereingeschneit kam und jetzt hinter der geschlossenen Tür allein in Jarvis' Zimmer saß. Eine jähe Ungeduld hatte sie erfaßt. Nein, Tom konnte sie jetzt nicht gebrauchen, er würde sich nur aufspielen, würde sie »mein Schatz« nennen und so tun, als sei sie sein Eigentum.

Alice unternahm nichts. Was sollte sie tun, wenn sie die Tür aufmachte und Axel Jonas beim Stöbern in Jarvis' Schreibtisch oder beim Lesen seiner Unterlagen ertappte? Sie hätte nicht gewußt, wie sie sich verhalten sollte. Da war es am klügsten, gar nichts zu tun, sich ganz zu distanzieren. Alice ging in die Küche. Sie hatte kein Abendessen gehabt, zum letzten Mal hatte sie mittags etwas gegessen. Im Kühlschrank war nur etwas alter Käse und eine angebrochene Flasche bulgarischer Rotwein. Sie aß ein paar Bissen Käse mit Weißbrot. Das Haus war sehr still. Es wirkte wie ausgestorben.

Der Stille nachhorchend, die nun schon lange anhielt, geschlagene zehn Minuten lang, kam Jasper aus der Garderobe. Bienvida folgte ihm. Sie schlichen ins Vestibül. Dort war niemand, kein Phantom ohne Maske, kein Dracula. Die beiden Männer waren dagewesen, hatten den Jungen, den sie suchten, nicht gefunden und waren wieder weggegangen.

Das eigene Bett als sichere Zuflucht hatte in der letzten halben Stunde für Jasper beträchtlich an Attraktivität gewonnen. In der Garderobe hatte er ein Notprogramm entworfen. Wenn Axel Jonas Anstalten machte, das Haus nach ihm abzusuchen – und das schien sehr wahrscheinlich nach dem einzigen Satz, den sie klar und deutlich gehört hatten: »Wo ist er?« –, würde er sich mit Bienvida in den zweiten Stock schleichen und die Glocke läuten. Seinen Verfolger Axel Jonas auf den Fersen, würde er, Jasper, die Schulglocke läuten und ganz West Hampstead zu Hilfe rufen.

»Es wäre gescheiter, die Polizei anzurufen«, sagte Bienvida, was Jasper geflissentlich überhörte.

Er sah, daß sie fröstelte und den Tränen nah war. Sie sagte es noch einmal, als sie vor ihrer Wohnung standen.

»Wir könnten die Polizei anrufen, Jas.«

»Die Polizei ruf ich nicht an. Solang ich lebe, nicht«, verkündete Jasper kühn.

Bienvida holte leise schniefend ihren Schlüssel heraus. Auf dem Fußabstreifer lag ein Umschlag, den Jasper sofort erkannte. Der Brief, der darin steckte, war einer der von Damon gefälschten Entschuldigungszettel für Miss Finch, in dem stand, daß Jasper wegen Drüsenfieber leider dem Unterricht fernbleiben müsse. Er war ihm wohl in dem Pizza-Haus aus der Jacke gefallen. Axel Jonas war nur gekommen, um ihn zurückzubringen, aber nun kannte er Jaspers Adresse. Heute nacht würden sie die Glocke nicht zu läuten brauchen, aber sicherheitshalber würden sie sich in der Wohnung einschließen.

»Hör auf zu heulen«, sagte er. »Ist doch alles in Ordnung.«

»Ist es nicht.«

»Hör mal, wenn du Ruhe gibst, zeig ich dir was. Ich zeig dir meine Tätowierung.«

»Tätowierung? Hast du doch nicht.«

»Wollen wir wetten?«

Er zog Pullover und T-Shirt aus. Bienvida betrachtete ehrfurchtsvoll seinen Rücken. Sie streckte einen Finger aus.

»Ist ja toll. Darf ich den Löwen mal streicheln?«

»Du tickst wohl nicht richtig«, sagte Jasper. »Kommt

überhaupt nicht in Frage. Angucken, soviel du willst. Aber nicht anfassen. Und wehe, du tratschst rum, daß ich eine Tätowierung auf dem Rücken habe.«

Tom hatte sich eine Überraschung ausgedacht. Irgendwie mußte er sein schlechtes Benehmen bei Alice wiedergutmachen. Er war ganz zerknirscht. Nie hätte er sie in diesen schmierigen Durchgang mitnehmen dürfen, wo ihr sonstwas hätte passieren und er sie nicht hätte beschützen können. Kein Wunder, daß sie ihm böse war.

Seine Stimmungsumschwünge beunruhigten ihn, aber darüber wollte er jetzt nicht nachdenken. Es war kalt in seinem Zimmer, der elektrische Heizofen gab nicht genug Wärme, aber wozu hatte er schließlich einen Kamin? Er machte sich auf die Suche nach Kohlen.

Obwohl er so etwas hier noch nicht gesehen und ihm auch niemand davon erzählt hatte, war er davon überzeugt, daß ein derart großes, altes Haus einen Keller haben mußte. Wenn alte Leute wie seine Großmutter einen Keller hatten, lagerten sie Kohlen darin. Er ging hinunter in die Küche und zu den anderen Nebengelassen, den Putz- und Spülräumen, die in diesem Teil des Hauses waren, und machte eine Tür nach der anderen auf. Die vierte führte zu einer Treppe. Tom ging hinunter und knipste an dem Schalter, der tatsächlich funktionierte und eine trüb brennende Lampe einschaltete.

Früher war hier wohl wirklich ein Kohlenlager gewesen. Eine Ecke war mit niedrigen Holzwänden abgeteilt, und dahinter war alles voller Ruß und koksigem Gekrümel, aber Kohlen waren nicht mehr da, auch kein Holz.

Der Keller war leer und sah aus, als sei seit einer halben Ewigkeit niemand mehr drin gewesen. Auf das Kaminfeuer mußte er also verzichten. Dafür holte er Essen vom Chinesen, deckte den Tisch in der Quarta und machte eine Flasche Weißwein auf. Dann klopfte er leise am Direktorzimmer und holte Alice. Stolz lächelnd bat er sie herein und führte ihr seine Überraschung vor. Das Zimmer hatte sich erwärmt, ein Feuer war nicht mehr nötig.

Alice war der Hunger vergangen. Sie konnte nur an das Geld denken, das er für das Essen und für den Wein ausgegeben hatte. Das Musizieren in der U-Bahn brachte ihm nur ein paar Pence, die eigentliche Verdienerin war sie, er hatte dieses überflüssige Essen gewissermaßen mit ihrem Geld gekauft. Sie sagte nichts. Ich darf ihm nicht weh tun, predigte sie sich immer wieder, sie hatte mit ihrem Verhalten schon genug Menschen weh getan, jetzt mußte sie sich davor hüten, Tom zu verletzen.

Sie sah das Gesicht des Mannes, der sicher noch unten stand und wartete, wie ein Nachbild, das auf der Netzhaut stehenbleibt, wenn man auf etwas Helles gesehen und danach die Augen geschlossen hat. Dort stand es wie auf einer inneren Leinwand, ein blasses, melancholisches Gesicht, aber die Augen waren nicht melancholisch, sondern glänzten forschend. Es drängte sie, ihn wiederzusehen, zu erfahren, was er da unten machte, und sie fand keine Ruhe. Sie hätte gern ungestört über ihn nachgedacht. Tom machte sie kribbelig mit seinen ständigen Fragen. Wie ihr der Wein schmeckte, wollte er wissen, ob sie lieber chinesisch oder indisch aß, ob sie das nicht öfter machen, nicht manchmal essen gehen sollten.

»Wir müssen doch sparen«, sagte sie.

Er zuckte verlegen die Schultern, und das hätte sie eigentlich an ihre guten Vorsätze erinnern müssen, aber es irritierte sie nur. Meist fiel ihr seine Hand gar nicht mehr auf, jetzt aber ertappte sie sich dabei, daß sie auf die leicht entstellten Knöchel, den steifen kleinen Finger blickte und sich innerlich schüttelte. Dabei wirkte es gar nicht abschreckend, ja, nicht einmal sehr auffällig.

Merklich kühler sagte er: »Ich hab dir nie was von meiner Großmutter erzählt, nicht?«

»Nur daß du eine hast. Warum?«

»Sie ist reich. Wenn sie stirbt, bekomme ich ihr ganzes Geld. Vielleicht findest du, daß ich so was nicht sagen dürfte, es heißt ja, daß man nicht auf die Schuhe eines Toten warten soll, aber man muß das realistisch sehen. Irgendwann wird sie ja mal sterben. Sie ist achtzig.«

Ja, und vielleicht hat sie noch fünfzehn Jahre zu leben, dachte Alice. Bei Frauen kommt das vor, bei manchen Frauen. Sie sagte es nicht laut. Sie sagte das, was er erwartet hatte: »So etwas darf man nicht sagen, finde ich.«

»Heute kann ich es dir offenbar überhaupt nicht recht machen, mein Schatz.«

»Ich möchte nicht an dir herumkritisieren, Tom. Mir steht das wohl am allerwenigsten zu.«

»Bei mir schon. Mich darfst du kritisieren, soviel du willst.«

Das stimmte einfach nicht, aber sie hatte keine Lust, darüber zu streiten, sie war gereizt und unduldsam.

»Entschuldige, Tom. Bitte frag mich jetzt nichts – ich muß unten noch etwas erledigen.«

Natürlich fragte er. »Was denn?«

Seine Stimme war unverändert, aber sie spürte, daß der nächste Wutanfall nicht weit war. Mittlerweile kannte sie ihn schon recht gut.

»Ich erklär's dir später. Bitte, Tom.«

Er zuckte die Schultern, ratlos und verbittert. Alice lief in die dunkle Halle hinunter. Sie machte kein Licht. In der Übergangsklasse würde Licht brennen, Jarvis würde da sein, und Axel Jonas war bestimmt längst gegangen. Sie klopfte kurz und machte die Tür auf.

Er saß in Jarvis' Sessel, hatte nur die Schreibtischlampe eingeschaltet und las oder blätterte in einem Buch. Als er sie sah, erhob er sich, legte das Buch auf den Schreibtisch und kam auf sie zu. Alice hatte die Tür zugemacht. Sie hatte sagen wollen – hatte es auf der Treppe geübt –, daß er gehen müsse, daß sie ihn nie hätte hereinlassen dürfen, daß es nicht richtig war, wenn er in Jarvis' Zimmer saß, und mochte er auch noch so gut mit ihm befreundet sein.

»Ich habe gehofft, daß Sie zurückkommen würden«, sagte er.

»Ja?«

»Aber Sie kommen zu spät. Ich muß gehen. Wie heißen Sie?«

»Alice.«

Ihr Name hatte eine eigenartige Wirkung auf ihn. Noch im Halbdunkel erkannte sie, daß sein Gesicht sich veränderte, sah etwas wie Schmerz, wie Fassungslosigkeit darüber hingehen, ganz kurz nur, dann war es vorbei. Sie erkannte, daß seine Augen, die sie für dunkelgrau gehalten hatte, blau waren.

»Alice«, sagte er. Und noch einmal: »Alice.«

Er trat ganz nah an sie heran. Sie konnte sich nicht rühren. Er nahm sie nicht in die Arme. Er nahm ihr Gesicht, ihr Kinn in seine Hand und führte ihren Mund an den seinen heran. Sie spürte, daß er lächelte, als sein Mund sich dem ihren näherte, dann wich das Lächeln, und er küßte sie, küßte sie tief, und die Hand, die ihr Gesicht festhielt, verstärkte den Druck auf ihren Kieferknochen.

Alice stand mit hängenden Armen da und ließ sich küssen. Er hatte seine Hand weggenommen, sie war nur durch den Mund mit ihm verbunden, durch seine Lippen, die auf den ihren lagen, durch seine Zunge, die zwischen ihre Lippen drängte und ihren Mund erforschte, lange, lange, bis die Bilder in ihrem Hirn zu roten rotierenden Splittern zerstoben. Und dann war es vorbei, so plötzlich, daß es fast weh tat. Sie zitterte und hatte Angst zu fallen. Seine Stimme kam wie aus weiter Ferne. Sie hatte die Augen geschlossen, es machte große Mühe, sie wieder aufzuschlagen, es war ein schwieriger Vorgang, den sie neu erlernen mußte.

»Wir sehen uns bald wieder.«

Später wünschte sie sich sehnlichst, sie wäre mit ihm zur Tür gegangen, hätte mit ihm gesprochen, ihn gefragt, was er damit meinte, mit dem baldigen Wiedersehen. Statt dessen blieb sie stehen, wo sie war, und schlug die Augen auf, erfaßte den halbdunklen Raum. Türen mußten zugeschlagen sein, aber sie hatte nichts gehört. Langsam trat sie in die leere Halle und ging noch einmal zurück, um bei Jarvis das Licht auszumachen.

Sie hatte keine Gedanken, nur Gefühle. Noch fragte sie

sich nicht, was sie getan hatte. Wenn sie denn etwas getan hatte. Toms Tür war geschlossen. Hoffentlich, hoffentlich macht er nicht auf und schaut heraus, wenn ich vorbeigehe... Nein, hinter Toms Tür rührte sich nichts. Als sie vor ihrem Zimmer stand, hörte sie, wie die Haustür aufgeschlossen wurde. Sie blieb stehen, horchte und erkannte die Stimmen von Tina und Daniel Korn. Wenn sie vorhin nicht nach unten gegangen wäre, wenn sie nicht noch einmal Axel Jonas dort unten im Halbdunkel begegnet wäre und seinen sonderbaren Kuß erwidert hätte, dann wäre für Alice, das wußte sie, gar nichts dabei gewesen, Tina von seinem Besuch zu erzählen, im Laufe des Abends oder am nächsten Morgen mit Jarvis darüber zu sprechen. So aber schwieg sie.

Cecilia lag wach in ihrem Bett in der Villa Flieder. Das war ungewöhnlich. Normalerweise schlief sie schnell ein, wachte um vier auf und fand dann keinen Schlaf mehr. Daphne hatte ihr erzählt (sie hatte es von Peter), Einschlafschwierigkeiten deuteten auf Angstgefühle hin, zu frühes Aufwachen auf Depressionen.

Cecilia sah sich nicht als depressiv, sondern eher als einen Menschen, der versuchte, den Blick stets auf das Positive zu richten. Das Positive wäre, sich an den schönen Dingen zu freuen, die Jasper und besonders Bienvida ihr heute erzählt hatten. Zum Beispiel, daß sie am Wochenende wieder mit Brian ausgehen würden. Brian, der sich früher irgendwo mit ihnen getroffen hatte, holte sie jetzt in der Cambridge School ab, trank mit Tina in der Direktorswohnung eine Tasse Kaffee, unterhielt sich freundschaftlich mit ihr. Bienvida hatte sogar gesagt, daß Tina sie wahrscheinlich begleiten würde, wenn sie am Samstag zu der Ausstellung in der Tower Bridge gingen.

Cecilia war ehrlich genug zuzugeben, daß das nicht nach Tina klang. Sie glaubte nicht alles, was Bienvida ihr erzählte, ja sie glaubte vielleicht nicht einmal die Hälfte davon. Daß Brian und Tina sich wieder zusammentaten, vielleicht sogar heirateten, war Cecilias sehnlichster Wunsch. Wieder einmal überlegte sie, was sie mit ihrem Haus machen sollte. Eine Möglichkeit wäre, Tina das Haus zu überschreiben unter der Bedingung, daß sie mit Brian darin wohnte. Und dann würde sie, Cecilia, zu Daphne ziehen.

Doch sie wußte, daß sie es nicht über sich bringen würde, so eine Bedingung zu stellen, selbst wenn es möglich, juristisch machbar wäre. In ihrem Testament hatte sie alles bedingungslos Tina, ihrem einzigen Kind, vermacht. Tina würde eine solche Klausel bestimmt nicht akzeptieren, und bestimmt war schon der Versuch, Menschen auf diese Weise zu manipulieren, ein Unrecht. Ein kleiner Trost war, daß die Kinder in letzter Zeit nichts von anderen Männern in Tinas Leben erzählt hatten.

Cecilia malte sich Tinas Hochzeit mit Brian aus, die Kinder würden dabeisein, als Page und Brautjungfer, was sie früher ausgesprochen schockierend gefunden hätte, aber sie hatte sich umgestellt, hatte sich arrangiert. Sie wußte, daß viele Leute zusammenlebten und Kinder hatten und dann heirateten und mit den Kindern zusammen Hochzeit feierten. Sie hatte mit Daphne darüber gesprochen, allerdings mehr wegen Peter als wegen Tina. So wie sie davon träumte, Tina würde eines Tages häuslich werden, so träumte Daphne davon, daß Peter seine Liebschaften mit Männern aufgeben, sich mit der richtigen Frau zusammentun und sie eines schönen Tages heiraten würde.

Der Gedanke an Peter machte Cecilia angst vor einem kommenden Unheil, sie sah für ihre Freundin großes Elend durch ihren Sohn voraus. Als sie so in dem großen, dunklen, leeren Haus im Bett lag, versuchte sie, ihren Gedanken eine andere Richtung zu geben, und erinnerte sich an Daphnes Hochzeit, vor langen Jahren und doch unvergessen, bei der sie Brautjungfer gewesen war.

Daphnes Mann hatte Cecilia ein Geschenk überreicht, wie sich das gehört, aber ausgesucht hatte das Geschenk Daphne selbst, eine Brosche mit einer aus dunkel- und hellrosa Koralle geschnittenen Kamee. Cecilia hatte immer wieder überlegt, ob sie diese Brosche Tina schenken sollte, hatte es aber nie getan. Tina trug so etwas nicht, indischer und afrikanischer Schmuck waren ihr lieber. Später würde sich vielleicht Bienvida darüber freuen.

Cecilia überlegte plötzlich, wo die Brosche sein mochte. Sie machte Licht, stand auf, begann zu suchen und fand sie schließlich in einer Schachtel in der Kommode eines der unbenutzten Zimmer, gut aufgehoben, sorgfältig in rosa Watte verpackt, ordentlich verwahrt wie alle ihre Sachen. Trotzdem hatte sie ein schlechtes Gewissen, weil sie die Brosche dort verkramt hatte, jahrelang vielleicht, es konnten gut und gern zehn Jahre sein.

Cecilia ging zurück in ihr Zimmer und holte ihre Schmuckschatulle heraus. Sie legte die Brosche nicht in den Kasten, sondern steckte sie an das Samtfutter des Deckels. Dieser Schritt, diese nächtliche Tat befriedigte Cecilia zutiefst. Es war ihr, als habe nun alles wieder seine Ordnung, als habe sie ein obskures Unrecht wiedergutgemacht. Sie schlief sofort ein.

14

Still und gesammelt, in Haube und Geschirr, stand Abälard in der hintersten Ecke des Wagens der Piccadilly Line auf Jeds Faust. Es war Samstag, und sie wollten nach Cockfosters, zur Endstation.

Die Hampstead Heath mied Jed zur Zeit. Er hatte sich böse Blicke eingehandelt, als er Abälard dort hinter dem St. Columba's Hospital hatte fliegen lassen, denn an dieser vermeintlich einsamen Stelle war er mehreren Gruppen von Leuten begegnet. Eine Frau hatte ihn sogar angesprochen und streng gefragt, ob er wisse, daß über 150 verschiedene geschützte Arten von Wildvögeln auf der Heath lebten.

Er hätte Abälard nie auf etwas anderes als auf Tauben und Kaninchen angesetzt, aber nicht immer – genau genommen nicht einmal sehr oft – hatte er den Falken unter Kontrolle. Wie man an der Sache mit der Elster gesehen hatte, über die Tinas kleine Tochter so unglücklich gewesen war. In Enfield Chase hatte er mehr Möglichkeiten, mehr Platz und mehr Einsamkeit.

Bis Wood Green war die Tube voll gewesen, aber nach und nach waren die Fahrgäste ausgestiegen, und jetzt war außer ihm nur noch ein Mann im Wagen, ein Schwarzer in der Uniform der London Transport Underground. Er hatte zwei Plätze weiter gesessen, hatte ein- oder zweimal neugierig den Falken gemustert und sich dann ans andere

Wagenende verzogen. Jed wußte, daß ihn der strenge Geruch seiner Falknerjacke vertrieben hatte, ein widerlicher Gestank, der auf andere Leute abstoßend wirkte, Abälard aber offenbar tröstete und ruhig hielt.

In Cockfosters stieg er aus. Abälard stand unter seiner Haube still auf Jeds Faust. Wenn der Falke ruhig war, wie jetzt, liebte er ihn innig, und diese Liebe, so schien es ihm, war nicht anders als früher seine Liebe zu Frau und Kind. Er wünschte sich keinen anderen Gefährten, brauchte an Zuwendung nur das, was Abälard ihm allein dadurch schenkte, daß er auf seiner Faust stand und keinen Versuch machte, sich ihm zu entziehen.

Die vergangene Woche aber war schlimm gewesen. Gewiß, nicht schlimmer als die Wochen davor, aber auch nicht weniger schlimm. Das jämmerliche Bettelgeschrei hatte bei Morgengrauen begonnen, hatte nur aufgehört, wenn Abälard sich auf seine dürftige Atzung stürzte, und hatte erneut eingesetzt, noch ehe Jed zur Arbeit ging. Wenn er zurückkam, empfing ihn der Falke mit durchdringendem Kreischen. Er wollte seine Mitbewohner nicht fragen, ob Abälard im Lauf des Tages irgendwann mal aufgehört hatte zu kreischen – er fürchtete sich vor der Antwort.

Jed kontrollierte regelmäßig Abälards Gewicht. Wenn er zu schwer war, mußte er ihm sogar die jetzigen kümmerlichen Rationen noch kürzen. Dreißig Gramm Übergewicht waren schon zu viel, die Hälfte bedenklich. Jedesmal hoffte er inständig, Abälard möge abgenommen haben, damit er ihn reichlich atzen konnte und er keinen Anlaß zum Lahnen hatte. Gestern war ein guter Tag gewesen, ein Glückstag, der Gewichtsverlust war beträchtlich, war überraschend hoch gewesen. Mit welcher Freude, mit wieviel zärtlichem Eifer hatte er die Fleischration verdoppelt, wie schön war es gewesen, die Augen blitzen, den Schnabel hacken zu sehen. Still und zufrieden hatte der Falke auf dem Bock gesessen und geschlafen, als Jed das Haus verlassen hatte, um mit den Safeguards die Victoria Line in Richtung Süden abzufahren.

Sie gingen in den Triangular Wood, dort gab es Karnikkel. Jed löste das Geschirr, sah zu, wie Abälard aufflog, zustieß, kreiste, seinem Pfiff gehorchend auf die Faust zurückkehrte, um sich ein Küken als Belohnung zu holen.

Es war ein milder Tag, feucht und grau. Nur die Eichen hatten noch ihr Laub, braune, verschrumpelte Blätter. Das Gras war nach dem Herbstregen saftig grün. Abälard stieg in den dunstigen Himmel hoch und verfolgte eine Taube, dann gehorchte er Jeds Kommando und flog zu den hohen Bäumen jenseits der grasbewachsenen Lichtung. Vielmehr – er gehorchte nach bestem Vermögen. Jeds geschärftem Blick schien es, als flöge er seltsam zögernd, als sei sein Schwung gebremst, sekundenlang abgeblockt, ehe er sein Ziel, die tiefhängenden Zweige, erreicht hatte.

Besorgt, mit leiser Angst im Herzen, ging Jed über die Lichtung und rief den Falken zu sich. Doch als Abälard auf ihn zuflog und zielsicher auf seiner Faust landete, sah er aufatmend den unbehinderten, sicheren Flügelschlag, den eleganten Flug eines kräftigen jungen Vogels.

Wenn das Telefon läutete, dachte Alice sofort an einen Anruf von Axel Jonas. Da er Jarvis kannte, mußte er die

Telefonnummer der Cambridge School haben. Sie würden sich wiedersehen, hatte er zu ihr gesagt. Sie ging neuerdings so oft wie möglich ans Telefon, rannte die Treppe hinunter, sobald sie es hörte. Es war nie Axel. Nur ihre Mutter meldete sich.

Ihre Mutter wollte »in die Stadt«, um Weihnachtseinkäufe zu machen. Alice sollte sich mit ihr zu einer Aussprache treffen.

Alice witterte eine Falle. Ihre Mutter würde nicht allein sein, sie würde Mike mitbringen oder gar Catherine. Sie war jetzt froh, daß Mike sie damals in der Unterführung von Hammersmith nicht erkannt hatte. Inzwischen war es ihr unerklärlich, wie sie sich hatte einbilden können, daß sie ihn vermißte oder den Wunsch hatte, zu ihm zurückzugehen. Wichtig war allein die Musik. Sogar Tom mußte dahinter zurückstehen, und Axel Jonas bedeutete ihr nichts, es war einfach ein Mann, von dem sie sich hatte küssen lassen, weil sie ein bißchen durcheinander gewesen war und nicht recht gewußt hatte, was sie tat.

An dem Tag vor dem Treffen mit ihrer Mutter stand hinter ihr im Gewimmel von Holborn Station ein Mann, der eigentlich nur Axel Jonas sein konnte. Als sie dann aber noch einmal zurücksah, war er verschwunden, sie hatte sich wohl doch geirrt. Abends hatte sie ihre Stunde in dem Haus in der Nether Hallway. Alice war nervös und konnte sich nicht konzentrieren. Sie tranken Tee, und Madame Donskoy verbreitete sich über Anne-Sophie Mutter, und dann sagte sie: »Ich finde es sehr amüsant, daß manche Leute Erfolg haben wollen, ohne die Voraussetzungen dafür mitzubringen.«

Madame Donskoy fand immer alles mögliche amüsant, was andere Leute eher als betrüblich bezeichnet hätten.

»Meinen Sie mich?« fragte Alice.

»Wem der Hut paßt, der setzt ihn auf, heißt es bei uns in Rußland.«

»So ähnlich sagen wir es in England auch.«

Tom klingelte nicht, als ihre Stunde zu Ende war – sie hatte ihm nichts davon gesagt, daß sie zum Unterricht gehen würde –, aber er erwartete sie unter dem Baum vor dem Gartentor, und als unvermutet eine Männergestalt vor ihr auftauchte, schrak sie zusammen.

»Fiedelträger gefällig, die Dame?«

»Ach Tom ...«

»Ich sorge mich halb tot, wenn ich mir vorstelle, daß du allein in der Dunkelheit herumläufst.«

Sie sagte nicht, daß es bald dunkel sein würde, wenn sie vom Büro kam, denn dann hätte er sofort wieder damit angefangen, sie auch dort abzuholen. Sie gingen durch das schattige Halbdunkel der baumbestandenen Straßen von Hampstead. Durch das Herbstlaub fiel blasses Lampenlicht. Tom hatte ihr einen Arm um die Taille gelegt.

»Ich treffe mich morgen mit meiner Mutter«, sagte sie. »In der Parfümerieabteilung von Dickens and Jones.«

»Das gibt's doch nicht!«

Er sagte das ein bißchen zu oft, es ging ihr allmählich auf die Nerven.

»Sie möchte, daß wir uns aussprechen.«

»Laß dich nicht zurücklocken, Alice«, sagte er. »Laß dir nichts einreden.«

Die Vehemenz, mit der er das sagte, ließ sie erschauern.

Sie empfand seine Stimme wie eine schwere Last auf den Schultern.

»Wer würde mich schon zurückhaben wollen«, sagte sie leichthin.

»Dich würde jeder wollen.«

Das Gespräch mit ihrer Mutter verlief für beide unbefriedigend. In dem Kaufhausrestaurant, in dem sie aßen, saß eine junge Frau auf einem kleinen Podium und spielte Geige. Sie spielte recht gut, fand Alice. Zu gut. Es wäre ihr lieber gewesen, wenn sie gepeinigt das Gesicht verziehen und sich die Ohren hätte zuhalten können. Sie erzählte ihrer Mutter von den Geigenstunden, um ihr zu zeigen, daß es ihr ernst war mit dem, was sie tat. Sie überlegte, ob sie als Fiktion anfügen sollte, Madame Donskoy habe ihr geraten, sich bei der Britten-Pears-School in Aldeburgh um einen vierzehntägigen Intensivkurs bei einem der großen Virtuosen zu bewerben, entschied sich aber dagegen. Sie mochte außer Tom jetzt nicht auch noch ihre Mutter belügen.

»Es läuft also alles sehr gut für dich.«

»Es läuft.«

»Willst du nicht wissen, wie es deinem Kind geht?«

»Es ist wohl besser, wenn ich es nicht weiß. Wenn ich mich endgültig von allem löse...«

»Findest du es nicht schlimm, daß du so Knall auf Fall alles im Stich gelassen hast? Hättest du nicht darüber reden können?«

»Dann wäre ich nie gegangen, ich hätte nicht den Mut dazu gehabt.«

»Ich war ein paarmal bei Mike«, sagte ihre Mutter. »Er

spricht nie von dir, es ist zu schmerzlich für ihn. Er denkt daran, die Wohnung zu verkaufen und zu Julia und ihrem Mann zu ziehen. Catherine und Julias Kleine sind fast im gleichen Alter. Sie wird bald vergessen, daß sie eine andere Mutter hatte. Wenn sie es nicht jetzt schon vergessen hat. Julia ist eine phantastische Frau, eine phantastische Mutter. Mag sein, daß sie keine Schönheit ist, aber was hat man schon von einem hübschen Gesicht?«

Daß man in der Oxford Street sitzt und sich anhört, wie jemand besser Tschaikowsky spielt als man selber, hätte Alice am liebsten gesagt. So, wie sie aussähe, meinte Marcia, habe sie wohl inzwischen einen anderen. Oder hatte sie den vorher schon gehabt?

»Ich möchte eine Wette mit dir abschließen.«

Für Wetten war ihre Mutter noch nie zu haben gewesen, und Alice wunderte sich.

»Ich würde viel darum wetten, sagen wir tausend Pfund, daß du es nie bis zur Solistin schaffst. Nein, falsch. Daß du es nie bis in ein Orchester schaffst. Das ist doch reell, nicht? Tausend Pfund.«

Als Axel Jonas sich endlich meldete, saß sie im Büro, im Vorzimmer von James Christianson. Sie konnte es kaum fassen, als er seinen Namen nannte. Mit trockener Kehle fragte sie, woher er die Nummer habe. Von einem gemeinsamen Bekannten, sagte er, und sie tippte auf Jarvis. Näher wollte Axel sich dazu nicht äußern. Er schlug ein Treffen in einem Pub in West Hampstead vor, in der *Eisenbahn* oder im *Schwarzen Löwen,* er kannte sich offenbar aus.

»Das ist zu sehr in meiner Nähe.« Es war ihr erster Schritt auf dem Weg zur Täuschung.

Das nachfolgende Schweigen schien ihr voller Gelächter zu sein, ein Schweigen voll herzlicher Heiterkeit. Dann sagte er leichthin, sie könnten auch in dieses Pub in Kensington gehen, in der Nähe seiner Wohnung.

»Im Gegensatz zu dir bin ich nicht so darauf versessen, für einen Schluck Brandy meilenweit zu fahren.«

Sie überlegte, warum sie sich mit einem Mann treffen wollte, der sie immer wieder dazu brachte, daß sie sich wie eine dumme Gans vorkam. Sie konnte ihm schlecht klarmachen, daß es ihr darum ging, Tom nichts merken zu lassen, ohne gleichzeitig anzudeuten, daß sie von der Begegnung mehr erwartete, als er im Sinn hatte. Und – stimmte das überhaupt? Was erwartete sie? Zumindest konnte sie sich erkundigen, warum er sich mit ihr treffen wollte.

»Es ist unüblich, einen Mann, der mit einer Frau ausgehen will, so etwas zu fragen.«

Das sagte er frostig, in tadelndem Ton, als habe sie sich irgendwie danebenbenommen. Nachdem sie aufgelegt hatte, beschloß sie, nicht hinzugehen. Sie kannte diesen Mann doch gar nicht, hatte kaum ein Wort mit ihm gewechselt. Was war schon ein Kuß? Etwas, was man allenfalls noch in der Generation ihrer Mutter ernst genommen hatte, aber doch nicht mehr in ihrer.

Es war schwer, Tom loszuwerden, der am liebsten alle Tages- und Nachtstunden mit ihr verbracht hätte. Alice schwindelte ihm vor, sie wolle das Zerwürfnis kitten und ihre Eltern in Chelmsford besuchen.

»Dann komme ich mit«, sagte Tom. »Ich wollte schon immer gern deine Eltern kennenlernen.«

»Für die ist es schlimm genug, daß ich Mike verlassen habe«, protestierte Alice. »Was meinst du wohl, was sie sagen, wenn ich mit einem anderen Mann aufkreuze?«

»Irgendwann werden sie sich daran gewöhnen müssen.«

»Noch nicht«, sagte sie, ohne recht zu wissen, was sie damit meinte.

Tom bekam wieder einen Wutanfall, diesmal mußte ein Teller dran glauben. Als sie mit einem Aufschrei zusammenzuckte, breitete er mit einer heftigen Bewegung die Arme aus und fegte die Schüsseln vom Tisch. Sie ging zur Tür, aber Tom stellte sich ihr in den Weg. Du hast mich nicht gern, warf er ihr vor, du behandelst mich so, wie du deinen Mann behandelt hast. Natürlich habe sie ihn gern, sagte Alice, was in gewisser Weise ja auch stimmte. Er widersprach ihr, tobte noch eine Weile herum, und dann fiel er ihr um den Hals und brach in Tränen aus. So weit war es bisher noch nie gekommen.

Sie hätte gern mit jemandem über Axel Jonas gesprochen. Tom kam dafür nicht in Frage. Ein Wort über Axel zu Tom – und es würde kein Treffen in dem Pub in Kensington, keine meilenweiten Fahrten für einen Schluck Brandy geben. Axel war ein Freund von Jarvis, vielleicht konnte sie mit Jarvis über ihn sprechen. Aber als sie ihn einmal abends zufällig im Vestibül traf, wurde ihr klar, daß sie ihm dann auch sagen mußte, wie sie Axel kennengelernt, daß sie ihn in Jarvis' Abwesenheit in sein Zimmer gelassen und vor allem, warum sie ihm das alles nicht schon längst erzählt hatte.

Als er fragte, ob die Fahrt von Holborn in der Rushhour nicht sehr schlimm sei, sagte sie deshalb nur: »Ich wußte ja gar nicht, daß du weißt, wo ich arbeite.«

Er sah sie etwas erstaunt an, was man ihm schließlich nicht verdenken konnte. »Tina hat es mir erzählt.«

»Ach so. Natürlich.«

»Es interessierte mich, weil nebenan das Haus mit dem großen Schacht ist, in dem früher mal eine Treppe zur Central Line war. Als die Fahrtreppen eingebaut wurden, hat man die Treppe herausgenommen und den Schacht verlängert, er dient jetzt zur Entlüftung. Vom Dach deines Bürohauses kann man den Auslaß sehen.«

Sie hätte wissen müssen, wie verrückt er auf diese U-Bahn-Geschichten war und wie wenig ihn alles andere interessierte. Er hatte ihre Frage beantwortet, ohne es zu wissen, aber woher Axel die Telefonnummer von Angell, Scherrer und Christianson hatte, blieb rätselhaft. Sie ging nach oben. Auf den Galerien brannte Licht, das Vestibül aber war dunkel, und als sie nach unten sah, stand da noch immer Jarvis, im Schatten des dunklen Kronleuchters gefangen wie im Netz einer Riesenspinne.

Sie war fest entschlossen, die Verabredung mit Axel nicht einzuhalten. Ihr Leben war so schon kompliziert genug. Sie würde nicht hingehen, und für den Fall, daß er noch mal im Büro anrief, würde sie die Telefonistin bitten, das Gespräch nicht durchzustellen. In die Cambridge School würde er bestimmt nicht mehr kommen, sie würde ihn nie wiedersehen. In ein, zwei Wochen würde er vergessen sein.

Am Samstag war sie vor Axel in dem Pub am Cheval

Place. Er ließ sie eine Viertelstunde warten. Sie hatte sich ein Glas Wein bestellt, hatte es getrunken, wollte gerade gehen. Es war fast eine Erleichterung, daß er nicht gekommen war. Täuschungen, Entscheidungen, Zweifel, innere Kämpfe, Vorsätze – das alles war nun hinfällig geworden.

Er begrüßte sie ohne ein Wort der Entschuldigung. »Ach, hallo«, sagte er, als seien sie alte Bekannte, als träfen sie sich jede Woche hier.

Er trug wieder den schäbigen, engen schwarzen Mantel, der ihm fast bis auf die Knöchel reichte. Der Bart war frisch geschnitten, das Gesicht sehr blaß. Das dichte, schwarze, leicht gewellte Haar hielt ein schmales schwarzes Band im Nacken zusammen. Wie eine Nebenfigur in einem Fernsehspiel über Freud sieht er aus, dachte Alice. Er bestellte für sie noch ein Glas Wein und für sich einen Brandy. Sie sah, daß er einen schweren Ring aus Strängen von Weiß- und Rotgold am Zeigefinger der linken Hand trug. Diesen Ring hatte er bei ihrer ersten Begegnung bestimmt nicht getragen. Alice wußte nicht recht, was sie davon halten sollte. Daß ein Mann Ringe trug, fand sie durchaus in Ordnung, nicht aber, daß er mal einen Ring trug und mal nicht. Und dazu noch am Zeigefinger...

Erstaunlicherweise fragte er, wie es Jarvis ginge. Sie wußte nicht recht, was sie sagen sollte.

»Er fliegt nächste Woche nach Rußland.«

»Aha! Der Geheimagent.«

»Er sieht sich Untergrundbahnen an.«

»Der Mann, der den Zügen nachsah.«

»Ja, so könnte man sagen. Er wird lange bleiben. Er will neue Metrosysteme besichtigen.«

»Der gute alte Jarvis.«

Sie trank einen Schluck Wein. »Wer bist du?« fragte sie. »Was machst du?«

»Ich bin Photograph. Ach ja, und Bärenführer.«

»Das gibt's doch nicht«, sagte sie. Wie Tom. Warum mußte sie sich ständig männliche Sprechmuster aneignen?

Er lachte. »Warum nicht? Ausgebildet bin ich als Psychologe, habe den Beruf aber nie ausgeübt. Ich habe noch nie gearbeitet, um zu leben.«

»Ja, das nehme ich dir allerdings ohne weiteres ab. Und wieso Bärenführer?«

»Ich habe mit einem Tanzbären die Leute in der U-Bahn unterhalten. Natürlich war es kein richtiger Bär. Ein verkleideter Mann.«

»Dann habe ich dich schon mal gesehen«, sagte sie ganz aufgeregt. »Als ich mit einer Gruppe in der U-Bahn Musik gemacht habe. Da habe ich dich gesehen.«

Plötzlich klang seine Stimme wieder kalt. Er hatte eine leise, sanfte Stimme, die sehr herzlich oder sehr frostig klingen konnte. »Tausende dürften uns gesehen haben«, sagte er. Kalt und stumpf die Stimme. »Ich bin verrückt, weißt du.«

»Das merke ich.«

»Du denkst, das ist nur so hingesagt. Aber ich meine es ernst. Ich bin verrückt. Ich bin nicht normal.«

»Es heißt«, sagte sie leichthin, »daß man es nicht ist, wenn man es weiß.«

»Leider stimmt das nicht. Das ist das Ärgste: Wenn man verrückt ist und es weiß.«

Er sah sie scharf an. Es stimmt, dachte sie, und es

überlief sie kalt, er ist wirklich verrückt. Ich will weg, dachte sie, ich stehe einfach auf und laufe hinaus. Er lachte, ein schönes, herzliches, völlig normales Lachen.

»Komm, ich lade dich zum Mittagessen ein.«

Sie hatte mit einer Cafeteria gerechnet, bestenfalls mit einer Weinbar. Er ging mit ihr in ein exklusives Restaurant in der Walton Street, wo die Geschäftsführung ihm mit vollendeter Höflichkeit eine Kollektion von Schlipsen zur Auswahl vorlegte, ehe man sie zu ihrem Tisch führte. Axel suchte sich einen aus, nicht direkt lammfromm, aber mit verbindlichem Lächeln. Alice fand, daß sie unpassend angezogen war in ihren Jeans, der einfachen Bluse und Strickjacke.

Sie tranken Sekt und dann wieder Wein. Allmählich begriff Alice, daß sie noch nie in ihrem Leben so teuer gegessen hatte. Sie mußte an die Vorwürfe denken, die sie Tom wegen des Essens vom Chinesen gemacht hatte.

Sie sprachen über Jarvis. Die Bekanntschaft war durch Ivan, den »Bären«, zustandegekommen, mit dem Axel zusammenwohnte und der mit Jarvis studiert hatte. Axel gab sich gesprächig, interessiert, sehr freundlich. Er fragte sie nach der Cambridge School, wie lange sie das Zimmer schon habe, wer noch dort wohne. Er habe ja keine Ahnung gehabt, daß Jarvis unter die Hausbesitzer gegangen sei.

»Er lebt davon«, sagte sie. »Es ist sein Einkommen.«

Sie erzählte ihm von den Räumen mit den Klassennamen oder Klassennummern an der Tür und sagte ihm, wer wo untergebracht war. Er hörte zu. Dann schien sein Interesse an diesem Thema zu erlahmen. Er brachte das

Gespräch auf Alice. Sie solle ihm von ihrer Musik erzählen, von ihren Ambitionen.

Dabei beobachtete er sie scharf. So muß es sein, wenn man sich analysieren läßt, dachte Alice. Axel schien jedes ihrer Worte aufzunehmen und abzuwägen, manchmal verzogen sich seine Lippen zu einem halben Lächeln, dann wieder war er tiefernst. Erneut fiel ihr sein priesterliches Aussehen auf, der kontemplative visionäre Blick. Daß er vorhin gesagt hatte, er sei verrückt, kam ihr jetzt grotesk vor. Als sie fertig waren, als er – die nächste Überraschung – mit seiner American Express Gold Card bezahlt hatte, gab ihr dieses Priesterliche, diese kühle Distanz zu denken. Was würden sie jetzt machen? Was erwartete er von ihr?

Seine Wohnung, hatte er gesagt, sei »nur um die Ecke«. Auch dieser Ivan wohnte dort, aber vielleicht war er jetzt nicht da. Alice, die früher geglaubt hatte, mit solchen Dingen umgehen zu können, wußte beim besten Willen nicht, was sie tun würde, wenn Axel auf die Idee käme, sie auf eine gewisse Weise anzusehen und mit einer gewissen Stimme zu fragen, ob sie mit zu ihm kommen wolle. Sie erinnerte sich an den Kuß. Doch dieser Mann, der neben ihr in Richtung Beauchamp Place ging, schien ihr ein völlig anderer Mann zu sein als der, der ihr Gesicht in seine Hand genommen und ihren Mund an den seinen geführt hatte.

Trotzdem war es wohl der Weg zu seiner Wohnung, den sie eingeschlagen hatten. Sie ging neben ihm her. Er sprach nicht mehr mit ihr. Ecke Brompton Road blieb er stehen, wandte sich um, sah sie an, und sie war wie hypnotisiert. Die Knie waren ihr weich geworden. Ihre Augen weiteten sich, sie legte eine Hand an den Mund.

Es ging alles sehr schnell. Sie begriff es kaum. Er winkte ein Taxi heran, öffnete die Tür, und als sie einstieg, folgte er ihr nicht, sondern nannte dem Fahrer die Straße in West Hampstead, in der die Schule war, und drückte ihm eine Fünf-Pfund-Note in die Hand. Verstört lehnte sie sich zurück. Er mußte etwas zum Abschied gesagt, sie mußte reagiert haben, aber sie erinnerte sich nicht an ihre Worte. Es war ein Schock gewesen – aber was hatte sie eigentlich erwartet?

Irgendeine Zukunftsperspektive, eine neue Verabredung. Er ging davon, ohne sich umzusehen, und sie wußte, daß sie nie wieder etwas von ihm hören würde.

Am Donnerstag rief er sie im Büro an. Sie hatte geübt, was sie in so einem Fall sagen würde, aber bis Donnerstag war sie soweit, daß sie nichts mehr erhoffte, nichts mehr fürchtete, ja, sie wußte nicht einmal mehr, ob sie im Zusammenhang mit Axel Hoffnung empfand oder Furcht. Sie hatte nein sagen wollen, nein, es geht nicht, tut mir leid, ich kann nicht, aber statt dessen sagte sie gut, in Ordnung. Derselbe Treffpunkt, dasselbe Pub.

An jenem zweiten Samstag wachte sie früh auf. Es war stockdunkel. Jarvis' Aufbruch nach Rußland hatte sie geweckt, das leise, behutsame Schließen der Haustür. Kein Taxi für Jarvis. Er würde die Jubilee Line von West Hampstead nach Green Park nehmen und dann die Piccadilly Line, die unmittelbar im Terminal in Heathrow endet. Der Flug BA 872 der British Airways nach Moskau startete um 9.15.

Alice überlegte, was sie für Axel anziehen sollte. Sie hatte nichts, sie besaß keine hübschen Kleider. Ihre besten Sachen trug sie im Büro. Sie fand es demütigend, daß ihr so etwas wichtig war, daß sie auch nur einen Gedanken daran verschwendete, wie sie sich für diesen Mann herrichten sollte, der sie aufzog, der sie benutzte, der zu spät kam, ohne Schlips und in einem Mantel, wie ihn ein Penner zum Betteln in einem U-Bahn-Eingang tragen mochte.

Tom schlief ruhig neben ihr. Er sah so gut aus, er war ein so erfreulicher Anblick. Eine Frau, die Tom haben konnte, würde nie an Axel hängenbleiben. Alice stand auf und zog leise die Vorhänge zurück, um das graue Licht eines Wintermorgens hereinzulassen. Tom schlief weiter. Licht weckte ihn nie auf. Sie ging ihre dürftige Garderobe durch, bemüht, sich für Axel hübsch zu machen.

Diesmal war er früh dran. Als sie kam, war er schon da. Sein Brandy stand auf dem Tisch und für sie ein Glas Sekt. Er stand auf, nahm ihre Hände, der schwere Ring aus Rot- und Weißgold an seinem Zeigefinger schnitt schmerzhaft in ihre Handfläche.

Fast seine ersten Worte waren: »Schade, daß wir uns nicht später treffen können. Liebe am Nachmittag ist nicht so recht mein Fall.«

Sie wurde rot. Es war keine allmählich aufsteigende heiße Röte, sondern eine jäh aufschießende pochende Glut. Sie entzog ihm ihre Hände und setzte sich.

Wieder machte er sich über sie lustig, wieder hatte er sie so weit gebracht, daß sie sich wie eine dumme Gans vorkam.

Tom hatte Alice versprochen, sich bei den Musikhochschulen zu bewerben, die sie ihm auf einer Liste zusammengestellt hatte. Vor über einer Woche hatte er es versprochen; unternommen hatte er nichts. Er konnte sich nicht vorstellen, wieder als Lernender im Hörsaal zu sitzen, mit zwanzigjährigen Studenten zusammen. Für Alice, die schon ihren Abschluß hatte, war es etwas anderes, sie brauchte keine theoretische Ausbildung mehr, sondern konnte sich, wenn sie wollte, zum Vorspielen bei Orchestern bewerben. Tom hatte seine Ausbildung abgebrochen, weil er krank gewesen war, der Kopf hatte ihm weh getan, er hatte sich nicht konzentrieren können, und wenn jemand nicht ganz sanft und schonend mit ihm gesprochen hatte, war er sofort in Wut geraten. Wäre das jetzt anders? Der Kopf tat ihm nicht mehr weh, aber konzentrieren konnte er sich bestimmt nicht besser als damals, und Proben seines Jähzorns legte er tagtäglich ab.

Auch jetzt war er wütend, weil Alice schon zum zweitenmal zu ihren Eltern gefahren war, ohne ihn mitzunehmen. Daß sie allein ihre Eltern besuchte, beunruhigte ihn. Sie konnten Alice zu allem möglichen überreden – wenn nicht zur Rückkehr zu Mike, so doch zu einer Fortsetzung ihrer Ausbildung –, konnten sie in dieser verrückten Idee bestärken, ein Jahr in Brüssel zu studieren, boten ihr womöglich sogar Geld dafür an. Daß auch er Geld brauchte, war Tom völlig klar.

Ein zweiter James Galway würde er nie werden und ein Thomas Allen auch nicht. Er war ziemlich stolz auf diese Selbsterkenntnis, er fand es gut, daß er sich dieser Wahrheit stellen, sie aushalten konnte. All sein Talent, sein Spiel und seine Stimme waren an jenem Abend auf der dunklen Straße bei Rickmansworth unwiderruflich zu Schaden gekommen. Er betrachtete seine arme Hand, versuchte den kleinen Finger zu krümmen, und als das nicht gelang, überwältigte ihn das Selbstmitleid.

Wenn nur seine Großmutter sterben würde! Alice brauchte ihm nicht erst zu sagen, daß er so nicht sprechen, nicht denken dürfe. Früher hatte er seine Großmutter gern gehabt, er hatte sie auch jetzt noch gern. Tom wartete vor der Cambridge School auf Peter und Jay, die versprochen hatten, ihn abzuholen, und überlegte, ob er, statt mit ihnen in den Untergrund zu gehen, seine Großmutter besuchen sollte. Du hast mir das Geld für später versprochen, könnte er sagen, gib mir einen Teil schon jetzt... Was konnte ihm passieren? Höchstens, daß sie nein sagte, und vielleicht sagte sie nicht nein.

Er würde Alice ein Heim bieten können, und wenn ihr wirklich soviel daran lag, würde er mit ihr für ein Jahr nach Brüssel gehen. Dann mußte sie ihn doch einfach lieben! Nach ihrer Rückkehr würde er sich selbständig machen. In der U-Bahn würde er nach wie vor spielen, das Musizieren unter der Erde machte ihm Spaß, es war das einzige, was ihm je Spaß gemacht hatte, aber selbständig machen würde er sich außerdem. Irgendwas mit Musik... In der Schule war er gut im Werken gewesen, er hatte geschickte Hände. Ich könnte vielleicht Geigenbauer werden, dachte Tom. Er hatte ein schönes Bild seines Lebens mit Alice in zehn Jahren vor Augen. Eines Lebens, das buchstäblich voller Geigen hing, fertiger und halbfertiger Geigen, Alice als Geigerin in einem Orchester im Norden, vielleicht hatte sie den Beruf auch an den Nagel gehängt, um sich ganz ihren gemeinsamen Kindern zu widmen. Vor dem Haus in einem Vorort dieser Stadt im Norden würde er ein Holzschild mit dem Bild einer Geige aufhängen. Auch im Zeichnen war er in der Schule gut gewesen.

Axel ging mit ihr nicht wieder in das teure Restaurant, sondern bestellte Sandwiches an der Bar. Er war müde, wie er sagte, weil er um sechs aufgestanden war, um Jarvis in Heathrow zu verabschieden. Sie waren eine ganze Clique gewesen, alles alte Freunde, die sich in der Abflughalle auf einen Kaffee getroffen hatten. Auch Ivan war dagewesen, aber der war vernünftigerweise gleich nach Hause gefahren und hatte sich ins Bett gelegt.

»Ich habe dir etwas zu sagen«, sagte er, aber näher mochte er sich dazu nicht äußern.

Es war nicht sehr nett in dem Pub, verräuchert und voll. Sie saßen an einem kleinen Marmortisch auf Eisenstühlchen, in eine dunkle Ecke gequetscht. Axel kam mit Käse-und-Gurken-Sandwiches zurück, die Alice nicht besonders reizten, mit einem zweiten Brandy für sich und einem zweiten Glas Sekt, Hausmarke.

Sie dachte an seine Bemerkung über Liebe am Nachmittag. Es war die verblüffendste Feststellung, die sie je gehört hatte, sie ging ihr ständig im Kopf herum, und sie überlegte, ob es ein Witz gewesen war oder ob er es ernst gemeint hatte. Und als sie aufsah und seinem Blick begegnete, hatte sie das unbehagliche Gefühl, daß er wußte, woran sie dachte. Sie konnte sich irren, aber sie hatte den Eindruck, daß er in ihr lesen konnte wie in einem Buch.

»Was wolltest du mir erzählen?« fragte sie schließlich.

Er schien ehrlich verblüfft. »Erzählen?«

»Ja. Du hast gemeint, du hättest mir etwas zu sagen.«

»Ach ja, ja, natürlich. Ich bin gespannt, wie du reagierst.«

Er sieht mich an, dachte sie, wie ein Biologe ein Vivisektionsopfer ansehen mag, kühl, interessiert, ohne das geringste Mitgefühl. Dann änderte sich sein Gesichtsausdruck schlagartig, wurde gefühlvoll, fast zärtlich. Er streckte die Hand mit dem Ring aus und griff über den Tisch nach ihrer Hand, hielt sie aber nicht fest, sondern streichelte nur ihre Finger. Er lächelte leicht melancholisch.

»Ich hoffe, du freust dich. Willst du so tun, als ob du dich freust, auch wenn es nicht wahr ist? Willst du, Alice?«

»Weiß nicht«, sagte sie – wie ein kleines Mädchen.

»Komm, das mußt du doch wissen. Ja oder nein?«

»Ja.«

»Ich ziehe zu euch ins Haus.«

Sie sagte nichts. Sekundenlang glaubte sie, sich verhört zu haben, dachte, es sei vielleicht ein Slangausdruck, ein Euphemismus für etwas anderes. So, wie man bei einem Rausschmiß sagt, man bringe den Betreffenden auf die Straße oder drücke ihm die Hausschlüssel in die Hand.

»Entschuldige. Ich weiß nicht, was du meinst.«

Er wiederholte es, mit einem Unterton leicht überstrapazierter Geduld: »Ich ziehe zu euch ins Haus. In das Haus, in dem du wohnst. Ich habe ein Zimmer, das heißt zwei Zimmer dort gemietet.«

»Aber das geht nicht. Das Haus gehört Jarvis.«

»Ach, Alice.« Wieder strichen seine Finger über die ihren. »Wofür hältst du mich?«

Sie schüttelte den Kopf.

»Was hast du dir denn gedacht? Daß ich mich als Hausbesetzer bei euch einniste? Natürlich habe ich Jarvis gefragt. Das heißt, genaugenommen hat Jarvis mich gefragt.«

»Aber warum? Du hast doch eine Wohnung!«

»Ich kann auf die Dauer nicht mit einem Bären zusammenwohnen.« Er lachte kurz auf. Sie sah ihn groß an. Ihr war, als müsse ihre Hand unter seiner federleichten Liebkosung zerschmelzen. »Ich kann mit niemandem zusammenwohnen. Du hast versprochen, daß du so tust, als wenn du dich freust, Alice.«

Hatte sie das versprochen? Sie war wie betäubt von seiner Mitteilung. Sie wußte nicht, was sie empfand.

»Ich nehme die Quinta und den Zeichensaal«, sagte er. »Die sind frei, hat er gesagt.«

Er würde über ihr und Tom wohnen, im zweiten Stock, bei Jed und der Modelleisenbahn und der Glocke. Es würde nicht immer Nachmittag sein. Sie spürte, daß sie wieder rot wurde, und er sah es. Sie merkte es an dem leisen, flüchtigen Lächeln. Schon lange nahm sie die anderen Leute im Pub nicht mehr war, roch den Rauch, hörte die Lachsalven nicht mehr. Sie waren allein. Sie kam sich sehr schwach und sehr verletzlich vor. Er faßte ihre Finger fester.

»Woran glaubst du, Alice?«

Sie wußte nicht recht, was er meinte, und tastete sich behutsam vor.

»An Gott, meinst du, an irgendwelche Grundsätze oder was?«

»Was du willst.«

»An die Musik ...«

»Ja, ich dachte mir, daß du das sagen würdest.«

»Und du?« flüsterte sie.

»Ich? Ja, ich glaube an die Liebe. Immerwährende Liebe, Liebe übers Grab hinaus. Rächende Liebe und Strafe.«

Er hob ihre Hand an die Lippen und küßte sie zärtlich. »Und jetzt mußt du mich entschuldigen, ich muß gehen.«

Sie traute ihren Ohren nicht. »Nein«, hörte sie sich flüstern. »Bitte nein.«

»Aber liebes Kind, ich habe eine Verabredung, die ich unmöglich absagen kann.« Die affektiert näselnde Stimme war kaum wiederzuerkennen. Er lachte über ihre Verwirrung. »Ach, Alice, mach nicht so ein Gesicht. Ich glaube, du freust dich wirklich, daß ich in die Schule ziehe.«

»Ich freue mich«, sagte sie stumpf.

Wieder winkte er ein Taxi heran, machte die Tür auf und half ihr hinein.

15

Als die Katze ihrer Nachbarin von einem Auto angefahren worden war, hatte Cecilia Darne gesagt, das würde dem Tier eine Lehre sein, in Zukunft die Straße zu meiden. Bienvida gab diese Bemerkung in ziemlich schulmeisterlichem Ton an ihren Bruder weiter.

»Ich bin keine Katze«, sagte Jasper.

Seine Schwester begriff nicht, was er meinte. Sie hatte zu ihm gesagt, nach diesem Schreck würde er nun wohl mit dem U-Bahn-Rodeln aufhören.

»Und überhaupt – Katzen fahren nicht auf den Dächern von U-Bahn-Wagen«, sagte Bienvida, der inzwischen aufgegangen war, daß ihr Vergleich hinkte.

»Aber Ratten wahrscheinlich«, sagte Jasper. »Ich stell mir das so vor, daß sie aus Löchern in der Decke aufs Wagendach springen, wenn sie zur nächsten Station wollen. Meilenweit können die so fahren.«

Sie sprachen eine Weile von Ratten und dann von Mäusen. Wenn Bienvida abends in der Garderobe Brotkrümel auslegte, konnte sie, wenn sie später zurückkam, zehn oder mehr dort sehen, die sich an den Krümeln gütlich taten. Als sie unten geschlafen hatten, war eine mal über Jaspers Hand gelaufen, und er war schreiend aufgewacht, aber niemand hatte ihn gehört. Wochenlang hatte er sich nicht mehr in die U-Bahn getraut. Er war sogar ziemlich regelmäßig zur Schule gegangen. Einmal hatte er von dieser letzten Fahrt auf dem Dach geträumt, und im Traum war er nicht rechtzeitig abgesprungen, kein Mann im Bärenfell hatte bereitgestanden, um ihn aufzufangen, und der grüne Metallüberhang, von dem Axel Jonas behauptet hatte, er ginge nicht tief genug herunter, um ihm den Kopf abzureißen, hing nur zwei Zentimeter über dem Wagendach und raste in dem Moment, als er erwachte, auf ihn zu. In einem anderen Traum war Axel Jonas bei ihm auf dem Wagendach gewesen und hatte versucht, ihn auf die Stromschiene zu werfen. Jasper hatte sich fest vorgenommen, daß er das nie wieder machen, daß er nie wieder so viel riskieren würde.

Doch die Zeit bringt Wandel. Nach einer Weile hatte sich wahrscheinlich sogar die Katze von Cecilias Nachbarin wieder über die Straße getraut. Mit Damon sprach er nie darüber. Die anderen Jungen, die nicht in seine Schule gingen, waren ihm nach jener letzten folgenreichen Fahrt nicht mehr über den Weg gelaufen. Er hatte nicht das Bedürfnis, darüber zu sprechen. Er machte es mit sich allein ab. Was ihn beschäftigte, was ihn verlockte, war die lange Strecke von Baker Street nach Finchley Road, die auf der Jubilee Line von zwei Stationen unterbrochen wird. Axel Jonas hatte er damals erzählt, er habe sie schon gemacht.

Hätte er es Axel Jonas nicht erzählt, wäre ihm die Sache gar nicht so wichtig gewesen. Was soll's, hätte er sich sagen und die ganze Geschichte vergessen können. So aber drängte es ihn, die Prahlerei Wirklichkeit werden zu lassen. Diese eine Fahrt noch, und dann konnte er aufhören. Wie ein Tennisspieler, dessen höchstes Ziel es ist, Wimbledonsieger zu werden, der sich, wenn das geschafft ist, guten Gewissens zur Ruhe setzen kann.

Als Cecilia zur gewohnten Stunde, der »sicheren« Mittagsstunde, ihren Besuch bei Tina machte, sah sie, wie ein großer, dunkelhaariger junger Mann mit Bart und ein kleinerer Mann mit Hut und Schal Möbel von einem Mietlaster luden. Sie sah einen Metallrahmen, der möglicherweise ein Bett war, und etwas, was, soviel sie wußte, Futon genannt wurde, und eine Menge Kameras und photographische Ausrüstung. Auf dem Gehsteig vor dem Tor der Cambridge School standen Kisten und Koffer.

Cecilia erkannte in dem Bärtigen ihren Quälgeist aus der U-Bahn. Der andere mußte demnach der Bär sein. Es war ein Schock, und sie mußte an sich halten, um nicht auf der Stelle umzukehren und sich in ihr eigenes Heim zu flüchten. Mit klopfendem Herz blieb sie im Schutz der Vortreppe stehen und beobachtete die beiden Männer, die sie bestimmt nicht erkannt hatten, die sie völlig ignorierten. An so etwas war Cecilia gewöhnt, es störte sie nicht einmal sehr. Sie wußte nur zu gut, daß das unauffälligste, das unsichtbarste, das mit der geringsten Anteilnahme bedachte menschliche Wesen eine alte Frau ist.

Nach einer Weile glaubte sie sich doch geirrt zu haben. Ein dunkelhaariger Mann mit Bart sieht schließlich mehr oder weniger wie der andere aus. In London mußte es Hunderte von großen dünnen jungen Männern mit schwarzen Bärten geben. Und sein Begleiter? Das Gesicht des Bären hatte sie nie gesehen, sie hatte es nicht gewagt, einen Blick in das aufgesperrte Maul zu werfen. Jetzt war sie froh, daß sie vernünftig gewesen war, daß sie sich nicht von ihrer panischen Angst hatte überwältigen lassen. Sie warf den beiden noch einen Blick zu, um sich erneut zu bestätigen, daß es nicht ihre Quälgeister waren, dann schloß sie die Haustür auf. Weil die beiden gerade den Bettrahmen durch den Vorgarten trugen, ließ sie die Tür hinter sich offenstehen.

Die Kinder waren in der Schule, das heißt, sie waren nicht da, und Cecilia wollte gern glauben, daß sie in der Schule waren. Um diese stille Mittagsstunde, in der Tina in der Küche am Tisch saß, Kaffee trank und den *Guardian* las, konnte sie sich einreden, daß alles in bester Ordnung war. Wenn Tina aufsah, wie jetzt, und lächelnd sagte: »Hallo, Ma. Hi! Wie geht's denn?«, hatte sie jedesmal die leise Hoffnung, daß nun der Satz folgen würde: »Ich muß dir was sagen...« und dann die ersehnte Ankündigung: »Brian und ich heiraten nächste Woche.«

Der ersehnte Satz blieb ungesprochen. Tina, locker, unbekümmert, immer bereit, das Leben zu nehmen, wie es eben kam, stand auf und machte ihrer Mutter eine Tasse Kaffee. Nebenbei erzählte sie von diesem neuen Job, den ihr jemand angeboten hatte und den sie vielleicht annehmen würde. Im Lauf der Jahre hatte Tina immer wieder – manchmal sogar mit großem Überschwang – von irgendeinem Job erzählt, den sie dann doch nicht annahm. Die Neigung zu einer lässigen, heiter-philosophischen Lebenshaltung war in der Familie stark ausgeprägt, besonders bei Jarvis und Tina, vielleicht auch bei Jasper, wohingegen sie Cecilia und ihre Geschwister übergangen und sich bei Bienvida bisher noch nicht bemerkbar gemacht hatte.

»Ich möchte, daß ihr Weihnachten alle zu mir kommt, Tina«, sagte sie, nachdem ihre Tochter ihr die zweifelhaften Vorzüge einer Halbtagsstelle in einem fast neuen Altkleiderladen geschildert hatte. »Ihr könnt schon Heiligabend kommen, wenn ihr wollt, und bei mir übernachten, dann können die Kinder am nächsten Morgen nachsehen, was ihnen Santa Claus in den Strumpf gesteckt hat.«

»Ja, vielleicht. Okay. Ich meine, Weihnachten kommen wir auf jeden Fall. Aber wir brauchen es ja jetzt noch nicht zu entscheiden, wie?«

Tina war nie geneigt, derlei Dinge gleich zu entscheiden. Sie liebte das Spontane. Den Überraschungsbesuch. Cecilia ließ das Thema fallen und näherte sich dem, was Daphne, seit jeher eine begeisterte Anhängerin der Game Shows im Fernsehen, die Vierundsechzigtausend-Dollar-Frage genannt hätte. Cecilia schlängelte sich vorsichtig an den entscheidenden Punkt heran.

»Daphne übernachtet natürlich bei mir, wie immer, und Peter wird versuchen, zum Mittagessen zu kommen.«

Tina sagte nichts. Sie kratzte mit der Spitze des rechten Daumennagels roten Lack von ihren Nägeln, den sie in ihre fast leere Kaffeetasse fallen ließ. Cecilia versuchte das zunächst zu ignorieren, indem sie sich bemühte, Tina weder direkt anzuschauen noch betont wegzusehen. Weil sie an die Sache selbst nicht denken konnte, versuchte sie sich einzureden, daß das, was Tina da trieb, nicht abstoßend und widerlich, sondern völlig normal war, daß Tausende junger Frauen so etwas tagtäglich machten und nur ein pingeliges, selbstgerechtes altes Weib wie sie Anstoß daran nehmen konnte. Sie atmete ein paarmal tief durch, dann sagte sie: »Ich habe überlegt, ob ich auch Brian frage.«

»Wieso? Was willst du Brian denn fragen?« sagte Tina. Es war Tina nicht gegeben, anderen entgegenzukommen. Sie merkte gar nicht, wenn andere sich schwertaten. Sie selbst tat sich nie schwer.

»Fragen, ob er Weihnachten kommen will, Kind.«

»Ach so . . .«

»Meinst du, er würde kommen?«

»Weiß ich nicht. Frag ihn doch.«

Cecilia gab es auf. Sie hatte sich mit Daphne im Einkaufszentrum Brent Cross verabredet, wo sie ihre Weihnachtseinkäufe machen wollten. Nach Brent Cross nahm sie den Bus. Auf der Northern Line gibt es zwar eine Station gleichen Namens, aber um sie von dem nur zwei Meilen entfernten West Hampstead aus zu erreichen, hätte Cecilia mit der Jubilee Line nach London hineinfahren, in Baker Street in die Circle und in King's Cross in die Northern Line (Abzweig Edgware) umsteigen müssen, und von da waren es dann noch acht Stationen bis zu ihrem Ziel. Jarvis hatte in seiner Jugend einen Plan für eine U-Bahn-Verbindung zwischen Golders Green und Kilburn mit zwei Zwischenstationen, Child's Hill und West End Lane, entworfen, aber die war ein Traum geblieben, und er träumte tatsächlich davon in seinem Hotelbett in Dnjepropetrovsk, so wie er häufig von nicht vorhandenen oder sagenhaften Strecken und von ganzen apokryphen Metrosystemen träumte.

Axel Jonas wohnte schon zwei Tage in der Schule, ehe Alice erfuhr, daß er da war.

Sie hatte Tom von seiner bevorstehenden Ankunft nichts erzählt. Sie hatte niemandem davon erzählt. Sobald sie ein bißchen Zeit für sich hatte – Tom war einkaufen gegangen –, hatte sie einen Blick in die Räume geworfen, die er beziehen würde. Beide hatte sie bis dahin noch nie betreten. Vor den Fenstern hingen, wie überall in der Schule, dunkelgrüne Springrollos. In der Quinta standen ein Tisch und ein hölzerner Stuhl. Im Zeichensaal waren die Staffeleien noch da und ein langer Tisch, um den Stühle standen. An den Wänden hingen gerahmte Reproduktionen von Gemälden, die Alice unbestimmt als berühmte Kunstwerke in Erinnerung hatte: ein rothaariges Mädchen in weißem Kleid und ein Engel, der eine Lilie in der Hand hielt, eine ganz von Bäumen umgebene Kirche mit riesig hohem Turm.

Aus den Fenstern der Quinta sah man den Garten, jenseits der Bahn die Rückfront von Fabrikgebäuden und die silbernen, von Graffiti verunstalteten Züge, es war der gleiche Blick wie aus ihrem Zimmer. Der Zeichensaal ging auf die Straße hinaus, auf die Reihe kahler Platanen und die Häuser, hinter deren Scheiben undeutlich Papiergirlanden und Wattekugeln aus »Schnee« zu erkennen waren. Es war trocken und kalt draußen, der frostige Wind wehte Abfall und schurrende Blätter am Rinnstein entlang.

Alice erwartete einen Anruf. Es war zwei Wochen her, seit sie mit ihm gesprochen hatte. Jedesmal, wenn das Telefon läutete, dachte sie, es müsse Axel sein, und lief hinunter, ehe Tom abheben konnte. Aber es waren immer nur Daniel Korn oder Tinas Mutter oder Peter. Tina ging nur ans Telefon, wenn sonst niemand im Haus war. Wenn einer was von mir will, pflegte sie zu sagen, holt mich schon jemand, und wenn niemand da ist, meldet er sich später noch mal. Tom hingegen ging häufig ans Telefon. Wahrscheinlich ein Gespräch für mich, meinte er, wegen meiner »Arbeit«. Alice registrierte mit wachsender Besorgnis, daß Tom sich mehr und mehr in der Rolle eines Geschäftsmannes gefiel, der von seiner Wohnung aus ein wichtiges, gewinnbringendes Unternehmen betreibt.

»Jay kennt einen tollen Gitarristen, der vielleicht bei uns mitmachen würde«, sagte er eines Abends, zwei Tage vor Weihnachten, zu ihr. »Es wäre ein großes Plus für uns, wenn wir ihn bekommen könnten.«

Sie hob die Augenbrauen.

»Ich muß mir wirklich überlegen, was wir gegen die Konkurrenz unternehmen können. Diese Rockbands sind zwar primitiv, aber sie haben alle raffinierte Verstärkeranlagen. Im Augenblick kommen wir dagegen einfach nicht an.«

Sie waren im Direktorzimmer. Tom hatte den Ellbogen auf den Tisch gestützt und das Kinn in die Hand gelegt. Er runzelte angestrengt die Stirn. Eine blonde Locke fiel ihm über die Stirn, und er kämmte sie mit gespreizten Fingern zurück.

»Wer die bessere Musik macht, ist überhaupt keine Frage. Die Leute wollen unseren Sound, auf den stehen sie, das merkt man. Es ist einfach nicht wahr, daß die Leute kein Verlangen nach Kunst, nach guter Musik haben. Aber was nützt das alles, wenn die von hundert Dezibel Saxophon überbrüllt wird? Gleich nach Weihnachten muß ich mich unbedingt um Verstärker für unseren Sound kümmern.«

Sie erinnerte ihn daran, daß sie nichts zu essen im Hause hatten, sie müßten einkaufen gehen.

»Wir können ja beim Chinesen essen«, sagte er gleichmütig, im Ton des aufstrebenden Unternehmers, den er jetzt immer spielte. Ein Erfolgsmensch, der das Geld nur so scheffelt. Alice verbot sich streng, ihn daran zu erinnern – was sie liebend gern getan hätte –, daß sie 800 Pfund im Monat verdiente und er achtzig. Wenn er Glück hatte. Die Bewerbungsunterlagen für die Musikhochschulen lagen noch immer ungeöffnet und unberührt auf seinem Zimmer.

»Ich raffe zur Zeit all meinen Mut zusammen, wegen eines Darlehens meine Großmutter anzugehen. Für unsere Ausrüstung.«

Sie standen auf dem Treppenabsatz im ersten Stock. Es war ein für diesen milden Winter relativ kalter Tag. Tom gehörte zu den Männern, die sich nie warm einpacken, die immer eine kurze Jacke tragen und im Winter einfach den Kragen hochschlagen. Alice hatte ihren Wintermantel an und war jetzt sehr froh, daß sie ihn mitgenommen hatte. Sie trug Jeans, Stiefel, eine Wollmütze und Wollhandschuhe und das große blau-rote Schultertuch, das sie sich gekauft hatte. Ihr einziger Luxus. Das hellbraune lockige Haar fiel ihr über den Nacken und über das Tuch wie eine zusätzliche wärmende Hülle, ein Cape oder ein Schleier.

Er habe noch ein zweites Eisen im Feuer, berichtete Tom stolz. In Cambridge gab es einen Lehrgang für Geigenbau. Geigen zu bauen wäre nicht nur lukrativ, sondern auch gut fürs Gemüt. Er konnte sich vorstellen, welche Ruhe, welch heitere Zufriedenheit die Betätigung in diesem schönen und nützlichen Handwerk ihm schenken würde.

Alice hatte sich bei ihm eingehakt, aber sie ließ ihn los, als sie sah, wer die Treppe heraufkam. Ihr Herz weitete sich und drehte sich langsam einmal um die eigene Achse. Das war eine völlig neue Empfindung, kein Schmerz, aber etwas, was dem nahekam. Als es wieder an der richtigen Stelle saß, begann es schnell und dumpf zu schlagen.

Er kam langsam herauf, den Kopf erhoben, den Blick auf sie gerichtet. Er trug seinen langen dunklen Mantel und dazu einen schwarzen Schal, der zweimal so lang war wie er. Er hatte ihn nicht um den Hals gewickelt, sondern die beiden Enden hingen ihm über die Schulter und bis zu den Füßen, eine Art Ornat.

Alice wußte nicht, wie sie sich verhalten sollte. Der Gedanke schoß ihr durch den Kopf, daß er gekommen war, um sie zu suchen, vielleicht sogar, um sie mitzunehmen. Oder – schlimmer – sie *nicht* mitzunehmen. Wenn er nun vor mich hintritt, dachte sie, und mich küßt, im Beisein von Tom... Am Fuß der Treppe zum zweiten Stock blieb Axel stehen und schaute sie an, das heißt, er schaute sie beide an, Alice hatte er von Anfang an nicht aus den Augen gelassen.

»Ich bin Axel Jonas«, sagte er, »ein Freund von Jarvis. Ich wohne jetzt hier.«

Tom ging mit ausgestreckter Hand auf ihn zu. Er nannte seinen Namen, sah rasch über die Schulter und nannte den ihren. Sie schüttelten sich die Hand. Axels Blick war weiter ausdruckslos und fremd, scheinbar fremd, auf Alice gerichtet.

Sie nahm seine Hand. Die Hand war kalt, sie spürte die Kälte durch ihren Wollhandschuh hindurch. Ein Schauer überlief sie, eine heftige Zuckung, die er beim Zusammentreffen ihrer Hände hatte spüren müssen. Alice nahm ihre Hand weg. Es war ein Wunder, wenn Tom nicht merkte, was hier vorging, in diesem stummen kleinen Drama, die Luft knisterte vor Spannung, Axels bemühte Beherrschung war zu spüren, ihre eigene unterdrückte Angst und – ja – ihre Sehnsucht.

Tom lächelte freundlich. »Wir wollten gerade essen gehen«, sagte er.

Axel nickte.

»Wenn Sie irgendwas wissen wollen, fragen Sie ruhig. Nur keine Zurückhaltung! Was das Haus betrifft, meine ich. Oder wenn Sie sonst Probleme haben.«

»Ich werde mich nicht zurückhalten«, sagte Axel, und Alice kam es vor, als sage er das mit einer besonderen, beziehungsreichen Betonung, die ihr galt. Er würde sich nicht zurückhalten, jetzt nicht mehr, er würde keinen Aufschub dulden.

Er ging in den zweiten Stock hinauf, und vom Vestibül her sah Tom, schon halb an der Haustür, noch einmal zu den Galerien hoch, weil er wissen wollte, welche Tür er aufmachte. Alice wäre jetzt am liebsten gar nicht aus dem Haus gegangen. Fiebrige Erregung hatte Angst und Schreck verdrängt. Die Überlegung war unausweichlich, daß Axel ihretwegen gekommen, um ihretwillen eingezogen war, um ihr nah zu sein, um unter demselben Dach zu leben wie sie.

Sie konnte nichts essen. Sie brannte darauf, wieder heimzukommen. Während sie beim Chinesen saßen und den ganzen Heimweg über hoffte sie, Tom würde auf Axel zu sprechen kommen, auch wenn er vielleicht nur sagte, seine Ankunft sei doch recht überraschend gewesen, oder nur eine abfällige Bemerkung über sein Äußeres machte. Schon wagte sie es nicht mehr, von sich aus das Thema anzuschneiden. Doch Tom interessierte das alles nicht, er wollte nur über seine Musikprojekte und über ihre gemeinsame Zukunft sprechen.

»Hat Musikmachen in der U-Bahn denn eine Zukunft?« sagte sie schließlich und wartete auf die Explosion, den nächsten Wutanfall.

Er grinste nur. »Wir werden ja nicht in alle Ewigkeit Musik machen. Jedenfalls nicht so, wie du meinst. Wenn wir da unten berühmt geworden sind, kommen wir ans Tageslicht. Jay hat gute Kontakte zu einer Journalistin, die will über uns einen Artikel für den *Evening Standard* schreiben. Wart's nur ab, vielleicht spielt unser Trio in einem Jahr regelmäßig in Covent Garden...«

Sie sagte nichts. Sie standen schon vor der Haustür, als sie fragte: »Was hältst du von dem Mann, den wir vorhin getroffen haben?«

»Was für ein Mann?«

Er hatte ihn schon vergessen oder überhaupt nicht beachtet.

Alice lag lange wach und überlegte, daß Axel ihretwegen gekommen sein mußte. Eins seiner Zimmer war direkt über dem Direktorzimmer, das andere gegenüber, nach vorn hinaus. Sie horchte auf Bewegungen von oben, hörte aber nichts. Am nächsten Morgen war das Haus still, kein Mensch war zu sehen. Es war ein Freitag und ihr letzter Arbeitstag vor Weihnachten.

Nachdem Axel eingezogen war und sie gesehen hatte, rechnete sie damit, daß er sie im Büro anrufen würde, aber er meldete sich nicht. Tom war unten in der Station Holborn, als sie vom Büro kam, und sie fuhren zusammen nach Hause. Er hatte einen erfolgreichen Tag hinter sich, hatte sachkundige Passanten mit unbekannteren Weihnachtsliedern angelockt, mit *Lullay, Lullay* und *Personent Hodie* und *Love Came Down at Christmas*, sein Anteil belief sich auf über zehn Pfund.

Alice hatte sich eingeredet, daß Axel im Vestibül sein würde, wenn sie kamen. Er würde dastehen wie an dem Tag, als sie sich kennengelernt hatten, und die altmodischen Mädchennamen lesen, die in die Holztafel geschnitzt waren. Die Halle war leer, das ganze Haus wirkte leer. Sie und Tom aßen im Direktorzimmer und hörten sich die Neueinspielung eines Brahmskonzertes an, die sie gekauft hatte. Sie hörten oft zusammen Musik, aber nie abends nach elf, und hielten sich immer mit der Lautstärke zurück. Alice hatte nie Angst gehabt, ihre Mitbewohner damit zu stören, jetzt aber dachte sie an Axel und erwartete fast, er würde an die Tür kommen und sie bitten, die Hi-Fi-Anlage leiser zu stellen. Später erinnerte sie sich, daß sie von diesem Abend an ständig an Axel gedacht hatte, von diesem Abend an ging er ihr nicht mehr aus dem Sinn. Er war in der Luft, die sie atmete, in den Geräuschen, die sie hörte. Wenn sie anderen Menschen ins Gesicht sah, schob sich das seine davor. Er beherrschte ihre Träume.

Sie konnte nichts dagegen machen. Er war da, war in ihrem Kopf. Daß er nicht leibhaftig da war, brannte in ihr als eine ständige bebende Unruhe. Es war, als sei er gar nicht im Haus, vielleicht war er ja wirklich nicht im Haus. Ihre Gedanken bündelten sich auf einen einzigen Brennpunkt: an der Quinta oder am Zeichensaal zu klopfen, die Tür aufzumachen, einzutreten, zu ihm zu gehen. Sie tat es nie, dachte bloß unablässig daran.

Als Fundsachen in der Londoner U-Bahn wurden unter anderem abgegeben: ein Paar Fasane, mehrere Weihnachtsputer, 1500 Pfund Sterling in bar und ein Koffer mit einem kompletten Freimaurerornat.

Um die Weihnachtszeit nimmt die Vergeßlichkeit der Verkehrsteilnehmer zu. Im Fundbüro von Liverpool Street Station wurden letztes Jahr vier Einkaufstüten mit Lebensmitteln für Weihnachten sowie eine hölzerne Steige mit Sandwiches registriert.

Alle Züge werden abends gereinigt. Auf der Central Line werden bei Fahrtende regelmäßig die Wagen von Abfall gesäubert. Auf Oxford Circus fallen täglich achtzig Säcke Müll an, hauptsächlich Fast-Food-Schachteln und kostenlose Anzeigenblättchen. Was die Tunnel ernstlich verstopft, ist Menschenhaar, sind die sacht, unbemerkt und ungesehen zu Boden fallenden Haare der Millionen von U-Bahn-Benutzern.

Nachts, wenn der Strom abgeschaltet ist, gehen die Flusensammler durch die Tunnel und kratzen die Ritzen zwischen den Schienen frei. Ihre Tätigkeit ist nicht gefährlich, aber mühsam, makaber und manchmal beängstigend. Es kann kein Zug kommen, der Strom ist ja abgeschaltet. Du weißt genau, daß kein Zug kommen kann, käme aber einer durch die Tunnelröhre, so wären nur knapp 20 cm Platz zwischen Wagen- und Tunnelwand, zwischen Wagen- und Tunneldach.

Angenommen, du hörst einen Zug kommen. Es gibt keine Ausweichmöglichkeit, kein Entrinnen. Und tatsächlich hörst du Züge kommen. Was du da hörst, sind die fahrerlosen Briefzüge der Post, die in parallel verlaufenden Tunnels fahren, und du weißt es, aber weißt du es immer, wenn du mitten in der Nacht im Tunnel bist?

In der Tokioter Untergrundbahn gibt es Hilfskräfte, die speziell dafür eingesetzt werden, im Gedränge abgerissene Ärmel und verlorengegangene Schuhe in Körbe zu sammeln.

Am Tag vor Heiligabend ging Jed mit Abälard zum Tierarzt. Der Tierarzt ließ sich von Abälards Schwierigkeiten beim Fliegen berichten, daß er es nicht immer bis hinauf in die Baumkronen schaffte, daß er Federn an der rechten Schwinge verloren hatte, und machte für Jed einen Termin bei einem Vogelspezialisten von einem veterinärmedizinischen Institut aus. Er empfahl dringend, den Falken warmzuhalten.

Jed brachte Abälard ins Haus, setzte ihn in der Oberprima auf seinen Bock und stellte in seinem Zimmer den Ölofen an. Um acht traf er sich mit drei Safeguard-Kollegen, einem Mann und zwei Frauen, in Tottenham Court Road an der Northern Line Richtung Norden. Auf der ersten Fahrt nach High Barnet und zurück war alles ruhig, aber bei der zweiten Hinfahrt machte eine Teenager-Gang Randale im Zug. Sie traten nach der Handtasche einer Frau, kippten einen Koffer auf dem Boden aus und rannten einen älteren Mann über den Haufen, der sich ihnen in den Weg gestellt hatte. Jed stieg aus und sagte dem Fahrer Bescheid, und in Kentish Town warteten zwei telefonisch verständigte Bahnpolizisten vor dem Wagen, in dem die Bande inzwischen angekommen war.

Danach herrschte Ruhe, bis Maria, eine der Frauen, in einer Ecke des zweiten Wagens eine verdächtige Tragetasche fand. Sie hielten es für möglich, daß eine Bombe darin sein konnte, und übergaben die Tasche in Tottenham Court Road dem Aufsichtsbeamten. Jed meinte allerdings, wahrscheinlich sei es nur ein vergessener Weihnachtsputer.

Als er heimkam, schlief Abälard auf seinem Bock, und das Zimmer war behaglich warm.

Tina ging am späten Vormittag des 25. Dezember und nicht am Heiligabend mit den Kindern zu ihrer Mutter, weil sie bis zum frühen Morgen mit Daniel Korn aus gewesen war und gefeiert hatte. Zum Weihnachtsessen bei Cecilia hatten sich Tina, Jasper und Bienvida, Brian Elphick, Daphne Bleech-Palmer, Peter Bleech-Palmer und Jay Rosetti versammelt.

Für Brian war es ein Opfer gewesen, denn er war eigentlich mit seiner Freundin bei deren Schwester und Schwager in Chigwell eingeladen, aber er war ein netter Mann und hatte altmodische Ansichten in Sachen Verantwortungsbewußtsein und Pflichterfüllung. Bienvida und Jasper kannten die Freundin, sie waren schon öfter mit ihr zusammengewesen, aber Jasper interessierte sich nicht sonderlich für sie und ließ sich wie die meisten Männer (wenn auch nicht alle) im Gespräch nur selten über andere Leute aus. Bienvida hingegen war sehr an der Freundin interessiert, hielt sich aber eisern an ihre Devise, Diskretion zu üben und nie etwas zu sagen, was Ärger machen konnte. Cecilia gegenüber hatte sie kein Wort von Brians Freundin verlauten lassen, ja, sie war sogar fest entschlossen, in dem unwahrscheinlichen Fall, daß ihre Großmutter danach fragen sollte, die Existenz einer solchen Frau schlankweg zu leugnen.

Tina war verkatert und verschnupft und entsprechend schlecht gelaunt. Tinas Schnupfen war ein bedauerlicher Störfaktor, denn Jay regte sich schrecklich darüber auf, weil er Angst hatte, Peter könnte sich anstecken, ja, er sagte sogar, es sei vielleicht besser, wenn sie nicht zum Essen blieben. Daphne hatte sehr bald genug von diesem Gerede. »Es wäre nicht der erste Schnupfen, den er bekommt. Als kleiner Junge war er sehr anfällig für Erkältungen. Wenn Cecilia sich ansteckt, ist das viel schlimmer, bei ihr wächst sich so was immer gleich zu einer Bronchitis aus.«

Jay ließ sich nicht beirren. Er sorgte dafür, daß Peter einen Platz möglichst weit weg von Tina bekam, und begleitete jeden Nieser mit lautem Gejammer, was andere Leute bestimmt sehr peinlich berührt hätte. Tina traf so etwas nicht. Gleich nach dem Essen packte Jay seinen Freund in ein Taxi und fuhr mit ihm weg.

Die Londoner U-Bahn ist am ersten Weihnachtsfeiertag nicht in Betrieb.

Brian war mit dem Wagen gekommen und brachte Tina und die Kinder nach Hause. Es war zwar nicht weit, aber sie hatten ihre Geschenke zu transportieren, und Tina dröhnte der Kopf von ihrem feuchtfröhlichen Abend und von der Erkältung. Vor dem Haus trafen sie Axel Jonas und einen Mann mit tief ins Gesicht gezogener Kapuze, aber weil sie die beiden nicht kannten, dachten sie, es müßten wohl Bekannte von Alice und Tom sein.

Nachdem sie das Geschenkpapier aufgehoben und gut erhaltene Stücke zur Wiederverwendung im nächsten Jahr geglättet hatten – wenn sie denn noch eines erleben würden, wie sie beide für sich sagten –, nachdem sie den Puter in Frischfolie eingepackt und im Kühlschrank untergebracht hatten, setzten sich Cecilia und Daphne nebeneinander auf Cecilias Couch und sahen sich ein Video an. Es war *Die Reise nach Indien.* Gesprochen wurde nicht viel. Sie hatten sich, wie ein altes Ehepaar, mittlerweile fast alles gesagt. Beide aber hatten, wie meist, wenn sie beieinander waren, das Bedürfnis, der anderen etwas Liebes zu tun, ihr ein kleines Kompliment zu machen. Daphne sagte, was für ein reizendes kleines Ding Bienvida sei, und wie hübsch sie mal werden würde, und Cecilia sagte, Peter sähe sehr viel besser aus.

Cecilia kannte den Inhalt des Films, weil sie die Romanvorlage gelesen hatte, und merkte, daß ihre Gedanken abschweiften. Sie fand, daß sie doch sehr zufrieden sein konnte. Es war immer eine Freude, wenn Daphne zu Besuch war, wenn sie ihr morgens den Tee ans Bett bringen konnte, ohne fragen zu müssen, wie sie ihn haben wollte, ganz wenig Milch, einen gestrichenen Teelöffel Zucker, wenn sie dann die Vorhänge zurückzog und die Frage stellte, die Daphne vor langer Zeit mit einem Witzchen beantwortet hatte und die danach zu einem Ritual geworden war: »Wie hast du geschlafen?«

»Auf der linken Seite, Liebes, und unter deiner schönen warmen Steppdecke.«

Cecilia wandte ihre Aufmerksamkeit wieder Mrs. More und den Marabar-Höhlen zu.

16

Der einzige, der sich mit Tinas Schnupfen ansteckte, war Tom. Als sie nach Weihnachten wieder ins Büro ging, fühlte Alice sich wie befreit, weil er nicht unten im Durchgang von Holborn Station stand, wenn sie Feierabend hatte. Seinen Platz hatten ein Mann mit Schlagzeug und ein Mann mit Gitarre eingenommen und eine Frau, die Tammy-Wynette-Songs sang.

Sie dachte wie gewöhnlich an Axel Jonas, sah sein Gesicht in jeder Menschenmenge, auf jedem Bahnsteig und auf Photos, wenn sie eine Zeitung aufschlug. Ihn selbst hatte sie seit der Begegnung auf der Treppe nicht mehr gesehen, aber seine Schritte hatte sie gehört – über ihrem Kopf und gestern abend hinter der geschlossenen Tür der Übergangsklasse. Tom lag in der Quarta im Bett und pflegte seine Erkältung. Es war schon spät, aber in der West End Lane gab es ein Geschäft, das die ganze Nacht geöffnet war. Alice hatte dort Aspirin gekauft, und als sie zurückkam, sah sie durch das große Erkerfenster einen schwachen Lichtschein, wie den herumwandernden Lichtkegel einer Taschenlampe.

Dann erlosch das Licht, und sie hätte sich fast einreden können, sie habe sich das alles nur eingebildet. Vor der Tür blieb sie stehen und lauschte. Was sie hörte, waren keine Schritte, es war das Geräusch von Gegenständen, die hin und her bewegt wurden, Papier, das jemand über eine hölzerne Fläche schob, Holz, das über Holz schrammte. Zumindest war es das, was sie zu hören glaubte; ganz sicher war sie ihrer Sache nicht.

Sie wußte nur, daß es Axel sein mußte. Weder Tina noch Jed würden sich für das interessieren, was Jarvis in diesem Zimmer aufbewahrte. Wären es aber Tina oder Jed gewesen, hätte sie die Tür aufgemacht und gefragt, was sie da trieben. Sollte sie Axel dort in der Dunkelheit überrumpeln? Nein, sie hatte Angst, schlicht und einfach Angst vor dem, was sich daraus ergeben konnte. Rasch ging sie nach oben und löschte hinter sich das Licht im Vestibül. Während sie Tom etwas Warmes zu trinken machte, während sie Aspirintabletten in einem Glas Wasser auflöste, dachte sie, was regst du dich auf, er ist ein Freund von Jarvis, Jarvis hat ihm gestattet, sich in diesem Zimmer aufzuhalten, dabei wußte sie genau, daß es nicht das war, was sie beunruhigte.

Später hörte sie ihn die Treppe heraufkommen. Der direkte Weg in den zweiten Stock führte nicht an ihrem Zimmer vorbei, er hätte direkt nach oben gehen können. Seine Schritte hallten auf der Galerie und hielten vor ihrer Tür inne. Er wird den Türknauf drehen, dachte sie, und weil nicht abgeschlossen ist, wird er hereinkommen. Sie hielt den Atem an, wartete, starr vor Angst. Noch nie im Leben hatte sie sich so gefürchtet. Nie im Leben hatte sie leidenschaftlicher gehofft.

Lange stand er da, wohl eine Minute – und eine Minute kann sehr lang sein –, bis er zur Treppe zurückging. Sie hörte, wie sich über ihr die Tür schloß, und der Schweiß brach ihr aus allen Poren. Sie konnte nicht entscheiden, ob sie erleichtert oder furchtbar enttäuscht war, und hätte nicht sagen können, wovor sie eigentlich Angst gehabt hatte.

Nicht zum ersten Mal gingen ihre Gedanken zurück zu jenem Abend, als er ihr gesagt hatte, er sei verrückt. Ganz ernsthaft, ganz nüchtern hatte er es gesagt, so wie andere Leute von sich sagen, daß sie Asthma haben oder besonders unfallgefährdet sind. Inzwischen neigte sie zu der Auffassung, daß er es wohl im Sinne von ausschweifend oder exzentrisch oder weltfremd gemeint hatte.

Er glaube an die Liebe, hatte er gesagt. Sie hatte in Erinnerung, daß er ein grimmiges Gesicht dabei gemacht hatte, aber vielleicht stimmte das nicht, vielleicht hatte das ihr Gedächtnis nur hinzuerfunden. An immerwährende Liebe glaubte er, Liebe über das Grab hinaus. Warum hatte er ihr das gesagt, wenn er damit nicht gemeint hatte, er könnte mit der Zeit diese Art von Liebe für sie empfinden?

Entgegen einer weitverbreiteten Ansicht ist die Kriminalitätsrate in der Londoner U-Bahn gering.

So mußte die Polizei von Brixton dreimal so viele Raubüberfälle bearbeiten wie die Bahnpolizei von London Transport.

Die häufigste Straftat ist das »Ziehen«, das heißt der Diebstahl von Brief- und Handtaschen sowie Taschendiebstahl ganz allgemein.

Gräfin Teresa Lubienska, eine dreiundsiebzigjährige Polin, wurde 1957 auf Gloucester Road in einem nach unten fahrenden Lift erstochen. Es war spätabends, an einem Freitag im Sommer. 1983 wurde ein Schalterbeamter auf Balham mit einer abgesägten Schrotflinte umgebracht, und zwar nicht mit Schrot oder einer Kugel, sondern mit Putzwolle, die sich im Lauf befunden hatte. Man verhörte 23 Verdächtige, der Mörder aber wurde nicht gefunden.

Im gleichen Jahr versuchte ein Obdachloser namens Kiernan Kelly, einen Fahrgast vor einen Zug zu stoßen. Er wurde wegen versuchten Mordes angeklagt, und als man ihn in Clapham zu zwei weiteren Verdächtigen in eine Polizeizelle gesperrt hatte, garottierte er einen seiner Zellengenossen mit dessen Schnürsenkeln. Kelly gab zahlreiche Morde zu und wurde 1984 zu lebenslanger Haft verurteilt.

Bei den meisten Übergriffen in der Londoner U-Bahn ist Alkohol im Spiel. Wer einen Mitreisenden ersucht, die Zigarette auszumachen, läuft schon Gefahr, unvermutet niedergeschlagen zu werden.

Den Mann, der auf überfüllten Bahnsteigen herumtobt und versucht, Fahrgäste auf die Gleise zu stoßen, hat die Polizei mit einem bedauernswerten Mangel an Erfindungsgabe den »Wilden aus Borneo« getauft. Er hat langes, zottiges Haar, seine Sachen starren vor Dreck. Eins seiner Opfer stürzte tatsächlich über die Bahnsteigkante, kam aber nicht zu Schaden. Die Stromschiene verläuft an der Wandseite.

Noch nie ist jemand in einem Londoner U-Bahn-Wagen ermordet worden. Von Vergewaltigungen ist zumindest nichts bekannt.

Unzüchtige Handlungen hingegen, begangen von »Grapsch-and-Go-Fahrern«, wie sie im Polizeijargon heißen, sind an der Tagesordnung. Es ist schwer zu sagen, wie weit hier Absicht vorliegt und wie weit sich solche Situationen aus der zuweilen unglaublich engen Tuchfühlung in den Stoßzeiten ergeben.

Natürlich gibt es immer wieder Männer, denen das von ihnen beklagte Gedränge eine Chance für die Erfüllung von Wunschträumen bietet.

Alice fuhr auf der Rolltreppe nach unten und wunderte sich über die Musik, die ihr entgegenkam, denn es war Toms Musik, aus seinem Repertoire populärer Klassik. Auf Mozarts beliebte *Kleine Nachtmusik* folgte gerade ein Strauß-Walzer. Tom konnte es nicht sein, da müßte er sich schon sehr schnell erholt haben. Als sie um die Ecke bog, sah sie Peter mit seiner Gitarre, Jay mit dem Tenorsaxophon, einen sich täppisch im Walzertakt wiegenden Bären und einen Kamm blasenden Axel.

»Es ist keiner dieser merkwürdigen Zufälle«, sagte Peter. »Wir wußten, daß du hier vorbeikommen würdest.«

Sie hatten ihr Spiel nicht unterbrochen, der Bär hatte nicht aufgehört zu tanzen. Nur Axel ließ von seinem Instrument ab, er zerknüllte das Blatt Papier und steckte den Kamm in die Tasche seines langen dunklen Mantels. Er sah Alice an und lächelte leicht. Sie stellte sich mit dem Rücken an die Wand, um den Passantenstrom nicht zu behindern. Der Vorfall beunruhigte sie. Flüchtig, rasch wieder verdrängt, überkam sie das Gefühl, daß die anderen sich alle seit Jahren kannten, eine Art Komplott geschmiedet hatten, sich über ihre Gutgläubigkeit, ihr Unbehagen lustig machten.

Dann beendete Peter den Walzer mit einem schnellen

Griff in die Saiten und sagte halblaut: »Sie sind netterweise für Tom eingesprungen. Wir haben sie getroffen, als wir ihn abholen wollten. Der Bär kommt gut an.«

Das hatte der Bär gehört, er schlug mit den Tatzen nach Alice und schüttelte den zottigen Kopf. Alice erkannte undeutlich das Gesicht des Mannes hinter dem Maul, ein häßliches, schiefgezogenes Gesicht mit Sattelnase. Er spürte ihren Blick und wandte sich rasch ab. Sie versuchte zu lächeln, aber sie war über die Späße des Bären ebensowenig erbaut, wie Cecilia es gewesen war. Dann zog Axel ihn weg, er nannte ihn Petz und sagte, er fühle sich wohl heute mal wieder bärenstark. Jay griff nach dem Hut und schüttete das Geld in eine Tüte. Peter sei müde, sagte er, und man sollte vielleicht für heute Schluß machen.

Sie gingen zur Piccadilly Line hinüber. Der Bär legte sein Bärenkostüm ab, zeigte aber auch jetzt nicht sein Gesicht, sondern hatte einen Kapuzenanorak an, dessen Reißverschluß so hoch hinaufgezogen war, daß er den Mund verdeckte. Wenig später trennte er sich von ihnen und ging mit dem federnden Gang eines großen Tieres davon. Sie war, trotz des Gewusels um sie herum, allein mit Axel. Inzwischen standen sie auf dem Bahnsteig der Central Line, die Wand war mit Bildern von Kunstschätzen aus dem British Museum bemalt.

»Ich habe mit deinem Liebhaber gesprochen«, sagte er. »Mit deinem Tom.«

Sie fand, daß seine Stimme streng klang, leicht tadelnd, und als sie zu dem ernsten Gesicht, den traurigen, durchdringenden Augen aufblickte, sah sie wieder das Priesterliche, sah den strengen Kirchenmann in ihm. Durch das, was er anhatte, den dunklen Pullover mit dem runden Ausschnitt, unter dem ein weißes T-Shirt, eine Art Priesterkragen, hervorsah, wurde dieser Eindruck noch verstärkt. Am liebsten hätte sie die Beziehung abgestritten, hätte Tom verleugnet.

»Das dachte ich mir«, sagte sie nur.

»Wir haben ein Gespräch geführt. Es war sehr aufschlußreich.«

Er hörte sich an wie ein Erpresser. In seiner Stimme meinte sie einen Hauch von Drohung zu hören. Und ihre eigene Stimme kam ihr schrill vor, als sie fragte: »Wie meinst du das?«

Langsam ging ein Lächeln über sein Gesicht. »Wie ich das meine? Ach, Alice... Du denkst, ich hätte aus der Schule geplaudert, wie? Du denkst, ich hätte womöglich heimliche Treffen und einen gewissen Kuß erwähnt. Stimmt's?«

Niemand sonst konnte sie so zum Erröten bringen. Sie haßte ihn dafür. Ihr Gesicht glühte, das Blut pochte. Die Haltung, die er eingenommen hatte, empfand sie als eine der übelsten männlichen Drohgebärden gegenüber Frauen: dicht vor ihr aufgebaut, die Hände links und rechts an die Wand gestützt, so daß er sie gefangenhielt, ohne sie zu berühren.

Er neigte den Kopf, schien zu horchen, zu wittern. »Der Zug kommt.«

Sie hörte nichts, spürte keine Schwingungen.

»Es ist kälter geworden«, sagte er. »Merkst du es nicht? Und die Luft bewegt sich. Der Blutdruck sinkt.«

»Woher weißt du das?«

»Jarvis hat es mir erzählt.« Er ließ die Hände sinken. »Ich hasse die U-Bahn, sie ist mein Feind.«

»Ein Ding kann nicht dein Feind sein.«

»O doch. Wenn es sich wie ein Feind benommen, wenn es mir Unrecht getan hat.«

Seine Augen glitzerten, als die noch weit entfernte Wagenreihe den Schienenstrang zum Beben brachte. Brüllend brach der Zug aus dem Tunnel heraus. Er war schon voll, aber niemand stieg aus. Alice drängte sich hinein und wurde an ihren Nachbarn gedrückt. Es war einer dieser Tage, an denen das Stationspersonal die Hände auf die Rücken der Fahrgäste legen und nachschieben mußte, damit die Türen zugingen.

Sie drückte sich gegen die gläserne Trennscheibe. Axel wurde dicht an sie herangeschoben. Er konnte nichts dagegen tun, jedem hinter ihr einsteigenden Mann wäre es genauso gegangen. Sie war sich seines Körpers sehr bewußt, dieser langen, erzwungenen Umarmung, denn sie war lang und ausdauernd einfach deswegen, weil das Gedränge auf der nächsten Station nicht besser, sondern schlimmer wurde, bis wirklich kein einziger Fahrgast mehr im Wagen Platz gehabt hätte.

In dem Tunnel zwischen Tottenham Court Road und Oxford Circus bremste der Zug ab und blieb schließlich ganz stehen. Irgendwelche Leute wurden links und rechts gegen Alice gedrückt, von denen sie keine Notiz nahm. Das heißt, sie nahm sie nur wie störende Gegenstände, Möbelstücke etwa, und nicht als lebendige Menschen wahr. Nur Axel, dessen Brust an ihren Brüsten, dessen Hüften, dessen Beine an den ihren lagen, kam ihr lebendig vor. Sie spürte seinen Herzschlag, der sich zu beschleunigen schien, dessen Tempo sich immer mehr bis zu einem heftigen Jagen steigerte. Sie bemühte sich, tief und gleichmäßig zu atmen, wie man es versucht, wenn man nervös oder ängstlich ist, aber es gelang ihr nicht.

Er war viel größer als sie, ihre Augen waren auf einer Höhe mit seinem Mund. Sie hatte das Gefühl, daß er sie ansah, mochte aber nicht den Kopf heben, um sich zu vergewissern. Sie schloß die Augen. Er hätte nur eine ganz leichte Bewegung machen müssen, um ihre Augen zu küssen. Der Zug fuhr an. Und dann dachte sie, daß er ihr so nah war, wie man es stehend und komplett bekleidet einem anderen Menschen nur sein kann, nicht weil er es wünschte, sondern weil ihm nichts anderes übrigblieb. Der Druck seines Körpers fühlte sich so unpersönlich an wie der eines beliebigen Unbekannten in diesem überfüllten Zug.

Als sie endlich doch den Kopf hob, um ihn anzusehen, trafen sich ihre Blicke. Sein Kopf war gesenkt, und er schloß rasch die Augen. In seinem Gesicht stand Leid, nicht die auf anderen Gesichtern erkennbare Ungeduld, Verdrossenheit oder kleinliche Kümmernis, sondern eine Art Verzweiflung.

Sie fröstelte. Im Bahnhof Bond Street kämpften sie sich nach draußen. Die Jubilee Line in Richtung Norden war fast ebenso voll, aber diesmal waren sie und Axel durch zwei Menschenleiber getrennt. Auf dem zugigen Bahnsteig von West Hampstead fror sie nach der miefigen Hitze der U-Bahn. Tom hätte sie in die Arme genommen, um sie zu wärmen, aber sie hatte nicht das mindeste Verlangen nach Tom. Sie sah einen Abend voraus, den sie an seinem Bett verbringen würde, um ihn zu betreuen, wie er es gern hatte: Sie würde ihm Essen bringen und etwas Warmes zu trinken, während er davon sprach, König der Bettler zu werden, der größte Straßenmusikant aller Zeiten, ein berühmter Geigenbauer, der Stradivari von West Hampstead.

Atemlos sagte sie zu Axel: »Können wir irgendwo noch was zusammen trinken?«

Seit er vorhin die Augen geschlossen und der Schmerz sein Gesicht verändert hatte, war kein Wort mehr zwischen ihnen gewechselt worden. »Ich mag die Pubs in dieser Gegend nicht.«

Die Kälte und Gleichgültigkeit seiner Antwort – ganz so, als sei es ihr nur um die Lokalität gegangen und nicht um das Zusammensein – war wie ein Schlag. Sie bemühte sich, auf seinen Ton einzugehen. »Na gut, dann nicht.«

»Ich hätte nicht mit der U-Bahn fahren dürfen«, fuhr er fort. »Ich begreife mich selber nicht. Ein masochistischer Zug wahrscheinlich.«

»Manchmal geht es nicht anders.«

Er fuhr fort, als hätte sie nichts gesagt: »Hauptsächlich geht es mir wohl darum, die Erinnerung wachzuhalten. Ich muß es *wissen.* Ich könnte es vergessen, und das darf nicht sein. Ich muß wissen, wie es war.« Er drehte sich zu ihr um. »Wir können im Zeichensaal etwas zusammen trinken.«

Das kam so unerwartet, daß ihr das Blut ins Gesicht schoß. Sie war nur froh, daß er es in der Dunkelheit nicht sehen konnte. Durch die Feuchtigkeit schien die Luft dicker und dunkler, sie legte sich wie eine kalte Hand auf ihre Haut. Klebrige Nässe überzog die Gehsteige. Hier beherrschten Autos das Bild, es gab nur wenige Fußgänger, wenn man die unmittelbare Umgebung der Bahnhöfe hinter sich gelassen hatte. Axel nahm keine Notiz von ihr, als sie über die Brücke und die Treppe heruntergingen. Es war, als gingen sie beide für sich – zwei Pendler, die auf dem Heimweg sind und zufällig die gleiche Richtung haben. Als sie zum Gartentor kamen, war er sogar ein paar Meter vor ihr, sie fürchtete plötzlich, er könne aufschließen, ins Haus gehen und die Tür hinter sich zumachen, ehe sie ihn eingeholt hatte. Aber nein: Er hielt ihr die Tür auf, trat beiseite und ließ ihr den Vortritt.

Es stand nicht gut um Jaspers Plan. Seinen Plan, das Glokkenseil zu verlängern und die Luken in den Decken und Fußböden wieder zu öffnen, so daß man das Seil in die Garderobe hinunterlassen konnte. Solange im obersten Stockwerk nur Jed – und manchmal der Falke – gewohnt hatten, nahm sich das alles relativ harmlos aus, besonders jetzt, da Jarvis verreist war. Dicht vor seiner Schlafzimmertür ein Seil durch den Fußboden zu führen wäre ein ziemlich riskantes Unternehmen gewesen. Jetzt aber war Jarvis weg, und die Zimmer von Tom und Alice gingen nach hinten hinaus. Oben mußte das Seil sehr nah an Jeds Tür nach unten geführt werden, aber auf der dunkleren, rechten Seite, und da hatte Jed, dachte sich Jasper, sowieso nichts verloren.

Am Vortag hatte Jaspers Mutter ihm von dem neuen Mieter erzählt, der die Quinta und den Zeichensaal gemietet hatte. Sie hatte es ohne besondere Absicht erzählt, nur um etwas zu sagen. Jasper hörte es mit Mißvergnügen. Ein neuer Mieter konnte seine Pläne empfindlich stören. Es kam natürlich, wie Bienvida sehr richtig bemerkte, sehr darauf an, wer es war. Eine Frau wie ihre Mutter würde überhaupt nichts merken, eine Frau wie ihre Großmutter würde was merken und sich Gedanken machen. Männer wie Jarvis oder Brian, ja, sogar Daniel Korn würden sich Gedanken machen. Tom nicht.

Bienvida hatte ihre Puppe Caroline im Arm, Jasper eine Taschenlampe in der Hand. Sie standen vor der Tür des Chemiesaals links neben der Treppe. Hier oben war kein Licht, elektrische Beleuchtung gab es nur auf den beiden unteren Etagen. Es war dämmerig, aber nicht richtig dunkel. Sie hatten ein Stück Läufer aufgerollt und die Falltür mit einem Schraubenzieher aufgestemmt, den Daniel Korn hatte liegenlassen, als er ihrer Mutter in der Küche ein Regal angebracht hatte. Jaspers Taschenlampe war neu, er hatte sie von dem Geld gekauft, das Cecilia ihm zu Weihnachten geschenkt hatte. Er leuchtete in das Loch hinein, ein staubig-dunkles Nest aus altem rohem Holz und Spinnweben.

»Man kann das andere Loch da unten in der Decke sehen. Wenn uns keiner stört, ist es total einfach.«

In diesem Moment hörten sie die Haustür gehen. Sie waren vor allem auch deshalb in den zweiten Stock hinaufgegangen, um sich den neuen Mieter anzusehen. Jed war mit Abälard im Garten, ihre Mutter war ausgegangen, und Alice vermuteten sie in Toms Zimmer, also mußte er das wohl sein. Rasch machte Jasper die Luke wieder zu, Bienvida rollte den Läufer darüber, und sie zogen sich in den dunklen Gang zurück.

Jasper hatte erwartet, der Neue würde, um sich den Weg nach oben zu beleuchten, unten an der Treppe Licht machen, dann hätten er und Bienvida sich hinter die Tür des Chemiesaals gestellt und durch den Spalt gesehen. Es blieb dunkel, obwohl Schritte die Treppe hochkamen. Schritte von zwei Leuten.

Die Frau war Alice, sie ging voraus und strebte rasch dem Zeichensaal zu. Der Mann war groß und dunkel, er hatte einen Bart und trug einen langen dunklen Mantel. Jasper erkannte Axel Jonas sofort. Er legte die Hand über den Mund, um nicht aufzuschreien.

Im Zeichensaal war eine Spüle mit fließendem Wasser. Axel holte eine Flasche Whisky und drei Wassergläser aus dem Schrank unter der Spüle. In eins ließ er Wasser laufen. Von der Decke hing eine einzige nackte Birne, die ein trübes Licht verbreitete. Es war sehr kalt und feucht im Raum. Axel schaltete mit der Schuhspitze einen elektrischen Heizlüfter ein.

Er gab Alice ein Glas, schenkte zwei Fingerbreit Whisky ein und goß ein bißchen Wasser dazu. Sie trank ungern Whisky und hätte es nie freiwillig getan. Für sich selbst nahm er ein gleich großes Glas und füllte es mit der gleichen Menge Whisky und Wasser. Als Sitzgelegenheiten gab es nur harte Holzstühle aus farblos lackiertem Kiefernholz. Er deutete mit dem Daumen auf einen der Stühle und setzte sich so, daß der Tisch zwischen ihnen war. Es war denkbar ungemütlich, das Zimmer war noch eisig, der Heizlüfter laut, die trübe Birne schwankte leicht im Zug der Lüfterflügel.

Sie behielten die Mäntel an. Alice setzte ihr Glas an die Lippen, aber er hob abwehrend die Hand. »Nein«, sagte er, »wir wollen anstoßen.«

Ihre Gläser klangen mit einem für so billige Ware überraschend klaren, wohltönenden Laut aneinander. Sein Gesicht war ernst, fast traurig.

»Auf die Liebste eines anderen.«

Sie wußte nicht, was sie sagen sollte. »Auf dich.«

Der Whisky, der sich im Glas kalt angefühlt hatte, brannte heiß im Mund und rann ihr wie ein Flammenstrom durch die Kehle. Sie schüttelte sich unwillkürlich und hatte das Gefühl, sich verteidigen zu müssen.

»Ich habe nicht behauptet, daß ich... keinen anderen hätte. Ich habe dich nicht getäuscht.«

Sie hatte ein belustigtes Lächeln erwartet, aber er blieb ernst. Der Whisky war ihr sofort zu Kopf gestiegen. Schwindel erfaßte sie, und sie wurde etwas übermütig.

»Warum erwartest du, daß ich dir alles von mir erzähle? Du hast mir nichts von dir erzählt.« Dann fiel ihr ein, daß das nicht ganz stimmte. »Oder jedenfalls Sachen, die ich nicht glaube, Sachen, die niemand glauben würde.«

»Was für Sachen?«

»Du hast gesagt, daß du verrückt bist, daß du einen Gegenstand, daß du die U-Bahn haßt. Bist du wirklich Photograph?«

»Da drüben ist mein Handwerkszeug.«

Zwei Kameras und anderes photographisches Gerät lagen auf einem Tisch unter dem Bild des Mädchens. Alice sah hin und nickte.

»Na schön, aber der Bär...« Sie versuchte, mit einem Lachen darüber hinwegzugehen. Etwas, was Tina gesagt hatte, fiel ihr wieder ein. Tina hatte ihre Mutter zitiert. »Findest du, daß ich ihr ähnlich sehe?«

Sie merkte, daß die Bemerkung ihm mißfiel. Sein Gesicht nahm wieder diesen toten, starren Ausdruck an.

»Nein, überhaupt nicht. Hat dir jemand das erzählt?« Sie nickte, und ihr demütiger Blick schien ihn milder zu stimmen. »Das ist Mary Zambaco von Burne-Jones. Er war in sie verliebt. Sieht man deutlich, nicht? Doch, vielleicht siehst du wirklich ein bißchen aus wie sie.« Seine Züge glätteten sich, in seine Augen trat wieder Glanz. »Eine gewisse Ähnlichkeit ist da.« Und wie zu sich selbst sagte er: »Vielleicht gefällst du mir ja deshalb?«

Sie freute sich sehr, nein, es war mehr, sie empfand plötzlich ein erregendes Glücksgefühl. Es schien nicht mehr wichtig, ja, nicht einmal mehr von Interesse, ihn nach dem Bären zu fragen, nach dem Grund seines Hierseins, nach seinem müßigen, arbeitsleeren Dasein. Wieder einmal las er ihre Gedanken.

»Ich habe dir gesagt, daß ich Psychologe bin. Du weißt doch, daß die alle verrückt sind. Hätte man dir von Freud erzählt, daß er in Wien mit einem Bärenmann herumlief, dann hättest du das überhaupt nicht seltsam gefunden. Warum glaubst du nicht an mich?«

»Das tu ich doch«, sagte sie. »Entschuldige. Es kommt mir nur so eigenartig vor.«

»Es ist eigenartig.«

Er stand auf und holte die Whiskyflasche. Nein, nein, sagte sie halblaut und hob die Hand, um sie über das Glas zu legen. Er griff nach ihrem Handgelenk und nahm ihre Hand weg, ganz mechanisch, so wie man einen Hebel umlegt. Wieder schenkte er ihr zwei Fingerbreit Whisky ein. In sein Glas goß er mehr. Sie sah zu ihm auf, wie bei ihren früheren Begegnungen gefesselt von etwas Hypnotischem in dem blaudunklen Blick.

»Ich möchte dich noch etwas fragen«, sagte sie atemlos.

»Nicht gesagt, daß du eine Antwort bekommst.«

»Es ist etwas ganz Harmloses. Wie bist du an die Telefonnummer von meinem Büro gekommen? Jarvis hat sie dir nicht gegeben, das konnte er nicht, er weiß nicht, wie die Firma heißt, nur, daß ich in einem Haus neben einem U-Bahn-Schacht arbeite. Du kennst ihn ja, er hat nur Züge und U-Bahn-Strecken im Kopf. Und Tom warst du damals noch nicht begegnet. Du wußtest nicht einmal, daß Jarvis Zimmer vermietet.«

Er war nicht zu seinem Stuhl zurückgegangen, sondern stand vor ihr, die Hände auf den Tisch gestützt. Als Toms Name fiel, sah sie, wie seine Finger sich fester auf das Holz legten und die Knöchel weiß wurden. Einen Augenblick schwieg er.

»Verzeih, aber ... es interessiert mich eben.«

Seine Stimme schien verändert, war sanfter, nachdenklicher geworden. »Ich bin dir gefolgt. Ich bin dir einmal morgens von hier aus nachgegangen.«

Er war es also doch gewesen.

»Du bist mir gefolgt?«

Er lächelte knapp. »Warum nicht? Bist du nicht froh darüber?«

In Alices Kopf drehte sich alles. Sie schob das Glas zurück. »Ich möchte nichts mehr trinken.«

»Bist du böse auf mich?« Es klang nicht besorgt. Nur neugierig.

»Nein. Nein, ich bin nicht böse. Ich verstehe dich nicht. Ich weiß nicht, was du willst, was du hier machst.«

»Ich will dich«, sagte er.

Er zog seinen Stuhl herum, setzte sich und legte seine Hände auf ihre Arme, nicht auf die Schultern, sondern die Oberarme, die er durch die dicken Wintersachen hindurch sanft knetete und streichelte. Es war grotesk, wie sie angezogen waren, aber der Raum hatte sich trotz des heißen Luftstroms aus dem Heizofen noch nicht erwärmt. Sie wandte das Gesicht ein wenig ab. Er tat das, was er bei seinem ersten Kuß getan hatte, er nahm ihr Gesicht in beide Hände und hielt es fest, ließ seine Finger über ihre Haut gleiten, tastete über die Knochen, als könne er nicht sehen, als sei er blind. Dann näherte er sein Gesicht dem ihren, immer mehr, bis die Lippen sich berührten.

Sie ertrug das Gefühl der schweren Sachen nicht mehr, sie lockerte den Schal und schlug den Mantel auseinander. Seine Zunge berührte ihre Lippen, fuhr darüber hin, bis sie sich öffneten. Sie war rauh wie eine Katzenzunge. Er griff in ihren Nacken, sehr leicht und sanft, und streichelte die zarte, dünne Haut hinter den Ohren. Eine große Schwäche hatte sie erfaßt, die Knochen wurden weich. Sein Kuß war langsam und forschend, fast ohne

Druck. Keine Knochen mehr, Münder aus Seide. Sie rutschte in dem lächerlichen harten Holzstuhl nach hinten.

Er öffnete ihren Mantel, ihre Strickjacke und ihre Bluse, sanft, behutsam, ohne ihre Haut zu berühren, zog sie aus, wie das wohl eine geschickte Zofe getan hätte. Seine Finger waren erstaunlich warm in diesem kalten Zimmer. Er küßte ihre Brüste, streifte mit den Lippen über ihre Haut, hielt ihre Brüste behutsam in beiden Händen, als seien es Blumen, die er berührte.

»Gehen wir in dein Zimmer«, sagte sie mühsam.

Später dachte sie, daß es wie in einem Märchen, einer der Mythen gewesen war, in denen das falsche Wort, die verbotene Tat die Zauberkraft unwirksam macht. Psyche betrachtet den schlafenden Amor und läßt das heiße Öl ihrer Lampe auf ihn fallen. Die junge Königin wagt es, ihren Mann zu fragen, wohin er geht, wenn er sie des Nachts verläßt. Doch damit ist es schon geschehen – der wundersame Moment ist zerstört, der Bann gebrochen.

Sie hatte kein Öl verschüttet, hatte kein Verbot übertreten, sie hatte nur etwas gesagt, was zunächst vernünftig und notwendig erschienen war. Sie hätte es unmöglich unterdrücken können. Er hob den Kopf und stand einen Augenblick völlig regungslos da. Dann zog er ihr die Sachen über den nackten Brüsten zusammen und umarmte sie kurz, indem er ihre Schultern festhielt und seine Wange an die ihre legte. Die Beiläufigkeit, die Sparsamkeit dieser Umarmung hätte sie warnen müssen. Doch sie war wie verzückt, fortgerissen auf Flügeln des Verlangens, sie konnte nicht denken, ja, nicht einmal richtig atmen. Sie stützte sich auf ihn, als er sie zur Tür führte. Er hatte ihr einen Arm um die Schulter gelegt und sie an sich gezogen, aber an der Tür nahm er den Arm weg. Er legte einen Finger an die Lippen und machte die Tür auf.

Es war noch immer dunkel. Die Kinder waren gegangen. Das Haus war still, vielleicht auch leer, Alice kümmerte es nicht. Gegenüber war die Tür zur Quinta, seinem zweiten Zimmer. Er nahm ihre Hand in seine beiden Hände. Fassungslos sah sie, daß er den Kopf schüttelte, daß er sie ansah und lächelnd den Kopf schüttelte. Er rubbelte sacht ihre Hand wie jemand, der ein Kind tröstet.

»Nicht hier«, sagte er. »Hier geht es nicht. Nicht, wenn dein Tom da unten ist.«

Alice sah ihn nur an.

»Denk nach. Sei vernünftig. Es geht nicht, nicht in diesem Haus.« Er sprach im Flüsterton. »Du wirst es einsehen, wenn du darüber nachdenkst.«

Sie hatte ihre Stimme, eine schwankende Stimme, wiedergefunden. »Wie könnte ich nachdenken ...«

»Nicht, wenn dein Tom da unten krank im Bett liegt.« Er schwenkte ihre Hand ein wenig und ließ sie sanft fallen. Jetzt berührten sie sich nicht mehr, sie hatten sich voneinander gelöst, oder er hatte sich von ihr gelöst. »Das ist ... unappetitlich. So etwas kann sehr leicht unappetitlich werden, und das möchte ich nicht. Wir finden schon einen Weg.«

»Wie denn?« flüsterte sie.

Er sagte, als ginge es um eine edle Sache, und sah über sie hinweg: »Wir werden siegen.«

Und dann ließ er sie stehen. Nie hätte sie geglaubt, daß

er so einfach gehen, sie so ohne weiteres stehenlassen würde. Er ging zur Tür der Quinta hinüber und legte die Hand an den Türknauf, so daß ganz kurz noch die Hoffnung in ihr aufzuckte, er habe es sich anders überlegt, würde den Arm nach ihr ausstrecken, sie ins Zimmer ziehen. Er trat ein, ohne noch einmal zurückzusehen, und schloß die Tür hinter sich. Daß er dabei kaum sichtbar gelächelt hatte – das hatte sie sich wohl nur eingebildet.

Am liebsten hätte sie schreiend an die Tür geschlagen. Statt dessen ging sie die Treppe hinunter, sie wußte, daß sie zu Tom gehen mußte. Bald, sehr bald. In allerspätestens einer halben Stunde, aber noch nicht, noch nicht... Sie ging ins Direktorzimmer und warf sich aufs Bett.

17

Auf einem der Geisterbahnhöfe – Marlborough Road oder vielleicht Lords – hielt der Metropolitan-Zug in Richtung Norden. Vom Bahnhof selbst waren nur noch der Bahnsteig und die Schilder dahinter übrig. Seiner bunten Plakate und Schilder, Streckenpläne und Reklamen beraubt, sah er eigentlich gar nicht mehr nach Bahnhof aus. Das lustlose Licht eines Januarnachmittags fiel hier auf die Gleise und tauchte einige Abschnitte des schmutzigen Betons in ein helleres Grau.

Jasper, der Länge nach auf dem dritten Wagen von vorn liegend und inzwischen im Festhalten geübt, dachte an Axel Jonas, der ihn nach diesen Stationen gefragt hatte und ob die Züge dort auch gelegentlich hielten. Jasper hatte nein gesagt. Er erlebte es heute zum erstenmal. Aber er hatte nicht vor, Axel davon zu erzählen oder ihn überhaupt anzusprechen. Inzwischen wußte er nicht nur, daß Axel Jonas in der Cambridge School wohnte, sondern war sich auch ziemlich sicher, daß der Mann sich nicht seinetwegen dort einquartiert hatte.

Seit der ersten Begegnung im obersten Stockwerk, als er und Bienvida sich mit der künftigen Führung des Glokkenseils beschäftigt hatten, war Jasper ihm dreimal begegnet – einmal auf der Treppe, einmal hinten im Garten, wo der Mann mit dem schwarzen Bart sich den kreischenden Falken in seinem Käfig angesehen hatte, und ein drittes

Mal auf der Straße, da war Axel Jonas, von der Finchley Road kommend, auf dem Weg zum Haus gewesen. Nie hatte er Jasper auch nur die mindeste Beachtung geschenkt. Er schien ihn gar nicht zu erkennen, ja, mehr noch, er schien ihn überhaupt nicht wahrzunehmen. Jasper, der im Lauf eines wechselvollen Lebens an Tinas Seite schon die abenteuerlichsten Typen kennengelernt hatte, sagte sich, daß der Mann offensichtlich ein Verrückter war, und beschloß, einen großen Bogen um ihn zu machen.

Der Zug ruckte an und setzte sich wieder in Bewegung. Der Halt hatte Jasper, der dieser Fahrt nach Finchley Road – ohne Zwischenstop in halsbrecherischem Tempo – mit genüßlichem Schauder entgegengesehen hatte, gründlich das Konzept verdorben. Er hatte inzwischen so viel Routine, daß er beim U-Bahn-Rodeln sogar an anderes denken konnte. Unten im Wagen waren Damon, Kevin und Chris. Dean Miller war seit der Fahrt nach Epping nicht mehr aufgetaucht. Einer von ihnen – oder mehrere – wollten auf dem Rückweg rodeln. Jasper kletterte herunter und sprang, ohne noch einmal in den Wagen zurückzugehen, auf den Bahnsteig. Sie trafen sich alle am Süßwarenautomaten.

Er hätte am liebsten Schluß gemacht und wäre nach Hause gegangen, über den Abkürzungsweg, der von Frognal nach West End Lane an den Gleisen der British Rail entlangführt. Seine Großmutter hatte ihm ans Herz gelegt, diesen Fußweg, auf dem schon viel passiert war, nie allein und nie nach Anbruch der Dunkelheit zu gehen. Noch war es nicht dunkel – viel fehlte allerdings nicht daran –, aber diesbezügliche Ratschläge seiner Großmutter nahm Jasper nie sehr ernst. Es war gut möglich, daß er um diese Zeit allein im Haus sein würde – bis auf Bienvida, und die zählte nicht –, und das war eine gute Gelegenheit, in der Sache mit der Glocke weiterzukommen.

Nicht gerade ein Streit, aber eine Diskussion war um die Frage entbrannt, wer die Rückfahrt nach Baker Street auf dem Wagendach machen sollte. Chris stellte fest, daß Damon zwar immer bereitwillig mitfuhr und den anderen zusah, selbst aber noch nie gerodelt war.

»Ich hab keine Angst«, sagte Damon. »Ich will einfach nicht.«

»Wollen tut jeder«, sagte Kevin.

»Ich nicht.«

»Warum kommst du dann mit, wenn du nicht willst?«

Damon schwieg, und Jasper sagte, er würde jetzt heimgehen. Er hatte das geschafft, was er sich vorgenommen hatte, er war die lange, schnelle Strecke auf dem Wagendach gefahren, und das war's, vielleicht würde er es nie mehr machen. Alles hat ein Ende, nur die Wurst hat zwei, wie Brian an einem Samstag zu Bienvida und ihm gesagt hatte, nachdem sie sich im Kino zweimal hintereinander *Dirty Harry* angesehen hatten.

»Was willst du denn dann machen?« fragte Chris, als gäbe es sonst keine Alternative, als sei das einzige Hobby, der einzige Sport, die einzige Abwechslung oder Freizeitbeschäftigung, die ihnen offenstand, das U-Bahn-Rodeln. »Was willst du denn dann machen?«

Jeden Morgen um acht die Glocke läuten, hätte Jasper sagen können, sie zu meiner Glocke machen, der berühmten Jasper-Elphick-Glocke, die tagein, tagaus zuverlässig ihre Stimme über Hampstead erschallen läßt. Natürlich sagte er das nicht. Er sagte überhaupt nichts. In seinem Alter braucht man vor den Freunden weder Pläne auszubreiten noch Ausreden zu erfinden und Erklärungen abzugeben, ehe man sich in aller Form verabschiedet, es ist überflüssig, das nächste Treffen auszumachen, den Freunden Achtsamkeit und Vorsicht anzuempfehlen, herzliche Grüße an alle Lieben aufzutragen, Hände zu schütteln oder Küsse zu verteilen, im Davongehen zurückzuschauen und zu winken. Es ist nicht einmal Pflicht zu sagen: »Also dann gehe ich jetzt«, man tut es einfach.

Jasper hatte sich schon in Bewegung gesetzt und überlegte, wie er ohne Fahrkarte durch die Sperre kommen sollte – in Finchley Road paßten sie auf wie die Schießhunde –, als eine Ansage durch den Lautsprecher dröhnte. Der Sprecher war ein Inder mit stark singendem Akzent, und dank der Eigenheiten der Lautsprecheranlage hörte es sich an, als habe er den Mund voll von kohlehydratreichem Mampf, aber der Sinn der Bekanntmachung wurde dennoch deutlich. Auf der Strecke hatte es zwischen dieser Station und Wembley Park einen »Zwischenfall« gegeben. Mit beträchtlichen Verspätungen war zu rechnen. Reisenden in südlicher Richtung wurde empfohlen, die Jubilee Line zu benutzen.

Jährlich versuchen etwa zweihundert Menschen, in der Londoner Untergrundbahn Selbstmord zu begehen, und ungefähr die Hälfte erreicht ihr Ziel.

Selbst wer keinen Kopfsprung kann, wer nie mit dem

Kopf voran ins Wasser springen würde, wirft sich nicht mit einem normalen Satz, sondern kopfüber vor den einfahrenden Zug.

In einem Londoner Krankenhaus wird zur Zeit überprüft, ob es möglich ist, das Personal von London Transport zu einer Art Früherkennung potentieller Selbstmörder auf den Bahnsteigen anzuleiten. Ziel der Übung wäre es, den Blick der Mitarbeiter für auffällige Verhaltensweisen zu schärfen, für ein zögerndes Verharren auf dem Bahnsteig etwa, während ein Zug nach dem anderen durchfährt, für unverwandtes Starren auf die Gleise, ein entschlossenes Postenfassen an der Tunnelausfahrt.

Wenn sie die Jubilee Line nehmen, dachte Jasper, kann ich ebensogut mitfahren. Der Zug hielt in Swiss Cottage, wo es vielleicht einfacher war, ohne Fahrkarte durchzukommen, und von dort war es nicht viel weiter zu ihm nach Hause. Und vielleicht würde Damon, der, wie Jasper sich zu erinnern glaubte, irgendwo in der Gegend von Belsize Lane wohnte, mit ihm zusammen aussteigen.

Die anderen waren immer noch dabei, Damon anzumachen, und Jasper fand das nicht gut. Natürlich war er es gewohnt, Ähnliches erlebte er selbst andauernd, das gehörte einfach dazu in dieser Welt der noch nicht ganz Halbwüchsigen: daß einer deine Schwäche findet, ob du nun zu klein oder zu groß oder zu dick bist, Sommersprossen oder Pickel oder rote Haare hast, ein Schwarzer oder Inder bist, ob du mit Akzent sprichst, eine komische Mutter oder einen ungewöhnlichen Vater hast, ob du reich bist oder arm. Und doch war dies hier anders, es schien

Damon sehr tief zu berühren, sein Wesentliches zu treffen, das Unsichtbare, tief Verborgene in ihm. Und während für all das andere, für das Dicksein oder die roten Haare, niemand etwas kann, war Damons Mangel an Mut gewissermaßen seine eigene Schuld, und dieser Mangel zog einen weiteren nach sich, nämlich das Unvermögen, tapfer zu sein.

Jasper dachte an derlei Dinge nicht in dieser Form. Er war gerade erst zehn geworden. Doch er spürte sie. Damons Gesicht gefiel ihm nicht, das Gehetzte, Ratlose, Kindliche darin. Damon wirkte viel jünger, als er in Wirklichkeit war, und sah aus, als könne er jeden Augenblick das Undenkbare tun: anfangen zu weinen. Seine Gesichtshaut war rot und aufgequollen.

Trotz der Verspätung auf der anderen Strecke wechselten nicht viele Fahrgäste auf die Jubilee Line über. Die Jungen waren in einem Wagen, in dem nur noch zwei ältere Leute saßen, ein Mann und eine Frau. Jasper hatte schon öfter bemerkt, daß niemand in einen Wagen zustieg, in dem er und seine Freunde waren, wenn es sich irgendwie vermeiden ließ, und das erfüllte ihn mit Genugtuung. Er hatte ein Packung mit drei Zigaretten mit, zündete sich eine an und steckte sie zwischen die sich schließenden Türblätter.

Kevin, der eine Weile Ruhe gegeben hatte, sagte zu Damon: »Du bist ja ganz naß. Dein Hosenboden ist total naß.«

»Gar nicht wahr«, sagte Damon, aber er sah trotzdem hin, ohne die Anspielung gleich zu verstehen. Dann fiel der Groschen, und er wurde rot.

Chris johlte los. »Warum kaufste dir keine Pampers, Mann?«

Jasper erinnerte sich dunkel an die Wegwerfwindeln für Babys aus der Fernsehwerbung. Er nahm einen Zug aus seiner Zigarette und sagte: »Laß ihn doch. Verpiß dich, Mann.«

Der Zug fuhr immer noch nicht.

»Das ist doch 'n Hosenscheißer«, sagte Kevin. »Ein ganz mieser kleiner Schisser. Schisser, Schisser, Hosenscheißer!«

Auch Chris sagte: »Hosenscheißer, Hosenscheißer«, er stand auf und hopste um Damon herum, sie führten einen wilden Kriegstanz auf und schwenkten die Arme.

Unerwartet öffnete sich die Zugtür, und Jaspers Zigarette fiel auf die Gleise.

Jasper fluchte. Seine übelsten Flüche benutzte er nur in ausgesprochenen Streßsituationen. »Verpißt euch, ihr Scheißtypen«, schrie er die beiden an. »Ihr miesen Kacker, verpißt euch endlich.«

Das rief den älteren Mann auf den Plan. Mit schweren Schritten und drohender Miene kam er auf sie zu, packte Kevin mit der einen, Chris mit der anderen Hand und belferte Jasper an. Die Türen schlossen sich, der Zug fuhr an und blieb wieder stehen. Niemand merkte, daß Damon rasch zu der Endtür griff, sie aufmachte und draußen verschwand.

Der Zwischenfall, der die Verspätung auf der Metropolitan Line verursacht hatte – ein Mann hatte sich an der Ausfahrt Preston Road vor einen Zug gestürzt und dabei den Tod gefunden –, hielt Tom auf, als er von seiner Großmutter kam, hatte aber seine Hinfahrt nicht behindert. Vom Bahnhof Rickmansworth aus mußte er ein Taxi nehmen, anders ging es nicht, aber das belastete ihn nicht sonderlich.

In letzter Zeit hatte Alice alle Lebensmittel für sie beide gekauft. Die Miete für Jarvis wurde per Dauerauftrag von ihrem neuen Girokonto abgebucht. Wenn sie zum Essen gingen, zahlte sie, und neuerdings war ihm aufgefallen, daß sie es klaglos tat. Irgendwie fand er es nur recht und billig, daß Alice zahlte. Sie hatte diesen Job gegen seinen Willen angenommen und behalten, obwohl sie wußte, daß es ihm gegen den Strich ging, sie setzte ihm zu, Dinge zu tun, zu denen er keine Lust hatte. Dafür mußte sie zahlen. Mit dem Geld, das er verdiente, konnte er machen, was er wollte, und wenn das Taxi fünf Pfund kostete, dann sollte es ihm das wert sein.

Zufällig – vielleicht war es aber auch der einzig mögliche Weg – fuhr das Taxi ausgerechnet durch die enge Straße, wo der Nachbar von Toms Großmutter die Kurve geschnitten hatte, frontal mit dem entgegenkommenden Wagen zusammengestoßen und ums Leben gekommen war, wo Tom selbst vom Soziussitz geflogen und mit dem Kopf an einen Baum geprallt war. Der Baum war noch da, an dem glatten, silbergrauen Stamm waren keine erkennbaren Spuren. Als er alles wiedersah, bekam Tom seine Kopfschmerzen, oder vielmehr – er bekam Kopfschmerzen. Ob es da einen Zusammenhang gab, hätte er nicht sagen können.

Er überlegte, wie anders alles verlaufen wäre, wenn er

Andys Angebot ausgeschlagen hätte, wenn er sich von seiner Großmutter zum Bahnhof hätte fahren lassen. Gewiß, Andy wäre trotzdem ums Leben gekommen, seine Frau hätte den Mann, seine drei kleinen Kinder den Vater verloren – oder hatte er die Kurve nur wegen des zusätzlichen Gewichts hinter sich geschnitten? Es war sinnlos, darüber zu spekulieren, vielleicht brachten Spekulationen ja sowieso nichts. Er, Tom, hätte seinen Abschluß gemacht, hätte vorgespielt und wäre vielleicht von einem berühmten Orchester angenommen worden. Und er hätte Alice nie kennengelernt.

Oder doch? Weil es ihm so bestimmt, weil es sein Schicksal war? Vielleicht hätte sich alles so gefügt, daß sie sich trotzdem begegnet wären, nicht in der U-Bahn, aber irgendwo in der Musikszene, in Snape vielleicht oder auf dem Konzertpodium. Die Begegnung mit Alice hatte ihm das Leben gerettet, das stand für ihn zweifelsfrei fest. Doch er wußte, daß er sie verlieren würde, wenn er kein Geld hatte. Ausdrücklich gesagt hatte sie das nicht, aber so würde es kommen, das war ganz klar. Wenn sie diesen Job aufgab, würde er sie unterstützen müssen. Er brauchte Erfolg, und er brauchte Geld. Der Ruhm würde kommen – zumindest war ein Anfang gemacht –, sobald der Artikel erschien, den die Journalistin schreiben wollte, die heute vormittag bei ihm gewesen war.

Die Journalistin, eine alte Bekannte eines Bekannten von Jay, war um zehn mit einem Photographen aufgekreuzt. Tom hatte gesagt, Alice solle doch den Tag freinehmen, dann käme sie mit ihrer Geige auch auf das Bild, aber Alice hatte abgelehnt.

»Ich möchte nicht, daß die Leute mich so sehen«, hatte sie gesagt.

Er war wieder mal in Rage geraten. »Was heißt ›so sehen‹? Warum denn nicht? Wer sind denn diese Leute, die nicht sehen sollen, wie du in einem der berühmtesten Straßenorchester der neunziger Jahre spielst?«

»Meine Eltern zum Beispiel«, sagte sie. »Und Mike, wenn du es genau wissen willst. Mein Chef. Ich mache ernsthafte Musik und habe das Gefühl, daß ich meinem Talent schon genug Gewalt angetan habe. Wie kann ich einen Studienplatz in Brüssel bekommen, wenn die Zeitung ein Bild von mir bringt, wie ich mit Typen wie Peter und diesem Jay zusammen spiele?«

»Jay ist ein sehr guter Musiker.«

»Okay, erzähl du das deiner Journalistin, aber ohne mich.«

Die Journalistin fragte nach Toms Ausbildung, und er erzählte ihr von dem Unfall, machte viel von dem Gehirnschaden her, an den er mittlerweile wirklich glaubte. Dadurch, sagte er, habe er neue Möglichkeiten für sein Talent gefunden, er habe begriffen, daß klassische Musik sich nicht auf das Royal Philharmonic Orchestra oder auf das Hören von CDs beschränken dürfe. Rock und Jazz live gäbe es genug, aber die Leute lechzten nach *richtiger* Musik. Er träume von Städten, in denen ein Orchester auf jedem Platz und ein Trio auf den Stufen jedes öffentlichen Gebäudes spielte.

Ob das wirklich sein Traum war, wußte Tom nicht, es war ihm gerade so eingefallen. Die Journalistin schrieb alles auf und ließ auch noch ein Tonband mitlaufen. Er erzählte ihr vom Musizieren in der U-Bahn, und als sie ihn fragte, ob er wüßte, daß das verboten sei, sagte er: »Ich höre immer verboten! Irgendwelche kleinlichen Vorschriften von London Transport, was?« und lachte höhnisch.

Sie zitierte auswendig: »Das Singen, das Spielen auf Musik- oder sonstigen Instrumenten, der Einsatz von Grammophonen, Plattenspielern, Tonbandgeräten oder tragbaren Radiogeräten und damit die Belästigung anderer Personen ist auf dem Bahngelände nicht gestattet.«

»Eben, das ist ja der springende Punkt«, sagte er triumphierend. »Die Belästigung anderer Personen. Die Leute fühlen sich nicht belästigt von dem, was wir machen, sie hören es ausgesprochen gern.«

Er erzählte ihr von seinen Vorstellungen für Verstärkerausrüstungen, von drahtlosen und festverdrahteten Anlagen, von echten Mehrwegempfängern und der Beseitigung von Drop-outs. Das ist doch aber bestimmt nur für Rockmusik, sagte sie. Warum denn, meinte er. Stellen Sie sich mal vor, wie Beethoven über ein wirklich modernes UKW-System rüberkommt.

Ob er noch andere Hobbys, andere Interessen habe, wollte sie wissen, und er erwähnte den Geigenbau. Er übertrieb ein bißchen, so daß es klang, als beherrsche er dieses Handwerk bereits.

Der Photograph machte Aufnahmen von ihnen zu dritt mit ihren Instrumenten und Aufnahmen von Tom allein. »Darf ich mal was sagen?« fragte die Journalistin. »Sie sehen wirklich sehr gut aus.«

Peter, der sich neuerdings einen sonderbar schwarzen Humor leistete, sagte, ihn sollte man wohl am besten in weißem Umhang und mit einer Sense in der Hand photographieren. Die Journalistin lachte verlegen und wußte offenbar nicht, was sie sagen sollte, denn Peter wurde wirklich einem wandelnden Gerippe immer ähnlicher.

Toms Großmutter wirkte jünger als bei ihrer letzten Begegnung vor zwei Jahren. Er hatte seinen Besuch telefonisch angekündigt, aber sie empfing ihn nicht herzlich und mit offenen Armen. Zur Begrüßung streifte nur ihre trokkene, pudrig-welke Wange die seine.

Sie fragte, ob er etwas essen wollte. Er dürfe nicht zu viel erwarten, sie habe sich keine Umstände gemacht, er würde mit dem vorliebnehmen müssen, was sie gewöhnlich aß. Tom nahm das nicht recht ernst, er hielt es für einen der üblichen Sprüche von Leuten in ihrem Alter und war einigermaßen verblüfft, als sie nur Käse und Knäckebrot auf den Küchentisch stellte und zwei Bananen als Nachtisch und den Kessel aufsetzte, um Schnellkaffee aufzugießen.

Sein Kopfweh war kein permanenter Schmerz oder vielmehr ein permanenter Schmerz mit jäh aufschießenden intensiven Mißempfindungen, nicht sichtbares Augenflimmern wie bei einer echten Migräne, sondern ein Stechen, das blitzartig durch die Schläfen oder den Schädel schoß. Er bat seine Großmutter um ein Aspirin, und sie löste ihm zwei Tabletten in Wasser auf.

In der ersten halben Stunde kreiste das Gespräch um sie, ihr Haus, ihren Garten, ihre Beschäftigungen und ihre Freunde. Tom stellte die Fragen, und sie gab die Antworten. Noch beim Essen aber hatte sie genug davon und fragte ihn unvermittelt, ob er sein Studium wiederaufgenommen habe.

»Ich habe ein Jahr gebraucht, um den Unfall zu verkraften«, sagte er. »Ich konnte einfach nicht zurück. Ich konnte mich nicht wieder auf die Schulbank setzen.«

»Das weiß ich«, sagte sie. »Du hast hier gewohnt. Hast du vergessen, daß du hier gewohnt hast?«

Er hatte es tatsächlich vergessen. Erst in diesem Moment begriff er, daß sie böse auf ihn war.

»Das ist über ein Jahr her, Tom. Damals hast du mir gesagt, daß du dich neu bewerben würdest, wenn es dir besserginge.«

»Wie könnte ich«, sagte er mit einiger Bitterkeit. »Weißt du, was die von einem verlangen? Mein zweites Studienjahr war fast um, aber sie hätten mich gezwungen, das ganze zweite Jahr zu wiederholen. Und du glaubst doch nicht, daß sie mir noch mal ein Stipendium gegeben hätten...«

Er hatte sie unterschätzt. Daß sie sich nach diesen Dingen erkundigen könnte, wäre ihm nie in den Sinn gekommen.

»Doch, Tom, das glaube ich. Ich weiß es sogar. Es funktioniert folgendermaßen: Du bewirbst dich und bekommst ein Stipendium für dein letztes Studienjahr. Und wenn du das angefangen hast, bewirbst du dich erneut, oder dein Dozent macht es für dich. In deinem Fall würde der – oder die – Zuständige dazuschreiben, daß du krankheitshalber aussetzen mußtest, und würde bestätigen, daß du ein vielversprechender Student bist, und die Chancen stehen gut, sehr gut sogar, Tom, daß sie dir für das zweite

Studienjahr auch ein Stipendium geben. Ich habe mir das alles sagen lassen, als du vor einem Jahr hier ausgezogen bist. Ich hielt es für meine Pflicht. Ich habe gedacht, du würdest zurückkommen, aber du bist nicht gekommen.«

Es täte ihm leid, sagte er halblaut. Dann faßte er Mut, sah sie an und sagte vorsichtig umschreibend, er habe gehofft, daß sie ihn finanzieren würde.

»Aber das ist gar nicht nötig«, sagte sie. »Du bekommst ja dein Stipendium.«

»Ganz so habe ich es nicht gemeint. Ich fange nicht wieder an zu studieren. Es ist zu spät.« Trotz ihres frostigen Blicks, ihrer immer fassungsloser werdenden Miene, erzählte er ihr von seinem Straßenorchester, daß er Verstärkeranlagen brauchte und ein Studio, daß er Musiker aussuchen und einstellen müsse. Er erzählte ihr von Alice, die Aussichten hatte, eine berühmte Geigerin zu werden, aber Geld für ihre Weiterbildung brauchte.

Seine Großmutter schwieg. Er hatte den Eindruck, daß sie einfach zu viel zu sagen hatte, daß ihr der Kopf schwirrte von Fragen und Vorwürfen, von Bekundungen des Zweifels und der Ratlosigkeit, daß sie aber spürte, wie sinnlos es wäre, all das auszusprechen. Sie war zu alt dafür und zu müde. Und so beschränkte sie sich auf eines, und mehr war im Grunde auch nicht nötig. Für beide nicht.

»Wieso bildest du dir ein, ich hätte Geld, Tom? Ich habe kein Geld, ich habe gerade genug zum Leben.«

»Aber du hast mal gesagt, daß du mir alles vermachst«, platzte er heraus.

»Damit habe ich dieses Haus gemeint.«

»Ich habe natürlich geglaubt . . . das heißt, ich hatte den

Eindruck ... also ich meine, ich dachte, du bist reich, wohlhabend oder wie man es nennen will.«

Sie stand auf und räumte den Tisch ab. Sie nahm kein Tablett dazu, sondern trug die Sachen nacheinander zur Spüle. Als sie zum dritten Mal zurückkam, um das Käsebrett zu holen, sagte sie: »Ich habe dir testamentarisch dieses Haus vermacht und halte nichts davon, ein Testament hinterher noch mal umzukrempeln. Du hast mich sehr schlecht behandelt, du bist in diesem Haus ein und aus gegangen wie in einem Hotel, du bist eines Tages gekommen und hast gesagt, daß du ausziehst, daß du dich aber melden würdest. Du hast dich nie gemeldet. Ich bin dreiundachtzig und habe nicht mehr lange zu leben, aber ich werde mein Testament nicht ändern, denn jetzt dürfte ich kaum noch einen besseren Erben finden als dich. Allerdings wohl auch schwerlich einen schlechteren.«

Tom war rot geworden. Er wußte, daß er sich schlecht benommen hatte, und sagte, es täte ihm leid. Ich habe mich nicht wohl gefühlt, sagte er, ich weiß oft nicht, was ich tue, auch jetzt fühle ich mich nicht wohl.

»Wohl genug, um mir zuzumuten, das Haus zu verkaufen, damit du eine Straßenkapelle gründen kannst«, sagte sie.

Tom protestierte, ehrlich bestürzt und mit ungewohnt schlechtem Gewissen. Er wußte, daß er sich unmöglich benommen hatte, daß sein Verhalten unentschuldbar war, er wußte, daß sie recht hatte, daß das Recht voll und ganz auf ihrer Seite war, und konnte nur wiederholen, daß es ihm leid tat. Hätte er die Uhr zurückdrehen können, hätte er sich anders verhalten. Solche Empfindungen sind rar;

sehr selten spüren wir ohne innerliche Rechtfertigungen oder Vorbehalte, daß wir im Unrecht sind. Und die Ausschaltung des selbstgefälligen Ich ist so unerquicklich, daß wir in solchen Momenten wie vor einem schwarzen Loch stehen, in dem jede Gemeinheit denkbar ist, in dem die sündhafte Menschheit sich krümmt und windet und in das wir selbst nur allzu leicht stürzen können.

Toms Großmutter sagte, ein Taxi zum Bahnhof sei für ihn zu teuer, und fuhr ihn selbst hin. Sie fuhr langsam, blieb – wie alte Menschen es eben tun – zu lange an Kreuzungen stehen, erkannte Gefahren viel zu spät. Er küßte sie, aber sie verzog keine Miene dabei. Sie nickte zwar und brachte sogar ein leichtes Lächeln zustande, als er sagte, er würde sie anrufen, aber Tom dachte bei sich, sie wüßten wohl beide, daß sie sich nie wiedersehen würden.

Axel wartete in dem kleinen Durchgang auf sie. Alice zuckte zusammen, als sie ihn erkannte. Erregung und ein eigenartiger Schauer erfaßten sie, denn sie hatte ihn lange nicht mehr gesehen, hatte nur seine Bewegungen über ihrem Kopf gehört, wenn sie nachts wach lag. Er sah sie unverwandt an, lächelte nachdenklich, dann sah er zu der Tür hin, durch die sie gekommen war. Eine einzige Straßenlaterne am Ende des Durchgangs verbreitete ein trübes Licht.

»Hier arbeitest du also?«

»Es ist nicht sehr interessant«, sagte sie und dachte: Wie töricht das klingt…

»Kommt darauf an, was man interessant findet.«

Meinte er sie?

»Wir nehmen ein Taxi.«

»Bis nach Hause?« sagte sie, entsetzt über die Kosten.

»Ich bin dem Untergrund nicht so verhaftet wie dein Tom. Ich betrete ihn, wie ich dir schon sagte, nur zu einem bestimmten Zweck.«

Sie hatte keine Ahnung, was er meinte. Als sie schon fast die Hoffnung aufgegeben hatte, kam ein Taxi vorbei. Jetzt würde er sie hinten in eine Ecke manövrieren, während er selbst, ganz auf Distanz, in der anderen Platz nehmen würde. Als er sich dicht neben sie setzte und ihre Hand nahm, fing sie unwillkürlich an zu zittern.

»Ist dir kalt?«

Sie schüttelte den Kopf.

Er schloß die Trennscheibe und kam dann wieder zu ihr zurück, suchte wieder ihre Nähe. Die Strenge der Züge mit dem slawischen Schnitt, die beherrscht waren von Blassem und Düsterem, von Schwarz und Weiß, wurden durch die Augen gemildert, die blau waren wie bei einem hübschen blonden Mädchen. Eigentlich hätte er braune Augen haben müssen, düster und vergrübelt, aber nein, sie waren kornblumenblau.

Er sagte: »Dieses Haus, aus dem du gekommen bist, dein Büro ... Ist da nachts jemand?«

Sie war überrascht. Gleich werde ich einen großen Schmerz erleiden, dachte sie, einen Schlag, eine Demütigung. Ich werde sein Geheimnis erfahren, warum er in die Cambridge School gezogen ist und meine Bekanntschaft gesucht hat. In diesem Haus ist etwas, was er braucht, irgendein Schriftstück, irgendein Gegenstand oder Gerät, und nur deshalb, um das in die Hand zu bekommen, hat er sich mit mir bekannt gemacht.

»Hast du einen Schlüssel?«

»Warum?«

»Warum ich frage?«

»Ja. Warum willst du das wissen?«

Er fing an zu lachen. Sie sah ihn starr an. »Ach Alice, Alice ... Was denkst du jetzt nur wieder? In welche Komplotte, welche geheimen Machenschaften bin ich deiner Meinung nach verwickelt? Dein Gesicht sagt mir, daß du glaubst, ich wolle auf diese tölpelhafte Art irgendwelche Papiere in die Hand bekommen.«

Sie wurde rot, weil er sie so gründlich durchschaut hatte, und sah weg wie ein gekränktes Kind. Er legte mit dieser nun schon vertrauten Bewegung seine Hand um ihr Kinn und drehte ihr Gesicht zu sich herum.

»Ich will mit dir allein sein. Ich will mit dir schlafen, hast du das nicht gewußt?«

Der Kopf des Fahrers, durch die Glasscheibe von ihnen getrennt, regte sich nicht. Irgendwo hatte sie gehört oder gelesen, daß es Taxifahrern verboten ist, sich Sicht auf die Rückbank zu verschaffen.

»Willst du nicht mit mir schlafen?« fragte er.

»Doch«, sagte sie sehr leise.

Er hob ihr Kinn. »Wir wüßten doch sonst nicht, wohin.«

Sie tat etwas, was sie bisher noch bei keinem Menschen getan hatte, sie nahm seine Hand und hob sie an den Mund und bedeckte sie mit Küssen.

Der Mann, der Chris und Kevin geschüttelt und Jasper angebrüllt hatte, wußte offenbar nicht, wozu Damon den Wagen verlassen hatte. Jasper war sich nicht sicher, ob Chris und Kevin es wußten. Sie alle dachten vielleicht, Damon hätte bloß unauffällig im nächsten Wagen verschwinden wollen, um sich abzusetzen. Jasper wußte, daß Damon aufs Dach geklettert war.

Es war das Vernünftigste, was er tun konnte, fand Jasper. Wenn die Fahrt nach Swiss Cottage hinter ihm lag, hatte Damon die Angst vor dem U-Bahn-Rodeln überwunden und war gleichzeitig seine Quälgeister los. Aus Jaspers Sicht hatte die Sache nur den einen Haken, daß Damon den Aufenthalt auf Swiss Cottage brauchte, um vom Dach herunterzuklettern, so daß sie nicht zusammen aussteigen konnten, sondern bis St. John's Wood weiterfahren mußten.

Jasper stellte sich an die Endtür und sah durch die Scheibe auf das Dach des Nachbarwagens, konnte aber nichts sehen, nicht einmal Damons Füße. Der Zug stand seit fünf Minuten in Finchley Road, als wollte er dort Wurzeln schlagen. Die Türen hatten sich geschlossen, gingen aber noch einmal auf, und fünf, sechs Leute stiegen zu. Alle mieden sie das Ende des Wagens, in dem Jasper und Chris und Kevin waren.

»Er ist kein Hosenscheißer«, sagte Jasper, und Chris sagte: »Okay, ist er nicht.«

Kevin sagte nichts, sondern holte die Hundert-Gramm-Tafel Milchschokolade aus der Tasche, deren Trost er sich für eben so einen Moment aufgespart hatte, und riß das Papier ab.

Wieder schlossen sich die Türen. Gleich hinter dem Bahnhof verschwanden die Züge auf dieser Strecke im Tunnel und setzten die Fahrt bis zur Endstation Embankment unter der Erde fort. Jarvis hätte Jasper vielerlei vom Bau der verschiedenen Strecken in diesem Bereich der Metropolitan, der Jubilee und der früheren Bakerloo Line erzählen können, von den technischen Großtaten, der Streckenführung durch die Tunnel, dem Ein- und Ausbau unterirdischer Gleise, aber Jarvis hatte nie mit Jasper über die Londoner U-Bahn gesprochen: Auf die Idee, daß er sich dafür interessierte, wäre er nie gekommen. Und Jasper hatte, obwohl er öfter mit der Jubilee Line als mit jeder anderen Linie fuhr, sie für jede Fahrt in die Innenstadt benutzte, noch nie gemerkt (der gewöhnliche Verkehrsteilnehmer merkt das nicht), was Jarvis jedesmal auffiel, daß nämlich der Zug an dieser Stelle bergab fährt, um unter das Niveau der Metropolitan Line zu kommen.

Jasper setzte sich. Er hatte eine geringe Meinung von Leuten, die Schokolade essen, ohne anderen etwas anzubieten, und warf Kevin einen bösen Blick zu. Der Zug fuhr an. Jasper wußte, daß die Tunneldecke hier ziemlich hoch über dem Wagendach war, aber es war ein Röhrentunnel, keine der Tunnelstrecken, die dicht unter der Erdoberfläche verlaufen. Trotzdem konnte Damon bis zur Themse eigentlich nichts passieren, allerdings hoffte Jasper, der nach Hause wollte, daß er schon früher wieder herunterkommen würde.

Die Tunnelöffnung nahm sie auf, und zum erstenmal merkte Jasper, daß der Zug bergab fuhr. Vielleicht merkte er es deshalb, weil er sich so angestrengt auf alles konzentrierte, was mit dem Zug, mit dem Verhalten des Zuges zu tun hatte, weil er so intensiv an Damon dachte, der ungeübt war und Angst gehabt hatte und der jetzt dort oben auf dem Wagendach lag.

Trotzdem traf ihn das, was dann geschah, unvorbereitet. Alle Fahrgäste traf es unvorbereitet. Der Zug bremste mit einer dieser heftig ruckenden Bewegungen, die stehende Fahrgäste zu Fall bringen können. Niemand stand in ihrem Wagen, aber bei dem zweiten Ruck mußten sie sich an die Banklehnen klammern, um nicht vornüber zu kippen. Eine Frau schrie auf.

Die Zeit schien stillzustehen, Ruhe trat ein, und diese Ruhe war endlich und unendlich zugleich. Zehn Sekunden mochten vergangen sein oder zehn Stunden, Jasper hätte es hinterher nicht sagen können, nur, daß Sekunden wahrscheinlicher waren. Er war versteinert von der Stille, einer Stille, die nicht von dieser Welt und jenseits der Zeit zu sein schien. Seine Hände krampften sich um die Lehnen, er war wie taub am ganzen Körper, aber seine Gedanken rasten.

Von draußen, von irgendwo über ihnen, kam plötzlich ein Schrei. Jasper hatte dergleichen noch nie gehört. Alles Entsetzen jedes verängstigten Geschöpfes dieser Welt lag darin. Und er hörte und hörte nicht auf. Die Fahrgäste waren aufgesprungen. Jasper blieb, wo er war. Jasper *sah*. Er sah, wie ein dunkel-verkrümmtes Etwas am Fenster vorbeikam, wie es sich schreiend gegen die Wagenwand wehrte. Sah, wie ein Fuß nach der Scheibe trat, wie der Zug, seinen Weg in die Tiefe fortsetzend, den Fuß wegriß und den ersterbenden Schrei zurückließ.

18

Das Zimmer war im obersten Stockwerk, unter dem Flachdach, ein kleiner Raum mit einem einzigen kleinen Fenster, einem schmalen Bett, einer Couch, die man in ein zweites Bett verwandeln konnte, einem elektrischen Heizofen, einem kleinen Spiegel an der Wand, abgetretenem Teppichboden, im Schrank eine Decke, zwei Kissen und zwei Steppdecken in Tesco-Einkaufstüten. Das war das sogenannte Notquartier. Am Ende des Ganges war eine ebenfalls sehr kleine Küche, die nicht viel mehr enthielt als einen elektrischen Kessel, eine Gaskochplatte, Töpfe, Pfannen und Besteck. Auf den Luxus von Kühlschrank und Backofen war verzichtet worden.

In Londons Bürogebäuden gibt es allenthalben solche Räume. Sie sind für die Führungskräfte gedacht, die im entfernteren Umland wohnen und nicht nach Hause können, wenn die Bahn streikt oder wegen wetterbedingter Störungen den Verkehr eingestellt hat. Zwei leitende Herren der Anwaltsfirma, für die Alice arbeitete, hatten Ende Januar in dem Notquartier übernachtet, als ein Sturm über London tobte und die Züge nach Surrey und Sussex nicht mehr fuhren. Martin Angell hatte auf der Couch und James Christianson auf dem Bett geschlafen. Am späten Abend war James Christianson noch mal aus dem Haus gegangen, weil sie Brot und Kaffee brauchten, und Martin Angell mußte ihn wieder hereinlassen, weil sein Kollege keinen Schlüssel hatte. Bei dieser Gelegenheit stellte sich heraus, daß es überhaupt nur zwei Sätze Schlüssel für das Haus gab, und weil so was ja immer wieder mal vorkommen konnte, händigte James Christianson Alice die Schlüssel aus und bat sie, noch zwei Sätze zu bestellen.

Alice ließ drei Sätze Schlüssel anfertigen.

Es sah ihr nicht ähnlich. Sie hatte so etwas noch nie gemacht. Sie wußte, daß sie verrückt war. Vernunft, Moral, ethisches Verhalten – all das war ihr entglitten, war in alle Winde zerstoben. Was sie dabei über sich selbst erfuhr, über die Dinge, derer sie fähig war, erschreckte sie zutiefst. Es grenzte ans Kriminelle, einen zusätzlichen Satz dieser Schlüssel machen zu lassen, die man ihr anvertraut hatte. Gab es überhaupt noch eine kriminelle Handlung, vor der sie haltmachen würde?

Wenn er sagte, stiehl das, würde sie stehlen. Wenn er sagte, töte Tom – würde sie töten? Das sagt er nicht, dachte sie und klammerte sich an diesen Gedanken. So benehmen sich Menschen, überlegte sie, die in den Bann eines Mörders geraten und sich mit ihm zum Morden zusammentun, nur weil er sagt, tu es. Es war nicht ganz der Zustand, den man *folie à deux* nennt, denn der implizierte, daß beide Partner in ihrer Besessenheit einander beeinflußten. Sie hatte nicht den Eindruck, daß sie mit ihrem Tun, mit ihrem Denken oder Wünschen Axel in irgendeiner Weise beeinflußte.

Mike und Catherine waren nahezu vergessen, waren wenig mehr als Schatten in einer Vergangenheit, die sie abgetan hatte. Tom war noch da, wie ein ungeliebter Ehemann. Ja, so sah sie ihn inzwischen. Er glaubte, daß sie ihn wegen all seiner Mißerfolge ablehnte, weil er sein Studium nicht wieder aufnehmen und sich keinen Job suchen mochte, weil es ihm nicht gelungen war, Geld von seiner Großmutter zu bekommen, weil er mittellos war. Sollte er das ruhig glauben, es war besser, als der Wahrheit ins Gesicht zu sehen.

War sie verliebt? Ist einem so zumute, wenn man verliebt ist – oder war es eine Obsession? Und wo lag der Unterschied? Ein Gutes hatte die Sache aber doch: Ihr Geigenspiel wurde besser.

Madame Donskoy sagte nichts von dem, womit ausländische Musiklehrer in Romanen ihre Anerkennung zum Ausdruck bringen. Sie sagte nicht: Ich habe Sie alles gelehrt, was ich weiß, liebes Kind, nun müssen Sie Ihren eigenen Weg finden. Oder: Eigentlich müßte ich jetzt bei Ihnen in die Lehre gehen. Und es kam auch nicht zu jenem anderen, sattsam bekannten Szenario, bei dem die verehrte Lehrerin zur Geige greift und so herrlich spielt, daß die Schülerin überwältigt ist, sich in Grund und Boden schämt und erkennt, wie vergeblich sie sich müht.

Madame Donskoy sagte nur: »Nicht übel.«

Es war ein Lob. Vielleicht spornte es Alice an, vielleicht war es auch nur die Kehrseite dessen, was der armen Sibyl Vane widerfuhr, als sie, weil sie sich in Dorian Gray verliebt hatte, ihrer Schauspielkunst verlustig ging. Wie auch immer – Alice glaubte fehlerlos zu spielen, aber am Ende der Stunde (es war die vorletzte) redete Madame Donskoy nur von Yehudi Menuhin und einer Aufnahme mit Stücken aus den 20er und 30er Jahren, die er mit Stephan Grapelli gemacht hatte. Alice schrieb an die Britten-Pears School und bewarb sich um Aufnahme für einen zweiwöchigen Intensivkurs.

In der Sturmnacht, als der U-Bahn-Verkehr eingestellt wurde, als Tom mit seiner Flöte auf einer Fahrtreppe steckenblieb und zu Fuß nach Hause gehen mußte, hatte sie für Axel im Zeichensaal gespielt. Er hatte sie darum gebeten. Es war kalt, draußen heulte der Wind, er rüttelte an den Fenstern und fetzte Zweige von den Bäumen. In der Übergangsklasse klirrte Glas, und als Tina am nächsten Morgen nachsah, lag ein Dachziegel im Zimmer, den der Wind von dem gegenüberliegenden Wohnblock geweht hatte. Axel ignorierte den Wind. Er tat, als sei es ein ganz normaler ruhiger Abend.

Vor der Tür des Zeichensaals zögerte sie einen Augenblick, dann klopfte sie. Er lachte, weil sie geklopft hatte. »Was glaubst du denn, was ich gerade gemacht habe?«

Sie sagte nicht viel. Es fiel ihr zunehmend schwer, mit ihm zu reden. Er nahm sie in die Arme, nein, in die Hände. Zum erstenmal sah sie ihn ohne den langen Mantel. Sie hatte nicht erwartet, daß er so mager war. Sie spürte seine Knochen, als er seine Hände an ihrem Körper entlanggleiten ließ und eine beinharte Erektion gegen ihren Leib drückte. Ihr Verlangen war oft so stark, daß ihr regelrecht übel wurde.

Warum nur war er derart beherrscht, von so lächelnder Beiläufigkeit? Sie hatte immer gedacht, Männer täten sich schwerer mit der Selbstbeherrschung, und offensichtlich war er ja erregt. Er lachte nur, schob sie von sich weg, klappte ihren Geigenkasten auf und reichte ihr das Instrument.

»Spiel für mich.«

»Ich weiß nicht, was ich spielen soll.«

Er streifte sie mit diesem eigenartigen Seitenblick. Die blauen Augen leuchteten. »Etwas Romantisches.«

Sie hatte einmal den berühmten Walzer aus dem *Rosenkavalier* für Violine arrangiert und eingeübt. Er kannte das Stück. Sie sah, wie er den Text leise mitsprach: »Mit mir, mit mir, keine Nacht ist zu lang.« Das traf es nur allzu genau. Ihre unsicheren Finger zitterten. Sie hörte die Dissonanz, sah ihn zusammenzucken und hätte am liebsten losgeheult. Sie beherrschte sich, hörte aber auf zu spielen.

»Ich bin heute abend nicht in Form.«

Seine Antwort war von vernichtender Kürze: »Nein.«

Danach kam es zu ein paar Zärtlichkeiten. Er berührte und küßte sie und strich über ihren Körper und lachte und schickte sie weg mit der üblichen Begründung, zu mehr dürfe es nicht kommen, solange sie unter einem Dach mit Tom wohnten, auch wenn Tom sich im Augenblick nicht unter diesem Dach befand.

Sie hatte ihm die Schlüssel gegeben.

Sie sorgte sich, weil das Zimmer so häßlich, die ganze Geschichte so unappetitlich war, sorgte sich wegen all dieser Heimlichkeiten und verbotenen Schlüssel, und überlegte wieder einmal, warum ein Hotelzimmer unappetitlich gewesen wäre, dies hier aber nicht. Vielleicht konnte Axel sich kein Zimmer im Hotel leisten, aber nein, das war wohl kaum der Grund. Manchmal hatte sie den Eindruck, daß Axel heimlich ein reicher Mann war.

Sie hatte von Menschen gelesen, für die ein Hauch des

Degoutanten den Reiz noch erhöht. Ob das auch auf Axel zutraf? Gewundert hätte es sie nicht. Vielleicht erregte es ihn ja auch nur, daß es ein bißchen gefährlich war, hier zu sein. Die Tatsache, daß sie genötigt war, sich in einem Bürogebäude herumzudrücken und sehnsüchtig darauf zu warten, bis die anderen gegangen waren, daß sie vom Fenster aus die Straße im Auge behalten, das Bett mit Wäsche beziehen mußte, in der schon andere geschlafen hatten – all das war in ihren Augen eher dazu angetan, Verlangen abzutöten. Doch das Verlangen lebte fort.

Er war spät dran, sie hatte damit gerechnet, aber das änderte nichts an ihrer Nervosität. Sie wußte inzwischen, daß er zu den Menschen gehörte, die es genießen, den Partner, der sich nach ihnen verzehrt, warten zu lassen. Auch sie ließ Tom manchmal warten und dachte sich nichts dabei, aber es bereitete ihr keinen Genuß, sie weidete sich nicht daran.

Sie fuhr mit dem Lift ins Erdgeschoß, ließ ihn unten für Axel stehen und ging zu Fuß die Treppe wieder hinauf. Irgendwie mußte sie die Zeit hinbringen. Oben, in dem Zimmer, wo das schon zweimal benutzte Bettzeug einladend zurückgeschlagen war, dachte sie an Catherine. Ihr Kind schien sehr fern, ein Püppchen am Ende eines Tunnels, ja, es kam ihr geradezu unwirklich vor, daß sie je ein Kind gehabt hatte. Sie hatte es geträumt, auch ihre kurze Ehe war ein Traum gewesen.

Alice zog die Bettdecke wieder glatt und legte die Steppdecke darüber. Das unverhüllt Auffordernde dieses aufgeschlagenen Bettes hatte sie zutiefst beschämt. Vielleicht kam er ja, wenn sie das Bett zudeckte, die Tür schloß, die

Hoffnung aufgab. Sie ging noch einmal nach unten zum Lift, der mit geöffneter Tür dastand, stieg wieder die Treppe hinauf. Bis in alle Ewigkeit warte ich hier nicht, dachte sie. Höchstens noch eine halbe Stunde. Doch sie wußte, daß sie warten würde. Die ganze Nacht würde sie warten.

Als sie oben war, meinte sie Schritte über sich zu hören, es war, als laufe dort oben jemand herum. Auf die Idee, es könne Axel sein, er könne, wie sie, die Treppe zu Fuß nach oben gegangen sein, kam sie nicht. Den Lift hatte niemand benutzt, soviel stand fest, sie hatte ihn unten stehen sehen, sie hätte ihn bei der Fahrt nach oben gehört.

Vor dem Zimmer blieb sie stehen und lauschte. Unten brannte kein Licht mehr, sie hatte es ausgemacht, als sie nach oben gegangen war. So dürfte Liebe nie sein, dachte sie. Nichts Geplantes, Organisiertes, Verkünsteltes, sondern etwas Spontanes, das ganz selbstverständlich aus dem Liebhaben erwächst. Er kommt ja doch nicht, ich werde ihn nie wiedersehen.

Und dann kam er aus dem dunklen Gang auf sie zu. Es war die einzige Richtung, aus der sie ihn nicht erwartet hatte.

»Nein, so was«, sagte er, »da hätten wir uns nach all diesen Umständen am Ende beinah noch verfehlt.«

Er gehörte nicht zu den Männern, die ihre Frau oder Freundin küssen, wenn sie sich treffen. Das wird er nie tun, dachte Alice. Sie machte die Tür zu und schloß ab. Es gab nichts zu sagen, und sie hatte eigentlich schweigen wollen. Sie dachte, er würde ernst und gemessen sein, angespannt, wie sie ihn schon einmal erlebt hatte, aber nein, er war gesprächig, er lachte, nicht so, als erwarte ihn eine große Freude, sondern als habe er sie schon erfahren.

Er hatte Tom gesehen. Er war aus der Richtung Covent Garden gekommen und hatte durchs Fenster eines Lokals Tom gesehen. Vielleicht sei Tom auf dem Weg hierher, meinte er.

»Er war nie hier. Er weiß gar nicht, wo es ist.«

»Wenn es sein muß, schlage ich mich mit ihm. Aber nicht gern.«

Sie hätte gern so etwas gesagt wie: Ich denke, du hast so große Achtung vor Tom. Waren sie nicht eben deshalb hier statt zu Hause, in seinem Zimmer oder dem ihren? Sie behielt es für sich. Er hatte sich neben sie aufs Bett gesetzt, er lachte nicht mehr, die Euphorie war verflogen, er war ernst und nachdenklich, als er die Hände um ihr Gesicht legte.

Sie sagte etwas, was sie früher nie über die Lippen gebracht hätte: »Ich liebe dich.«

Er streichelte ihr volles Haar, zeichnete mit den Fingern ihre Kinnpartie nach, ließ einen langen, kühlen Zeigefinger über ihren Hals und zwischen ihre Brüste gleiten. Er schlug ihre Bluse auseinander und streifte sie ab.

»Das hast du mir schon einmal gesagt. Willst du es mir beweisen?«

Die Londoner U-Bahn ist kein abgeschlossener, nur über die Bahnhöfe zugänglicher Komplex. Neben den Stationen – fast dreihundert an der Zahl – gibt es noch andere Zu- und Abgänge.

Die Abgänge sind zumeist Ventilationsschächte zum

Ablassen verbrauchter und zum Einleiten von frischer Luft. Gäbe es in den Tunnels keine Lüftungslöcher zur Druckentlastung, würden den Fahrgästen, wie den Passagieren im Flugzeug, ständig die Ohren knacken.

Früher wurde ein Teil der Schwefeldämpfe über vergitterte Ausblasöffnungen ins Freie geleitet. In die Central Line baute man einen »Ozonisator« ein, der Luft in die Station saugte, aber der dadurch entstehende Geruch setzte sich in der Kleidung fest, so daß die Reisenden eine salzige Brise mitbrachten, als kämen sie aus Southend-on-Sea und nicht von Oxford Circus.

Heute nutzt man die Bahnhofseingänge und Treppenschächte, um verbrauchte Luft auszublasen und Frischluft zuzuführen. Frischluft wird durch Schächte im Treppenhaus und durch weitere eigens zu diesem Zweck eingebaute Öffnungen gepumpt. In dem Old-Ford-Ventilationsschacht auf der langen Strecke der Central Line zwischen Mile End und Stratford ist eine Wendeltreppe. Bei Stromausfall zwischen diesen Stationen hat der Zug manchmal nicht mehr genug Fahrt, um bis zum nächsten Bahnsteig zu rollen, und in so einem Fall können die Fahrgäste zu Fuß durch den Tunnel und im Schacht über die Treppe nach oben geleitet werden.

Der Schacht endet auf Straßenhöhe. Als 1969 einmal spätabends der Strom ausfiel, brachten sich sechzig Menschen auf diesem Wege in Sicherheit.

Der runde Turm am Bahnhof Regent's Park an der Bakerloo Line ist das oberste Ende eines Notausstiegs. Auf einer weiteren langen Strecke, der Victoria Line zwischen Tottenham Hale und Seven Sisters, befindet sich der Nel-

son-Road-Ventilationsschacht, der ebenfalls mit einer Wendeltreppe ausgestattet ist.

Ein nicht mehr zum Ein- und Ausstieg genutzter Treppenschacht wurde bis auf das Dach eines Büroblocks über dem Bahnhofsbereich von Notting Hill Gate verlängert. In vielen Londoner Bürogebäuden gibt es solche zur Belüftung genutzten Schächte. Diese Häuser befinden sich alle im Besitz von London Transport.

Zu jeder Station im Innenstadtbereich der Central Line gehören nicht mehr benutzte Tunnel und Schächte. Die hell erleuchteten Stationen mit ihrem Menschengewimmel, den bunten Reklametafeln, dem Donnern der Züge sind umgeben von dunklen, ungenutzten Gängen und Reihen von Schächten.

In einigen dieser Schächte waren früher Aufzüge – die später durch Rolltreppen ersetzt wurden –, in anderen Treppen. Wenn man innen an den wuchtigen Walzen hochsieht, erkennt man im Dämmerlicht die Fliesen aus der Zeit der Jahrhundertwende, ein gelbbraunes Muster, das sich spiralförmig, dem Lauf der früheren Treppe folgend, an dem Rund entlangzieht.

In den Gängen sind Signalräume und Betriebsleitstellen untergebracht. Die automatischen Signalsysteme sind sicher und leistungsfähig. In der Londoner U-Bahn sind die Fahrgäste vergleichsweise sicherer als in jedem anderen Verkehrsmittel.

Laut Auskunft von London Transport Underground.

Sie hätten Damons Tod unmöglich vor Cecilia verheimlichen können. Der Fall machte Schlagzeilen, er ging durch alle Zeitungen. Und Cecilia sah schließlich auch fern. Sie verheimlichten ihr nur, daß er Jaspers Freund gewesen war und daß Jasper seinen Tod miterlebt, daß er in dem Zug gesessen hatte, von dessen Dach Damon in den Tod gestürzt war.

Zwei Mitarbeiter der Londoner U-Bahn kamen zu Tina. Einer war der zuständige Aufsichtsbeamte für die entsprechenden Stationen der Jubilee Line. Sie waren gekränkt und verbiestert, weil Kevins Mutter, bei der sie zuerst gewesen waren, ihnen Vorwürfe gemacht und gesagt hatte, es dürfte eigentlich gar nicht sein, daß Kinder auf Zugdächern herumturnen konnten. Tina machte niemandem Vorwürfe. Es wäre ihr nie in den Sinn gekommen, sich selbst etwas vorzuwerfen, und was Jasper anging, ja, das sei nun mal ein richtiger Junge, da könne man nichts machen. Sie wußte, daß es nicht richtig war, so zu reden, wo doch diese arme Frau, Damons Mutter, ihren Sohn verloren hatte, aber sie konnte an nichts anderes denken als an ihre Erleichterung, daß es nicht Jasper gewesen war.

Es gab eine gerichtliche Untersuchung, ein Ermittlungsausschuß wurde eingesetzt. Bienvida wollte wissen, ob Jasper in die Zeitung kommen würde, wenn er vor dem Ausschuß aussagen mußte. Bienvida war zum Tee bei Cecilia, sie saß da, die Puppe Caroline auf dem Schoß, und verkündete – nachdrücklich, ungefragt und zusammenhanglos –, Damon sei kein Freund von Jasper gewesen.

»Er geht nie in die U-Bahn«, sagte sie. »Er fährt nicht auf Wagendächern, und er kennt auch keinen, der so was macht.«

Cecilia dachte beklommen, daß es sich dann in Wirklichkeit wohl genau umgekehrt verhielt.

Der Sturm hatte einen Teil des Fahrradschuppens abgedeckt, und Jed nahm den Falken wieder ins Haus. Abälard konnte jetzt fast gar nicht mehr fliegen. Jed wußte nicht, was er mit ihm machen sollte. Er sorgte sich um sein Gewicht, fürchtete, er würde zunehmen, weil er nicht flog, und würde dann vielleicht nie wieder fliegen können. Er kürzte ihm die Rationen noch mehr, und Abälard schrie. Manchmal meinte Jed im Blick des Falken Jammer und Hoffnungslosigkeit zu sehen, eine heißhungrige Gier nach Atzung, als habe sein beschränktes kleines Vogelhirn begriffen, daß Atzung nun sein alleiniger Lebensinhalt war, als wüßte er, daß die vor ihm liegenden Jahre eine einzige ununterbrochene Qual sein würden, wenn er nicht – oder nicht ausreichend – kröpfen konnte.

Der Termin mit dem berühmten Ornithologen vom Veterinärmedizinischen Institut war gekommen, und Jed fuhr mit Abälard nach Cambridge. Abälard saß in seinem Geschirr auf Jeds Faust, und Jed sah stolz, wie würdevoll er sich hielt. Die Mitreisenden in der U-Bahn nach Liverpool Street und in dem Zug der British Rail wußten ja nicht, daß der Falke behindert war, daß seine Schwingen ihm nicht mehr gehorchten, wenn Jed ihn warf. Nach einer Weile setzte Jed ihm die Haube auf, weil er befürchtete, Abälard könne anfangen zu schreien. Er befürchtete ständig, der Falke könne anfangen zu schreien.

Der Flügel wurde durchleuchtet. Der berühmte Facharzt für Ornithologie ging sehr behutsam mit Abälard um.

Er sah sich die Röntgenaufnahmen an, dann untersuchte er die Schwinge noch einmal, und diesmal hatte Jed nicht den Eindruck, daß er behutsam war, er drückte und stocherte mit festem, forschendem Griff zwischen den braungestreiften Federn herum, aber der Falke protestierte nicht.

Abälard saß, die Haube über dem Kopf, wieder auf Jeds Faust, und der Vogelarzt sagte: »Leider nichts Gutes.«

»Er wird nie wieder fliegen?«

»Kaum.«

Und dann erklärte er, daß ein Virus die Schwinge befallen und Muskeln und Nerven irreparabel geschädigt hatte. »Dafür kann niemand etwas, Sie haben nichts falsch gemacht. So was kommt vor.« Jed wunderte sich sehr über diesen Tierarzt, der überhaupt nichts zu verstehen schien. »Es sind teure Vögel, für den hier haben Sie bestimmt eine schöne Stange Geld bezahlt. Siebenhundert? Achthundert? Sieht leider nach einer Fehlinvestition aus.«

»Kann man denn gar nichts machen? Eine Operation oder so?«

»Dafür ist es zu spät. Ich weiß auch nicht, ob es zu einem früheren Zeitpunkt Sinn gehabt hätte. Da gibt es im Grunde nur noch eins. Ich kann es für Sie erledigen, wenn Ihnen das lieber ist. Sie können ihn gleich hierlassen.«

»Danke, aber ich nehme ihn wieder mit.« Wenn ich jetzt nicht ganz schnell gehe, dachte Jed, fange ich an zu heulen. »Ich kann ihn zu meinem Tierarzt bringen.«

»Ganz wie Sie wollen. Es tut ihm nicht weh. Wenn Sie ihn noch ein bißchen behalten, meine ich. Er hat keine Schmerzen und wird auch keine bekommen, nur fliegen kann er nicht mehr.«

Jed mußte an Ort und Stelle einen Scheck ausschreiben und hoffte, daß er noch genug dafür auf seinem kärglichen Konto hatte. Auf der Straße nahm er Abälard die Haube ab, und sie gingen zum Bus, der sie zum Bahnhof zurückbrachte.

Der Tod hatte Jasper aufgesucht, er hatte sich neben ihm gelagert und ihm ins Gesicht gesehen. Bis dahin war der Tod für ihn keine Realität, allenfalls ein ferner, nicht recht faßbarer Begriff gewesen, abartiger und unwirklicher als ein Gespenst, unerklärlicher als Gott. Daß es in seiner Vergangenheit Leute gab, die tot waren, wußte er, aber bisher hatte er keinen von denen, die gestorben waren, wirklich gekannt. Brians Eltern waren gesund und munter und noch gar nicht richtig alt, und sein Großvater Darne war schon lange tot gewesen, ehe Jasper zur Welt gekommen war. Jasper hatte sich nicht eingebildet, daß Menschen nie sterben, er wußte, daß sie sterben müssen, man hatte es ihm gesagt, aber die Leute, die er kannte, die konnten doch nicht sterben. Vielleicht kam irgendwann mal etwas auf sie zu, was sich Tod nannte, aber im entscheidenden Augenblick würde, wie in Filmen oder im Traum, das Unheil abgewendet werden und an ihnen vorübergehen. Wenn die Not am größten war, würde ein mächtiges Wesen die Arme nach ihnen ausstrecken, um sie zu bergen und zu retten.

Er hatte Angst um Damon gehabt, aber er wußte jetzt, daß er nie an seinen Tod gedacht hatte. Diese Vorstellung war zu hoch für ihn gewesen. Was er erwartet hatte, hätte er jetzt nicht mehr sagen können – eine Verletzung vielleicht oder einfach Strafe. Und wenn er in qualvoller Beklemmung an diese Minuten vor dem Unfall zurückdachte, kam er sich unheimlich blöd vor, weil er es nicht erwartet, nicht vorausgesehen hatte. So blöd wie damals, als er sich in einer Menschenmenge umgedreht hatte, um etwas zu Bienvida zu sagen – nur um festzustellen, daß das Mädchen, das er angesprochen hatte, eine wildfremde Person war.

Er hatte niemanden zum Reden. Kurz nach dem Vorfall war eine Frau zu Tina in die Cambridge School gekommen, eine Frau vom Sozialamt oder von London Transport oder von beidem, das hatte Jasper nicht so richtig verstanden, und er hörte, wie sie zu seiner Mutter sagte, er brauche vielleicht etwas, was sie seelische Nachbetreuung nannte. Er selbst wurde nicht gefragt. Ja, vielleicht, sagte Tina, warum nicht, gar keine dumme Idee.

»Ein sehr bewährtes Konzept im Fall von Unfallzeugen«, sagte die Frau.

Betreuung war für Jasper so was Ähnliches wie Pflege im Sinne einer staatlich verordneten Pflegestelle. In seiner Klasse war ein Junge in Pflege, weil sein Vater abgehauen war, seine Mutter allein nicht so richtig durchblickte und sein Bruder bei einem Unfall zu Tode gekommen war. Die Parallelen zu seinem Fall, fand er, waren nicht zu leugnen. Doch als er Tina daraufhin ansprach, sagte sie nur: »So 'n Quatsch. Woher hast du denn diesen Mist?«

Er hatte niemanden zum Reden. Vielleicht hätte er mit Kevin und Chris auch nicht darüber reden können, aber die waren gar nicht mehr da, waren von ihm getrennt worden durch Zufall oder durch die Machenschaften der

Erwachsenen. Wie sie mit Nachnamen hießen und wo sie wohnten, hatte er nie gewußt. Ihre Spur verlor sich irgendwo in London. Er wußte, daß er sie nie wiedersehen würde.

Nie wieder würde er U-Bahn fahren. Oder vielleicht viel später mal, wenn er alt war, nach vielen Jahren. Sogar der Blick auf die silbernen Züge, die nach London herunter- und nach Stanmore hinaufratterten, war ihm unbehaglich. Beängstigend, wie sie das Haus erbeben ließen. Komisch, auch die Lust am Rauchen war ihm vergangen. Vielleicht, weil er in dem Moment, ehe es passiert war, eine Zigarette geraucht hatte? Die bewußte Zigarette, die dann auf die Gleise gefallen war? Vielleicht war es Fügung, daß er das Rauchen aufgab, ehe er es sich richtig hatte angewöhnen können. Alle sagten ja, am besten hörte man in jungen Jahren auf.

Er saß oft in der Garderobe und grübelte. Tina glaubte, er sei in der Schule, aber dorthin ging er auch jetzt nicht öfter als in den guten alten Tagen des U-Bahn-Rodelns. Er saß in Decken gewickelt vor dem elektrischen Heizofen in der Garderobe. Mit der Glocke war er noch nicht weitergekommen, aber wenn man das Glockenseil ein Stück verlängerte, konnte man es durch die Luke neben dem früheren Chemiesaal hinunterlassen, da war es dunkel, und außer Jarvis kam nie jemand hin. Und Jarvis war noch in Rußland. Tina hatte eine Postkarte von ihm bekommen, mit einem Bild vom Kreml drauf, die fünf Wochen unterwegs gewesen war. Tina hatte gesagt, auf allen Karten aus Rußland sei immer bloß der Kreml drauf, und sie habe das Gefühl, andere Karten hätten sie dort überhaupt nicht.

Der Unfall und Damons Tod waren für Jasper immer nur *es*. Wenn er sich dazu zwang, *es* in seine Gedanken hineinzulassen, ehe er abends einschlief, wenn er an den Kriegstanz von Kevin und Chris dachte, an den Mann, der sie geschüttelt hatte, an Damons unauffälligen Ausstieg, die Einfahrt des Zuges in den Tunnel und zuletzt und unverändert grauenerregend den Schrei und dieses Etwas, das am Fenster vorbeigekommen war, wenn er abends vor dem Einschlafen ganz intensiv an all diese Dinge dachte, dann, hatte er festgestellt, träumte er nicht davon. Es war eine unfehlbare Methode, die Träume zu bannen. Träumte er aber, wachte er schreiend auf. Ob Tina ihn schreien hörte, war ungewiß, jedenfalls kam sie nie herein, und alles in allem war er froh darüber, er hätte sich geniert. Aber er hatte niemanden zum Reden.

Bienvida hielt sich die Ohren zu und drohte zu brüllen, wenn er noch mal davon anfinge, um nur ja nichts zu hören. Sie war bei ihrer Großmutter zum Tee und berichtete wahrheitsgemäß, Tina habe zur Zeit keinen Freund, woraufhin Cecilia sofort annahm, sie habe wohl zwei.

Als der Artikel erschien, war Tom nicht nur enttäuscht, er war empört.

»Was hast du denn erwartet?« fragte Alice.

»Keinen Juxartikel jedenfalls. Wer denkt denn, daß die mich verarschen wollen? Diese Journalistin, die mich interviewt hat, die hat so getan, als ob sie einen ernsthaften Artikel schreiben will.«

»Es heißt ja, daß Publicity immer für irgendwas gut ist.«

»Möchte wissen, wozu das gut sein soll, wenn jemand

schreibt – oder anklingen läßt –, daß du nur deshalb in der U-Bahn oder auf der Straße spielst, weil du sonst nirgends spielen kannst. Wenn so jemand schreibt, daß du nicht qualifiziert bist und dich beleidigt. Was ist überhaupt ein Aut– ein Autodidakt?«

»Jemand, der sich im Selbstunterricht gebildet hat.«

»Siehst du! Nicht mal die Wahrheit kann die schreiben. Ich hab mich nicht im Selbstunterricht gebildet, ich hab nur meinen Abschluß nicht gemacht. Und was sollen diese abfälligen Sachen über Peter und Jay und ihre schwule Beziehung, immer wieder diese alten Vorurteile gegen Homosexuelle, als wenn Schwule nicht genauso okay wären wie Normale. Damit deutet sie doch praktisch an, daß ich auch schwul bin. Weil ich mit ihnen zusammen spiele wahrscheinlich. Eigentlich ist das Verleumdung, vielleicht könnte ich sie wegen Verleumdung verklagen.«

»Wenn du findest, daß es okay ist, schwul zu sein, ist es doch keine Verleumdung, wenn sie schreibt, daß du schwul bist.«

Offenbar hatte er damit gerechnet, daß der Artikel ihm Geld bringen würde. Immerhin hatte sich die Journalistin die Mühe gemacht, den Preis der Verstärkeranlage in Erfahrung zu bringen, die er haben wollte, sie hatte die Posten in ihrem Artikel einzeln aufgeführt. Sehr bedenklich verfolgte Alice, wie er auf Post lauerte, auf Briefe von der Redaktion mit Schecks, die dort womöglich für ihn eingegangen waren. Seine Paranoia war jetzt sehr ausgeprägt. Er glaubte, alle Welt sei gegen ihn. Bis auf Peter und Jay – und Axel. Überrascht und leicht beunruhigt beobachtete Alice die dicke Freundschaft, die sich zwischen den beiden entwickelt hatte.

Angefangen hatte es nach einem ihrer abendlichen Kräche. Es ging um das alte Thema. Alice drängte ihn, sein Studium wiederaufzunehmen, und wiederholte, daß sie entschlossen sei, auf ein Konservatorium zu gehen, und Tom gab zurück, sie brauche keine Fortbildung mehr, sie solle sich bei einem Orchester im Norden zum Vorspielen bewerben, und er würde inzwischen – und zwar sehr bald – eine Möglichkeit finden, das große Geld zu machen. Er warf ihr vor, sie liebe ihn nicht. Wenn sie es nämlich täte, würde sie wieder mit ihm Musik machen, zu jenem Leben zurückkehren, in dem sie so glücklich gewesen waren, und als sie sich dazu nicht äußerte, sprang er auf und sagte, er würde mal bei dem »Neuen« klopfen, der bestimmt da oben einsam sei, er würde ihn auf einen Drink ins Pub einladen.

Alice war entsetzt. »Ohne mich!«

»Um so besser. Ist mir auch lieber, wenn du nicht dabeihockst und ironische Bemerkungen machst. Über meine Unwissenheit und Apathie und was dir sonst noch Negatives zu meiner Person einfällt.«

Das war unfair, Alice hatte Tom nie vor anderen kritisiert, aber sie sagte nur: »Woher willst du überhaupt wissen, ob er mitkommt?«

Bestimmt würde er nicht mitkommen. Ein Mann, der sich geweigert hatte, mit ihr zu schlafen, solange ihr rechtmäßiger Liebhaber unter einem Dach mit ihnen wohnte, würde kaum bei besagtem Geliebtem den guten Kumpel spielen und sich mit ihm in eine Kneipe setzen. Sie war deshalb sehr überrascht, als sie Axel reden und als sie ihn und Tom nach unten gehen hörte, überrascht und geknickt. Hätte Axel nicht, wenn er schon mit Tom ausging, wenigstens bei ihr vorbeikommen und ein paar Worte mit ihr wechseln, ihr zumindest guten Abend sagen können? Es war sehr hart, ihn nicht zu sehen. Als sie unten die Haustür schlagen hörte, ging sie über den Korridor in das große, leere, unmöblierte Lehrerzimmer und sah auf die Straße hinunter.

Viel konnte man nicht erkennen, dazu war es zu dunkel. Im Licht einer Straßenlaterne sah sie die beiden am Gartentor stehen. Sie musterte Axel mit gespannter Aufmerksamkeit, als könne sie ihn auf diese Weise ablichten und sein Bild bei sich behalten. Dann nahm die Dunkelheit die beiden auf, und mit Axel verschwand auch sein Abbild von ihrer Netzhaut. Als sie allein war, dachte sie an ihn, so, wie sie immer an ihn dachte, wenn sie allein war, an sein Gesicht und das, was er zu ihr gesagt hatte. Daran, wie sie sich geliebt hatten, dachte sie nicht, das wäre über ihre Kräfte gegangen, sie hatte das Gefühl, als würde dann etwas in ihr anschwellen und bersten oder als müsse sie zusammenbrechen oder schreien wie der Falke.

Von da an steckten Tom und Axel ständig zusammen. Alice hatte immer schon vermutet, daß Tom, ungeachtet seiner Liebe zu ihr – die man wohl, wären sie verheiratet gewesen, in die Kategorie »treusorgend« hätte einordnen müssen – mehr ein »Mann für Männer« war, ein Typ, der sich am wohlsten in der Gesellschaft von seinesgleichen fühlt und gern mal mit seinen Freunden einen draufmacht. Seitensprünge hatte sie von ihm nicht zu befürchten, bei dieser Art von Freizeitspaß kam er nicht mit Frauen zusammen. Warum sich Axel mit ihm angefreundet hatte, blieb dennoch rätselhaft. Sie hätte Axel fragen können, aber sie tat es nicht. Sie sah die beiden zusammen weggehen, ins Pub an der Ecke oder in irgendeinen Club, in dem Axel Mitglied war, und sie war eifersüchtig. Sie beneidete Tom, weil er mit Axel ausgehen durfte.

Erstaunlich war auch, daß Axel offenbar seinem Grundsatz untreu geworden war, unter Toms Dach nicht mit ihr zu schlafen. Sie hatten sich noch zweimal bei Alice im Büro getroffen, dann hatte er im Taxi, auf der Fahrt nach Hause, zu ihr gesagt: »Das haben wir heute zum letzten Mal gemacht.«

»Wie meinst du das?« fragte sie. Ihre Stimme war ein greisenhaftes Krächzen.

»Wie ich das meine?«

Er will mich zwingen, es auszusprechen, dachte sie, und schüttelte den Kopf. Ihr war elend zumute.

Axel lachte. Er legte die Hand um ihr Gesicht und sah ihr in die Augen und stupste seine Nase gegen die ihre. »Ach, Alice, *das* doch nicht. Ich habe nur gemeint, daß es zu Hause am schönsten ist.«

»Aber du hast doch gesagt, daß du nicht...«

Er schüttelte den Kopf, deutete auf den Hinterkopf des Fahrers, obwohl die Trennscheibe geschlossen war, und zuckte die Schultern. »Wen der Teufel treibt, der muß wohl laufen.«

Sie sah ihn verständnislos an.

»Dieses Zimmer bei euch im Büro. Ich möchte dort nicht... erwischt werden.«

Sie war überrascht, denn sie hatte sich – eigentlich ohne triftigen Grund – immer eingebildet, er fürchte nichts und niemanden auf der Welt. Doch sie widersprach nicht, sie war viel zu glücklich, daß ihre schlimmsten Befürchtungen sich nicht bewahrheitet hatten. Er begehrte sie, er begehrte sie noch immer. Obgleich sie gerade erst miteinander geschlafen hatten, zweimal, um genau zu sein, erregte sie die Vorstellung, daß sie es nun zu Hause tun würden, in ihrem Zimmer oder im Zeichensaal oder in der Quinta. Sie würden es öfter machen, spontaner, aus einer zufälligen Begegnung, einem lustvollen Impuls heraus. Der heimliche Sex würde sich zu dem wandeln, was sie sich ersehnte – zu einem Liebesabenteuer.

Den Taxifahrer hatte Axel offenbar vergessen, oder es ging ihm nur um das, was der Mann womöglich *hören* konnte, denn er nahm sie in die Arme und küßte sie leidenschaftlich. Es war seltsam, daß dies nach allem, was geschehen war, nach ihren so hemmungslosen, außergewöhnlichen Liebesstunden, der erste Kuß mit echtem Gefühl war, ganz anders als die sinnlich-lasziven Zärtlichkeiten mit Lippen und Zunge, die sie von ihm gewöhnt war. Sie gab sich ihm ganz hin, als könne sie eins mit ihm werden, sich in ihm verlieren. Sie fühlte sich schwach, aber zugleich von einer seltsamen Energie durchströmt.

In der Cambridge School hatte nur Tina einen Fernseher, ein altes Gerät, nur schwarzweiß, das deshalb selten benutzt wurde, nicht einmal von den Kindern. Tom und Alice sahen nie fern, kauften nie eine Zeitung, und Jed wäre weder das eine noch das andere je in den Sinn gekommen. Sie wußten nichts von der Autobombe, die – an der

Unterseite des Wagens angebracht – den Abgeordneten zerriß, der darin gesessen hatte. Hätten sie bei ihrer Großmutter fernsehen können, hätten Bienvida und Jasper vielleicht Berichte über den Wagen gesehen, der auf der Mall explodiert war, und dann hätte Jasper bestimmt das Gesicht des Mannes erkannt, den sie verhaftet hatten. Doch Cecilia war nicht da, Cecilia war in Willesden bei Daphne zu Besuch.

»Es hört sich schlimm an«, hatte Cecilia zu Beginn dieser gegenseitigen Logierbesuche einmal gesagt, »es hört sich schlimm an, aber ich fände es fast schöner, wenn wir nicht so nah beieinander wohnen würden. Dann hätten wir irgendwie mehr *Grund*, uns zu besuchen, verstehst du, wie ich es meine?«

Das war kurz nach Tinas Bemerkung über sie und Daphne, zu einer Zeit, als Cecilia so kribbelig gewesen war, daß sie glaubte, alle Freunde und Bekannten dächten sich ihr Teil.

»Mach dir nichts draus«, sagte Daphne beschwichtigend. »Schau dir doch unsere jungen Leute an, die besuchen sich ständig. Peter schläft öfter bei anderen Leuten als zu Hause, auch wenn sie nur eine Straße weiter wohnen.«

Das beruhigte Cecilia, auch wenn sie wußte, daß sie und Daphne ja keine jungen Leute waren und man bei ihnen deshalb andere Maßstäbe anlegte. Doch sie besuchte Daphne weiterhin, und Daphne besuchte sie in der Villa Flieder. Es war etwas so Schönes, sie hätte es, trotz Tinas Gerede, schmerzlich vermißt. Sie verwöhnten sich gegenseitig. Daphne verwöhnte Cecilia in Willesden, und Cecilia verwöhnte Daphne in West Hampstead. Und im Lauf der Jahre wurde ihnen bei diesen Besuchen das Verwöhnen immer wichtiger. »Intensivpflege« hatte Peter es genannt, der einmal dazukam, als seine Mutter bei Cecilia zu Besuch war.

Daphne saß vor dem Fernseher, Cecilia hatte ihr gerade ein Kissen unter den Kopf geschoben und ihr eine Tasse Tee und ein Tellerchen mit zwei Keksen gebracht. Sie hatte ein Tischchen neben Daphne gestellt. Daphnes Blutdrucktabletten lagen auf einer Untertasse, daneben stand ein kleines Medizinglas mit Wasser, weil Cecilia irgendwo gelesen hatte, Tabletten dürfe man nie mit etwas anderem als mit Wasser nehmen.

»Ich wußte gar nicht, daß meine Mutter ein Fall für die Intensivstation ist«, sagte Peter.

»Du solltest sehen, wie sie mich verwöhnt, wenn ich bei ihr bin.«

Cecilia war seit Samstag in Willesden und würde am Mittwoch wieder nach Hause fahren. Sie und Daphne nannten das ein langes Wochenende. Sie schlief in »ihrem« Zimmer, so wie auch Daphne in der Villa Flieder »ihr« Zimmer hatte. Daphne hatte Narzissen gekauft, langstielige Treibhausnarzissen, und sie Cecilia in einer Vase ans Bett gestellt. Vor den Neunuhrnachrichten ging sie immer schnell in Cecilias Zimmer, schlug das Bett zurück, drapierte Cecilias Nachthemd mit ausgebreiteten Ärmeln und geraffter Taille darüber und legte ihr eine Praline in einer kleinen Papiermanschette aufs Kopfkissen. Meist war es eine Praline aus weißer Schokolade, weil Cecilia mal gesagt hatte, daß sie die besonders gern aß. Sie könne sich noch erinnern, wie die weiße Schokolade aufgekommen sei, hatte sie gesagt, und wie sie gestaunt hatte, daß Schokolade nicht braun zu sein brauchte, um nach Schokolade zu schmecken.

Beide bemühten sich stets, aufmerksam auf das zu hören, was die Freundin über ihre Vorlieben und Neigungen sagte, um ihr das Richtige schenken und ihr hin und wieder eine kleine Überraschung bereiten zu können. Als sie sich an diesem Abend vor den Fernseher setzten, gab es keinen Tee, sie tranken beide einen kleinen Whisky mit Wasser, weil Cecilia gesagt hatte, dann könne sie besser einschlafen. Die heute gekauften Zeitschriften lagen griffbereit, *She* und *Country Life,* obwohl sie für die eine zu alt und für die andere zu städtisch waren, ebenso das Buch, das Cecilia gerade las, *Engel und Narren,* was ihr aber lange nicht so gut gefiel wie *Eine Reise nach Indien.*

Aufmacher der Nachrichten war die Verhaftung eines Mannes im Zusammenhang mit dem Bombenanschlag auf der Mall. Am vergangenen Abend hatten sie gezeigt, was für eine Bombe es gewesen war, kein Semtex wie bei der »Bayswater-Bombe«, sondern eine Art Schießpulver, sogenanntes »Magnesium-Blitzpulver«, in eine Dose gepreßt und mit einer Zündschnur zur Explosion gebracht. Die Dose war mit dem Benzintank des Wagens verbunden gewesen, so daß es außer der Explosion noch ein gewaltiges Feuer gegeben hatte. Daphne hatte gesagt, sie könne die Polizei und die BBC partout nicht verstehen, denn inzwischen habe sogar sie, die von Naturwissenschaft und Technik keine Ahnung habe und nicht mal besonders gut kochen könne, aus all diesen Plänen gelernt, wie man eine funktionierende Bombe bastelt. Sie zeigten den Mann, der die Bombe gelegt, sie »angeblich« gelegt hatte, zwischen zwei Polizisten bei der Rückkehr vom Untersuchungsrichter. Der Name sagte ihnen nichts.

»Dieses Gesicht habe ich schon mal irgendwo gesehen«, sagte Cecilia.

»Je älter ich werde«, meinte Daphne, »desto öfter habe ich den Eindruck, daß alle Leute sich ähneln. Als ich jünger war, ging mir das nie so, aber jetzt brauche ich nur ein Gesicht zu sehen, und schon denke ich, es erinnert mich an jemanden, den ich kenne.«

»Ich kenne niemanden, der so aussieht, aber ich glaube, ich habe ihn irgendwo mal gesehen. So viele Leute mit operierten Hasenscharten und Sattelnase gibt es schließlich nicht.«

»Glücklicherweise«, sagte Daphne.

19

Das Zimmer war kalt und das Bett nicht viel wärmer. Die Aussicht von diesem Kissen aus war Alice mittlerweile vertraut, sie wartete ja oft genug hier. Axel hatte seine Kameras aus dem Zeichensaal in dieses Zimmer zurückgebracht und das Fensterbrett damit vollgestellt. Auf dem Bord am Bett lag ein Buch. Beim letztenmal war es Gurdjieffs *Begegnungen mit bemerkenswerten Menschen* gewesen, diesmal war es *Also sprach Zarathustra.* Beide Werke hatte sie nie gelesen, ja, sie wußte nicht einmal, ob es Romane oder Sachbücher waren.

Axel schien buchstäblich aus seinen Koffern zu leben. Beide standen immer geöffnet auf dem Fußboden. Möglich, daß er von seinen Sachen das eine oder andere in den Schrank gehängt hatte, dort hatte sie nicht nachgesehen. Vor ein paar Tagen hatte er das Bild der Mary Zambaco aus dem Zeichensaal geholt. Sie mußte daran denken, wie er gesagt hatte, daß sie dem Bild ein bißchen ähnlich war und daß er sie wegen dieser Ähnlichkeit mochte. Nicht von Liebe war die Rede gewesen und nicht von Begehren. »Ob du mir wohl deswegen gefällst?« hatte er gesagt. Ein zahmes Wort, ein Wort, das ihr angst machte.

Sie lag da und betrachtete das Bild, das jetzt statt einer Weltkarte in Mercatorprojektion an der Wand hing. Die gleiche innere Aufrichtigkeit, die ihr die Stunden bei Madame Donskoy zur Qual werden ließ, zwang sie jetzt zuzugeben, daß sie Burne-Jones' Mary im Grunde nur sehr wenig glich. Hätte sie sich gesagt, er habe das Bild hier aufgehängt, weil es ihn an sie erinnerte, wäre das eine grobe Selbsttäuschung gewesen.

Die Tür ging auf, und Axel kam herein. Sein Gesicht war verbissen, er wirkte plötzlich älter. Die Hände hatte er um eine zerknautschte und verknitterte Zeitung gekrampft, die Knöchel glänzten weiß. Er sagte nichts.

Die Hälfte der ersten Seite nahm das Photo eines häßlichen Mannes mit breiter, aufgestülpter Nase ein. Als Axel ihren Blick bemerkte, riß er die Seite mittendurch, knüllte den Rest zusammen und warf seinen Mantel darüber. Dann wandte er sich Alice zu, und sein Gesicht veränderte sich. Sie hatte das unbehagliche Gefühl, daß er vorerst seine Geschäfte erledigt und nun ein bißchen Zeit für sie übrig hatte. Ein Lächeln zuckte um seine Lippen, und sie wußte, was er dachte: Da liegt sie nun und wartet, kann's gar nicht erwarten, sich auszuziehen, so scharf ist sie, scharf auf mich...

Zum erstenmal kleidete er sich nicht ganz aus, sondern streifte nur die Jeans ab. »Es stört dich hoffentlich nicht. Mir ist kalt.«

Danach schickte er sie ins Direktorzimmer zurück, und als er sie eine Stunde später abholte, hatte er Tom mitgebracht, sie wollten ins Pub. Weil Tom neuerdings abends im Pub aß, tat sie es auch. Das sparsame Leben hatten sie sich abgewöhnt. Meist zahlte sowieso Axel. Er fragte Tom, ob der Zeitungsartikel ihm Spenden eingebracht habe. Leider nein, sagte Tom.

»Ich hätte die Bilder von dir machen sollen. Ich hätte es

bedeutend besser gemacht als dieser Pressemensch«, sagte Axel.

Es war ein feuchter Abend, nicht wie Februar, sondern eher wie April, ein Wetter, bei dem man gern sagt, es sei draußen wärmer als drinnen. Der Winter war ohne Schnee oder Frost und mit nur wenig Regen vorübergegangen. Nur Axel schien zu frieren, er hatte sich in den schwarzen Mantel eingewickelt wie in einen schmalen zylindrischen Kokon. Er trank Kognak, ziemlich viel Kognak, der aber keinerlei Wirkung zeigte. Alice, die ihm gegenübersaß, erfuhr an diesem Abend, wieviel Konzentration, wieviel Beherrschung man braucht, um nicht die Hand nach der Hand eines anderen Menschen auszustrecken. Sie zwängte ein Bein zwischen seine Beine, sie wollte lediglich sein Fleisch spüren, die Rundung seiner Wade, aber er ließ sie nur ganz kurz gewähren, dann schob er seinen Stuhl zurück und rückte zur Seite.

An seinen Händen war schwarzes Pulver, er hatte sich vor dem Weggehen nicht mit Händewaschen aufgehalten. Was mochte er in seinem Zimmer gemacht haben, überlegte Alice, nachdem er sie weggeschickt hatte? Der Anblick seiner Hände weckte heftige sexuelle Erregung in ihr.

»Was hast du da an den Fingern?« fragte Tom.

Axel drehte die Hände um, betrachtete die Handflächen, schien überrascht. »Das Zeug, mit dem man bei altmodischen Photoapparaten das Blitzgerät beschickt hat.«

»Sind deine Apparate denn altmodisch?«

Axel schwieg. Er hatte eine besondere Art, sich auszuschweigen, wenn ihm eine Frage nicht paßte. Dann fielen ihm einfach die Ohren zu. Sie hatte allmählich das Gefühl, daß er sie wieder in eine Gemeinsamkeit mit Tom drängte, daß er sich zurückzog und sie beide ausschloß. Und dann merkte sie, daß er ernstlich verstört war, daß etwas geschehen sein mußte, was ihn verunsichert, was ihm Kummer gemacht hatte.

Es lag nicht an ihr, es hatte nichts mit ihr zu tun. Der Gedanke durchzuckte sie, daß sie nicht die Macht hatte, ihn zu verunsichern, daß sie diese Macht nie haben würde, und sie fröstelte. Dann war es vorbei, und sie gewann wieder ein wenig Selbstvertrauen. Sie dachte daran, wie er mit ihr geschlafen hatte, noch nicht zwei Stunden war das her. Es zwang ihn ja niemand dazu, er mußte sie wohl doch begehren. Als er aufgestanden war, um die nächste Runde zu holen, sagte Tom: »Launenhaftigkeit hätte ich ihm nie zugetraut.«

Alice zuckte die Schultern. Sie beobachtete Axel an der Theke, seine Hände, als er nach den Gläsern griff, die Bewegung seiner Schultern, den Ernst seines Blicks.

»Du hast dein Stichwort verpaßt«, sagte Tom spitz. »Für Launen bist du zuständig, hättest du sagen müssen.«

Axel stellte zwei Gläser vor sie hin und ging noch mal zurück, um sein Glas zu holen. »Hättest du Lust, mir zu assistieren?« fragte er Tom.

»Assistieren? Wobei?«

»Hatte der Photograph nicht jemanden bei sich, als er die Aufnahmen von dir gemacht hat? Einen, der ihm die Kamera und die Stative getragen hat? Einen Lehrling sozusagen?«

»Ich glaube schon. Ja, doch.«

Statt seine Frage zu wiederholen, sagte Axel nachdenklich und ohne zu ihnen hinzusehen, den Blick durch den verräucherten Raum aufs Fenster gerichtet: »Ich habe nämlich einen Verlust erlitten. Einen Schicksalsschlag gewissermaßen.«

Tom machte ein verlegenes Gesicht. »Ich helfe dir gern, wenn du willst...«

»Es wäre eine einträgliche Sache«, sagte Axel kühl. »Sehr einträglich.«

1955 sah ein Dienstmann auf dem Bahnhof Covent Garden ein Gespenst. Der eins achtzig große Geist trug einen hellgrauen Anzug und weiße Handschuhe. Andere bestätigten die Geistererscheinung. Weshalb sie die Gestalt nicht für einen lebendigen Menschen in grauem Anzug und mit weißen Handschuhen hielten, ist nicht bekannt.

Beim Bau der Victoria Line sahen die Arbeiter hin und wieder ein schwarzes Etwas im Tunnel. Die Herr der Ringe-*Trilogie kam als Taschenbuch zwar erst 1968 heraus, in dem Jahr also, in dem die Victoria Line eröffnet wurde, als Hardcover und in Bibliotheken aber war das Buch seit über einem Jahrzehnt zugänglich. War das von den Arbeitern gesichtete Etwas ein Balrog? Oder glaubten sie, ein Balrog gesehen zu haben, weil einer von ihnen Tolkien gelesen hatte?*

Ein Balrog ist laut J. R. R. Tolkien ein großes schwarzes Etwas, das unter der Erde sein Wesen treibt.

Zum Einkaufen angezogen – die Frauen ihrer Generation zogen sich noch »gut« an, wenn sie in die Oxford Street gingen –, machte sich Cecilia auf den Weg, im Tweedrock, einem neuen Kaschmirpullover und dem grauen Wollmantel, den sogar Tina schick fand, mit braunen Handschuhen und braunen, wie Roßkastanien spiegelnden Pumps. Sie hatte ihre braune Lederhandtasche mit und eine Einkaufstasche, keine gewöhnliche Plastiktüte, sondern etwas Besseres, eine Jutetasche mit rotem Druckmuster am Rand.

Es war Samstag, sie hatten bei Cecilias Besuch in Willesden verabredet, sich am Bahnhof Bond Street zu treffen, um bei Selfridges ein Frühjahrskomplet für Daphne zu kaufen. Daphne kaufte ihre Garderobe immer bei Selfridges. Eine Jacke mit passendem Rock nannte sie nach wie vor ein Komplet, obwohl ihr Cecilia schon ein paarmal gesagt hatte, das sei ein Kostüm. Cecilia hatte die Sache dann auf sich beruhen lassen, weil Daphne sagte, Kostüm klinge so nach Verkleidung. Auch sie hatte zu manchen Worten – wenn auch zu anderen – ein besonderes Verhältnis, so daß sie Daphne gut verstehen konnte.

Auf dem Weg zum Bahnhof wollte Cecilia bei Tina vorbeischauen. Es war später Vormittag, und sie rechnete nicht ernsthaft mit unwillkommenen Entdeckungen. Die Kinder würde sie wohl nicht sehen, die waren vermutlich mit Brian unterwegs, und im übrigen waren sie gestern erst zum Tee bei ihr gewesen. Cecilia wollte sich bei Tina eine Einkaufsliste abholen, um ihr ein »paar leckere Schweinereien« mitzubringen, wie ihre Tochter sich auszudrücken pflegte. Unterwegs dachte sie an den toten Jungen. Daß

Jasper neuerdings so oft schweigsam und in sich gekehrt war, führte sie darauf zurück, daß er von dem Tod des Jungen in der Zeitung gelesen hatte.

Vor der Cambridge School stand Brians Wagen. Seit dem Unglück mit dem Jungen auf dem Dach des U-Bahn-Wagens mochten die Kinder – zumindest Jasper – nicht mehr U-Bahn fahren. Dahinter parkte ein Lieferwagen, den Cecilia nicht weiter beachtete. Ihre Aufmerksamkeit galt den in früher Blüte stehenden Sträuchern, die noch ihr Bruder gepflanzt hatte und die sich zwischen Unkraut, zwischen Holunder- und Ahornschößlingen behauptet hatten. Die Kamelie hatte große rote rosengleiche Blüten, »sehr auffällig« hatte im Katalog der Staudengärtnerei gestanden. Die Kamelie hatte sie Ernest seinerzeit geschenkt und im Jahr darauf dann den kleinen Strauch mit den malvenfarbenen Blüten, dessen Name ihr unvergeßlich war. Es war eine Daphne, sie und Daphne hatten sie zusammen gekauft, weil ihnen der Name so viel Spaß machte. Sie ging durch den Vorgarten zum Haus, und als sie davorstand, öffnete sich die Tür, und Brian kam mit Jasper und Bienvida heraus.

Cecilia wechselte ein paar Worte mit ihnen und behielt Jasper im Auge. Sie sorgte sich um ihn und wollte wissen, ob etwas von seinem zielstrebigen Eifer, seiner mal ernsthaften, mal fröhlichen Umtriebigkeit zurückgekehrt war. Weil sie Jaspers Gesicht so eingehend musterte, standen seine Züge deutlicher als sonst vor ihrem geistigen Auge. Das Bild begleitete sie, als sie durch die Halle ging, vorbei an der Garderobe, die sie zwar nicht mehr schaudernd, aber nie ohne innere Bewegung betrachtete.

Tina kam zur Tür. »Hallo, Ma«, sagte sie und dann: »Das ist Daniel, er will sein Zeug holen.«

Das war die reine Wahrheit und nicht etwa eine Ausrede, mit der sie Cecilia Sand in die Augen streuen wollte. Tina log nie in Worten, wohl aber in Taten. Daniel Korn hatte vor seinem Auszug den CD-Spieler, einen Teil seiner Garderobe, einen elektrischen Toaster und einen Grillständer bei Tina gelassen. Weil er jetzt eine eigene Wohnung hatte, war er heute mit einem geliehenen Lieferwagen vorgefahren, um seine Siebensachen abzuholen, und hatte sich mit Tina auf eine freundschaftliche Tasse Kaffee in der Küche zusammengesetzt.

»Hi!« sagte Daniel Korn.

»Guten Tag«, sagte Cecilia, hob den Blick und sah ihn an.

Das Gesicht, das sie vor ihrem geistigen Auge hatte, stand nun – etwas vergrößert – noch einmal leibhaftig vor ihr. Es war, als sähe sie Jasper vor sich. Oder vielmehr einen erwachsenen Jasper, einen ziemlich kleinen, adretten, stämmigen Mann mit glattem, ovalen Gesicht, schönem Teint – wie man in ihrer Jugend gesagt hätte –, schwarzem Chinesenhaar, das wie aufgemalt wirkte, blanken schwarzen Augen, schwarzen halbmondförmigen Brauen.

»Ma?« sagte Tina.

Und als sie keine Antwort bekam, fragte sie: »Alles okay, Ma? Du siehst ein bißchen blaß aus.«

Es sei alles in Ordnung, erwiderte Cecilia und wiederholte: »Alles in Ordnung, Kind.«

Sie sagte mechanisch das, was zu sagen war. Was sollte

sie Tina von Selfridges mitbringen? Würde Tina zu Hause sein, wenn sie so gegen fünf vorbeikam? Sie sprach langsam und geistesabwesend, zwischen die einzelnen Worte drängte sich ein Gedanke, eine hoffnungsvolle Negativaussage: Es kann nicht sein. Doch die erhoffte Beruhigung blieb aus. Cecilia verstummte. Sie dachte: Ich muß allein sein, damit muß ich mich allein auseinandersetzen.

Der Schock war wie ein Schlag gewesen, der ihren Beinen die Kraft genommen und sie genötigt hatte, sich hinzusetzen. Jetzt stand sie auf und hielt sich am Tisch fest.

»Willst du nicht deinen Kaffee trinken?«

»Ich möchte Daphne nicht warten lassen«, sagte Cecilia.

Der Blick, den Tina und Daniel Korn wechselten – der von Tina ausging, den Daniel auffing, ein belustigt-vielsagender, aber durchaus gutartiger Blick –, war Cecilia nicht entgangen, aber er weckte in ihr weder Zorn noch Scham oder Verlegenheit. All das lag hinter ihr. In ihrem Kopf war ein dumpfes Dröhnen, das sich auch auf der Straße nicht legte, und in Erinnerung an kürzlich Gelesenes und Gesehenes dachte sie an Mrs. Moore und das Dröhnen in den Marabar-Höhlen. Das war ein reales Geräusch gewesen, und Cecilia hörte das Brausen ihres Blutes, aber die Reaktion war die gleiche. Sie hatte die dumpfe, aber völlig klare Erkenntnis gewonnen, daß das Leben ohne Sinn war, daß es keine Moral, keine Ethik gab, daß alle Werte dahin waren – wenn es sie denn je gegeben hatte.

Daniel Korn war Jaspers Vater, daran gab es für sie keinen Zweifel mehr. All die Jahre hatte Tina Geld von Brian genommen, der glaubte – den sie in dem Glauben gelassen hatte –, Jasper sei sein Sohn. Er war getäuscht worden, und auch sie und die Kinder waren getäuscht worden, denn nun war bestimmt Brian auch nicht der Vater von Bienvida, und Tina kümmerte das nicht. Tina würde, darauf angesprochen, lächeln und die Schultern zucken und sagen: Ist doch egal.

Alles war demnach egal. Und während Cecilia zum Bahnhof ging, über die Eisenbahnbrücke, mechanisch, ohne auf den Weg zu achten, einen Weg, den sie mit geschlossenen Augen hätte gehen können, weil sie ihn schon zehntausendmal gegangen war, dachte sie an ihre Jugend und ihre Vergangenheit und an das, was wichtig gewesen war. Hatte das denn wirklich alles keine Bedeutung? Als sie ein junges Mädchen gewesen war, hätte man Tina geschnitten. Als ihre Mutter jung gewesen war, wäre Tina eine Ausgestoßene gewesen. Jetzt aber grüßte jeder sie, alle lächelten ihr zu. Nicht verzeihend, nein, es gab ja nichts zu verzeihen. Gar nichts.

An einem Aprilabend des Jahres 1951 wurden von einer Brücke zwischen Leytonstone und Snaresbrook an der Central Line drei Fahrräder auf die Gleise geworfen. Der dadurch ausgelöste Kurzschluß führte zu einer nur halbstündigen Verspätung im Zugverkehr.

Über ein halbes Jahrhundert davor fiel ein Fahrgast aus einem Zug der City and South London Railway, *wie die Northern Line damals noch hieß. Der Zug fuhr gerade durch einen Tunnel, und der Fahrgast kam ums Leben.*

Im November 1927 versuchte im Bahnhof Piccadilly ein Dienstmann, die Tür eines fahrenden Zuges zu schließen. Er wurde bis zur Tunneleinfahrt mitgeschleift und starb.

Zwanzig Jahre später kam ein Zugschaffner ums Leben, als er zwischen Liverpool Street und Bank aus einem Wagen stürzte, und im gleichen Jahr starb ein Fahrgast, dessen Arm auf Lancaster Gate in eine Wagentür eingeklemmt wurde, nachdem er versucht hatte, sie gewaltsam zu öffnen. Er wurde bis zur Tunneleinfahrt mitgezerrt und starb durch den Aufprall.

Auf den glitschigen, flechtenbewachsenen Bohlen der Brücke blieb sie stehen und sah mit leerem Blick über die säuberlich entwirrten Stränge teils stumpfgrauer, teils silbrig blinkender Gleise hin, die sich bis Finchley Road hinzogen. Was sollte aus den Kindern werden, wenn Brian die Wahrheit erfuhr? Wer würde sie ernähren? Tina war Cecilias Alleinerbin, und damit fiel ihr automatisch das Haus zu. Cecilia nahm sich vor, Jasper und Bienvida das Haus zu überschreiben – nicht als Strafe für Tina, sondern um die Kinder vor Not zu bewahren. Am Montag würde sie sich einen Anwalt suchen und ein neues Testament machen.

Cecilia setzte sich wieder in Bewegung und ging auf der anderen Seite die Treppe hinunter. Sie zeigte ihren Seniorenpaß vor und betrat den Bahnsteig. Ein neuer, erschreckender Gedanke machte ihr zu schaffen. Wenn die Moralbegriffe in ihrer Jugend derart unumstößlich, derart unentrinnbar gewesen waren, daß es geheißen hatte, so sei es immer gewesen, von Anbeginn der Welt, und so würde es immer sein, mußte man sich doch fragen, ob nicht auch das, was es heute noch an Regeln und Richtlinien geben mochte, in späterer Zeit, in zwanzig Jahren etwa, vielleicht hinfällig geworden war. In Cecilias Jugend gehörte das, was Tina getan hatte, was sie laufend tat, mit zum Schlimmsten, was eine Frau tun konnte. Heutzutage war das völlig in Ordnung. Damals war das Stigma der Unehelichkeit, zugegebenermaßen nicht die Schuld des armen Kindes, eine schwere Last gewesen. Wen scherte so etwas heute noch? Was Peter machte, war heute nichts Besonderes, aber noch in den Augen ihres Vaters war es eine so schwere Sünde gewesen, daß bei ihnen zu Hause nicht einmal andeutungsweise oder in Euphemismen davon gesprochen werden durfte. Würden also dann Kindesmißbrauch und all diese heute noch strafbaren Kinderpornos eines Tages nichts Besonderes mehr sein? Würde man in kommenden Jahren, wenn sie längst tot war, mit lächelnder Nachsicht an diese Scheußlichkeiten zurückdenken, die für Cecilia die schlimmsten aller Sünden gewesen waren?

Gewesen waren. Sie kannte sich nicht mehr aus. Tina hätte in ihrem modernen Jargon von Verunsicherung gesprochen. Aber das traf es nicht. Cecilia war nicht ratlos, nicht im Zweifel. Recht und Unrecht waren keine getrennten Bereiche mehr, es gab Brücken von hüben nach drüben, das Hüben hatte sich mit dem Drüben vermischt, war mit ihm verschmolzen, bis es keine Trennung mehr gab. Sie hatte nie an Gott geglaubt, nur an Regeln und Vorschriften, die ihr bisher als Ersatz recht gute Dienste geleistet hatten, aber gegen die Regeln wurde immer wieder und immer mehr verstoßen, und die Welt war darüber nicht untergegangen, sie war nur leer, war zu einem Nichts geworden. Wieder war da das Dröhnen in ihrem Kopf. Sie horchte ihm nach. Sie spürte die Schwingungen, hörte das Singen des einfahrenden Zuges.

Ihr war, als sei sie von sich selbst geschieden. So drückte sie es aus, es war für sie die einzige Möglichkeit, es zu erklären. Da war ihr Körper, der Handlungen vollzog, der in den Zug stieg, zu einem Sitzplatz ging, sich niederließ – und da war das, was sie ihre Seele nannte, etwas, was ihren Körper aus der Distanz zu beobachten, um sie herumzufliegen schien, als sei sie schon gestorben. Eine tiefe Trostlosigkeit rollte über sie hin.

Außer Cecilia waren noch andere Menschen im Wagen. Früher hatte sie häufig einen Wagon für sich gehabt, wenn sie auf dieser Station zustieg, aber diese Zeiten waren vorbei. Doch es war, als säßen Ziegen- oder Affenköpfe auf den Menschenleibern, so sehr fehlte ihnen jede Spur von Vernunft, von Kultur, von Menschlichkeit. In Swiss Cottage wurde es voll, viele Fahrgäste mußten stehen. Cecilia schloß die Augen, zog sich zurück in ein dunkles Gemach, in ihre ganz persönliche, trostlos-leere Marabar-Höhle. Das Dröhnen war jetzt dumpf und fern.

Zum erstenmal saß sie wieder in diesem Zug, spürte sie wieder das Gefälle, ohne voll Trauer und Mitleid an den Jungen und seine Todesangst, an seine Eltern zu denken. Jener Tod war bedeutungslos geworden, war keinen Gedanken mehr wert, war ohne Gewicht in einer Welt, in der nichts wichtig war. Chaos, dachte Cecilia, und das Blut dröhnte ihr im Kopf.

Erst als der Zug sich leerte und dafür neue Fahrgäste einstiegen, kehrte sie wieder in die Wirklichkeit zurück und schlug die Augen auf. Es war der gewohnte Exodus in Baker Street gewesen. Sie empfand Übelkeit, wie man sie auf leeren Magen empfindet, wenn man schon lange nichts mehr gegessen hat. Ihr Mund füllte sich mit Speichel. Sie griff nach ihrer Handtasche und fand sie nicht. Ihre Handtasche war weg.

Wenn sie sich verabredet hatten, kam es manchmal vor, daß Daphne und Cecilia denselben Zug nahmen, das heißt, Daphne stieg in Willesden Green ein und Cecilia zwei Stationen später, in West Hampstead. So geschah es auch heute, was die beiden allerdings nicht wußten. Und diesmal hatte Cecilia ausnahmsweise nicht gedacht: Das muß ich Daphne erzählen... Sie hatte sich nicht, wie sonst, Daphne zum Dabeisein und zum Zuhören herbeigewünscht. Nach dem ersten Schock, in dem sie nur an die Beteiligten hatte denken können und an das, was diese Entdeckung für sie alle bedeutete, hatte sie sich in Gedanken gar nicht mehr mit bestimmten Menschen beschäftigt. Die Fahrgäste in der U-Bahn waren nichts als tierköpfige Gliederpuppen, unfähig, Böses oder Gutes zu tun, ihr eine Wohltat zu erweisen oder ihr Schaden zuzufügen.

Einer von ihnen aber hatte ihre Handtasche gestohlen.

Cecilia empfand das, was wir alle ganz ähnlich empfinden, wenn wir etwas Wichtiges oder Wertvolles verloren haben: Es ist ein Gefühl, als ob sich das Innerste nach außen stülpt und etwas Schweres durch den Körper nach unten sinkt, ein monströses Kind, das sich schmerzlos selbst austreibt. Ihr Kopf war wie losgelöst von den Schultern, schien schwerelos im Raum zu schweben – und da hörte die Gemeinsamkeit auf. Sekundenlang war sie gar nicht da, war nicht im Wagen, eine sekundenlange Schwärze warf sie auf sich selbst zurück, ein sekundenlanger Tod, und dann saß sie vornübergebeugt wieder auf ihrem Platz. Der Platz war direkt an der Tür, neben der Haltestange, an der sich die Fahrgäste festklammern, wenn sie stehen müssen. Cecilia klammerte sich mit der rechten Hand fest, die rechte Hand war in Ordnung, und zog sich hoch, bis sie auf den Füßen stand. Oder vielmehr auf einem, dem rechten Fuß; der linke war so tot wie der linke Arm. Niemand nahm Notiz von ihr. Niemand nimmt Notiz von solchen Dingen, heißt es immer, und eingedenk ihrer neuen Weltsicht wunderte sie das ganz und gar nicht. Ich hatte schon immer eine kräftige Konstitution, dachte sie. Jetzt stand sie aufrecht, oder so gut wie aufrecht, und klammerte sich an die Stange. Der Zug fuhr in Bond Street ein, von draußen drückte jemand auf den Knopf, und die Türen gingen auf. Cecilia stieg aus. Sie hinkte ein paar Schritte und fiel hin. Jetzt nahmen sie Notiz von ihr, Hände halfen ihr hoch, hoben sie auf, und plötzlich war Daphne da. Daphne hielt sie in den Armen. Cecilias Gesicht fühlte sich an wie nach einer Spritze beim Zahnarzt. Die linke Seite war völlig taub. Daphne saß neben ihr auf einem der Schalensitze des Bahnsteigs und hielt ihre rechte Hand, und Cecilia wollte die Linke heben, um sich an den erstarrten Mund zu fassen, aber sie konnte die Hand nicht bewegen, die Hand fühlte sich an wie manchmal, wenn sie im Schlaf darauf gelegen hatte, aber das hier war kein Schlaf. Wenn man aufwacht, kehrt Gefühl in die taube Hand zurück.

»Ich habe einen Schlaganfall gehabt«, sagte sie. »Zum

Glück in der rechten Gehirnhälfte, du weißt ja, die linke ist dominant, und Schädigungen dort wären sehr viel schwerwiegender.«

Sie sprach so deutlich sie konnte, aber für Daphne waren ihre Worte so unverständlich wie Geraune in einer fremden Sprache.

Jed hatte für Montagvormittag einen Termin beim Tierarzt ausgemacht. Er war nicht sicher gewesen, ob dieser Mann, eine Art Tierarzt für Allgemeinmedizin, Abälard einen schmerzlosen Tod garantieren konnte. Aber ja, hatte der Tierarzt gesagt, kein Problem, er könne auch zu Jed nach Hause kommen, aber Jed hatte gesagt, nein, er würde ihn hinbringen.

Abälard war im Gartenschuppen. Jed kontrollierte nach wir vor sein Gewicht und fütterte ihn entsprechend. Der Falke nahm zu, weil er keine Bewegung mehr hatte, bekam deshalb kleinere Rationen und lahnte, sobald er draußen allein war. Tina hatte Jed versichert, daß man bei geschlossenen Fenstern das Schreien im Haus nicht hörte, aber Jed hörte es – wie die Prinzessin auf der Erbse, die durch zwanzig Matratzen hindurch die Erbse spürt, nur daß es bei ihm das Gehör war, das so extrem reagierte. Zwanzig geschlossene Fenster zwischen ihm und dem Falken hätten das jämmerliche Bettelgeschrei nicht aussperren können.

Erst am Samstagnachmittag ging ihm auf, daß das, was er trieb, sinnlos war. Am Montagvormittag würde der Falke sterben, und er machte immer noch so ein Wesen um Abälards Gewicht, um Abälards Rationen. Zumindest konnte er dafür sorgen, daß Abälard noch ein paar schöne letzte Tage hatte. Als er durch die Halle ging, läutete das Telefon, und er nahm ab. Jemand wollte Tina sprechen, wollte Bescheid sagen, daß ihre Mutter krank war. Jed klopfte an der Direktorwohnung, und Tina lief zum Telefon, ihr Lächeln war erloschen, und sie war plötzlich blaß geworden.

Jed dachte daran, was Liebe bedeutet und in welch seltsamer Gestalt sie auftreten kann. Er hatte schon einmal Liebe empfunden – für seine Frau und seine Tochter. Zuweilen sagte er sich, auch wenn er insgeheim fand, daß es ein bißchen scheinheilig klang, daß er aus Menschenliebe bei den Safeguards mitmachte. Aber nichts und niemanden hatte er mehr geliebt als diesen Vogel, dessen lautstarkes Gebettel um Atzung und Zuwendung ihm grell und schneidend-schmerzhaft ans Ohr schlug, sobald er den Garten betrat.

Abälard beruhigte sich, nachdem Jed ihm das Geschirr angelegt und ihn auf seine Faust gesetzt hatte. Er streichelte den Kopf des Falken. Seine übergroße Liebe ließ ihm die Augen übergehen. Jed weinte. Er ging mit Abälard auf sein Zimmer, setzte ihn dort auf den Bock und machte aus dem in haushälterisch karge Häppchen eingeteilten Fleisch eine einzige Portion. Abälard schlang, seine Augen blitzten. Eintagsküken, die herkömmliche Belohnung für gute Leistungen, konnte Jed ihm nicht bieten, sie waren, seit Abälard nicht mehr flog, überflüssig geworden.

Am Montag besorge ich welche, dachte er, und dann fiel ihm ein, daß Abälard am Montag nicht mehr da sein, daß Abälard am Montag tot sein würde. Tränen liefen ihm übers Gesicht. Der Falke hatte die Augen geschlossen. Jed wischte sich die Tränen ab. Er betrachtete den Falken, seinen verhangenen Blick, die stolze Haltung. Wie schön er war, wieviel Würde er besaß, wieviel Grazie.

Jed ging noch einmal nach unten, rief in der Tierarztpraxis an und sagte seinen Termin ab.

Er wußte jetzt, was er zu tun hatte, es war ganz einfach. Er brauchte nichts anderes zu tun, als Abälard bei sich zu behalten. Das war schon immer sein größter Wunsch gewesen, der ihm bislang versagt geblieben war. Jetzt aber – und die Erkenntnis kam langsam, wie eine allmählich anrollende Flut – konnte er Abälard in seinem Zimmer halten und ihn füttern, soviel und sooft er wollte. Er konnte den Falken, das Geschöpf, das er liebte, glücklich machen ohne Ende. Ja, wirklich fast ohne Ende, denn Abälard konnte gut und gern noch zwanzig, dreißig Jahre leben. Sie würden einander ganz nah sein, Tag und Nacht Seite an Seite verbringen, in diesem Zimmer oder anderswo in einem ähnlichen Raum, in geselligem Schweigen. Nie wieder würde der Falke lahnen müssen.

Erfüllt von froher Zufriedenheit über diese klare, einfache Lösung, saß Jed da, betrachtete den Falken auf seinem Bock und freute sich an seiner Entscheidung. Später, viel später, als Abälard ein Auge aufschlug, ging Jed zum Schrank und holte das Fleisch heraus, das er eigentlich für sich zum Abendessen eingekauft hatte.

Die Schule in Aldeburgh wollte Alice nicht haben. Sie sagten es ihr, als das Vorspielen zu Ende war, oder eigentlich noch ehe ihrer Meinung nach das Vorspielen zu Ende war. Sie waren freundlich und höflich und ziemlich distanziert.

Alice wußte jetzt selbst nicht mehr, wie sie sich hatte einreden können, die Liebe habe ihr Spiel verbessert. Inzwischen sah sie darin eine absurde Vorstellung, die sie sich in einem wirren Moment gemacht hatte. Als sie vor dem Gremium stand, das über die Vergabe der wenigen begehrten Plätze in der Meisterklasse des berühmten Geigenvirtuosen in der Britten-Pears School entschied, hatte sie alles vergessen, was sie je über Technik gewußt hatte. Ein greulicher Mißton, den sie der Geige entlockte, trieb ihr heiße Röte ins Gesicht.

Sie schämte sich, denn sie hatte sich Tagträumen hingegeben, die eigentlich Toms Spezialität waren. Sie hatte sich als Schülerin von Max Rostal gesehen, hatte sich vor Publikum in Snapes Konzertsaal spielen hören. Axel war da und sah zu ihr auf, und nicht mehr Spott, sondern Stolz lag auf seinen Zügen.

Es hätte ihr nichts ausgemacht, sich von dem berühmten Geiger in aller Öffentlichkeit zurechtweisen zu lassen, sie hätte es lächelnd ertragen um der Chance willen, für Axel zu spielen, ihm zu gefallen.

20

Ich bekomme Bescheid.«

Tom kannte das schon. Immer, wenn sie vom Vorspielen kam, hörte er diesen Standardsatz. Oder aber sie gestand ihm ohne Umschweife, daß man sie wieder nicht in einen Kurs aufgenommen, ihr kein Stipendium fürs Konservatorium bewilligt, kein Geld für weitere Geigenstunden gegeben hatte.

Es war nicht schön von ihm, daß er frohlockte, aber er konnte nicht anders. Jetzt würde sie sich mit ihm zusammentun, würde in seiner Straßenband musizieren. Sie konnte ihre Stellung aufgeben, sobald die schriftliche Bestätigung für diesen neuesten Flop da war. Schließlich begingen die Fachleute ihre Grausamkeiten ja in bester Absicht, es war gut, wenn man wußte, woran man war, ehe man noch mehr Zeit und Geld vertan hatte. Alle, die es wissen mußten, sagten, man müsse als Kind anfangen, wenn man an die Spitze kommen, wenn man ein Star werden wollte. Man mußte nach Chetham oder an die Yehudi Menuhin School und sich von morgens bis abends schleifen lassen.

Heutzutage mußte man das realistisch sehen. Nicht jeder kam an die Spitze, die meisten schafften es nicht, blieben zweitklassig. Zweitklassig ... das klang nicht schön. Er sagte es anders, sah sich und Alice als Könner im Mittelfeld, wo sich die dankbarsten Zuhörer fanden und der Unterhaltungswert am größten war. Es ging Tom ein bißchen auf die Nerven, daß Alice so ein unglückliches Gesicht machte, daß sie alles derart dramatisierte, aber seiner Liebe zu ihr tat das keinen Abbruch. Er nahm sie in die Arme und hielt sie fest, flüsterte ihr zärtlich-sinnlose Worte ins Ohr und strich ihr übers Haar. Sie klammerte sich an ihn wie ein Kind, und er dachte, der Ehrgeiz hat sie mir genommen, aber jetzt ist sie auf dem Weg zurück zu mir.

Später, als er ihr sagte, er wolle mit Axel ins Pub, schüttelte sie heftig den Kopf, es war gar nicht nötig, daß er die Ausreden hervorholte, die er sich zurechtgelegt hatte, um sie nicht mitnehmen zu müssen. Er hatte bisher mit Axel kaum über Alice sprechen können, weil sie immer dabei war. Und jetzt, da sie wieder mehr ihm gehörte, hatte er verstärkt das Bedürfnis, über sie zu sprechen.

»Wenn sie über die erste Enttäuschung weg ist, sieht sie bestimmt ein, daß es so am besten ist.«

»Warum das?«

»Viele Leute wären froh und dankbar, in mein Orchester aufgenommen zu werden. Als Solistin hätte Alice es nie geschafft. Blöderweise ist es nämlich so, daß hierzulande die jungen Leute, die von der Musikhochschule kommen, zwar den Solopart in einem Mozartkonzert spielen können, aber keine Ahnung haben, wieviel Disziplin man als Orchestermusiker braucht. Diese Erfahrung bleibt ihr jetzt erspart, das heißt, wir machen die Erfahrung alle zusammen. Eine bessere Chance könnte sie gar nicht haben.«

Tom bemerkte Axels abwesenden Blick.

»Entschuldige! Ich langweile dich.«

»Keineswegs. Was trinkst du?«

»Eine Halbe Bitter, wie immer«, sagte Tom.

Er würde Axel die erste und somit auch die dritte Runde überlassen, dann brauchte er selbst nur eine Runde zu zahlen. Erstaunlich, wie leicht sich mit Axel reden ließ. Es hatte wohl etwas damit zu tun, daß er so intensiv zu schweigen verstand, daß er so gut zuhören konnte, wobei er einem in die Augen sah und hin und wieder nickte. Jetzt fragte Tom: »Was hältst du von Alice? Das wollte ich dich schon immer mal fragen, aber sie ist ja meist dabei.«

»Was ich von ihr halte?«

»Ja.«

»Sie ist sehr schön.« So, wie Axel es sagte, in diesem beiläufigen Ton, klang es eigenartig, wie ein Widerspruch in sich. »Ich glaube, du tust recht daran...«

»Woran?«

»Diesen... wie sag ich's nur... diesen hochfliegenden musikalischen Plänen keinen Vorschub zu leisten. Sie hat es einfach nicht.«

Tom staunte. »Woher weißt du das?«

»Wissen wäre zuviel gesagt, ich kann es ja nicht beurteilen. Allerdings hat sie einmal für mich gespielt, ich hatte sie darum gebeten, und das war enttäuschend. Du nimmst mir meine Offenheit doch nicht übel?«

»Nein.«

»Deshalb denke ich, das Beste wird sein, wenn du wirklich so was wie eine Band gründest und sie darin spielen läßt, wenn du willst. Wenn *sie* will. Je nachdem. Für mich ist Alice eigentlich ein häuslicher Typ. Du solltest mit ihr hier ausziehen und ihr ein Heim bieten, in dem sie sich verwirklichen kann.«

Er hatte den Kognakschwenker in beide Hände genommen und lächelte über den Glasrand hinweg, Tom mußte an eine Reklame denken – für Alkohol, für Gläser oder für Sachen, die man nicht kaufen kann, Durchtriebenheit vielleicht, Arglist oder auch die Fähigkeit, den Menschen ins Herz zu schauen. Der Eindruck verflüchtigte sich, und Axel sah wieder nett und freundlich aus.

»Wie soll ich denn das machen?« sagte Tom.

»Du könntest dich um einen dieser staatlichen Zuschüsse bewerben, die man bekommt, wenn man sich selbständig machen will. Eine Band ist ja schließlich auch so eine Art Kleinunternehmen, nicht?«

»Ja, und dafür kriege ich dann vierzig Pfund die Woche«, sagte Tom vergrätzt.

»Es war nur ein Scherz.« Axels Gesicht veränderte sich. Es wurde härter. Keine Spur mehr von Lächeln, Spott oder Durchtriebenheit, nur Geschäftsmäßigkeit und Kühle. »Hättest du Lust, mal einen richtigen Batzen Geld zu verdienen, Tom?«

Es gelang, alle Fahrgäste aus den Wagen zu holen, als im Januar 1902 zwischen Elephant and Castle und The Borough ein Zug der Northern Line in Brand geriet.

Im August 1910 wurde in einem U-Bahn-Zug zwischen Baker Street und Swiss Cottage ein Mann angeschossen. Er kam mit dem Leben davon. Nach diesem Zwischenfall wurden in allen Zügen Notmeldeanlagen eingebaut.

Vierundzwanzig Jahre später zerstörte ein führerloser

Ballastzug ein Stellwerk in Rayners Lane an der Piccadilly Line, im Jahr darauf stürzte ein Flugzeug der Luftwaffenreserve bei Colindale auf die Northern Line und löste einen Kurzschluß in einem Stellwerk aus, das völlig ausbrannte.

Am Weihnachtsabend 1944 brach in einem Fahrstuhlschacht in Paddington ein schweres Feuer aus, das aber keine Todesopfer forderte.

Im Januar 1917 brannte die Station Stonebridge Park auf der Bakerloo Line ab. Achtundzwanzig Jahre später brach dort erneut Feuer aus. Ein Fahrgast starb an Rauchvergiftung, als es 1958 in einem Zug der Central Line bei Holland Park brannte.

Das 1985 eingeführte Rauchverbot konnte die mit Ausnahme der Balham-Bombe schwerste U-Bahn-Katastrophe – das verheerende Feuer auf King's Cross im November 1987 – nicht verhindern.

Der Gedanke, wieder in die Villa Flieder ziehen zu müssen, um Cecilia zu pflegen, war für Tina beängstigend. Plötzlich war sie nicht mehr ruhig, nicht mehr cool. All das, was so typisch für sie war – ihre unerschütterliche Lässigkeit, ihr Phlegma, die heitere Unbesorgtheit, mit der sie das Leben hinnahm, wie es kam –, all das war dahin, nachdem sie von Daphne gehört hatte, was geschehen war.

Das mach ich nicht, dachte sie, das kann ich nicht. Schon fielen ihr jede Menge Gründe, jede Menge Begründungen ein, warum sie es nicht machen konnte. Sie versuchte gerade, sich den überzeugendsten Spruch herauszusuchen, als Daphne etwas ganz und gar Wunderbares, ja fast Unglaubliches sagte: »Wenn du nichts dagegen hast, Tina, bleibe ich hier und pflege deine Mutter. Ich weiß, daß es ihr Wunsch wäre, und ich möchte es auch. Der Arzt sagt, daß sie nicht ins Krankenhaus muß, bewegungsunfähig ist sie ja nicht.«

»Natürlich habe ich nichts dagegen«, sagte Tina. »Ich finde das ganz toll von dir.« Und weil sie so erleichtert war, sagte sie großmütig: »Wir kommen morgen mal vorbei, ja? Ich und die Kinder.«

Cecilia lag auf der ausziehbaren Wohnzimmercouch. Die Treppen der Villa Flieder waren ziemlich steil, und so blieb ihr der mühevolle Weg ins obere Stockwerk erspart. An Daphnes Arm und mit Hilfe eines Stocks konnte sie zur Toilette humpeln. Nach ein, zwei Tagen saß sie schon im Sessel, eine Krankengymnastin kam und machte Übungen mit ihr, um das linke Bein zu aktivieren.

Cecilia war glücklich mit Daphne. Sie war ihr dankbar, aber es war keine erdrückende Dankbarkeit, eher das Gefühl, daß Daphne die in sie gesetzten hohen Erwartungen erfüllt hatte. Es war wie bei lange glücklich verheirateten Ehepartnern: Daß einer den anderen in einer solchen Situation im Stich läßt, enttäuscht oder sich vor der Bewährungsprobe drückt, ist einfach undenkbar. Daphne hatte nur das getan, was Cecilia im umgekehrten Fall auch getan hätte. Daphne liebte sie – so wie sie Daphne liebte. Seltsamerweise fiel es Cecilia, seit sie krank war, ganz leicht, dieses Wort zu gebrauchen, es bereitete ihr Freude, es leise für sich und auch laut auszusprechen – allerdings nicht in Daphnes Hörweite –, wenn es um ihre Beziehung zu der Freundin ging. Auf andere Ausdrücke auszuweichen wäre ihr geradezu ungehörig vorgekommen. Wenn sie tagsüber dalag und vor sich hindämmerte, sagte sie vor sich hin: Daphne und ich, wir lieben uns.

Menschen hatten sie umdrängt, als sie auf dem grauen Schalensitz neben Daphne saß. Wie durch ein Wunder war unter den Fahrgästen, die auf dieser Station ausstiegen, auch ein Arzt gewesen. Er war mit der Rolltreppe nach oben gefahren, um die Aufsicht zu verständigen, man hatte einen Stuhl gebracht und Cecilia auf die Straße getragen. Und dann zeigte Daphne, aus welchem Holz sie geschnitzt war. Sie brachte Cecilia mit einem Taxi nach Hause, rief ihre eigene Ärztin an und ersparte damit der Freundin das Krankenhaus. Cecilia, linksseitig gelähmt, mit schiefgezogenem Gesicht und fast unverständlicher Sprache geschlagen, konnte zumindest in ihren eigenen vier Wänden bleiben.

Sie war nicht verwirrt, nicht geistig gestört, aber sie hatte Gedächtnisausfälle. Eine große Lücke klaffte zwischen der Begegnung mit Brian und den Kindern und jenem Moment, als sie sich neben Daphne in Bond Street wiedergefunden hatte. Cecilia ahnte dunkel, daß in dieser leeren Zeit einige schlimme Dinge passiert waren. Diese schlimmen Dinge, an die sie sich nicht mehr erinnern konnte, mußten ihren Schlaganfall herbeigeführt haben. Es war schon sehr sonderbar, daß die Stunde, in der sie dieser letztlich vielleicht tödliche, jedenfalls trotz aller fröhlichen Sprüche der Krankengymnastin vernichtende Schlag getroffen hatte, eine auf immer verlorene Stunde war: Ein kleines Stück Leben wurde endgültig aus ihrem Dasein getilgt, als das heftig pumpende Blut ein winziges Stück ihres Hirns ausgelöscht hatte.

Es war ein doppelter Schock gewesen, glaubte Cecilia (ohne sich an mehr erinnern zu können), der ihren Blutdruck in die Höhe getrieben hatte. Inzwischen sei er wieder gesunken, sagte die Ärztin. Die Ärztin war zufrieden mit ihr. Daphne kochte ihr das, was sie gern aß, und holte ihr Bücher aus der Stadtbibliothek. Abends legte sich Cecilia auf die Couch, und sie sahen zusammen fern. Dabei hielten sie sich bei der Hand, was sie vorher nie getan hatten. Daphne rückte ihren Sessel ans Bett, nahm die gelähmte Hand in die ihre und hielt sie fest. Es war keine Bewegung in der Hand, wohl aber Gefühl. Die Gesichtslähmung besserte sich nach wenigen Tagen. Als Tina und die Kinder zum zweitenmal kamen, verstanden sie fast alles, was Cecilia sagte. Daphne hatte sie fast von Anfang an verstanden. Auf dem Rückweg vom Hospiz kam Peter vorbei, er sah mitgenommen aus und erzählte ihnen eine traurige Geschichte von einem Zwanzigjährigen, der in seinen Armen gestorben war.

»Ich kann mir nicht vorstellen, daß jemand tatsächlich in den Armen eines anderen stirbt«, sagte Daphne, als er weg war. »Ich wollte nur nichts sagen, weil er so elend war, der arme Junge. Aber es wäre sehr unbequem für die Patienten und so schwierig, genau abzuschätzen, wann man sie in die Arme nehmen soll, nicht?«

»Er hat wohl gemeint, daß er die Arme um sie legt, wenn er merkt, daß es zu Ende geht.«

»Ja, so wird es sein.«

»Glaubst du an ein ewiges Leben, Daphne? Glaubst du, daß die Seele im Augenblick des Todes den Körper verläßt und ins Paradies kommt?«

»Nein«, sagte Daphne.

Und nach einer Weile meinte sie: »Du sprichst wirklich gut. Fast wieder normal.«

»Wahrscheinlich wirst du sagen, daß es unvernünftig ist, Daphne, aber ich würde mir gern mein Gesicht ansehen. Ich kann es verkraften, wirklich. In meinem Alter müßte man eigentlich über Eitelkeit hinaus sein. Wenn du mir meine Handtasche holen könntest? In der Puderdose ist ein Spiegel.«

Daphne suchte nicht sehr intensiv nach der Handtasche, denn sie fand es, wie Cecilia vermutet hatte, wirklich unvernünftig, wenn die Freundin sich ihren schiefen Mund ansah. Und das begriff Cecilia durchaus. Sie hatte die Sache mit der Handtasche nicht vergessen, wie Daphne glaubte, aber sie verzichtete darauf, ihre Bitte zu wiederholen, weil sie Daphne keinen Kummer machen wollte.

Die alte Frau schien zu schlafen, und auf dem Sitz neben ihr stand diese Handtasche und wartete förmlich darauf, daß einer sie sich schnappte. Nicholas Mann – clever, aber ein windiger Typ, zur Zeit arbeits- und mittellos, weshalb er vorübergehend bei seiner Schwester und deren Freund untergekommen war – schnappte sie sich. Keiner sah es, zumindest sagte keiner was. In Baker Street stieg er aus.

Zuallererst nahm er Cecilias Brieftasche mit Bargeld und drei Karten an sich – Kreditkarte, Kundenkarte und Geldautomatenkarte. Auch das Scheckbuch nahm er heraus. Die Tasche selbst und was sonst noch darin war, steckte er auf seinem Weg durch die Marylebone Road in die erstbeste Mülltonne.

Er hatte bereits festgestellt, daß Cecilia gewöhnlich nicht mit ihrem vollen Namen, sondern mit den Initialen C. M. unterschrieb, auch ihre Karten hatten diese Signatur. Auf dem hinteren Umschlag des Scheckbuchs waren vier Ziffern vermerkt, möglicherweise, dachte er sich, Cecilias Geheimnummer. Diese Vermutung erwies sich als richtig. Er fuhr nach Brighton, nahm sich dort ein Hotelzimmer und gab viel Geld für Essen, Trinken, Kleidung und Gegenstände des persönlichen Bedarfs aus. Weil er befürchtete, der Verlust der Karten sei schon gemeldet worden, leerte er an einem Geldautomaten Cecilias Girokonto und verbrachte den Abend im Spielkasino. Er hatte Glück und verdreifachte Cecilias Barschaft. Mit 1400 Pfund kehrte er ins Hotel zurück.

Am nächsten Tag rief er seine Schwester an und sagte, sie brauche nicht auf ihn zu warten, er käme nicht wieder. Da ihr Freund, in den sie sehr verliebt war, verkündet hatte, wenn Nicholas bliebe, würde er gehen, er habe jetzt endgültig genug, war sie darüber sehr glücklich, und als der Freund sagte, die Kondome seien ihm ausgegangen, aber er würde schnell welche holen gehen, sagte sie, laß doch, laß das doch jetzt. Zum ersten Mal in ihrem Leben tat sie es ohne Verhütungsmittel und wurde sofort schwanger.

Nachdem Alice ins Büro gefahren war, ging Tom verabredungsgemäß in den Zeichensaal hinauf, wo Axel mit ihm reden wollte. Als er hereinkam, fiel sein Blick sofort auf ein Seil, ein langes, festes, aber dünnes Seil, das zylinderförmig zusammengerollt war. An einem Ende war ein stählerner Ringbolzen befestigt. Axel saß am Zeichentisch. Es war kalt, und er trug seinen langen Mantel. Auf dem Tisch lag ein Blatt Papier mit einer Art Plan oder Karte.

Er sagte zu Tom: »Hast du das ernst gemeint, daß du mir assistieren würdest?«

Tom zögerte. »Wenn die Bezahlung stimmt . . .«

»Es ist möglicherweise . . . wie soll ich sagen . . . etwas außerhalb der Legalität.«

»Hauptsache, es ist nicht mit Gewalt verbunden.«

»Natürlich ist es nicht mit Gewalt verbunden«, sagte Axel, als sei schon die Vorstellung grotesk, als habe Tom gesagt, Hauptsache, ich muß nicht mit einer Raumsonde ins All.

»Um was geht es denn? Ich meine, es ist doch wohl etwas Konkretes und nicht nur Theorie . . .«

Axel mußte lachen. »Du hast ja das Seil gesehen, es ist kein theoretisches Seil. Der indische Seiltrick wäre damit nicht machbar.«

»Der indische . . . was?«

»Schon gut.« Axel schlug einen seiner schnellen Haken. »Ich weiß nicht, wie gut du Jarvis kennst.«

»Nicht sehr gut. Er ist mir sympathisch, er muß einem einfach sympathisch sein – und er ist mein Vermieter. Ja, und mehr ist da eigentlich nicht . . .«

»Über . . . gewisse esoterische Aspekte des U-Bahn-Betriebs hat er nie mit dir gesprochen?«

»Wie meinst du das?«

»Über die unbenutzten Abschnitte der U-Bahn, die alten Schächte zum Beispiel, manche sind wie senkrechte Tunnel, die durch Gebäude nach oben gehen.«

»Ich interessiere mich nicht für Züge, für U-Bahn-

Wagen und solche Sachen«, sagte Tom, »ich mache da unten nur Musik.«

»Du weißt also nicht, was eine Zentrale Betriebsleitstelle ist?«

»Ich kann's mir ungefähr denken.«

Axel reichte Tom das Blatt mit der Zeichnung, die wohl wirklich ein Plan war, aber Tom hatte keine Ahnung, was darauf dargestellt war. Er erkannte Linien, die Umrisse eines Bauwerks sein mochten, und etwas, was wie ein länglicher Topf aussah. Während Tom noch daran herumrätselte, sagte Axel: »Ich möchte etwas in der Zentralen Betriebsleitstelle photographieren. Sie ist auf dem Plan mit einem Kreuz gekennzeichnet.«

Das Kreuz sah aus wie eine Spinne im Netz, fand Tom. »Werden die das erlauben?«

»Wenn du mit ›die‹ die London Transport Underground meinst – ich habe nicht gefragt. Pure Zeitverschwendung, wenn man weiß, daß man sowieso einen abschlägigen Bescheid bekommt. Ich muß es machen, ohne sie zu fragen, und möchte, daß du mir hilfst. Das ist mein Anliegen an dich.«

»Ja«, sagte Tom nachdenklich. »Ja, ich verstehe.«

»Ich glaube kaum, daß du es verstehst. Noch nicht. Es handelt sich nicht um gewaltsames Eindringen, wohl aber um unbefugtes Betreten. Ich plane weder einen Einbruch noch das Knacken von Schlössern. Gleich sage ich dir genau, was ich vorhabe und was du dabei zu tun hast.«

»Darf ich dich was fragen?« sagte Tom, und weil das kraftlos und kindisch klang, wartete er die Antwort gar nicht erst ab. »Wozu willst du dieses Photo haben?«

»Ich bin Photograph.«

»Das ist keine Antwort«, sagte Tom ungewohnt aufmüpfig. »Das Photographieren von Sachen, die die Behörden geheimhalten wollen, ist mehr wie … wie Spionage.«

Axel lachte wieder. Er griff nach seinem Plan, schrieb ein paar Worte darauf, machte ein zweites Kreuz.

»Wenn du ja sagst, springt eine sehr ordentliche Summe für dich dabei heraus.«

»Ich habe doch schon ja gesagt.«

»Du hast nicht nach der Höhe der Summe gefragt.«

»Nein …«

»Was hältst du von zehntausend?«

»Zehntausend Pfund?« Tom glaubte, sich verhört zu haben. »Hast du wirklich zehntausend Pfund gesagt?«

»Ich könnte sogar noch ein bißchen was drauflegen.«

»*Du?* Oder deine Arbeitgeber, deine Bosse, dein Herr und Meister?«

»Auch recht …«

Tom sah ihn mit großen Augen an.

»Du mußt mir vertrauen«, sagte Axel, »und ich werde dir vertrauen müssen. Ich habe dir mein Vertrauen bewiesen, indem ich dir das alles erzählt habe. Ich bin gewissermaßen ins kalte Wasser gesprungen, habe alle Brücken hinter mir abgebrochen, als ich dir sagte, daß ich diese Aufnahme – oder besser diese Aufnahmen – machen will. Du könntest jetzt London Transport anrufen, könntest ihnen – meinetwegen anonym – sagen, was du weißt, und damit wäre für mich alles aus und vorbei. Du hast mich praktisch in der Hand. In der Geldsache mußt du dich dafür in meine Hand geben, dich einfach auf mich verlassen. Wenn du einverstanden bist, kriegst du tausend gleich und den Rest, wenn es – wenn die Sache erledigt ist. Okay?«

»Ich muß es mir überlegen.«

»Überleg nicht zu lange.«

»Ich sage dir heute abend Bescheid.«

Das Feuer begann mit einem brennenden Streichholz, das unter eine Fahrtreppe fiel. Diese Fahrtreppe führte von den Bahnsteigen der Piccadilly Line zur Hauptschalterhalle unter dem Bahnhofsvorplatz. Das war am 18. November 1987 um 19.25 Uhr.

Die Gänge füllten sich mit dichtem, erstickendem Rauch. Zeugen sprachen von einer schwarzen Hölle. Ankommende Fahrgäste rochen den Rauch und versuchten, wieder einzusteigen, aber die Züge waren voll und ließen die Leute einfach stehen. Andere fuhren ohne Halt durch, obgleich die auf den Bahnsteigen Eingeschlossenen von draußen an die Fenster schlugen. Es war Platz genug im Zug, sagte ein Mann, aber wir sind einfach nicht reingekommen.

Nach einer Theorie preßten die Züge zusätzlich Luft in die Tunnel, wodurch das Feuer weiter angefacht wurde, nach einer anderen behinderten die Züge die Luftzirkulation.

Das Feuer auf King's Cross kostete 31 Menschen das Leben.

Das vor dieser Katastrophe schwerste U-Bahn-Unglück ereignete sich am 28. Februar 1975, als ein Zug auf Moorgate gegen den Tunnelausgang stieß. Es forderte 43 Todesopfer.

Später traf sich Tom mit Jay und dessen Freund Mark im Bahnhof Tottenham Court Road. Sie fuhren mit der Rolltreppe zu ihrem gebuchten Standplatz in dem runden unterirdischen Vorraum, der mit buntem Mosaik ausgelegt ist. Peter sei krank, sagte Jay, jedenfalls fühle er sich nicht wohl genug, um stundenlang zu stehen und zu spielen.

Mark war Saxophonist. Er hatte sein Saxophon und auch seine neue drahtlose Diversity-Mikrophonanlage mitgebracht. Tom verschlug es die Sprache, als er den Preis erfuhr. Sie stellten sich in dem runden Raum mit den Mosaiken auf, und Mark meinte lachend, er käme sich vor wie in einem eigens für sie erbauten Konzertsaal. Er legte den aufgeklappten Kasten des Saxophons auf den Boden. Das Mikro war sehr leicht und gut zu halten, stellte Tom fest, als er anfing zu singen, und der Sound war stark. Er schien nicht nur aus seiner Kehle und seinen Lungen, sondern von den Wänden, ja aus der Luft zu kommen, füllte den hohen runden Raum ganz aus und flutete durch Zu- und Abgänge. Tom sang Volkslieder, zum Schluß das Lied vom Jahrmarkt in Scarborough. Dort wohnt die eine, die war die meine, die war mir lieb und war mir treu, sang er; wegen dieser Zeilen hatte er das Lied besonders gern.

Einige Passanten fanden diese ungewohnten Töne offenbar befremdlich, und eine Frau zuckte sichtlich zusammen, aber die meisten waren begeistert. Tom sang *Auprès de ma Blonde,* und eine Gruppe von Franzosen, vielleicht Studenten, blieb stehen und sang mit. Die vielen Stimmen und die durch die voll aufgedrehte Anlage dröhnenden Instrumente riefen einen Bahnbediensteten auf den Plan, der die Rolltreppe herunterkam und sie ein Stück weiterschickte. Zunächst hatte er versucht, sie ganz zu vertreiben, aber nicht einmal er konnte behaupten, sie hätten die Passanten belästigt. Sie stellten sich ein Stück weiter neu auf, und Tom sang für sein französisches Publikum das Torerolied aus *Carmen*.

Von ihrem neuen Standplatz aus sah er eine jener grauen Türen, von denen Axel gesagt hatte, sie führten zu unbenutzten Abschnitten der U-Bahn, in trüb beleuchtete Tunnel und schmale dunkle Gänge, alte Aufzugschächte und frühere Treppenhäuser. Er mußte ständig an das denken, was Axel von ihm verlangt und was er ihm versprochen hatte (obwohl es für einen Rückzieher noch nicht zu spät war), und konnte eigentlich kein Unrecht darin sehen. Es war merkwürdig: Obwohl Alice doch Mann und Kind verlassen hatte, hatte er immer den Eindruck, daß sie sich viel mehr von moralischen Grundsätzen leiten ließ als er, und er hätte gern mit ihr über diese Sache gesprochen, sie um ihre Meinung gebeten. Aber er hatte Axel versprechen müssen, niemandem etwas zu sagen, auch nicht Alice.

Sie machten kurz vor fünf Schluß, früh für ihre Verhältnisse, aber es war ein guter Tag gewesen, sie hatten über zwanzig Pfund eingenommen. Mark mußte Tom versprechen, wieder bei ihnen mitzumachen und seine tolle Anlage mitzubringen, und dann beschloß Tom spontan, Alice vom Büro abzuholen.

Er wußte mehr oder weniger, wo sie arbeitete und wie die Firma hieß, aber er war noch nie da gewesen. Er kannte die Straße, aber nicht die Hausnummer. Zum

Laufen war es zu weit, wenn er noch rechtzeitig hinkommen wollte. Er ging zur Central Line. Der Bahnsteig war schwarz von Menschen, und in diesem Moment entschuldigte sich eine Lautsprecherstimme für das Ausbleiben der Züge und erklärte, es habe auf der Strecke einen »Zwischenfall« gegeben. Wieder einen Toten also, einen Selbstmörder.

Immer mehr Leute strömten auf den Bahnsteig. Ob es irgendwann soweit kam, daß der Druck die Leute über die Bahnsteigkante auf die Gleise drängte? Tom stellte sich eine verstopfte Fahrtreppe vor und sah plötzlich Wasser vor sich, die Fahrtreppe als Wasserfall, der sich in einen bis zum Rand gefüllten Teich ergoß, sah Wasser, das über die Ufer trat, anschwoll, zu einem reißenden Fluß wurde. Jarvis hatte ihm erzählt, daß es Stationen gab, wo ein Klingelzeichen ertönte, damit es nicht soweit kam, aber die Platzangst, an der er gelegentlich litt, meldete sich wieder, und der Kopf tat ihm weh. Er kämpfte sich durch die Menschenmassen zurück zu dem Bahnsteig in Richtung Westen. Es war zehn nach fünf, inzwischen war Alice bestimmt schon weg.

Seit Monaten war er nicht mehr so früh nach Hause gekommen. Alice war weder im Direktorzimmer noch in der Quarta. Doch auch wenn sie zu Hause gewesen wäre – über Axels Pläne hätte er ja doch nicht mit ihr sprechen dürfen. Und er war im Grunde auch schon bereit mitzumachen. Sie würden in einen der unbenutzten Abschnitte der U-Bahn einsteigen, und Axel würde seine Aufnahmen bekommen. Wie sie hineingelangen würden und für wen diese Aufnahmen waren, hatte Axel ihm nicht gesagt.

Rußland? Eine ziemlich alberne Vorstellung. Seit Jarvis nach Rußland gereist war, hatte sich die Lage dort zunehmend entspannt, hatten sich die Verbindungen zwischen den osteuropäischen Satelliten und ihrem Mutterplaneten immer mehr gelockert. Ein Land in Nahost? Wozu brauchte ein Land Photos von der Londoner U-Bahn? Tom erinnerte sich an den Beamten, der gedroht hatte, seine Kamera zu konfiszieren, als er – damals war er noch Student gewesen – in einem italienischen Bahnhof hatte photographieren wollen. Und gab es nicht Länder, die das Photographieren ihres Territoriums vom Flugzeug aus verboten? Vielleicht war es also gar nicht so abwegig, daß jemand Photos von Signalsystemen der Londoner Verkehrsbetriebe haben wollte, vielleicht waren alle Länder scharf auf solche Photos von den Geheimnissen ihrer Gegner oder potentiellen Gegner.

Trotzdem wurde er den Verdacht nicht los, daß er auf den Arm genommen werden sollte. Vielleicht war es ja nur der Gedanke an das Geld, der ihm keine Ruhe ließ, die Möglichkeit, daß er vielleicht sein Geld nicht bekommen würde. Wenn ich ja sage, nahm sich Tom vor, und er mir die versprochenen tausend Pfund nicht zahlt, steige ich aus. Aber nein, es war nicht das Geld. Es war mehr die Angst, Axel könne ihn für einen Trottel halten, der auf jeden Blödsinn hereinfiel. Tom hatte den Gedanken kaum zu Ende gedacht, als er ihn schon wieder verwarf. Axel schätzte und achtete ihn, brachte ihm volles Vertrauen entgegen, zu gegenteiligen Vermutungen bestand nicht der geringste Anlaß. Es gab Leute, die Tom für paranoid hielten. Er wußte, daß er ein Paranoiker war, er gab sich da keinen Illusionen hin, aber in diesem Fall war ja die Situation genau umgekehrt: Axel hatte ihn gern, Axel hatte nichts gegen ihn.

Tom legte sich aufs Bett und schlief eine Weile. Er war müde. Es kam häufig vor, daß Passanten sich abfällig über »Bettelpack« äußerten und behaupteten, daß sie nur zu faul zum Arbeiten wären, aber Musikmachen in der U-Bahn ist ein hartes Stück Arbeit. Abends war Tom manchmal vollkommen erschöpft.

Als er aufwachte, war es fast sieben. Seine linke Hand war taub, das kam oft vor, wenn er aufwachte. Alice hatte sich nicht sehen lassen. Er ging zum Direktorzimmer, aber dort war sie auch nicht. Jeds Tür stand einen Spalt breit offen, der Falke saß auf seinem Bock und schlief. Das Zimmer roch wie ein Raubvogelkäfig, und das war es ja praktisch auch.

Er ging zum Zeichensaal und klopfte. Als alles still blieb, klopfte er erneut und steckte den Kopf zur Tür hinein. Jemand war da gewesen, aber nicht lange. Die leere Whiskyflasche auf dem Zeichentisch sah aus, als sei sie schon seit Tagen leer, und in der Neige des Glases war eine Winterfliege ertrunken. Tom klopfte an der Quinta. Er machte auf, und Alice stand rasch vom Bett auf und sah ihn an.

Es war kalt im Zimmer, der Heizofen war nicht an, und sie trug noch die Sachen, in denen sie gekommen war, den alten dunkelblauen Mantel und das dicke Schultertuch. »Wartest du auf Axel?« fragte er verblüfft. »Wolltest du ihn sprechen?«

»Ich muß eingeschlafen sein.«

»Und ich suche dich überall...«

Sie sah ganz sonderbar aus, fand er, traurig und müde. Sie hatte eine Hand vor den Mund gelegt und sprach durch die Finger. »Ich friere«, sagte sie und dann: »Ich weiß gar nicht, was ich hier mache.«

Er mußte lachen. »Ich auch nicht. Jetzt komm, du frierst ja immer, wenn du aufwachst, das weißt du doch. Wahrscheinlich hast du auch Hunger.«

»Ich habe keinen Hunger«, sagte sie, ließ sich aber widerspruchslos von ihm nach unten in die Quarta führen, wo es schön warm war. Er hatte Essen vom Inder geholt und eine Flasche Rotwein aufgemacht, damit sie »atmen« konnte. Liebevoll half er Alice aus dem Mantel und legte ihr das Tuch wieder um die Schultern. Sie war offenbar todmüde, er würde ihr ernsthaft ins Gewissen reden, endlich diesen Job aufzugeben. Draußen ratterte ein Zug vorbei, Tom zog die Vorhänge zu, um ihn auszusperren. Sie wandte sich ihm zu. »Ach Tom, ach Tom...«

»Was ist denn, Schatz? Was drückt dich? Mir kannst du's doch sagen.«

Sie kam in seine Arme und hielt ihn so fest wie er sie. »Ich habe das alles so satt, dieses Leben.«

»Lange bleiben wir nicht mehr hier«, sagte er. »Wir werden ein eigenes Haus bauen.«

Später, als sie gegessen hatten und Alice mit geschlossenen Augen einer Haydn-Symphonie lauschte, hörte Tom Axels Schritte auf der Treppe. Bin gleich wieder da, sagte Tom, es dauert nicht lange, aber Alice reagierte nicht. Die Tür zur Quinta stand offen. Er würde es machen, sagte er zu Axel, wenn er das Geld bekäme.

Axel lächelte, sagte, daß ihn das freue, und gab Tom tausend Pfund in 50-Pfund-Scheinen. Er hat schon alles bereitgelegt, dachte Tom verdutzt. Seine Unruhe legte sich, sobald er die Scheine in der Hand hatte: Jetzt war er sich ganz sicher, daß es nur Geld gewesen war, worum er sich die ganze Zeit Sorgen gemacht hatte.

21

Jeden Abend ging sie, sobald sie aus dem Büro kam, in Axels Zimmer und wartete auf ihn. Heute wartete sie zum fünften Mal vergebens, oder würde wohl vergebens gewartet haben, wenn es halb sieben, Viertel vor sieben war. Natürlich wußte sie, daß ihn diese klettenhafte Anhänglichkeit, dieses hündisch-ergebene Warten irritierten, aber sie konnte nicht anders.

Tom hatte ihr gesagt, er würde über Nacht wegbleiben. Er wollte nach Bristol, wo jemand ein gebrauchtes dynamisches Mikrophon zu verkaufen hatte. Warum er nicht abends noch zurückkommen konnte – mit dem Zug waren es schließlich nur zwei Stunden –, hatte er nicht verraten, und sie hatte auch nicht gefragt, es interessierte sie nicht. Ihr erster Gedanke war, daß sie und Axel dann eine Nacht für sich hatten. Die Hoffnung auf eine Nacht mit Axel hatte alle musikalischen Ambitionen verdrängt. Das war ihr größter Wunsch: eine Nacht mit ihm zu verbringen. Und dann das ganze Leben.

In Mantel und Schultertuch saß sie in dem ungeheizten Zimmer und wartete auf Axel. Früher hatte sie immer gleich den Heizofen angestellt, aber jetzt hatte sie es sich verboten, Vorbereitungen zu treffen, das Bett aufzuschlagen, ja, sogar den Mantel auszuziehen. All das hieße die Vorsehung versuchen. Wenn sie sich auf ihn vorbereitete, würde er nicht kommen. So saß sie da und fröstelte, denn

Mantel und Tuch allein genügten nicht, um die Kälte abzuhalten.

Ab und zu stand sie auf und lief im Zimmer hin und her. Die Versuchung war groß, einen Blick in seine Koffer zu tun. Sie kam auf verrückte Gedanken. Solange ich in seinem Zimmer etwas Verbotenes mache, sagte sie sich, wäre es mir gar nicht recht, wenn er käme. Dann habe ich wenigstens zehn Minuten Ruhe vor meiner Sehnsucht oder auch eine halbe Stunde. Wenn sie in seinen Koffern stöberte, hoffte sie, daß er nicht hereinkam – und eben deshalb käme er dann vielleicht. Wäre sie bereit, sich um diesen Preis seinen Zorn zuzuziehen?

Sie horchte. Es war still im Haus. Dann kamen Schritte die Treppe hoch. Sie erstarrte, aber die Schritte stiegen nicht in den zweiten Stock hinauf. Tom war gekommen oder Jed. Für Tom empfand sie jetzt nicht viel mehr als für Jed – freundliche, etwas unduldsame Gleichgültigkeit. Auch umarmt hätte sie beide in der gleichen Weise, nur war Tom sauber, während Jed nach faulendem Fleisch roch. Bei diesem Gedanken mußte sie sich plötzlich schütteln vor Lachen. In diesem leeren Raum lachte sie sich selbst aus.

Tom war ihr ein Trost. In seinen Armen weinte sie sich aus wie bei einem Vater, so wie sie es bei ihrem Vater getan hätte, wenn der der Typ dafür gewesen wäre. Dann wieder bekam sie Schuldgefühle, so daß sie Widerwillen vor Tom empfand, was sie aber nicht daran hinderte, sich nachts an ihn zu klammern, sich an ihm festzuhalten. Sie selbst hätte wohl gesagt, daß sie körperlich nichts mehr für Tom empfand, paradoxerweise aber galt ihr Gefühl nur noch dem

Körperlichen, seiner Wärme, seiner Berührung, den Armen, die sie festhielten, dem Körper, der dem ihren im Bett, in der Dunkelheit ganz nah war. Früher hatte sie sich mit der Erinnerung an gemeinsame Interessen getröstet und daran, daß sie miteinander reden, sich alles anvertrauen konnten. Jetzt legte sie keinen Wert mehr auf Gespräche, sie wollte Tom nur noch haben, um sich an ihm festzuhalten.

Für sie stand fest, daß Axels Koffer sein geheimes Leben bargen, seine Vergangenheit, seine Geschichte – all das, wovon sie nichts wußte. Oft ging ihr Blick zu Mary Zambaco drüben an der Wand. Alice war eifersüchtig auf das Bild: Wenn sie so aussähe, würde er sie lieben.

Die Koffer standen aufgeklappt am Boden, beide mit einem gefalteten Kleidungsstück obenauf, die den sicher aufregenden Inhalt verbargen. Wenn sie sich an den geöffneten Koffern zu schaffen machte, würde er es merken, womöglich hatte er sogar dies oder jenes auf ganz bestimmte Art und Weise hineingepackt, um sie zu überführen, vielleicht ein Haar sorgsam zwischen einem Stück Stoff und einem Bogen Papier plaziert oder einen auf weißer Baumwolle nahezu unsichtbaren Fussel.

Sie horchte auf die Stille, hörte einen Zug in Richtung Finchley Road fahren. Die Sachen in den Koffern würden nach ihm riechen, er hatte sie alle irgendwann in der Hand gehabt, seine Haare hafteten daran, sein Schweiß, Spuren seines Atems. All das zog sie an wie ein Magnet. Sie war die junge Frau im Märchen von König Blaubart, die es danach gelüstet, verbotene Räume zu durchforschen, die Wahrheit zu erfahren, auch wenn das ihr Verderben sein kann.

Noch immer war es sehr still. Weil sie sich fest vorgenommen hatte, nichts anzurühren, ging sie wieder zum Bett, setzte sich und umfaßte mit einem festen Griff der rechten Hand ihre Linke. Wie viele Vorsätze dieser Art hatte sie im Lauf des letzten Jahres gefaßt, um sie sofort wieder aufzugeben? Gleich an jenem ersten Morgen hatte sie sich vorgenommen, zu Mike zurückzugehen. Sie hatte sich vorgenommen, nicht mit Tom zu schlafen. Die Musik über alles andere zu stellen. Sich nicht mit Axel in Kensington zu treffen.

Ihr Blick ließ von den Koffern ab, wandte sich wie durch einen unsichtbaren Mechanismus bewegt zur Seite, dem Schrank zu. Sie hielt den Atem an, sprang auf, öffnete die Schranktür. Dort hingen eine Lederjacke, ein Paar Jeans über einem Drahtbügel von der Reinigung, auf einem zweiten Drahtbügel ein dunkler Pullover, und – matt leuchtend in der Düsternis, das spärliche Licht reflektierend – ein langes weißes Kleid.

Sie interessierte sich nicht sonderlich für Kleidung. Es war, als wüßte sie, daß sie sich schöne Kleider nicht leisten konnte, sich nie würde leisten können. Dieses Kunstwerk von einem Kleid aber in seiner schneeweißen Vollkommenheit, mit den bestickten Stoffbahnen, der Spitze, dem gesmokten Batist, forderte gebieterisch Beachtung. Alice mußte an ihr Brautkleid denken, einfacher gehalten, aber auch weiß und gesmokt, eine groteske Travestie, mit hoher Taille, um ihre Schwangerschaft zu verbergen.

Dieses Kleid in Axels Schrank – war es womöglich für sie bestimmt? Sie sah es mit großen Augen an, ohne es zu berühren. Weil sie Angst hatte, ihre völlig sauberen Finger könnten Spuren hinterlassen, zog sie rasch die Hände wieder zurück. Ein Geschenk für sie? An andere Erklärungen mochte sie nicht denken, nicht an andere Frauen, die es vielleicht einmal tragen würden, es vielleicht einmal getragen hatten. Sie näherte ihr Gesicht dem Kleid, streichelte es mit den Augen, und dann sah sie das Schild, das an einer weißen Schnur von einer der langen Spitzenmanschetten herunterhing. Niemand hatte das Kleid je getragen, es war nagelneu.

Sie hatte den Schrank gerade noch rechtzeitig zugemacht. Die Zimmertür ging auf, Axels Hand erschien, die Hand mit dem Ring aus Silber und Gold. Er kam herein.

»Warum stehst du hier in der Kälte herum?«

»Ich warte auf dich.«

»Mach doch den Heizofen an.« Er stieß mit der Schuhspitze an den Schalter. »Heilfroh werde ich sein, wenn ich nicht mehr in dieser Kälte sitzen muß.«

Tödlicher Schrecken erfaßte sie. »Was soll das heißen? Willst du weg?«

»Noch nicht.« Er lächelte. »Nicht vor Freitag. Am Freitag werde ich wohl ausziehen.«

Sie wußte nichts zu sagen. Sie starrte auf den Heizstab des antiquierten Geräts, der sich von Grau zu einem stumpfen Pink, zu Orange verfärbte und leise knisterte, während er sich erwärmte. Axel hatte sich auf den Stuhl gesetzt, ihr gegenüber. Die Hände, die mageren Gelenke, die schlaff aus den Ärmeln des dunklen Mantels hingen, waren bläulich verfroren, der Ring saß locker zwischen den Fingergliedern. Sie hätte gern seine Hand gefaßt, aber sie wagte es nicht. Sie brachte keinen Ton heraus. Kalte

Angst raubte ihr die Worte, es war, als habe sie das Sprechen verlernt.

Er wandte sich ab und hielt seine Hände vor den roten Stab, um sie zu wärmen. Jetzt fand sie ihre Stimme wieder, nicht ihre normale Stimme, nur ein fernes Flüstern. »Wohin gehst du?«

Er antwortete nicht, sondern fragte neckend, mit einem lachenden Unterton: »Soll ich dich mitnehmen?«

»Das meinst du doch nicht im Ernst.« Sie zitterte jetzt.

»Du solltest inzwischen wissen, daß ich nie Sachen sage, die nicht mein Ernst sind. Möglich, daß ich mal lüge, aber ich sage nie etwas, was ich nicht so meine.«

Es war wie eine Offenbarung. Endlich meinte sie klar zu sehen, meinte zu erkennen, wofür ihr Zweifel und Mißtrauen bislang den Blick verstellt hatten: daß sein Lachen aufrichtig war, nicht boshaft-neckend, daß er sie womöglich wirklich liebte und begehrte, daß er womöglich, so unwahrscheinlich das auch sein mochte, ein lieber, guter Mensch war. Aber er hatte auch gesagt, er sei verrückt. Gehörte das zu den Dingen, die er so gemeint hatte, wie er sie sagte?

»Können wir wirklich zusammen weg von hier, Axel?«

»Warum nicht?«

»Und wohin?«

»Über alle Berge. Ich laß mir was einfallen.«

Jetzt konnte sie ihn wohl berühren, jetzt würde er nichts mehr dagegen haben. Sie legte eine Hand auf sein Knie. Er nahm seine Hände von der Wärme des Heizofens weg und beugte sich vor. Sein Gesicht war dem ihren ganz nah.

»Ich wollte dir sagen, daß Tom Donnerstag über Nacht

wegbleibt.« Ihre Stimme erstarb. Es ist nicht wahr, daß es ihm Freude macht, mich in Verlegenheit zu bringen, sagte sie sich, das bilde ich mir nur ein. »Ich dachte... ich meine... wir könnten die Nacht zusammen verbringen. Aber es ist nicht wichtig, wenn wir sowieso zusammen weggehen.«

»Ich bin Donnerstagabend auch nicht da«, sagte er nüchtern. »Ich muß Vorbereitungen treffen. Wie gesagt – ich muß mir etwas einfallen lassen...«

»Soll ich es Tom sagen?«

»Was denn?«

»Das mit uns...«

»Bist du verrückt? Natürlich nicht!« Seine Heftigkeit erschreckte sie. Sie wich zurück. Sie hatte ihn noch nie so schroff, ja, sie hatte ihn vielleicht noch nie mit so viel echtem Gefühl sprechen hören. »Daß du Tom ja nichts sagst! Nicht bis Freitag, vielleicht nicht einmal dann. Wenn wir weg sind, weiß er ohnehin Bescheid. Versprich es mir, Alice. Bitte!«

»Ich muß im Büro kündigen, aber Tom werde ich bis Freitag kein Wort sagen, das verspreche ich dir.«

Er zog sie hoch und küßte sie sanft. Inzwischen war ihr warm geworden, eine dünne Schweißschicht stand auf ihrer Oberlippe. Er nahm ihr das Schultertuch ab, knöpfte ihren Mantel auf. Ihr schien, daß er sie zärtlich, gedankenvoll betrachtete, und dann, als sie nackt war, mit atemloser, kaum bezähmbarer Bewunderung.

Sie hätte ihm gern gesagt, daß er ihr ein und alles, daß er der Schlag ihres Herzens war, aber sie fürchtete, er könne sie auslachen.

»Ich liebe dich«, sagte sie.

Das sagte sie immer, wenn sie sich trafen.

Weil Cecilias Karten – Kreditkarte, Kundenkarte und Geldautomatenkarte – nicht als gestohlen gemeldet worden waren, konnte Nicholas Mann sie ungestraft weiterbenutzen. Daß er ihr Girokonto abgeräumt hatte, hinderte ihn nicht daran, einen Scheck über 500 Pfund auszustellen, den er unter Vorlage der Kredit- und Kundenkarte einem Gebrauchtwarenhändler als Anzahlung für einen fünf Jahre alten Ford Fiesta gab. Über die Restsumme schloß er unbekümmert einen Teilzahlungsvertrag ab.

Danach fuhr er zurück nach London und nahm sich ein Zimmer in einem Hotel in der Edgware Road. Die Vorstellung, wieder zu seiner Schwester zu ziehen, war für ihn genauso unerfreulich wie für sie. Inzwischen war ihm klargeworden, daß die Frau, der die Handtasche gehörte, unerklärlicherweise den Verlust nicht gemeldet hatte. Manchmal machte er sich Gedanken darüber, aber nicht oft. Seine Verfassung erlaubte nur noch selten zielgerichtete Gedankenarbeit. Er befand sich auf einer Berg- und Talfahrt zwischen Todeswunsch und Wunscherfüllung, obwohl er selbst wohl gesagt hätte, er sei glücklich und zufrieden.

Er trank. Er kaufte Koks bei einem Typ in einer Bar der Noel Street. Meist hatte er ein irres High. Nur eins bedauerte er – daß die geklauten Kreditkarten keinem Mann gehört hatten, sondern einer Frau: Die Verkäufer gaben bei den Kontrollanrufen, die üblich waren, wenn teure Waren mit Kreditkarte gekauft wurden, nicht nur Kartennummer und Kaufpreis, sondern auch das Geschlecht des Kunden an. Er konnte es deshalb nicht riskieren, sich Sachen anzuschaffen, die mehr als 100 Pfund kosteten.

Das Glück blieb ihm treu, das launische, unerklärliche Spielerglück. Sogar an den einarmigen Banditen gewann er, stundenlang saß er in den Spielsalons herum. Er ging zum Hunderennen, setzte – und sein Windhund gewann sieben zu eins. Mit dem Geld ging er zurück in sein Hotelzimmer, hortete es, zählte es gierig-gewissenhaft wie ein Geizhals. Das Zimmer war vollgestellt mit all den Sachen, die er gekauft hatte, nicht weil er sie brauchte, sondern weil er die Kreditkarte hatte ausnutzen wollen: Elektrorasierer und Haarwasser, Parfüm, Seidenschals und Sonnenbrillen, Videokassetten von Fernsehserien, silberne Feuerzeuge und Achateier. Sogar einen Anrufbeantworter hatte er gekauft, weil er nur 79,99 Pfund kostete. Zwischen all diesem Krempel saß er mit weit von sich getreckten Beinen in einem Sessel, trank Wodka und guckte italienische Sex-Videos.

Bargeld nahm er nur für Taxis und zum Spielen. Zwei Wochen nach seinem Coup verbrachte Nicholas den Mittwochabend im Formosa Club, wo er ein kleines Vermögen beim Blackjack gewann, das meiste wieder verlor und sich zum Aufhören zwang, als er nur noch 600 Pfund hatte. Er kippte einen letzten Drink an der Bar, einen doppelten Wodka-Kir – eine von ihm selbst kürzlich erfundene Mixtur, die aus Stolichnaya Imperial, Sekt und Cassis bestand.

Taxis waren nicht in Sicht, aber es war nicht weit bis zu seinem Hotel. Er ging die Castellain Road hinunter bis zur

Brücke an der Warwick Avenue und torkelte dann am südlichen Ufer des Grand Union Canal die Maida Avenue hinunter. An der dunklen Strecke diesseits der Kirche schlugen sie zu. Es waren drei, sie hatten ihn vom Formosa Club aus verfolgt. Sie schlugen ihn nieder und traktierten ihn mit Tritten. Sie nahmen ihm die Brieftasche ab, in der etwas über 600 Pfund und Cecilias Karten steckten.

Er stöhnte, daran merkten sie, daß er bei Bewußtsein war. Nicht weil sie ihn umbringen wollten, sondern nur um ungefährdet zu entkommen, warfen sie ihn übers Geländer. Sie hatten den Treidelpfad für breiter gehalten, hatten einen bequemen Gehweg erwartet statt der schmalen Kante zwischen Uferbefestigung und Wasser.

Zur Teezeit saßen Cecilia, Jasper und Bienvida in der Villa Flieder und sahen fern. Da jetzt Daphne ständig im Haus war und die Anrufe nach sechs entfielen, konnte Cecilia die ersten Abendnachrichten ungestört genießen. Sie saß auf der Bettcouch, die sich von neun bis neun wieder zur Couch zurückverwandelt hatte, die Füße hochgelegt, eine Decke über den Knien. Die Kameenbrosche, die ihr Arthur Bleech-Palmer geschenkt hatte, steckte am Kragen ihres Kleides. Die Kinder saßen am Tisch, beide so, daß sie die Mattscheibe im Blick hatten. Daphne bediente sie. Es gab selbstgebackene Schokoladentorte mit einem Guß aus weißer Schokolade und Toffee-Eis.

Der Aufmacher war Rumänien, dann kam etwas über HIV-Positive – hoffentlich ist Daphne so lange draußen, dachte Cecilia – und danach eine Meldung über eine männliche Leiche, die bei Little Venice aus dem Kanal gefischt worden war. Ein gewisser Nicholas Mann, arbeitslos und ohne festen Wohnsitz. Sie hörten alle nicht richtig hin, obwohl der Sprecher sagte, die Polizei ginge von einem Mord aus. Sie warteten auf die Nachrichten über das Baby der Herzogin von York, zumindest Bienvida, auch wenn Jasper darüber motzte.

Cecilia konnte die Kinder nicht mehr nach Hause bringen. Aber es war schließlich, wie Daphne sagte, nur um die Ecke, und Jasper streunte ja auch sonst in ganz London herum. Cecilia mochte Daphne nicht bitten, sie zu begleiten. Sie selbst konnte – auf ihren Stock gestützt, während Daphne ihren gelähmten Arm hielt – nur bis zur Tür mitkommen. Auf halbem Wege fiel ihr ein, daß es nett wäre, den beiden Enkeln ein bißchen Taschengeld zuzustecken, ein Pfund für jedes Kind vielleicht, und sie bat Daphne – zum zweitenmal seit ihrem Schlaganfall –, ihr die Handtasche zu bringen.

Daphne half ihr in den Sessel im Flur und machte sich auf die Suche. Sie kam mit leeren Händen zurück und steuerte zwei Geldstücke aus ihrem eigenen Portemonnaie bei. Als Jasper und Bienvida weg waren, brachte sie Cecilia wieder zur Couch zurück, und Cecilia aß noch ein Stück Torte mit weißem Schokoladenguß.

»Diese weiße Schokolade ist noch mal mein Ruin«, sagte Cecilia.

»Sie wird dir schon nicht schaden.« In den kommenden Monaten dachte Daphne oft an diesen Satz zurück.

»Eine phantastische Torte. Du sagst immer, daß du

nicht kochen kannst, du bist so bescheiden, dabei kochst du besser als ich. Komisch, daß du meine Handtasche nicht gefunden hast.«

»Ich schau gleich noch mal gründlich nach.«

»Ich habe sie schon ewig nicht mehr gesehen, seit meiner ärgerlichen Geschichte nicht mehr. Ich kann gar nicht mehr genau sagen, *wann* ich sie zuletzt gesehen habe. Du weißt doch, welche ich meine, nicht? Dunkelbraunes Leder. Wenn ich nur wüßte, was war, ehe ich umgekippt bin.«

Daphne wußt es noch, das heißt, sie wußte alles, was sich auf dem Bahnsteig zugetragen hatte, und da hatte keine Handtasche gelegen. Sie sah sich wieder auf dem grauen Schalensitz neben Cecilia, sah den Arzt, der sich über die Freundin beugte, sah die Menschenmenge, die sie umstand. Warum hatte sie nicht nach der Handtasche gesucht oder wenigstens danach gefragt? Undenkbar, daß Cecilia, wie die jungen Dinger heutzutage, die Jeans trugen und Jacken mit tausend Taschen, ohne Handtasche aus dem Haus gegangen war.

Eine Einkaufstasche hatte sie bei sich gehabt, eine flotte Jutetasche mit rotem Druckmuster am Rand. Richtig – deswegen hatte sie nicht gefragt. Sie hatte gedacht, Cecilia habe Börse und Schlüssel in der Einkaufstasche. Sie hatte ja ganz andere Sachen im Kopf gehabt, wichtig war vor allem gewesen, Cecilia nach Hause zu bringen, in ihre eigenen vier Wände, ehe sie in irgendein Krankenhaus verfrachtet werden konnte. »Ich kümmere mich drum, Cessie«, sagte sie. »Irgendwo muß sie ja sein.«

Würde sie Cecilia täuschen können, wenn die Handtasche weg, das heißt gestohlen war? Daphne wußte natürlich, daß nicht nur Geld darin gewesen war, sondern auch Schlüssel, Kreditkarten, ja, sogar Cecilias längst nicht mehr genutzter Führerschein. Und ein Scheckbuch. Eine Welle der Angst ging über sie hin. Sie lief durchs ganze Haus und tat, als suche sie die Handtasche, spielte Komödie – um sich selbst zu täuschen oder damit Cecilia unten ihre geschäftigen Schritte hörte.

In ihrer langen, innigen Freundschaft waren sie nie rückhaltlos offen zueinander gewesen. Ihrer Generation hatte man noch anerzogen, gewisse Dinge zu verschweigen und zu kaschieren, Rücksichtnahme über alles zu stellen, Unerfreuliches totzuschweigen, das eigene Ich zurückzunehmen, auch wenn man sich darüber ärgern mochte. Dennoch gab es in ihrer Beziehung seit jeher eine innere Aufrichtigkeit, ein unausgesprochenes Vertrauen, das Gefühl, daß man sich aufeinander voll verlassen konnte. Eine hatte sich immer in die Lage der anderen versetzen können, hatte, wie Cecilia, die Belesenere, es ausdrückte, die Fee *Was-du-nicht-willst-das-man-dir-tu* aus dem Roman von Charles Kingsley gespielt. Daphne dachte sich, daß sie an Cecilias Stelle hätte wissen wollen, wie es wirklich war. Schließlich mußten die Kreditkartengesellschaft und die Bank verständigt, vielleicht die Schlösser ausgewechselt werden. Solche Sachen soll man nicht vor sich herschieben, dachte Daphne, das hat gar keinen Sinn. Und dann ging sie zu Cecilia hinunter und sagte es ihr.

Daphne merkte, daß es Cecilia genauso ging wie ihr selbst eben im oberen Stockwerk. Eine Welle der Angst, der Bestürzung überrollte sie, aber die Wirkung auf Cecilia war viel stärker, viel körperlicher. Es waren schließlich ihre Sachen. Sie lehnte sich zurück und schloß die Augen. Nach einer Weile machte sie die Augen wieder auf und fragte: »Wie lange ist es her?«

»Fast drei Wochen. Leider.«

»Jemand muß sie genommen haben, als wir auf dem Bahnhof saßen.«

»Aber wer macht denn so was!« empörte sich Daphne. »Wo es dir so schlecht ging ... Nein, wirklich, so gemein kann doch keiner sein.«

»Daphne, ich weiß, es klingt albern und sieht mir nicht ähnlich, aber könnte ich wohl einen Drink haben?«

»Ja, natürlich, das schadet dir bestimmt nicht. Was möchtest du denn? Sherry? Einen kleinen Whisky?«

Cecilia wollte einen trockenen Sherry, und Daphne trank auch einen. Gleich morgen früh würde sie die Bank anrufen, sagte Daphne, und die Kreditkartengesellschaft. Danke, sagte Cecilia und legte die linke Hand auf die Hand der Freundin.

Drei Stunden später rief Daphne bei der Ärztin an. Durch den Schreck habe Cecilia einen zweiten Schlaganfall erlitten. Die Ärztin widersprach, sie meinte es gut damit. Sie war so froh, weil sie nicht abends um elf für Cecilia ein Krankenhausbett besorgen mußte, weil diese tüchtige alte Frau bereit war, die Kranke zu Hause zu pflegen, daß sie zu Daphne sagte, Cecilia sei wohl von dem fetten Essen und dem Alkohol schlecht geworden, und als sie dann erbrechen mußte, sei ihr Blutdruck wieder gestiegen.

Cecilia lag schlafend auf der Couch, die nun wieder zum Bett geworden war.

Tom hatte sich stundenlang im Zeichensaal herumgedrückt. Alice sollte ja denken, er sei nach Bristol gefahren. Er und Axel hatten zusammen etwas gegessen, aber nichts getrunken. Das wäre nicht ratsam, hatte Axel gesagt. Später waren sie dann in die Quinta hinübergegangen. Axel hatte seine Kamera, eine Taschenlampe, ein Paar Lederhandschuhe, Werkzeug und ein Schlüsselbund in seinen Rucksack gepackt.

Was sonst noch in dem Rucksack war, der an der Bettkante lehnte, ein khakifarbenes Ungetüm mit Rohrgestängerahmen, hatte Tom nicht sehen können. Er war hingegangen, um ihn anzuheben, um sein Gewicht zu schätzen, weil er so schwer aussah, aber er hatte ihn kaum zwei Zentimeter hochgewuchtet, als Axel ihn anfuhr: »Hände weg!«

Das Seil steckte in Toms Rucksack. Es war lang, viel zu lang für ihre Zwecke, fand Tom. Sicher ist sicher, hatte Axel gesagt, aber dann doch die eine Hälfte abgeschnitten und im Fahrradschuppen verwahrt, in der Ecke, wo das Dach noch heil war. Irgendwann im Lauf des Abends kam Musik zu ihnen herauf. Alice spielte in dem Zimmer direkt unter ihnen Geige. Tom erkannte das Stück nicht, es war vermutlich der Solopart aus einem Mozart-Concerto, und er fand, daß es unendlich traurig und hoffnungslos klang.

Axel tat, als sei er taub für die Musik. Er sah in den Spiegel und sagte: »Herr Verloc, dem es durch eine geheimnisvolle Übereinstimmung von Neigung und Notwendigkeit bestimmt war, sein Leben lang Geheimagent zu sein.«

»Was ist das?«

»Conrad.«

Die Musik war verstummt, als sie hinuntergingen. Jemand hatte den elektrischen Kronleuchter ausgeschaltet. Im Haus war alles still. Die Straßen waren nicht ganz ausgestorben, aber auf dem Weg von der Cambridge School bis zu dem Durchgang, der zur Brücke führte, sahen sie nur drei Leute, einzelne Männer, die in schnellem Tempo heimwärts gingen.

Es war eine feuchte Nacht. Der Mond war blaß und verschwommen, wie gewässert. Die Holzstufen schienen glitschiger als sonst, als sie die Brücke überquerten. Eine dünne Schicht Feuchtigkeit lag wie Tau auf dem grauen Metallgitterwerk. Sie wollten sich in der West End Lane ein Taxi nehmen, Züge fuhren um diese Zeit nicht mehr. Jeder hatte einen Rucksack. Axel ging langsam und gemessen wie unter einer schweren Last. Sie sahen aus wie Studenten, die sich aufmachten, quer durch Europa zu reisen, denn zum ersten Mal, seit Tom ihn kannte, trug Axel nicht den langen dunklen Mantel, sondern einen dicken schwarzen Pullover.

Sie mußten lange warten. Zwei Taxis kamen mit unbeleuchtetem Schild vorbei, obgleich nur in einem ein Fahrgast saß. Das dritte war frei. Axel bat den Fahrer, sie in die Oxford Street zu bringen, sie irgendwo in der Oxford Street abzusetzen. Er schloß die Trennscheibe und sagte leise zu Tom: »Es ist besser so. Von da gehen wir zu Fuß.«

Tom sah Axel an und sah schnell wieder weg. Sein

Unbehagen verstärkte sich und ergriff nach und nach ganz von ihm Besitz. Zum ersten Mal war angesprochen worden, daß das, was sie vorhatten, sie in Schwierigkeiten bringen konnte, daß es etwas Verbotenes, Verwerfliches war. Dabei hatte er das natürlich von Anfang an gewußt. Es war kein Jux, kein Abenteuer, das ihnen schlimmstenfalls den Verweis eines Bahnpolizisten einbringen würde, wie das Musizieren in der U-Bahn.

»Du willst ja nur eine Aufnahme machen«, sagte er.

Axel lachte kurz auf. »Vergiß es!«

Noch konnte er zurück, noch war Zeit. Axels Geld war unangetastet, er konnte es zurückgeben. Tom rutschte unruhig auf dem Sitz herum und überlegte, daß es nicht die tausend oder die noch ausstehenden neuntausend Pfund waren, die ihn daran hinderten, den Handel rückgängig zu machen, sondern schlicht und einfach die Angst vor Axels Reaktion. Nein, nicht direkt Angst, eher so etwas wie Scheu, wie Beklommenheit, er fürchtete Axels Verachtung, Axels ungläubiges Staunen. Was bin ich für ein Schlappschwanz, dachte Tom.

Das Taxi setzte sie etwas westlich von Oxford Circus ab, und sie liefen los. Tom wollte wissen, ob es noch weit sei, und statt einer Antwort deutete Axel auf seinen Rucksack, der zwei- oder dreimal soviel wog wie der von Tom. Schweigend stapften sie die New Oxford Street hinunter in Richtung High Holborn, dann nach rechts durch Little Turnstile in die Gate Street, zum Twyford Place.

Die Gegend war Tom völlig fremd, er war hier noch nie gewesen. Natürlich gab es eine Straßenbeleuchtung, aber sie brachte nicht viel, und weit und breit war kein Mensch zu sehen. Sie bogen in eine Straße hinter einem großen Bauwerk ein. Das Sloane Museum, sagte Axel. Die Bebauung war hier ein Gemisch aus spätviktorianischen Stadthäusern, in denen jetzt ausschließlich Büros untergebracht waren, und kleinen modernen Häuserblocks. Axel steuerte einen Durchgang zwischen dem letzten der viktorianischen Häuser und dem ersten Haus des modernen Neubaublocks an. Am Ende des Durchgangs blieb er vor einer stabilen Tür stehen und steckte einen Schlüssel in das obere und einen in das untere Schloß. Dicht dahinter war eine zweite Tür, für die Axel auch einen Schlüssel an seinem Schlüsselbund hatte. Jetzt standen sie in einem kleinen Flur und knipsten ihre Taschenlampen an. Die Lichtkegel erfaßten einen Tresen mit zwei Telefonapparaten, auf einem Regal dahinter ein Computerterminal, an der Wand Zettel, die man nicht lesen konnte, weil es zu dunkel war.

»Den Aufzug möchte ich nicht benutzen«, sagte Axel. »Wir gehen zu Fuß.«

Die Treppe war steil, aber ziemlich breit. Tom spürte sehr deutlich, daß er sich zum ersten Mal in Räumen befand, in denen er nichts zu suchen hatte. Er war unbefugt in ein Haus eingedrungen. Bis oben waren es 72 Stufen, die sich auf drei Geschosse verteilten. Der erste Stock war elegant ausgestattet, mit teppichartigen Tapisserien an den Wänden und tapisserieartigen Teppichen auf dem Boden in einem Gemisch aus Blau- und Schwarztönen. Vierzehn Stufen bis zum nächsten Stockwerk, einer metallisch schimmernden Höhle mit stumpf gewordenen, verkratzten Ätzpaneelen. Im Lichtkegel von Toms Taschenlampe blinkte an der Wand der Name eines Verlages, von dem er noch nie gehört hatte.

Die Diele ganz oben war viel schlichter gehalten als die anderen. Der Boden war nicht mit Teppichboden ausgelegt, sondern gefliest, die Wände, soweit sich das erkennen ließ, in einem stumpfen Braunton getüncht. Zimmertüren standen offen, man konnte fast meinen, in einer Privatwohnung zu sein. Als Tom das Licht seiner Taschenlampe herumwandern ließ, sah er in einem Raum ein Bett, in einem anderen Küchenmöbel.

Später sollte Tom sich sagen, daß ihn in diesem Augenblick ein flaues Gefühl erfaßt, daß eine Ahnung kommenden Unheils ihn berührt hatte wie ein kalter Hauch. Ebenso stark aber war später der Eindruck, daß er so etwas gar nicht hatte empfinden, daß er so etwas nicht hatte voraussehen können. Bis zu diesem Punkt hatte es nichts gegeben, was ihn gewarnt hätte. Der Name des Verlages sagte ihm nichts, brachte keine Saite aus seiner Vergangenheit zum Schwingen, der blauschwarze Teppichboden, ja, sogar der Geruch, der sich durch das ganze Haus zog, ein Geruch nach Zitrusfrüchten und Chemie zugleich, wie von fruchtig parfümierter Seife – all das weckte keinerlei Erinnerung.

Er war – wie konnte es anders sein – völlig ahnungslos gewesen, hatte sich der entscheidenden Stelle in heiterer Unwissenheit, ganz und gar unbeschwert genähert.

Sie kamen am Aufzug vorbei. Es war purer Zufall, daß Tom den Lichtkegel seiner Taschenlampe auf die Wand gegenüber der Aufzugtür richtete. Der breite Lichtkegel hob den Namen aus der Dunkelheit, schwarze und chromfarbene Lettern, gefolgt von einem Pfeil, der nach rechts wies: Angell, Scherrer & Christianson.

Rasch richtete er den Strahl seiner Taschenlampe zu Boden, während Axels Lampe einen hellen Kreis aus der Schwärze vor ihnen schnitt. Tom leuchtete noch einmal nach oben. Beinahe hätte er laut gesagt: Das ist ja die Firma von Alice, hier also arbeitet sie... Eine noch undeutliche Eingebung hielt ihn davon ab.

Er hatte das Gefühl, am Rande eines gräßlichen Abgrunds zu stehen. Als er später an diesen Moment und an seine Vorahnungen zurückdachte, begriff er, daß es der Anblick des im Licht der Taschenlampe an Axels Hand baumelnden Schlüsselbundes gewesen war, der ihn bewogen hatte, seine Bemerkung für sich zu behalten.

Mechanisch ging er weiter, immer hinter Axel her. Sie kamen zu einer schmalen Stiege, die an einer Tür endete. Hier brauchten sie nicht auf das Schlüsselbund zurückzugreifen, der Schlüssel steckte. Axel drehte ihn im Schloß, öffnete die Tür und trat hinaus. Der feuchte Luftschwall, der Tom traf, war trotz der milden Witterung kalt und schneidend, so daß er unwillkürlich zurückwich. Dann folgte er Axel hinaus in die Nacht.

Sie standen auf dem Dach. Es war dunkel, aber von irgendwo kam schwaches Mondlicht, und jenseits des Flachdachs und darunter leuchtete der dunstig-gelbe Schein der Straßenlaternen, so daß die Dächer aussahen wie ein einziges riesiges Floß, das auf einer leuchtenden See dahintrieb. Aus der Asphaltfläche wuchsen alle möglichen Gebilde heraus, Pfosten und Schlote, Kamine und Lüftungsschächte. Auf einem Tankbehälter war eine Satellitenschüssel befestigt, an einem zweiten eine Antenne. Axel ging vor, er hielt sich in der Dachmitte, mied den Rand mit dem Geländer, das allenfalls ein kleines Kind vor dem Sturz in die Tiefe hätte bewahren können.

Tom war wie betäubt. Es war, als habe er dort unten eine Zone betreten, die alle Empfindungen lähmte. Er konnte an praktische Dinge denken, konnte planen und überlegen, aber das Gefühl war ausgeschaltet. Ihr Weg führte über die Dächer der alten viktorianischen Häuserzeile, deren Abschluß das Haus der Anwaltsfirma bildete. An die Dunkelheit hatte er sich inzwischen gewöhnt, es war durchaus keine absolute Schwärze, ihm kam es jetzt fast hell vor. Links vor sich, auf dem Dach eines Häuserblocks hinter dieser Straße, sah er etwas Turmartiges aufragen, etwa drei Meter von der Dachkante entfernt, um die auf dieser Ebene und auf diesem Gebäude eine niedrige Backsteinmauer mit Betonbrüstung lief. All das registrierte sein Hirn, registrierte es vielleicht sogar klarer als unter normalen Umständen.

Axel schwang sich über die Mauer, und Tom folgte ihm. Die ganze Zeit hatte er Axel im Blick, einen durch seinen ungewohnten Aufzug veränderten Axel, dünn und groß, mit dem schweren Rucksack auf dem Rücken. Er mußte schon mal hier gewesen sein, weil er sich so gut auskannte. Oft vielleicht. *Er hatte die Schlüssel zu Alices Büro.* Das Haus, das sie betreten hatten, dessen Treppe sie hinaufgestiegen waren, gehörte der Firma, für die Alice arbeitete.

Tom wiederholte sich das mehrmals. Er blieb stehen, wenn Axel stehenblieb, setzte den Rucksack ab, als Axel den seinen absetzte, und dabei sah er die ganze Zeit die

Räume vor sich, an denen sie dort oben vorbeigekommen waren. Sieht aus wie eine Wohnung, hatte er vorhin gedacht, wie eine nicht sehr feudale Privatwohnung. Er sah die offene Tür vor sich und das Bett im Zimmer. Und dann schob sich ein anderes Bild darüber, und Alice saß auf einem Bett, wartete auf einem Bett. Wartete auf Axel.

Axel sah ihn an. Mit einem langen, ahnungsvollen Blick. Um das zu erkennen, war es hell genug. »Was ist los mit dir?«

»Nichts.«

»Nein? Um so besser. Wir wollen ja wohl nicht die ganze Nacht hier sitzen und die Aussicht bewundern.«

Ich muß mit ihm reden, dachte Tom. Ich muß etwas sagen, etwas fragen oder tun, und zwar jetzt, ehe wir weitermachen und zu weit gehen. Langsam kam das Gefühl zurück. Körper und Seele begannen den Schock zu verarbeiten. Er starrte auf die Schlüssel, die Axel jetzt, da er und Tom hier oben standen und die Arbeit schon zur Hälfte getan war, scheinbar nachlässig auf dem flachen Metalldeckel des Tanks abgelegt hatte, auf dem er saß. Axel bemerkte seinen Blick. Er tat etwas sehr Sonderbares, etwas, dachte Tom, was ich keinem Menschen antun würde, und wenn ich ihn noch so sehr hasse. Axel aber hatte keinen Grund, ihn zu hassen.

Mit seinen langen dünnen Fingern griff Axel nach dem Schlüsselbund, warf es einmal in die Luft und fing es wieder auf wie ein Junge beim Steinchenspiel. Sein Lächeln wurde breiter, wurde fast zum Lachen. Der Blick, den er auf Tom richtete, war wissend und voller Verachtung. Dieser Blick sagte alles. Tom brauchte nichts mehr zu fragen, er wußte nun Bescheid, und Axel wußte, daß er Bescheid wußte, und es ließ ihn kalt. Sekundenlang glaubte Tom, Axel wolle die Hand ausstrecken und ihm leutselig auf die Schulter klopfen, ja, tatsächlich, er war drauf und dran, es zu tun, aber da sprang Tom auf, holte das Seil aus dem Rucksack und entrollte es.

»Da willst du also einsteigen?«

Axel nickte. Er ging zu dem Turm, dessen Rand etwas über einen Meter hoch war, und sah hinein. »Ist es dunkel?« fragte Tom.

»Im Schacht schon, in den Tunnels nicht. Nicht ganz dunkel. Vielleicht in den kleineren. Benutzt wird das da unten alles nicht mehr, aber es ist noch gut in Schuß, sie machen regelmäßig Kontrollgänge. Das ganze Zeug ist neunzig Jahre alt, es sind noch die Fliesen und die Backsteine von damals und die Schächte, wo früher mal Treppen und Fahrstühle waren. Nur die Betriebsleitstelle ist neu, die wird benutzt. Herz und Hirn des Systems gewissermaßen.«

»Und die willst du photographieren? Arbeitest du mit Blitz? Arbeitet denn niemand da? Ein Elektriker oder Signalarbeiter oder so...«

»Du fragst zuviel.« Axel nahm einen kleinen Werkzeugkasten aus seinem Rucksack. Ein Schraubenzieher war darin, ein Hammer und ein Schraubenschlüssel. »Ein Ja zu deiner ersten Frage, und für das, was ich mache, würde ich auch bei hellem Tag mit Blitzlicht arbeiten. Da unten arbeitet keiner. Die Züge fahren ja erst wieder ab sechs.«

Er hatte eine Art zu reden, die Tom jetzt erst auffiel, obwohl Axel bestimmt vorher nicht anders mit ihm gesprochen hatte. Es war, als ob er Tom für einen Dummkopf hielt, dessen mangelnde geistige Fähigkeiten ihn aber weder ärgerten noch nervös machten, sondern nur langweilten. Tom spürte Wut in sich aufsteigen, aber er beherrschte sich und half Axel, das Seilende an der Eisenstange zu verschrauben, die aus unerfindlichen Gründen diesen Teil des Daches von dem drei Meter breiten äußeren Rand trennte. Ein Ende der Stange war an der Brüstung befestigt, das andere seitlich an einem kleinen Wellblechschuppen. Sie fühlte sich sehr stabil an und sah so sicher aus wie der obere Holm eines Barrens in der Turnhalle.

Die beiden Hälften des Bolzenringes wurden um die Stange gelegt, und Axel zog die Mutter mit seinem Schraubenschlüssel fest. Dann nahm er den Hammer und versetzte der Mutter zwecks besserer Befestigung noch zwei kräftige Schläge. Tom, der Axel die Taschenlampe hielt, fragte sich, wozu er eigentlich dabeistand, er kam sich nutzlos, überflüssig vor. Na schön, er hielt die Taschenlampe ...

Axel zog die Handschuhe an. Er packte die Werkzeuge wieder in den Kasten und den Kasten in den Rucksack.

»Kann sein, daß ich das Zeug da unten brauche«, sagte er, als er Toms Blick bemerkte.

Er ließ das Seil in den Schacht hinunter. Er will wirklich in diese Dunkelheit, dachte Tom, ohne zu wissen, was ihn erwartet. Neben seiner Wut hatte durchaus auch widerwillige Bewunderung Platz. Axel läßt sich zwanzig Meter in einen Schacht hinunter, nur um ein Photo zu machen.

Axel schwang erst ein Bein, dann das andere über den

Rand. Er fand innen an der Backsteinmauer Halt für seine Füße und hielt sich mit den Händen am Rand fest. Das Seil hing zwischen seinen Armen und seinen Beinen herab. Wenn er sich bewegte, hörte man aus dem Rucksack ein glucksendes Geräusch. Man merkte, daß Axel so was nicht zum erstenmal machte. Er war sportlich, ein Könner, und er war aufgeregt. Seine Augen glänzten, sie funkelten freudig, er unterdrückte ein frohlockendes Lachen. Das Gesicht, das er Tom zuwandte, war das Gesicht eines glücklichen Mannes – eines Mannes, der gerade eine gute Nachricht oder eine bessere Stellung oder das Jawort der Geliebten erhalten hat. Alices Geliebter, dachte Tom. Als wolle er dartun, wie cool, wie routiniert er war, zog Axel den Rucksackriemen erst mit der einen, dann mit der anderen Hand fest.

»Wir sehen uns in … Moment … in zwanzig Minuten wieder. Allenfalls fünfundzwanzig. Länger dürfte es nicht dauern.«

Tom beugte sich vor und sah ihm nach. Axel warf ihm noch einen letzten Blick zu, einen ernsten, funkelnden Blick, dann begann er den Abstieg, Hand über Hand, die Füße an den Backsteinen des Schachts abstützend, und verschwand in der Schwärze. Tom zog den Leuchtstrahl seiner Taschenlampe zurück und wandte sich ab.

Er war allein auf dem Dach und hob die Augen zum Himmel.

22

Es war zwanzig vor drei.

Auf dem Dach war es sehr still. Unten war fast kein Verkehr mehr. Hin und wieder rollte ein Wagen die High Holborn entlang, aber das Geräusch war weit weg. Tom fügte die Bruchstücke zusammen, bis ein Bild daraus wurde. Alices ablehnende Haltung, zwischendurch wieder ihre Zärtlichkeit – so wendet man sich hilfesuchend einem lieben Vetter oder Bruder zu, wenn der Liebste einen schlecht behandelt hat –, die unerklärlichen Abwesenheiten, ihr sehnsuchtsvoller Blick, wenn sie zu dritt zusammengesessen hatten, an den er sich jetzt erinnerte und der Axel – natürlich Axel! – gegolten hatte. Jene erste Begegnung mit Axel auf der Treppe, die *angeblich* erste Begegnung. Nachträglich erkannte er, wie gezwungen die beiden sich benommen hatten, wie unecht. Und hatte er nicht so was wie ein Knistern zwischen ihnen gespürt? Sie hatten sich schon vorher gekannt, hatten sich heimlich, hatten sich *hier* getroffen.

Schmerz verzog sein Gesicht. Hatte er sich bisher nur mit Axel beschäftigt, so dachte er jetzt an Alice, und Schmerz krallte sich in seinem Kopf und seiner Brust fest. Er krümmte sich und rieb sich mit den Händen die Brust, reckte den Hals und rieb sich den Kopf, als habe Axel ihm einen körperlichen Schlag versetzt. Das Bett, das er durch die halboffene Tür gesehen hatte... Er wußte, daß sie dieses Bett benutzt hatten, er wußte auch, daß Alice bei Axel anders gewesen war als bei ihm, nicht passiv und lächelnd-nachgiebig, sondern... Nein, Tom brachte es nicht fertig, sich vorzustellen, wie Alice bei Axel gewesen war. Das Bild einer nackt vor Axel stehenden Alice war unerträglich. Ein leiser Laut entfuhr ihm, halb Schluchzen, halb Stöhnen. Er klammerte sich an die Eisenstange und wiegte sich hin und her.

Sein Blick fiel auf den Ringbolzen, mit dem das Seil an der Stange befestigt war. Er konnte die Befestigung lösen und das Seil nach unten fallen lassen. Es wäre eine passende Rache an dem Mann, der ihm Alice weggenommen hatte, der so gering von ihm dachte, daß er ihn hierhergebracht, sich auf ihn *verlassen* hatte. Tom sah sich suchend um, dann fiel ihm ein, daß Axel den Werkzeugkasten mitgenommen hatte. Wahrscheinlich hatte er geahnt, daß Tom auf solche Gedanken verfallen würde. Gut, dann würde er eben das Seil hochziehen, so daß Axel aus den unbenutzten Tunnels nicht mehr herauskonnte.

Eine aufregende Vorstellung... Vielleicht war im Augenblick wirklich kein Personal da unten, aber ab sechs, wenn die erste Schicht zum Dienst kam, würde man Axel entdecken, verhaften, vielleicht wegen Spionage vor Gericht stellen, ins Gefängnis stecken.

»Herr Sowieso, dem es durch eine geheimnisvolle Übereinstimmung von Neigung und Notwendigkeit bestimmt war, sein Leben lang Geheimagent zu sein.«

Mit dem Auswendiglernen hatte er sich immer schwergetan, aber dieser Satz war ihm in Erinnerung geblieben, wortwörtlich, bis auf den Namen. Wie eine Prophezeiung klang er in ihm nach. Er stand da, hin und her gerissen, das Seil mit beiden Händen umfassend, und dachte an Axel, stellte sich vor, wie er da unten mit Taschenlampe und Kamera und Blitzlicht auf die Zentrale Betriebsleitstelle losmarschierte.

Ob dort Licht brannte? Ob sie in den Tunnels immer Licht hatten, auch in den entlegenen, unbenutzten Abschnitten? Und wie weit hatte Axel zu gehen? Einen Kilometer oder nur hundert Meter oder weniger? Tom versuchte sich den Raum vorzustellen, den Axel ansteuerte, er sah ihn als eine Art riesigen CD-Player mit zahllosen Reihen von Bedienungsknöpfen.

Er fand keinen rechten Geschmack an der Rache, die er sich ausgedacht hatte. Es ging ihm ja nicht um Rache – oder nicht nur darum. Alice würde auf Axel warten, wenn er ins Gefängnis käme. Sie würde mit ihm, Tom, über Axel sprechen, sich ihm anvertrauen, ihm von ihrer Liebe erzählen, von gemeinsamen Plänen nach Axels Entlassung. Ja, genauso würde es kommen. Er wollte Axel nicht zum Märtyrer machen.

Sie ist mein Leben, dachte er, ich kann nicht ohne sie sein, sie hat mich gerettet, aber ich muß immer wieder gerettet werden, mein ganzes Leben lang immer wieder neu. Ich brauche die Geborgenheit, die sie mir gibt. Alice, sagte er laut in die Nacht hinein. Alice ... Seine Wut kam erst jetzt, aber sie schwoll an, stieg in seinen Adern hoch wie Alkohol. In dieser Welt, in der er und Alice lebten, war kein Platz für Axel. Er malte sich ein Leben ohne Axel aus, es war ein Bild reinen Glücks, beide waren sie wieder heiter und unschuldsvoll, die Schlange war aus dem Garten vertrieben. Die Harmonie würde wiederkehren – in ihre Beziehung und in die Musik, denn selbst die war durch Axels Einfluß verdorben und entwertet. Tom wollte nicht nur Rache, er wollte Axels Ende, er wollte, daß Axel ausgelöscht, vernichtet wurde.

Der Gedanke hatte kaum Gestalt angenommen, da wußte Tom, was er zu tun hatte. Aber wie? Er sah auf die Uhr, hielt sie dicht vor die Augen, um zu erkennen, wie spät es war: zwölf vor drei. Er mußte sich beeilen. Vergeblich mühte er sich mit dem Ringbolzen. Er hätte Werkzeug gebraucht, und das hatte er nicht. Wenn es schon kein Schraubenschlüssel sein konnte, dann eben eine Waffe.

Tom leuchtete mit der Taschenlampe das Dach ab. Doch da waren nur die Rohre und kaminartigen Vorsprünge, die auch zu dieser Nachtstunde stetig summenden Ventilatoren, der kleine Wellblechschuppen, der wohl eine Falltür abdeckte, unter der eine Leiter in das Haus führen mochte, auf dessen Dach er stand. Was hatte er denn erwartet? Eine Werkzeughalle, in der einer dieser Büromenschen sich während der Mittagspause mit nützlichen Holzarbeiten beschäftigte?

Axel war ein kräftiger, sportlicher Mann, hatte vielleicht ein ähnliches Training hinter sich wie die Leute von der britischen Antiterror-Einheit SAS. Toms nächster Gedanke war, sich über den Schachtrand zu beugen, wenn Axel zum Vorschein kam, und zuzuschlagen. Ihm ins Gesicht zu schlagen, seinen Griff um das Seil aufzubrechen. Doch wahrscheinlich würde er damit nichts ausrichten. Axel würde, ungerührt von dem Hagel der Schläge, stetig weiterklettern und sich dann furchtbar rächen.

Falls es ihm, Tom, nicht gelang, eine Waffe aufzutreiben. Einen stumpfen Gegenstand, wie es so schön hieß. Oder vielleicht sogar einen spitzen Gegenstand. Die Küche ... Flüchtig sah er Axel und Alice vor sich, wie sie eng umschlungen in die Küche gingen, um sich Wein einzuschenken oder – ein weniger romantisches, aber möglicherweise zutreffenderes Bild – Tee zu brühen. Die Küche. Eine schwere Pfanne oder ein Nudelholz. Konnte er sich dort unten umsehen und rechtzeitig wieder hier sein? Neun Minuten vor drei. Kurz vor drei würde Axel wieder nach oben kommen.

Tom machte kehrt, schwang sich über die niedrige Mauer, ging zurück über das auf dem trüben Lichtmeer schwimmende Floß, vorbei an der Satellitenschüssel, der Antenne, dem Kamin. Der Mond war nicht mehr zu sehen, er war untergegangen oder hatte sich hinter eine Wolke verzogen, der Himmel sah rot aus, schmutzig-rot von reflektiertem chemischem Licht. Tom kam zu der Tür, öffnete sie, ging die Treppe hinunter. Als er einen Schalter sah, machte er entschlossen Licht. Mit der Taschenlampe vertrödelte er nur Zeit.

Vorbei an dem Aufzug und an dem verräterischen Firmenschild ging er in die Küche, machte auch dort Licht. Als er vorhin hier vorbeigekommen war, hatte er es noch nicht gewußt, da war er Alices Liebe noch sicher gewesen. Gleich darauf war die Vorahnung gekommen. Am liebsten hätte er alles kurz und klein geschlagen, den Tisch umgekippt, die große Porzellanschüssel dort auf dem Regal gepackt und auf den Boden geschmettert. Er holte tief Luft und ballte kurz die Fäuste.

Die Küche war sehr klein. Wie dumm von ihm, hier Kochgerät, vielleicht sogar einen Schürhaken zu erwarten. Unter der Arbeitsfläche waren drei Schubladen, darüber Hängeschränke. Die erste Schublade war leer, die zweite voll von bedrucktem Papier mit Diagrammen und Texten, die nach Betriebsanleitungen für irgendwelche Geräte aussahen, in der dritten war Besteck. Nicht viel Brauchbares, aber die Zeit drängte. Tom zögerte einen Augenblick, dann griff er nach einem langen Sägemesser.

An der Tür zum Dach sah er wieder auf die Uhr: vier Minuten vor drei. Er machte hinter sich das Licht aus, hetzte übers Dach, setzte mit Schwung über die Mauer. Es hätte ihn nicht überrascht, wenn Axel schon dagewesen wäre, aber nein, keine Spur von Axel. Er sah zu dem Ringbolzen hinüber. Das Seil regte sich nicht. Wenn Axel den Aufstieg begann, würde das Seil zucken.

Noch nie war die Zeit so geschlichen. Tom ging zu dem turmartigen Aufbau, trat an die Schachtöffnung heran und sah hinein. Er knipste die Taschenlampe an und hielt sie so tief wie möglich nach unten. Das Licht reichte weit in die Tiefe, zeigte aber schon auf kurze Entfernung keine klaren Konturen mehr, sondern verbreitete nur einen gelblichtrüben Nebel. Die abgemauerten Wände, die an einen Brunnenschacht erinnerten und in denen er deshalb eigentlich Flechten oder gar Farne erwartet hatte, waren glatt und braun mit eingelagerten dunkleren Flecken. Tom holte die Taschenlampe wieder hoch und sah zum Himmel auf, der zu einem leicht gerüschten, rauchigen Baldachin geworden war, schmutzigrot wie blutgetränkter Stoff.

Und dann fiel ihm ein, daß Axel womöglich überhaupt

nicht wieder nach oben kommen würde. Durchaus denkbar, daß er einen anderen Ausgang gefunden hatte, eine unverschlossene Tür, einen begehbaren Schacht, eine benutzbare Treppe, und dann würde er ihn, Tom, bis zum Sanktnimmerleinstag hier oben warten lassen. Die Vorstellung, Axel sei ihm entschlüpft, er könne, wenn er nach Hause kam, dort einen zufrieden lächelnden Axel vorfinden, war kaum zu ertragen. Erst jetzt, in der Erinnerung, wurde Tom bewußt, wie strahlend blau Axels Augen waren. Als er schon glaubte, man habe ihn um seine Vergeltung betrogen, zuckte das Seil.

Das Zucken des Seils war nicht nur eine optische Wahrnehmung, er hörte auch das metallische Scheppern, als das belastete Seil den Bolzen gegen die Eisenstange drückte. Tom griff nach dem Sägemesser. Die Spitze schien scharf zu sein, durchaus tauglich, um auf Axel einzustechen, wenn er in Sicht kam.

Doch es gab noch eine bessere Lösung. Tom entfuhr ein leiser Schreckenslaut, weil er erst jetzt daran dachte, weil es jetzt vielleicht schon zu spät war. Er nahm das Seil in die Linke, in der er weniger Kraft hatte. Nein, es war noch nicht zu spät, vielleicht war es sogar noch zu früh. Er mußte den Zeitpunkt genau abpassen, mußte warten, bis Axel die Stelle erreicht hatte, die der unterste Rand des Lichtkegels aus seiner Taschenlampe gerade noch erfaßt hatte.

Tom fing an zu sägen.

Er machte eine Pause, sah über den Rand und leuchtete mit der Taschenlampe nach unten. Das Seil zuckte, spannte sich, erschlaffte, zuckte, spannte sich, indes dort unten Axel lautlos und unsichtbar den Weg nach oben antrat. Würde er etwas sagen? Hoffentlich, dachte Tom, ich würde ihm die Antwort nicht schuldig bleiben. Es wäre sehr befriedigend, Axel auf seinen Zuruf hin entgegenschleudern zu können, was er, Tom, gerade machte, welches Schicksal den am Ende des Seils Hängenden erwartete. Tom hatte das Seil halb durch, er tat sich schwer mit dem stumpf gewordenen Sägemesser. Wenn nun die Klinge abbricht, dachte er, oder sich verbiegt durch den zähen Hanf...

Das Seil zuckte und spannte sich, erschlaffte, zuckte, spannte sich. Dann ging alles plötzlich sehr schnell. Die letzten Stränge des Seils, gut und gern ein Drittel seiner Stärke, drehten sich mit einem knarzenden Laut auf und rissen. Ehe die letzten Fasern sich lösten, gelang es Tom, das Seilende mit beiden Händen zu packen und festzuhalten. Axels Gewicht zog ihn zu dem Turmaufbau und zur Schachtöffnung. Wäre die schützende Mauer nicht gewesen, hätte es ihn in die Tiefe gerissen.

In einem verzweifelten Tauziehen hielt Tom das Seil fest. Seine kranke Hand brannte. Er stemmte die Zehen gegen die Schachtwand und lehnte sich zurück – sehr gegen seinen Willen, er hätte viel lieber über den Rand geschaut und dann, Auge in Auge mit Axel, das Seil losgelassen.

Doch das war nicht möglich, wenn er nicht auch in den Schacht stürzen wollte. Jetzt brannten beide Hände, das Herz hämmerte, der ganze Körper war ein einziger hämmernder Puls. Er machte den Mund auf, er stieß einen Schrei aus, der über den Himmel zu rollen, vom Himmel widerzuhallen schien, und mit diesem wuterfüllten, haßbebenden Aufschrei ließ er das Seil los und riß die Hände hoch.

Er sah das Seilende nicht in die Tiefe stürzen. Er hatte die Augen geschlossen. Axel schrie lauter als er. Es war das Grauenhafteste, was Tom je gehört hatte, er würde es, so dachte er, wohl sein Lebtag nicht vergessen, ein Schrei der Todesangst und der Verzweiflung, der nicht aufhören wollte, ein nicht enden wollender Schrei, der an- und abschwellend im Schacht nach oben stieg, viele angstvolle Echos weckend, bis er in einem dünnen qualvollen Klagelaut erstarb.

Tom hatte die Arme fest um seinen Körper gelegt, er umklammerte sich selbst, als fürchte er, sonst auseinanderzufallen. Er wiegte sich hin und her, wartete mit angehaltenem Atem auf das Geräusch, mit dem der Mann am Ende des durchtrennten Seils unten aufschlagen mußte. Er hörte nichts, es war zu tief. Trotzdem wartete er weiter, und erst als der Aufschlag längst erfolgt sein mußte, machte er die Augen auf.

Nach Axels Schrei war tiefe Stille eingetreten. Selbst die fernen Verkehrsgeräusche, das flüsternde Summen der Ventilatoren schienen leiser als vorher.

Als alles vorbei war, saß Tom noch ziemlich lange vornübergebeugt, den Kopf in die Hände gestützt, auf dem Tank. Er zitterte, und sein Herz benahm sich sehr sonderbar. Einmal dachte er tatsächlich, es hätte aufgehört zu schlagen, aber dann schlug es weiter mit einem Ruck, den er wie einen Stoß gegen die Rippen spürte.

Es dauerte lange, bis sich das Zittern gelegt hatte. Als er anfing zu frieren, wußte er, daß er das Schlimmste überstanden hatte. Es war eine milde Nacht, ausgesprochen milde für die Jahreszeit, aber die Kälte war ihm jetzt doch durch die Kleidung bis auf die Haut gedrungen. Er war kaum aufgestanden, kaum wieder zu Bewußtsein gekommen sozusagen, als sein Blick auf den Ringbolzen fiel.

Er dachte nach. Der Anblick des Ringbolzens setzte zwangsläufig sein Denkvermögen wieder in Gang. Es war ein fast schmerzhafter Prozeß. Er drückte die Finger an die Schläfen, als könne er so sein Gehirn massieren. Denk nach, befahl er sich.

Irgendwann, wenn auch vielleicht erst nach ein, zwei Tagen, würde man Axels Leiche finden und neben ihm den Rucksack mit der kaputten Kamera und das Seil. Möglich, daß sie dachten, Axel habe das Seil zu einem ganz anderen Zweck mitgenommen, sei – vielleicht mit Hilfe eines Komplizen – durch eine der Türen in die Tunnelwelt eingedrungen, sicher aber würden sie auch dem Verdacht nachgehen, daß er durch den Schacht eingestiegen war, und dann würden sich sehr bald Ermittler hier oben umsehen.

Ich habe einen Mord begangen, dachte Tom, ich habe einen Menschen getötet, ich bin ein Mörder. Ihn schwindelte. Seine Tat hob ihn aus der Masse heraus, und nachdem der erste Schock überwunden war, fand er das aufregend. Ein Schwächling brachte so etwas nicht fertig. Es war sehr unklug, sich einem Mann wie ihm in den Weg zu stellen, und es war überaus töricht, ihm die Frau abspenstig zu machen, die er liebte. Doch noch während er diese

Überlegungen anstellte, trat ihm Alices Bild vor Augen und machte dieser Selbstbeweihräucherung ein Ende. Alice, sagte er laut, Alice. Er schloß die Augen, um das Bild nicht mehr zu sehen, schüttelte es ab, sah wieder auf den Ringbolzen.

Hätte es eine Möglichkeit gegeben, die Verschraubung zu lösen, hätte er lieber das gemacht als das Seil durchzusägen, nur hatte es ihm dazu an Hilfsmitteln gefehlt. Aber er hatte ja auch nicht nachgesehen, er hatte keine Zeit gehabt. Zweierlei erschien Tom sehr wichtig. Wenn sie den Ringbolzen fanden, war klar, daß Axel mit Hilfe des Seils eingestiegen war und daß ein Komplize das Seil durchgeschnitten hatte. Sie brauchten nur zu ermitteln, wo Axel gewohnt und was für Bekannte er gehabt hatte – was nicht lange dauern dürfte –, dann würden sie auf Tom stoßen. Alice würde alles erfahren, und das schien ihm von allem das Schlimmste. Ohne den Ringbolzen und das ausgefranste Seilende lag, wenn sie Axels Leiche und daneben seine Habseligkeiten fanden, aus der Sicht der Ermittler die Vermutung nahe, daß der Mann das Seil zu irgendeinem anderen Zweck mitgebracht hatte.

Er ging wieder zur Tür und die Treppe hinunter. Diesmal hatte er Hemmungen, Licht zu machen. Er hatte einen Menschen umgebracht, und das hatte die Welt verändert. Schon machte sie Jagd auf ihn. In der Küche durchstöberte er alle Schubladen und Schränke, fand aber keinen Schraubenschlüssel. Wer hat schon einen Schraubenschlüssel in der Küche?

Und im Schlafzimmer auch nicht. Tom hätte es nicht fertiggebracht, dieses Schlafzimmer zu betreten. Im Licht der Taschenlampe ging er in das darunterliegende Stockwerk, in dem sich Büroräume befanden. In einem dieser Räume arbeitete wohl auch Alice. Hier war der Zitrusgeruch am stärksten. Auch hier stand der Name Angell, Scherrer & Christianson an der Wand gegenüber dem Aufzug. Er durchsuchte alle Büros, eins nach dem anderen. Kein Schraubenschlüssel weit und breit. Und wenn er einen fand, war es bestimmt kein verstellbarer oder eine falsche Größe.

Hinter der letzten Tür war eine Toilette mit zwei Kabinen, zwei Handwaschbecken und einem Händetrockner. Am Rand jedes Beckens lag ein Stück orangefarbener Seife. Von hier also ging der Geruch aus. Auf dem Händetrockner, vielleicht von einem Klempner vergessen, lag ein Hammer. Hier machte Tom Licht. Es war ein Innenraum ohne Fenster. Das Brummen des automatisch anspringenden Ventilators war so laut, daß er zusammenfuhr.

Auch bei Licht fand sich kein weiteres Werkzeug. Tom nahm den Hammer und ging wieder zurück. Viel Zeit war verstrichen, was hatte er eigentlich mit der Zeit angestellt? Sie flog ihm förmlich davon, während die Minuten, in denen er auf das Zucken des Seils gewartet hatte, sich hingeschleppt, ins Unendliche gedehnt hatten. Auf seiner Uhr war es Viertel nach vier.

Vor Jahren hatte er mal gesehen, wie sein Vater mit dem Hammer eine Befestigung gelockert hatte, es gehörte ein Kniff dazu, man mußte mit einer ganz bestimmten Bewegung gegen den Sechskant schlagen. Genauso hatte Axel vorhin die Mutter auch fester angezogen. Tom legte die Taschenlampe vorsichtig auf den Schachtrand, den Lichtstrahl auf den Ringbolzen gerichtet, und drosch auf die Mutter ein. Nichts geschah. Wäre das Seil noch dagewesen, hätte er vielleicht einen besseren Ansatzpunkt, etwas zum Festhalten gehabt, aber wäre das Seil noch dagewesen, stünde er jetzt nicht hier oben und hämmerte.

Er ruhte sich einen Augenblick aus und versuchte es dann erneut. Während er vergeblich auf der Mutter herumklopfte, kam ihm der Gedanke, daß Axel womöglich gar nicht tot, vielleicht nur schwer verletzt war. Gewiß, der Schacht war dreißig Meter tief, aber Tom meinte gehört oder in der Zeitung gelesen zu haben, daß Leute schon aus viel größerer Höhe gestürzt waren und überlebt hatten. Dieser fürchterliche Schrei hatte überhaupt nichts zu bedeuten. Schreien konnte ja nur, wer noch lebte. Es war eine monströse Vorstellung, es war undenkbar, daß Axel noch am Leben war. Undenkbar, aber möglich. Um so wichtiger war es, den Ringbolzen loszuwerden. Er stellte sich vor, wie der schwerverletzte Axel im Krankenhaus aus dem Koma erwachte und von dem Mann erzählte, mit dem er zusammengewesen war, sie sollten sich doch mal auf dem Dach umsehen ...

Noch immer raste die Zeit. Die Beschaffenheit der Zeit hatte sich verändert, seit er das Seil durchtrennt hatte, denn in den Minuten oder wahrscheinlich nur Sekunden, in denen er darauf gewartet hatte, daß Axel den Aufstieg begann, waren Äonen vergangen. Jetzt aber, wie in dem Choral, den sie in der Schule gesungen hatten, eilten tausend Jahre vorbei wie ein flüchtiger Abend. Es war mittlerweile kurz nach fünf.

Gegen sechs würden die ersten Züge durch den Bahnhof

Holborn fahren. Vielleicht gab es Leute, die eigens damit betraut waren, gleich morgens einen Kontrollgang in den unbenutzten Tunnels zu machen. Vielleicht geschah das aber auch nur jeden zweiten Tag oder zweimal in der Woche, vielleicht war heute morgen keine Inspektion angesagt. Dann hatte er Zeit, nach unten zu gehen, sich bis um neun auf der Straße herumzudrücken und einen Schraubenschlüssel zu erstehen, sobald die Geschäfte aufgemacht hatten. Um diese Zeit – oder kurz danach – würden aber auch schon die Mitarbeiter von Angell, Scherrer und Christianson ins Haus kommen. *Alice würde ins Haus kommen.*

Bis zum Abend konnte er dann nicht mehr aufs Dach. Tom überlegte. Wenn er erst draußen war, würde er sich – zu welcher Tageszeit auch immer – kaum mehr hierher zurücktrauen. Nach Hause konnte er aber auch nicht. Alice glaubte, er sei in Bristol. Etwas Zeit hatte er ja noch, eine gute Stunde, vor halb sieben würde schwerlich jemand Axels Leiche entdecken.

Es half nichts – er mußte im ganzen Haus nach einem Schraubenschlüssel suchen, mußte noch einmal hinein, durfte nicht aufgeben, nur weil er in einer Toilette den Hammer eines Klempners gefunden hatte, mußte in Schränken stöbern, mußte nachsehen, ob es ein Souterrain, einen Keller gab und sich dort umschauen. Mußte in die metallisch glänzende Höhle des Verlags, in die blauschwarz ausgekleideten Räume darunter gehen und dort suchen.

Er stand auf und machte sich auf den Weg. Als er an dem Schuppen vorbeikam, an dessen Ecke die Stange befestigt war, blieb er stehen und untersuchte die Verbindung zwischen der Stange und der stabilen Außenwand. Nein, da war nichts zu machen, die kriegte er nicht ab. Er konnte natürlich versuchen, in das Haus einzusteigen, auf dessen Dach er gerade herumlief. Besser ein unbekannter Gottseibeiuns als der Teufel, den du kennst, dachte er. Womöglich gab es da unter seinen Füßen jede Menge Werkzeug, vielleicht sogar das Ersatzteillager irgendeiner Auto- oder Maschinenbaufirma.

Die Schuppentür war unverschlossen. Wie er vermutet hatte, nahm eine Falltür fast die ganze Bodenfläche ein. Er zog an dem Griff, aber die Falltür war von innen verriegelt, der Zugang zu dem Ersatzteilparadies, das seine Phantasie ihm schon vorgegaukelt hatte, blieb ihm verwehrt. Tom sah sich in dem kleinen Raum um. An zwei Wänden waren von oben bis unten Regalbretter angebracht, auf denen öl- und fettgeschwärzte Kanister standen, leere Coladosen, ein dreieckiger Sandwichbehälter aus Plastik, ein Glas mit Nägeln und ein verstellbarer Schraubenschlüssel.

Zum Lachen eigentlich – nur war Tom nicht nach Lachen zumute. Er hatte einmal und hätte wahrscheinlich ein zweites Mal vergeblich das Haus durchsucht, trug sich mit dem Plan, einen Raubzug in fremdes Revier zu unternehmen – und hatte die ganze Zeit einen Schraubenschlüssel direkt vor der Nase. Ganz behutsam, als traue er dem Frieden noch nicht recht, als könne das ersehnte Werkzeug sich bei seiner Berührung in nichts auflösen, streckte er die Hand aus, schloß die Finger um den Schraubenschlüssel, spürte kalte, feste Wirklichkeit. Das

Werkzeug war gut in Schuß, sogar mit einem leichten Ölfilm überzogen.

In knapp einer Minute war der Ringbolzen gelöst. Hier oben reichte inzwischen das Licht zum Arbeiten mit dem Schraubenschlüssel, zum Herumgehen, zum Zurechtfinden, aber trotz der aufziehenden Morgendämmerung war es noch so dunkel, daß er das Zifferblatt nicht erkennen konnte. Tom knipste die Taschenlampe an, deren Schein matter geworden war, die Batterie war fast leer. Auf seiner Uhr war es fünf vor halb sechs.

Er wußte noch immer nicht recht, was er machen sollte, bis Alice aus dem Haus war. Fest stand, daß er schnellstens hier weg mußte. Dann würde er in die erstbeste U-Bahn steigen und losfahren, irgendwohin. Er machte die Taschenlampe aus, um sich das Licht für später, für den Weg durchs Haus zu sparen. Den Ringbolzen, das Sägemesser und den Hammer steckte er in seinen Rucksack, den Schraubenschlüssel wischte er ab und legte ihn wieder ins Regal, dann kam ihm noch eine Idee, er fuhr mit dem Pulloverbund über die Eisenstange – an der Stelle, wo der Ringbolzen gesessen hatte.

Tom vergewisserte sich noch einmal, daß er auch nichts vergessen hatte, und ging zwischen Satellitenschüssel und Antenne und Ventilatoren über die Dächer zurück zur Tür. Die Luft kam ihm kälter vor, der Wind hatte aufgefrischt. Er schloß die Tür hinter sich, blieb einen Augenblick in der tiefen Dunkelheit stehen und knipste die Taschenlampe an. Sie leuchtete nur noch trüb. Viertel vor sechs. Danach sah er nicht noch einmal auf die Uhr.

Seine erste Zwischenstation war die Küche, dort legte er

das Messer, nachdem er den Griff abgewischt hatte, in die Schublade zurück. Im bleichen Schein der Taschenlampe fand er zurück zur Treppe und betrat den kleinen orangeduftenden Raum mit den Toiletten und den Waschbecken. Dort knipste er die Taschenlampe aus und machte Licht. Er wußte, daß es ungefährlich war, trotzdem zuckte er wieder zusammen, als der Lüfter ansprang. Er wischte den Hammer ab, umfaßte ihn mit dem Jackenärmel und legte ihn vorsichtig auf den Händetrockner. Ein leises metallisches Klicken war zu hören. Jedes Geräusch, das er nicht unmittelbar selbst hervorbrachte, jagte ihm jähen Schrekken ein. Er machte das Licht aus, aber der Lüfter lief weiter. Bis er stillstehen würde, konnten noch Minuten vergehen. Er ging zurück zur Treppe, und als er den Fuß auf die erste Stufe von oben setzte, geschah zweierlei.

Die Taschenlampe ging aus, und unter ihm gab es eine laute, heftige Explosion.

Es war ein gewaltiges Getöse, lang anhaltend, in wiederholten Schüben wie Donner. Das Haus wankte, die Treppe unter seinen Füßen geriet in Bewegung. Lärmwellen schlugen hoch wie Brecher in der Brandung. Gleichzeitig war es, als poltere ein ganzes Lagerhaus voller Möbel von hohen Zinnen, als schössen Kanonen Eisenkugeln über unendliche Schlachtfelder, als donnerten in einem ungeheuren Erdrutsch Felsbrocken in tiefe Schluchten. Tom klammerte sich ans Treppengeländer, während die Explosion in seinen Ohren dröhnte und grollend widerhallte, hämmernd echote, hustete, rumpelte, dem Haus noch einen letzten kräftigen Puff versetzte und in einer Reihe zitternder Stöße verebbte.

Diese Stöße waren von grummelnden, wimmernden Geräuschen begleitet, als könne das Haus sich nicht fassen vor Schreck nach allem, was es durchgemacht hatte. Tom stand auf der Treppe. Ich lebe noch, sagte er sich, ich bin noch da. Er zitterte so heftig wie das Haus. Ihm war, als habe er, solange die Explosion andauerte, überhaupt keine Luft geholt, und jetzt atmete er schnell und flach, während auch das Haus langsam wieder zu Atem kam.

Er tat einen Schritt nach unten und noch einen, blind in der pechschwarzen Finsternis.

23

Am Abend eines Heimspiels des FC Arsenal ging in einem Zug der Piccadilly Line eine Bombe hoch.

Sie war mit Klebeband an der Unterseite einer Sitzbank befestigt. Die Explosion erfolgte um 21.00 Uhr im Bahnhof Wood Green, wo der Zug endete, und drückte die Seitenwände des Wagens heraus, an dem aber kein Totalschaden entstand.

Der Wagen war völlig leer gewesen. Der Bombenleger hatte in seine Überlegungen nicht einbezogen, daß die meisten Fahrgäste, die diese Strecke benutzten, in Arsenal zum Fußballspiel aussteigen würden.

Das war 1976. Kurz zuvor qualmte bei einem Fahrgast, der in West Ham zugestiegen war, plötzlich die Reisetasche, die er über der Schulter trug. Es gab keine Verletzten mit Ausnahme des Attentäters, der auf der Flucht angeschossen wurde.

Alles in allem waren bisher in der Londoner U-Bahn erstaunlich wenig Bombenanschläge zu verzeichnen.

Jasper, der jetzt erlaubterweise der Schule fernblieb, weil seine Osterferien angefangen hatten, erholte sich allmählich von seiner traumatischen Erfahrung. Den gestrigen Abend hatte er mit Jed verbracht. Erst hatten sie die Eintagsküken, die etwas Abwechslung in Abälards Speiseplan brachten, aus dem Lager in Barnet geholt, wo sie »verarbeitet« wurden, dann hatten sie den halb schlafenden und inzwischen reichlich feisten Falken damit gefüttert. Jasper war fasziniert von diesen mageren, gelben, jämmerlichen Kadavern, die schon als Futter zur Welt kamen. Sie waren so ganz anders als die gelben flauschigen Ostersymbole, die man zur Zeit überall in den Geschäften sah. Irgendwann würde er sie vielleicht verstehen, diese Welt der Erwachsenen, in der es beide Sorten von Küken gab, die einen, die man anhimmelte und süß fand, angeblich so süß und niedlich waren, und die anderen, die man rasch schlachtete – wie eigentlich? – und zu Futter für Vögel und Vierbeiner zermanschte. Noch verstand er sie nicht.

Daß Abälard jetzt seinen ständigen Wohnsitz in der Oberprima hatte, war Jasper bisher noch nicht so richtig klar gewesen. Natürlich hatte er gemerkt, daß das Geschrei verstummt war, hatte aber gedacht, daß es sich bei dem Falken gewissermaßen verwachsen hatte. Jasper bekam oft genug zu hören, daß sich dies oder jenes bei ihm verwachsen würde – manchmal gerade die Sachen, die er an sich selbst am liebsten hatte. Abälards Umquartierung bedeutete, daß der Fahrradschuppen jetzt frei war, auf den Jasper schon bei seinem Einzug begehrliche Blicke geworfen hatte – damals hatte Abälard dort schon gewohnt.

Er hatte sich den Fahrradschuppen als ideales Refugium für den Sommer ausgeguckt. Auch andere, bisher nicht erforschte Verwendungsmöglichkeiten waren denkbar. Wahrscheinlich stank es dort erbärmlich nach Falke, dann war natürlich Großreinemachen angesagt, und darin hatte er keine Übung. Am nächsten Morgen wartete er – mit jener Heimlichkeit, die ihm zur Gewohnheit geworden war, auch wenn gar keine Notwendigkeit dazu bestand –, bis Tina und Bienvida zu ihrem Besuch in die Villa Flieder aus dem Haus gegangen waren, dann machte er sich an die Erkundung des Schuppens. Mit eingezogenem Kopf lief er durch den Garten, denn es regnete in Strömen.

Der Fahrradschuppen war geräumiger, als er gedacht hatte. Irgend jemand – vielleicht Jed – hatte Ansätze gemacht, das Dach zu reparieren. Es roch tatsächlich nach Raubvogel, aber nicht sehr stark und nicht einmal unangenehm, und offenbar war auch ausgefegt worden. Hinten auf den Regalen lagen alle möglichen interessanten Sachen, alte Koffer, ein Paar riesengroße Wanderschuhe zum Schnüren, etwas, was nach einem Zelt aussah, und – Jasper riß die Augen auf – eine Seilrolle.

Hocherfreut entrollte er das Seil und stellte befriedigt fest, daß es viel länger war, als er zuerst gedacht hatte. Richtig schön lang. Es würde reichen.

Der Morgen dämmerte.

Sobald er unten auf der Straße stand, begriff Tom, daß er gut daran täte, sich möglichst rasch so weit wie möglich von hier wegzubewegen. Ganz in der Nähe, in einer dieser Straßen vielleicht oder oben in Holborn, war etwas passiert. Inzwischen war ihm klar, daß es kein Beben gewesen war, sondern eine Bombe.

Er hatte den Eindruck gehabt, als sei sie direkt unter dem Haus hochgegangen, in dem er gewesen war, aber das konnte täuschen. Schäden oder Schutt waren nirgends zu sehen. Die Straße war still und leer. Er ging schnell, aber nicht im Laufschritt, zurück zur Kingsway. Hier standen

Autos am Straßenrand, auf den Straßen fuhren Autos vorbei. Viel Verkehr war noch nicht, aber man merkte, daß die Stadt allmählich erwachte. Der einzige Passant, der ihm begegnete, war ein zerlumpter Mann mit einer leeren Flasche in der Hand. Als Tom sich noch einmal nach ihm umdrehte, steckte er die Flasche gerade in eine Mülltonne.

Inzwischen hätte man Sirenen hören, Streifenwagen und vielleicht einen Krankenwagen sehen müssen, die zum Ort des Geschehens rasten. Wo aber war dieser Ort? Holborn Station war geschlossen, obwohl es schon zwanzig nach sechs war. Es hatte angefangen zu regnen, eigentlich war es mehr ein Nebelnässen, ein weiches graues Nieseln. Tom dachte an Axel und an das, was er über Taxis gesagt hatte. Wenn er an Axel dachte, lief es ihm kalt den Rücken herunter.

Mit seinem Rucksack war er auf der High Holborn um diese Zeit eine sehr auffällige Erscheinung, aber was konnte ein Polizist schon bei ihm finden, wenn er ihn anhielt? Nur den Ringbolzen und eine Taschenlampe. Tom warf den Ringbolzen in einen Papierkorb, der an einem Peitschenmast angebracht war. Jetzt hatte er nur noch die Taschenlampe, und das war ja nun wirklich etwas völlig Harmloses. So dünn der Regen auch war, allmählich drang er durch seine Sachen und tropfte ihm aus dem Haar.

Chancery Lane war geöffnet. Ein Zug nach Ealing Broadway fuhr ein, und Tom stieg zu. Außer ihm war nur noch ein Fahrgast im Wagen. Als der Zug sich Holborn näherte, verkündete eine Lautsprecherstimme, daß er dort nicht halten würde. Wegen »einer Störung in der Leitstelle«, wie es hieß.

Das traf Tom wie ein Schlag. Er konnte nicht denken, er zitterte. Eine Störung in der Leitstelle... Plötzlich war alles klar. Axel hatte die Zentrale Betriebsleitstelle photographieren wollen, das heißt, er hatte *gesagt*, er wolle die Zentrale Betriebsleitstelle photographieren, irgendwo da unten in dem Labyrinth alter Tunnel bei Holborn. Tom fuhr sich mit den Fingern durch das nasse Haar, legte die kalten, nassen Fingerspitzen an die Stirn, die plötzlich ganz heiß geworden war. Er wollte nicht denken, er traute sich nicht zu denken.

Statt an der gewohnten Station den Zug der Jubilee Line zu verlassen, in den er in Bond Street umgestiegen war, fuhr er weiter bis Kilburn. Alles in ihm wehrte sich dagegen, jetzt heimzufahren. Er klingelte bei Peter, und als sich nichts rührte, verdrängte er das Denken ganz und gar, legte sich im Kopf eine Komposition zurecht, die er sich anhörte, um nicht denken zu müssen, und quälte sich weiter bis zu dem Hospiz, wo Peter noch immer gelegentlich Nachtdienst machte.

Peter saß – vielleicht nur vorübergehend allein – am Tresen und hörte ganz leise Radio.

»Was ist denn mit dir los? Du siehst ja schlimm aus!«

Und das ausgerechnet von Peter mit seinem Totenmaskengesicht unter der papierdünnen, trockenen Haut! Bei Peters Anblick, beim Anblick seiner hoffnungslosen Mattigkeit, merkte Tom, wie müde er selbst war, zum Umfallen müde.

»Kann ich ein bißchen hierbleiben, Pete? Kann ich mich irgendwo hinsetzen?«

Peter stellte keine Fragen. Ihm selbst waren zu viele

Fragen gestellt worden im Leben, er reagierte so, wie er es sich von anderen gewünscht hätte.

»Klar, geh doch ins Fernsehzimmer. Da ist in den nächsten Stunden sowieso niemand.«

Er sagte Tom, wo es war. Im Raum miefte es fast unerträglich nach kaltem Zigarettenrauch. Manche Patienten rauchten stark, fünfzig, sechzig Zigaretten am Tag, es konnte ihnen nicht mehr schaden, darüber waren sie hinaus. Tom ließ sich in einen Sessel fallen, dann stand er noch einmal auf, warf sich bäuchlings aufs Sofa und vergrub den Kopf in den Armen.

Nach einer Weile kam Peter herein, er ging jetzt immer sehr langsam, mit gesenktem Kopf.

»Alles klar?«

Ja, sagte Tom, alles klar.

»Um acht habe ich Schluß, das ist noch eine Stunde. Bleib du ruhig hier. Ich habe gerade Nachrichten gehört. In der U-Bahn hat jemand eine Bombe hochgehen lassen. Der Zünder war auf sechs Uhr morgens gestellt, zu Betriebsbeginn.«

»Ist jemand ... ist jemand ... verletzt?« flüsterte Tom. »Hat es Tote gegeben?«

»Das wissen sie noch nicht. Es herrscht wohl ein ziemliches Durcheinander da unten.«

Alice suchte Axel im Zeichensaal und in der Quinta, aber Axel war nicht da. Es war noch früh, und sie machte sich keine Sorgen. Er war unberechenbar, würde immer unberechenbar sein, sie durfte nicht zu viel von ihm erwarten. Ob er heute nacht hier geschlafen hatte, konnte sie nicht feststellen, Axel hielt nichts vom Bettenmachen. Sie sah aus dem Fenster auf den Strom der Gleise, sah einen über und über mit schwarzen und roten Graffiti besprühten silbernen Zug von Finchley Road kommen und auf dem Bahnhof halten. Vielleicht war Axel in diesem Zug. Oder auch Tom, nein, der wohl noch nicht. Die Bristolgeschichte nahm sie ihm nicht ab, aber es war ihr gleich, ob er ihr die Wahrheit gesagt hatte oder nicht. Bei einer anderen Frau war er nicht, soviel stand für sie fest. Wahrscheinlich hatte seine Abwesenheit etwas mit ihr zu tun, mit einer plumpen Überraschung, die er ihr bereiten, einem billigen Trost, den er ihr bieten wollte, einem Weg in eine Welt der Kompromisse, der zweiten Wahl.

Es regnete ununterbrochen. Auf dem Bahnsteig standen große Pfützen. Vom Zeichensaal aus sah man Leute mit aufgespannten Schirmen. Autos rollten träge durch Wasserlachen. Alice ging zurück ins Direktorzimmer und schrieb einen Brief an Tom. Er fiel genauso kurz aus wie damals der an ihren Mann. Sie las ihn und zerriß ihn sofort, aus abergläubischer Furcht, das Schicksal zu versuchen. Wenn sie die Nachricht für Tom bereitlegte, würde Axel nicht kommen oder hatte es sich anders überlegt. Wenn sie noch nicht fertig war, noch dies und das zu erledigen hatte, würde er in Kürze auftauchen und sie zum Aufbruch drängen.

Unendlich langsam schlich der Vormittag dahin. Gegen Mittag läutete das Telefon. Das ist Axel, dachte sie und lief nach unten. Es war ihre Mutter.

»Hast du's schon gehört?«

»Nein, was denn?« fragte Alice.

»Die IRA hat versucht, die U-Bahn in die Luft zu sprengen. Das heißt, bekannt haben sie sich nicht dazu, aber bestimmt waren sie es. Hörst du denn kein Radio?«

»Selten.«

»Der Attentäter hat sich selbst mit hochgehen lassen, ein Glück, kann ich nur sagen, der macht das wenigstens nicht noch mal. Es hat ihn in tausend Stücke gerissen. So haben sie es nicht gesagt, aber das kann man sich ja denken. Es heißt, daß sie ihn nicht identifizieren konnten. Dabei hat er gar nicht allzuviel kaputtgemacht. Er hat wohl gedacht, daß die Bombe stärker ist, daß sie mehr Schaden anrichtet.«

»Du hast mich doch wohl nicht wegen einer Bombe in der U-Bahn angerufen ...«

»Seit wann braucht man einen bestimmten Grund, um mit der eigenen Tochter zu sprechen? Nein, ich wollte dir nur sagen, daß Mike eine Freundin hat. Sie ist fünfundzwanzig, Programmiererin, und wohnt irgendwo im westlichen London. Und was das Beste ist: Sie ist ganz hin und weg von Catherine. Ich finde es gut, daß er sich erst jetzt jemanden nimmt, wo die Scheidung in greifbare Nähe gerückt ist. Jetzt braucht er ja nur noch eineinviertel Jahr zu warten.«

Gegen vier hörte sie, wie jemand ins Haus kam. Sie horchte hinter der Tür, hörte, wie nasse Schuhe energisch auf dem Türvorleger abgewischt wurden. Sie machte die Tür einen Spaltbreit auf. Tom kam die Treppe herauf. Er sah nicht in ihre Richtung, vielleicht hatte er den Spalt zwischen Tür und Rahmen nicht entdeckt, sondern ging gleich in die Quarta.

Wenig später hörte sie Schritte im Obergeschoß. Axel ist wieder da, dachte sie, aber die Freude währte nur kurz. Die Schritte waren auf der anderen Seite, beim Chemiesaal. Nur die Kinder, dachte sie, die mit irgendeinem Spiel beschäftigt sind.

Es hatte aufgehört zu regnen. Der Himmel war eine große, mit Beton ausgegossene Kuppel. Er war grau und sah so hart aus wie körniger Stein. Nie zuvor hatte sie in einem Haus gewohnt, von dem aus man Besucher schon aus solcher Entfernung sah. Wenn sie mit der U-Bahn kamen und den Weg über die Brücke wählten, sah man sie schon fünf Minuten vor ihrer Ankunft über die Brücke gehen und die Stufen heruntersteigen. Axel hatte ihr nicht gesagt, wohin er wollte, sie hatte keine Ahnung, wo er sein könnte. Sie wußte nur, daß er noch einmal herkommen mußte, weil seine Sachen noch da waren.

Das heißt – heute früh um acht waren sie noch dagewesen. Hatte er sie etwa heimlich und leise abgeholt, als sie nach dem Anruf ihrer Mutter im Direktorzimmer gewesen war? Alice erschrak. Trotz ihrer Unruhe, trotz ihrer angstvollen Spannung war sie für ein paar Minuten auf dem Bett eingeschlafen. In der vergangenen Nacht hatte sie kaum ein Auge zugetan. Wenn nun Axel gekommen war, während sie schlief, und sich mit seinen Sachen davongeschlichen hatte?

Sie ging nach oben. Die Kinder waren nicht mehr da, es roch nach Zigarettenrauch. Sie öffnete die Tür zur Quinta. Dort war alles unverändert. Das ungemachte Bett, die zerknautschte Bettwäsche erinnerten sie an die vielen Stunden, die sie hier verbracht hatte, um auf Axel zu warten. Sie legte sich aufs Bett. Es tat wohl, sich sagen zu können, daß sie hierher gehörte, daß dies der einzig richtige Platz zum Warten war. Du mußt mehr Vertrauen haben, dachte sie. Er hatte sie aufgefordert mitzugehen, daran mußte sie sich halten.

Als sie aufwachte, war es dunkel. Sie stand auf und sah aus dem Fenster. Eine silbrige Schlange von Waggons ringelte sich von West Hampstead nach Finchley Road. Drei Frauen kamen über die Brücke, drei schwarze Silhouetten zwischen den Stützen, die wie Legoklötzchen aussahen. Sie zog das Rollo herunter. Das Zimmer sah aus wie immer, die beiden Koffer standen offen auf dem Fußboden, die Kameras lagen auf dem Tisch, *Also sprach Zarathustra* lag am Bett. Sie warf einen Blick auf die Stelle, bis zu der er gekommen war, nur ein paar Seiten nach dem Anfang, und las: *Ich lehre euch den Übermenschen. Der Mensch ist etwas, das überwunden werden soll.*

Sie hatte seit Stunden nichts mehr gegessen oder getrunken. Sie ging nach unten. Auf der vierten Stufe hielt sie inne. Unten stand Tom und sah ihr entgegen.

»Er kommt nicht mehr.«

Sie brauchte nicht zu fragen, wen er meinte. Es war völlig klar. Der Ausdruck tiefer Verletztheit auf seinem Gesicht sagte alles.

»Und warum hat er seine Sachen hiergelassen?«

Sein Gesichtsausdruck bekam etwas Verschlagenes. Er zögerte kaum merklich. »Da, wo er jetzt ist, braucht er sie nicht. Ein Jahr sind sie hier erst mal gut aufgehoben.«

»Ich glaube dir kein Wort.«

»Komm rein.«

Er machte die Tür zur Quarta auf, und als sie nur zögernd nähertrat, packte er sie am Arm und zog sie ins Zimmer. Sie blieb stehen und rieb sich die schmerzende Stelle. Er hatte einen festen Griff. Auf dem Tisch stand eine Flasche Wein, billiger Rotwein, schon zur Hälfte geleert. Sie wußte, was kommen würde, oder konnte es sich in etwa denken, sie schenkte das Glas voll, aus dem er schon getrunken hatte, und schüttete den Wein hinunter.

»Ich weiß Bescheid über euch beide«, sagte Tom. »Ihm liegt nichts an dir, nicht ein bißchen. Nicht so, wie's bei mir war. Ich soll dir ausrichten, daß er –«, Tom stockte kurz, sie sah, daß er improvisierte, »– daß er ins Ausland gegangen ist. Du wirst ihn nicht wiedersehen.« Er beobachtete Alice und wartete auf eine Reaktion, die nicht kam. Sie blieb ganz unbeteiligt. »Als ich es erfuhr«, sagte er, »dachte ich, daß alles wieder in Ordnung kommt, wenn er weg ist, aber so läuft das nicht. Es ist vorbei mit uns. *Mit dir.*« Er drehte den Kopf zur Seite und sah sie nicht an. »Daß ich dich liebe, das ist vorbei. Es liegt mir nichts mehr dran, das ist jetzt alles kaputt.«

Er redete wie ein Kind, man hätte ihn für jünger als Jasper halten können.

»Ich will dich nicht wiedersehen.«

»Um so besser«, sagte sie. »Ich will dich auch nicht mehr sehen.«

»Du hast keine Chance bei ihm, nur daß du es weißt.«

»Ich glaube dir kein Wort«, wiederholte sie. Das war keine Floskel. Axel hätte sich Tom nie soweit anvertraut. Es war eine Finte. Tom wollte sie für ihre Untreue bestrafen. Ich benehme mich völlig unmöglich, dachte sie, ich rechne mit dem Schlimmsten, nur weil Axel noch nicht zurück ist. Dann kommt er eben morgen ... Nur galt es, die Zeit bis morgen zu überstehen.

Wenn Tom sie nun nicht aus dem Zimmer ließ? Sie mußte es riskieren. So sah er immer aus, wenn er drauf und dran war, etwas kurz und klein zu schlagen. Sie war benommen. Der Wein, auf leeren Magen getrunken, war ihr sofort zu Kopf gestiegen. Unter seinem starren Blick machte sie die Tür auf, ging aus dem Zimmer, machte die Tür hinter sich zu. Er unternahm nichts.

Das Gefühl der Leere, das sie auf halbem Wege zur Küche überkam, hatte nichts mit dem Hunger oder dem Wein zu tun. Es war, als flösse ihre Seele davon. Alles schien ihr zu entgleiten, jede Stütze, jede Hoffnung, jeder Trost, und ließ sie sehr klein, nackt und verwundbar zurück. Ich werde Axel haben. Daran klammerte sie sich. Im Kühlschrank fand sie Salami und Tomaten, in einer Keksdose eine frisch angebrochene Packung Knäckebrot. Ihr Hunger war verflogen, aber sie aß ein trockenes Knäckebrot und eine Tomate dazu.

Danach kostete es sie Überwindung, wieder nach oben zu gehen. Wenn er ihr auflauerte, wenn er gewalttätig wurde? Für einen, der Teller zerbrach, mochte es nur noch ein kleiner Schritt sein zum Zerbrechen von Menschen. Mit angehaltenem Atem schlich sie an seiner Tür vorbei. Als sie wieder in der Quinta stand, dachte sie: Jetzt kommt er bestimmt hier herauf ... Sie drehte den Schlüssel um, kniete sich hin und machte sich daran, Axels Gepäck zu untersuchen.

In dem ersten Koffer, unter seinen Sachen, den T-Shirts,

Socken und Unterhosen, lag das gerahmte Photo einer jungen Frau. Es war eine Porträtaufnahme, der Rahmen war aus Silber und stark angelaufen. Die junge Frau sah aus wie die Frau auf dem Bild, das an der Wand hing. Es war eine Schwarzweißaufnahme, so daß man nicht erkennen konnte, ob ihr Haar rot oder schwarz war. Sie hatte einen langen weißen Schwanenhals, ihre Augen blickten nachdenklich, über eine Ecke des Bildes gingen mit kühnem Schwung die Worte: Für Axel in Liebe, Alice.

Alice schoß das Blut ins Gesicht. Sie hatten den gleichen Namen, sie und dieses Mädchen. Sie erinnerte sich, wie gedankenvoll Axel bei jener ersten Begegnung ihren Namen ausgesprochen hatte. Die kalten Hände an das heiße Gesicht gelegt, dachte sie an dieses schöne Mädchen und daß er jetzt vielleicht bei ihr war. Fieberhaft, wie gehetzt, setzte sie ihre Suche fort. In einer Schachtel mit dem Etikett *Diazonium-Blitzlichtpulverpfanne, Schnelladesystem* fand sie ein Briefbündel. Alice fühlte sich todelend, die Eifersucht erstickte sie fast, aber trotzdem... Nichts, was bisher geschehen ist, dachte sie, gibt mir das Recht, Axels Briefe zu lesen. Wenn er morgen noch nicht zurück ist, lese ich sie. Unter den Briefen lag ein Farbdruck, ein Ausriß aus einer Zeitschrift. Es war die Reproduktion eines Bildes, aber nicht des Bildes an der Wand. Die Unterschrift lautete: Edward Burne-Jones, *Die Verzauberung Merlins* (Modell: Mary Zambaco).

Die junge Frau im Bild sah auf einen schwarz gewandeten Mann herunter. Sie war ungewöhnlich groß, mit unverhältnismäßig langen Beinen, langen Händen und einem sehr kleinen Kopf. Ein halb durchsichtiges Gewand schmiegte sich an ihren Körper, Schlangen ringelten sich durch ihr Haar. Alice fand dieses Bild sehr beunruhigend. Sie drehte es um, legte den Silberrahmen darauf und klappte den Kofferdeckel zu. Sie atmete flach, wie im Schock.

In dem zweiten Koffer waren nur Bücher, gar nicht mal viele, das jedenfalls war ihr erster Eindruck. Sie schlug einen Band mit Skrebinski-Porträts auf, und es überkam sie wie eine unumstößliche Gewißheit, daß sie darin das Mädchen aus dem Silberrahmen finden würde. Sie fand es auch, aber nicht auf einer der Druckseiten. Zwischen den Vorsatzblättern lag ein Photo.

Die Aufnahme zeigte das Mädchen zusammen mit Axel, einem glattrasierten, um einige Jahre jüngeren Axel. Sie standen in einem Garten mit kunstvoll beschnittenem Buschwerk und Steinfiguren, lehnten an einer steinernen Brüstung mit Zypressen dahinter. Alice schnappte nach Luft, weil sie sich so ähnlich sahen: das gleiche blasse ovale Gesicht, große dunkle wachsame Augen, roter Mund, hohe Stirn. Beide waren groß und dünn, das Mädchen nur ein, zwei Zentimeter kleiner als Axel. An ihrer Hand, die auf Axels Schulter lag, steckte der Ring, den er jetzt trug. Alice drehte das Photo um. Es war kaum noch nötig, daß sie las, was auf der Rückseite stand: *Die Zwillinge im Garten von Temple Stephen.* Die Hand, die diese Zeile geschrieben hatte, mußte eine schon ältere, zittrige Hand gewesen sein, die Hand eines Elternteils oder – wahrscheinlicher – eines Großelternteils.

Sie war also bloß seine Schwester. Die Erleichterung war wie ein Glas Wasser für einen Verdurstenden. Nachdem die Eifersucht von ihr genommen war, fühlte sie sich jählings federleicht, fast unbeschwert. Ob das Kleid auch der Schwester gehörte? Sie machte den Schrank auf, wo es ihr aus dunklen Tiefen entgegenschimmerte. Vielleicht hatte er es als Geschenk für dieses Mädchen gekauft. Es stört mich nicht, dachte Alice, und wenn Axel seine Schwester noch so sehr liebt. Seine Schwester Alice.

Diesmal durchstöberte sie den ganzen Schrank. Der dunkle Pullover war weg, wahrscheinlich hatte er ihn an. Statt dessen hing am äußersten linken Ende der Kleiderstange der lange schwarze Mantel, darüber war der lange schwarze Schal drapiert. Unter dem Saum, am Boden in der hintersten Ecke, lag noch ein großes rechteckiges Paket, dem Paket in dem Koffer ganz ähnlich, aber in einer durchsichtigen Plastiktüte.

Wieder in der Rolle von Blaubarts Frau, aber jetzt eher neugierig als erfüllt von Eifersucht und Angst vor dem, was sie finden mochte, besah sich Alice das Paket. Sie holte es aus der Plastiktüte, lockerte eine Ecke des braunen Packpapiers und dann den oberen Falz und schaffte es, das Paket auszuwickeln, ohne das Papier einzureißen. Zum Vorschein kam nur eine Pappschachtel mit der Aufschrift: *Blitzlichtpulver, hochentzündlich. Nicht werfen!* Wieder so ein Behältnis für irgendwelches photographisches Zubehör, der Inhalt längst verbraucht, die Schachtel als Briefschatulle genutzt.

Zum erstenmal hatte sie sich an einem der Gegenstände hier im Zimmer erkennbar zu schaffen gemacht. Die Sachen aus den Koffern hatte sie wieder genauso hineingelegt, wie sie gelegen hatten. Bestimmt würde Axel merken, daß jemand das Zeug im Schrank angefaßt hatte. Sie sah sich suchend um, zog Schubladen auf, fand eine Rolle Tesafilm. Sie packte die Schachtel ein, klebte das Paket so zu, daß es aussah wie vorher, und steckte es wieder in die Plastiktüte.

Erst jetzt merkte sie, daß es im Zimmer stark nach Benzin roch, hätte aber nicht sagen können, ob dieser Geruch neu oder immer schon dagewesen war. Er stieg ihr in Mund und Nase, sie bekam Kopfschmerzen davon und fand die Vorstellung, die ganze Nacht hier zu verbringen, nicht mehr ganz so verlockend.

Im Lauf der Nacht kam er ja bestimmt zurück. Sie ging hinunter ins Direktorzimmer, zog sich aus und legte sich ins Bett. Ihr Blick fiel auf den Geigenkasten, und sie machte die Augen fest zu. Als sie die Nachttischlampe gelöscht hatte, machte sie die Augen wieder auf und blickte in die Dunkelheit, in der sie den Geigenkasten nicht mehr sah. Der Anblick ihrer Geige tat ihr inzwischen fast körperlich weh. Sie war dabei, die Musik mit Gewalt aus ihrem Leben zu reißen; Axel würde sie ihr ersetzen.

Es war noch nicht zehn, sie würde bestimmt nicht schlafen können, wußte aber nicht, was sie sonst hätte anfangen sollen. Nebenan war alles still, es schien, als sei Tom weggegangen. In der Dunkelheit horchte sie den vorbeifahrenden Zügen nach, und während sie noch daran dachte, gleich aufzustehen, den Mantel anzuziehen und Tina zu fragen, ob sie eine Schlaftablette habe, verfiel sie in einen tiefen, bleiernen Schlaf.

Cecilia schlief die meiste Zeit. Es sei das beste für sie, sagte die Ärztin, und sie würde versuchen, ein Krankenhausbett für sie zu bekommen, es sei zuviel für Daphne. Die Kinder kamen nicht mehr. *Das* war zuviel für Cecilia.

Sie sah sich immer noch gern die Fernsehnachrichten an, einen Haufen Kissen im Rücken, die gelähmte Hand in Daphnes Hand. Zusammen sahen sie die Bilder unterirdischer, durch pockennarbengleiche Explosionsspuren entstellter Höhlen, von einem Raum mit nur leicht beschädigten Steuerpulten. Auf dem Boden der Höhle waren Flecken wie von verspritztem Blut, aber Daphne sagte, das sei nur Öl.

Die Reparaturarbeiten waren im Gange, morgen konnte aller Voraussicht nach der normale Betrieb mit Halt in Holborn wieder aufgenommen werden. Der Bombenleger sei nicht identifiziert worden, sagte der Sprecher mit einem hintergründig lauernden Unterton, der einem die Lust nahm, mehr zu erfahren. Dann kam wieder ein Film, und diesmal sagte Cecilia in ihrem schwerzüngig lallenden Idiom, auf dessen Übersetzung sich nur Daphne verstand, daß auf dem Boden etwas lag, was wie Haar aussah.

»Es sind Fasern«, sagte Daphne. »Wie von einem Seil oder von Kokosläufern.«

Was allerdings Kokosläufer in der U-Bahn zu suchen hatten, konnten sie sich beide nicht so recht erklären.

Die IRA bestritt, mit dem Attentat etwas zu tun zu haben.

»So was haben die doch noch nie gemacht, oder?« fragte Cecilia.

»Nicht daß ich wüßte. Aber vielleicht doch. Ich bin ja

keine so unermüdliche Nachrichtenkonsumentin wie du, Cessie.«

»Du weißt, daß ich ins Krankenhaus muß, wenn dort ein Bett frei wird, nicht?«

»Nur über meine Leiche«, sagte Daphne.

Alice schlief die ganze Nacht. Kurz vor dem Aufwachen – jedenfalls hatte sie den Eindruck, es sei kurz vor dem Aufwachen – träumte sie, daß Axel zurückgekommen war und ihre Geige zerstört hatte. Er hatte den Bogen über dem Knie entzweigebrochen und mit einem Hammer auf das Instrument eingeschlagen. Sie hatte zugesehen und nicht einmal den Versuch gemacht, ihm in den Arm zu fallen.

Diesem Traum folgten eine Reihe halb begriffener Eindrücke, teils wirklich, teils im Bereich von Traum und Wunschbild angesiedelt, während sie erneut einschlief, erneut wach wurde. Über ihrem Kopf wurden Schritte laut, verstummten, klangen wie Tanzen, dann wieder wie ganz normales Gehen. Als sie aufwachte, war alles ruhig, dann fuhr ein Zug vorbei, und sie überlegte, ob sie sich das alles oder wieviel davon sie sich eingebildet hatte.

Es dauerte ein paar Sekunden, bis sie begriffen hatte, was die Schritte bedeuteten: Axel war wieder da.

Wann war das mit den Schritten gewesen – vor einer Minute oder vor einer Stunde oder im Dunkel der Nacht? Sie lauschte, hörte nichts. Bei Mike oder Tom hätte sie abgewartet, die hätte sie zu sich kommen lassen. Bei Axel konnte sie nicht warten – oder nur so lange, bis sie sich ein bißchen hergerichtet hatte. Sie war nicht eifersüchtig auf seine Schwester, aber seine Schwester war schön, da waren Vergleiche unausweichlich. Sie fuhr sich mit dem Kamm durchs Haar, wusch sich das Gesicht und dachte, während sie in den Spiegel sah, wie verbraucht, wie erledigt sie aussah mit ihren vierundzwanzig Jahren.

Es war schon spät, nach zehn. Sie ging nach oben, rechnete fest damit, daß er auf dem Bett liegen würde, war sich ihrer Sache so sicher, daß sie anklopfte. Sie wartete einen Augenblick, dann machte sie die Tür auf und wunderte sich, daß das so ohne weiteres ging, daß nicht abgeschlossen war. Er war dagewesen. Die Koffer waren weg. Die Kameras waren weg. Sie legte die Hand über den Mund, um nicht aufzuschreien. Die Schranktüren standen offen, die Sachen aus dem Schrank, das weiße Kleid – alles weg.

Irgendwo mußte ein Zettel für sie liegen, irgend etwas mußte doch für sie da sein... Sie sah sich in dem kahlen, leeren Zimmer um, sah den offenen Schrank an, das ungemachte Bett, den blassen, leeren Himmel vor dem Fenster, die Wände. Mary Zambaco schaute mit ihrem geheimnisvoll entrückten Blick auf sie herab.

Axel war nicht der Mann, der Zettel schrieb, Abschiedsbriefe, erklärende Briefe. Das wußte sie, ohne es begründen zu können. Er ist hergekommen, um etwas zu erledigen, dachte sie, etwas, was mit seiner Schwester zu tun hatte, und das hat er erledigt, er hat getan, was er sich vorgenommen hatte, und jetzt ist er weg. Es hatte nichts mit mir zu tun, ich war nur zufällig da, vielleicht eine Zwischenstation, Mittel zum Zweck. Das war alles.

Alice schloß die Tür und ging nach unten. Sie erlebte

etwas sehr Beängstigendes, sie erlebte es zum erstenmal. Die Zeit stand still, und vor ihr lag das Nichts. Im Mittelalter glaubten die Menschen, es sei möglich, bis ans Ende der Welt – einen Klippenrand – zu gelangen. Ein einziger Schritt darüber hinaus –, und man stürzte ins Leere, ins Chaos. Das, was Alice empfand, war etwas anderes. Einen Sturz, einen Sprung ins Chaos hätte sie sogar begrüßt. Es war eher so, daß sie nicht in der Lage war, etwas zu tun, weil es nichts mehr zu tun gab, weil nichts mehr da war, nicht einmal alleinbleiben und ihren Gedanken nachhängen konnte sie, denn sie hatte keine Gedanken mehr. Diese Empfindung wurde körperlich spürbar, lähmte sie, so daß sie sich die Treppe hinunterkämpfte wie durch Schlamm, es war ein hartes Stück Arbeit, das man Schritt für Schritt planen, auf das man sich voll konzentrieren mußte. Wenn sie die Hände an den Kopf legte, meinte sie Gewichte zu heben.

Tom war weg und ihre Musik, und nun war auch Axel weg. Das einzige, was jemals ganz ihr gehört hatte, ihr Kind, hatte sie verlassen. Doch wenn sie daran dachte, gingen in ihrem Kopf Jalousien herunter, schoben sich übereinander, ließen die Bilder verschwinden, drängten sie weg. Schwärze setzte ein, der Bildschirm war leer.

Das Telefon läutete. Sie erwartete nicht Axel, sie erwartete niemanden, als sie den Hörer abnahm. Eine Frau. Die Frauenstimme quäkte, fragte, ereiferte sich, und erst als die Stimme wissen wollte, warum Alice denn nichts sagte, begriff sie, daß es ihre Mutter war.

»Entschuldige«, sagte Alice. Und: »Ich bin noch dran.«

»Ich wollte dir nur sagen, daß Shelley zu Mike gezogen

ist. Es ist die beste Lösung, jetzt können sie Catherine von Julia zurückholen.«

Sie brauchte einen Augenblick, um sich auf diese Namen einzustellen, um zu begreifen, was das für Leute waren. Sie hörte, wie ihre Mutter Shelleys Tugenden in den Himmel hob. Eine phantastische Hausfrau, *cordon bleu*-Köchin und diplomierte Kinderkrankenschwester, Catherine hängt schon sehr an ihr. Habe ich dir eigentlich schon erzählt, daß Catherine jetzt läuft?

Alice sagte mit einer ganz fremden Stimme, der Stimme eines Mannes, der Schnupfen hat: »Du schuldest mir tausend Pfund.«

»Wie bitte? Was war das eben?«

»Du hast um tausend Pfund mit mir gewettet, daß ich es nie schaffen würde, in ein Orchester zu kommen. Du hast recht gehabt. Es ist alles vorbei.«

Ihre Mutter lachte kurz auf, ohne Heiterkeit. »Na, du bist gut! Umgekehrt wird ein Schuh draus. Wenn du es schaffst, wollte ich dir das Geld geben, nicht, wenn du Schiffbruch erleidest.«

Alice legte leise auf. Gleich darauf klingelte das Telefon wieder. Soviel sie wußte, war sonst niemand im Haus, allenfalls der Falke, der allein in seinem Zimmer saß. Tom war spielen gegangen. Zu einer anderen Zeit hätte sie über diese Wortwahl gelächelt, jetzt lächelte sie nicht. Vorhin, als sie die Treppe heruntergekommen war, hatte sie, fast ohne es zu registrieren, Tina und die Kinder aus dem Haus gehen sehen.

Sie ließ es klingeln. Sie würde nie wieder mit ihrer Mutter sprechen. Es war denkbar, ja, es war sehr wahrscheinlich, daß sie nie wieder mit irgendeinem Menschen sprechen würde. Er war in der Nacht, im Morgengrauen zurückgekommen, er hatte seine Sachen genommen und war gegangen.

Noch fünf Minuten zuvor hätte sie gedacht, jede Hoffnung sei auf immer dahin. Doch schon war sie wieder da, winkte mit einem ganz kleinen Finger, einem Kinderfinger. Tom hatte so vieles über Axel gesagt, über sie und Axel, so, als wüßte er genau Bescheid. Wenn er nun selbst Axels Sachen weggeholt und versteckt hatte, um seinen Auszug glaubhaft erscheinen zu lassen? Alice machte sich daran, alle leerstehenden Räume des Hauses zu durchsuchen. Im Obergeschoß fing sie an. Chemiesaal, Zeichensaal, Werkraum, Lehrerzimmer, Übergangsklasse. Dann stand sie vor der Tür der Garderobe. Hundertmal war sie ohne Neugier an dieser Tür vorbeigegangen, ohne daß es sie gelockt hätte, einen Blick in diesen Raum zu werfen.

Es sähe Tom ähnlich, Axels Sachen hier zu verstecken. Um sie zu strafen. Um sie so unglücklich zu machen, wie sie jetzt war. Sie öffnete die Tür zur Garderobe. Der Raum war nicht leer, auf dem Boden lagen Kissen und Bettzeug und eine leere Coladose, aber Axels Koffer waren nicht da. Sie empfand keine Enttäuschung, sondern überlegte nur flüchtig, was sie wohl empfunden hätte, wären die Koffer dagewesen.

Aus einer Luke an der Decke hing ein Seil bis zehn Zentimeter über den Boden. Alice erinnerte sich dunkel, daß sich hier mal ein alter Mann erhängt hatte. Angeblich war es ein rasches Ende, der Tod durch den Strick. Wenn sie vor sich keine Zukunft, sondern nur den Rand des

Abgrunds sah, wenn sie keine Vorstellung davon hatte, was sie jetzt tun, wie sie auch nur die nächste Stunde überstehen sollte, dann vielleicht deshalb, weil sie nichts mehr zu erwarten hatte, weil sie hierhergeführt worden war, um diesen Moment, dieses Endgültige zu erleben.

Behutsam nahm sie das Seil in die Hand. Sie berührte es so vorsichtig, als sei es etwas Lebendiges, als könne es sich von der Decke gleiten lassen, als könne ein Kopf erscheinen und zustoßen. Locker lag es auf ihrer Handfläche. Es konnte nicht so schwierig sein, eine Schlinge zu knüpfen, andere Leute brachten es ja auch fertig, immer wieder, sie erhängten sich mit weit weniger effektiven Hilfsmitteln, mit Gürteln und Schals und Schnürsenkeln. Irgendeine Macht hatte sie hergeführt und ihr dieses Seil, dieses Hilfsmittel in die Hand gegeben.

Mit dem Schlingeknüpfen kam sie gerade so weit, daß sie das Seil einmal umlegte und verflocht, um die Schlinge zu befestigen. Dazu mußte sie das Seil fest fassen. Sie packte es, zog einmal kräftig, und weit oben, hoch über dem Dach, ertönte ein einziger Glockenschlag.

Sie zauderte nicht, sie wartete nicht staunend ab. Eine heftige, wilde Erregung überkam sie, ein starkes Gefühl, daß nun nichts mehr wichtig war, daß das absolute Ende aller Dinge gekommen war, der Tag des Gerichts. Dies war das Weltende, das sie sehenden Auges miterlebte. Sie nahm das Seil in beide Hände, sie zog mit aller Kraft. So hoch wie möglich hinaufgreifend, so tief wie möglich zu Boden geneigt, begann sie die Glocke der Cambridge School zu läuten.

24

Jarvis hörte die Glocke läuten, als er über die Brücke kam. Die Maschine aus Moskau war um 9.25 Uhr, zehn Minuten vor der Zeit, in Heathrow gelandet, das Gepäck war problemlos durch den Zoll gegangen, und der Zug der Piccadilly Line war losgefahren, kaum daß Jarvis ihn bestiegen hatte. Mit den Graffiti war es seit seiner Abreise noch schlimmer geworden, fand er. An allen Wagen prangten sie, in sämtlichen Regenbogenfarben. Sogar im Wageninneren sah er welche. Salomons Teppich, aus schmutzigen Fäden gewebt.

In Green Park stieg er in die Jubilee Line um und traf nach einer knappen Stunde Fahrt vom Flughafen in West Hampstead ein. Der Weg an der Südseite des Bahnhofs entlang war zwar kürzer, aber er entschied sich für die Brücke. Er wollte von der Brücke aus die vielen Gleise sehen, wollte sich vergewissern, daß alles noch da war, vielleicht verunstaltet – zerbombt, wie es in der Zeitung hieß, die er im Flugzeug gelesen hatte –, aber letztlich unzerstörbar.

Er war bis zur Brückenmitte gekommen, wo unter ihm – er sah das silbrige Aufblitzen zwischen den hölzernen Bohlen – gerade ein Zug in Richtung Finchley Road vorbeifuhr, als die Glocke anfing zu läuten. Jarvis brauchte ein, zwei Sekunden, um zu begreifen, daß es *seine* Glocke war. Vergeblich versuchte er, zwischen dem Metallgestänge der Brücke den Campanile in den Blick zu bekommen, und rannte die Treppe hinunter.

Die Glocke läutete wild, sie läutete Sturm über West Hampstead, läutete laut und dringlich, als gelte es, das Volk vor Feuer, Invasion, unmittelbar bevorstehendem Unheil zu warnen. Überall auf den Balkons der Wohnblocks und in den Vorgärten standen Menschen. Jarvis merkte, daß viele keine Ahnung hatten, woher das Geläut kam, andere, die Bescheid wußten, sahen staunend zur Cambridge School hinüber.

Inzwischen konnte er den Glockenturm deutlich erkennen, er sah das heftige Auf und Nieder der Glocke, das Schwingen des Klöppels, der ihr diese tiefen erzenen Töne entlockte.

Jarvis rannte weiter. Er hatte zwei Koffer und einen Rucksack, aber er rannte. Die Haustür war nicht abgeschlossen. Er ließ die Koffer fallen, ließ den Rucksack fallen und riß die Tür zur Garderobe auf. Alice, am Seil hängend wie eine romantische Heldin, eine Glöcknerstochter, die vom Kommen Napoleons, vom Herannahen feindlicher Heere kündet, wandte ihm ein bleiches Gesicht und glitzernde Augen zu. Jarvis kam einen Schritt näher. Erschauernd schleuderte sie das Seil von sich und fiel ihm schluchzend in die Arme.

Tina, die ausnahmsweise früh aufgestanden war und schon von der Kilburn High Road kam, wo sie in einem Räumungsverkauf Socken für die Kinder erstanden hatte, schlenderte, Jasper und Bienvida im Schlepptau, die Priory Road hinunter und bog gerade um die Ecke, als sie die

Glocke hörte. Sie begriff nicht gleich, was für ein Geräusch es war oder woher es kam. Jasper und Bienvida begriffen es sofort. Jasper war tief beeindruckt. Sekundenlang dachte er sogar, die Glocke habe sich von selbst oder durch Witterungseinflüsse in Bewegung gesetzt. Doch dann machte ihn dieses laute, aufdringliche Scheppern böse. Es war *seine* Glocke, und wer immer sie läutete – denn natürlich wußte er genau, daß sie das nicht von selbst tun konnte, daß weder Feuchtigkeit noch übernatürliche Mächte im Spiel waren –, hatte kein Recht dazu.

Bienvida sah ihn so vorwurfsvoll an, als hinge er selbst am Glockenseil. »Wo kommt denn das her?« fragte Tina.

»Es ist unsere Glocke«, sagte Jasper.

»Die alte Schulglocke?« Erinnerungen regten sich in Tina, dunkel besann sie sich darauf, daß sie die Glocke schon einmal gehört hatte, vor langer Zeit, damals war sie jünger gewesen als Bienvida jetzt. Es war eine Erinnerung, die sie mit ziependem Haar assoziierte, mit ihrer Mutter, die nach oben gekommen war und versucht hatte, ihr langes blondes Haar zu entwirren. »Ach, du ahnst es nicht«, sagte sie. »Wenn Ma das hört, denkt sie gleich wieder an diese alte Geschichte mit ihrem Bruder.«

Sie setzte sich in Trab. Die Kinder wechselten einen Blick, Jasper zuckte die Schultern, dann liefen sie hinter Tina her zur Villa Flieder.

Doch Cecilia hatte die Glocke nicht gehört. Sie war kurz vor dem ersten Glockenschlag gestorben.

Sie lag, zwei Kopfkissen und zwei Sofakissen im Rükken, auf der Bettcouch, die nun auch tagsüber ein Bett war. Daphne saß auf einem Hocker neben ihr und fragte nach ihren Wünschen zum Mittagessen. Es war noch viel zu früh zum Mittagessen, aber in der Villa Flieder ging alles einen sehr gemächlichen Gang, und Daphne wußte gern rechtzeitig Bescheid, ob sie ein halbes Rührei oder eine kleine Tasse Suppe bereiten sollte, denn andere Essenswünsche hatte Cecilia jetzt nicht mehr.

Ei, sagte Cecilia, so verstand Daphne es jedenfalls, aber Cecilia war so schwer zu verstehen, es wurde jeden Tag schwerer. Cecilias Kopf war voll schattenhafter Bilder und Erinnerungen, ihre Denkvorgänge liefen jetzt meist wie diese Träume ab, in denen nichts Hand und Fuß hat, aber ihr Traum war nur zu hören. Sehen konnte sie diese Vergangenheit nicht, die sie sich da zusammenträumte, und auch nicht die Menschen, die in dieser vergangenen Welt lebten und sprachen. Was sie sah, noch immer sehr deutlich sah, war ihr Wohnzimmer, das Fenster mit dem weißen Himmel, war Daphne, die neben ihr saß und nicht ein Jahr älter aussah als an ihrem Hochzeitstag, zu dem Arthur Bleech-Palmer der Brautjungfer seiner Frau eine Kameenbrosche geschenkt hatte. Cecilia ließ sich die Brosche täglich von Daphne anstecken und hatte das Gefühl, damit ihrer Freundin eine Freude zu machen.

Etwa zwei Minuten vor dem Glockenläuten bekam Cecilia Schmerzen in der Seite. So mußte es sein, wenn einem ein elektrischer Drillbohrer in den Leib gestoßen wurde, und zugleich war es wie eine Welle von Wehen, ein Schmerz, von dem sie geglaubt hatte, sie habe ihn längst vergessen. Sie sagte Daphne nichts von den Schmerzen, sondern nahm ihre Hand und flüsterte: »Ich habe dich mein Leben lang geliebt. Von ganzem Herzen.«

Daphne dachte, sie hätte etwas von Rührei gesagt, und beugte sich weiter vor. »Das habe ich nicht ganz verstanden, Cessie.«

Cecilias Griff erschlaffte. Daphne legte ihre Hand auf die Decke zurück. Und dann stieß Cecilia einen Laut aus, wie Daphne ihn noch nie gehört hatte, ein Rasseln aus großen Tiefen, und Daphne, die dachte, sie wolle sich räuspern, stellte sich rasch hinter sie, winkelte den Arm an und versuchte, sie aufzurichten. Cecilias Kopf fiel nach vorn, und sie sank mit weit geöffneten Augen sacht an Daphnes Brust.

»Ach, Cessie«, sagte Daphne. »Ach Cessie, Cessie, mein Liebes.«

Draußen, von der Schule her, begann eine Glocke zu läuten. Das war so passend, das klang so sehr nach Totengeläut für Cecilia, daß Daphne unwillkürlich aufschrie. Sie stand da, die Hände ans Gesicht gelegt, und lauschte verstört dem Glockenklang, der wild scheppernden, dröhnenden, hysterischen Glocke.

Und dann klingelte es unten an der Haustür.

Daphne kam es gar nicht in den Sinn aufzumachen, irgend etwas zu unternehmen. Sie stand da und hörte dem Läuten zu, sie hatte die Hände vors Gesicht geschlagen, und die Tränen rannen ihr durch die Finger. Es klingelte wieder, so beharrlich, als halte jemand mit dem Daumen den Klingelknopf fest. Es half nichts, sie mußte zur Tür. Benommen ließ sie Tina, Jasper und Bienvida ein.

Bienvida war schon an der Wohnzimmertür. »Nicht, geh noch nicht hinein. Diese gräßliche Glocke. Was ist denn los? Warum hört sie nicht auf?«

»Warum darf ich nicht rein, Tante Daphne?«

In Gegenwart von Kindern, pflegte Daphne zu sagen, dürfe man nie vom Tod sprechen. Aber was sollte sie machen? Alle drei sahen sie erstaunt und ahnungslos an, bis Tina allmählich die Wahrheit dämmerte.

»Ach Tina, Tina«, sagte sie, es mußte ja gesagt werden, »deine Mutter ist eingeschlafen. Gerade eben. Sie ist in meinen Armen gestorben.«

Ohne vorheriges Schniefen oder Schluchzen brach Bienvida in wildes Geheul aus. Die Glocke läutete weiter und verstummte dann scheppernd mit einem letzten Doppelschlag.

Nach der Beerdigung, als Daphne wieder zu Hause in Willesden war, kam Daniel Korn mit seinem Lieferwagen und half Tina beim Umzug in die Villa Flieder. Tina wollte dort, wie Jarvis in der Cambridge School, Zimmer vermieten. Das größte Zimmer im Obergeschoß hatte sich schon Jed gesichert, der mehr Platz brauchte. Tina hatte ihn möglichst weit vom Schuß einquartiert, weil der Falke so stark roch und sie die Vorstellung hatte, daß Gerüche wie warme Luft nach oben steigen.

Jarvis' Verlag war sehr angetan von dem Exposé für sein neues Buch, *Metrosysteme in der UdSSR und Osteuropa.* Zur Zeit schrieb er am letzten Kapitel seiner vollständigen Geschichte der Londoner Untergrundbahn.

Tom wollte sein Zimmer in der Schule behalten, ein Schlagzeuger, mit dem er arbeitete, ein gewisser Archie, würde die Quinta übernehmen, wenn der Mietvertrag für das Zimmer abgelaufen war, das er jetzt hatte. Jarvis wußte, daß es ihm nicht schwerfallen würde, Mieter für die Direktorwohnung zu finden, Probleme würden ihm allenfalls die vielen Bedürftigen machen, die er würde abweisen müssen.

Tom hatte ihm nichts von Axel gesagt, er sprach nie über ihn. Und so wie es um Alice stand, würde sie bestimmt nichts sagen. Es war Tina, die Jarvis bei einer Tasse Tee in der Villa Flieder fragte, ob Axel ausgezogen sei, ohne seine Miete zu zahlen.

»Wer ist Axel?« fragte Jarvis.

»Der Typ mit dem Bart, der dich in Heathrow verabschiedet hat. Der die Quinta hatte und den Zeichensaal.«

»Ich kenne keinen Axel. Offenbar ein Hausbesetzer. Mich wundert nur, daß wir nicht mehr von der Sorte haben.«

»Er ist mit einem Bären rumgezogen«, sagte Jasper, aber niemand beachtete ihn.

Wenn er dieses neue Buch machen wollte, sagte Jarvis, das Buch über Rußland und Osteuropa, müßte er eigentlich mit der Berliner U-Bahn fahren und erleben, wie das war, wenn man damit an die Mauer kam. Und wenn irgendwann mal die Mauer fiel, wollte er unbedingt in dem ersten Zug sitzen, der von Friedrichstraße nach Marx-Engels-Platz fuhr, von West nach Ost. Angeregt sprach er weiter von Daten und Planungen und hatte den Mann, der unerlaubt in seinem Haus gewohnt und ihm keinen Penny gezahlt hatte, offenbar schon vergessen.

So einfach war es für Jasper nicht. Er sprach nie darüber, aber er machte sich Gedanken. In seinem neuen Zimmer – das früher Daphne Bleech-Palmers Zimmer gewesen war, wenn sie Cecilia besucht hatte – saß er auf der Fensterbank, die einen Blick auf die Bäume der Hampstead Heath, nicht aber auf die silbernen Züge bot, und dachte manchmal an den Mann mit dem Bären. Jetzt, wo sie einen großen Farbfernseher hatten, sahen Bienvida und er viel öfter fern, und einmal hatte er abends Ivans Gesicht auf der Mattscheibe gesehen, die vernähte Lippe und die Sattelnase, und der Sprecher hatte gesagt, daß man ihn vor Gericht stellen würde, wegen der Bombenanschläge und wegen Mord.

Jasper dachte daran, wie Axel ihn bei ihrer ersten Begegnung nach verschollenen Bahnhöfen und geheimen Einstiegen in die U-Bahn gefragt und wie Ivan, der Bärenmann, gesagt hatte, sie seien drei vom gleichen Schlag. Ivan war Bombenleger von Beruf und hatte wahrscheinlich Axel den Umgang mit Sprengstoff beigebracht. Durchaus möglich, daß Axel über einen dieser geheimen Einstiege in die U-Bahn gelangt war und sie in die Luft gesprengt oder es zumindest versucht hatte, denn so richtig geklappt hatte es ja nicht, und Jasper fand es ein bißchen übertrieben, wenn diese sogenannten Experten jetzt behaupteten, der Attentäter habe das gesamte System zerstören wollen. Aus Irrsinn oder aus Rache oder aus schierem, sinnlosem Haß.

Hin und wieder überlegte er, was wohl mit Axel passiert war. Was passiert, wenn sich einer in die Luft sprengt?

Von den Bomben erzählten die im Fernsehen immer jede Menge, aber davon erzählten sie nie was. Jasper stellte sich vor, wie Stücke von Axel in den Tunnels herumlagen, seine Haare und seine Zähne und irgendwo in den Trümmern der Ring, den er getragen hatte. Sie hatten dieses

Stückwerk nie identifiziert, sie wußten immer noch nicht, wer es war, würden es vielleicht nie wissen. Jasper hatte sich vorgenommen, niemandem etwas zu sagen, nicht einmal Bienvida, sondern es als das zweite große Geheimnis seines Lebens zu bewahren. Das erste war, wie er dort oben auf dem Dach eines U-Bahn-Wagens diese unheimlich starken langen Strecken abgefahren war.

Jarvis schloß sein Buch mit einem pessimistischen Ausblick.

Es ist noch nicht lange her, daß London Transport jährlich einen kleinen Gewinn einfuhr, aber inzwischen hat sich die Lage verändert. Schuld daran sind Eisenbahnerstreiks, außerplanmäßige Baumaßnahmen und zusätzliche Ausgaben für Sicherheitsvorkehrungen. So mußten kürzlich alle 75 Züge der District Line stillgelegt werden, nachdem Elektromotoren sich aus ihrem Drehgestell gelöst hatten. Türen öffneten sich auf der falschen, dem Bahnsteig abgewandten Seite, es kam zu Unfällen, und Tausende von Pfund mußten für die Suche nach einem störungsfreien Betriebssystem aufgewendet werden.

Bei der Sanierung der Blackfriars Bridge, die über die District und die Circle Line hinweggeht, waren die Kosten um drei Millionen Pfund höher als veranschlagt.

In den Sparplänen ist unter anderem vorgesehen, den Zugverkehr auf der Untergrundbahn am zweiten Weihnachtsfeiertag ganz einzustellen. Zur Zeit zahlt London Transport Mitarbeitern, die am zweiten Weihnachtsfeiertag Dienst machen, den doppelten Lohn.

Das Verkehrsaufkommen der Londoner Untergrund-

bahn sinkt. Im vergangenen Jahr wurde sie nur von 765 Millionen Fahrgästen benutzt, in diesem Jahr werden es noch weniger sein, was zu einem Verlust an Fahrgeldeinnahmen in Höhe von 10 Millionen Pfund geführt hat.

Zur Zeit kommt auf die U-Bahn ein Defizit von 40 Millionen Pfund zu.

Das klang so deprimierend, daß er noch ein paar Zeilen anfügte, auch wenn er ziemlich sicher war, daß der Verlag sie ihm streichen würde.

Auf den ersten Blick scheint der Moment nicht günstig, das System durch den Bau neuer Strecken zu erweitern. Und doch könnte die Londoner Untergrundbahn nur durch solche gewaltigen Investitionen ihre Verluste wieder wettmachen und – statt sich mit einem langsamen, ruhmlosen Niedergang abzufinden – siegessicher den Weg in die Zukunft des 21. Jahrhunderts antreten.

Tom hatte keine Hemmungen, Axels Geld auszugeben. In einem Versandhauskatalog hatte er eine Werbung für ein wahres Wunderding gesehen und es umgehend bestellt. Es war ein Musikaufnahmegerät, das sich Voconverter 5000 nannte. Man sang ins Mikrophon, und der Voconverter spielte die Melodie in einem beliebigen von dreißig verschiedenen Instrumenten nach. Wenn man die Melodie aufgenommen hatte, konnte man vier weitere Spuren darüberlegen und mit den verschiedensten Instrumenten begleiten. Das Ding sollte vierhundert Pfund kosten, aber es traf ja keinen Armen. Wenn er es in der

U-Bahn laufen ließ, konnte er damit die Straßenmusik revolutionieren.

Unten im Keller inspizierte er Axels Habe. Er hatte die Kameras in zwei Plastiktüten und alles andere in die beiden Koffer gepackt. Die Sachen standen unter einer Abdeckplane – Hinterlassenschaft eines längst vergessenen Anstreichers – in dem rußigen Verschlag, in dem Ernest Jarvis einst seine Kohlen gelagert hatte.

Daß jemand herkommen und versuchen könnte, die Kameras zu identifizieren, hielt Tom für äußerst unwahrscheinlich. Die eine war eine Nikon, die andere eine offenbar sehr teure Olympus mit Teleobjektiv. Er beschloß, sie zu behalten, brachte sie nach oben ins Direktorzimmer und verwahrte sie dort im Schrank. Tom hatte, nachdem sie Alice weggebracht hatten, ihr Zimmer bezogen. Es war größer und heller als die Quarta.

Er hatte beschlossen, Alice in Gnaden wieder aufzunehmen. Schließlich wußte niemand besser als er, daß Axel tot war. Er hatte sie in der Psychiatrie besucht, um ihr zu sagen, daß er ihr verziehen hatte, aber sie hatte ihm nicht geantwortet, sie schien nicht einmal zu wissen, wer er war. Sie macht sich wieder, hatten sie ihm gesagt, es ist nur eine Frage der Zeit, man muß Geduld haben. Die Medikamente, die man in solchen Fällen gab, wirkten manchmal Wunder. Wenn sie wieder in Ordnung war, wollte er fragen, ob sie beide die Direktorswohnung haben konnten, aber noch war sie nicht wieder in Ordnung, und da war ihm der Aufschub ganz lieb, der sich durch Jarvis' gestrige Abreise nach Berlin ergeben hatte.

Endlich war er allein in der Schule. Es war ein milder,

trockener Abend, was ihm sehr zupaß kam. In der vorigen Woche hatten ein paar Leute aus den Wohnblocks auf dem Gelände zwischen ihren Häusern und dem Bahndamm Feuer gemacht. Es hatte gewaltig, aber nur kurz gequalmt, und niemand hatte sich beschwert, obgleich hier natürlich offenes Feuer untersagt war. Was die konnten, das konnte er schon lange.

Es belastete ihn sehr, daß Axels Sachen hier in der Schule in seiner Obhut waren. Daß Jarvis ohne Vorankündigung zurückkommen könnte, hatte er nicht erwartet, wenn er auch nicht so recht hätte sagen können, wie er sich so eine Vorankündigung gedacht hatte. Ständig quälte ihn die Angst, Jarvis könne in den Keller gehen, die Koffer und die Kameras finden und lästige Fragen stellen.

Tom schmiedete alle möglichen Pläne, um sich Axels Habe zu entledigen. Er dachte sogar daran, die Koffer auf einem Bahnhof oder in Heathrow abzustellen, wo sie bestimmt jemand stehlen würde, wenn sie scheinbar herrenlos herumstanden. Aber die meisten Sachen in den Koffern waren irgendwie als Axels Eigentum gekennzeichnet, die Bücher, in denen sein Name stand, die Photosammlung, auf die Tom noch keinen Blick geworfen hatte. Dann waren da noch zwei schwere Pakete in braunem Packpapier. In dem einen waren Briefe von irgendeiner Verwandten, einer Schwester vielleicht. Das andere, ganz ähnliche Paket steckte in einer Plastiktüte, die er gar nicht erst aufgemacht hatte. Gewiß, er konnte Axels Signaturen entfernen, aber wenn er nun eine übersah? Vielleicht gab es irgendwo in einer Akte Axels Fingerabdrücke, und all das Zeug war natürlich über und über mit Axels Fingerabdrücken bedeckt und jetzt auch mit seinen.

Am besten würde es sein, alles zu verbrennen. Er ging in den Keller und brachte die Koffer nach oben ins Vestibül. Die Suche nach Heizöl erinnerte ihn daran, wie er in dem Haus von Angell, Scherrer und Christianson nach einer Waffe und später nach einem Schraubenschlüssel gesucht hatte. In der Cambridge School standen fünf, sechs Ölöfen, irgendwo mußte es demnach auch Heizöl geben, falls nicht jetzt, im Frühjahr, alles aufgebraucht war. Benzinkanister waren da, zwei Stück in einem Küchenschrank, aber Benzin mochte er nicht nehmen, er wollte sich ja nicht selbst verbrennen. Schließlich fand er einen Kanister mit Heizöl in der Übergangsklasse am Kamin.

Tom ging mit den Koffern ins Freie. Er würde es auf dem Rasen machen, irgendwo ganz hinten am Zaun. Das Schicksal der Bücher, der Briefe, des Photos in dem Silberrahmen ließ ihn kalt, nur um das weiße Kleid war es irgendwie schade. Aber behalten konnte er es nicht, das war zu riskant. Und was sollte er damit? Es Alice schenken? Er lächelte traurig. Dann schichtete er Zeitungen und dürre Äste zu einem Stoß und träufelte Heizöl darüber.

Es war klar und windstill. Der April war wunderschön gewesen, wie Hochsommer. Tom hörte einen Zug kommen und sah die silbernen Wagen an den Lücken im Bretterzaun vorbeihuschen. Er holte die Streichhölzer aus der Tasche. Dann kippte er die Koffer aus, legte das Kleid auf den Scheiterhaufen, darüber Axels Wäsche, seine Jeans, die Turnschuhe, den schwarzen Mantel.

Er hielt ein Streichholz an Holz und Papier. Mit Hilfe des Heizöls geriet der Haufen rasch in Brand, die aufschießenden Flammen erfaßten das weiße Kleid und den Mantel, die sehr schnell zu Asche wurden. Tom sah sich nach einem langen Stock um und fand einen abgebrochenen Zweig von einem der hohen Bäume. Er warf die Bücher ins Feuer und sah zufrieden zu, wie sie in Flammen aufgingen. Es war ein gutes Gefühl, daß die Flammen Axels Unterschrift fraßen, seine Fingerabdrücke ableckten und schluckten.

Der Rauch war dicht, weiß und beißend. Aber lange konnte es nicht mehr dauern, dann waren nur noch ein paar Hände voll grauer Asche übrig. Er würde die Asche austreten, feststampfen und mit Erde bedecken. Er warf den ersten Briefpacken auf den Scheiterhaufen und schob mit seinem Stock nach, während die Flammen ihn erfaßten, und dann das andere Paket, das letzte Stück, das es noch zu vernichten galt.

Als die Flammen sich dem fest zugeklebten Paket in der Plastiktüte näherten, trat Tom dicht an das Feuer heran, um zu sehen, wie es den letzten Rest von Axel verschlang.

Jed, der an diesem Abend mit seinen Kollegen von den Safeguards auf der Central Line Streife fuhr, stieg in West Hampstead in einen Zug nach Süden. Er passierte gerade noch rechtzeitig das untere Ende des Gartens, der letzte Wagen rollte dort über die Gleise, als das gepreßte Blitzpulver mit den Flammen in Berührung kam und seine Fesseln sprengte.

Das schwarze, zu Gas gewandelte Pulver explodierte mit einem blendenden Blitz und einem lauten Donnerschlag. Brüllend sprang es über die Gleise, nahm Steine mit und Ziegel und Äste, erfaßte mit seinem heißen chemischen Atem alles Belebte und Unbelebte in diesem Garten und schleuderte es hoch in die Luft. Flammen zuckten vor und zurück und fuhren jaulend und zischend gen Himmel.

Unversehrt setzte der Zug seine Fahrt nach Finchley Road fort.

Barbara Vine im Diogenes Verlag

Die im Dunkeln sieht man doch

Roman. Aus dem Englischen von Renate Orth-Guttmann

Der Fall der Vera Hillyard, die kurz nach dem Krieg wegen Mordes zum Tod durch den Strang verurteilt und hingerichtet wurde, wird wieder aufgerollt. Briefe, Interviews, Erinnerungen, alte Photographien fügen sich zu einem Psychogramm, einer Familiensaga des Wahnsinns. Schicht um Schicht entblättert Barbara Vine die Scheinidylle eines englischen Dorfes, löst zähe Knoten familiärer Verflechtungen und entblößt schließlich ein Moralkorsett, dessen psychischer Druck nur noch mit Mord gesprengt werden konnte.

»Barbara Vine ist die beste Thriller-Autorin, die das an Krimi-Schriftstellern nicht eben arme England aufzuweisen hat. Ihr Buch ist ein Psycho-Thriller der Super-Klasse. Eine Reportage aus einer Zeit da die ›besseren Herren‹ bei Heirat noch eine Jungfrau erwarten durften – und die Frauen aus dem bürgerlichen Aufsteiger-Milieu eine Menge Tricks anwandten, um diesem Weltbild anscheinend zu entsprechen.« *Frankfurter Rundschau*

»Es gibt Bücher, die man eher zufällig und ohne große Erwartungen in die Hand nimmt, um mal einen Blick hineinzuwerfen, und dann passiert es, daß man sich festliest und das Buch gar nicht mehr aus der Hand legen möchte. Barbara Vines Roman, raffiniert aufgebaut und meisterhaft erzählt, gehört für mich in diese Kategorie.« *Süddeutscher Rundfunk*

Es scheint die Sonne noch so schön

Roman. Deutsch von Renate Orth-Guttmann

Ein langer, heißer Sommer im Jahr 1976. Eine Gruppe junger Leute sammelt sich um Adam, der ein altes

Haus in Suffolk geerbt hat. Sorglos leben sie in den Tag hinein, lieben, stehlen, existieren. Zehn Jahre später werden auf dem bizzaren Tierfriedhof des Ortes zwei Skelette gefunden – das einer jungen Frau und das eines Säuglings…

»Der Leser glaubt auf jeder zweiten Seite, den Schlüssel zur Lösung des scheinbar kriminellen Mysteriums in Händen zu halten, doch – der Schlüssel paßt nicht, sperrt nicht, klemmt… Keine Frage, dieser Roman ist ein geglückter Thriller, ein famos geglückter, wofür diese Autorin auch bürgt.« *Wiener Zeitung*

Das Haus der Stufen

Roman. Deutsch von
Renate Orth-Guttmann

Eine der großen Lügnerinnen der Welt, nennt Elisabeth die junge Bell. Und trotzdem, oder vielleicht deswegen: noch nie zuvor war Elisabeth von einer Frau dermaßen fasziniert. Selbst als Bells kriminelle Vergangenheit offenkundig wird, kann sich Elisabeth nicht aus ihrer Liebe zu Bell lösen. Immer wieder findet sie Erklärungen und Entschuldigungen für das unglaubliche Verhalten dieser mysteriösen Frau.
Im *Haus der Stufen* beginnt Elisabeths mütterliche Freundin Cosette ein neues, unangepaßteres Leben. Auch Bell kommt in das Haus, und schon tauchen seltsame Fragen auf: Was geschah mit Elisabeths Mutter? Warum war Bell im Gefängnis, und was ist ihr so sorgsam gehütetes Geheimnis? Und haben die ungewöhnliche Ähnlichkeit zwischen Bell und dem Bronzino-Portrait einen Zusammenhang mit der sterbenden Heldin in Henry James' ›Die Flügel der Taube‹?

»Barbara Vine alias Ruth Rendell ist in der englischsprachigen Welt längst zum Synonym für anspruchvollste Kriminalliteratur geworden.«
Österreichischer Rundfunk, Wien

Liebesbeweise

Roman. Deutsch von
Renate Orth-Guttmann

»*Liebesbeweise* ist Barbara Vines bisher eindringlichster Exkurs in die dunklen Geheimnisse der Obsessionen des Herzens. Dieser Roman betrachtet und prüft mancherlei Arten von Liebe: die romantische Liebe, die elterliche Liebe, die abgöttische Liebe, die besitzergreifende Liebe, die selbstlose Liebe, die erotische Liebe, die platonische Liebe und die kranke Liebe.«
The New York Times Book Review

»Wer die englische Autorin kennt, weiß, daß es in *Liebesbeweise* wieder um ein veritables Verbrechen geht, daß dieser Kriminalroman aber in Wirklichkeit wieder ein Reisebericht über eine zerklüftete Landschaft emotionaler Verstrickungen ist. Die Landschaften wechseln bei Barbara Vine, gleich bleibt die suggestive Verführungskraft, mit der sie ihre Leser in immer neue Abründe zieht. Man wird süchtig… Eine besondere Stärke sind die überraschenden Wendungen, die ihre Handlungen nehmen, die quälenden Verzögerungen und rasanten Beschleunigungen, die sie einbaut.«
profil, Wien

»*Liebesbeweise* ist ein erfrischend verstörendes Epos.«
Hamburger Morgenpost

»Diese Frau ist einfach ein Phänomen. Und *Liebesbeweise* ist ein Spitzen-Thriller.«
Frankfurter Rundschau

Lesley Glaister

Du sollst Deinen Vater ehren

Roman. Aus dem Englischen von
Renate Orth-Guttmann

Eine Familiensaga feinster englischer Art: voller Humor und Schrecken. Idyllische Kindheitseindrücke sind in der Erinnerung der Erzählerin untrennbar verwoben mit der Bedrohlichkeit der Erwachsenenwelt. Was sich in jenem einsamen Haus an der Ostküste Englands ereignet, ist ebenso unglaublich wie glaubhaft erzählt.

»Kein Wunder, daß die Autorin für diesen Roman den ›Somerset Maugham Award‹ und den ›Betty Trask Award‹ erhielt. Souverän spielt Lesley Glaister auf der Klaviatur der Gefühle, zeichnet in einer flüssigen, knappen Sprache scharf umrissene Figuren. Ein gelungenes Debüt: feiner englischer Humor und eine eigenwillige Poesie.«
Süddeutsche Zeitung, München

»Glaister hat es in ihrem kleinen, makabren Roman verstanden, das heraufziehende Unheil sparsam und einfühlsam zu schildern; die leeren Träume der jungen Mädchen und die Wahnbilder der verwelkenden Alten, kriechende Kälte und nasse Katzen, mottengraue Erinnerungen und hurtige Abrechnungen im schimmelnden Keller. Alles wird straff, nichts in grellen Tönen erzählt. Ein hervorragender Grusling – den man besser nicht vor dem Schlafen liest.«
Welt am Sonntag, Hamburg

»Ein wahrhaft meisterliches Psychogramm, getragen von einer Sprache, die ebenso ambivalent ist wie die Geschichte: unglaublich leise, erschreckend kraftvoll.« *Buchkultur, Wien*

Anne Fine im Diogenes Verlag

Killjoy

Roman. Aus dem Englischen von
Jürgen Bauer und Edith Nerke

Mit einer Ohrfeige beginnt die grausame Geschichte einer Obsession. Ian Laidlaw ist ein ausgeglichener Mann, ruhig, kultiviert, tüchtig. Er ist Vorsteher der Fakultät für Politikwissenschaft an einer schottischen Universität. Seine regelmäßigen, ereignislosen Tage nehmen ihren ausgewogenen Lauf – bis die Studentin Alicia ihm eines Nachmittags ins Gesicht lacht und seine geordnete Welt zum Einstürzen bringt. Laidlaw verfällt ihr mit besitzergreifender Leidenschaft, und die beiden beginnen ein gefährliches und schließlich zerstörerisches Spiel. Mit ihrem ersten Roman *Killjoy* schuf Anne Fine ein unvergeßliches Porträt eines Lebens der heillosen Verletzungen. Ein aufschreckendes, nachdenklich stimmendes und, im wahrsten Sinne des Wortes, fesselndes Buch.

»Erstaunlich ist, wie Anne Fine es schafft, sich als Frau in die durch und durch männliche Lebensstrategie des Mannes hineinzuversetzen, seine extrem männerspezifischen Selbstlügen und Idiosynkrasien von innen, aus seiner Sicht also, zu erzählen. Ein phantastisches Buch.«
Thommie Bayer/NürnbergerNachrichten

»Eine Lektüre, die fesselt – ans Bett oder and den Lesesessel, zu Lust und Last unserer inneren Unruhe.«
Paul Stänner/Der Tagesspiegel, Berlin

Wer dem Teufel glaubt

Roman. Deutsch von Barbara Heller

Oliver sitzt während der Sommerferien im Haus seiner Ex-Frau auf dem Dachboden und schreibt seine Autobiographie. Doch dann fängt Constance an, in seinem

Manuskript herumzukritzeln, und was sie notiert, hört sich ganz anders an als seine Version.

»Ein bemerkenswerter Roman, der voll satirischen Witzes die Leiden des Ehelebens behandelt, ohne auch nur einmal weinerlich zu werden oder gar sentimental. Die ernsthafte, düstere Welt von *Killjoy* ist hier einer Lust an der Bosheit, an frechen Dialogen und handgreiflichen Auseinandersetzungen gewichen. Mit der prallen Lust eines John Irving beschreibt Anne Fine die Familie, die Streitzelle, jenen Ort, an dem man sich Deformationen fürs Leben holt und ohne die man doch nichts wäre.« *Ultimo, Münster*

»Dieses Buch sollte für alle, die vorhaben zu heiraten, Pflichtlektüre sein. Anne Fine beweist, daß der Erfolg des Erstlings *Killjoy* keine Eintagsfliege war «
Ingeborg Sperl/Der Standard, Wien

»Eine brillante, bissige Komödie über Liebe, Ehe und Trennung.« *Für Sie, Hamburg*

»Anne Fine ist unermüdlich bei der erfinderischen Ausmalung abstruser, doch plausibler Situationen und Geschichten. Mit unverfrorener Intelligenz, scharfsichtig, witzig und erstaunlich unprätentiös, demonstriert sie, wie es zwischen den Polen Constance und Olly funkt. Ein Genuß ist das auch für die Leser. *Wer dem Teufel* glaubt ist ein Musterbeispiel jener Art unterhaltender Literatur, die seit etlichen Jahren wieder vorwiegend in England und vorwiegend von Frauen verfaßt wird. Sie dumpft den Kopf nicht ein, wie es in diesem Genre üblich ist, sondern macht ihn hellwach.«
Heinrich Vormweg/Süddeutsche Zeitung, München